SABINE WEISS
Krone der Welt

Weitere Titel der Autorin

Historische Romane
Hansetochter
Das Geheimnis von Stralsund
Die Feinde der Hansetochter
Die Tochter des Fechtmeisters
Die Arznei der Könige
Die Perlenfischerin
Der Chirurg und die Spielfrau

Aus der Reihe um Liv Lammers
Schwarze Brandung
Brennende Gischt
Finsteres Kliff
Blutige Düne

Über die Autorin:

Sabine Weiß arbeitete nach ihrem Germanistik- und Geschichtsstudium als Journalistin. Seit 2007 veröffentlicht sie erfolgreich Historische Romane, seit 2016 auch Kriminalromane um die junge Kommissarin Liv Lammers. Wenn sie nicht gerade mit ihrem Camper auf den Spuren ihrer Figuren reist und recherchiert, lebt Sabine Weiß mit ihrem Mann und ihrem Sohn in der Nähe von Hamburg.

Sabine Weiß

KRONE DER WELT

Historischer Roman

lübbe

Dieser Titel ist auch als Hörbuch und E-Book erschienen.

Originalausgabe

Copyright © 2021 by Bastei Lübbe AG, Köln
Lektorat: Dr. Stefanie Heinen
Karte: Markus Weber, Guter Punkt, München
Umschlaggestaltung: Johannes Wiebel | punchdesign, München
Unter Verwendung von Motiven von
© shutterstock: Pres Panayotov | Konstantin Litvinov |
Marzolino | Filipchuk Maksym | leoks | Olena Zaskochenko
und Wikimendia Commons (gemeinfrei)
Satz: two-up, Düsseldorf
Gesetzt aus der Caslon
Druck und Verarbeitung: GGP Media GmbH, Pößneck
Printed in Germany
ISBN 978-3-404-18307-4

1   3   5   4   2

Sie finden uns im Internet unter luebbe.de
Bitte beachten Sie auch: lesejury.de

Der Mensch ist das Maß aller Dinge.
Protagoras, ca. 490 v. Christus

Das Schöpferische überlebt, alles andere ist des Todes.
Virgil Solis, Walther Ryff

Personenverzeichnis

AMSTERDAM
Wim Aardzoon, Zimmermann und Festungsbauer aus Antwerpen
Vincent, sein Sohn, Architekt
Ruben, ebenfalls sein Sohn, Seemann
Betje, seine Tochter, Köchin

Federigo Giambelli*, italienischer Ingenieur und Sprengstoffexperte
Nathan Sanders, Gehilfe des niederländischen Gesandten in England
   und später des Politikers Johan van Oldenbarnevelt

Sandrine Kuipers, Malerin und Kupferstecherin
Lysbeth Kuipers, ihre Schwester

Kaufleute und Regenten
Dircks Jansz de Graeff*
Jacob de Graeff*
Cornelis Hooft*
Dirck van Os*
Reinier Pauw*
Jan Poppen*

Architekten und Baufachleute
Joost Jansz Bilhamer*
Cornelis Bloemaert*
Cornelis Danckerts*
Hendrick de Keyser*
Frans Hendricks Oetgens*
Henk Jakobsz Staets*

Politiker und Gelehrte
Petrus Plancius*
Hugo Grotius*
Joost de Hondt*

Seeleute
Piet Heyn*
Jan Molenaar*

S'GRAVENHAGE
Moritz, Graf von Nassau-Dillenburg*,
    Sohn von Wilhelm von Oranien
Friedrich-Heinrich*, Sohn von Wilhelm von Oranien,
Louise de Coligny*, Witwe von Wilhelm von Oranien
Johan van Oldenbarnevelt*, niederländischer Staatsmann

Katholisches Lager
Aldo van Vleet, Kaufmann in Amsterdam, mit seiner Frau Hannah
Aletta, seine Tochter
Pijke, sein Sohn
König Philipp II.*
Infanta Isabella Clara Eugenia von Spanien*
Alessandro Farnese*,
    Feldherr und Statthalter der Spanischen Niederlande
Lazarus van de Hedecop, holländischer Landadeliger

* historische Persönlichkeiten

Prolog

Kristallklar floss die Februarsonne in die Gracht. Sie war ein Fingerzeig aus Licht, der die Schönheit des neuen Stadtviertels enthüllte. An dem sanften Bogen, den die Kanalstraße formte, standen die Grachtenhäuser Spalier. In der glatten Oberfläche der Amstel schienen die Häuser sich wie in einem Spiegel zu bewundern. Mit ihren kunstvoll gestalteten Fassaden und den hellen Ziergiebeln, die sich wie blitzsaubere Häubchen in den schneeschweren Himmel reckten, war jedes Gebäude einzigartig.

Auch die Menschen hatten sich herausgeputzt. Familien spazierten nach dem sonntäglichen Kirchenbesuch am Grachtengürtel entlang. Die Eltern vorweg, mit gestärkten Halskrausen, auf denen ihr Kopf wie auf einem Tablett thronte. Die Kinder tobten hinterher, warfen von der Kanalkante aus mit Steinen auf die Eisschollen, die von den Mauern in den Fluss hineinkrochen, nur milde ermahnt von ihren Vätern.

Der Duft von Sonntagsbraten und Torffeuer stieg dem Architekten in die Nase, als er die Hausreihe passierte. Aus einem offenen Fenster drang das Trillern eines Singvogels; in seinem Käfig schien er den Frühling herbeizusehnen. Wie ruhig Amsterdam sonntags war, wenn das Donnern der Rammen, das den Takt dieser Stadt vorgab, verstummt war, wenn kein Baulärm durch die Gassen dröhnte und kein Höker lautstark seine Waren anpries! Indes: Friedlich war es in Amsterdam derzeit nicht. Besorgt dachte der Architekt an die Diskussionen, die nach dem Gottesdienstbesuch geführt worden waren. Reichte es nicht, dass in den Ländern um sie herum Zwietracht herrschte und der Waffenstillstand mit ihrem Erzfeind Spanien brüchig war? Musste auch innerhalb der Republik der Sieben Vereinigten Provinzen gestritten werden?

Auf den ersten Blick schien die Frage, um die der Streit entbrannt war, eine Spitzfindigkeit von Geistlichen zu sein. Genau betrachtet ging es aber um jedermanns Seelenheil und um die Rechtmäßigkeit von Reichtum und Elend. Freundschaften und Geschäftsbeziehungen drohten in diesem Streit zermahlen zu werden. Selbst in seiner Familie waren die Gespräche beim Sonntagsmahl hitzig geworden. Doch das war nicht das Einzige, was ihn aus dem Haus getrieben hatte. Entschlossen verbannte er die Gedanken, die in ihm aufstiegen.

»Mijnheer Aardzoon?«

Der Architekt war so vertieft gewesen, dass er erst jetzt den Poorter bemerkte, der ihn grüßte. Wie er trug der Mann einen breitkrempigen Hut mit Feder, einen modischen Spitzenkragen und Spitzenmanschetten unter dem Samtumhang. Seine schwarze Kleidung sollte Bescheidenheit signalisieren und verriet doch durch die Kostbarkeit der Stoffe seinen Reichtum, genau wie die Goldspitzen an seinen Seidenstrümpfen. Kurz plauderten sie über die Predigt und das günstige Winterwetter. Noch war der Warenverkehr nicht durch Eis und Schnee in Mitleidenschaft gezogen worden. Sogar das Holz für Aardzoons wichtigste Baustelle war früher als erwartet im Hafen angelandet worden. Ehe der Gedanke an das Risiko, das er einging, seine Stimmung weiter trüben konnte, wünschten sie einander einen gesegneten Sonntag.

Bald hatte der Architekt die wenigen Baulücken in der Keizersgracht erreicht. Seine Stiefel sanken knisternd in das frostige Erdreich ein, das noch kein Pfahlgerüst verdichtet hatte. Gebannt hielt er inne. Der Anblick war atemberaubend, ein einziges, grandioses Versprechen. Amsterdam wuchs und wuchs. Als er in die Stadt gekommen war, hatte diese sich wie ein schmaler Kegel vom IJ aus, einer Bucht im Südwesten der Zuidersee, ins Land geschoben. Nur einige wenige Kanäle hatte es zwischen dem Meeresarm und dem Fluss Amstel gegeben. Vielleicht dreißigtausend Menschen hatten damals in Amsterdam gewohnt, heute waren es dreimal so viele – und die Stadt dehnte sich weiter aus. Inzwischen legten sich die Grachten wie schützende Arme um Häuser und Bewohner. Lebensadern aus Holz und Stein, die Amsterdam mit dem Rest der Welt verbanden.

Für einen Augenblick erfüllte ihn Stolz. Baumeister wie er rangen dem sumpfigen Boden das neue Land ab oder schufen künstliche Inseln. Der Ausbau der Stadt war noch lange nicht abgeschlossen, die Vollkommenheit des Stadtbilds nicht erreicht. Eines Tages aber würde der Grachtengürtel einen perfekten Halbkreis am IJ-Ufer bilden. Als Baumeister strebte er nach Harmonie, er konnte nicht anders. Wenn er nur nicht so unter dem Hässlichen, dem Falschen litte!

Auf den fremden Baustellen sah er keine Schönheit, sondern nur Fehler: nachlässig zusammengestoppelte Holzgerüste, schlecht behauene Steine, schnell hochgezogene Mauern, Krummholz, das man ungenügend gewässert hatte. Auf seinem Baugrund hingegen war alles, wie es sich gehörte. Die Holzstämme lagen säuberlich gestapelt, genau wie die Bauteile für Kran und Stellage. Auch für den Marmor, den er in Carrara bestellt hatte und der demnächst eintreffen würde, gab es Platz. Mit treuen Helfern wie Gerrit an seiner Seite würde das bisher größte Unterfangen seiner Laufbahn gelingen. Allerdings war sein Baustellenwächter allein – und das, obwohl der Diebstahl von Baumaterialien in Amsterdam an der Tagesordnung war.

Gerrit wärmte sich vor der Bauhütte an einem Lagerfeuer. »Mijnheer Aardzoon, was treibt Euch denn heute hierher?«, fragte der alte Mann und erhob sich trocken hustend von seinem Schemel.

Der Architekt zog sich die Lederhandschuhe aus und reichte ihm die Hand. »Bleib am Feuer, Gerrit, ich will dich an deinem freien Tag nicht lange stören«, sagte er. »Ein Kunde bat mich, ihn hier zu einer Begehung des Baugrunds zu treffen.«

»Am heiligen Sonntag?«

»Nur ein kurzer Spaziergang, eine kleine Plauderei«, versicherte Aardzoon. Natürlich war er Gerrit keine Rechenschaft schuldig, aber in diesem Land gab man aufeinander acht – und das war ja auch gut so. Seine wahren Beweggründe für dieses Treffen hatte er selbst seiner Familie verschwiegen: Es drängte ihn, Mijnheer van Noort an die offene Rechnung zu erinnern. Noch nie war er für einen Bau so weit in Vorleistung gegangen. Auch deshalb hing sein Haussegen schief. Dennoch war er überzeugt, dass sich die Investition lohnte. Mit dem

Bau des imposanten Doppelhauses würde er endgültig in die Riege der besten Architekten der Stadt vorstoßen. »Bist du allein? Wo ist dein Enkel?«, fragte er.

»Jan holt uns gerade ein paar Scheiben Schweinsbraten vom Garbräter, der muss heute ein bisschen weiter laufen als alltags.«

Nicht jeder nahm es in Amsterdam mit der Sonntagsruhe genau, was durchaus Vorteile hatte, wie Aardzoon fand. Jüdische Läden hatten ebenso geöffnet wie Gaststätten oder die Läden derjenigen, die keiner Religion angehörten – und das waren etliche. *Gedogen*, das war die Maxime vieler Amsterdamer: Etwas war verboten, aber man duldete es, drückte ein Auge zu, manchmal auch zwei. Für Aardzoon war diese Toleranz anfangs ungewohnt gewesen, für Strenggläubige war sie unerträglich. Auch daran hatte sich der Streit entzündet.

Gerrit riss ihn aus seinen Gedanken. Der Alte schlurfte ans Feuer zurück und hielt die Hände, um die er Lumpen gewickelt hatte, vor die Flammen. »Geht einem durch Mark und Bein, die feuchte Kälte. Hab nichts gegen Eis und Schnee, Gott bewahre, aber diese Feuchtigkeit! An Tagen wie diesen spürt man, dass wir Amsterdam dem Wasser abgerungen haben. Wenn der Mensch nicht wäre, wäre die halbe Stadt überspült, weil das Land so tief liegt, das darf man nicht vergessen.« Mit einem erstickten Stöhnen massierte er sich die Knöchel. »Gleich fängt's an zu griesen. Ich spür den Schneeregen schon in den Knochen. Irgendwann wachsen mir noch Schwimmhäute.«

Die Mundwinkel des Baumeisters hoben sich zu einem Lächeln. »Das wäre sicher auch nicht übel. Irgendein findiger Ingenieur würde eine Einsatzmöglichkeit für dich finden. Oder dich für seine Wunderkammer ausstopfen.«

Gerrit kicherte. »Wie den Basilisken, den ein Schiff aus Batavia mitgebracht hat.«

»Du solltest nicht alles glauben, was auf den Straßen Amsterdams geredet wird.«

»Und doch ist's wahr, Mijnhe…« Erneuter Husten machte Gerrits Worten ein Ende.

Das klingt gar nicht gut, dachte der Architekt besorgt. Er kannte den

Alten schon seit seiner Jugend und brachte es nicht übers Herz, Gerrit gegen einen jüngeren Wächter auszutauschen. »Du weißt, dass du ins Oudemanhuis oder in eines der Hofjes ziehen könntest. Ich würde dich unterstützen«, sagte er beiläufig.

Gerrit straffte sich empört. »Was soll ich bei den Greisen? Ich gehöre noch lange nicht zum alten Eisen, das wisst Ihr doch, Mijnheer!«

Der Architekt hatte nichts anderes erwartet. Er holte ein Fläschchen aus seinem pelzgefütterten Mantel und reichte es dem Alten. »Ich habe dir etwas Gutes mitgebracht.«

Gerrit zog den Korken ab und sog den leichten Wacholderduft ein. »Ah, *wat lekker*«, sagte er voller Vorfreude. »Besten Dank, der Allmächtige möge es Euch vergelten.«

Es zischte leise, als die ersten Eisregentropfen in die Flammen fielen. Aardzoon zog sich mit Gerrit unter das Vordach der Hütte zurück. Aus der Ferne waren Rufe zu hören. Die Oude Kerk läutete das stündliche Glockenkonzert der Amsterdamer Kirchen ein. Wo blieb sein Auftraggeber? Er hatte nicht ewig Zeit.

»Werden die Bauarbeiten nächste Woche beginnen?«, wollte Gerrit wissen.

»Wenn das Wetter mitspielt, schon. Das Erdreich ist nicht sehr tief gefroren, sodass das Fundament gelegt werden kann.«

»*Op staal* oder *op kleef*?«

»Weder noch. Wir fundieren *op stuit*. Das Material für Mast und Ramme liegt schon bereit.«

Skeptisch blickte Gerrit ihn an.

»Für diese Konstruktion sind weniger Pfosten nötig, und wir brauchen kein Rost«, hob Aardzoon zu einer Erklärung an. »Stattdessen rammen wir die Pfähle zu Paaren in den Grund und verbinden sie mit einem harten Querholz.« Obgleich er nichts dagegen hatte, ein wenig zu fachsimpeln, war er jetzt entschieden unruhig geworden. Auftraggeber hin oder her – was bildete van Noort sich ein, ihn am Sonntag hierherzubitten und ihn dann stehenzulassen!

Gerrit holte zwei Holzbecher aus der Hütte. »Trinkt Ihr einen Schluck Jenever mit mir, Mijnheer?«, fragte er.

Der Architekt lehnte ab. »Beim nächsten Mal. Ich werde in der Schutterij erwartet.«

Dem Alten schien es recht zu sein, nicht teilen zu müssen. Er prostete ihm zu. »Bin froh, dass Ihr ein Auge auf die Stadt habt. Die Schützengilden sind Schutz und Schirm Amsterdams. Ehrenwerte Männer, auf die man sich verlassen kann.« Bekümmert schüttelte er den Kopf. »Sind schlimme Zeiten, Mijnheer. Wir zerfleischen uns von innen heraus, dabei warten unsere Feinde nur darauf, dass wir uns schwächen, damit sie wieder zuschlagen können. Vorhin war Richtung Damrak ein Geschrei. Gott sei Dank kam niemand hierher. Plünderer oder Diebe hätten es aber auch mit mir zu tun bekommen!« Kämpferisch wies er auf den Bottich mit dem schweren Eisenhammer, der neben seinem Schemel stand. »Ich schlage sofort Alarm, darauf könnt Ihr Euch verlassen.«

»Ich bin froh, dass ich in dir und deinem Enkel so zuverlässige Helfer habe. Wo bleibt Jan denn wohl?«

»Keine Sorge. Der Bursche schäkert sicher wieder mit der Ofenmagd.«

Der Nacken des Architekten versteifte, und er rollte kurz mit den Schultern. In seinen Ärger über die Verspätung seines Auftraggebers mischte sich ein ungutes Gefühl. Gab es einen Grund dafür, dass er versetzt worden war? Es wurde Zeit, dass er zur Schützendoele kam – auch, um Neuigkeiten aus der Stadt zu erfahren.

Tief zog Aardzoon die Krempe seines Hutes ins Gesicht, als er sich auf den Weg machte. Ein wenig kleckerte der Eisregen noch, dann hörte er auf. Die Aussicht auf körperliche Betätigung und gute Gespräche trieb ihn an. Im Gegensatz zu manchem reichen Poorter dachte er nicht daran, einen Vertreter für den Wachtdienst anzuheuern. Für ihn war es eine Ehre, einer der Amsterdamer Schützenkompanien anzugehören. Zumal sich die Bürgerkompanie des Bezirks IX., deren Mitglied er war, demnächst porträtieren lassen wollte. Sie waren sich nur noch nicht einig, welcher der vielen ausgezeichneten Kunstmaler, die in Amsterdam lebten, dieses Schützenstück ins Werk setzen sollte.

Er überquerte Koningsplein und Herengracht mit ihren imposanten Stadtpalästen. Gleich darauf hatte er die Voetboogdoelen an der Koningsgracht, wie man den Singel neuerdings nannte, erreicht. Alle drei Schützenhäuser lagen zentral im alten Stadtzentrum. Das Versammlungshaus der Armbruster befand sich an der Ecke vom Heiligeweg. An die Voetboogdoelen grenzte das städtische Waffenlager, an dessen Bau Aardzoon einst mitgearbeitet hatte, daneben befand sich in einem breiten Giebelhaus die Schützendiele der Langbogner. Die Hakenbüchsen-Schützen übten sich am Kloveniersburgwal.

Kaum hatte er die Tür des Schützenhauses aufgestoßen, hörte er das Klirren der Gläser, Gelächter und Gesang. Auch hier nahm man es mit der Sonntagsruhe nicht genau; kein Wunder, dass ein englischer Besucher erst kürzlich ein Schützenhaus für eine Taverne gehalten hatte.

Das Gebäude war lang und schmal. Im Hinterhof befand sich ein Schießplatz. Einige Männer übten sich im Umgang mit den Armbrüsten, die meisten aber saßen tafelnd und zechend im Festsaal. Vom Wein gerötete Gesichter, geöffnete Wämser, Bäuche, die gemütlich über den Hosenbund hingen. Kein Vergleich mit den schneidigen Kerlen, die sie von den Schützengemälden an der Wand aus zu mustern schienen.

Lautstark wurde der Architekt begrüßt. Nur Antonie und Bertold ignorierten ihn wie üblich. Aardzoon hatte es längst aufgegeben, sich über die Verachtung zu ärgern, die sie ihm entgegenbrachten.

»Aardzoon, endlich ein würdiger Gegner! Einer der besten Schützen und Ringer meiner Kompanie – nach mir, versteht sich!«, rief Abraham Boom, der Spross eines alten Patriziergeschlechts und Hauptmann der Bürgergarde. Er lachte laut und schlug Aardzoon mit der Hand auf die Schulter. Was er sagte, war nicht gelogen. Sie waren etwa gleich alt, beide von hochgewachsener Statur und ausgezeichnete Kämpfer.

Den Architekten drängte es, die Spannung loszuwerden, die sich in seinem Körper aufgebaut hatte, gleichzeitig wollte er wissen, was auf den Straßen der Stadt los war.

»Erst der Wettstreit, dann das Geplauder!«, unterband Abraham Boom seine Fragen.

Die Männer gingen in den großen Saal, wo andere bereits ihre Armbrüste ölten, kämpften oder auf Zielscheiben schossen. Einige Zeit lang rangen sie miteinander und maßen sich mit ihren Arbalesten im Schießen. Zwei Schüsse pro Minute konnte man mit den Armbrüsten abgeben, wenn man geschickt war – die Kunst war lediglich, bei dieser Schnelligkeit auch das Ziel zu treffen.

Anschließend setzten sie sich zu den anderen an die Tafel. Einige Mitglieder der Kompanie waren bereits bezecht. Aardzoon ließ sich von dem Schankweib ein Vaasje Bier bringen. Dann endlich berichtete Abraham Boom, was los war. Offenbar hatte es morgens erneut eine Zusammenrottung von Randalierern gegeben, die gegen Andersgläubige Stimmung gemacht hatten. Die Wache hatten die Menge jedoch schnell zerstreuen können.

»Wenn Ihr mich fragt, müssten die Stadtregenten sich deutlich gegen diese Aufrührer aussprechen«, meinte Aardzoon.

»Euch fragt aber niemand«, mischte Bertold sich ein. »Oder seid Ihr neuerdings auch noch Diplomat oder gar Regent?«

Weder der Architekt noch Abraham Boom reagierten auf diesen Einwurf. »Das ist ja das Problem: Bei den Regenten herrscht ebenfalls keine Einigkeit. Jeder denkt nur an sein eigenes Seelenheil, an sein eigenes Fortkommen. Mit einer Parteinahme könnte man ja Kunden oder Geschäftspartner verprellen«, sagte Abraham Boom bitter.

In diesem Augenblick wandte sich Antonie zu ihnen. Er war ein dicklicher, eitler Mann von etwa dreißig Jahren, dessen Augen unergründlich funkelten. »Manchmal gereicht es einem auch zum Vorteil, wenn man einen Geschäftspartner verliert«, sagte er und schob die Zunge über die Schneidezähne. »Wenn ich beispielsweise an diesen van Noort denke …«

Aardzoon schwieg. Er wollte diesen Streit um keinen Preis neu entfachen.

Antonie suchte seinen Blick. Seine nächsten Worte ließen den Baumeister erstarren. »Habt Ihr es denn nicht gehört? Pleite soll van

Noort sein. Schiffbruch in der Batavischen See. Alle Waren weg, wie so oft – der Herr hat's gegeben, der Herr hat's genommen.«

Der Architekt versteifte sich. War das der Grund, warum Mijnheer van Noort nicht zum vereinbarten Treffen erschienen war?

Ehe er nachfragen konnte, flog die Tür auf. Eine Magd stürzte in die Schützendiele. Ihr Gesicht war tränennass, die Kleidung zerrissen. Der Kapitän der Armbrustgilde sprang auf. Auch Aardzoon ging ihr entgegen.

»Was ist los?«, fragte Abraham Boom.

»Bitte, Mijnheers …«, brachte sie keuchend hervor. »Ihr müsst helfen. Das Haus … meines Herrn am anderen Ende der … Koningsgracht wird angegriffen.« Sie rang um Atem. »Die Unruhestifter denken … bei uns findet ein geheimer Gottesdienst statt. Sie wollen meinen Herrn und … alle, die im Haus sind, töten!«

»Woher willst du das wissen?«, fragte Aardzoon.

»Das rufen sie die ganze Zeit. Außerdem haben sie Knüppel, Messer und andere Waffen!«

»Wer ist dein Herr?«

»Mijnheer Bisschop.«

»Rem Egbertsz Bisschop, der Bruder des remonstrantischen Predigers?«

»Ebender, Mijnheer. Ich flehe Euch an, so helft!« Die Magd sah in die Runde.

Noch immer rührte sich keiner der Männer. Alle starrten betreten auf die Weinflecken auf dem Tischlaken, auf die abgenagten Knochen, die Brotkrümel und die leeren Weinkrüge. Offenbar wollte sich niemand in die religiösen Streitigkeiten einmischen, die die Ursache für den Aufruhr zu sein schienen.

»Es ist Sonntag und noch keine Zeit für die Nachtwache. Habt Ihr den Schout Willem van der Droes benachrichtigt?«, fragte Abraham Boom.

»Ja, den Schout, die Büttel, und den Bürgermeister auch.«

»Welchen?«, mischte Antonie sich ein, dessen Vater ebenfalls zum Bürgermeisterquartett Amsterdams gehörte.

»Mijnheer Pauw.«

Mit dieser Antwort war das Interesse des jungen Mannes erloschen. Er wandte sich ab. Die junge Magd sprach weiter: »Angeblich ist er auf dem Weg. Aber lange halten die Eingeschlossenen in dem Haus nicht mehr aus. Wer weiß, was der Mob ihnen antut …« Noch immer machte niemand Anstalten aufzubrechen. Die Magd sah sie flehend an. »Bitte, Ihr Herren, tut doch etwas!

Aardzoon machte die Lethargie seiner Mitstreiter wütend. »Wir können doch bei diesem Unrecht nicht zusehen! Was, wenn es als Nächstes einen von Euch träfe!«, rief er in die Runde.

»Oder Euch«, meinte Antonie.

Das kalte Blitzen in den Augen seines Widersachers ließ Aardzoon erschaudern. »Was meint Ihr damit?«, fragte er scharf.

Sein Gegenüber lächelte und enthüllte dabei seine gelben Schneidezähne. »Beruhigt Euch, Mijnheer, das war nur so dahergesagt.«

Der joviale Ton ließ den Architekten erst recht misstrauisch werden. Was führte der Mann im Schilde? Doch diese Frage würde warten müssen. Aardzoon legte seine rot-weiße Schärpe um und packte seine Waffe. »Wir müssen helfen! Wer begleitet mich?«

»Es ist eine reiche Nachbarschaft. Etliche Mitglieder der Vroedshap wohnen in Bisschops Nähe. Sie werden nicht zulassen, dass bei ihnen randaliert wird«, sagte der Leutnant.

»Gott hat vorherbestimmt, was geschieht. Er wird es zum Besten richten«, meinte der Fähnrich.

Fassungslos schüttelte Aardzoon den Kopf. Er würde nicht zusehen, wenn Unrecht geschah – auch wenn er selbst dabei in Gefahr geriete. »Darauf können wir uns nicht verlassen. Wir sind es, die das Schicksal ändern können.« Er sah sich um. Immerhin begleitete Abraham Boom ihn. Der Hauptmann legte seinen Kürass an und schnappte sich den Sponton, denn die kurze Pike zeigte seinen Rang an. Zwei weitere Männer schlossen sich ihnen an.

Sie entschieden sich, den kürzeren Weg über den Rokin zu nehmen. Auf dem Dam herrschte viel Betrieb, aber die Spaziergänger machten den Schützen mit ihren Armbrüsten Platz. Schon ein wenig erschöpft bogen sie schließlich in die Koningsgracht ein. An den Kanalmauern dümpelten Schiffe und Ruderboote, Fässer warteten darauf, verladen zu werden. Aardzoons Herz klopfte noch ein wenig schneller, als er ihr Ziel entdeckte. Es war schlimmer, als er es erwartet hatte. Hunderte Menschen drängten sich vor dem Haus des Kaufmanns. Wie entfesselt brüllten sie, warfen mit Steinen die Scheiben ein. Auch andere Häuser waren in Mitleidenschaft gezogen worden. Offenbar hatten die Unruhestifter die Tür von Bisschops Heim inzwischen aufgebrochen. Plünderer zerrte Möbelstücke auf die Straße. Bücher wurden zerfetzt, Gemälde zerschnitten. Schon jetzt trieb Hausrat im Fluss. Andere Aufrührer besoffen sich mit geraubtem Wein, fraßen gestohlene Spezereien oder versuchten, mithilfe der Überreste der zerbrochenen Tür Feuer an das Haus zu legen. Aus den oberen Fenstern drangen Hilferufe. Aardzoon sah, dass etliche junge Männer bereits an der Fassade emporkletterten, während andere versuchten, über das Dach einzudringen. Es war höchste Zeit einzugreifen. Abraham Boom hatte ebenfalls die Lage sondiert und rief erste Befehle.

In diesem Augenblick stürzte ein Jugendlicher zu Aardzoon; es war Jan. Warum bewachte der Junge nicht die Baustelle? »Endlich finde ich Euch, Mijnheer! Ich war in der Schützendiele … habe Euch da knapp … verpasst …«, brachte Jan stockend heraus. »Die Plünderer … die Baustelle … mein Großvater …«

Scharf durchfuhr es den Architekten. Er packte den jungen Mann an den Schultern. »Nun rede schon – was ist passiert?«

Mit brennenden Augen blickte der Junge ihn an. »Auch bei Eurer Baustelle … Plünderer … Alles kurz und klein schlagen wollen sie. Feuer wollen sie legen …«

Aardzoon war für einen Augenblick wie erstarrt. Die Worte trafen ihn wie ein Schlag. Eine uralte Angst drohte von ihm Besitz zu ergreifen. Nicht schon wieder! »*Godverdomme!*«, stieß er leise aus. Er atmete tief durch. Sein gesamtes Erspartes hatte er in diese Baustelle investiert. Wenn Antonie recht hatte und van Noort bankrott war, würde er auf dem Schaden sitzen bleiben. Er könnte alles verlieren.

»Grootvader …«, begann Jan von Neuem.

Aardzoon drängte die Angst zurück. »Was ist mit Gerrit?«

Der Junge sah ihn mit aufgerissenen Augen an. »Er hat Alarm geschlagen, aber sie … Ich wollte ihn nicht allein … Er hat mir befohlen, zu Euch …«

Aardzoon wog seine Waffe in der Hand. Er wurde hier gebraucht, aber genauso auf der Baustelle. Schon einmal hatte er erlebt, wozu Menschen fähig waren. Es war grauenvoll gewesen.

Entschlossen stürzte er los.

Teil 1

1585 bis 1588

I

Es krachte, jemand schrie. Sofort sprang Vincent Aardzoon auf. Was ging da draußen vor sich? Die plötzliche Bewegung und der Hunger ließen den Jungen schwindeln. Er blinzelte, rieb sich über das Gesicht – nichts half. Beim Hinausgehen musste er sich an den Wänden abstützen. Vor der Tür umfing ihn die Hitze wie ein nasses Handtuch. Der Gestank des Hafenschlicks verstärkte seine Übelkeit, weshalb es ihm schwerfiel durchzuatmen. Das Donnern der Kanonen und Musketen ließ ihn zusammenzucken. Obgleich der Geschützlärm sie seit über einem Jahr begleitete, war es unmöglich, sich daran zu gewöhnen.

Als er sich gefangen hatte, erkannte Vincent, dass die Jungen erbittert mit Knüppeln aufeinander eindroschen. Auf der Stirn seines Bruders Ruben wölbte sich bereits eine rote Beule, und in seinen Augen brannte heiße Wut. Beim nächsten Schlag brach Rubens Ast entzwei. Er wollte dem Nachbarsjungen den Stumpen entgegenschleudern, doch Vincent sprang dazwischen.

»Genug!«, rief er. Mit seinen elf Jahren überragte Vincent die Jüngeren um Haupteslänge, wovon sich allerdings weder sein Bruder noch Kees, der Sohn des Pfefferhändlers, beeindrucken ließ. Beide starrten ihn hitzig an.

»Lass uns kämpfen! Wir müssen uns verteidigen können, wenn die Spanier kommen!«, fauchte Ruben. Er holte von Neuem aus, aber Vincent stoppte den Angriff.

»Die Spanier werden hier nicht einfallen, das wird der Magistrat zu verhindern wissen«, versuchte Vincent, seinen Bruder zu beruhigen. »Außerdem: Was willst du ausrichten, wenn ihr euch vorher zu Klump schlagt?«

Ruben wollte etwas entgegnen, tänzelte aber nur von einem Fuß auf den anderen. Unwillkürlich musste Vincent lachen. »Mund zu, oder willst du Fliegen fangen?«

Kurz sah es aus, als wollte Ruben sich gekränkt auf ihn stürzen, doch dann murmelte er: »Wenn überhaupt, dann Mücken.« Mit einem entschlossenen Hieb schlug er ein Tier tot, das sich auf seinen Hals gesetzt hatte. Verdenken konnte Vincent es ihm nicht, die Mücken waren in diesem Jahr eine echte Plage.

Vincent räusperte sich. Seine Kehle war staubtrocken. Er pickte einen Kiesel auf, wischte ihn an seinen Beinlingen ab und steckte ihn in den Mund. Der Stein würde seinen Sinnen vorgaukeln, dass es etwas zu essen und zu trinken gab, das hatte Vater ihnen erklärt. »Wo is' Betje?«, fragte er nuschelnd.

Sein Bruder verstand ihn trotzdem: »Betje spielt mit Sara.«

Vincent schob den Kiesel mit der Zunge in die Backentasche. »Du solltest doch auf sie aufpassen!«

»Und warum hast du das nicht gemacht? Du bist der große Bruder!«, gab Ruben trotzig zurück.

»Ich habe gelernt. Das solltest du auch tun!«

»Ach ja? Wir haben doch kaum Unterricht. Die Lehrer sind alle geldgierig, krank oder tot!«

»Gerade deshalb, du Hohlkopf.«

Ruben schoss wütend auf ihn zu. »Sag das noch mal!«

Kees ging dazwischen. »Die beiden haben hier herumgequengelt.«

»Betje und Sara? Und da habt ihr sie weggejagt?«, fragte Vincent fassungslos. Er spuckt den Stein in hohem Bogen in den Straßengraben. Ohne ein weiteres Wort lief er zur nächsten Ecke, von wo aus er die Hafenkante und die auf den Platz mündenden Gassen einsehen konnte. Ihre Schwester war mager und schwach; am Morgen war sie kaum aus dem Bett gekommen. Was, wenn Betje auf der Straße zusammenbrach? Oft waren in den letzten Wochen in unbelebten Ecken und Winkeln der Stadt entkräftete Gestalten oder gar Tote gefunden worden.

Was Vincent sah, verstärkte seine Beklemmung noch. Antwerpen war ein Totenhaus. Kein Hund bewachte mehr Kaufmannshöfe oder Werkstätten. Keine Katze jagte in Abwassergräben nach Mäusen. Nicht einmal Möwen kreisten noch zwischen den Giebeln. Vieh hatte man schon seit Monaten nicht mehr durch die Stadt getrieben. Am Schelde-Kai, an dem sonst dickbauchige Koggen oder Galeonen lagen, dümpelten nur ein paar Segler. Reglos stand der Kran auf dem Kranenhoofd. Im gleißenden Licht des Augusttags wirkte der Fluss, die mit Abstand wichtigste Handelsroute der Stadt, brackig.

Eilig suchte Vincent die Umgebung ab. Bei einem verlassenen Hafenschuppen entdeckte er die Mädchen endlich. Sie hockten am Ufersaum und hantierten mit einem zerbrochenen Krug, Steinen und einem morschen Holzbrett. Vater würde sie schelten – nicht besser als Bettler sahen sie aus! Offenbar hatten sie Sand mit Flusswasser vermischt, denn ihre Kleider und Hände waren verdreckt. Betje wirkte bleich, selbst ihre dicken blonden Haare hingen schlaff herunter. Gerade führte sie etwas zum Mund.

Vincent beschleunigte den Schritt. Was aß sie? Im Näherkommen erkannte er, dass die Mädchen aus Stroh, zermahlenen Eicheln und Matsch eine Art Fladen geformt hatten. Er schlug seiner Schwester den Dreck aus der Hand.

»Die schöne Waffel!«, beschwerte sich Betje weinerlich.

»Das ist doch keine Waffel! Das darfst du nicht essen. Du kannst krank davon werden!«, schimpfte Vincent. Betjes Unterlippe bebte. Ihre Freundin senkte beschämt den Blick. »Wie viel habt ihr davon schon gegessen?«, forschte Vincent nach.

»Wir haben eine Waffel geteilt. Sie hat geschmeckt, oder nicht, Sara? Mutter hat immer so leckere Waffeln gemacht«, meinte Betje.

Vincents Hals wurde so eng, dass er kaum Luft bekam. Was würde er dafür geben, dass seine Mutter wieder da wäre und für sie Waffeln backen würde! Ihr Tod war für sie alle wie eine offene Wunde. Er schluckte heftig. Auf einmal tat Betje ihm leid. Mit einem sauberen Zipfel ihres Kleids wischte er ihr den Dreck ab; auch Sara reinigte er das Gesicht. »Ihr dürft diesen Unrat nicht essen, hört ihr«, sagte er sanfter. »Nachher sollen wieder Notrationen am Stadhuis verteilt werden, dann gibt es etwas Richtiges.«

»Aber das ist noch so lange hin! Außerdem ist es nie genug«, schmollte Betje.

Wie recht sie hatte, ihre letzte, halbwegs vernünftige Mahlzeit war Tage her. Trotzdem durften sie kein Risiko eingehen.

Noch vor dem Haus musste Betje sich übergeben. Vincent trug sie in die Schlafkammer. Er half ihr, die besudelte Kleidung auszuziehen; der Anblick ihres abgemagerten Körpers schnürte ihm aufs Neue den Hals zu. Sofort rollte sie sich auf dem Bett zusammen. Da weder Ruben noch ihr Vater da waren, wachte Vincent über sie. Er holte sein Skizzenbuch von einem Regal, einem der wenigen Möbelstücke, die ihnen geblieben waren. Früher war ihr Haus so gemütlich gewesen, warm und voller Lachen. Es hatte Gemälde und Blumensträuße gegeben, weiche Wolldecken und Felle, und stets hatte etwas Gutes auf dem Herd geköchelt. In seiner freien Zeit hatte sein Vater feine Möbel nach den Entwürfen seines früheren Dienstherrn Hans Vredeman de Vries gezimmert. Gemeinsam hatten sie gespielt oder Seifenblasen bestaunt, die Vincent geschickt blasen konnte und denen seine Geschwister fröhlich nachgejagt waren. Heute aber waren die Räume leer, und der Herd war kalt. Seit keine Holzlieferungen mehr in Antwerpen eintrafen, hatte ihr Vater kaum Geld verdient. Die Arztbesuche und die Beerdigung der Mutter hatten ihre Ersparnisse vollends aufgezehrt. Was sie nicht verkauft hatten, hatten sie verfeuern müssen.

Kurz wanderte Vincents Blick zu dem Porträt der Mutter, das sorgfältig gerahmt neben der Bibel stand. Sein Vater hatte die Zeichnung an einem schönen Tag im letzten Sommer angefertigt. Nur flüchtig beschrieben die Striche die Gesichtszüge – und doch vermittelten sie einen Eindruck ihres Wesens. Traurig setzte Vincent sich an das Bett seiner Schwester. Er würde an seiner Skizze der Festungsruine arbeiten. Die Antwerpener Bürger hatten die Zitadelle vor acht Jahren als verhasstes Symbol des spanischen Königs zerstört. Mit seinem Freund David hatte Vincent lange vor der Ruine gesessen und gezeichnet. Ob David mit seinem Entwurf schon fertig war?

Erst einige Striche hatte Vincent auf das Papier geworfen, als sein Vater zurückkehrte. Vincent lief zur Stube, aber sein Vater schien ihn, wie so oft, gar nicht wahrzunehmen. Wim Aardzoon war kein Mann großer Worte. Entweder er arbeitete, oder er widmete sich seinen religiösen Verpflichtungen.

Ehe Vincent ihn ansprechen konnte, strebte sein Vater zur Anrichte, küsste das Bild seiner Frau, nahm die Bibel heraus und ließ sich auf die Knie sinken. Mit gesenktem Haupt las er vor: »Er wird den Tod verschlingen auf ewig. Und Gott der Herr wird die Tränen von allen Angesichtern abwischen …«

Wenn Vincent sich recht erinnerte, war es ein Abschnitt aus dem Buch der Propheten, über den bei einem der letzten Gottesdienste gepredigt worden war. Es ging darum, dass man auch in Zeiten der Not auf Gott vertrauen sollte.

»… und wird aufheben die Schmach seines Volks in allen Landen, denn der Herr hat's gesagt.«

Das Verhalten seines Vaters verunsicherte Vincent. Wim Aardzoon war ein Mann wie ein Baum, standfest und stark. Er konnte mit masthohen Balken hantieren, als wären sie Speere, schwang Beile wie andere Säbel und legte Fundamente für trutzige Festungen – jetzt aber wirkte er wie ein Häufchen Elend. Dabei hätte Vincent bis zu dieser unglückseligen Belagerung und dem Tod der Mutter nicht geglaubt, dass seinen Vater je etwas erschüttern könnte. Wims Schultern zuckten. Weinte er etwa?

»Vater?«, fragte Vincent erschrocken.

Seine heisere Stimme riss den Vater aus der Versenkung. Wim kam auf die Füße und legte die Bibel zurück auf das Regal. »Ich habe dich gar nicht bemerkt«, murmelte er. Ganz grau wirkte er. Die hellen Strähnen in seinem pfefferfarbenen Haar schienen täglich mehr zu werden, die Augen waren rot gerändert. Er ließ sich auf den Hocker sinken und wog das Haupt in den Händen. Plötzlich riss er den Oberkörper hoch und knallte den Hinterkopf gegen die Wand.

Vincent zuckte zusammen. Das musste doch wehgetan haben! Sein Vater verzog jedoch kaum das Gesicht. »Frings hat unsere Schulden verkauft. Wir werden das Haus schon morgen verlassen müssen«, stieß er hervor.

Vincent hatte das Gefühl, ihm würde der Boden unter den Füßen weggezogen. Mijnheer Frings war ihr Nachbar. Er trieb schwunghaften Handel mit englischen Tuchen und hatte schon öfter versucht, Wim Aardzoon zum Verkauf zu bewegen. Er wollte ihr kleines Fachwerkhaus abreißen lassen, um an der Stelle eine Lagerhalle zu bauen. Dass er es wagte, sich auf diese Art und Weise den Baugrund zu verschaffen …

Vincent verbarg das Skizzenbuch hinter seinem Rücken; in diesem Zustand wäre Vater ganz sicher nicht mit seiner Zeichnung zufrieden. Außerdem hatten seine Worte ihm eine Heidenangst eingejagt. »Was wird dann aus uns? Wo sollen wir hin?«, fragte er.

Sein Vater starrte auf seine Finger, die aufgesprungen und rau von der Arbeit waren. »Jemand wird uns schon aufnehmen. Wir sind in Gottes Hand, hast du das vergessen? Die Belagerung kann nicht mehr lange dauern. Angeblich liegen in der Scheldemündung an die zwanzig Schiffe, die zu unserer Rettung ausgesandt sind, voll beladen mit Waffen und Korn.«

Hoffnung keimte in Vincent. »Was für Schiffe? Wer hat diese Schiffe ent…«

»Hast du gelernt?«, unterbrach Wim ihn schroff.

Vincent senkte das Haupt. »Natürlich, Vater.«

Wim beugte sich vor und klopfte Vincent mit dem Zeigefinger hart gegen die Stirn. »Sei schlauer als ich, und lerne, lerne, lerne! Deine Mutter hat es gewusst: Was du hier drin hast, kann dir niemand nehmen. Der spanische König mag uns einsperren, er mag uns an Leib und Seele bedrohen, mag uns zu Bettlern und Hungerleidern machen, aber er wird uns nicht unterkriegen.«

Unzählige Male hatten seine Eltern erzählt, wie sie sich kennengelernt hatten: Wim war von seinem Dienstherrn zu einer Druckerei geschickt worden, um ein Buch abzuholen. Die Schriften berühmter Baumeister und Ingenieure, die dort auslagen, hatten Wim fasziniert, die gelehrte Verkäuferin hatte ihn verzaubert. Immer wieder hatte Wim anschließend einen Vorwand gesucht, um in die Druckerei zurückzukehren.

Vincent wusste genau, wie wichtig seinem Vater die Ausbildung seiner Kinder war. Schreiben und Lesen, Mathematik, Latein und Zeichnen – an der Schulbildung hatte Wim Aardzoon zuallerletzt gespart. Vincent wurde an der Lateinschule von Diakon Godlef unterrichtet, wo sie gerade Ciceros Redekunst und die mathematischen Regeln des Euklid durchnahmen, doch seit Kurzem musste der Geistliche sich wichtigeren Pflichten widmen.

Wim bemerkte das Skizzenbuch in Vincents Hand. »Du hast gezeichnet?«

»Ich habe versucht, die Skizze zu verbessern. Aber die Ruine und die Stadtmauer sehen nicht so aus wie in echt.«

»Zeig her.«

Kritisch betrachtete sein Vater die Zeichnung. »Du verlierst dich in Details, statt das große Ganze zu sehen. Hier, die wulstige Rinde des Baumes oder der Riss in der Mauer – hübsch, aber unnütz. Die Perspektive stimmt beinahe, die Festungsmauern stehen allerdings ein wenig schief. Siehst du, hier und hier.« Jetzt, wo Wim mit dem Finger darauf wies, sah Vincent es auch. »Wenn ich so bauen würde, wie du gezeichnet hast, würde jedes Haus zusammenstürzen. Gott hat die Welt geordnet mit Maß, Zahl und Gewicht. Alles ist auf geometrische Formen zurückzuführen, hast du das vergessen?«

»Nein, Vater.«

»Ausgangspunkt ist der Kreis«, führte Wim aus. »Gott hat die Welt in einem Zirkelrund geschaffen. Mithilfe der Winkel ergeben sich daraus alle Formen. In dieser Mauer steckt ein Rechteck, in der Ruine der Zitadelle sind Quadrate und Dreiecke verborgen. Fange immer mit den Grundformen an, dann kann nichts schiefgehen. Danach darfst du die Perspektive nicht vergessen – die Mauern wirken in der Ferne kleiner.«

Sofort machte Vincent sich daran, die Fehler auszubessern.

Sein Vater redete unterdessen weiter. »Für einen Baumeister gelten die Grundregeln der klassischen Architektur, was Maße und Schönheit angeht. Der römische Gelehrte Vitruv hat sie festgelegt. Er fordert für die Architektur, dass sie solide ist, nützlich und schön. Schönheit strahlt ein Gebäude jedoch nur aus, wenn die einzelnen Teile in harmonischen Größenverhältnissen zueinander stehen. Für jedes Gebäude gelten zudem besondere Anforderungen. Bei einer Festung geht es vorrangig um Angriff und Verteidigung.«

Vincent sah seinen Vater an. Der Vortrag schien ihn von seinem Kummer abzulenken. Das war gut. »An Kirchen oder an einem Rathaus wird meist nicht mehr gebaut, wenn sie einmal fertig sind. Warum müssen dann Festungsmauern immer wieder erneuert werden, auch wenn sie nicht zerstört wurden?«, sprach er einen Gedanken aus, der ihn schon länger beschäftigte.

»Wenn es neue, stärkere Waffen gibt, müssen auch die Festungen verbessert werden. Bei den Rundtürmen und eckigen Festungstürmen gibt es viele tote Winkel, in denen sich Soldaten verstecken können. Das kann man sich heute nicht mehr leisten. Doppelkartaunen, Scharfmetzen oder Basilisken zerschießen mit ihren Eisenkugeln einen einfachen Schutzwall im Nu. Zudem können Schützen mit ihren Arkebusen oder Musketen aus dem Hinterhalt erheblichen Schaden anrichten.«

Vincent überlegte. »In der Antwerpener Festung sind Dreiecke versteckt.«

»Gut beobachtet. In einer keilförmigen Bastion wie der unseren sind die toten Winkel am kleinsten.«

»Deshalb habt Ihr also die Antwerpener Stadtmauer erneuert.«

Sein Vater stieß einen Laut aus, der Vincent an dessen kollerndes Lachen erinnerte; viel zu lange hatte er es schon nicht mehr gehört. »Nicht ich allein, bei Weitem nicht. Die Mijnheers Vredeman de Vries und Hans van Schille haben die neuen Fortifikationen zwischen Zitadelle, Schelde-Ufer und Inlandswegen entworfen. Ich hatte ein Buch mit den Entwürfen van Schilles. Ein Jammer, dass ich es verkaufen musste, sonst hättest du …«

Die Glocken unterbrachen ihn. Wims Gesicht verdüsterte sich wieder. »Es ist Zeit. Hol deine Geschwister, wir müssen los.« Leiser setzte er hinzu: »Er hat uns wahrlich zu Bettlern gemacht.«

Betje war auf der Pritsche eingeschlafen und ließ sich nur schwer wecken. Ruben hingegen fand Vincent vor dem Haus, wo er und Kees versuchten, eine Möwe mit Steinen abzuwerfen; diese Vögel schmeckten nicht besonders gut, waren aber besser als nichts. Vincent fürchtete sich davor, seinen Geschwistern erzählen zu müssen, dass sie demnächst auch noch ihr Heim verlieren würden.

Wim nahm Betje an die Hand und schritt weit aus. Vincent glaubte nicht, dass seine Schwester dieses Tempo lange durchhalten würde, zumal es noch immer sehr heiß war. Schon blieb Betje so weit zurück, dass ihr Vater sie beinahe hinter sich herziehen musste.

»Vater, ich bitt Euch ... nicht so schnell ... Ich kann nicht mehr«, stieß Betje schließlich hervor.

Wim hockte sich neben seine Tochter. Er betrachtete sie, als habe er sie seit Wochen nicht gesehen. Besorgt befühlte er ihre Stirn. »Mir gefällt das auch nicht, aber du weißt doch: Wenn wir nicht rechtzeitig ankommen, gehen wir leer aus.«

Obgleich sie mit ihren acht Jahren schon zu alt dafür war, hob Wim sie hoch und setzte sie auf seine Hüfte. Schlaff hing das Mädchen auf seinem Arm.

Die engen Gassen mit den schmalen, hohen Häusern stanken nach Unrat. Menschenleer war der Platz, selbst den Handel der so geschäftstüchtigen Hansekaufleute hatte die Blockade zum Erliegen gebracht; das imposante Hansekontor an der Suikerrui wirkte verlassen.

Ruben war vorausgeeilt. Nun stand er an der Straßenecke, rief ihnen etwas zu und gestikulierte aufgeregt. »Da ist ein beladener Karren vor dem Haus von Mijnheer Gamel! Sicher ist Getreide geliefert worden. Endlich gibt es wieder Brot. Haben die Geusen es doch geschafft, die Blockade zu durchbrechen! Diese Teufelskerle!«

»Untersteh dich, derart zu fluchen!«, schalt Wim seinen Sohn, doch sein Gesicht hellte sich auf. Für sie alle waren die Wassergeusen Helden. Sollten die Kaperfahrer, die auf See für die Freiheit der Niederländer kämpften und jetzt das eingeschlossene Antwerpen unterstützten, die Blockade durchbrochen haben, gäbe es Hoffnung. Schließlich war Mijnheer Gamel ein mildtätiger Kaufmann. Er hatte ihnen früher immer Mehl und andere Nahrungsmittel geliefert und in den vergangenen Monaten nicht nur sie anschreiben lassen.

Bald sah auch Vincent den Karren. Erst auf den zweiten Blick erkannte er, dass die Gestalten zerlumpt waren und es sich bei der Ladung nicht um Warenballen handelte, sondern um in Laken eingewickelte Körper. Ein knochiger Arm löste sich aus dem Leichentuch und hing auf das Pflaster hinunter; grob schob der Knecht ihn wieder auf die Pritsche zurück. Schrecken hatte Rubens Augen geweitet.

Wim legte seine große Hand über Betjes Gesicht, damit ihr der Anblick erspart blieb.

Vincent versuchte, sich die Bestürzung nicht anmerken zu lassen. War der Kaufmann gestorben? Aber warum hatte ihn dann der Armenkarren abgeholt? Ein Gefühl tiefer Hilflosigkeit erfüllte ihn. Täglich starb jemand, den sie kannten. Ihre geliebte Mutter, gute Freunde, Nachbarn. Bald würde es auch sie erwischen. Und das, obwohl sie so inbrünstig für eine Rettung beteten. Es war, als habe Gott sie vergessen.

Der Anblick des Stadhuis riss Vincent wenig später aus seinen düsteren Gedanken; an diesem eindrucksvollen Gebäude konnte er sich nie sattsehen. Nichts an der filigranen Fassade erinnerte noch daran, dass das Rathaus erst vor wenigen Jahren durch die Spanier niedergebrannt und anschließend wieder aufgebaut worden war. Die Pracht des Gebäudes stand allerdings in einem krassen Gegensatz zu den verhärmten, elenden Gestalten, die sich davor versammelt hatten. Spannung lag in der Luft. Als wäre es nicht schlimm genug, dass sie belagert wurden, waren sich die Antwerpener auch noch untereinander spinnefeind. Immer wieder brachen Streitigkeiten aus, deren Anlass Vincent nur erahnen konnte. Die meisten hatten wohl mit der komplizierten Frage zu tun, was der wahre Glaube sei.

Wim Aardzoon schlug einen Bogen um die Streithähne. Die Menschen machten ihm Platz, was nicht nur an seiner Statur lag; viele kannten ihn und zeugten ihm Respekt.

Dann jedoch traten ihnen paar junge Männer in den Weg. »Genug vorgedrängelt! Wir haben schon länger gewartet«, sagte ein Kerl scharf. Es war Sjako, ein hagerer Zimmermann, den Vincent schon manches Mal am Hafen gesehen hatte.

»Ich drängle nicht vor, sondern will nur in friedlicherer Umgebung warten«, wies Wim die Anschuldigung zurück.

Sjako verschränkte die Arme vor der Brust. »Ihr sollt Euch hinten anstellen, wie es sich für einen Mann Eures Ranges gehört.«

Wims Kiefer mahlten, und die scharfen Furchen in seinem Gesicht wurden tiefer. »Was meint Ihr damit?«

Sjako grinste. »Wenn Ihr kein Haus besitzt, dürft Ihr Euch nicht mehr Bürger dieser Stadt nennen. Niemand wird Euch noch Aufträge geben. Kaum besser als ein Bettler seid Ihr ...«

Vincent hielt ob dieser Frechheit die Luft an. Woher wusste Sjako, dass sie ihr Haus verlieren würden? Überhaupt: Dass dieser Kerl es wagte, sich über ihr hartes Schicksal zu freuen! Die Belagerung und die Krankheit der Mutter waren doch der Grund für ihre Geldnot.

Vincent und Ruben schoben sich neben ihren Vater, trotz ihrer Jugend bereit, ihm beizustehen.

Wim löste Betjes Arme von seinem Hals und hob sie zu Vincent hinüber. Dieser drückte seine kleine Schwester an sich. Wie leicht Betje war und wie heiß ihr Gesicht! Sorge durchfuhr ihn. Sie hatten ja bei ihrer Mutter erlebt, wie anfällig ein geschwächter Körper war.

»Wenn ich mich recht entsinne, steht es auch mit Euren Geschäften nicht zum Besten, vor allem, seit Ihr den letzten Auftrag eines gewissen Poorters vermasselt habt«, sagte Wim verächtlich.

»Vermasselt? Ich habe nichts vermasselt!«, zischte Sjako.

»Wie würdet Ihr es denn nennen, wenn ein Haus eine Elle absackt und einzustürzen droht?«

Einige Umstehende lachten. Sjakos Kumpane schoben streitlustig ihre Ärmel hoch. Das Elend brachte nicht das Beste aus den Menschen zum Vorschein, das wusste Vincent. Nicht nur, dass die Kaufleute Wucherpreise für die wenigen Lebensmittel forderten, die in die Stadt gelangten. Es grassierten auch Verbrechen. Anfangs waren bei Einbrüchen nur Wertgegenstände gestohlen worden. Inzwischen riss man alten Mütterchen den letzten Brotkanten aus der Hand oder tötete sogar, um eines der wenigen Hühner zu stehlen, die die Belagerung bislang überlebt hatten. Dieses Verhalten erschien Vincent absurd. Sollten sie nicht zusammenhalten? Steckten sie nicht alle in derselben Falle?

Sjako schoss auf Wim zu. Dessen Finger zuckten. Vincent fürchtete, dass sein Vater den Konkurrenten angreifen könnte, obwohl sie hoffnungslos in der Unterzahl waren. Doch dann wandte Wim sich ab, offenbar unwillig, sich auf einen Kampf einzulassen.

Im gleichen Augenblick drängte sich eine auffällige Gestalt durch die Menge zu ihnen. Es war Messere Federigo Giambelli. Der italienische Mechaniker war von zarter Statur, aber hitzigem Temperament. Wie so oft trug er kurze gelbe Pumphosen mit ausgeprägter Schamkapsel, Seidenstrümpfe und ein ausgepolstertes Wams. An seinem Schwertgehänge waren ein Degen und ein Dolch befestigt. Oft kam es seiner auffälligen Kleidung wegen zu Diskussionen mit strengeren Glaubensbrüdern, die eine schlichte schwarze Tracht für angemessen hielten. Seine Freundschaft zu Wim Aardzoon schien jedoch unverbrüchlich zu sein, weil Wim Giambelli vor einigen Jahren das Leben gerettet hatte.

Unter Giambellis buschigem grauen Haarschopf funkelten Knopfaugen. »Was ist los, *amico?* Was wollen diese Herumtreiber von dir?«, fragte er.

»Herumtreiber?« Sjako und seine Kumpane kamen drohend näher. »Ein Fremder wie Ihr hat hier gar nichts zu melden!«

»Nichts zu melden?! Sag das mal deinem Bürgermeister und deinen Räten, *figlio di puttana!*«

»Was bedeutet das? Wagt Ihr es etwa, mich zu schmähen?« Sjako wurde knallrot und versetzte Messere Giambelli einen heftigen Stoß vor die Brust. Der Italiener taumelte zurück. Als Nächstes zog Sjako einen Dolch. Ein Aufschrei ging durch die Menge.

Vincent sog erschrocken die Luft ein, als sein Vater zwischen die Männer hechtete. Er war doch unbewaffnet!

Sjako tänzelte an ihm vorbei und stach mit seinem Dolch in Messere Giambellis Richtung. Gleichzeitig bildeten seine Männer einen Kreis um sie und drängten sie enger zusammen.

»Jetzt vergeht Euch das lose Maul, was?«, rief Sjako.

Der Italiener wich zurück. Sjako sprang auf Giambelli zu, doch ehe die Klinge seinen Freund treffen konnte, machte Wim einen Ausfallschritt. Der Angreifer stolperte und fiel. Einige Zuschauer johlten. Wim trat dem Angreifer den Dolch aus der Hand und hob ihn auf. Sjakos Kumpane waren offensichtlich unschlüssig, ob sie ihm zu Hilfe kommen sollten. Giambelli jedoch lachte triumphierend.

In diesem Augenblick wurde die Pforte am Seitenflügel des Rathauses geöffnet. Bewegung kam in die Menge. Menschen wurden zwischen sie und die Streithähne geschoben, wodurch es Wim gelang, sie außer Reichweite zu bringen.

»Was ist denn in diesen Kerl gefahren? Hat der Hunger ihm das Hirn verdreht?« Messere Giambelli tupfte sich mit einem Taschentuch den Schweiß von der Stirn.

»Ich war beteiligt, als Sjako von der Zimmermannsgilde gerügt wurde, weil er dem Papst gehuldigt und den reformierten Glauben geschmäht hat. Danach hat er kaum noch Aufträge bekommen. Mir tat's leid, ehrlich. Hätte sich auf Intarsien verlegen sollten, bei diesen Fummelarbeiten ist er richtig gut. Aber so hat er gegen mich ein paarmal bei Auftragsvergaben den Kürzeren gezogen.«

»Wen wundert's – du bist der Beste, *amico!*«

»Nicht mehr lange.«

Besorgt legte Messere Giambelli die Hand auf Wims Schulter. »Was ist? Du wirkst so … wie soll ich sagen … bedrückt.«

Es fiel Wim sichtlich schwer, die nächsten Worte auszusprechen. »Dieser Halunke hat die Wahrheit gesagt. Meine Schulden wurden überschrieben. Wir werden aus dem Haus geworfen.«

Sein Freund stieß einen heftigen Fluch aus. »Diese unbarmherzigen Pfennigfuchser!«, schimpfte er und setzte kopfschüttelnd hinzu: »Ihr könnt bei mir wohnen.«

Vincent fragte sich, ob sein Bruder mitbekommen hatte, worüber die Männer gesprochen hatten, aber Ruben war mal wieder verschwunden. Als er sich reckte, entdeckte er ihn – sein Bruder schlängelte sich geschickt zwischen den Leuten hindurch, beinahe war er schon in der ersten Reihe.

Wachen traten vor die Pforte. Die Menschen schoben sich ihnen entgegen, riefen und bettelten, die Hände flehend ausgestreckt. Schon wurden die ersten Notleidenden umgerissen und stürzten; auch Vincent konnte sich mit seiner Last kaum auf den Füßen halten.

Durch eine Lücke sah Vincent, dass die Büttel einen Sack aus der Kornkammer holten. Empörtes Heulen wurde laut. »Ist das alles? Gebt uns mehr Getreide, wir flehen euch an. Wir gehen elendig zugrunde!«, schrie eine Frau neben ihnen, die ihren leblosen Säugling vor die Brust gebunden hatte.

Ein Büttel kletterte auf einen Vorsprung. Es fiel ihm schwer, die Schreie zu übertönen: »Nur ruhig, ihr Leute! Bald hat das Hungern ein Ende. Unser verehrter Bürgermeister wird binnen Tagen das Ende der Belagerung verkünden. Die Waffen werden schweigen. Die Kämpfe werden demnächst eingestellt!«

Vincent bemerkte, wie sein Vater und Messere Giambelli überraschte Blicke tauschten.

»Brot oder Frieden! Brot oder Frieden!«, skandierte die Menge.

Tumulte brachen aus, als das Getreide verteilt wurde. Alle riefen durcheinander, versuchten, die anderen wegzuschieben, sich einen Vorteil zu verschaffen.

»Bitte, ich habe vier Kinder …«

»Meine Frau ist krank, wir brauchen Essen …«

»Bei der Güte Christi …«

Ruben hatte den Beutel von seinem Gürtel gelöst und wartete ungeduldig auf sie, denn sie bekamen ihren Anteil pro Kopf. Als der Vorrat verteilt war, wurden die Tumulte rabiater. Gerangel setzte ein, als ein Hungernder dem anderen etwas aus der Schale zu stehlen versuchte. Auch ihrem Vater wurde der Beutel weggerissen. Wim fuhr herum. So wütend hatte Vincent ihn noch nie gesehen. Mit einem einzigen Faustschlag warf er den Dieb zu Boden und holte sich ihren Kornbeutel zurück.

»Wartet am Rande des Platzes auf uns!«, befahl Wim und gab Ruben den Beutel. Was hatte er vor?

Die Geschwister konnten gerade noch Abstand zwischen sich und die Prügelnden bringen, ehe sie selbst Schläge abbekamen, denn die Wachen trieben die Menschen brutal auseinander. Im Schutz einer Mauer setzte Vincent seine Schwester ab. Sofort knickten ihre Knie ein. Betjes Augenlider flatterten, ihr Mund stand offen.

Ihr Vater und Giambelli befragten in einiger Entfernung Dirck van Os, den Anführer der Stadtmiliz. Der Mann schien nur ausweichend zu antworten. Eine abgemagerte Dame versperrte Vincent kurzzeitig den Blick. Sie versuchte offenbar, ein feines Kleid gegen Korn zu tauschen. Eine andere verschwand mit einem Kerl in einem finsteren Winkel; wie eine Dirne sah sie nicht aus, wohl aber verzweifelt. Verlegen sah Vincent weg.

Endlich kamen Wim und Messere Giambelli zurück. Sie strebten aber nicht ihrem Haus entgegen, sondern der Kirche. Die Kinder eilten hinterher. Auf dem Weg diskutierten die Männer heftig. Vincent schnappte nur Gesprächsfetzen auf; anscheinend war der Antwerpener Bürgermeister kurz davor, einen Vertrag mit dem Prinzen von Parma zu schließen, der im Auftrag des spanischen Königs die Stadt belagerte. Vincent brannte darauf, mehr erfahren.

Vor der Tür wurde Messere Giambelli von der Gattin des Zuckersieders aufgehalten; sie jedoch gingen hinein. Der Tempel wirkte kahl, wie so oft, wenn aus katholischen Kirchen die papistischen Altäre und Heiligenbilder entfernt worden waren. Ihr Glaubensvater Calvin hatte sie gelehrt, ihr Gotteshaus nicht mehr Kirche, sondern Tempel zu nennen, was manchem Gläubigen schwerfiel. An einer Wand hing eine Tafel mit den zehn Geboten. In dem schlichten, weiten Raum war es angenehm kühl, dennoch war die Stimmung hitzig. Weitere Gemeindemitglieder, wie Kees' Vater, hatten sich eingefunden. Sie diskutierten aufgewühlt, der Zuckersieder mit Mevrouw Dhaen, der Witwe des Seidenwebers, aber auch einfache Arbeiter mischten sich ein. Einzelne Frauen brachen in Tränen aus, weil sie fürchteten, ihre Ehre, ihre Heimat oder gar ihr Leben zu verlieren.

»Italiener, Spanier – die sollen verschwinden! Warum glauben die überhaupt, über uns herrschen zu dürfen?!«, schimpfte Ruben. »Und wann essen wir endlich?!« Er presste das Säckchen an seine Brust.

Vincent setzte Betje behutsam ab; sie sollte schnellstmöglich etwas in den Magen bekommen und dann wieder ins Bett. Gerade als er seinem Bruder die komplizierten Zusammenhänge erklären wollte, kehrte Ruhe ein. Der Dominee und die Diakone waren in die Kirche getreten. Sogar Ruben nahm Haltung an, denn Ysebrandus Frisius und Gaspar van der Heyden waren ebenso gelehrte wie strenge Kirchherren. Sein Lehrmeister begrüßte Vincent flüchtig. Diakon Godlef war ein kleiner, kugeliger Mann, dessen Gleichmut kein Schülerstreich erschüttern konnte. Die letzten Wochen hatten jedoch nicht nur seiner Figur zugesetzt.

Nach dem Gottesdienst berieten die Erwachsenen lange. Vincent liebäugelte immer wieder mit dem Gedanken, sich einfach mit seinen Geschwistern hinauszustehlen; er wollte aber nicht den Unwillen der Geistlichen erregen. Schließlich strebten die Erwachsenen auseinander.

Als Wim Aardzoon sich seinen Kindern zuwandte und Messere Giambelli ihm folgte, hielt Gaspar von der Heyden die Männer auf. Nun konnte Vincent seine Worte verstehen: »Tut, was Ihr könnt, um uns zu retten. Ihr habt es gehört: Jeder von uns wird alles daransetzen, Eure Mission zu unterstützen.« Er berührte die Ellbogen der Männer. »Ihr seht an mir, was der Glaube und ein starker Wille vermögen. Ein einfacher Schuhmacher war ich, und ich habe mich selbst zum Pfarrer ausgebildet, um Gottes Segen weiterzugeben.«

»Eure Leistung in Ehren, aber wenn wir nicht zwei Schiffe …«, begann Wim.

Gebieterisch hob der Geistliche die Hand. »Die Schiffe werden sich finden. Der Herr wird für die Seinen sorgen. Macht Euch an die Arbeit, die Zeit drängt.«

Wim Aardzoon schien ihre Mahlzeit vergessen zu haben. Noch immer ging er nicht nach Hause. Ratlos und aufgeregt nahm Vincent seine Schwester huckepack und folgte ihm. Messere Giambelli redete auf Wim ein.

Unvermittelt nahm der Vater Vincent das Mädchen wieder ab. »Lauft los, und ruft einige Freunde zusammen. Wir treffen uns beim nächsten Glockenschlag in Federigos Werkstatt.« Er nannte ihnen Namen und die Häuser, in denen sie Bescheid geben sollten.

Ruben zögerte. »Und das Essen?«, fragte er mit Blick auf das Getreidesäckchen.

Ihr Vater nahm ihm den Beutel ab. »Wenn ihr wieder da seid, bereiten wir gemeinsam die Mahlzeit.«

Messere Giambellis Fachwerkhaus befand sich am Ende einer Sackgasse am Hafen, der angebaute Werkstattschuppen grenzte direkt an einen Fleet. Vincent war außer Atem, als er nach seinen Botengängen am Hafenrand ankam, und die Neugier darauf, was er heute in der Werkstatt zu sehen bekommen würde, verdrängte beinahe den nagenden Hunger. Er hatte seinen Vater ab und zu begleitet, wenn dieser mit Giambelli zusammengearbeitet hatte. Die Wände der Werkstatt waren mit Konstruktionszeichnungen und Berechnungen gepflastert, und immer, wenn sich die Gelegenheit bot, hatte Vincent den Mechaniker dazu befragt. Federigo sei ein genialer Tüftler, hatte sein Vater einmal gesagt, habe aber zwei linke Hände, weshalb sie sich perfekt ergänzten. Das war nur die halbe Wahrheit, denn sein Vater war nicht nur ein guter Handwerker. Vincent wusste, dass er ebenfalls ein Buch mit Konstruktionszeichnungen und Briefen besaß. Das Notizbuch war mit einem Lederband umschnürt und wurde wie ein Schatz gehütet.

Auf Regalen standen Flaschen, Tontöpfe und Glaskolben, daneben mehrere Waagen und Kessel. Alle Instrumente, die Giambelli besaß, waren ausgesprochen schön, das war Vincent schon früher aufgefallen. Ein Holzgerüst, das wie ein Wagenrad mit seltsamen Speichen aussah, nahm den Großteil der Werkstatt ein. Vater hatte die einzelnen Teile und zuletzt die Verstrebungen gedrechselt. An den Rändern hingen Gewichte.

Fasziniert untersuchte Vincent die Konstruktion. »Wozu sind diese Gewichte da? Werden sie dafür sorgen, dass sich die Maschine bewegt?«, fragte er, obgleich der Mechaniker gerade in einer Kiste kramte.

Messere Giambelli richtete sich auf und warf eine Kupferkanne hinter sich. Überhaupt sah es im Haus des Mechanikers wüst aus. Anscheinend hatte diese Unordnung damit zu tun, dass Messere Giambellis Frau, eine Dame aus einer angesehenen Antwerpener Familie, sich außerhalb der Stadtgrenzen in Sicherheit gebracht hatte.

Ungeduldig wuchtete der Mechaniker die Kiste hoch. Als er sie kurzerhand auskippte, flogen seltsame Gerätschaften durcheinander. Er pickte einige metallene Teile heraus, darunter Rädchen mit kleinen Zähnen. »Da ist es ja – wusste ich es doch!«, sagte er erfreut und wandte sich dann Vincent zu. »Hattest du etwas gefragt?«

»Ich wollte wissen, was der Nutzen dieser Gewichte …«

»Die Gewichte werden dafür sorgen, dass das Perpetuum mobile sich bewegen und Arbeiten verrichten wird, ohne dass der Mensch etwas dazu beitragen muss. Nicht mehr lange, und …«

In diesem Augenblick trat Wim hinzu. »Wir müssen diese Maschine sofort abbauen, um Platz zu schaffen. Andere Dinge sind jetzt wichtiger!«

»Wichtiger? Wie kannst du das sagen!«, protestierte Messere Giambelli. »Das Perpetuum mobile könnte eines Tages all unsere Probleme lösen! Es könnte Kriegsmaschinen antreiben, die Waffenherstellung beschleunigen …«

Wim wandte sich an Vincent. »Betje habe ich in die Schlafkammer gelegt. Du und Ruben, ihr bereitet den Getreidebrei, damit wir etwas in den Magen bekommen, ehe die anderen hier sind.«

Die Jungen gingen in die Kochnische. Um den Herd anzufeuern, mussten sie in Ermangelung von Brennholz einen alten Stuhl zerschlagen, was Ruben mit Begeisterung übernahm; dann warfen sie das Getreide in den Topf und füllten ihn mit Wasser. Während sie darauf warteten, dass Blasen auf der Wasseroberfläche auftauchten, sagte Vincent: »Du hast gefragt, warum Spanier und Italiener glauben, über uns bestimmen zu können …«

»Ich weiß schon, warum«, ging Ruben dazwischen. »Ich bin doch nicht blöd.«

Unbeirrt fuhr Vincent fort: »Das Haus der burgundischen Herzöge von Valois, hat vor etwa zweihundert Jahren die siebzehn niederländischen Provinzen durch Heiraten und Verträge vereinigt. Als irgendein Herzog – wer war es noch gleich? –, ach ja, Karl der Kühne, starb, fielen die Niederlande dem Haus Habsburg zu.«

»Du brauchst gar nicht so geschwollen daherreden, nur weil du schon ein paar Jahre länger zur Schule gehst!«

Vincent ließ sich nicht provozieren und rührte gewissenhaft weiter. »Alessandro Farnese, der Prinz von Parma, ein Neffe des spanischen Königs Philipp II., soll jetzt die gesamten Niederlande unterwerfen, das weißt du also auch?«

»Klar, Farnese ist ein Nachfolger dieser Mörder, die für die Spanische Furie verantwortlich waren«, stieß Ruben verächtlich hervor.

Die Spanische Furie. Der Gedanke daran ließ die Brüder verstummen. Vincent erinnerte sich nicht daran, er war zu klein gewesen, aber ihre Eltern hatten oft von den grausigen Ereignissen berichtet, die sich vor neun Jahren zugetragen hatten. Im Jahr 1576 hatten König Philipps Truppen wegen des Staatsbankrotts keinen Sold erhalten und Städte und Landstriche geplündert. Am schlimmsten hatten sie in Antwerpen gewütet. Sie hatten geraubt, geschändet, gebrandschatzt und gemordet. Achttausend Menschenleben waren damals ausgelöscht worden, hieß es. Ihre Eltern hatten sich nur retten können, weil ein Nachbar, der jüdische Diamantenschleifer Elim, sie in sein Kellergewölbe gelassen hatte. Sogar Katholiken waren über die Brutalität ihrer Glaubensbrüder erschrocken. Als Folge der Spanischen Furie hatten sich fast alle niederländischen Provinzen zum Freiheitskampf gegen den spanischen Herrscher entschlossen. Schließlich hatten die acht Provinzen Brabant, Geldern, Flandern, Holland, Zeeland, Friesland, Mechelen und Utrecht König Philipp II. abgesetzt und sich in der *Plakkaat van Verlatinghe* für unabhängig erklärt; erst im letzten Jahr hatte ihr Lehrmeister sie die Namen und Daten auswendig lernen lassen. Ein Statthalter sollte über die Provinzen herrschen, doch nach dem Verrat des Herzogs von Anjou, des Bruders des französischen Königs, war dieser Posten umstritten.

»Weißt du, was ich nicht begreife? Was will König Philipp mit

Antwerpen, wenn wir verhungern?«, riss Ruben Vincent aus seinen Gedanken.

Eine samtige Stimme gab ihm die Antwort. Ihr Vater sprach; sie hatten nicht bemerkt, dass er in der Nähe der Küche war. »Lass dir nicht einreden, dass es hier um den Glauben geht, mein Sohn. Es geht nur um Geld – der spanische König ist mal wieder bankrott, seine Schatztruhe ist leer. Antwerpen war bis zur Belagerung das Warenhaus der Welt. Die reichste Stadt mit der größten Handelsbörse. Wichtiger als Venedig, Brügge oder Brüssel. Hier gibt es portugiesische Gewürze, schwedisches Kupfer, Seide, Diamanten und lehrreiche Drucke. Im letzten Jahr wurden noch an die neunzigtausend Einwohner gezählt. Wer könnte König Philipp die Taschen füllen, wenn nicht die Antwerpener?«

Vincent wunderte sich über die ausführliche Antwort seines Vaters. »Aber warum zerstört er unsere Stadt, wenn er sie doch ausbeuten will?«, fragte er, während er erleichtert feststellte, dass das Wasser kochte und das Getreide langsam aufquoll; sein Hunger war unerträglich geworden.

»König Philipp schafft sich eine Machtbasis. Ihm haben wir ja auch den Tod unseres Statthalters zu verdanken. Gott habe Wilhelm von Oranien selig«, sagte Wim bitter.

Noch so ein bedrückendes Thema. Der spanische König hatte ein Kopfgeld auf Wilhelm von Oranien ausgesetzt. Vor gut einem Jahr war dieser dann heimtückisch ermordet worden. Das Attentat war ein Schock gewesen. Auch Vincent erinnerte sich noch lebhaft daran, wie er kurz zuvor dem Oranier zugejubelt hatte. Fürst Wilhelm hatte in Antwerpen die hugenottische Fürstin Louise de Coligny geheiratet. Deutlich hatte Vincent das Gesicht des Fürsten vor Augen, das durch einen früheren Mordanschlag entstellt gewesen war. Man nannte ihn Wilhelm den Schweiger, und Vincents Vater wurde nicht müde zu betonen, dass er ein Herrscher war, der nicht durch Worte, sondern durch Taten geglänzt hatte. Gemeinsam mit Messere Giambelli hatte Wim Aardzoon im Auftrag des Oraniers an mehreren Festungen gearbeitet. Auf Wilhelm von Oranien hatten ihrer aller Hoffnungen geruht. Seit seinem Tod fehlte der Republik der Sieben Vereinigten Niederlande ein wahrer Anführer, und sie drohte zu zersplittern, denn Wilhelms ältester Sohn Philipp Wilhelm war von den Spaniern entführt und streng katholisch erzogen worden. Der zweite Sohn, Moritz, war erst siebzehn und als Statthalter umstritten. Er galt als Graf ohne Land, denn seine Besitztümer, vor allem die Baronie Breda, waren in spanischer Hand.

»Gerade hatte die Stadt sich von der Spanischen Furie einigermaßen erholt, da kamen der heimtückische Mord an Wilhelm von Oranien und die Belagerungstruppen«, fuhr Wim fort. »Knapp vierzehn Monate haben wir schon durchgehalten, auch dank der trutzigen Stadtmauern. Nun soll die Stadt ausgehungert werden. Farnese hat angeblich alle Kornfelder in der Umgebung abbrennen lassen.« Er stieß einen verächtlichen Laut aus. »Menschen zählen nicht. Landstriche und Städte können neu besiedelt werden. Viele Katholiken warten nur darauf, die Maske fallen zu lassen, unter der sie sich verstecken, und Antwerpen wieder an sich zu reißen.«

»Warum tut der König das? Gefällt es ihm, wenn wir leiden?«, fragte Ruben verständnislos.

Messere Giambelli trat zu ihnen. Er mühte sich noch immer, die Metallteile aus der Kiste ineinanderzustecken; nichts schien zusammenzupassen. »König Philipp lässt ja nur vermeintlich Irrgläubige leiden. In seinen Ländern lodern die Scheiterhaufen seit jeher. Philipp ist ein religiöser Fanatiker, ein Papierkönig, ein Bürokrat ohne jegliche Fantasie. Seine Gemächer im königlichen Palast erinnern an eine Mönchszelle, und er verlässt sie einzig und allein, um die Messe zu hören«, sagte er verächtlich.

»Ihr habt ihn kennengelernt, nicht wahr?«, fragte Vincent.

Giambelli reichte seinem Freund entnervt die heillos verkanteten Metallteile. »Ich habe König Philipp meine Dienste als Ingenieur angeboten, aber er konnte nichts mit mir anfangen. Wochenlang hat er mich auf eine Audienz warten lassen. Engstirnig ist er und verbohrt. Kennt ihr Philipps Wahlspruch? Er lautet: ›Die Welt ist nicht genug.‹«

»Größenwahnsinnig!«, stieß Wim empört hervor. Er reichte Messere Giambelli das mechanische Gebilde, das er mit einigen wenigen Handgriffen zusammengesetzt hatte. Dann zog er eine Schrankschublade hervor und suchte darin etwas.

Noch etwas interessierte Vincent: »Philipp ist ein König, gut. Aber auch Papist. Warum wolltet Ihr überhaupt für ihn arbeiten, Messere?«

Der Italiener machte eine lässige Geste. »Die Wissenschaft ist mein Gott und steht über jeder Religion, das dachte ich zumindest damals. Ich nahm an, ein König hätte genügend Geld, um meine Forschungen zu finanzieren. Mit Philipps Engstirnigkeit hatte ich nicht gerechnet.«

»Warum gibt unser Bürgermeister ihm nach?«, wunderte Vincent sich. »Ich dachte, Mijnheer van Marnix will das Werk Wilhelms von Oranien fortführen?«

Wim zog ein Bündel heller Bänder aus der Schublade. »Das dachte ich auch. Aber Philips van Marnix, Herr von Sint-Aldegonde, scheint die Hoffnung auf Freiheit und Gerechtigkeit aufgegeben zu haben.«

Messere Giambelli nahm die Bänder an sich. »Der ist alt, ein Gelehrter, kein Heerführer. Meine letzten Vorschläge hat er allesamt abgelehnt.«

»Was für Vorschläge?«, fragte Vincent neugierig.

»Jetzt ist es aber genug! Das geht dich nichts an, außerdem unterliegt es der Geheimhaltung. Ist das Essen endlich fertig?«, drängte Wim.

Vincent verteilte den Brei auf Schüsseln; die Männer bekamen das meiste, wie es sich gehörte. Betjes Schale stellte er neben sich, er würde sie seiner Schwester später bringen.

Ruben hatte seine Portion im Nu verputzt und starrte nun den Löffel in der Hand seines Vaters an. »Was geschieht mit uns, wenn König Philipps Truppen die Stadt einnehmen? Werden wir massakriert?«

»Angeblich nicht. Es heißt, dass wir nach der Kapitulation unseren Glauben entweder aufgeben oder unbehelligt die Stadt verlassen dürfen. König Philipp erträgt es nicht, dass bei uns Glaubens- und Gewissensfreiheit herrschen und jedermann in seinen vier Wänden seine Religion frei ausüben kann«, antwortete Wim.

»Auf keinen Fall werde ich unseren Gott verleugnen!«, rief Ruben. Wim nickte gewichtig. »Recht so, mein Sohn. Deshalb werden wir weiterhin kämpfen, selbst wenn unser Bürgermeister kneift. Aber allein werden wir es nicht schaffen. Nachdem die katholische Seite durch den Sieg im Kölner Krieg erstarkt ist, der französische König uns verraten und sogar Brüssel vor den Spaniern kapituliert hat, ist die englische Königin unsere letzte Hoffnung. Königin Elisabeth hat uns schon einmal Waffenhilfe geleistet. Jetzt wurden erneut Boten zu ihr entsandt. Sicher sind es ihre Schiffe, die in der Scheldemündung darauf warten, die Blockade zu durchbrechen.«

»Selbst wenn der Bürgermeister ein Angsthase ist, gibt es doch noch den Stadtrat«, wandte Vincent ein.

»Hier in der Stadt ist die Macht auf zu viele Köpfe verteilt, als dass es zu einer Einigung kommen könnte. Hätten die Räte und Kaufleute zusammengehalten, wäre es gar nicht zu dieser grauenvollen Hungersnot gekommen«, meinte Wim.

»Das ist wahr!«, stimmte Giambelli zu und schob seine leere Schale weg. »Meinen Vorschlag einer finanziellen Umlage zum Kauf von Getreidevorräten haben die Poorter ausgeschlagen. Zu unwahrscheinlich erschien es ihnen, dass Farnese tatsächlich die Schelde sperren könnte. Sie haben sich geirrt. Das Wetter hat dem Feind in die Hände gespielt. Der Winter war mild, und die Schiffbrücke hat selbst den Eisgang überstanden. Wenn wir Farnese jetzt nicht Einhalt gebieten, wird Antwerpen fallen.«

»Und wenn Antwerpen fällt, dann steht unsere Zukunft auf der Kippe. Die gesamten niederländischen Provinzen könnten überrannt werden«, sagte Wim düster.

Ruben ballte die Hände zu Fäusten. »Die Soldaten werden wieder morden und brandschatzen ...«

»Das steht zu befürchten. Wir wissen ja, was von dem Ehrenwort der Spanier zu halten ist.«

»Nichts!«, stieß Ruben hervor. »Oder, Vincent? Sie sind Wölfe im Schafspelz!« Um Zustimmung heischend sah er seinen Bruder an.

Vincents Blick war an Betjes Brei hängen geblieben. Er musste sich beherrschen, ihn nicht auch noch aufzuessen; auch die anderen betrachteten die Schale begehrlich. Ehe er antworten konnte, sagte Messere Giambelli: »Wir müssen eine Bresche in die Blockade schlagen, damit Truppen und Versorgungsschiffe aus Zeeland einlaufen können.«

»Lieber englisch werden und unseren Glauben behalten als spanisch und auf dem Scheiterhaufen brennen!«, setzte Wim entschlossen hinzu.

Die Männer erhoben sich. Sein Vater und Messere Giambelli schienen einen Plan zu haben, die Blockade doch noch zu durchbrechen, aber Vincent konnte sich nicht vorstellen, worin dieser bestehen konnte. Die Schiffbrücke war gewaltig, und bislang waren alle Versuche gescheitert, den Feind zu schwächen.

»Ich bringe das Essen zu Betje«, meinte Ruben und nahm die Schale an sich. Ehe er durch die Tür war, hatte er schon zwei Löffel Brei in sich hineingeschlungen.

Vincent entriss ihm erzürnt die Schale. »Spinnst du! Betje braucht den Brei dringender als wir.«

Ruben lief zornrot an. »Ich habe gar nichts gemacht!«, leugnete er und rannte hinaus.

Vincent nahm Betjes Portion und ging zu ihr. So reglos und bleich lag sie auf dem Bett, dass sein Herz einen Schlag aussetzte. Er weckte sie behutsam, doch sie wollte nicht essen. Vincent redete ihr gut zu und löffelte den Brei in ihren Mund. Betje war verwirrt und fragte immer wieder nach ihrer Mutter, was Vincent den Hals zuschnürte. Da ihre Stirn förmlich glühte, legte er ihr eine weitere Decke über, damit sie das Fieber ausschwitzen konnte; das hatte seine Mutter auch immer getan. Er zweifelte allmählich daran, dass Betjes Zustand lediglich auf den Unrat zurückzuführen war, den sie am Nachmittag gegessen hatte.

Als Vincent seine Schwester verließ, lief sein Vater rastlos in der Werkstatt auf und ab und diskutierte mit Giambelli. Nach und nach trafen Glaubensbrüder und Helfer ein, darunter auch der Uhrmacher Bory und der Mechaniker Timmerman. Auch Mevrouw Dhaen, die

Witwe des Seidenwebers, suchte die Werkstatt auf. Die magere Frau wirkte zwischen ihren zwei Knechten unscheinbar, aber ihre Stimme klang entschlossen, als sie verkündete, dass sie das Segelboot ihrer Familie für ihre Mission opfern würde.

»Es gibt zwar andere, die diesen Verlust leichter verschmerzen könnten«, vorwurfsvoll sah sie den Zuckersieder an, »aber ich fühle mich verpflichtet, meinen Beitrag zu unserem Schutz zu leisten. Hat Jesus uns nicht ein Beispiel gegeben, dass wir unser Bestes für unsere Glaubensbrüder hergeben sollen?«

Wim stimmte ihr zu und dankte ihr. Mit geröteten Wangen lächelte Mevrouw Dhaen ihn an. Vincent starrte sie verdattert an. Machte die Witwe seinem Vater etwa schöne Augen? Dabei war sie doch alt und faltig, mindestens vierzig. Sie glaubte doch nicht ernsthaft, Wim würde seine geliebte Frau so schnell vergessen und erneut heiraten! Oder etwa doch?

»Dann fehlt uns nur noch ein Schiff. Welchen unserer Glaubensbrüder können wir noch um Hilfe bitten?«, überlegte Wim Aardzoon laut.

Eine Weile berieten sie. Ehe sie eine Lösung finden konnten, tauchte der jüdische Diamantenschleifer Elim auf. Alle waren überrascht, denn Elim lebte zurückgezogen; mancher scherzte, er mache dies, um seine weitaus jüngere Ehefrau vor den Blicken der Männer zu schützen.

»Ich habe von Eurem Vorhaben gehört und biete Euch meine Hilfe an. Wenn die spanischen Truppen Antwerpen besetzen, wird auch unser Leben und das meiner Glaubensbrüder zur Hölle werden«, sagte Elim.

»Gerne nehmen wir Euer großzügiges Angebot an.« Giambelli war sichtlich erleichtert. Jetzt hatten die Männer zwei Schiffe zu ihrer Verfügung – was aber hatten sie damit vor?

Kribbelig lauschte Vincent den weiteren Beratungen und versuchte, sich einen Reim auf das Gehörte zu machen. Schließlich schickte Wim seinen Sohn hinaus.

Vincent bat darum, bleiben zu dürfen. Es drängte ihn zu erfahren, was die Männer planten. »Ich bin alt genug. Was ihr auch tut – ich will helfen!«

Wim legte ihm die Hand auf die Schulter und sah ihn fest an. Zerfurcht wirkte das Gesicht des Vaters, aber in der Tiefe seiner Augen glomm ein Funke. »Das wirst du auch irgendwann. Jetzt aber lauf hinüber zu Judith. Elim meinte, dass sein Eheweib ein paar Kräuter oder Pulver habe, die Betje helfen könnten.«

Es dauerte lange, bis der alte Knecht die Tür des benachbarten Steinhauses öffnete. Vincent presste die Hand in die Höhlung unter die Rippen. Es war seltsam. Hatte er Hunger, schmerzte sein Leib, aber aß er etwas, rumorten seine Eingeweide ebenfalls.

Der Knecht musterte Vincent über eine Türkette hinweg. Als er endlich aufmachte, sah er sich nach allen Seiten um: »Man kann nicht vorsichtig genug sein«, sagte er entschuldigend.

Das konnte Vincent nachvollziehen. Elim war reich, zumindest erzählte man sich das. Er trat ein. Aus der Stube hörte er Kinder weinen. Judith nahm Vincent im Flur in Empfang. Sie war eine junge Frau von herber Schönheit. »Meiner Tochter gefällt es gar nicht, dass sie ihr Kleid waschen muss – und die Hemden ihrer Geschwister gleich mit. Danke, dass du die Mädchen aufgehalten hast, ehe sie noch mehr Unfug anstellen konnten.«

»Vater meinte, dass Ihr uns vielleicht helfen könnt«, sagte Vincent und berichtete von Betjes Zustand. »Ich dachte erst, Betje ist von dem Unrat krank geworden. Aber …« Er zögerte auszusprechen, was ihm schon die ganze Zeit Sorge machte.

»Ja?«

»Ich hoffe, es ist nicht das Wechselfieber«, sagte Vincent bedrückt. Jeder wusste, dass man das Wechselfieber nie wieder loswurde und daran sterben konnte.

Judith überlegte kurz. »Das ist ohne Arzt schwer zu sagen.« Sie verschwand. Als sie zurückkam, reichte sie ihm einen kleinen Beutel. »Brüh für deine Schwester einen Tee mit diesen Kräutern auf, er wird das Fieber senken.«

Verlegen nahm Vincent den Beutel an sich. »Ich danke Euch.«

Das Heulen und Weinen in der Stube war inzwischen herzzerreißend. Judiths Gesicht verdüsterte sich. »Es ist wenig genug, das ich tun kann. Lange werden auch wir nicht mehr durchhalten.« Sie schüttelte bekümmert den Kopf. »Es ist schon absurd, dass wir so viel besitzen und doch Hunger leiden. Letzte Woche konnte man noch für neun Gulden ein Stück Fleisch oder für zweiundzwanzig einen Kabeljau kaufen, was bereits Wucher war. Aber jetzt gibt es gar nichts mehr.«

Fleisch oder Fisch haben wir schon seit Wochen nicht mehr auf dem Tisch gehabt, dachte Vincent. »Vater und Messere Giambelli haben einen Plan«, sagte er mit mehr Zuversicht, als er spürte.

»Dann lass uns beten, dass dieser Plan gelingen wird.«

Nachdem Vincent seine Schwester mit dem Heiltee versorgt hatte, suchte er seinen Bruder. Er fand ihn auf einem schmalen Steg am Hafenrand, wo Ruben gemeinsam mit einigen anderen Jungen mit selbstgemachten Reusen und Netzen fischte. Vincent half mit, aber sie hatten keinen Erfolg, denn der Fluss war bereits zu Beginn der Belagerung geplündert worden. Niedergeschlagen und voller juckender Quaddeln liefen sie zu Giambellis Haus zurück. Das Murmeln von Stimmen drang aus der Werkstatt. Obgleich er wusste, dass es falsch war, legte Vincent das Ohr gegen die Tür. Er musste wissen, was die Männer besprachen! Ruben zögerte erst, tat es ihm dann aber nach.

»… hat keinen Sinn … schon mal versucht – und gescheitert.« Das war der Zuckersieder.

»Nur eine Bresche schlagen, damit die Schiffe der Geusen oder der Engländer nach Antwerpen …«, ging Messere Giambelli dazwischen.

».. Bürgermeister hat bei Strafe verkündet, dass die Waffen schweigen sollen.«

»Ihr wisst, was die spanische Inquisition mit Andersgläubigen machen wird. Die Scheiterhaufen werden auch in Antwerpen lodern. Unsere Gemeindeoberen …«

»Wenn es uns gelingt, wird niemand über eine Strafe nachdenken!« Das war ihr Vater.

Die Brüder sah einander an. »Was soll gelingen? Eine Bresche? Aber wie?«, fragte Ruben leise.

Vincent legte den Finger über den Mund. Zu spät. Die Tür flog auf. Ruben verlor das Gleichgewicht und riss Vincent mit sich, woraufhin die Brüder in die Werkstatt purzelten.

Wütend schoss ihr Vater auf sie zu. »Hab ich euch doch gehört! Ich hatte euch verboten …«

»Wir wollen helfen!«, sagte Vincent schnell.

In der nächsten Stunde wurde von einem Segelboot der Mast umgeklappt, der seepockige Rumpf wurde auf Baumstämmen durch die Flügeltüren der Werkstatt gerollt. Messere Giambelli lief in der Werkstatt auf und ab und bewegte dabei seinen verzierten Dolch in den Händen, als könnte das ihm beim Denken helfen. Es war ein schönes Stück, das Vincent sich gerne von Nahem angeschaut hätte. Doch der Messere schickte die Brüder los, um unauffällig allerlei Nägel, zerbrochenes Metall und Steine heranzuschaffen.

Als sie zurückkamen, hatten die Knechte das Holz gebracht. Die Männer waren unter Führung ihres Vaters dabei, im Bootsrumpf eine Art Kasten zu errichten. Er war bereits so hoch, dass er über das Deck hinausragte. Wim wog einige Bretter in der Hand und betrachtete sie, als würden sie ihm verraten, wofür sie zu gebrauchen seien. Mehrere Fässer sowie ein Haufen verbogener Eisenteile, Hanf, Zweige, Späne und Schutt standen auf den Planken. Aus einem Nebenraum kam ein stampfendes Geräusch.

Plötzlich ertönte hinter ihnen ein Schrei. Sie fuhren herum. Aus einer kleinen Kammer knallte es, ein heller Lichtschein blitzte auf. Beißender Gestank.

Sofort rannte Wim hinein. Er zerrte Messere Giambelli heraus, der keuchend nach Luft rang. Sein Gesicht war rußgeschwärzt, und die Haare standen ihm noch wirrer ab als sonst.

»Ich dachte schon, du jagst uns alle in die Luft!«, schimpfte Wim und schickte Vincent nach einem Becher Wasser.

»Das Schiff ist … wesentlich kleiner als … seine Vorgänger. Daher muss die Mischung …« Ein Hustenanfall unterbrach Messere Giambelli.

Die Kammer lag jetzt dunkel da. Neugierig lugte Vincent hinein. Ein zerfetztes System aus Zahnrädern und Hebeln war zu sehen. »Was habt Ihr darin gemacht?«, wollte er wissen.

Giambelli trank gierig aus dem Becher Wasser, den Vincent ihm gereicht hatte. »Ich habe Ingredienzen gestampft, um Knollenpulver herzustellen, weil ich nicht auf das Wohlwollen des Munitionsmeisters angewiesen sein will. Kohle und Schwefel hatte ich noch. Einige unserer Freunde haben mir Salpeter gebracht. Richtig angewendet kann man mit diesen Pulverkuchen eine Explosion auslösen. Ich musste lediglich die weiteren Zutaten hinzufügen.«

Vincent hielt unwillkürlich den Atem an. Bereits im Frühjahr hatten Antwerpener Brandschiffe die feindliche Schiffbrücke angegriffen. Sie hatten mit Explosionen für schwere Schäden und tausend Tote gesorgt. Er hatte nicht gewusst, wer für diese Explosionen verantwortlich gewesen war. Auf einmal sah er den schmalbrüstigen Italiener und seinen Vater mit anderen Augen. »Von Euch kam der Höllenbrander?«, fragte er beeindruckt. »Und Vater …«

Messere Giambelli legte den Finger über die Lippen. Ruß hatte sich tief in seine Falten eingegraben. »Niemand darf wissen, dass wir ein weiteres Höllenschiff ausrüsten«, wisperte er. »Wenn der Feind obsiegt, wird er als Erstes diejenigen strafen, die ihn am heftigsten bekämpft haben.«

Die Männer machten sich wieder an die Arbeit. Vincent war es, als habe sich ein Gewicht auf seine Brust gelegt. Seine Gedanken rasten. Diese Tat war heldenhaft und zugleich scheußlich. Sein Vater war für den Tod so vieler Menschen mitverantwortlich? Würde er dafür in die Hölle kommen? Gleichzeitig wusste Vincent, dass die Rache ihres Feindes grausam sein würde.

Bilder stiegen in ihm auf, die er in den Auslagen des Buchdruckers Plantijn am Vrijdagmarkt gesehen hatte: Abbildungen von gequälten Menschen auf Scheiterhaufen, von Soldaten, die Männern, Frauen und Kindern die Bäuche aufschlitzten. Am liebsten hätte er seinem

Vater Einhalt geboten. Wim durfte sich nicht noch mehr in Gefahr bringen, sie hatten doch nur noch ihn!

2

Den ganzen Abend arbeiteten sie verbissen. Ihr Hunger war groß, die Stimmung gedämpft, und das nicht nur wegen des waghalsigen Vorhabens. Betjes Zustand hatte sich rapide verschlechtert. Sie dämmerte nur noch vor sich hin. Es musste etwas geschehen, sonst würden sie auch sie verlieren.

Angespannt lief Vincent hin und her. Inzwischen war im Rumpf des Seglers der Kasten aus Quadersteinen und Holzbrettern fertiggestellt.

»Wir haben es genauso gemacht wie beim letzten Mal«, berichtete Messere Giambelli bereitwillig, als Vincent ihn darauf ansprach. »Der Feuerraum ist mit Bündeln aus Riedgras, Hanf, Zweigen und Spänen bestückt. Diese haben wir mit Weingeist getränkt. Schießpulver nach eigenem Rezept, Mühlsteine, darüber Ketten, Haken, Nägel und alte Messer. Dazu die Lunten und das Uhrwerk, das die Explosion auslösen wird.« Er wies auf die Öffnungen in der Holzwand. »Allerdings ist dieses Boot im Vergleich zu unseren früheren Höllenbrandern mickrig. Im Frühjahr hatten wir Feuerwerke und kleinere Brander auf etlichen Schuten platziert, um die Feinde abzulenken und zu ermüden, ehe die richtigen Sprengvulkane zum Einsatz kamen. Da hat es Pflugscharen, Marmorkugeln, Grabsteine und Granitplatten geregnet. Beinahe die ganze Schiffbrücke stand in Flammen!«

»Damals ist es uns gelungen, die Blockade zu brechen – sechs Schiffe waren zerstört und tausend Feinde unschädlich gemacht«, setzte Wim hinzu.

Vincent betrachtete seinen Vater irritiert. Grämte es ihn denn nicht, so viele Menschen getötet zu haben? Das Leben jedes Menschen sei kostbar, hatte seine Mutter immer gesagt.

»Warum ist die Schelde dann jetzt wieder gesperrt?«, fragte Ruben.

Die Männer tauschten erzürnte Blicke. »Weil Admiral Jacobszoon nicht auf unseren Erfolg vertraut hat. Er hat die Antwerpener Flotte abdrehen lassen, statt die Lücke weiter zu vergrößern, dieser Feigling. So konnten Farneses Festungsbauer die Schiffbrücke wieder schließen«, berichtete Wim.

»Nach den Brandern haben wir Schiffe mit eisernen Haken bewehrt, die die Kette durchbrechen sollten. Aber niemand wollte sie besteigen«, sagte Giambelli mehr zu sich selbst als an die anderen gerichtet.

»Federigo hat trotzdem nicht aufgegeben, sondern die *Finis Belli* ausgestattet.«

»Ein gewaltiges Kriegsschiff, das stimmt. Aber es lief auf Grund, hast du es vergessen? Nicht ohne Grund haben die Spanier es daraufhin *Die verlorenen Ausgaben* getauft«, sagte Giambelli bitter.

»Trotzdem solltest du nicht verzagen. Auch dieses Mal haben wir unser Möglichstes getan«, sprach Wim seinem Freund Mut zu.

Die Männer schienen ihre Zuhörer vergessen zu haben. Vincent ging wieder einmal auf, wie unterschiedlich sie waren: Messere Giambelli trug ein Wams aus feinem Zwirn und eine kostbare Waffe, sein Vater hingegen war in schlichtes dunkles Tuch gekleidet wie viele, die dem reformierten Glauben anhingen und wussten, dass es Gott nicht auf das Äußere, sondern auf innere Werte ankam.

Rubens Augen leuchteten bewundernd. Vincent hingegen plagten andere Gedanken. Warum hatte Vater ihnen nichts von diesen Einsätzen erzählt? Vertraute er ihnen nicht?

Kurz vor Einbruch der Nacht stand auf einmal Vincents Freund vor ihrer Tür. Vincent hatte David seit Tagen nicht gesehen, heute wirkte der Freund ungewohnt bedrückt.

»Ich habe dir etwas mitgebracht.« David reichte ihm einen Zettel. Es war eine stimmungsvolle Zeichnung der Wiesen vor dem Stadtwall mit ihren Windmühlen und Kühen, ein idyllisches Bild, das Vincent an eine Vergangenheit erinnerte, die schon gar nicht mehr wahr zu sein schien. »Daran möchte ich mich erinnern, wenn ich aus Antwerpen weg bin. Alles andere möchte ich vergessen.«

Vincent verstand die Worte des Freundes zwar, begriff sie aber nicht. »Du gehst?«

»Wir können nicht bleiben. Meine Eltern trauen den Spaniern nicht.«

Meine Welt bricht auseinander, dachte Vincent und spürte auf einmal eine große Leere. *Was wird mir bleiben?* »Ich habe an der Zeichnung der Ruine weitergearbeitet«, sagte er hilflos. »Wenn ich gewusst hätte, dass du … hätte ich …«

David kratzte sich über die vernarbten Wangen. »Ich werde mich auch so an dich erinnern, ob mit oder ohne Bild.« Unbeholfen verabschiedeten sie sich.

Schließlich machten sich Wim und Messere Giambelli zum Aufbruch bereit. Ruben und Vincent halfen, den präparierten Schiffsrumpf hinauszurollen und den Mast wieder aufzurichten. Die Männer würden im Schutz der Nacht mit dem Führboot zur Schiffbrücke segeln, das Sprengschiff im Schlepp, und den Brander in Position bringen. Zum Abschied umarmte Wim seine Kinder.

Vincent quälte seine Hilflosigkeit. »Ich möchte mitfahren. Ich kann mitanfassen.«

»Das geht nicht.«

Der Junge stemmte die Hände auf seine Hüftknochen. »Ich bin alt genug, für unsere Freiheit zu kämpfen, begreift das doch, Vater!«

»Du weißt doch gar nicht, was kämpfen bedeutet.«

Ärgerlich bäumte Vincent sich auf. »Habt Ihr mir deshalb verschwiegen, wie Ihr mit Messere Giambelli für unsere Freiheit kämpft? Weil Ihr mir nicht vertraut? Weil Ihr mich für zu schwach haltet?«

Wim packte Vincents Schultern und sah ihm fest in die Augen. »Du bist nicht schwach! Erinnerst du dich, was ich dir über die verschiedenen Baustoffe beigebracht habe? In jedem Baumstamm und in jedem Marmorblock ist die Form enthalten, für die er am besten geeignet ist. Gleiches gilt für den Menschen: Jeder hat Eigenschaften, die ihn einzigartig machen. Dein Platz ist nicht auf diesem Brandschiff, sondern hier. Als Ältester trägst du die Verantwortung für deine Geschwister. Es reicht, wenn wir uns in Gefahr bringen!«

Lautlos verschwand ihre letzte Hoffnung in der Dunkelheit. Schon hatte die Nacht den Fluss wieder vollständig umfangen.

Vincent dachte an das Versprechen, das er gegeben hatte. Wenn man ihn erwischte, würde man ihn hart bestrafen. Die Nachtwächter waren zu Kriegszeiten unerbittlich. Und doch musste er es tun.

Seine Beklemmung wuchs, als er im Schatten der Häuser durch die Gassen eilte. Bald ragte der einzelne Turm der Kathedrale hinter den Häusern auf, mahnend wie ein erhobener Zeigefinger. Ausgeschlagenen Zähnen gleich klafften die Lücken, die die Bilderstürmer gerissen hatten, in der Fassade. Er machte sich nicht viel aus den Heiligen, aber dass man ein derartiges Kunstwerk wie dieses Gotteshaus mutwillig beschädigt hatte, begriff er nicht.

Am Seiteneingang der Onze-Lieve-Vrouwekathedraal sah er sich noch einmal um. Niemand zu sehen, alles war still. Ein Ruck, und die Pforte war geöffnet – man musste nur wissen, wie es ging. Er schlich hinein. Die Weite des Kirchenschiffs konnte er in der Finsternis nur erahnen. Wie winzig war er im Angesicht Gottes! Seine Gewissensbisse wurden heftiger. Seine Geschwister brauchten ihn. Ehe er es sich anders überlegen konnte, eilte er weiter.

Da waren die Turmpforte und das enge Treppenhaus, das sich einem Gewinde gleich in die Höhe schraubte. Also hoch! Immer langsamer wurden seine Schritte. Auf halber Höhe musste er innehalten, sein Atem ging schwer. Dann endlich hatte er die Spitze erreicht. Im gleichen Augenblick packte ihn jemand am Kragen. Es war Dirck van Os, der hochgewachsene Anführer der Stadtmiliz. »Was treibst du hier?«

Vincent hatte sich eine Ausrede überlegt. »Ich … Ich möchte für einen Augenblick dem Allmächtigen nah sein, um für meine verstorbene Mutter zu beten.«

In den Augen seines Gegenübers funkelte es. »Ist das so?«

Ob van Os von den Brandern wusste? Vincent nickte.

»Dann mach schon, aber beeil dich.«

Erleichtert machte Vincent sich los. Er trat an die Balustrade, wo der Wind an Haut und Haaren riss. So hoch war der Turm, dass die Häuser und selbst die zerstörte Zitadelle im fahlen Schein des Mondes winzig wirkten. Sein Blick wanderte in die Ferne, und für einen Augenblick schwindelte ihn. Er wusste, wie schrecklich das war, was er sah: durchstoßene Deiche, überschwemmte Polder, der Feind. Gleichzeitig konnte er sich der Schönheit des Anblicks nicht erwehren. Aus dieser Höhe war der über die Ufer getretene Fluss eine unendlich scheinende spiegelnde Fläche. Wie Inseln ragten Häuser, Höfe und Festungen aus den Wassermassen hervor. Die Schiffbrücke mit ihren vielen Fackeln wirkte wie ein mit Juwelen bestücktes Geschmeide. Pontons mit anschließenden Jochbrücken flankierten die Festungen am Ufer: das Fort Sankt Maria auf der flämischen, das Fort Sankt Philipp auf der Brabanter Seite der Schelde. Zwischen den Forts waren, Reling an Reling, die Schiffe durch Eisenketten verbunden. Vincent brauchte sie nicht zählen, jeder in Antwerpen wusste, dass es zweiunddreißig waren. Vor der von Fackeln erhellten Schiffbrücke trieben Patrouillenboote in der Strömung. Fast war er froh, dass er die waffenstarrenden Soldaten und Söldner mit ihren Piken und Säbeln, den Musketen und Kanonen nicht erkennen konnte.

Die Sorge um seinen Vater schnürte Vincent den Hals zu, als er den Fluss nach den Schiffen absuchte, die sich in dem verzweifelten Versuch aufgemacht hatten, die Stadt und ihre Bewohner zu retten. Strahlend und schwer bewaffnet kündete die Blockade von der Macht der Belagerer. Es war ein technisches Meisterwerk, das ein Vermögen gekostet haben musste. Wäre es nicht so verheerend für sie, hätte Vincent die Leistung der Truppen bewundert. So aber ging es um Seelenheil oder Verdammnis, um Leben oder Tod.

In diesem Augenblick trat Dirck van Os zu ihm. »Du wirst sie von hier aus nicht erkennen können. Und wenn gleich gleißendes Licht die Aussicht erhellt, solltest du lieber zu Hause sein.«

*

Die Männer hatten alle Hände voll zu tun, um den Segler auf Kurs zu bringen. Das schwere Schiff im Schlepp machte das Navigieren schwierig, zudem wollten sie sich so geräuschlos und unauffällig wie möglich bewegen. Als sie ruhigeres Fahrwasser erreicht hatten, kamen sie am Steuerruder zusammen. Konzentriert blickte Wim in die Finsternis. Er war angespannt, denn er liebte die Seefahrt nicht; zu genau kannte er die tückische Kraft des Flusses. Sein halbes Leben hatte er damit zugebracht, das Wasser zu bekämpfen, Fluten abzuhalten, Ländereien durch Mühlenpumpen und Polder trockenzulegen, Baumstämme in die Erde zu treiben, um feste Fundamente im Morast zu schaffen. Oft genug hatte das Wasser den Sieg davongetragen. Es schmerzte ihn zu wissen, dass sich unter ihnen, unter Schelde und Zierikzee, ehemals fruchtbares Weideland befand.

»Es ist ein Jammer. Jahrhunderte hat es gedauert, um die Polder einzurichten und die Deiche hochwasserfest zu machen. Und jetzt sind viele Deiche durchstochen, die Felder überflutet. Die Ernte wird in diesem Jahr mehr als mager ausfallen«, flüsterte er.

Federigo Giambelli nahm die Muskete und warf Schwarzpulver, Kugel und Schusspflaster in den Lauf. Er wollte offenbar für den Fall vorbereitet sein, dass sie aufflogen. Allerdings schien er im Umgang mit der schweren Schusswaffe nicht gerade geübt zu sein. Um Abstand zwischen sich und den Waffenlauf zu bringen, rückte Wim ein Stück auf der Ruderbank weg.

»Eine magere Ernte – und das, wo ihr hier ohnehin auf das Getreide aus den Ostsee-Staaten angewiesen seid. Das Volk wird weiter hungern, wenn wir nichts tun«, entgegnete Federigo leise und stopfte den Inhalt der Muskete mit dem Ladestock fest.

Lichter kündigten die erste Scheldefestung an. Wim korrigierte das Steuerruder ein wenig, damit sie genügend Abstand hielten und in den Nachtschatten verschwinden konnten. »Umso richtiger ist, was wir tun«, redete er mit gedämpfter Stimme weiter. »Auch wenn Aldegonde es nicht gutheißen wird. Unser Bürgermeister hat am Nachmittag einen Waffenstillstand verkünden lassen, das weißt du ja.«

Federigo legte das Zündkraut neben die sorgfältig geschützte Öl-

lampe, die ihren flackernden Schein in den Schiffsrumpf warf. »Aldegonde ist ein Schwächling. Was meinst du, warum er meine Botschaft
ignoriert hat? Zweifelst du etwa an unserer Mission?«

Wim spürte den Blick seines Freundes auf sich, konnte in der
Dunkelheit dessen Gesichtsausdruck aber nicht deuten. »Ich bin kein
Soldat, will niemanden töten«, sagte er. »Warum, meinst du, baue ich
sonst Festungen? Es geht mir um Schutz, nicht um Angriff.«

»Du hättest bei deinen Kindern bleiben können. Sie brauchen
dich.«

Wims Blick suchte Halt am Flussufer. Immer wenn er seine Kinder vor sich sah, sah er sein geliebtes Weib. Sie erinnerten ihn so sehr
an die geliebte Verstorbene, dass es wehtat. Alle drei hatten Annas
strohblonde Haare und die meerblauen Augen. Vincent verliehen die
Grübchen auf den Wangen etwas Kindliches, während sein hochge-
schossener, zäher Körper schon den Mann erahnen ließ, der er einmal
werden würde. Ruben hingegen hatte Wims kräftige Figur und dazu
eine Himmelfahrtsnase, die ihn frech wirken ließ.

Nach dem Tod seiner Frau hatte Wim sich schwach gefühlt, mut-
los. Der Kampf gegen den übermächtigen Feind war ihm sinnlos erschienen. Am liebsten wäre er morgens gar nicht aus dem Bett gestiegen oder hätte sich gleich betrunken. Nur für die Kinder hatte er
weitergemacht. Der Glaube hatte ihm später neuen Mut gegeben. Und
natürlich hatte ihm auch Federigo geholfen; er hatte sich als wahrer
Freund erwiesen.

»Meine Kinder brauchen dringender eine Zukunft, die lebenswert
ist«, sagte er.

»Was soll aus ihnen werden, wenn du stirbst?«

Wim schnaubte unwillig. Federigo und er hatten bei verschiedenen Gelegenheiten zusammengearbeitet und einander zu vertrauen
gelernt; manchmal war der Italiener aber eine Nervensäge. »Diese Belagerung hat mich fast alles gekostet, was mir lieb und teuer ist. Ich
werde dem spanischen König nicht auch noch den Rest überlassen.
Philipp darf nicht siegen. Gott wird nicht zulassen, dass ich sterbe.«

Am anderen Ufer tauchte auf einer Deichkuppe ein Heerlager auf.

Beinahe geräuschlos legte Wim das Ruder um, dann reichte er seinem Freund die Musketengabel. Federigo richtete den Musketenlauf sogleich auf die Geschützstellung. Wim wusste, dass die Entfernung und der Wellengang allenfalls einen Glückstreffer ermöglichten. Stunden hatte er mit der Kalkulation von Flugbahnen von Musketen- und Kanonenkugeln verbracht, nur um feststellen zu müssen, dass diese auch unter besten Bedingungen unberechenbar waren. Er wandte sich Federigo zu. »Ich könnte dich genauso gut fragen, warum du hier, fern deiner Heimat, dein Leben riskierst«, sagte er leise.

Federigo ließ die Waffe sinken, deren Lauf nun gefährlich auf den Schiffsrumpf zeigte. »Wegen meiner Frau natürlich. Emeline liebt ihre Heimat. Außerdem weißt du so gut wie ich, wie viel in Antwerpens italienischer Gemeinde geredet wird. Die Kaufleute aus Genua und Venedig sind umtriebig, und ich habe einen Ruf zu verlieren. Italienische Sprengexperten und Festungsbaumeister gibt es viele. Wenn mein ›Antwerpener Feuer‹ verpufft, wird auch meine Karriere verglühen wie eine Sternschnuppe am Nachthimmel.«

Trotz aller Anspannung tat Wim die Leichtigkeit gut, die ihn unvermittelt überkam. »Mag auch dein Antrieb Eitelkeit sein, so ist eines gewiss: Dieses wird die lauteste Sternschnuppe aller Zeiten werden.«

»Im gesamten Habsburgerreich wird man sie hören und darüber hinaus!«

Sie schwiegen in stillem Einverständnis. Wenig später zeichnete sich in einiger Entfernung das goldene Blockadeband ab.

»Richtung und Schub?«, fragte Federigo nervös.

Wim nahm eine Überprüfung vor. »Sind korrekt!«

Sie zogen am Seil, bis das Sprengschiff nahe genug war. Wim sprang hinüber. Routiniert kontrollierte er das Uhrwerk und entzündete die Lunten. Dann setzte er mit einem gewagten Satz wieder auf das Führschiff über. Gemeinsam lösten sie den Knoten, mit dem das Sprengschiff befestigt gewesen war. Während sie ihr eigenes Boot mit den Ruderblättern abbremsten, trieb es weiter. Nun lag der Erfolg ihrer Mission nicht mehr in ihren Händen.

3

Lazarus van de Hedecop marschierte über die Jochbrücke und inspizierte die Wachhabenden, obgleich dies ganz und gar nicht zu seinen Aufgaben als einfacher Arkebusier gehörte. Er war frustriert, unter der verschwitzten Kleidung juckte seine Haut. Ein Stück weiter lagerte sein Tercio, ein stinkender Haufen. Gereizt blickte er zum Fort Santa Maria. Seit Stunden beriet Generalísimo Alessandro Farnese, Prinz von Parma von Gottes Gnaden, mit seinen Vertrauten über die Übergabe Antwerpens. Was hätte er dafür gegeben, im Fort Santa Maria zu sein, zum inneren Zirkel der Macht zu gehören! Niemand würde dann mehr auf ihn herabsehen, schon gar nicht seine Familie. Sein Vater hatte ihm vieles verweigert, nicht zuletzt Liebe und Zuwendung. Erst die Armee und der Krieg hatten ihm die Möglichkeit eröffnet, es in diesem Leben zu etwas zu bringen. Mit seinen siebzehn Jahren war er im richtigen Alter, um sich auszuzeichnen. Selbst ein einfacher Soldat konnte in einem Tercio aufsteigen. Hinzu kamen die Verdienstmöglichkeiten, die der Krieg mit sich brachte – und das war nicht nur der Sold, der viel zu selten ausgezahlt wurde …

Weder von Angst noch von Skrupeln geplagt, hatte Lazarus sich bislang gut durchgeschlagen. Um Karriere zu machen, brauchte er aber Glück – oder einen einflussreichen Förderer. Wenn er nur an Farnese herankäme! Der Adelige, dessen Mutter Margarethe von Parma als Regentin über die Niederlande geherrscht hatte, war ein ebenso genialer wie kaltblütiger Feldherr, von dem er einiges lernen konnte. Gleichzeitig hätte Lazarus selbst für Farnese den einen oder anderen Ratschlag parat, etwa den, Antwerpen nicht ungeschoren davonkommen zu lassen. Die Ungläubigen würden in diesem Fall nur ihr Geld zusammenwerfen und den nächsten Angriff auf die Heilige Römische Kirche planen.

Lazarus öffnete einige Knöpfe seines Waffenrocks, um etwas Luft an seine klebrige Haut zu lassen, bemerkte dann aber die verschlissene

Kante seines Leibhemds und schloss sie schnell wieder. Immerhin hatte er überhaupt einen Waffenrock in einer unauffälligen Farbe ergattern können. Soldatenkleidung gab es viel zu selten, und dann auch nur in zwei Größen: zu klein oder zu groß. Oft wurden die billigsten Stoffe dafür verwendet, und wenn man Pech hatte, erwischte man rosa oder ein wildes Muster, was beschämend war. Umso mehr wurden die Tercios bewundert, die sich ganz in Schwarz oder einheitlich in bunte Farben und Federn kleideten.

Er hatte ganz persönliche Gründe, eine Plünderung Antwerpens herbeizusehnen, und da war er wahrlich nicht der Einzige. Als das Gerücht von der friedlichen Übergabe der Stadt zum ersten Mal die Runde gemacht hatte, war in der Truppe Empörung laut geworden. Jeder hier spekulierte auf reiche Beute, denn selbst wenn es Sold gab, reichte dieser nicht aus, um satt zu werden oder Munition zu kaufen, geschweige denn, um ein Streitross zu versorgen. Abgesehen davon musste er dringend einen Weg finden, sich auszuzeichnen. Nichts ging mehr voran, seit Monaten schon. Dass eine Belagerung so zermürbend war, hätte er sich nicht träumen lassen. Die ständigen Scharmützel, die kaum Gebietsgewinne brachten, die ewige Feuchtigkeit, die einem die Haut wund werden ließ, das Ungeziefer. Mücken und Läuse machten einen rasend. Die schulterlangen aschblonden Haare abzurasieren, wäre natürlich möglich – aber wie sähe er dann aus?

Etwas huschte an der Brückenwand entlang. Ekel erfüllte ihn, und er trat heftiger auf, aber das Ungeziefer ließ sich nicht vertreiben. Die Zustände im Heerlager waren wirklich zum Gotterbarmen. Ratten waren gute Schwimmer, das hatte er lernen müssen. Durchfall und andere Krankheiten grassierten. Dazu der Mangel. Mochten die Antwerpener auch hungern, den Belagerern ging es kaum besser. Selbst das Trinkwasser musste herangeschafft werden, da das Salzwasser durch die Überschwemmungen alle Quellen verdorben hatte. Farnese und seine Getreuen waren hingegen erst heute wieder mit süffigem Burgunder und Schweinebraten versorgt worden; Vieh und Wein hatten sie einem Handelsschiff abgenommen, dessen Kapitän offenbar ernsthaft geglaubt hatte, die Blockade umfahren zu können. Bei dem

Gedanken an die Köstlichkeiten lief Lazarus das Wasser im Munde zusammen. Eigentlich hätte er sich in der Waffenkunst üben müssen, aber er wollte in der Nähe des Forts bleiben, da er hoffte, dass der Generalísimo einen Boten benötigte. Vielleicht durfte er Farnese ja sogar einmal ins Hauptquartier nach Beveren begleiten.

Die Ungeduld ließ ihn kräftig ausschreiten, seine Sporen klirrten hell auf dem Holz. Zufrieden bemerkte er, dass er Eindruck auf die wachhabenden Söldner machte. Die Sporen hatte er während des letzten Erkundungsritts erbeutet, jetzt benötigte er nur noch einen Harnisch und ein vernünftiges Rapier, denn sein schartiger Säbel war eine Schande. Zu seinem Frust hatte sein Bruder das Familienschwert bekommen, obgleich er lediglich Haus und Hof bewachen musste.

»Lachhaft!«, stieß Lazarus wütend aus.

Schnell sah er sich um. Glücklicherweise hatte niemand sein Selbstgespräch bemerkt. Einige Wachhabende hatten ihre Musketen an der Brustwehr abgestellt, lehnten den Kopf an die Kartaunen und drohten einzunicken. Das leise Plätschern, das Ächzen des Holzes und das Klirren der Eisenketten wirkten tatsächlich einschläfernd. Trotzdem ärgerte Lazarus sich darüber – was war das für eine Disziplin!

Ein schnarchender Soldat fiel ihm ins Auge. Er war jung, vielleicht fünfzehn und dem Aussehen nach Spanier. Einer der wenigen im spanischen Heer, denn von den sechzigtausend Mann, die vor Antwerpen lagerten, waren viele Deutsche, Italiener oder stammten aus den niederländischen Provinzen. Lazarus fiel die Güte der Kleidung und Ausrüstung auf. Die Radschlossmuskete war neu, ebenso das Bandelier. Neiderfüllt schmetterte er dem Soldaten den Fuß in die Seite. Dieser schrie, salutierte schlaftrunken und nuschelte etwas auf Spanisch.

»Was sagst du?«, fauchte Lazarus ihn an.

Nun stammelte sein Gegenüber etwas in einer Mischung aus Französisch und Niederländisch; dieses Heer war wirklich das reinste Babel!

»Exerziere, bis du wieder wach bist!«, befahl Lazarus. Mit Genugtuung sah er zu, wie der todmüde Junge sich durch die Bewegungen mühte. Lazarus ärgerte sich über seine eigene Dummheit. Er hätte ihn niederschlagen und ihm seinen Besitz abnehmen sollen.

Gleich darauf hatte Lazarus das Ende der Jochbrücke erreicht. Schiff an Schiff schaukelte aneinandergekettet auf der Schelde. Die Musketiere auf dem ersten Schiff würfelten. Einer von ihnen trug in seinem Schwertgehänge ein Rapier mit kunstvoll gearbeitetem Griff. Kurz überlegte Lazarus, sich dem Glücksspiel anzuschließen, um den Degen zu erwürfeln, befragte die Soldaten dann aber lediglich nach den Vorkommnissen ihrer Wache. Es musste doch irgendeine Neuigkeit geben, mit der er im Fort glänzen konnte! Doch auch hier herrschte blanke Ödnis.

Unzufrieden marschierte er zurück. Der spanische Soldat hatte es sich wieder gemütlich gemacht, also scheuchte Lazarus ihn erneut auf und hieß ihn zu exerzieren.

Dieses Mal zögerte der junge Mann. »Wer seid Ihr eigentlich, dass Ihr glaubt, mir Befehle erteilen zu dürfen?«, fragte er argwöhnisch und mit derart rollendem R, dass es Lazarus drängte, sich darüber lustig zu machen.

Gleichzeitig spürte Lazarus, wie sich unterdrückte Wut Bahn brach. Er genoss die Kraft, die ihn durchströmte, und packte den Soldaten am Hals. Es würde ihm guttun, diesen unverschämten Kerl zu vermöbeln. Als kleinen Vorgeschmack verpasste er ihm eine heftige Ohrfeige.

Die Stimme des jungen Spaniers nahm einen kläglichen Ton an: »Wie könnt Ihr es wagen! Mein Vater wird …«

In diesem Moment nahm Lazarus eine Bewegung am Rande seines Gesichtsfelds wahr. Es war ein Glimmen auf der Wasseroberfläche, das mit jedem Wellenschlag ein wenig mehr zunahm. Unheimlich, wie leuchtende Augen in der Dunkelheit, teuflisch beinahe. Lazarus schauderte. Er wollte wegsehen, konnte aber den Blick nicht lösen. Schließlich schälte sich aus der Finsternis ein Schiff. Es gehörte eindeutig nicht zu ihren Patrouillenbooten – außerdem steuerte es direkt auf die Blockadebrücke zu!

Erregung durchfuhr ihn. »Alarm!«, schrie er. »Ein feindliches Schiff!«

Alle schreckten auf.

»Ein Höllenbrander!«, rief jemand.

Im Nu wurde der Ruf weitergetragen. Panik brach aus. Selbst gestandene Soldaten flohen, zu schrecklich waren die Auswirkungen dieser Sprengschiffe beim letzten Mal gewesen. Andere behielten die Nerven. Wachschiffe wurden abgestoßen, Kanoniere und Musketiere feuerten ihre Waffen ab. Der Geruch von Rauch und Zunder sättigte die Luft, und der Höllenlärm der Schüsse trieb Lazarus an. Er sah, wie aus dem Fort Männer strömten, auch der Prinz von Parma eilte auf die Schiffbrücke. Farnese brüllte Befehle, versuchte gleichzeitig, seine Truppe zu beruhigen. Der Mut des Feldherrn imponierte Lazarus. Mit seinen vierzig Jahren war Farnese nicht nur schneidig, sondern auch ein gefährlicher Kämpfer, furchtlos und kaltblütig.

Lazarus eilte Farnese entgegen, um ihm zu berichten, dass er es gewesen war, der die Feinde bemerkt hatte. Der spanische Soldat folgte ihm auf den Fuß; offensichtlich wollte er sich wichtigmachen. Das gegnerische Schiff war inzwischen erschreckend nah. Was, wenn es tatsächlich ein Höllenbrander war?

Instinktiv packte Lazarus den Oberarm des Soldaten und zerrte den jungen Mann zwischen sich und das Schiff. *Besser er als ich.*

Im nächsten Augenblick riss ihn die Druckwelle von den Füßen.

In seinen Ohren hallte die Explosion. Zersplitterte Planken bohrten sich in seinen Rücken. Etwas lief heiß seinen Hals hinunter. Über ihm zuckte der Körper des jungen Spaniers. Angeekelt schob Lazarus ihn weg. Kleidung und Rücken hingen dem Jungen in Fetzen. Der Gestank versengter Haare. Den Mund hatte er in einem stummen Schrei aufgerissen.

Lazarus sah an sich hinunter. Er selbst schien unverletzt zu sein, allen Heiligen sei Dank! Aber warum konnte er nichts außer diesem schrillen Pfeifen hören? Benommen sprang er auf die Füße. Nun erst bemerkte er den rostigen Nagel und die Holzsplitter, die in seiner

Schulter steckten. Mit zusammengebissenen Zähnen riss er sie heraus. Blut schoss hervor, das er notdürftig mit einem Fetzen seines Hemdes stillte. Überall um ihn herum lagen Trümmer, abgetrennte Gliedmaße, Schutt und Scherben. Groll erfüllte ihn. Diese Verbrecher, die diesen tückischen Brander erbaut hatten!

Neben ihm rappelte sich der Prinz von Parma hoch. Eilig reichte Lazarus ihm die Hand und half ihm auf, obgleich ihm vor Schmerz schwarz vor Augen wurde. In das Pfeifen in seinem Ohr mischten sich Stimmen. Hilferufe, Schmerzensschreie. Farnese brüllte Befehle. Dann sagte er etwas zu Lazarus und wies auf die Reste der Brücke – oder meinte er den Soldaten? Hatte Farnese bemerkt, dass er den jungen Söldner als Schutzschild verwendet hatte, und wollte ihn dafür zur Rechenschaft ziehen?

Farnese legte die Hand auf Lazarus' Arm, redete weiter auf ihn ein. Wenn sein Gehör doch wieder mitspielen würde! »… Diego … Sohn eines Freundes gerettet … zu Dank verpflichtet …«, verstand er endlich. Als ein Feldscher herbeieilte, rief er ihn geistesgegenwärtig zu sich.

Lazarus' Blick flackerte zu dem Spanier. Anscheinend lebte er noch. Erleichterung durchströmte ihn. »Ich habe nur meine Pflicht getan«, sagte er zu Farnese.

Geschäftig kniete er sich neben den Verletzten und gab vor, ihm beizustehen. Am liebsten wäre es ihm gewesen, der Feldscher hätte zunächst ihn verarztet, aber der Heerführer wandte sich ab. Kurzerhand hängte Lazarus sich an Farnese.

Einige Stunden später war Alessandro Farnese noch immer außer sich vor Zorn. Der Generalísimo hatte seine Anführer zum Rapport ins Fort Santa Maria bestellt. Lazarus war ihm und seinem Tross gefolgt. In der andauernden Unruhe hatte niemand ihn aufgehalten. Als Farnese ihn bemerkte, entspannte sich sein Gesicht etwas.

»*Alas*, was macht Eure Schulter?«, fragte er.

»Nicht der Rede wert«, winkte Lazarus ab. »Wichtiger ist, dass dieser Diego die Explosion überlebt hat.«

»Don Diego de Besalú entstammt altem katalanischen Adel. Für sein Überleben danke ich dem Allmächtigen, denn sein Vater ist ein verdienter Soldat und ein alter Kampfgefährte.« Farneses Blick fiel auf Lazarus' notdürftig verbundene Schulter. »Dennoch solltet auch Ihr Euch schnellstmöglich anständig verarzten lassen. Wie heißt Ihr, Soldat?«

»Lazarus van de Hedecop, Generalísimo.« Er entschloss sich, aufs Ganze zu gehen. Jetzt hatte er seine Chance, und er würde sie nicht ungenutzt lassen. »Wenn ich mich vorstellen dürfte? Meine Familie ist von altem Adel. Wir waren in Amsterdam beheimatet, wurden jedoch 1578 mit den anderen Katholiken vertrieben, was meinen Entschluss, gegen unsere Glaubensfeinde zu kämpfen, nur noch befeuert hat. Ich schätze mich glücklich, Euch dienen zu dürfen.«

»Ihr seid ein mutiger Mann. Ich sah, wie Ihr den Sohn meines Freundes geistesgegenwärtig gerettet habt.«

»Ich konnte einen so vielversprechenden Soldaten doch nicht sterben lassen«, sagte Lazarus, dem es nicht schwerfiel, diese Bescheidenheit zu spielen.

Farnese berührte den Anhänger an der kostbaren Kette, die ihn als Mitglied im königlichen Orden des Goldenen Vlies auswies. »Das ist Don Diego wirklich. Sein Vater wünscht, dass er das Soldatenleben von der Pike auf lernt. Wenn ich mir vorstelle, Ihr wäret nicht an Ort und Stelle gewesen …« Farnese bekreuzigte sich.

Die Dankbarkeit des Generalísimo war mehr, als Lazarus zu hoffen gewagt hatte; allerdings durfte dieser Diego niemals seine Version der Geschehnisse erzählen.

Nun traten die anderen Generäle ein und verwickelten den Prinzen von Parma sogleich in Gespräche. Lazarus sah seine Hoffnung, aus dem Anschlag Profit zu schlagen, schwinden. Er überlegte fieberhaft. Noch einmal wandte er sich an Alessandro Farnese. »Ich bin stolz, dass ich meine Nützlichkeit in diesem gottgewollten Krieg unter Beweis stellen kann. Lasst mich Euch und unserer Sache stärker zu Diensten sein, als ich dies bisher durfte.«

Farnese antwortete ihm nicht, was Lazarus mit Ingrimm erfüllte.

Dennoch blieb er im Saal, als die Türen geschlossen wurden und die Befehlshaber an einer Tafel Platz nahmen, auf der sich eine Karte Antwerpens und des umgebenen Landes befand.

Der Generalísimo ließ sich Bericht erstatten und brütete über den Holzfiguren auf der Karte, die die einzelnen Truppenteile darstellten. Schließlich schlug Farnese unwirsch eine Lücke in die Schiffbrücke. »Dieser Anschlag war heimtückisch und niederträchtig! Dieser doppelzüngige Aldegonde! Wir hatten bis zum endgültigen Abkommen einen Waffenstillstand vereinbart. Dem Herrn sei Dank war es nur ein einzelner Brander. Die Brücke kann zügig wieder geschlossen werden. Aber wir haben zwei Tote und vierzehn Verletzte zu beklagen. Einen Ritter hat die Druckwelle in voller Rüstung eine halbe Meile durch die Luft geschleudert, und er wäre ertrunken, wenn ihn die Hilfe nicht schnell genug erreicht hätte.« Kopfschüttelnd wandte er sich seinen Generälen zu.

Lazarus hatte in der Vergangenheit oft genug Berichten gelauscht und ergriff kurzerhand das Wort. So scheußlich die Tat des Feuerwerkers auch war, sie verdiente doch Bewunderung. »Möglicherweise weiß der Bürgermeister von Antwerpen nichts von dieser Tat, und sie ist einzig auf diesen italienischen Mechaniker, diesen Federigo Giambelli, zurückzuführen.«

Ehe er weiterreden konnte, schnitt ihm ein General das Wort ab. »Wieso mischt er sich ein?«, fragte er mit Blick auf Lazarus.

Farnese wirkte erstaunt, dass Lazarus noch anwesend war, dennoch wies er ihn nicht vor die Tür. »Van de Hedecop hat sich während des Anschlags ausgezeichnet.«

Lazarus straffte sich vor Stolz.

Der General nahm die Äußerung hingegen unbewegt zur Kenntnis. »Aldegonde ist, wie Ihr es wünschtet, sogleich einbestellt worden. Wenn er wirklich eine gewaltfreie Übergabe der Stadt will, muss er seine Leute in den Griff bekommen. Unseren Männern wäre es ein Vergnügen, ein weiteres Exempel zu statuieren.«

Farnese winkte ab. »Auf keinen Fall. Die Stadt nützt uns nur, wenn der Handel blüht. Wir werden den Bewohnern eine großzügige Frist gewähren, um die Stadt zu verlassen oder in den Schoß der Heiligen Römischen Kirche zurückzukehren. Die meisten werden sich zum Bleiben entschließen.«

Einer der Jesuiten, die den Generalísimo begleiteten, hob den Kopf. »Die Frist sollte nicht allzu lange bemessen sein. Vier Jahre erscheinen mir übertrieben. Zwei Jahre sollten reichen, um seine Angelegenheiten zu regeln, mein Prinz.«

»Eure Besorgnis in Ehren, Pater, aber das haben wir hinlänglich besprochen«, sagte Farnese kühl. »Wir werden sicherheitshalber weitere Maßnahmen in Angriff nehmen. Mit genügend Geld und Truppen könnten wir von hier aus den Norden erobern, und der Krieg wäre ein für alle Mal vorbei. Wir müssen lediglich …«

Lazarus hörte nicht mehr zu. Noch immer überlegte er, wie er diese Situation zu seinem Besten nutzen konnte. Als alle gingen, blieb er zurück. Er fühlte sich zerschlagen und todmüde, wusste aber, dass der Tag noch lange nicht am Ende war. »Auf ein Wort noch, Exzellenz.«

Alessandro Farnese runzelte die Stirn. Seine Augen blitzten wach; angeblich schlief er kaum. Seine Geduld schien jedoch am Ende zu sein. »Was ist denn noch?«

»Wenn Ihr tatsächlich die ungläubigen Antwerpener ziehen lassen wollt, sollte darauf geachtet werden, dass dieser teuflische Feuerwerker nicht fliehen kann. Giambelli muss unschädlich gemacht oder auf unsere Seite gebracht werden. Anderenfalls wird er seine Höllenmaschinen erneut gegen uns richten. Und wir wissen, was das heißt: Seine Brander können so viele Soldaten dahinraffen wie eine ganze Schlacht.« Lazarus suchte Farneses Blick. »Erlaubt bitte, dass ich mich bei der Übernahme Antwerpens auf die Suche nach Giambelli mache und ihn und seine Helfer festnehme.«

Von der Schiffbrücke drang Baulärm zu ihm. Im ersten Licht der Sonne erkannte Lazarus, dass die Blockade wieder geschlossen war und Arbeiter angefangen hatten, den Ponton auszubessern. Im Heerlager machten sich Söldner in zerknitterten Waffenröcken und mit ebenso zerknitterten Gesichtern für ihren Dienst bereit, während andere sich todmüde an den verloschenen Lagerfeuern zusammenrollten. Er schlug einen Bogen um die schäbigen Trossweiber, die schimmeliges Brot und ihre ausgemergelten Leiber anboten, und lief zum Lazarettzelt. Der Feldscher war an seinem Arbeitstisch eingenickt. Lazarus suchte die belegten Feldbetten ab. Endlich entdeckte er Diegos dunklen Lockenkopf. Der junge Soldat lag auf dem Bauch, um Schädel, Hals und Rücken trug er Verbände. Seine Wangen waren wie von Fieber gerötet. Lazarus nahm von einem Tisch einen Lappen und tunkte ihn in einen Wasserkrug. Er hockte sich neben den Kranken und tupfte ihm die Stirn ab. Diego stöhnte leise, seine Augenlider flatterten. Endlich verfing sich der Blick des Kranken.

Lazarus lächelte Diego gewinnend an. »Ich wollte mich nur überzeugen, dass derjenige, dessen Leben ich gerettet habe, auch gut versorgt ist.«

»Ge... gerettet?« Verwirrt blickte Diego ihn an.

Das Lächeln wurde breiter. »Ja, natürlich. Auf dem Ponton, weißt du nicht mehr? Ich entdeckte den Höllenbrander und brachte dich in Sicherheit. Ohne mich wärest du jetzt vielleicht tot.« *So ganz falsch ist diese Aussage nicht*, dachte Lazarus.

Diego blinzelte. »Ihr habt ... mich ... geschla...«

Lazarus rieb fester über die Haut. Das Stöhnen wurde lauter. »Nein, nein, da irrst du dich. Ich habe mit dem Arm ausgeholt, um dich zu schützen. Mein Leben habe ich riskiert für dich.«

»Ich erinnere mi...«

Stetig hatte der Druck seiner Handfläche zugenommen. Nun jaulte der junge Mann auf. Lazarus sah sich alarmiert um, aber alles schlief. Wieder hoben sich seine Mundwinkel. Beinahe zärtlich tupfte er über das Gesicht des Verletzten. »Ich habe dich gerettet, daran musst du dich doch erinnern.«

Diegos Lider flatterten. Noch einmal beschrieb Lazarus ihm seine Version der Ereignisse. »Ich hatte dich lediglich zum Exerzieren aufgefordert, damit du wachsam bleibst, und dann deine Haltung korrigiert. Dann rettete ich dein Leben.« Er ließ seine Hand wie beiläufig auf den Verband sinken. »Also, wer hat dich gerettet?«

Diegos Gesicht wurde eine schmerzverzerrte Grimasse.

Noch mehr Druck. »Wer?«

Tränen rannen über das Gesicht des verletzten Spaniers. »Ihr …
Ihr habt mich … gerettet.«

»Und was sagt man zu seinem Retter?«

Ein erstickter Schluchzer. »Da… danke … Herr.«

»So ist's recht. Bald wird es dir wieder besser gehen. Dann kannst
du dich bei mir für meine Güte revanchieren.«

*

Mit verschwommenem Blick sah Diego der muskelbepackten Gestalt
nach. Dieser stechende Schmerz. Was für ein schrecklicher, einfältiger
Mensch! Ein niederes Wesen, grob, mit allzu gewöhnlichen Gesichtszügen, aschgrauen Augen und schmutzig blondem Haar. Als ob er,
Don Diego, Sohn eines *Hidalgo de sangre* und einer flämischen Adeligen, sich nicht ganz genau daran erinnern würde, was auf der Schiffbrücke vor sich gegangen war! Oh, hätte sein Vater ihn doch nie gezwungen, sich freiwillig für das Heer des Königs zu melden! Hätte er
ihm doch wenigstens eine angemessene Stellung erkauft! Aber so …

Er war nicht für das Militär gemacht. *Verweichlicht*, schmähte sein
Vater ihn. Tatsächlich liebte Diego das Hofleben, den Tanz und die
schönen Künste. Kampfesmut interessierte ihn nur, wenn die Dichter ihn rühmten, wie in dem Epos des heldenhaften Ritters El Cid,
das er beinahe auswendig konnte. Von Adel zu sein war für ihn nicht
gleichbedeutend mit Kriegskunst. Das hatte sein Vater allerdings nicht
begriffen.

Ehe Diego weiter mit seinem Schicksal hadern konnte, wogte eine
weitere Schmerzwelle von seinem Rücken aus durch seinen Körper
und raubte ihm die Sinne.

4

Durchdringendes Hämmern ließ Vincent und Ruben auffahren. Vincent schüttelte sich schimpfend – sie hatten doch wach bleiben wollen! Kein Lichtschein fiel durch die Ritzen der Fensterläden; es musste noch Nacht sein. Er war von der Kathedrale zu Messere Giambellis Haus geeilt und wäre dabei um ein Haar von den Nachtwächtern erwischt worden. Eine grässliche Angst hatte ihn überfallen, als er weggelaufen war. Wenn die Wächter ihn wegen nächtlichen Herumstreifens festnähmen, würde er seine Geschwister im Stich lassen. Er war gerade durch Messere Giambellis Haustür geschlüpft, als eine Explosion und nachfolgender Geschützdonner die Nachtruhe erschüttert hatten. Vor Angst und Sorge war er beinahe verrückt geworden. Ruben hatte er danach kaum mehr bändigen können; er wollte unbedingt zum Hafen und dort auf ihren Vater und Giambelli warten. Selbst Betje war aufgewacht. Sie hatte geweint, und Vincent hatte ihre Hand gehalten, bis sie sich beruhigt hatte.

Vincent sah sich um. Noch waren ihr Vater und Messere Giambelli nicht da. Wieder hämmerte es. Panik überkam ihn.

»Öffnet, sofort!«, befahl ein Mann lautstark.

Schon stand Vincent an der Tür. Er musste Nerven bewahren. »Wer ist da?«, fragte er.

»Stadtwache. Jetzt macht auf, aber zackig!«

Vincent musste seine geballte brüderliche Autorität aufwenden, damit sich Ruben in die Werkstatt zurückzog. Dann schloss er die Tür auf und schob die Riegel beiseite. Was er sah, ließ ihn erstarren. Er kannte die Wächter. Es handelte sich um Mijnheer Sjako und einen seiner Rabauken. Warum musste ausgerechnet er in dieser Nacht Dienst haben? »Was kann ich zu dieser nachtschlafenden Zeit für Euch tun, Mijnheer?«, fragte Vincent und versuchte, das Beben in seiner Stimme zu unterdrücken.

»Wir suchen Federigo Giambelli.«

Vincent gab sich ruhig. Was sollte er tun? Sollte er die Wahrheit sagen? Spontan entschied er sich dagegen. »Messere Giambelli schläft, so wie ich es bis eben auch getan habe.« Er gähnte herzhaft.

»Und dein Vater?«, fragte Sjako argwöhnisch.

»Der schläft auch.«

»Dann weck sie, aber sofort.«

Vincent hielt inne, obgleich alles in ihm zitterte. »Gibt es einen besonderen Grund für diese nächtliche Störung?«

»Was redest du so geschwollen daher, Bengel?«

Unterwürfig senkte Vincent das Haupt. »Verzeiht, Mijnheer, aber ich war besorgt und dachte, Ihr hohen Herren wisst bestimmt genau, was vor sich geht.«

Sjakos Begleiter erhob die Stimme: »Der Bürgermeister hat den Bewohnern Antwerpens Kampfhandlungen untersagt. In dieser Nacht aber ist ein Höllenbrander auf die Schiffbrücke der Spanier getroffen und hat dort, dem Vernehmen nach, erheblichen Schaden angerichtet.«

Am liebsten hätte Vincent losgejubelt, als er vom Erfolg der Mission hörte, aber er beherrschte sich. »Und Ihr meint, Messere Federigo könnte etwas darüber wissen?«

Düster nickte der Mann. »Er ist dafür verantwortlich, nehmen wir an.«

»Dann sagt das doch gleich.« Vincent war zu einem Entschluss gekommen. Er würde vorgeben, die beiden Männer zu wecken, und erstaunt tun, wenn er sie nicht fände. Was blieb ihm anderes übrig?

»Du führst doch was im Schilde, Bursche!« Rabiat schob Sjako ihn beiseite und betrat das Haus.

Gerade als sich auch der zweite Wächter vorbeidrängte, regte sich etwas an der Werkstatttür. Messere Giambelli kam ihnen entgegen, mit bloßen Füßen, nur im Leibhemd, und doch nach kaltem Rauch stinkend. Auch ihr Vater tauchte im Nachtgewand auf. Ernst wirkten die beiden und sehr müde, ganz so, als hätten sie tatsächlich bis gerade geschlafen.

»Da sind sie ja«, sagte Vincent erleichtert. Durch den Spalt der

Werkstatttür sah er, wie Ruben mit einem Kleiderbündel im Arm verschwand.

Der Wächter musterte die Männer argwöhnisch, als sie den Grund der nächtlichen Störung erklärten. »Was riecht hier so rauchig?«

Entschuldigend hob Wim die Schultern. »Ich habe den Ofen nicht anbekommen. Muss den Rest meines gewässerten Bauholzes verheizen, das brennt nicht so gut.«

Sjako schien ihm das nicht abzunehmen, denn er stürmte in die Werkstatt, in der die Teile des Perpetuum mobile auf ihren Wiederaufbau warteten. »Was treibt Ihr und Eure Brut überhaupt hier, Aardzoon?«

Wims Hände zuckten. »Ihr wisst, dass ich mein Haus verlassen musste. Vorerst.«

»Vorerst, pah!«, stieß Sjako verächtlich aus. »Eure Zeit ist vorbei. Wenn erst der rechte Glaube wieder in Antwerpen herrscht, wird niemand mehr die Dienste eines Ketzers in Anspruch nehmen.« Drohend trat er an die Männer heran. »Ich bin sicher, dass Ihr es gewesen seid. Seid gewiss, dass wir die Wahrheit herausfinden werden!«

Sein Kumpan nickte. »Ihr mögt Zwietracht säen, wir aber wollen den Frieden. Und wir werden ihn, beim Heiligen Vater und allen Heiligen, bekommen – auch, wenn es das Leben unserer Feinde kostet!«

Vincent schluckte. Es waren die Katholiken, die den Papst und die Heiligen verehrten. Dass Sjako und sein Kumpan ihren Glauben so offen bekannten, kam einer Drohung gleich. Seinem Vater fiel es sichtlich schwer, nicht auf den papistischen Irrglauben zu reagieren.

Messere Giambelli trat einen Schritt vor. »Ihr seht doch, dass wir geschlafen haben. Ihr müsst woanders weitersuchen.«

Noch immer wollten sie nicht gehen. Doch es näherte sich ein weiterer Trupp der Stadtmiliz, angeführt von Dirck van Os. »Was geht hier vor?«, fragte er Sjako scharf.

Dessen hektisch hervorgestoßene Erklärung ließ van Os nicht gelten. »Wenn es keinen Beweis dafür gibt, dass diese unbescholtenen Bürger mit dem Bruch des Waffenstillstands zu tun haben, dann sucht woanders!«, trieb er sie fort.

Giambelli schloss die Tür zu und wandte sich sogleich Wim zu. »Schon kriechen die Papisten wieder aus ihren Löchern«, sagte er sichtlich ernüchtert. »Gut, dass wir genügend Unterstützer haben.«

Ruben stürzte zu den Männern. »Wie ist es gelaufen? Hat der Brander die Blockade tatsächlich durchbrochen? Wird Hilfe kommen?«

Wim rieb sich über die Wangen, die Erschöpfung stand ihm ins Gesicht geschrieben. »Die Schiffbrücke zerriss erneut, aber unsere Verbündeten waren nicht schnell genug. Kein Versorgungsschiff hat die Gelegenheit genutzt, zu uns durchzubrechen. Es ist vorbei.«

5

Am Morgen liefen Büttel und Trommler durch die Stadt und verkündeten, dass Antwerpen sich den spanischen Truppen ergeben werde. Wenig später befahl Bürgermeister Philips van Marnix, Herr von Sint-Aldegonde, in einer kurzen Rede vor dem Rathaus, beim Einzug der Besatzer jedwede Kampfhandlung zu unterlassen. Der spanische König werde den Bewohnern von Antwerpen die Bestätigung ihrer geliebten Handelsprivilegien sowie eine Frist von vier Jahren zubilligen, um entweder die Stadt zu verlassen oder zum katholischen Glauben überzutreten.

Im Anschluss an die Rede eilten aufgebrachte Poorter zum Bürgermeister, doch statt auf ihre Proteste einzugehen, gab dieser den Wachen einen Wink. Karren voller Kornsäcke und Gemüse wurden herangerollt. »Ein Geschenk des spanischen Königs«, hieß es.

Schnell siegte der Hunger über den Freiheitswillen, und jeder stellte sich an, um seinen Teil zu erhalten. Auch Vincent und Ruben reihten sich in die Wartenden ein. Sie hatten Betje im Hause des Ingenieurs gelassen. Der Weidentrank hatte den Zustand ihrer Schwester zwar etwas verbessert, aber sie war noch immer benommen.

Besorgt beobachtete Vincent, dass der Bürgermeister Messere Giambelli zu sich bestellte; Wim begleitete ihn. Vincent ließ den protestierenden Ruben die Stellung in der Warteschlange halten und schlich näher an die Männer heran. Bald war er so nah, dass er das Gespräch verfolgen konnte.

»Habt Ihr gestern den Höllenbrander zur Schiffbrücke geschickt?«, fragte Aldegonde gerade.

»Ihr dürftet doch von Euren Nachtwachen erfahren haben, dass ich im Hause war.«

Das Gesicht des Bürgermeisters verschloss sich. Er war ein alter, müder Mann. »Das ist alles, was Ihr dazu sagen wollt?«

»Mehr gibt es dazu nicht zu sagen.«

Sein Blick wanderte von dem Italiener zu Wim. Ein ungutes Gefühl ergriff Vincent. »Und Ihr, Aardzoon?«

»Ich habe mit meinen Kindern bei Federigo übernachtet. Es gibt einige … Unstimmigkeiten wegen meines Hauses.«

Der Bürgermeister seufzte. »Nun gut. Sollte ich Hinweise dafür finden, dass Ihr meinen ausdrücklichen Befehl, während der Verhandlungen keine Anschläge zu verüben, gebrochen habt oder weiter gegen Farneses Truppen kämpft, werdet Ihr hart bestraft. Handlungen wie diese würden als Hochverrat gewertet. Die Einigung, die ich erzielt habe, ist zu kostbar, als dass sie durch Einzelne gefährdet werden darf.«

Wim schnaubte unwillig. »Der Zeitraum, in dem die Bürger ihre Angelegenheiten regeln können, ist einigermaßen lang, das gebe ich zu. Aber die Bußzahlungen, die Antwerpen dem spanischen König leisten muss, sind hoch. Selbst wenn man vorerst bleibt, werden einen die Steuern in den Ruin treiben.«

Schicksalsergeben wog Aldegonde sein Haupt. »Ihr mögt die Einigung missbilligen, aber seit dem Mord an unserem geschätzten Anführer, dem Vater des Vaterlandes, sind wir in einer weitaus schwächeren Situation als unsere Feinde. Ich musste den Frieden über die Waffen setzen, denn die Rebellion hat uns nichts als Kopfschmerzen und Kummer gebracht.«

Auf dem Heimweg diskutierten die Männer. Dieses Mal schlugen sie tatsächlich den Weg zum Haus der Aardzoons ein. Vincent vermutete, dass sie nun packen würden. Sie erlebten jedoch eine unangenehme Überraschung: Der neue Besitzer hatte ihr Haus bereits geräumt und ihre wenigen Habseligkeiten einfach vor die Tür gestellt. Schon hatten sich die ersten Plünderer an ihren Besitztümern bedient. Die Seiten des zerfetzten Notizbuchs seines Vaters wurden von einer Brise herumgewirbelt.

Wim eilte sich, sie einzufangen. »Der Brief, wo ist der Brief?«

Vincent half, die Blätter aufzusammeln, entdeckte den kostbaren Brief und fing das gesiegelte Schriftstück auf, ehe es in eine Pfütze segeln konnte. Voller Stolz hatte sein Vater ihm den Brief gezeigt, in dem Wilhelm von Oranien sich für seine Dienste beim Festungsbau bedankte.

Hastig nahm sein Vater das Pergament an sich, wischte den Staub ab und steckte es unter sein Leibhemd. Währenddessen hatte Vincent die Porträtzeichnung seiner Mutter im Dreck gefunden. Die Plünderer hatten es grob aus dem Rahmen gefetzt. Mit von Wut und Trauer verzerrtem Gesicht barg Wim das Bild an seiner Brust. Dann schoss er zur Haustür des Nachbarn und bollerte dagegen, bis das Holz unter seinen Schlägen ächzte. Ruben warf Pflastersteine gegen die Fassade.

»Frings – seid Ihr hier drin? Kommt heraus, ich will mit Euch reden!«, brüllte Wim. So entfesselt hatte Vincent seinen Vater noch nie erlebt.

Messere Giambelli packte den Oberarm seines Freundes und versuchte, ihn zu beruhigen. »Ich kann verstehen, dass du ihm an den Hals willst. Aber wenn du so weitermachst, rufen die Nachbarn die Wachen. Noch mehr Aufmerksamkeit können wir im Moment wirklich nicht gebrauchen. Wir sollten packen und verschwinden.«

»Abreisen können wir immer noch. Dieser Unmensch muss dafür bezahlen, dass er uns unser Heim genommen hat!«

Klirrend ging eine Butzenscheibe zu Bruch. Die Tür wurde aufgerissen. Mit gezücktem Schwert und flankiert von seinen Knechten sprang Mijnheer Frings ihnen entgegen. Ruben versteckte sich hinter seinem Vater.

»Verschwindet! Ihr wisst, dass ich mich auf meinem Grund verteidigen darf«, rief Frings drohend.

»Ihr seid ein Unmensch!«, fuhr Wim Aardzoon ihn an.

Ein gönnerhaftes Grinsen huschte über das Gesicht des Tuchhändlers. »Ich kann Euren Zorn nachvollziehen. Auch ich hätte das Haus lieber unter anderen Umständen gekauft.«

»Heuchler! Verbrecher!«, schrie Aardzoon.

Die Klinge schoss vor. Wim Aardzoon wich nicht zurück, und Vincent beobachtete erschreckt, wie die Schwertspitze den Hals seines Vaters streifte.

»Jetzt ist's aber genug! Bei aller Nächstenliebe – auch meine Geduld hat ein Ende!«

»Nächstenliebe, pah!« Wim Aardzoon wollte seinem Gegenüber das Schwert entwinden, wurde aber von den Knechten niedergerungen. Frings hielt ihn mit dem Stiefel auf den Boden gedrückt. Es tat Vincent weh, seinen Vater so erniedrigt zu sehen. Auch Giambelli hatte inzwischen seinen Degen gezogen. Kurz drohte die Lage zu eskalieren. Dann aber bogen Stadtwachen auf den Platz ein und stellten sich an Frings' Seite.

»Ihr seht, ich habe Freunde. Oder sollte ich besser ›Glaubensbrüder‹ sagen? Haus und Grundstück gehören mir. Ich kann beides gut brauchen, wenn ich demnächst in den Stadtrat aufsteige und den Handel mit England ausweite«, gab Frings an.

Vincent kniete neben seinem Vater auf der Erde und versuchte, den Stiefel des Tuchhändlers wegzuschieben. »Lasst meinen Vater gehen!«, flehte er.

Endlich ließ Mijnheer Frings von Wim Aardzoon ab. Messere Giambelli half seinem Freund auf. Niedergeschlagen sammelten sie ihre Habe auf und machten sich davon.

Vielfältige Sorgen drückten Vincent nieder, aber er wollte seinen Vater nicht wieder in Rage bringen. »Betje wird kaum laufen können, und wir können sie auch nicht die ganze Zeit tragen«, wandte er sich vorsichtig an ihn.

Wim Aardzoon wischte achtlos über den Kratzer an seinem Hals und schwieg. Vincent fürchtete schon, keine Antwort zu bekommen, als sein Vater sagte: »Wir reisen mit Federigo und weiteren Glaubensbrüdern nach Vlissingen, um von dort aus bei der Rückeroberung Antwerpens zu helfen. Federigo legt das Geld für die Reise aus. Ich werde es ihm so schnell wie möglich zurückzahlen.« Es schien bereits beschlossene Sache zu sein.

Ein letztes Mal sah Vincent zurück. In diesem Haus waren er und seine Geschwister geboren und aufgewachsen; hier war seine Mutter gestorben.

»Kehren wir bald nach Antwerpen zurück?«, fragte Ruben.

»Das weiß Gott allein. Vielleicht gelingt es uns schon nächste Woche, mit Hilfe der Geusen die Stadt zurückzuerobern«, meinte Wim, klang aber nicht so, als würde er es glauben.

»Und wenn nicht?«

»Du magst es vergessen haben, aber deine Mutter stammte ursprünglich aus Gelderland, ich selbst aus Holland. Nach Antwerpen hat es uns nur zufällig verschlagen.«

»Wohin werden wir ziehen, wenn wir nicht zurückkönnen?«

»Wer weiß? Möglicherweise bekomme ich irgendwo eine Anstellung im Festungsbau. Die Spanier werden sich schließlich kaum mit Brabant, Flandern und den anderen südlichen Provinzen zufriedengeben. Jede Stadt im Norden muss nun, wo Antwerpen gefallen ist, Angst haben. Vielleicht ziehen wir nach Dordt, nach Leiden oder Middelburg. Oder nach Amsterdam, denn da leben viele reiche Kaufleute, die mir Arbeit geben können. Etliche Antwerpener Kaufleute haben ihren Handel schon nach Amsterdam umgeleitet, andere haben seit jeher dort ihren Stammsitz. Wo wir leben, spielt keine Rolle – Hauptsache, wir sind zusammen und in Freiheit.«

Was sollte das bedeuten? »Sind wir in Amsterdam sicher?«

»Hast du in Geografie nicht aufgepasst? Amsterdam liegt im Norden Hollands, weit weg von den spanischen Truppen. Die Stadt ist erheblich kleiner als Antwerpen, aber ich werde dort Arbeit finden. Wenn nicht, ziehen wir weiter. Zur Not müssen wir ein Schiff nach Hamburg oder nach England nehmen.«

6

Sofort nach Verkündung des Friedensvertrags waren auf den Deichen Freudenfeuer entzündet worden. Seitdem feierten die Soldaten auf Schanzen, Forts und auch der Schiffbrücke, dass Gott ihnen den Sieg geschenkt hatte. Am nächsten Tag sollte der erste Trupp der spanischen Armee in Antwerpen die Lage sondieren. Um die Bewohner nicht zu beunruhigen, wurden lediglich deutsche und wallonische Soldaten ausgewählt. Lazarus gelang es dennoch, sich in den Trupp zu mischen, der Alessandro Farnese durch das Stadttor folgte. Viele Antwerpener hießen sie willkommen, reckten Heiligenbildchen in die Höhe, und mehr als einmal hörte er »Lang lebe der König von Spanien!« oder »Gott hat den Rechtgläubigen den Sieg geschenkt!«. Ja, sie hatten diese Stadt und diese Menschen aus den Klauen der Ketzer befreit, sie hatten ihre Seelen gerettet, sie würden für den Triumph des wahren Glaubens sorgen. Es war ein erhebendes Gefühl, zu den Siegern zu gehören, wenn auch der offizielle Triumphzug, zu dem etliche hohe Adelige anreisen würden, erst in einigen Wochen stattfinden würde.

Nachdem Farnese am Antwerpener Stadhuis mit allen Ehren empfangen worden war, zog er sich mit den Honoratioren in den Ratssaal zurück. Davor wartete eine Gruppe von Geschäftsleuten und Handwerkern, die offenbar von dem neuen Regime zu profitieren gedachten. Lazarus befahl dem Soldaten, der ihm zugeteilt worden war, sich nach dem Wohnsitz Federigo Giambellis umzuhören.

»Ich habe gehört, dass Ihr Giambelli sucht«, wandte sich wenig später ein hagerer Mann an Lazarus. Er trug die schlichte Kleidung eines Handwerkers, dazu aber einen teuren Rosenkranz aus roten Korallen.

»Kennt Ihr ihn?«

»Ein Querulant und Scharlatan«, stieß der Fremde unerwartet heftig hervor.

Lazarus hob seine Mundwinkel ein wenig. »Dann bringt uns zu ihm, es soll Euer Schaden nicht sein.«

Der Fremde, der sich als Sjako vorstellte, führte sie an der Handelsbörse und der geschändeten Kathedrale vorbei. »Ich kann es kaum erwarten, dass die Onze-Lieve-Vrouwekathedraal unter der Herrschaft Eures Königs in neuem Glanz erstrahlt. Jeder reformierte Gottesdienst, der in diesen heiligen Mauern stattfindet, ist mir eine Qual. Ihr werdet doch die Bilderstürmer und die Ketzer zur Rechenschaft ziehen? Der Inquisitor wird nach Antwerpen kommen?«

»Wenn es nach mir geht, auf jeden Fall«, versicherte Lazarus. »Goldene Kandelaber, prächtige Gemälde, Reliquien und Heiligenstatuen werden hier schon bald wieder vom Lobe Gottes künden, und nach katholischem Ritus wird das *Te Deum* erklingen.«

Sjako küsste seinen Rosenkranz. »Nur zu gern stelle ich meine Kraft in Eure Dienste, um die Kirchen wiederherzurichten. Ich bin Zimmermann, Herr.«

»Die Unsrigen sollen belohnt werden«, versprach Lazarus ebenso gnädig wie nutzlos. Er gefiel sich außerordentlich in der Rolle des hohen Herrn.

Viele der Häuser Antwerpens erschienen ihm ärmlich, aber Lazarus wusste, dass es vermutlich überall etwas zu holen gab. Es juckte ihn in den Fingern, sich am Reichtum der Bewohner gütlich zu tun, und er wusste, dass auch andere Soldaten Wege finden würden, die Anweisungen Farneses zu umgehen. Doch erst einmal musste er den Sprengmeister dingfest machen. Giambelli würde nicht freiwillig zu ihnen überlaufen, aber auf die vertraglich zugesicherte Schonfrist vertrauen. Dennoch trieb Lazarus seinen Begleiter zur Eile an. Er musste Giambelli unbedingt seine Geheimnisse entlocken; es würde ihm spätestens dann nützen, wenn er selbst derartige Sprengladungen anfertigen lassen wollte.

Endlich hatten sie das Fachwerkhaus am Hafen erreicht. Ein beladener Wagen stand vor dem Eingang.

»Gerade noch rechtzeitig!«, stieß Sjako aus und stürmte hinein.

Lazarus folgte ihm mit der Hand am Säbel. Ihm kam der Übereifer seines Helfers gut zupass. Der Soldat aber machte erst einmal in aller Ruhe Lazarus' Pferd fest.

In der Diele rannte Lazarus beinahe in einige Knechte, die seltsam gebogene Balken aus dem Haus trugen. »Wo ist er?«, ging er sie an.

»Wer?«

»Federigo Giambelli!«

»Weiß ich doch nicht.«

»Das ist doch sein Haus, oder etwa nicht?«

»Möglich. Wir wurden herbestellt, um die mechanischen Gerätschaften abzutransportieren, die unser Herr gekauft hat.«

Sjako durchsuchte die Räume. »Wir müssen ihn verpasst haben!«, berichtete er verärgert.

Auch Lazarus sah sich um. Nirgendwo gab es einen Hinweis darauf, wohin Giambelli verschwunden war. Hätte er Farnese nur nicht angeboten, den Sprengmeister festzusetzen! So würde er als Versager dastehen, wenn er mit leeren Händen zurückkäme. Das wäre eine doppelte Schmach. Vermutlich hätte er die zarte Gunst des Prinzen dann wieder verspielt.

Unschlüssig sah er aus dem Fenster. Gegenüber mühte sich eine Greisin, ein Holzbrett so in einen Fensterrahmen zu klemmen, dass es eine zersplitterte Butzenscheibe verdeckte.

»Hört euch bei den Nachbarn um. Ich spreche mit der Alten da«, wies er seine Helfer an. Als er die Greisin auf Giambelli ansprach, redete diese jedoch wirr.

»Haben mir die Scheiben zerbrochen, die Gören. Die Bengel haben natürlich behauptet, sie wären es nicht gewesen. Aber ich hab gesehen, wie sie mit Ästen herumgefuchtelt und mit Steinen geschmissen haben – genau vor meiner Haustür!« Sie schüttelte erbost den Kopf, presste dann aber die Lippen zusammen.

»Wovon redest du, Alte?«, fragte Lazarus ungeduldig.

»Na, von den Gören, die bei diesem Itaker untergeschlüpft sind.«

»Ihr meint Federigo Giambelli.«

»Ebenden.«

»Weißt du, wohin er unterwegs ist?«

Mit gerunzelter Stirn befühlte sie ihre Wange. »Die Männer sind mit den Kindern abgereist«, sagte sie schließlich.

»Von welchen Männern redest du? Wer ist bei Giambelli?«

»Wim Aardzoon, der Zimmermann, mit seinen Gören.«

Den Namen hatte er noch nie gehört. »Ist dir in den letzten Tagen etwas Besonderes aufgefallen? Womit war Giambelli beschäftigt?«

»Etwas Großes ist vorgestern in die Werkstatt geschoben worden, aber ich konnte es nicht richtig erkennen. Ein Boot, nehme ich an.«

Na also!

»Wer könnte mehr darüber wissen?«, fragte Lazarus mühsam beherrscht.

Die Alte spielte mit der Zunge an ihrem letzten Schneidezahn. »Die beiden gehören der Kirchengemeinde dieses von der Heyden an. Oder Ihr fragt bei Elim nach. Der Jude war bei Giambelli, das habe ich gesehen.«

»An dem fraglichen Tag?«

»Fraglichen?« Verständnislos starrte sie ihn an.

Lazarus hätte die Informationen am liebsten aus ihr herausgeschüttelt. »Vorgestern – als das Boot hineingeschoben wurde!«

Wieder bohrte sie zwischen ihren Zähnen. »Elim kennt jeden und weiß alles.« Sie wies ihm den Weg zu dem Haus, das sich gleich um die Ecke befand. Lazarus wollte mit seinen Helfern sofort dorthin eilen, aber die Alte nahm seine Hand; ihre Finger waren feucht. Angeekelt machte er sich los. »Ich bin selig, dass ich mich dank Eurer Hilfe nicht länger verstecken muss, und anderen geht es auch so«, sagte sie unterwürfig. »Heute früh wurde in unserer Liebfrauen-Kathedrale zum ersten Mal die Beichte wieder abgenommen – die Warteschlange reichte halb um den Platz. Endlich ist meine Seele wieder rein.«

Der Soldat hatte sich in den Schatten gesetzt und nahm nicht einmal Haltung an, als Lazarus sich näherte, was diesen maßlos ärgerte. Sjako hingegen sah ihn scheel an. »Niemand weiß etwas. Aber das Haus habe ich Euch gezeigt. Wie ist es mit meiner Belohnung?«

Lazarus hätte beinahe aufgelacht – er hatte doch selbst nichts! »Belohnung – wofür? Du begleitest mich, bis wir Giambelli gefunden haben. Wie soll ich sonst wissen, dass es der richtige Mann ist?«

»Ich muss zum Stadhuis zurück, falls Aufträge zur Wiederherrichtung der Gotteshäuser vergeben werden«, sagte Sjako unwillig.

Lazarus packte ihn am Kragen und schüttelte ihn. »Du gehst, wenn ich es dir gestatte!«

Ingrimm huschte über Sjakos Gesicht, doch dann nickte er.

Das Haus des jüdischen Kaufmanns war schnell erreicht. Lazarus ließ sich von dem Knecht nicht abwimmeln. An der Tür zur Stube sah er gerade noch einen Rockschoß verschwinden. Schwarzer Samt – ein teurer Stoff, zu teuer für eine Dienerin.

»Mein Herr ist nicht da«, sagte der Knecht.

»Aber Eure Herrin ist es. Ich will mit ihr sprechen.«

Der Knecht stellte sich ihm in den Weg. »Das wird nicht möglich sein.«

Lazarus schob ihn beiseite. Als der Knecht ihn aufhalten wollte, gab Lazarus seinem Helfer einen Wink. »Bring ihm bei, wie er sich einem Vasallen des spanischen Königs gegenüber zu verhalten hat.«

Die Frau befand sich inmitten einer Kinderschar. Sie war gerade dabei gewesen, Spiegel und Werkzeuge vorsichtig in ausgepolsterte Kisten zu legen. Lazarus gefiel die Angst, mit der sie ihn anstarrte. Gelassen sah er sich um. Als er sein Antlitz auf einem der Spiegel entdeckte, hielt er inne. Verwegen sah er aus, aber seine Kleidung wirkte ungebührlich abgetragen; das musste sich ändern.

»Ich hörte, dass Ihr wisst, wohin Euer Freund Messere Giambelli verschwunden ist.«

Stumm schüttelte sie den Kopf. Er machte einen Schritt auf sie zu und packte ihr Kinn. Die Kinder versteckten sich furchtsam hinter ihr. »Lügt mich nicht an.«

Sie versuchte, sich loszumachen, aber sein Griff war wie eine Zange. »Wollt Ihr wirklich, dass Eure Kinder Zeugen dieser Unterhaltung werden?«

»Droht Ihr mir? Das dürft Ihr nicht!«, stieß sie hervor. »Der Bürgermeister hat mit dem Prinzen von Parma eine gewaltlose Übergabe vereinbart. Außerdem wird mein Mann gleich zurück sein! Er wird sich über Euch beschweren!«

»Glaubt Ihr ernsthaft, dass jemand das Wort eines Juden höherschätzen wird als das eines Vertrauten des Prinzen von Parma?« Wie er es genoss, diese Worte auszusprechen! Von draußen waren die Schmerzensschreie des Knechts zu hören. Ihr Gesicht verzog sich vor Kummer. Er ließ sie los und lächelte gewinnend. »Natürlich werde ich keine Gewalt anwenden, wenn Ihr mir verratet, was ich wissen will. Sagt mir, wo Giambelli steckt.«

Sie zögerte, also fuhr er herum und brüllte unvermittelt: »Raus mit euch!« Die Kinder zuckten zusammen, einige heulten auf, doch sie verließen den Raum. Die Jüdin zog sich weiter zurück. Ihre Hände zitterten, auch das gefiel ihm.

»Tut mir nichts, bitte!«, flehte sie. »Ich sage Euch, was Ihr wissen wollt. Messere Giambelli ist gen Vlissingen abgereist.«

»War er für den Höllenbrander verantwortlich, der gestern mehrere Soldaten König Philipps getötet und noch mehr verletzt hat?«

»Das weiß ich nicht.«

»Oh doch. Ich glaube schon, dass Ihr es wisst.«

Er schlenderte auf sie zu und erfreute sich daran, wie mit jedem Schritt die Angst ihr Gesicht mehr entstellte. Sie wich zurück, stieß an den Esstisch. Ganz nah war er schon. Ihr Duft nach Sandelholz und Angstschweiß ekelte ihn an und machte ihn zugleich heiß. Er presste sich an sie.

Ihre Augen weiteten sich angstvoll, als sie seine Erregung spürte. »Ja, ja! Messere Giambelli hat den Brander ausgerüstet«, stieß sie hervor.

»Er allein?«

Ihr Kopf ruckte hin und her. »Wim Aardzoon hat ihm geholfen. Er hat ebenfalls die Stadt verlassen. Ich weiß nicht, wohin.«

Lazarus zerrte ihren Rock hoch. Tränen traten in ihre Augen. Immer wieder flehte sie ihn an, sie zu verschonen.

Mit einem gönnerhaften Lächeln hielt er inne. »Ihr könnt mir natürlich auch verraten, wo Euer Gatte seine Edelsteine versteckt hat.

Den Spiegeln nach zu urteilen, ist er Diamantenschleifer – also versucht gar nicht erst, es zu leugnen.«

Sie schüttelte stumm den Kopf, aber ihr Blick flackerte zu einem hohen Schrank. Widerstrebend machte er sich von ihr los. Geld war wichtiger als Vergnügen. Aber vielleicht konnte er ja auch beides haben …

7

In aller Hast hatten sie Messere Giambellis Haus geräumt. Notgedrungen hatte der Ingenieur sein Modell eines Perpetuum mobile an einen Poorter verkauft. Der Abschied von ihren Freunden war schwer gewesen. Gott allein wusste, ob sie einander je wiedersehen würden. David und seine Familie kehrten nach Mechelen zurück. Witwe Dhaen und der Jude Elim würden nach Amsterdam fahren. Kees' Familie und viele andere Juden zog es in die nördlicher gelegene Hansestadt Hamburg, die Drehscheibe des Pfeffer- und Zuckerhandels. Weitere reformierte Glaubensbrüder würden nach Emden segeln, wo es eine große Gemeinde gab und sie früher schon Schutz vor religiöser Verfolgung gefunden hatten. Sie selbst würden zunächst mit Messere Giambelli nach Vlissingen reisen, wo dessen Frau mit anderen Antwerpener Damen bei Louise de Coligny, der Witwe Wilhelms von Oranien, untergeschlüpft war.

Nach der Zeit des Stillstands hatte am Hafen eine hektische Betriebsamkeit eingesetzt. Allerdings verhandelte man nicht über Waren, sondern über Reisekosten. Mit ihnen verließen viele Bewohner auf Straßen und Seewegen die Stadt. Arme und Reiche, Alleinstehende und Großfamilien, die eines einte: Sie wollten sich dem spanischen König um keinen Preis unterwerfen.

Vincent und Ruben sprangen in das große Ruderboot. Sie suchten einen Platz für Messere Giambellis Kisten, dann breitete Vincent eine

Decke aus und bettete Betje darauf. Das Fieber des kleinen Mädchens war inzwischen wieder so hoch, dass sie gar nicht zu begreifen schien, dass sie ihre Heimat verlassen würden.

Nervös sah Vincent zu seinem Vater, der mit Giambelli redete. Wims Gesichtszüge wirkten maskenhaft. »Wir hätten wissen können, dass der Bürgermeister mit spanischem Gold gekauft worden ist, als Aldegonde seine Gattin und andere Damen mit Kutschen voller kostbarer Möbel zu Prinzessin Louise schickte«, sagte er düster.

»Wer weiß? Vlissingen befindet sich immerhin in englischer Hand, nicht in spanischer, was gut für uns ist. Nicht auszudenken, was wäre, wenn die Spanier den Tiefwasserhafen beherrschten! Und doch war ich vor allem erleichtert, dass Emeline in Sicherheit gebracht wurde.«

Wim senkte den Blick. »Natürlich. Ich würde alles dafür geben, wenn …« Er brach ab.

Giambelli schien von einer fieberhaften Energie erfüllt zu sein. »In Vlissingen werden wir erfahren, ob uns wirklich englische Truppen zu Hilfe kommen und wie wir uns bei ihnen dienstbar machen können.«

In diesem Augenblick nahten der Prediger und seine Diakone. Der Schiffer pflanzte die weiße Fahne an das Heck des großen Ruderboots, das Zeichen aufzubrechen.

Viele Frauen und auch mancher Mann weinten, als Antwerpens Stadtmauern, so trutzig und zugleich so nutzlos, hinter ihnen am Horizont verschwanden. Der Prahm lag tief, weil er bis zur Grenze seiner Tragfähigkeit mit Menschen und Gepäck beladen war. Im stummen Gleichklang ruderten die Männer, nur Messere Giambelli geriet ständig aus dem Takt.

Der Prediger las währenddessen aus den Psalmen vor: »Und er trat in das Schiff, und seine Jünger folgten ihm«, rezitierte er. »Und siehe, da erhob sich ein großes Ungestüm im Meer, also dass auch das Schifflein mit Wellen bedeckt ward; und er schlief. Und die Jünger traten zu ihm und weckten ihn auf und sprachen: ›HERR, hilf uns, wir verderben!‹ Da sagte er zu ihnen: ›Ihr Kleingläubigen, warum seid ihr so furchtsam?‹ Und stand auf und bedrohte den Wind und das Meer; da ward es ganz stille. Die Menschen aber verwunderten sich und sprachen: ›Was ist das für ein Mann, dass ihm Wind und Meer gehorsam ist?‹«

Vincent, der neben Betje wachte, ahnte, warum der Priester diese Worte gewählt hatte, und doch konnten sie ihn nicht beruhigen. Die Schiffbrücke schreckte und faszinierte ihn zugleich. Hier war der Ort ihres Verderbens.

Federigo Giambelli und Wim reckten sich, um besser sehen zu können. Waffenstarrend reihte sich Schiff an Schiff. Eine Kette zwischen den Rümpfen hatte man gelöst, durch diese Lücke sollten sie fahren. Hoch ragten die Schiffsrümpfe neben ihrem kleinen Boot auf. Es wäre ein Leichtes, sie jetzt zu vernichten. Würde der Feind sie wirklich ziehen lassen? Furcht ließ Vincents Herz höherschlagen. Die Männer ruderten zügiger. Von der Reling aus verspotteten die Soldaten sie, Söldner mit Arkebusen legten auf sie an. Schützend warfen die Frauen neben Vincent sich über ihre Kinder; die Söldner lachten. Der Prediger hob wieder seine Stimme. Jetzt las er aus dem Alten Testament vor. Es ging um den Auszug des Volkes Israel aus ägyptischer Gefangenschaft.

Erst nachdem sie die Schiffbrücke hinter sich gelassen hatten und in die Weite der Schelde steuerten, machte sich unter den Flüchtlingen Zuversicht breit. Waren auch sie ein auserwähltes Volk und würden mit Gottes Hilfe ihre Feinde überwinden?

Als Betje ruhiger schlief, rückte Vincent zu seinem Vater auf die Holzbank und griff nach dem Ruder. Bald schmerzten seine Arme und die Handflächen, aber es tat gut, helfen zu können. Ruben hingegen plauderte mit den anderen Reisenden.

In einiger Entfernung folgten ihnen weitere Ruderboote. Der Prediger war verstummt, dafür begann jemand zu singen. Es war das *Wilhelmlied*, die berühmte Freiheitshymne der Geusen. Als es in der ersten Strophe hieß: »den König von Hispanien hab ich allzeit geehrt«, brachen Protestrufe zwischen den Ruderern aus, und einige stimmten die sechste Strophe an, die keinen Widerspruch hervorrief:

Mein Schild und mein Vertrauen,
bist du, o Gott, mein Herr,
auf dich so will ich bauen,
verlass mich nimmermehr,
Dass ich doch fromm mag bleiben,
dir dienen zu aller Stund,
die Tyrannei vertreiben,
die mir mein Herz verwund't.

Kaum waren die letzten Worte verklungen, begannen die Männer zu diskutieren. »Wir dürften dieses Lied gar nicht mehr singen. Hat Philips van Marnix es nicht gedichtet?«, platzte Wim heraus. »Und nun hat er Wilhelm von Oranien mit diesem Abkommen verraten. Niemals hätte der Schweiger zugelassen, dass die Spanier an den Ort ihrer Schande zurückkehren. Die Engländer hätten die schwimmende Festung bald brechen können.«

»Wer weiß das schon! Von den feinen Engländern war nichts zu sehen. Nein, es ist besser so – wir mussten Antwerpen verlassen«, meinte ein anderer.

»Sicher sind die Vertreter der spanischen Inquisition schon unterwegs«, stimmte ein Dritter zu.

Die Männer verfielen in Schweigen. Vincent sah eine Weile den Strudeln zu, die sich um die Ruderblätter bildeten und alles verwirbelten, was auf den Wellen trieb. Im letzten Herbst hatten Ruben und er im Uferschlamm der Schelde Rinnen, Deiche und Sperren gebaut. Sie hatten einen reißenden Strom geschaffen, der hineingestreutes Laub davontrug. Jetzt kam er sich selbst wie ein Blatt vor, das hilflos vom Strom der Ereignisse mitgerissen wurde. Sein Vater hatte versucht, sich gegen diese Ereignisse zu stemmen. Aber war das gut gewesen?

»Darf ich Euch eine Frage stellen, Vater?«, fragte er leise.

»Fragen darfst du, aber es kann sein, dass du keine Antwort bekommst.«

Vincent senkte die Stimme noch ein wenig mehr. »Ich dachte an die Menschen, die durch … Euch und Messere Giambelli … die durch die Brander zu Tode …«

»Dir steht es nicht zu, darüber zu urteilen«, unterbrach Wim ihn barsch. »Wir haben versucht, die Leben vieler zu retten, und dafür den Tod weniger in Kauf genommen. Für mich gab es nur eine Entscheidung: tatenlos zuzusehen, wie wir vernichtet werden, oder zurückzuschlagen. Der Ausgang unseres Unternehmens lag in Gottes Hand.« Sein Vater sah in die Ferne. »Unser viel zu früh verstorbener Anführer, der Oranier Wilhelm, sagte einmal, jedermanns Gewissen, gebunden an das göttliche Gebot, verantwortet das, was notwendigerweise getan werden muss.«

Eine Gewissensentscheidung also? Aber konnte man eine Kugel in einen Lauf legen und nicht damit rechnen, dass sie jemanden traf? Konnte man einen Höllenbrander ausrüsten und nicht erwarten, dass die Explosion Leben kostete? Vincent wagte nicht, seinen Vater auf diese Widersprüche anzusprechen.

Eine unbehagliche Stille kehrte ein. Vincent war froh, als Ruben sich neben sie kniete.

»Die meisten wollen so schnell wie möglich nach Antwerpen zurück«, berichtete der Junge. »Sie meinen, dass die Spanier Brabant nicht lange halten können. Das glaube ich auch. Was sollen wir überhaupt in Amsterdam? Wenn erst wieder der Handel einsetzt und die Dreimaster in den Hafen einlaufen …«

»König Philipp wird versuchen, auch den Rest der Niederlande zu unterwerfen. Aber wir werden es ihm nicht leicht machen. Federigo und ich werden …« Wim verstummte, als sich ein Ruderboot näherte. Ein muskelbepackter Soldat trieb vom Bug aus die Ruderer zu schneller Fahrt an. An den Riemen saßen weitere Krieger und ein Mann, den Vincent sofort erkannte – Sjako. Schnell wandte Vincent den Blick ab und stieß seinen Vater an.

Wim folgte seinem Wink. Giambelli stieß einen Fluch aus. »Was haben die spanischen Söldner hier zu suchen? Für sie ist es doch feindliches Territorium. Und Sjako …« Giambelli presste die Lippen zusammen.

Das Boot hielt direkt auf sie zu. Die Soldaten beäugten die Fliehenden mit habgierigem Blick. Einer hielt eine Hakenstange in den Händen. Wollten sie etwa an ihrem Schiff festmachen? Schon wurde die Stange herübergeschoben. Die Metallanker bohrten sich knirschend in das Holz. Ein weiterer Soldat machte eine Muskete bereit. Der Anführer musterte die Menschen auf dem Ruderboot.

Vincent stellte fest, dass er nicht der Einzige war, der den Kopf eingezogen hatte. Doch er und sein Vater waren nur eine Armlänge von den Feinden entfernt.

»Im Namen des spanischen Königs: Ist Federigo Giambelli an Bord?«

Unmerklich machte sich der Italiener noch kleiner. Der Schiffer erhob sich von der Ruderpinne und riss sich die Kappe herunter. »Nein, Ihr Herren.«

»Und wie ist es mit einem gewissen Wim Aardzoon?«

»Er ist auch nicht hier.«

Der Soldat befahl Sjako nachzusehen. Die Männer auf ihrem Boot wechselten alarmierte Blicke. Vincent bemerkte, dass sein Vater das Ruderblatt unauffällig aus dem Wasser hob.

Sjako trat bereits an den Bug und reckte sich. Dann hieß er jeden aufzustehen. Plötzlich rief er: »Hier sind sie! Da ist Aardzoon, genau wie seine Blagen! Giambelli ist gleich danebenl«

Der Anführer übernahm wieder das Wort. »Im Namen des spanischen Königs befehle ich Euch, sofort auf unser Boot zu kommen und uns Rede und Antwort zu stehen!«

Wim erhob sich. Ihr Boot schwankte leicht. Das Ruder hielt er gesenkt. »Ihr habt hier überhaupt nichts zu sagen! Ihr befindet Euch auf dem Territorium der freien niederländischen Provinzen. Hier gilt der Befehl des spanischen Königs nicht.«

»Macht die Waffe bereit!«

Der Musketenschütze lud die Waffe und spuckte eine Kugel aus dem Mund in den Lauf. Eine Frau jammerte ängstlich. Vincent konnte ihr es nicht verdenken, auch ihm war heiß und kalt zugleich.

Giambelli sprang auf und zückte seinen Degen, der neben ihm im

Rumpf des Bootes gelegen hatte. »Wir werden unsere Haut teuer verkaufen!«

»Geht, ehe die Weiber und die Kinder leiden müssen«, wisperte ein Mann.

Vincent fürchtete schon um das Leben seines Vaters. Nun aber schüttelte der Prediger in einer beinahe unmerklichen Bewegung das Haupt. Blicke wurden zwischen den Männern gewechselt.

»Legt an!«, befahl der Anführer der Spanier.

Der Musketier zielte, leicht bewegte sich der Lauf durch das Spiel der Wellen.

»Rüber mit euch – schafft die beiden her!«

Sjako und ein weiterer Söldner machten sich bereit. Das feindliche Boot schwankte heftiger.

Plötzlich ging alles ganz schnell. Wim riss das Ruder hoch und versetzte Sjako einen Hieb, wodurch dieser gegen den Anführer stürzte und ihn umwarf. Das Boot geriet in Schlagseite. Gleichzeitig löste sich ein Schuss. Rauchschwaden, dazu Gestank, als wäre der Teufel höchstpersönlich aus der Hölle heraufgestiegen. Geschrei auf beiden Booten. Giambelli hieb mit dem Degenknauf auf den Anführer ein, dessen Schulter stark blutete, obgleich der Ingenieur nicht zugestochen hatte. Weitere Flüchtlinge kamen Aardzoon und Giambelli zu Hilfe und schlugen mit ihren Rudern um sich. Der Schiffer stieß mit dem Stiel seiner Hakenstange derart heftig in den Rumpf des feindlichen Boots, dass die Schieflage sich verstärkte. Ein Soldat fiel ins Wasser. Verzweifelt ruderte er mit den Armen und versuchte, sich an der Reling festzuhalten. Der Anführer brüllte Befehle. Sjako, auf dessen Wange ein breiter Striemen von dem Schlag mit dem Ruder prangte, hatte sich wieder aufgerappelt und setzte zum Sprung an.

Zu Vincents Überraschung hatte sich Ruben ein Ruder geschnappt, riss es hoch und hielt es ihm wie eine Lanze entgegen. Die Ruderspitze traf Sjako im Bauch und machte so seinem Sprung ein schmerzhaftes Ende.

Vincent johlte, doch dann sah er, dass der Ruderstiel seinem Bruder im Gegenstoß in den Leib gefahren war und dieser sich auf den

Planken krümmte. Sofort stürzte er zu ihm. »Ist alles in Ordnung?«, fragte er hilflos.

Ruben rang mit Tränen und Luft. »Schon ... gut ...«, brachte er mühsam hervor.

Als er das Leid seines Sohnes sah, gab es für Wim kein Halten mehr. Mit einem Satz war er auf dem feindlichen Boot und hieb mit dem Ruder wie ein Berserker um sich. Immer mehr Männer gingen über Bord, auch der Enterhaken löste sich.

Ein drittes Ruderboot nahte. Glücklicherweise waren es ebenfalls Flüchtlinge aus Antwerpen und keine Verstärkung des Feindes. Die spanischen Söldner wollten ihr Boot kapern, doch die Flüchtlinge hielten sie mit Rudern auf Abstand.

Wim hatte in der Zwischenzeit dem Anführer das Schwert entwendet, ihn niedergeschlagen und hämmerte mit dem Knauf auf die Planken des feindlichen Boots ein, dass diese krachten. Er wollte zurückkommen, bemerkte aber, dass der Abstand zwischen den Booten schnell wuchs. Das Ruderboot des Feindes sank, ein Teil war schon im Wasser verschwunden.

Wim wollte springen, aber Sjako packte ihn am Knöchel. Wild trat Wim gegen ihn aus, endlich löste sich der Klammergriff. Mit einem Satz war er im Wasser verschwunden.

Geistesgegenwärtig nahm Giambelli ein Ruder und hielt es dorthin, wo Wim versunken war. Dieser durchbrach prustend die Wasseroberfläche und klammerte sich an das Holz. Mit vereinten Kräften zogen die Männer und Frauen ihn an Bord. Klitschnass landete er im Rumpf, direkt neben Ruben und Betje.

Der Prediger fiel auf Knie, legte die Hände zusammen und stimmte ein Gebet an. Alle taten es ihm nach. In diesem Augenblick bewegten sich Betjes Lider. Das Mädchen wirkte verwirrt, aber seine Augen waren zum ersten Mal seit Tagen wieder klar. »Vater«, wisperte es.

Vincents Blick verschwamm, hart wischte er sich über das Gesicht. Er wollte um keinen Preis flennen!

8

Ihre Erleichterung war Erschöpfung gewichen. Nach dem Kampf hatten sie an Tempo zugelegt, aus Sorge, dass die spanischen Söldner sie noch einmal überfallen würden. Die Männer hatten nicht lange über den Grund für den Überfall diskutiert. Die einzige Erklärung war, dass Farneses Männer diejenigen in ihre Gewalt bringen wollten, die für die Höllenbrander verantwortlich waren.

Wim Aardzoon zupfte sich einen Hautfetzen von den aufgeplatzten Handballen. Er fühlte sich, als liefe er auf unsicherem Grund. Er hasste das Gefühl, nicht zu wissen, wie es weitergehen sollte. Auf Gott zu vertrauen fiel ihm in dieser verzweifelten Lage schwer, auch wenn er das nie zugeben würde. Was sollte aus ihnen werden, jetzt, wo sie alles verloren hatten? Die spanischen Belagerer hatten ihm sein geliebtes Weib und sein Vermögen genommen, Frings war nur ein feiger Kriegsgewinnler. Wenn er den Kaufmann in die Finger bekäme, würde er ihn trotzdem eigenhändig erwürgen! Und Sjako war es nur recht gewesen, mit ihm einen seiner ärgsten Konkurrenten los zu sein. Dass Handlanger der Spanier sie verfolgt hatten, erschreckte ihn. Nie würde er sich den Papisten unterwerfen!

Stumm sprach Wim ein Bittgebet. Betjes Zustand bereitete ihm nach wie vor große Sorgen, Vincent war erschreckend mager und brütete vor sich hin, während Ruben den Ernst der Lage gar nicht zu begreifen schien.

Endlich zeichnete sich Fort Rammekens mit seinen massiven Festungsmauern vor ihnen ab. Ein Stück weiter flankierte das stark befestigte Vlissingen die breite Scheldemündung. Der Anblick der viele Galeeren, Segler und kleineren Schiffe, die im Mündungstrichter ankerten, löste in Wim eine Mischung aus Euphorie und Verbitterung aus. Warum war es nicht möglich gewesen, mit diesen schwer bewaffneten Kriegsschiffen die Blockade zu durchbrechen?

»Vielleicht können wir hier weitere Schiffe als Höllenbrander ausrüsten und von dieser Seite aus die Schiffbrücke angreifen«, sprach Federigo aus, was Wim dachte.

»Arbeit werden wir ansonsten hier kaum finden. Vlissingen ist schon jetzt gut befestigt, weil es über die Zeeländische Küste und die Handelsschiffe wacht«, sagte Wim ernüchtert. »Die gezackten, mit Wassergräben flankierten Stadtmauern werden Fußtruppen nur schwer überwinden, seeseits können feindliche Schiffe beschossen werden.«

Auf Federigos Gesicht zeigte sich ein schiefes Lächeln, er wirkte müde und zerzaust. »Selbst die beste Festung ist nie gut genug. Vlissingen ist durch den Heringshandel und die Salzgewinnung reich geworden. Außerdem werden auch die Engländer Interesse an der Sicherheit der Stadt haben.«

»Wieso gehört Vlissingen eigentlich neuerdings den Engländern?«, fragte Vincent, der aufmerksam gelauscht hatte.

Wim gefiel die Wissbegierde seines Sohns, gleichzeitig wuchs seine Verärgerung. Seine Söhne sollten zur Schule gehen und etwas lernen, statt ums Überleben kämpfen zu müssen. »Wilhelm von Oranien musste Vlissingen und das Fort Rammekens an die englische Königin verpfänden, weil die uns Geld für den Krieg geliehen hat«, antwortete er.

»Dieser Trittstein auf dem Festland kommt Königin Elisabeth nach dem Verlust von Calais gut zupass, denn sie fürchtet, dass die Spanier den Ärmelkanal überwinden und England überfallen könnten. Die Stadt hat also eine wichtige strategische Bedeutung. Eben deshalb hoffe ich, dass wir hier Auftraggeber finden«, meinte Giambelli. Er bemühte sich, seine Kleider herzurichten – ohne großen Erfolg.

Bewaffnete hielten ihr Boot an einem Durchlass an der Stadtmauer auf. Einige der Mitreisenden wisperten nervös.

»Das sind nur Zollbeamte und Stadtwachen«, beruhigte der Schiffer sie. Dann hob er die Stimme: »Wir kommen aus Antwerpen – die Stadt ist gefallen! Diese Leute hier gehören der Nederduitse Gereformeerde Kerk an und mussten fliehen.«

»Wir hörten bereits von einem Boten von Antwerpens Fall«, sagte der Zollbeamte. Sein Wissen hielt ihn jedoch nicht davon ab, sie eingehend zu befragen und ihre mitgeführten Güter zu kontrollieren. Nachdem sie passieren durften, machte der Schiffer am Kai fest. Die Flüchtlinge zerstreuten sich schnell, denn jeder spekulierte auf das beste und günstigste Quartier.

Messere Giambelli ließ ihr Gepäck auf einen Karren laden und versuchte, Ordnung in seinen widerspenstigen Haarschopf zu bringen. »Bei Madame de Coligny wird man uns helfen«, sagte er im Brustton der Überzeugung.

Wim trug Betje auf dem Arm, und Ruben und Vincent trotteten langsam hinter den Männern her. Hoffentlich hatte sein Freund recht.

Das Prinsenhuis war ein hohes, eher schlichtes Gebäude aus Naturstein mit zahlreichen Fenstern und Gauben. Vor dem Eingang lümmelten einige Bewaffnete herum. Der Hausdiener wollte sie sogleich abweisen. Er glaubte ihnen offenbar nicht, dass sie tatsächlich etwas mit seinen feinen Herrschaften zu schaffen hatten.

Messere Giambelli regte sich mächtig über das abfällige Verhalten des Dieners auf. »Was bildet Ihr Euch ein! Ich bin Federigo Giambelli und habe bis zuletzt der Stadt Antwerpen wichtige Dienste geleistet!«

Ein weiteres Mal musterte der Hausdiener ihn naserümpfend. Giambelli bäumte sich auf, weshalb Wim ihm beruhigend die Hand auf den Arm legte. Ein Eklat würde ihnen nur schaden.

»Meine Gattin gehört zur Gesellschaft der Fürstenwitwe. Ich selbst …«, platzte Federigo heraus.

Der Diener stutzte. »Warum sagt Ihr das denn nicht gleich? Die Damen sind im Salon. Madames Stiefsohn, seine Exzellenz Moritz, Graf von Nassau …«

Giambelli trat einen Schritt vor. »Er ist hier? Dann ist es erst recht an der Zeit, dass wir mit den Herrschaften reden!«, rief er. »Sie müssen erfahren, was in Antwerpen vor sich geht und wie wir die Stadt zurückgewinnen können!«

In diesem Augenblick trat ein fein gekleideter Herr von etwa vierzig Jahren durch den Gang auf sie zu. Sein Mund wirkte verkniffen, als habe er etwas unerträglich Säuerliches probieren müssen, zu seinem schütteren Haar trug er einen langen Bart. Wim erkannte das scharf geschnittene Gelehrtengesicht sofort, erinnerte sich aber nicht mehr an den Namen des Mannes. »Was ist denn hier los? Gibt es ein Problem? Sind die englischen Truppen endlich eingetroffen?«, fragte der Fremde.

Der Diener neigte das Haupt. »Nein, das nicht, Mijnheer van Oldenbarnevelt. Hier sind nur einige Flüchtlinge aus Antwerpen …«

»Was für ein Glück, Ihr seid es! Der richtige Mann am richtigen Ort!«, unterbrach Federigo Giambelli ihn und drängte zur Tür. Wim ging ihm nach und verbeugte sich ebenfalls vor dem Mann. Es handelte sich also um den Advokaten und Politiker Johan van Oldenbarnevelt, der am Hofe Wilhelms von Oranien als ebenso kundig wie ehrgeizig gegolten hatte. Sofort platzte Federigo mit einer Zusammenfassung der Geschehnisse und seinem neuen Kriegsplan heraus.

Oldenbarnevelt wandte sich mit einem fragenden Blick Wim zu. Dieser bemühte sich um eine vornehme Ausdrucksweise, bei der es ihm jedoch vorkam, als würde sich seine Zunge verknoten. »Wim Aardzoon, Zimmermann. Ich habe Euch am Hofe unseres seligen Fürsten in Antwerpen einmal gesehen. Fürst Wilhelm hat ge… geruht, mich beim Festungsbau zu beschäftigen.«

»Der Tod des Fürsten ist für uns alle ein großer Verlust. Kommt herein, und berichtet, was geschehen ist«, forderte Oldenbarnevelt sie auf.

Sie wurden in einen Salon geführt, in dem etliche Herrschaften beisammensaßen. An der Wand hing ein gerahmter Druck des *Leo Belgicus*, eine Landkarte, auf der die ursprünglichen siebzehn Provinzen als Löwe dargestellt waren. Dieser Löwe stand mit dem Rücken zum Meer. Eine Vordertatze war gen Nordosten erhoben, der Schweif reichte bis zur englischen Küste. Wim gefiel das Bild. Ja, sie kämpften löwengleich um Freiheit und Unabhängigkeit, aber inzwischen fürchtete er, dass selbst dem Löwen die Kraft ausging.

Die Herrschaften wandten sich um. Eine derart feine Gesellschaft hatte Wim zuletzt am Fürstenhof gesehen, und der Anblick schüchterte ihn ein. Im Gegensatz zu Federigo wusste er sich in diesen

Kreisen nicht zu benehmen. Den Mittelpunkt bildete eine Dame von etwa dreißig Jahren, die in ihrer exquisiten Witwentracht zu versinken schien. Ihr Haupt wurde von einer breiten Halskrause und einer Leinenhaube mit wertvollen Spitzen umrahmt, die auf ein Drahtgestell gespannt war. Nach französischer Mode trug sie über ihrem Tabbert einen Vlieger mit samtenen Oberarmpuffen. Das musste die Fürstin von Oranien-Nassau sein, Madame de Coligny. Wim hatte sie bei ihrer Hochzeit mit Wilhelm von Oranien aus der Ferne gesehen. Als Tochter eines Anführers der Hugenotten hatte sie besonders unter der Verfolgung durch die Katholiken gelitten. Zu den etwa dreitausend Opfern der grausamen Bartholomäusnacht in Paris zählten auch ihr Ehemann und ihr Vater, Admiral Coligny. Sie selbst war geflüchtet, hatte aber trotz aller Verfolgung nie ihren Glauben aufgegeben. Dass Wilhelm von Oranien sie zu seiner dritten Frau gemacht hatte, war für Wim ein Beweis gewesen, dass dieser sich endgültig vom katholischen Glauben, in dem er aufgezogen worden war, abgewandt hatte.

Um sie herum hatten sich ihre Damen platziert. Herausstaffiert und steif, als wären sie kleine Erwachsene, saßen vier Mädchen an einem kleinen Tisch. Das mussten Wilhelms Töchter aus einer früheren Ehe sein, um die seine Witwe sich nun kümmerte. Ein junger Mann in Waffenrock, Pumphosen und Schärpe schritt zackig das Parkett ab.

Als Emeline Giambelli sie erblickte, stieß sie einen spitzen Schrei aus und stürzte zu ihrem Ehemann. Die rundliche Brünette mit dem puppenhaften Gesicht küsste Federigo und strich ihm immer wieder über die Wangen, als könne sie es gar nicht fassen, dass er da war. Nicht nur dem Italiener schien das peinlich zu sein, auch Wim senkte den Blick.

Federigo machte sich los, damit sie den Herrschaften die Ehre erweisen konnten. »Exzellenz, ich bin bereit, meine Fähigkeiten in Eure Dienste zu stellen, genau wie …«

In diesem Augenblick vernahm Wim ein Stöhnen hinter sich, dann einen dumpfen Knall. Er fuhr herum. Vincent, der Betje wie gewohnt getragen hatte, war mit dem Mädchen zusammengebrochen.

Wim stürzte zu seinen Kindern. Zugleich gab die Prinzessin von

Oranien ihrer Dienerschaft Anweisungen, die Kinder zu versorgen. Sie schien sehr um deren Wohl besorgt und blickte ihnen nach, als Diener und Mägde sie hinausbrachten.

Wim beschämte und rührte diese Fürsorge. »Habt Dank, Madame. So viel habt Ihr erdulden müssen, und doch tretet Ihr noch für andere ein. Gott schütze Euch«, sagte er und verneigte sich tief.

»Selbst wenn wir in einer unglücklichen Lage und selbst auf Unterstützung angewiesen sind, können wir diesen Akt der Mitmenschlichkeit nicht unterlassen, Monsieur«, sagte die Fürstenwitwe hoheitsvoll. »Leistet uns bei einer einfachen Mahlzeit Gesellschaft, und berichtet uns, was in unserem Antwerpen vorgefallen ist. Für das Wohl Eurer Kinder wird Sorge getragen.«

Die Männer folgten den Herrschaften an eine große Tafel. Das Essen erschien Wim ganz und gar nicht einfach, der Wein war schwer und stieg ihm sofort zu Kopf.

Aufmerksam lauschten die Anwesenden, als Federigo von ihrem letzten Versuch berichtete, die Schiffsblockade zu durchbrechen.

»Selbstverständlich habe ich von dem Abkommen abgeraten. Aber so schwer es uns fällt, müssen wir nun die Lage akzeptieren«, sagte Johan van Oldenbarnevelt schließlich. »Wir hoffen darauf, dass endlich die englischen Truppen eintreffen. Es ist uns gelungen, in Nonsuch Palace mit Königin Elisabeth einen Vertrag zu schließen. Die englische Königin hat das Protektorat über die Niederlande übernommen und wird als Schirmherrin Finanz- und Truppenhilfe leisten.«

»So stimmt das Gerücht also wirklich! Aber warum erst so spät? Jetzt ist Antwerpen verloren«, platzte Wim heraus.

Moritz, Graf von Nassau-Dillenburg, strich ungeduldig eine Falte im Tischtuch glatt. »Es ist wahr, die englische Königin hat zu lange gezögert. Zudem sind statt der versprochenen sechstausend Fußsoldaten und der tausend Reiter bislang erst eine Handvoll kampfunfähiger Soldaten eingetroffen«, stimmte er zu. »Langsam glaube ich, was ihre Höflinge sagen: dass Königin Elisabeth viel verspricht und wenig einhält.«

»Ungeduld ist das Vorrecht der Jugend, und ich begreife, dass Ihr unzufrieden seid, Exzellenz«, versuchte Oldenbarnevelt, Graf Moritz zu beschwichtigen. »Aber lasst Euch sagen: Eine derartige Truppe muss erst einmal von den Heerführern versammelt werden.«

»Bis dahin wird Farnese mit seinen Tercios auch die nördlichen Provinzen überrennen! Unser Militär ist ihm nicht gewachsen.«

»Ihr solltet auf Eure Berater vertrauen. Ich glaube kaum, dass König Philipp die Eroberung der nördlichen Provinzen so schnell gelingen wird.«

Federigo erhob die Stimme: »Was wollen die Generalstaaten unternehmen, um die spanischen Truppen aufzuhalten? Wie gesagt, ich stelle meine Spreng- und Festungsbaukunst selbstredend in Eure Dienste – und Mijnheer Aardzoon ebenfalls.«

Wim nickte. »Ich wünsche mir nichts mehr, als dem spanischen König und seinen Handlangern die Stirn zu bieten. Er hat mich meine Frau, mein Auskommen und mein Zuhause gekostet.«

Doch Moritz von Nassau und Johan van Oldenbarnevelt schienen um eine Zusage verlegen. »Ich habe bereits Mijnheer Anthonisz als obersten Festungsbaumeister gewonnen. Zudem werde ich von dem Gelehrten Simon Stevin beraten, der Euch bekannt sein könnte«, sagte der Oranier schließlich kühl.

»Natürlich sind uns die beiden ein Begriff. Wir haben sogar schon mit ihnen zusammengearbeitet«, meinte Federigo pikiert.

Oldenbarnevelt war verbindlicher. »Habt Dank für das Angebot, auf das wir gegebenenfalls zurückkommen werden. Die Generalstaaten müssen sich zunächst auf ein Vorgehen einigen. Zudem müssen wir abwarten, wer zum Kommandanten der englischen Truppen bestimmt wird und was dieser vorhat.«

»Die Spanier zurückdrängen, selbstredend. Jeder weiß doch, dass Farnese am liebsten mit seiner Kriegsflotte übersetzen und auch noch England erobern würde«, war Federigo überzeugt.

Ihre Gesprächspartner schwiegen, offenbar unwillig, weitere politische Hintergründe mit ihnen zu erörtern. Wenig später brachen die Herrschaften auf, um den englischen Botschafter zu empfangen, und es war deutlich, dass weder Federigo noch Wim bei der weiteren

Abendunterhaltung erwünscht waren. Während Federigo es anscheinend kaum abwarten konnte, mit seiner Gattin allein zu sein, begab sich Wim auf die Suche nach seinen Kindern.

*

Maulend wie Kleinkinder folgten Lazarus die Soldaten, die er zur Verfolgung des Sprengmeisters rekrutiert hatte. Sie jammerten über Schmerzen, über den langen Marsch, über ihre Füße, die in feuchten Schuhen Blasen bekamen. Als ihre Versuche, das Boot zu bergen, gescheitert waren, hatten sie notgedrungen nach Antwerpen zurückwandern müssen. Ein ganzer Strom Flüchtlinge war ihnen entgegengekommen, und mehr als einmal hatte Lazarus versucht, einigen von ihnen ein Weggeld abzuknöpfen; das Ergebnis war mager gewesen.

Noch immer pochte seine Schulterwunde schmerzhaft, die Schläge mit dem Ruder hatten ihn geschwächt. Die ganze Zeit schon überlegte er, wie er seine Niederlage als Erfolg verkaufen könnte, aber ihm fiel nichts ein. In den Forts fragte er nach Alessandro Farnese, doch der Feldherr schien noch in Antwerpen zu sein.

Als sie das Stadttor durchschritten hatten, packte Sjako ihn am Arm. Die Soldaten, die sie begleitet hatten, waren bereits abgehauen. Weiches Spätnachmittagslicht lag über der Stadt, das so gar nicht zu der düsteren Atmosphäre passen wollte. Immer mehr Häuser wurden verrammelt, etliche Bewohner schlichen gesenkten Hauptes daher. Nur an den Kirchen herrschte Aufbruchsstimmung. Inzwischen waren Geistliche verschiedener Orden in Antwerpen eingetroffen. Vor allem die strengen Jesuiten hatten große Pläne für die Stadt. Ihnen würde es sicherlich gelingen, auch die hartnäckigsten Ketzer wieder zum rechten Glauben zu bringen.

»Ich will das versprochene Geld, jetzt sofort«, zischte Sjako.

Lazarus starrte ihn finster an. »Wofür soll ich dich bezahlen?«

»Ich habe Euch zu Giambelli gebracht.«

»Und – ist er hier?«

Der Zimmermann trat wütend auf ihn zu. »Ihr habt gar kein Geld, nicht wahr? Ihr führt mich an der Nase herum!«

Lazarus streckte ihn mit einem Schlag zu Boden. »Wag es nicht, so mit mir zu reden! Ich bezahle dich, wenn ich es für richtig halte.« Er machte auf der Hacke kehrt und suchte weiter nach Farnese.

Der Adjutant von Colonel Mondragón verwies ihn an das Haus eines reichen Kaufmanns, wo der Prinz von Parma mit dem Antwerpener Bürgermeister ein Festmahl genießen sollte. Die beiden schienen sich inzwischen gut zu verstehen. Von seinen eigenen Leuten wurde van Marnix hingegen wegen des Abkommens mit dem Tode bedroht, hieß es.

Zunächst wirkte es, als erinnerte Farnese sich nicht mehr an ihn.

»Ich habe die Spuren von Giambelli und Aardzoon verfolgt. Sie sind nach Vlissingen geflohen«, erklärte Lazarus.

»Ihr wolltet den Sprengmeister doch in unsere Hände bringen. Wir könnten seine Dienste bei unseren weiteren Feldzügen gut brauchen.«

»Wir waren in der Minderzahl, deshalb konnten Giambelli und Aardzoon entkommen.«

Farnese rümpfte die Nase. »Tatsächlich? Ich hörte, dass Ihr von einfachen Ruderern überwältigt worden seid und das Ruderboot verloren habt.« Lazarus schluckte. Einer der Soldaten musste bereits geplaudert haben. »*Alas*, ich hatte Euch wohl zu viel zugetraut. Kehrt in Euer Tercio zurück.«

Nur das nicht! Lazarus neigte das Knie vor dem Feldherrn. Er musste die Worte beinahe herauswürgen. »Ich bitte um Entschuldigung für mein Versagen. Ich werde verhindern, dass diese Sprengmeister den Feind unterstützen werden.«

»Und wie wollt Ihr das tun?«

»Mir wird schon etwas einfallen.«

Noch einmal musterte Farnese ihn. »Nein, es ist entschieden. Zieht Euch zurück. Das ist ein Befehl!«

Niedergeschlagen ging Lazarus hinaus. Das war seine Chance gewesen, und er hatte versagt! Kaum hatte er die Stadt verlassen, traf ihn ein eisenharter Schlag. Der Schmerz nahm ihm den Atem. Er taumelte herum, wollte sich wehren, aber seine Schulterwunde schmerzte bei jeder Bewegung, als würde ein Dolch hineingestoßen. Kurz glaubte er, eine bekannte Gestalt zu sehen – war es Sjako? Immer wieder knüppelte der Angreifer auf ihn ein. Warum half ihm denn niemand? Aber war denn überhaupt jemand auf der Straße unterwegs? Lazarus war so in Grübeleien versunken gewesen, dass er gar nicht darauf geachtet hatte.

Metallgeschmack im Mund. Blitze tanzten vor seinen Augen. Erinnerungen an die vielen Male, an denen sein Vater ihn verprügelt hatte. Hass brandete in ihm auf. Er musste sich wehren! War zu schwach … Da kratzten Finger über seine Brust. Ein heftiges Ziehen am Hals – sein Angreifer wollte ihm den Beutel mit den geraubten Edelsteinen stehlen! Lazarus packte zu. Er bekam ein Handgelenk zu fassen. Der andere wollte sich losreißen. Den Schwung nutzend kam Lazarus auf die Füße. Etwas Dunkles nahte – ein Kantholz. Lazarus wehrte den Schlag ab. Jetzt hatte er endlich die Benommenheit abgeschüttelt und sah klarer.

»Wenn du mich nicht bezahlst, hole ich mir den Lohn eben selbst!«, fauchte Sjako.

Er zerrte an dem Kantholz, doch Lazarus ließ nicht los. Trotz der Schmerzen konnte er dem Angreifer die Waffe entwenden. Dann holte Lazarus aus – er musste gut zielen, viel Kraft zur Gegenwehr hatte er nicht. Mit Wucht traf die Kante des Holzes Sjakos Schläfe, dieser sackte weg.

Keuchend sah Lazarus sich um. Kein Mensch zu sehen. Die Stadt war weit weg. Daher hatte Sjako ihm hier aufgelauert. Der Angreifer hielt mit einer Hand seine Schläfe, mit der anderen versuchte er, sich hochzustemmen.

»Du wagst es nicht noch einmal, die Hand gegen mich zu erheben!« Mit voller Wucht sprang Lazarus seinem Gegner auf die Hand.

Sjako heulte auf. »Nicht die Hände … nicht meine Hände …«

Ein heimtückisches Grinsen huschte über Lazarus' Gesicht, als er ein weiteres Mal mit dem Kantholz ausholte.

9

Auf der anderen Seite des Kanals war die drückende Spätsommerhitze einem warmen Sonnenflirren über den grünen Hügeln der Grafschaft Surrey gewichen. Obgleich der Bote schon lange unterwegs war, hatte Nathaniel auf seinem Pferd Mühe hinterherzukommen. Die Nachricht hatte ihn aus einer Schachpartie gerissen, dabei hatte er für seinen Spielpartner, den Hafenmeister, gerade eine herrliche Falle ausgetüftelt. Er sollte sich wirklich langsam das Zweifeln abgewöhnen. Wie stets hatte sein Herr gewusst, dass etwas passieren würde …

Die Nachricht hatte für Menschen weit über Antwerpens Stadtgrenzen hinaus Konsequenzen, ja, vielleicht für die ganze Welt. Dennoch dachte Nathaniel vor allem an seine Familie, die dieses Ereignis hart treffen würde. Sein Bruder handelte mit Tuchen, und die besten wurden nun mal über Antwerpen gehandelt.

Der Bote war dem Pfad in ein Wäldchen hineingefolgt. Nathaniel gab seinem Pferd die Sporen und nahm eine Abkürzung querfeldein, die zwar unwegsam und daher nicht ungefährlich, dafür aber schneller war. Sein Herr, der holländische Botschafter in London, erwartete, dass er die Nachrichten als Erster bekam. Tempo war in dieser brisanten Lage entscheidend.

Nonsuch Palace lag wie ein verzaubertes Märchenschloss in der Landschaft. Dieser Palast war wirklich unvergleichlich, ganz so, wie König Heinrich VIII. es von seinen Baumeistern gefordert hatte, damit er seinen Konkurrenten, den französischen König, ausstechen konnte.

Die Wachen erkannten Nathaniel wieder, dennoch musste er das Siegel vorweisen. Er traf seinen Herrn im Gästetrakt, wo dieser wie immer Briefe verfasste. Wissen war in ihrem Metier das Allerwichtigste. Knapp und beherrscht – wie lange hatte er üben müssen, seine Emotionen zu beherrschen! – fasste Nathaniel die Ereignisse zusammen: »Antwerpen ist gefallen. Aldegonde hat Farnese die Stadt übergeben. Tausende sind auf der Flucht.«

Joachim Ortel eilte sofort los; Nathaniel folgte ihm auf dem Fuß. Er würde sich diese Gelegenheit, mehr herauszufinden, nicht entgehen lassen.

Ortel war Anfang vierzig und weltgewandt wie kein Zweiter. Nathaniel bewunderte ihn dafür, wie er nicht nur als Kaufmann, sondern auch als Diplomat brillierte. Zudem war er in der holländischen Kirche in London, Austin Friars, in der Broad Street, hoch angesehen.

Soeben ritt der Bote in den Hof. Ortel war schon einen Schritt weiter. »Mein Bote bringt eine dringende Nachricht für Ihre Majestät. Wo ist die Königin?«, fragte er eine der Hofdamen, die sich im Schatten des Palastes vergnügten.

»Sie flaniert im Garten mit dem Grafen von Leicester.«

Ortel neigte sich zu ihr. Er senkte die Stimme, dennoch konnte Nathaniel verstehen, was gesprochen wurde. »Wie ist die Laune Ihrer Majestät?«

Sie zog eine Schnute. »Wie schon? Sweet Robin hat angekündigt, zu seiner Gattin zurückzukehren.« Robert Dudley, der Graf von Leicester, verband eine lange und leidenschaftliche Freundschaft mit der Königin, das wusste Nathaniel. Dudley war angeblich nicht nur ihr früherer Liebhaber, sondern einer ihrer ältesten und engsten Vertrauten; ihre Schwachstelle, wie andere meinten. Dass ihr Favorit erneut geheiratet hatte, und dann noch ihre Cousine, hatte die Königin zutiefst verletzt.

Der Bote hatte sie überholt. Nathaniel und sein Herr eilten durch den mit Blumenbeeten und Buchsbaumreihen angelegten Garten. Der Wutanfall der Königin war schon aus der Ferne zu hören. Der Bote kniete vor ihr im Gras und hatte das Haupt eingezogen, selbst der Graf von Leicester konnte sie nicht beruhigen. Königin Elisabeth trug ein prachtvolles Gewand, dessen aufgestickte Juwelen glitzerten. Die tief stehende Sonne ließ ihre Haare tiefrot erscheinen. Zorn gewitterte über das helle Antlitz, das trotz ihrer einundfünfzig Jahre noch schön war. Nathaniel empfand die englische Königin zwar als einschüchternd, aber auch als faszinierend, wie eines der versteinerten Wesen, die sein Herr in seiner Wunderkammer sammelte.

»Ruf meine Berater! Schaff Walsingham her, nun mach schon!«
Mit einem Satz war der Bote auf den Füßen und rannte los.

»Beruhige dich, Bessie …«, glaubte Nathaniel die Worte des Grafen zu verstehen.

Königin Elisabeth hatte sie jetzt bemerkt. »Ihr wisst es also auch schon?«, fragte sie.

Der vertrauliche Ton wunderte Nathaniel nicht, schließlich hatte Ortel in den vergangenen Wochen viel Zeit am Hofe Elisabeths zugebracht, um mit Herren wie van Oldenbarnevelt den Vertrag über die Schirmherrschaft über die Provinzen auszuhandeln. Sogar mit Walsingham stand sein Herr auf gutem Fuß – und der war weithin gefürchtet.

»Gepriesen sei Gott und Eure Majestät«, begrüßte Joachim Ortel sie und machte einen vollendeten Kratzfuß. »Mein Gehilfe brachte mir gerade die Nachricht.« Ortel forderte Nathaniel auf zu berichten, was er erfahren hatte. Das Gesicht der Königin verdüsterte sich weiter.

Leicester umfasste den Griff seines Rapiers, als wäre er bereit zum Kampf. Er mochte früher einmal ein stattlicher Kämpfer gewesen sein, heute war er rotgesichtig und füllig, mit grauem, schütterem Haar. »Wenn der spanische König erst Antwerpen besitzt, dann besteht die Gefahr, dass er als Nächstes Zeeland und Holland überrennt und dann seinen alten Plan von der Invasion Englands umsetzt. So wahr ich hier stehe, Ihr seid in großer Gefahr, Majestät«, sagte der Graf von Leicester plötzlich förmlich.

Die Königin senkte die Stimme, war jedoch trotzdem für Nathaniel zu verstehen. »Eben deshalb dürft Ihr mich nicht verlassen, nicht jetzt, wo die Gefahr so groß ist.«

»Ich werde dringend auf meinen Gütern benötigt, Majestät.«

»Wer könnte Euch dringender benötigen als Eure Königin!«

»Und doch muss ich abreisen, Ihr wisst es.« Er wollte ihre Hand küssen, doch sie entzog sich ihm. »So schnell es geht, werde ich wieder hier sein.«

Königin Elisabeth wandte sich ab. Ihr Gesicht war unvermittelt klar und entschlossen geworden. Nathaniel staunte darüber, wie schnell sie sich gefangen hatte. »Geleitet mich hinein. Wir müssen beraten, was zu tun ist.«

Als Leicester ihnen folgen wollte, hob sie die Hand. »Ihr dürft gehen.«

»Aber Majestät, ich war bei den Beratungen über den Vertrag von Nonsuch dabei und könnte Euch ...«

»Geht!«, fiel sie ihm ins Wort.

Leicester verneigte sich ruckartig und gehorchte.

Als sie die Palastmauern erreicht hatten, kamen ihnen bereits Sir Davison entgegen, der Sekretär der Königin, sowie Lord Walsingham. Nathaniel folgte ihnen in die Empfangs- und Repräsentationsräume im Westflügel des reich mit Alabaster und Marmor ausgestatteten Palastes; er würde so lange bleiben, bis man ihn wegschickte.

»Wie können diese flämischen Krämerseelen es wagen, so eigenmächtig Unsere Pläne zunichtezumachen! Was nützt aller Verstand, wenn er den Eigentümer in dem Augenblick verlässt, da er ihn am nötigsten braucht?«, brach es aus der Königin heraus, nachdem sie Platz genommen hatte. »Sind Wir mit den Aufständen in Irland, den katholischen Verschwörern in Schottland und mit den Feinden, die nach Unserem Leben trachten, nicht genug gestraft?«

Ortel ergriff das Wort. »Mit Verlaub, Majestät, die Verzweiflung in Antwerpen war groß. Der Rat der Stadt wagte vermutlich nicht mehr zu hoffen, dass ein Bote unterwegs sei, der sie über den großherzigen Beistand Eurer Majestät in Kenntnis setzen würde.«

»Wollt Ihr Uns etwa vorwerfen, Wir hätten zu spät gehandelt?«, fragte die Königin scharf.

Ortel senkte den Blick. Genau das wollte er, das wusste Nathaniel. Oft hatten Johan van Oldenbarnevelt und sein Herr die Königin zur Eile gemahnt, weil sie fürchteten, dass Antwerpen der Belagerung nicht mehr lange standhalten würde.

Königin Elisabeth machte eine ungeduldige Handbewegung. »Außerdem – großherziger Beistand? Kostspielig wohl eher! Wie soll sich dieser Einsatz rechnen, wenn Antwerpen in den Händen meines Feindes ist? König Philipp wird den Reichtum der Stadt abschöpfen. Ist es nicht Anmaßung genug, dass er die spanischen und portugiesischen Häfen für Unsere Kaufleute sperrt und Unsere Schiffe samt Ladung beschlagnahmt? Dass Philipp darauf besteht, dass die Seerouten in den Orient und die Neue Welt allein den Spaniern zustehen? Sollen Unsere Kritiker etwa recht behalten, die unken, dieser Vertrag würde direkt in den Staatsbankrott führen?«

Die Königin hatte lange wegen der Kosten für ihr Eingreifen in den Niederlanden gehadert, das hatte Nathaniel mitbekommen. Die Ausgaben für die fünftausend Fußsoldaten und die tausend Berittenen schienen ihre Mittel aufs Äußerste zu strapazieren. Deshalb hatte sie auch darauf bestanden, dass der Vertrag von Nonsuch nur auf fünf Jahre lief und ihre Auslagen danach erstattet werden sollten.

Nun ergriff sein Herr wieder das Wort. »Die Freiheit der niederländischen Provinzen …«

Die Königin unterbrach ihn mit einer knappen Handbewegung. Sie war schonungslos ehrlich, was Nathaniel erstaunte: »Ihr solltet wissen, dass die Freiheit der niederländischen Provinzen nicht in Unserer Hand liegt. Wir wollen Unser Territorium nicht erweitern, nicht bei Unseren Nachbarn einfallen. Deshalb haben Wir auch die Herrschaft über Euer Land abgelehnt. Statthalterin wollen Wir nicht sein, sondern lediglich Schirmherrin. Die Provinzen sollen ruhig im Besitz des Hauses Habsburg bleiben – aber eigenständig sollen sie sein, damit sie König Philipp und die Franzosen von England fernhalten! Ein Bollwerk vor England, das sind die niederländischen Provinzen für mich.«

Einige Minuten diskutierten sie ihre Möglichkeiten. Sir Francis Walsingham war pragmatisch. »Antwerpen kann zurückgewonnen, der Vormarsch der Spanier aufgehalten werden. Wichtig ist, welchen Eurer Vertrauten Ihr zum Kommandeur macht. Er sollte fähig sein, ein geborener Anführer und zugleich über finanzielle Mittel verfügen, um in Vorleistung für die Truppen gehen zu können, bis die Zahlungen aus der Staatskasse eintreffen.« Walsingham legte den Finger an die Lippen. »Da wäre Lord Grey, von altem Blut, entschlossen und hart, wie er in Irland bewiesen hat …«

»Ein Schuldenmacher und bankrott«, wandte die Königin ein.

»Lord North oder Lord Willoughby ...«

»Auch nicht besser.«

Das Wiehern von Pferden und Stimmen drangen zu ihnen hinauf. Die Königin ging zu den Fenstern, ihr Blick wanderte in den Innenhof. Etwas weckte ihre Aufmerksamkeit. Soweit Nathaniel es hören konnte, brach der Graf von Leicester gerade auf. Eine Zornesfalte zeigte sich auf dem Gesicht der Königin.

»Was ist mit Sir Philip Sidney? Er ist in England und in den Niederlanden als Diplomat hochangesehen.«

»Ich weiß nicht, ob Euer Schwiegersohn der Richtige für diese Aufgabe ist«, sagte die Königin geistesabwesend.

»Oder Thomas Sackville, Baron Buckhurst. Er ist gebildet und geschickt im Umgang mit Intrigen.«

Ihre Mundwinkel hoben sich plötzlich zu einem Lächeln. »Wir können ihn nicht seinem Onkel vorziehen.«

»Ihr wollt Robert Dudley entsenden? Der Graf von Leicester ...« Walsingham klang entsetzt.

Versonnen murmelte die Königin: »Rob wird sich dieser rebellischen Kuhtreiber, Käsebauern und Müller annehmen. Seine privaten Angelegenheiten müssen warten.«

10

Zum ersten Mal seit Monaten wurde Vincent nicht von seinem krampfenden Magen geweckt. Er stützte sich auf und sah sich in der kleinen Kammer um. Ein schlichtes Gelass mit weiß getünchten Wänden. Sein Bruder schlief neben ihm auf der Pritsche. Wo waren sie? Und wo steckten Betje und sein Vater? Die Sorge trieb ihn aus dem Bett. Während er sich ankleidete, versuchte er sich daran zu erinnern, was geschehen war. Sie waren in Vlissingen angekommen und zum Prinsenhuis gegangen. Ganz schwach hatte er sich gefühlt. Er hatte seine Schwester getragen, und plötzlich war ihm schwarz vor Augen geworden. Was die Zeit danach anging, so flammten nur einzelne Bilder in seinem Gedächtnis auf: Mägde mit weißen Schürzen, eine Schale mit Brei, süßem Brei – köstlich. Erneut lief ihm das Wasser im Mund zusammen.

Er schlich hinaus. Ein langer Gang erstreckte sich zu beiden Seiten. Der Geruch nach vielen Menschen lag in der Luft. Die nächste Zimmertür stand auf. Er sah seinen Vater und Betje auf dem Boden neben einer Pritsche liegen. Seine Schwester schlief, hatte aber ganz rosige Wangen. Draußen begannen die Glocken zu läuten, und Wim Aardzoon fuhr hoch.

»Wer … was?! Liebste, wo bist …« Nur langsam klarte sich sein Blick auf. Er bemerkte Vincent. »Dir geht es besser – gut«, murmelte er. Dann legte er Betje die Hand auf die Stirn. »Das Fieber ist gesunken. Dem Herrn sei's gedankt.«

Sie knieten sich nebeneinander auf den Steinboden und sprachen ein Gebet.

Als vom Gang her Schritte zu hören waren, erhob Wim sich und schöpfte sich aus einer Schale etwas Wasser ins Gesicht, ehe er seine Kleidung richtete. »Hol deinen Bruder, wir gehen gemeinsam zum Gottesdienst.«

Vincent lief zurück und rüttelte Ruben wach, der ihm benommen hinterhertrabte. Sie schlossen sich den restlichen Bewohnern des Hauses an. Sein Vater und Messere Giambelli gingen im Gefolge der Fürstenfamilie durch die Stadt, der Italiener plauderte mit den Damen, bevor er sich gemeinsam mit seiner Frau etwas zurückfallen ließ, um mit Wim zu sprechen.

Überall auf den Straßen saßen Menschen auf Gepäckbergen, manche von ihnen bettelten. Weitere voll besetzte Boote kamen in den Kanälen an; der Strom der Flüchtlinge schien nicht abzureißen. Die Bilder des Elends bedrückten Vincent, sodass es ihm in der Sint-Jacobskerk schwerfiel, den Worten des Predigers zu folgen.

Nach dem Gottesdienst wandten sich Wim und Messere Giambelli den hohen Herren zu, um ihnen zu folgen.

Vincent mochte seinen Vater nicht gehen lassen. »Wohin wollt Ihr?«

Wim Aardzoon neigte sich zu seinen Söhnen. »Wir dürfen dabei sein, wenn im Fort Rammekens mit den Anführern der Geusen das weitere Vorgehen besprochen wird.« Er wandte sich an Vincent. »Ihr geht in der Zwischenzeit zu Betje zurück.«

»Die Geusen? Ich will mit!« Vor lauter Erregung hüpfte Ruben beinahe.

Auch Vincent hätte die heldenhaften Seefahrer liebend gern einmal getroffen. »Dürfen wir Euch begleiten, Vater? Wir bewundern die Geusen so sehr! Wir benehmen uns auch, versprochen. Betje ist ja in guten Händen.«

Giambelli trieb Wim zur Eile an. »Was soll's? Vermutlich werden auch deine Söhne früher oder später in diesem Krieg kämpfen müssen.«

»Gott bewahre!«, stieß Wim aus, ließ aber zu, dass die Jungen bei ihnen blieben.

Mit mehreren Booten fuhren sie zum Fort Rammekens, das die Westerschelde sowie die Hafeneinfahrt von Middelburg bewachte. Hohe Mauern mit Schießscharten fassten die Bastion ein.

»Ein schöner Bau, nicht wahr? Von einem Italiener entworfen, selbstredend. Nachdem De Boni in Gent und Antwerpen gebaut hatte, wurde er hierhergeschickt. Wir sind einfach die Besten im Festungsbau«, verkündete Giambelli stolz.

»Lass das nicht van Schille oder Anthonisz hören!«, brummte Wim.

»Ihr Nordländer zieht nach, das ist wahr. Aber wer die Ursprünge der Architektur erforschen will, kommt nicht umhin, nach Italien zu reisen – das gilt auch für die Bastionskunst.«

Vincent wollte nachfragen, warum das so war, aber da wurden sie schon durch das schwer bewachte Tor in die Festung hineingerudert. *Der Hof hat die Form eines Trapezes*, registrierte Vincent, der sich vorgenommen hatte, mehr auf die Geometrie von Bauwerken zu achten. Gleich darauf lenkte ihn ein anderer Anblick ab. Da waren sie, die Geusen – allesamt wilde Gesellen, in feiner, wenngleich zusammengestoppelter Kleidung, üppiger Bewaffnung und ihrem typischen Glücksbringer, dem Halbmond, am Hals. Militärisch zackig war hingegen ein weiterer Trupp, der von einem Mann Mitte zwanzig angeführt wurde. Oldenbarnevelt begrüßte ihn höflich und sprach ihn als Admiral Justinus von Nassau an. Die Begrüßung von Graf Moritz und dem Admiral fiel reservierter aus.

»Halbbrüder! Sind einander nicht grün«, wisperte Giambelli Vincent zu, dann winkte er ihm, ihnen ins altertümliche Haus zu folgen. Sie hatten es kaum betreten, als die Diskussion schon aufbrandete. Die Geusen waren empört über das Abkommen, das Antwerpen mit den Spaniern geschlossen hatte. Immer wieder wurde Moritz von Nassau befragt, antwortete einsilbig. Oldenbarnevelt hingegen fand die richtigen Worte und erklärte wieder und wieder, dass die Ankunft des englischen Kommandeurs abgewartet werden müsse.

»Wenn der Antwerpener Handel wieder floriert, spült er Geld in die Kasse des spanischen Königs, das dürfen wir nicht zulassen!«, rief ein Seemann.

»Das werden wir auch nicht. Bis auf Weiteres wird keine Galeone mehr zum Antwerpener Hafen gelangen«, verkündete der Admiral.

»Wenn die Spanier die Schiffblockade aufheben …«, begann Oldenbarnevelt.

Der Anführer der Geusen fiel ihm ins Wort: »Dann sperren wir eben die Schelde. Der Antwerpener Hafen wird dem spanischen König nicht die Kriegskasse füllen.«

Jubel machte sich breit. Ein Grinsen huschte über Rubens Gesicht. »Sage ich doch: Das sind Teufelskerle!« Er nahm einen verlassenen Bierkrug vom Tisch und ließ die letzten Tropfen in seinen Mund laufen.

Vincent konnte die Freude seines Bruders nicht vollständig teilen. Wenn die Schelde weiter gesperrt blieb, würde das Leben für die verbliebenen Einwohner Antwerpens hart bleiben.

»… der englische Colonel Norris mit zweitausend Mann in Middelburg angekommen, weitere viertausend sollen folgen«, berichtete der Admiral jetzt.

»Schön und gut, aber ohne Berittene richten wir gegen die Spanier nichts aus. Königin Elisabeth soll die Kavallerie schicken«, verlangte Moritz von Nassau. »Außerdem benötigen wir Verstärkung für die Flotte. Steht der Wind falsch, werdet Ihr gegen die spanische Armada wenig ausrichten können.«

Seinem Halbbruder schien diese Kritik ganz und gar nicht zu gefallen. »Wir könnten binnen Kurzem weitere Kriegsschiffe ausrüsten, aber die Generalstaaten müssen das Geld dafür bewilligen.«

»Ich habe bereits in Den Haag angekündigt, dass wir über dieses Thema beraten müssen«, erklärte Oldenbarnevelt.

Bislang hatten Wim Aardzoon und Messere Giambelli nur zugehört. Nun, als die Diskussionen verebbten, erhob sich Giambelli: »Federigo Giambelli. Ich habe den Festungsbau in Antwerpen vorangetrieben und die Höllenbrander ausgerüstet, von denen Ihr sicher gehört habt.« Die Geusen gaben anerkennende Worte von sich. »Mijnheer Aardzoon, ein fähiger Baumeister, der mich unterstützt hat, und ich möchten nun auch Euch unsere Dienste anbieten. Wir könnten Brandschiffe ausrüsten oder helfen, die Bastionen von Vlissingen oder Rammekens auszubauen.«

»Das hatten wir doch schon geklärt«, sagte Moritz von Nassau eine Spur ungeduldig.

Sein Halbbruder hingegen schien nicht abgeneigt. »Habt Dank für das Angebot. Wir beraten darüber und kommen darauf zurück«, sagte er.

Vincent sah seinen Vater an. Sowohl er als auch Giambelli wirkten enttäuscht, machten aber gute Miene und blieben auch dann, als Graf Moritz und Oldenbarnevelt sich entfernten. Erst als die Nacht hereinbrach, verabschiedeten auch sie sich. Vincent war todmüde. Trotzdem lagen ihm viele Fragen auf der Seele.

»Moritz von Nassau mag ein gebildeter junger Mann sein, aber ein geborener Anführer wie sein Vater ist er nicht«, sagte Wim, als sie wieder in Vlissingen anlegten.

»Im Gegenteil. Es wirkt so, als habe er ohne Oldenbarnevelt überhaupt keine eigene Meinung«, meinte Messere Giambelli. »Aber jetzt werden ohnehin die Geusen das Heft übernehmen. Und wir werden auf den englischen Kommandeur warten müssen, um uns ihm anzudienen.«

»Mit Justinus von Nassau haben die Geusen immerhin einen fähigen Unterstützer, das ist ein Trost.« Wim berührte Giambellis Ellbogen.

»Was ist?«

Die beiden blieben stehen. Vincent sah selbst im spärlichen Licht der vereinzelten Fackeln, dass sein Vater sehr ernst war. Was hatte er vor?

»Unsere Wege trennen sich, Federigo. Ich muss Geld für mich und meine Kinder verdienen. Und hier ist bis auf Weiteres nichts zu holen.«

Vincent und Ruben wechselten besorgte Blicke.

»Die Geusen wollen über unsere Einsatzmöglichkeiten beraten«, wandte Giambelli ein.

»Beraten, ja. Das kann dauern. Das kann ich mir nicht leisten. Ich will gehen, ehe die Prinzessin uns hinauswirft. Sie ist vom Erbe ihres Mannes und ihren Einkünften abgeschnitten. Seit dem Tod unseres Fürsten kämpft sie darum, dass die Generalstaaten ihr Geld für die standesgemäße Erziehung seiner Kinder zahlen – beschämend, wenn man bedenkt, was der Schweiger alles für uns getan hat!« Ernüchtert schüttelte Wim den Kopf. »Bei dir ist es etwas anderes, deine Frau hat sich einen Platz im Kreis ihrer Damen verschafft, aber wir …«

»Die Engländer sind bestimmt bald hier!«

»Und wenn nicht? Dann werden wir auf der Straße sitzen wie all die anderen Habenichtse.«

»Was hast du vor?«

Wim zögerte kaum einen Lidschlag. »Ich muss die Städte im Norden abklappern, und zwar ehe alle anderen Flüchtlinge die guten Anstellungen besetzt haben. Jeder hat Angst, dass Farnese seinen Eroberungsfeldzug fortführt. Irgendwo wird man schon einen Zimmermann beschäftigen, der sich mit dem Festungsbau auskennt.«

»Und wie soll ich dich finden, wenn ich deine Dienste benötige?«

Eine resignierte Handbewegung. »Wenn es eilt, musst du dir einen anderen Zimmermann suchen.«

»Auf keinen Fall werde ich das tun.«

»Deine Treue ehrt dich, mein Freund.« Wim klopfte ihm kurz auf die Schulter. »Ich schreibe dir, sobald ich eine Stellung gefunden habe.«

Sie warteten noch ein paar Tage, bis Betje wieder wohlauf war. Das Mädchen erholte sich durch die Fürsorge der Mägde schnell und wollte bald schon in der Küche helfen. Da Moritz von Nassau und Johan van Oldenbarnevelt inzwischen abgereist waren, um ihren politischen Geschäften nachzugehen, nutzte Wim die Zeit, um mit seinen Söhnen die Stadt zu erkunden. Während sein Bruder sich am Hafen herumgetrieben hatte, hatte Vincent mit seinem Vater die Festungsmauern besucht. Tatsächlich ließe sich die Befestigung noch verbessern, hatte Wim gemeint, aber offenbar wollte die Stadt dafür kein Geld erübrigen. Vincent hatte sich erstaunt gefragt, wie man im feinen Dünensand der Halbinsel Walcheren überhaupt etwas hatte errichten können, aber sein Vater hatte nicht geantwortet, sondern weiter über seinen Berechnungen gebrütet.

Zum Abschied suchten sie noch einmal ihre Gastgeberin auf. Prinzessin Louise befand sich in ihrem Salon und unterrichtete gerade ihre Stieftöchter. Es versetzte Vincent einen Stich zu sehen, wie liebevoll sie sich um die Kinder ihres verstorbenen Mannes kümmerte. Würde auch sein Vater eines Tages eine neue Frau haben, die derart fürsorglich war?

Wim Aardzoon erwies der Witwe die Ehre und bedankte sich für ihre Hilfe.

Sie machte eine grazile Geste. »*Mon Dieu*, ich habe selbst erleben müssen, zu welchen Gräueltaten der Glaube unsere Feinde antreiben kann. Gebt nie auf, für unseren Glauben zu kämpfen. Wir müssen unseren Kindern eine bessere Welt hinterlassen.«

Anschließend verabschiedeten sie sich auch von Messere Giambelli. Der Italiener löste den verzierten Dolch von seinem Gürtel und überreichte ihn Wim. »Ein Geschenk, zur Erinnerung an unsere Freundschaft.«

Abwehrend hob Wim die Hände. »Den kann ich nicht annehmen. Wir werden uns wiedersehen.«

»Trotzdem, nimm ihn. Und etwas Geld noch dazu.«

Wim zog am Knauf. Aus der Dolchscheide löste sich jedoch kein Messer, sondern ein Metallgebilde, das Vincent an einen Kompass oder einen Zirkel erinnerte. »Er ist wirklich wunderschön. Du bist ein wahrer Freund«, sagte Wim gerührt. Dann umarmte er Giambelli kurz und heftig.

Beklommen verließen Vincent, Ruben und Betje das Prinsenhuis. Eine ungewisse Zukunft erwartete sie. Die spanischen Truppen hatten Aufwind und marschierten den Gerüchten zufolge immer weiter gen Norden.

*

Schweiß brannte in Lazarus' Augen, seine Muskeln krampften, und an den Zehen pochten Schwären. Sein Vorgesetzter hatte wenig Verständnis dafür gehabt, dass er seinen Posten so lange verlassen hatte, und drillte ihn jetzt umso härter. Lazarus schulterte seine altertümliche Arkebuse. Das schwere Bandelier schnürte sich in seine Haut. Noch hatte er sich nicht neu ausrüsten können. Lediglich bessere Stiefel hatte er ergattert. Farnese hatte angeordnet, dass sie die Gunst der Stunde nutzten und weiter vorrücken sollten. Dabei war das Heer zusammengeschrumpft, weil mal wieder kein Sold gezahlt wurde.

In diesem Augenblick sah er Diego in Begleitung eines Capitán aus dem Lazarettzelt treten. Lazarus hatte ihn des Öfteren im Krankenquartier aufgesucht, um ihm einzuflüstern, dass er sein Lebensretter sei und Diego sich dankbar erweisen müsse. Jetzt konnte er es kaum fassen, als er sah, wie der Capitán Diego die Hand auf die Schulter legte. Richtiggehend vertraulich sah das Gespräch aus! Dabei war er es, der sich ausgezeichnet hatte! Hatte er nicht als Erster den Höllenbrander entdeckt und die anderen gewarnt? Groll über diese Ungerechtigkeit brachte Lazarus aus dem Tritt und ins Stolpern.

»Na, willst du mal wieder zu einer Geheimmission aufbrechen?« Der durchdringende Schweißgeruch seines Nebenmanns schlug ihm entgegen. »Mach dich nicht wieder nass!«

Die anderen brachen in brüllendes Gelächter aus.

Lazarus wollte sich auf ihn stürzen, wurde aber vom Capo scharf zur Ordnung gerufen. Wütend stapfte er weiter. Er würde beweisen, was in ihm steckte! Er musste nur eine Gelegenheit finden, um erneut nach Giambelli und Aardzoon zu suchen, und sie dieses Mal wirklich dingfest machen.

*

Noch einmal flog Diegos Blick zu den exerzierenden Truppen. So weit wie möglich war er Lazarus aus dem Weg gegangen, denn der Kerl war aufdringlich und anmaßend. Diego erinnerte sich noch genau, wie Lazarus ihn auf der Schiffbrücke schikaniert und geschlagen hatte, auch wenn der ihm und den anderen etwas anderes eintrichtern wollte.

Mit weichen Knien folgte er dem Capitán zum Zelt des Feldherrn, das sich in unmittelbarer Nähe der Gefechtslinie zu befinden schien. Das Donnern der Geschütze fuhr ihm direkt in die Eingeweide – am liebsten wäre er davongelaufen. Der Todesmut der katalanischen Freiwilligen, die ihre Abende mit Gitarrenspiel und Gesang verbrachten, war ihm völlig fremd. Deshalb hatten die warmen Worte des Capitán ihm auch gutgetan. Jetzt allerdings wollte der Prinz von Parma mit ihm sprechen. Eine Ehre, natürlich. Aber eine Ehre, auf die Diego gerne verzichtet hätte. Allerdings … Diego richtete sich auf. Wenn sein Vater das wüsste! In seinem Brief hatte Diego vorgegeben, er habe sich die Verletzung bei einer Heldentat zugezogen. Dass es anders war, musste sein Vater nicht wissen.

Sie hatten beinahe das Schlachtfeld erreicht. Der Anblick der Gefechtsordnung flößte Diego Respekt ein. Die acht Kompanien Pikeniere bildeten ein vollendetes Geviert. Sie würden die zwei Kompanien Musketiere und Arkebusiere vor der anreitenden Kavallerie schützen. Wie konnten die holländischen Bauerntrampel ernsthaft glauben, gegen diese perfekt ausgebildeten Soldaten ankommen zu können? Zumal der spanische König eindeutig mit Gott im Bunde war, das hatte der Sieg von Antwerpen bewiesen.

Die mit weißem Linnen, kostbaren Gläsern und Silbergeschirr gedeckte Tafel wirkte angesichts des Schlachtfelds deplatziert. Zumal Diego ohnehin nichts würde essen können; ihm war übel. Seine Schritte verlangsamten sich. »Ich muss …«, wollte er sich entschuldigen.

Doch zu spät. Der Prinz von Parma hatte ihn bereits gesehen. Schon führte der Capitán Diego an die Tafel. In diesem Augenblick flog etwas durch die Luft auf sie zu und schlug ganz in der Nähe ein. Diego Unterleib krampfte – das war doch nicht etwa eine Kanonenkugel gewesen?

Die anderen Soldaten zuckten ebenfalls zusammen. Farnese jedoch wirkte unbeeindruckt. »Ah, Don Diego. Ich freue mich, dass Ihr meiner Einladung gefolgt seid. Ich wollte einige verdiente Soldaten mit diesem Mahl ehren«, begrüßte er Diego und wies ihm einen Platz am Ende der Tafel zu.

Von einem Diener wurde ihm sogleich Wein eingeschenkt, dann wurde der erste Gang aufgetragen. Diego konnte sich nicht auf die Mahlzeit konzentrieren, obgleich er seit Monaten nichts so Gutes aufgetischt bekommen hatte. In diesem Augenblick schoss erneut etwas über sie hinweg und riss eine von Farneses Leibwachen von den Füßen; sein Oberkörper war nur noch eine rote Masse. Blutspritzer fleckten das Weiß der Tischdecke.

Diego spürte etwas Warmes auf seinem Gesicht. Wie benommen wischte er darüber, dann verloren seine Glieder alle Kraft. Er rutschte unter den Tisch und erbrach sich. Zitternd und besudelt kauerte er sich zusammen.

Augenblicke später wurde das Laken entfernt. Farnese betrachtete ihn angeekelt. »Ich lasse die Tafel neu eindecken. Nutzt die Gelegenheit, um Euch … frischzumachen, dann speisen wir weiter und sprechen über Eure Aufgaben in diesem Heer.«

*

»Verzeiht, Hoheit!«

Zu spät! Infantin Isabella spürte, wie der schwere Rocksaum ihres goldbestickten Seidenkleides sich hob und sich etwas darunter bewegte. Erschrocken ließ sie die Kamee mit dem Abbild ihres Vaters, König Philipp von Spanien, in die Goldkette fallen, und zupfte an ihrem Rock. Sie wollte den Kopf neigen, um nachzusehen, doch der hohe spitzenbesetzte Kragen und der perlenbestickte Hut mit Federn zwangen sie zu einer steif aufgerichteten Haltung. Auch das Korsett, das das schwere, mit Edelsteinen und Perlen verzierte Oberteil hielt, schränkte sie ein.

»Oh, Hoheit, entschuldigt – diese ungezogenen Äffchen!«

Aus dem Augenwinkel sah sie, wie ihre zwergwüchsige Dienerin Magdalena trotz ihres hohen Alters um sie herumkroch und die beiden Äffchen zu fangen versuchte. Magdalena war ganz vernarrt in die neuen Haustiere, die Isabella seit ihrem Besuch in Portugal ihr Eigen nannte. Allerdings kam sie Isabella in letzter Zeit auch etwas seltsam vor, Magdalena wurde vergesslich. Was machte sie da nur?

Señor Coello kam ihr zu Hilfe. Hektisch nach Dienern rufend, versuchte der ehrwürdige Maler seinerseits, die Affen einzufangen. Ein Lachen stieg in Isabella auf, und sie gab diesem Drang nach, obgleich es sicher nicht schicklich war.

Seit ihre Schwester Katharina verheiratet worden war und den Hof verlassen hatte, hatte sie viel zu wenig Spaß gehabt. Seitdem fühlte Isabella sich in Real Sitio de San Lorenzo de El Escorial wie begraben. Der gewaltige Palast befand sich zwar in der Nähe der Hauptstadt Madrid, war aber dennoch wie eine Mönchsklause. Auch die Gedanken an ihre eigenen Heiratspläne bedrückten sie. Mit dreizehn Jahren war sie Kaiser Rudolf II. versprochen worden. Eine ausgezeichnete Partie, gewiss. Dafür, dass die Heirat damals aufgeschoben worden war, war sie dankbar. Doch selbst jetzt, wo sie eine junge Dame von beinahe zwanzig war, rührte der Kaiser sich nicht. Vielleicht war es auch göttliche Vorsehung, denn es hieß, am kaiserlichen Hof in Prag trieben Ketzer und Alchimisten ihr Unwesen.

»Nun kommt schon – da habe ich dich!«, rief der Maler plötzlich triumphierend. Er hielt ein Äffchen am Nackenfell, das zappelte und spitze Schreie ausstieß. Gerade noch hatte es versucht, sich an Isabellas Schärpe hochzuziehen.

»Nicht doch, mein armer Liebling!« Die alte Dienerin wollte das Tier sogleich aus der misslichen Lage retten. Jetzt spürte Isabella das zweite Äffchen an ihrer Wade – es würde doch nicht etwa an ihr empor... Sie schrie auf. Erschrocken starrte Magdalena sie an und fiel dann sogleich auf die Knie, um auch das zweite Tier einzufangen. Der Maler warf der Dienerin einen vernichtenden Blick zu.

In Magdalenas Augen standen Tränen. »Das war unverzeihlich, Hoheit ...«, brachte sie mit zitternder Stimme hervor.

Isabella legte ihr die Hand auf das Haupt. »Nicht doch. Es ist glücklicherweise nichts Ernsthaftes passiert. Lasst uns zur Ruhe kommen und weitermachen ...«

In diesem Augenblick platzte ein Diener herein. »Verzeiht die Störung, Eure Hoheit, aber der Bote bringt eine wichtige Nachricht aus Flandern. Der Prinz von Parma schickt sie. Ihre Majestät der König ist allerdings in seinen Gemächern und will nicht gestört werden.«

Die Infantin verstand. Sie war die Einzige, die König Philipp während seiner Kontemplation stören durfte. Von einer Dienerin ließ sie sich den Federhut abnehmen. Um das Kleid zu wechseln, blieb jedoch keine Zeit. Sie wusste, wie dringend ihr Vater auf eine Nachricht aus Antwerpen wartete, schließlich unterstützte sie ihn in seiner Korrespondenz. Der Widerstand der niederländischen Provinzen war lästig und verschlang Unsummen, zugleich sorgte Isabella sich um das Seelenheil ihrer Untertanen. Wie konnten sie nur für diesen Ketzerglauben ihr Leben riskieren?

Isabella eilte, so schnell es sich geziemte, durch den Saal. Ein hastiger Blick auf die Leinwand – sie schätzte die Malerei so sehr! Da stand sie, hochherrschaftlich und Ehrfurcht gebietend. Ihre feinen Gesichtszüge, die schlanke Gestalt und die geschwungenen Lippen waren gut getroffen. Grazil war die Hand, die die Kette mit der Kamee hielt. Zu ihren Füßen Magdalena Ruiz mit ihren Äffchen, die treue Dienerin.

»Wirklich vielversprechend, Señor«, lobte sie.

Der Maler neigte das Haupt. »Ihr seid zu gütig, Hoheit.«

Soll Kaiser Rudolf doch sehen, was für eine Persönlichkeit er da zappeln lässt, dachte Isabella ein wenig schnippisch. Schließlich war sie mit den höchsten Adelsfamilien ganz Europas verwandt.

Der Weg von diesem Saal zu den Gemächern des Königs war weit. Überhaupt war El Escorial mit seinen zweitausend Räumen und dreitausend Türen viel zu weitläufig für Isabellas Geschmack. Laut hallten ihre Schritte, die des Boten und die ihrer Hofdamen, die ihre Schleppe trugen und Mühe hatten, mit ihr Schritt zu halten.

Endlich hatten sie die Gemächer König Philipps erreicht. Sie waren karg wie die Zelle eines Mönches und boten durch ein Fenster einen Blick auf den Hochaltar der benachbarten Basilika. Immer öfter zog sich ihr Vater zur inneren Einkehr zurück. Der König war mit seinen knapp sechzig Jahren ein kranker Mann. »Trost meines Alters« und »Licht meiner Augen« nannte er sie, und das war nicht nur metaphorisch gemeint, denn Philipps Sehkraft war geschwächt.

Sie nahm den Brief an sich und bat die Hofdamen zurückzubleiben. Der Kammerdiener ließ sie ein. König Phillip kniete vor einer Heiligenfigur, einen Rosenkranz aus Perlen zwischen den Fingern, altersgebeugt und tief versunken. Auf seinen Tischen türmten sich wie stets die Papiere. Es schien ihrem Vater unmöglich, auch nur die kleinste Entscheidung einem Untergebenen zu überlassen. *Eines Tages wird er von einem Stapel dringender Korrespondenz erschlagen*, dachte Isabella und schämte sich sofort für ihre Respektlosigkeit.

Isabella entschuldigte sich für die Störung und setzte ihren Vater über den Brief in Kenntnis, dann half sie ihm auf. Sosehr er sich zu beherrschen versuchte, verzerrten doch Schmerzen sein Gesicht; Gicht, Fieberschübe und der Star setzten ihm schon seit Langem zu. Arbeit und Kummer hatten seinen Körper ausgezehrt. Unaufhörlich mühte er sich für sein Weltreich, gleichzeitig plagten ihn Zukunftssorgen. Viele Kinder hatte er zu Grabe tragen müssen, darunter allein aus seiner jüngsten Ehe, der dritten, drei Söhne. Gegen Prüfungen wie diese halfen alles Gold und Silber der Neuen Welt nicht. Würde er sein Reich je in die Hände eines Erben legen können? Isabella wusste, dass er Frauen für ungeeignet hielt, Regierungsgeschäfte zu führen. Aber ihr Bruder Felipe war dieser Aufgabe auch nicht unbedingt gewachsen …

Sie bat um die Erlaubnis, das Siegel zu erbrechen. Hastig überflog sie die Zeilen. Ihre Stimme bebte, als sie den wichtigsten Satz des Briefes verkündete: »Antwerpen ist unser.«

Von Neuem fiel König Philipp auf die Knie, und Isabella tat es ihm nach, ganz gleich, ob es ihr Kleid ruinieren würde. »Gelobt sei Gott!«, stieß er aus.

Sie sprachen gemeinsam ein Dankgebet. »Das wurde aber auch Zeit!«, rief er danach. »Es war schon peinlich, dass Wir, der reichste und mächtigste Staat der Welt, es bislang nicht geschafft haben, den holländischen Aufstand zu unterdrücken. Gott hat Uns den Sieg geschenkt, jetzt kann Uns nichts mehr aufhalten!«

Als sie anschließend den gesamten Brief vorlas, verdüsterte sich Philipps Miene jedoch wieder. Vor allem, dass Farnese um Geld bat, wollte er nicht hören. Er könnte jetzt die nördlichen Provinzen im Sturm nehmen, behauptete er, müsse jedoch zusätzliche Truppen anwerben.

»Was soll das heißen, Farnese fürchtet, Gott werde es leid werden, für Uns Wunder zu bewirken? Wieso maßt der Prinz von Parma sich an, den Willen Gottes zu kennen?« Philipp wankte. Wieder nahm Isabella seine Hand, die trocken und heiß war. Er ließ sich seine Brille vom Schreibpult bringen und beugte sich mit seinem Gesicht tief über die Zeilen, als glaube er ihr nicht. Dann sagte er: »Setze einen Brief auf, Tochter.«

Isabella schob einen Papierstapel zur Seite und legte ihr Schreibgerät bereit. Seine Rede war fiebrig: »Gratuliere dem Prinzen von Parma zunächst zu der Tat. Er soll nun Schiffe für Unsere Infanterie bauen lassen. Unsere Armada wird Unseren Fußtruppen den Weg nach England bahnen. Von Holland über den Kanal ist es nah. Farnese soll so schnell wie möglich in England einfallen und Königin Elisabeth, die Schutzpatronin der Ketzer, stürzen! Schließlich hat der Heilige Vater sie schon vor Jahren aus der Kirche ausgestoßen. Wir werden mit Maria Stuart endlich wieder eine Katholikin auf den englischen Thron setzen, bis Wir einen König präsentieren können. Bei dieser Gelegenheit kann Farnese auch gleich die abtrünnigen niederländischen Küstenstädte in den Schoß der katholischen Kirche zurückführen. Wenn Wir den englischen Kanal beherrschen, werden Uns auch Ketzerhorte wie Amsterdam keinen Widerstand mehr entgegensetzen. Die römische Kirche muss mit Feuer und Schwert gegen Andersdenkende verteidigt werden. Ohne Gnade.«

II

Amsterdam, September

Schnurgerade durchschnitt der Kanal die Landschaft, richtiggehend gelassen wirkte er in seiner ruhig fließenden Breite. Das Land war platt, nur vereinzelt erhoben sich Bäume und Höfe über die Wiesen. Auch die Farben waren Balsam für die Augen: sattgrün die Gräser, blau der Himmel. Die großen Flügel einer Windmühle spielten im Wind, sogar Kühe, Ochsen und Schafe gab es hier, im Gegensatz zu den südlichen Provinzen, noch. In Holland schien der Krieg nur ein böser Traum zu sein. *So friedlich wirkt die Welt, dass man den Schrecken der vergangenen Wochen beinahe vergessen könnte*, dachte Vincent. Middelburg, Bergen-op-Zoom, Dordrecht, Leiden – überall war es das Gleiche gewesen: Enge, Elend, Hunger, Diebe und vor allem kaum Verdienstmöglichkeiten für seinen Vater. Wim Aardzoon hatte die niedrigsten Arbeiten annehmen müssen, um sie über Wasser zu halten. Sie waren gereist, ob nun die Sonne gebrannt oder es geregnet hatte, immer den Unbilden des Wetters ausgeliefert. Bald war ihre Haut vom Sonnenschein gerötet gewesen, und sie hatten sich unter Tüchern verstecken müssen. Ihren Hunger hatten sie mit Flussfischen und altem Brot gestillt.

Jetzt zeichneten sich Kirchtürme am Horizont ab. Das Land war, wenn das überhaupt möglich war, noch flacher geworden, noch sumpfiger. Viele Gräben und Kanäle schienen verschlickt und stillgelegt.

»Gleich sind wir in Amsterdam!«, verkündete der Schiffer wenig später.

Vincent reckte sich, um über die Köpfe der Mitreisenden hinwegsehen zu können. Auf dem gegenüberliegenden Ufer erhob sich eine Stadtmauer. *Nicht sehr hoch*, dachte er besorgt, *keinesfalls mit Antwerpen zu vergleichen*. Eine einfache Schicht Feldsteine, auf der mit Backsteinen eine Mauer errichtet worden war. Geradezu harmlos sah diese Stadtbefestigung aus. In regelmäßigen Abständen thronten Windmühlen über den Zinnen, hinter denen kleine, unscheinbare Häuser aufschienen. Die Spanier würden leichtes Spiel haben. Wie konnte ihr Vater glauben, dass sie hier sicher wären?

»Die Stadtmauer ist ja winzig. Ich dachte außerdem, Amsterdam hätte einen großen Hafen«, machte Vincent seiner Enttäuschung Luft.

»Sieht nicht so aus. Ich wusste doch, dass Amsterdam mit Antwerpen nicht mithalten kann!«, sagte Ruben, als sei er persönlich beleidigt.

Betje klammerte sich an ihren Vater. »Warum mussten wir überhaupt von zu Hause weg?«

»Ruhe, jetzt!«, wies Wim seine Kinder schroff zurecht. Die Irrfahrt der letzten Wochen hatte auch ihm zugesetzt.

Sie fuhren an der Stadtmauer entlang. Im Fluss schwamm stinkender Unrat; Handwerker und Bürger entsorgten ihren Dreck und ihre Abwässer anscheinend gleichermaßen in den Kanälen.

»Was ist denn nun mit dem großen Hafen?«, wollte Ruben wissen.

»Dies hier ist nur die Amstel, der Fluss, an dem Amsterdam als einfaches Fischerdorf seinen Anfang nahm.«

»Wie ein Fischerdorf sieht es auch aus«, maulte Ruben.

»Nun ist es aber gut!«, sagte Wim streng. »Der Hafen am IJ befindet sich auf der anderen, auf der Nordseite Amsterdams. Und ja, Antwerpen ist dreimal so groß wie Amsterdam.«

»Das IJ?«, wollte Ruben wissen.

»Hast du denn in Geografie nicht aufgepasst?«

»Das IJ ist ein Meeresarm der Zuidersee, einer Nordseebucht«, wusste Vincent.

»Streber«, maulte Ruben und bekam dafür eine Kopfnuss von seinem Vater.

Sie passierten mehrere eher niedrige, festungsähnliche Bauten und Schleusen. Schließlich schipperten sie in einen weiteren Kanal. Rechts von ihnen lagen Felder und Höfe, links hinter der Stadtmauer Häuser mit Fachwerk oder bunt bemalten Holzfassaden.

Vor ihnen tauchte ein burgähnliches Stadttor aus Backstein auf, neben dem kleinere Segelboote ankerten. Am Kai stapelten sich unter Bäumen Fässer und Ballen. Eine rote Fahne mit drei schwarzen Kreuzen hing schlaff an einem Türmchen. Über einem Backsteinbogen wachten Bewaffnete, dann fingen die üblichen Zöllner und Wachen ihr Boot ab. Nach der Kontrolle fuhren sie unter dem Steinbogen des Stadttors hindurch. Eine Art Tunnel führte sie zu einem weiteren Kanal. Hier waren die Häuser größer und schöner, die meisten aus Stein erbaut, beinahe so, wie sie es aus Antwerpen kannten. Unzählige Boote und Segelschiffe glitten über das Wasser. Der Schiffer musste lange suchen, bis er einen Platz fand, an dem er festmachen konnte.

Am Kai herrschte unglaubliches Gedränge. Immer wieder mussten sie aufpassen, dass sie nicht von Lastenträgern über den Haufen gerannt wurden. Ihr Vater schulterte das Gepäck und fragte den Schiffer nach einer einfachen Herberge. Die Antwort hörte er sich kaum zu Ende an. Eine fiebrige Erregung schien ihn erfasst zu haben.

*

In Wims Seele spielte sich ein Kampf ab. Ehrgeiz und Verantwortungsgefühl rangen seit ihrer Ankunft in Amsterdam miteinander. Auf den ersten Blick hatte er erkannt, dass die Stadtbefestigung kein Hindernis für die spanischen Truppen darstellte. Mehr noch: Die Stadt platzte schon jetzt aus allen Nähten. Jeder Winkel war bebaut, selbst Dachböden und Keller schienen bewohnt. An den Enden der Gassen befanden sich einfache Holzverschläge, die kaum besser als Viehställe waren und in denen doch ganze Familien hausten. In manchen Winkeln stank es bestialisch nach Ausscheidungen. Wenn die Stadtregierung die Flüchtlinge duldete, würde sie das Stadtgebiet erweitern müssen. Auch der Zustand vieler Kanäle war besorgniserregend. Die Gezeiten, Versandung und die vielen Abfälle setzten den Gewässern zu. Am liebsten hätte er sofort mit der Arbeit angefangen. Federigo hätte an seiner Stelle vermutlich sogleich bei Bürgermeistern und Räten vorgesprochen und den hohen Herren so lange Honig um den Bart geschmiert, bis die gar nicht mehr anders konnten, als ihn anzustellen, aber das lag ihm nicht. Er würde sich auf das Gespräch vorbereiten und einen Plan entwerfen müssen.

Stundenlang wanderten sie auf der Suche nach einem bezahlbaren Quartier durch die Straßen. Erst hatte Wim gehofft, ein günstiges Zimmer zu finden, doch schnell hatte er erfahren müssen, dass er froh sein konnte, wenn sie überhaupt ein Nachtlager ergatterten. Für ihn allein waren Unbequemlichkeit und Unsicherheit kein Problem, aber seine Kinder …

Wim schlug einen Bogen um eine Gruppe streitender Seeleute. Aufgeschreckt sah er sich um. Er hatte seine Kinder ganz vergessen! Seine Anspannung ließ nach. Da waren die drei, liefen hinter ihm her wie Gänseküken. Er musste besser auf sie aufpassen. Leicht konnten sie in diesem Gewimmel verloren gehen. Müde und hungrig sahen sie aus. Er lockerte die Gurte seiner Taschen etwas, dann nahm er Betjes kleine Hand und forderte die Jungen auf, dicht bei ihm zu bleiben. Es quälte ihn, dass er ihnen kein besseres Leben bieten konnte. Wenn seine geliebte Anna das wüsste … Der Schmerz über den Verlust seiner Frau ließ ihm das Herz schwer werden. Er vermisste Anna jeden Tag, jede Stunde, jeden Atemzug.

Auch an den anderen Herbergen wurden sie abgewiesen. Immer finsterer wurde die Gegend, immer seltener sahen sie fein gekleidete

Herrschaften. Stattdessen torkelten abgerissene Gestalten durch die Gassen. Männer erleichterten sich an Häuserecken oder prügelten sich vor Schenken. Frauen sprachen ihn an, so leicht bekleidet, dass es ihm die Hitze nicht nur ins Gesicht trieb.

Schließlich tat sich das Häusermeer vor ihnen auf – da war der Hafen. Wim verharrte, einen Augenblick von Ehrfurcht ergriffen. Es war, als blickten sie auf einen Wald aus Masten. Der Amsterdamer Hafen hatte keine Kaimauern, an denen die Segelschiffe ihre Ladung übernehmen und löschen konnten. Hölzerne Anleger schoben sich stattdessen in das IJ. Es gab von Baumpfählen befestigte Seestraßen, Liegeplätze und Schranken. Segelschiffe und Boote jeder Größe tummelten sich auf dem Wasser. Leichter dümpelten längs der Schiffe, um die Ladung aufzunehmen. Die Positionslichter der Galeonen schwankten behäbig auf den Wellen. Aber auch am Hafenrand gab es anscheinend kaum einen Schutzwall und nur wenige Verteidigungstürme. Ehe er sich genauer umsehen konnte, senkte sich endgültig die Dunkelheit über die Stadt.

Vor dem nächsten Gasthaus tranken zwielichtige Kerle ihr Bier. Ein o-beiniger Seemann rief die üppige Schankmagd zu sich, um einen neuen Krug zu bestellen. Seine anzüglichen Sprüche quittierte sie mit einer lockeren Bemerkung, die die anderen zum Lachen brachten. *Ein Bier würde auch meinen Kummer dämpfen*, dachte Wim sehnsuchtsvoll.

»Habt Ihr auch Gästebetten?«, sprach Wim die Magd an, die, wie er gehört hatte, Majken gerufen wurde.

»Wir sind voll belegt, Mijnheer«, antwortete Majken. Sie war weniger jung, als er gedacht hatte. Feine Fältchen umspielten Mund und Augen. Auf ihrer Nase tanzten Sommersprossen, doch ihr nur knapp bedeckter Busen war schneeweiß. Er bemühte sich, ihr nicht in den Ausschnitt zu starren. Wie einsam er war, und wie sehr er den Trost vermisste, den ein weiblicher Körper bot …

»Seid Ihr ganz sicher, Juffrouw?«, fragte Wim müde.

Sie lachte trocken. »Mehr als sicher, Mijnheer.« Nun bemerkte sie die Kinder. »Seid Ihr allein mit den dreien?«

Wim wusste nicht, warum er es ihr verriet. »Mein Eheweib ist gestorben, ehe wir aus Antwerpen fliehen mussten.«

Majken musterte ihn. Da war Mitleid in ihrem Blick und noch etwas. »Fragt am besten die Wirtin, Mijnheer«, sagte sie.

Im Schankraum saßen die Gäste an krummen Tischen. Andere tummelten sich vor einem schartigen Tresen. Die Binsen auf dem Boden waren so feucht, dass sie an Wims Schuhen klebten. Er sprach die Wirtin an, eine bullige Frau, die gerade einem Knecht half, ein neues Bierfass auf den Schanktisch zu hieven. Der Schanktisch ächzte. Überhaupt schienen die guten Zeiten des Gasthofs lange vorüber.

»Die Kammern sind alle belegt«, rief die Wirtin ihm über den Tresen zu und setzte den Zapfhahn an.

»Habt Ihr vielleicht noch einen Platz unter dem Dach? Oder in einem Schlafsaal.«

»Alles voll.« Die Wirtin hämmerte den Hahn in das Fass. Das Bier spritzte zur Freude der Gäste nur so. Auch ein Schankweib hatte Bier abbekommen. Eifrig half ein Gast, das Nass von ihrem Kleid abzutupfen, wofür er eine Ohrfeige kassierte.

»Und im Stall?«

»Pickepackevoll. Ihr könnt heute Nacht wiederkommen und auf den Schankbänken schlafen. Könnte ein bisschen unruhig werden, wenn die restlichen Herbergsgäste zurückkehren. Außerdem müsst Ihr verschwinden, sobald wir aufmachen.«

Wim gefiel diese Aussicht ganz und gar nicht. Ein Blick auf seine Kinder ließ ihn einlenken. »Wie viel?«

Die Summe, die sie nannte, ließ ihn nach Luft schnappen. »Das ist Wucher!«, brach er heraus.

Gleichgültig hob die Wirtin die Schultern. »Nehmt es, oder lasst es bleiben.«

Nun zapfte sie. Das Bier sah so köstlich aus, dass Wim das Wasser im Munde zusammenlief. Wim schluckte. »Ich bin Zimmermann. Ich könnte Euren Tresen ausbessern, wenn Ihr mir dafür die Miete erlasst.«

»Das ist ein schlechtes Geschäft. Ihr könnt mir ja viel erzählen.

Wer weiß, ob Ihr Euch wirklich auf Euer Handwerk versteht oder unverrichteter Dinge verschwindet.«

Wim wandte sich ab. Majken trug gerade mehrere Brettchen mit Braten vorbei. Er nahm Betje auf den Arm, die sich kaum noch auf den Beinen halten konnte. »Ich hab auch Hunger, Vater«, sagte sie leise.

»Was kostet eine Mahlzeit?«, fragte er Majken im Vorbeigehen.

»Zwei Stuiver.«

Sein letztes Geld. »Dann bringt uns einen Teller.«

Auf einer Holzbank wurden gerade drei Plätze frei. Sie drängten sich nebeneinander, Betje nahm er auf den Schoß. Als ihre Bestellung kam, zerschnitt Wim Braten und Brot und teilte beides gerecht zwischen seinen Kindern auf. Für sich nahm er nur je ein Stück, obgleich ihm der Verzicht schwerfiel. Dann gingen sie wieder auf die Straße. »Wir werden schon noch etwas finden«, sagte er.

Die Nacht war über die Stadt hereingebrochen. Lichtkeile fielen durch die Ritzen der Fensterläden auf das Straßenpflaster. Vereinzelt flackerten Öllampen über den Türen der Gasthäuser. Nur noch wenige Menschen waren jetzt auf der Straße. In einiger Entfernung stritten Männer. Eine fiebrige Stimmung lag in der Luft. Wo sollten sie nur hin? Ratlos standen sie beieinander, bis lautes Schimpfen sie aufmerken ließ.

»Lass das!«

»Stell dich nicht so an, ein Küsschen nur! Sonst bist du doch auch nicht … he!«

Ein Aufschrei, gefolgt von einem Kreischen.

Wim wandte sich wieder zum Gasthof um. Der Seemann mit den O-Beinen hatte Majken gepackt und presste sich an sie. Sie wehrte sich nach Kräften, kam aber nicht gegen ihn an. Münzen waren aus ihrer Schürze auf den Boden gefallen. Ohne darüber nachzudenken, kam Wim ihr zu Hilfe und riss den Seemann fort.

»Du verschwindest besser«, fauchte Wim ihn an.

Der Kerl schleuderte die Faust nach ihm, musste aber feststellen, dass Wim es mit ihm aufnehmen konnte. Er rief seine Kumpane zum

Angriff, als lautes Knattern erklang. Gleich darauf tauchten die Nachtwächter auf, die ihre Rasseln schüttelten, um die Nachtschwärmer nach Hause zu treiben. Schimpfend machten sich die Seeleute davon.

Vincent, Ruben und Betje hatten in der Zwischenzeit die Münzen aufgesammelt und reichten sie der Magd, in deren Augen Tränen schwammen.

»Das war anständig von Euch, Mijnheer«, sagte Majken mit dünner Stimme. »Erlebt man nicht oft. Jemand mit einem so guten Herz. Wie Ihr Euch um Eure Kinder kümmert. Und jetzt das.«

Ihre Worte machten ihn verlegen. »Gibt es vielleicht eine Pilgerherberge für Glaubensflüchtlinge? Wir mussten aus Antwerpen fliehen und besitzen nicht mehr viel.«

Majken verneinte. »Selbst wenn, ist dort bestimmt alles voll. Der erste Flüchtlingsstrom aus Antwerpen traf gleich nach der Übernahme der Stadt ein. Außerdem ist es zu spät, um noch herumzulaufen. Die Nachtwächter verstehen keinen Spaß.« Sie sah Wim forschend an. »Ihr seid Zimmermann, sagt Ihr?«

»Ja.«

»Könnt Ihr eine Tür ausbessern? Die zu meiner Kammer schließt nicht mehr richtig. Wenn Ihr sie heil macht, überlasse ich sie Euch für eine Nacht, also, die Kammer, meine ich.«

»Und wo wollt Ihr schlafen?«

»Bei einer anderen Magd.«

Wim war klar, dass sich seine Kinder kaum noch auf den Beinen halten konnten. Er nickte. Majken führte ihn durch eine Gasse zum Hintereingang des Gasthofs.

»Hier ist ein bisschen Holz, vielleicht könnt Ihr damit was anfangen.« Sie wies auf einen Stapel alter Leisten und Bretter neben dem stinkenden Müllhaufen. Schnell ging er weiter. Ihre Kammer befand sich in einem Holzanbau. Majken entzündete ein paar Kerzen. Hinter weiteren Türen waren Geräusche zu hören. Leise war es hier nicht gerade. Aber so müde, wie sie waren, würden sie überall schlafen können. Wim nahm Tür und Zarge in Augenschein. Offenbar hatte jemand versucht, die Tür mit einem Kuhfuß aufzubrechen, denn das Holz war gesplittert. Die dahinterliegende Kammer war schmal, aber sauber, kaum mehr als eine Pritsche stand darin.

»Ja, das kann ich reparieren.«

Endlich konnte er den Beutel mit ihren Habseligkeiten sowie seine Werkzeugtasche absetzen. Majken ging in die Kammer. Sie beugte sich über eine Wiege und holte einen in Tücher gewickelten Säugling heraus, der friedlich geschlafen hatte.

»Euer Kind?«, fragte Wim erstaunt.

Sie nickte. »Der Vater fährt zur See. Den sehe ich wohl nie wieder. Macht nichts. Die Kleine kriege ich auch allein groß.«

»Ein Mädchen?«

Wieder nickte sie.

In diesem Augenblick ging die Tür neben ihnen auf. Ein Seemann verabschiedete sich von einer stark geschminkten Frau, deren Seidenumhang offenstand, sodass sowohl ihre üppigen Brüste als auch ihre Scham sichtbar waren. Erneut spürte Wim, wie sein Blut in Wallung geriet. Für ihn war das Bild keine Überraschung, aber seine Kinder starrten die Hure an. Schnell schob er die beiden in die Kammer.

Aus dem Hof holte er passende Holzstücke. Als er zurückkehrte, saßen seine Kinder auf dem Bett, jedes einen Brotkanten und etwas Käse in den Händen. Für ihn stand zusätzlich ein Bierkrug bereit. Majken saß auf einem Schemel und stillte ihre Tochter. Wim sah schnell weg. Alles an ihr schien verlockend weich und füllig zu sein.

»Habt Dank für das Essen. Ihr habt ebenfalls ein gutes Herz«, sagte er rau. Es war das erste Mal seit Langem, dass er eine fremde Frau anlächelte.

»Ich habe auch schon schwere Zeiten erlebt«, sagte Majken. »Eigentlich ist die Hurerei seit ein paar Jahren in Amsterdam verboten, aber Ihr seht ja, dass meine Wirtin es mit dem Verbot nicht so genau nimmt. Manche Männer akzeptieren es nicht, wenn man sie abweist. Wenn die Tür heil ist, fühle ich mich sicherer.«

12

Wim wurde nur langsam wach, schwerfällig kam er hoch, steif vom Schlafen auf dem harten Boden. Majken war verschwunden, was ihn erleichterte. Nachdem gestern im Gasthof Ruhe eingekehrt war, war sie zu ihm ins Bett geschlüpft, und er hatte sich bereitwillig von seiner Lust übermannen lassen. Jetzt aber quälte es ihn, ihre und seine eigene Ehre verletzt zu haben. Er wollte diesen schäbigen Gasthof nur noch verlassen. Seine Kinder schliefen, rotwangig und verschwitzt. Ruhig lag der Säugling in der Wiege.

Wim rüttelte an Vincents Arm. »Aufstehen«, sagte er leise.

Vincent reckte sich und kam langsam auf die Füße. Ruben und Betje fiel es deutlich schwerer, wach zu werden. Der Junge war mürrisch, und das Mädchen konnte kaum die Augen aufhalten. Wim nahm das Gepäck und öffnete die Tür. Seine Tochter ergriff seine Hand. »Wo ist die … nette Frau … von gestern?«, murmelte sie.

Ruben verdrehte die Augen. »Die Hure meinst du?«, fragte er in einem ätzenden Tonfall.

Seine Geschwister starrten ihn an.

Wut wallte in Wim auf, und er verpasste seinem Sohn eine Ohrfeige. »Rede nicht so von Majken. Sie hat uns in einer Notlage geholfen.«

In Rubens Augen brannte der Zorn. »Euch vor allem …«, murmelte er.

Erneut holte Wim aus. Schon der erste Schlag hatte ihm leidgetan, aber es musste sein. Dem Jungen mangelte es an Respekt. »Die Angelegenheiten der Erwachsenen gehen dich nichts an«, sagte er kühl.

Ruben hielt sich die Wange, er konnte die Tränen kaum zurückhalten. Aber auch Betjes Kinn zitterte. Vincent schob sich zwischen sie. »Soll ich Euch Gepäck abnehmen, Vater?«

Wollte sein Erstgeborener von dem Streit ablenken? Wie auch

immer – Vincent war alt genug, um Verantwortung zu übernehmen. Wim reichte ihm eine der Taschen.

Wie Diebe schlichen sie aus dem Gasthof. Erst auf der Straße atmete Wim freier. Morgendunst lag über Amsterdam. Mit Gemüse beladene Karren holperten über das Pflaster. Ein Hirte trieb Ziegen durch die Gassen, ein Stück weiter stob eine Horde Gänse auf. Aus unzähligen Schornsteinen kräuselte sich Rauch. *Es ist seltsam, dass hier das Leben normal weitergeht, während nur ein paar Tagesreisen entfernt die Menschen verrecken*, dachte Wim.

Er wollte nicht noch einen Tag mit der Suche nach einer Herberge verschwenden und hörte sich nach einer Kirche um. Wenn so viele Menschen aus den südlichen Provinzen geflohen waren, mussten sie in den ersten Tagen irgendwo versorgt werden, denn die wenigsten würden Freunde oder Verwandte in Amsterdam haben. Am wahrscheinlichsten war es, dass sich auch hier die Kirchengemeinden um die Flüchtlinge kümmerten. Einer der Lastenträger wies ihnen den Weg. Es gab die Oude Kerk, die Nieuwe Kerk, die Nieuwezijds Kapel und die Sint Olofskapel.

Ein verführerischer Duft stieg ihnen in die Nase. In einer Bude bereitete eine Frau frische Pfannkuchen. Wim bemerkte die sehnsüchtigen Blicke seiner Kinder, und es beschämte ihn, ihnen nicht einmal dieses kleine Vergnügen gönnen zu können.

Zunächst gingen sie zur Oude Kerk. Die große Kirche war von Häusern aus bunt glasierten Backsteinen umgeben, nur zum Kanal hin öffnete sich der Blick. Der hohe Turm kam Vincent wie ein mit Zuckerguss verziertes Gebäckstück vor. Um das Gotteshaus drängten sich die Menschen, zumeist Flüchtlinge aus den südlichen Provinzen, die auf die Armenspeisung warteten.

»Ich hab auch Hunger«, gab Betje zu.

Es widerstrebte Wim zutiefst, sich zwischen den Elenden einzureihen. »Wir sind keine Bettler.«

»Bitte, Vater.«

Aus dem kleinen Nebengebäude roch es so verführerisch nach Hutspot, dass auch Wim das Wasser im Munde zusammenlief und er dem Drängen seiner Tochter nachgab. Kurz vor dem Eingang bekamen sie eine Holzschale, die nach dem letzten Gebrauch nur notdürftig ausgespült worden war. Hoffentlich war genügend Eintopf da …

Plötzlich hörte Wim, wie jemand seinen Namen rief. »Mijnheer Aardzoon, Ihr seid es wirklich! Und Eure Kinder sind auch wohlauf! Gott sei Dank!«

Tatsächlich – es war Diakon Godlef. Erleichterung überfiel ihn beim Anblick des gemütlichen Geistlichen, dessen Kugelbauch in den letzten Monaten wieder etwas angewachsen war. Der Diakon nahm sie beiseite. Vincent freute sich sichtlich, seinen früheren Lehrer zu sehen, und mochte doch kaum den Blick vom Suppentopf abwenden. Ruben war gleich in der Schlange geblieben.

»Ihr seid erst gestern eingetroffen? Dann müsst Ihr hungrig und erschöpft sein. Wartet, ich werde sehen, was ich für Euch tun kann.«

Diakon Godlef führte sie mit wippenden Schritten in das Gemäuer hinein, das sie mit seinen dunklen, kalten Mauern umfing. Überall stand Gepäck, und in jeder Nische hatte jemand ein provisorisches Lager errichtet.

Der Diakon sorgte dafür, dass ihre Schalen gefüllt wurden und sie sich hinsetzen konnten. Noch nie hatte Wim eine einfache Mahlzeit so gut geschmeckt. Während sie aßen, berichtete Godlef, dass er ebenfalls nur kurz in Vlissingen geblieben und dann nach Amsterdam weitergereist war, weil er von der Not der dort gestrandeten Flüchtlinge gehört hatte. Er sah seine Gäste an. »Preiset den Herrn, Ihr habt Euer Ziel erreicht. Hier in Amsterdam wird sich Verwendung für Eure Fähigkeiten finden lassen.«

»Das hoffe ich sehr«, antwortete Wim. »Ich will mich sofort nach Arbeit und einem Quartier umsehen. Aber mit den Kindern …«

»Ein Quartier zu finden wird schwierig. Sicher könnt ihr erst einmal hierbleiben, aber dann …« Ein Knecht kam heran, der einen großen Korb mit Wurzeln, Zwiebeln und Äpfeln geschultert hielt. »Stellt ihn dort bei der Küche ab!«, rief der Diakon. Er wirkte unruhig, was Wim ihm angesichts der begierigen Blicke der Hungernden nicht verdenken konnte. »Was Eure Kinder angeht: Dank der Großzügigkeit reicher Glaubensbrüder werden wir mit Nahrungsspenden versorgt. Gerade diejenigen, die früher selbst vor den spanischen Truppen geflohen sind, spenden viel. Eure Kinder können helfen, das Gemüse zu putzen und die Suppe zu verteilen.«

»Das wäre großartig. Die drei werden sich zu benehmen wissen.« Wim blickte vor allem Ruben mahnend an.

»Darf ich Euch begleiten, Vater?«, fragte Vincent. »Ich will etwas lernen und bin alt genug, um ebenfalls etwas zu unserem Lebensunterhalt beizutragen.« Eifrig wirkte er, wissbegierig, was Wim gefiel.

Der Diakon erhob sich. »Es gibt viele Schulen in Amsterdam, aber es könnte dauern, bis Ihr für Eure Kinder einen Platz bekommt. Sicher werde ich meine Lehrtätigkeit wieder aufnehmen, wenn es die Ältesten gestatten. Aber noch bin ja auch ich hier nur Gast.« Entschuldigend hob er die Schultern.

*

Wie froh er war, seinen Vater begleiten zu dürfen! Endlich war er Rubens Gemecker entgangen. Sein Bruder hatte bei jeder Gelegenheit, in der ihr Vater außer Hörweite war, über diesen geschimpft. Vincent hatte sich keine Gedanken über Majken gemacht, sondern hatte es einfach nur nett gefunden, dass sie sich ihrer erbarmt hatte. Dass Majken eine … Dass ihr Vater und Majken … Vincent mochte die Dinge, die Ruben so ungeniert ausgesprochen hatte, nicht einmal denken. Nein, das konnte er sich nicht vorstellen. Vater würde doch nie …

Gemeinsam wanderten sie an einem Kanal entlang, der sich Singel nannte und ein wenig an einen Burggraben erinnerte, denn auf der einen Seite befanden sich Häuser, auf der anderen ein Erdwall. Vincent wünschte sich, das Zeichenheft hervorholen und den Anblick skizzieren zu können. Auch wenn er prächtigere Häuser gesehen hatte, so gefiel ihm der Kontrast zu den Kühen, die zwischen den Windmühlen auf dem Wall grasten. Er durfte sich nur nicht in den Details verlieren. Überhaupt mochte er Amsterdam immer mehr.

Trotz der Enge waren fast alle freundlich, und auf der Straße ließ sich jeden Moment etwas anderes entdecken, das ihn neugierig machte oder zum Lachen reizte.

»Schaut mal, Vater – das Haus sieht aus, als wolle es davonlaufen!« Vincent wies lachend auf einen Backsteinbau mit schief stehender Fassade. »Oder sollten wir lieber davonlaufen, weil es bald umstürzt?«

Ein Lächeln zeigte sich auf dem Gesicht seines Vaters. »Schön beobachtet, aber weder noch. Es gibt zwei Gründe für eine geneigte Fassade. Der eine ist, dass so der Regen vom Fundament ferngehalten wird, das ist vor allem für Holzbauten wichtig. Der andere hat mit Mechanik zu tun. Was siehst du direkt am Dachfirst?«

Vincent legte den Kopf in den Nacken. »Eine Seilwinde.«

»Genau. Und was passiert mit schweren Warenballen, die an der Seilwinde hochgezogen werden? Sie schwingen hin und her und drohen, an der Fassade entlangzuschrammen. Ist das Haus ein wenig vorgeneigt, wird das verhindert. Solange es richtig gebaut wird, tut das der Statik keinen Abbruch.« Wie immer, wenn sein Vater über seinen Beruf redete, schien er auch jetzt von neuer Kraft erfüllt. »Damit ich meine Dienste anbieten kann, muss ich über umfangreiches Wissen verfügen: Wie ist der Baugrund beschaffen? Welche Materialien stehen mir zur Verfügung? Welche weiteren Umstände könnten einen Bau beeinflussen? Jemand, der nichts über die Grundlagen des Handwerks weiß, wird immer nur die einfachsten Arbeiten bekommen«, sagte er, während er kräftig ausschritt. »Glaub mir, ich weiß, wovon ich rede. Ich habe als einfacher Zimmermann angefangen. Erst durch die Arbeit für Gelehrte wie Mijnheer Anthonisz und Mijnheer Stevin sowie nächtelanges Lesen habe ich mir mein Wissen angeeignet.«

Sie überquerten eine Brücke und erklommen den Stadtwall. Von hier aus hatten sie einen guten Blick über das IJ. Unendlich weit schien die Meeresbucht und gleichzeitig viel zu eng, weil sich Schiffe aller Art darauf tummelten. Vor dem Stadtwall befanden sich eine Brache und Felder. Hier standen windschiefe kleine Hütten zwischen Trampelpfaden. Vereinzelt grasten Tiere in Gattern.

»Das habe ich mir gedacht«, murmelte Wim. »Die Stadt ist so

überfüllt, dass die Menschen vor die Stadttore ausweichen. Wie wird es diesen Leuten ergehen, wenn die Spanier kommen?«

Es war eine rhetorische Frage. Dennoch antwortete Vincent. »Sie werden überrannt.«

Wim nickte grimmig. »Die Felder vor einer Stadt müssen frei bleiben, um die Verteidigung zu gewährleisten. Der Wall ist zu niedrig, zu alt. Er wird den Waffen der spanischen Truppen niemals standhalten. Ein Bollwerk muss heutzutage nicht nur schützen, sondern sich auch bestmöglich verteidigen lassen.« Er wies in die Ferne, wo feine Wasseradern im Sonnenlicht glitzerten. »Das Land um Amsterdam ist moorig. Die Stadt liegt tief. Auf der einen Seite setzen Ebbe und Flut ihr zu, auf der anderen das Sumpfland.«

»Ebbe und Flut? Das Meer ist doch weit weg«, wunderte sich Vincent.

»Nicht weit genug. Die Gezeiten durchfließen das IJ. Auch die Kanäle werden teilweise von Ebbe und Flut durchgespült, für den Rest müsste man mit Schleusen nachhelfen.« Der Vater blickte über die Landschaft. Dann breitete er auf dem Wall seine Gerätschaften aus, holte Giambellis Dolch hervor, kontrollierte etwas und notierte es dann in seinem Buch.

»Ihr vermesst das Land, nicht wahr?«, fragte Vincent, der schon mal beim Landvermessen zugeschaut hatte und inzwischen wusste, dass Giambellis Dolch zugleich ein Kompass war.

»Ganz genau. Um das zu können, darfst du die Mathematik nicht vernachlässigen. Auch die Zeichenkunst ist wichtig.« Wim packte wieder zusammen und winkte Vincent, ihm zu folgen.

Sie duckten sich unter den Flügeln einer Windmühle hindurch, machten einen Bogen um eine Schweineherde und liefen weiter auf dem Stadtwall entlang. Immer wieder hielt Wim an, um sich Notizen zu machen. Je weiter sie sich vom IJ-Ufer entfernten, desto spärlicher wurde die Bebauung. Als sie das nächstgelegene Stadttor erreicht hatten, wanderten sie auf die Felder hinaus.

»Wohin wollen wir?«

»Nur ein Stück vor die Tore, ich will mir einen Eindruck von dem

Land verschaffen, wenn es unbebaut und noch nicht entwässert ist«, sagte Wim. »Bleibe auf den mit Gras bewachsenen Sandbuckeln!«

Obgleich sich Vincent an den Rat seines Vaters hielt, bekam er nasse Füße. Dennoch gefiel ihm die Landschaft. An einem See entdeckte er Frösche, Käfer und zauberhafte Blumen. Es schien Hunderte kleiner und großer Vögel zu geben, Schmetterlinge, Libellen und Grashüpfer. Sein Vater stieß mit seinem Werkzeug ins Erdreich und nahm weitere Vermessungen vor, bevor sie irgendwann in die Stadt zurückkehrten. Nach einem Wegstück auf dem Wall blickten sie in eine Gracht, in der ein schwimmendes Holzungetüm das Wasser aufwirbelte. Schlamm pladderte auf das Deck des Boots, wo er von Arbeitern in Schütten geschaufelt wurde.

»Die Grachten versanden immer wieder, dann laufen größere Schiffe auf Grund. Dabei wäre es besser, wenn die Handelsschiffe überall direkt vor die Kontore fahren könnten. Das ist sicherer und günstiger für die Kaufleute. Es kostet aber viel Zeit und Kraft, den Schlamm wegzuschaffen.«

Eine Weile beobachteten sie die Arbeit. Plötzlich tastete sein Vater seine Taschen ab, holte sein Buch heraus, schlug eine Seite auf und notierte eilig etwas.

»Ihr zeichnet so oft in dem Buch. Woran arbeitet Ihr da?«, wollte Vincent wissen.

Sein Vater brütete über der Skizze, ehe er antwortete. »Ich entwerfe einen besseren Schwimmbagger. Aber noch funktioniert er nicht einmal auf dem Papier«, sagte er missmutig. »Wenn mir die Konstruktion gelingt, habe ich fürs Erste ausgesorgt.« Er strich etwas durch und zeichnete es neu, dann steckte er das Buch wieder weg. »Aber das dauert wohl noch.«

Vincent brannte darauf, sich die Zeichnungen einmal in Ruhe anzuschauen, doch jetzt war nicht der richtige Moment.

Der Wall schlug einen Bogen. Schließlich erreichten sie das trutzige Stadttor, durch das sie nach Amsterdam hineingefahren waren. Wim nahm es so genau in Augenschein, dass eine Stadtwache herankam, um sich nach dem Grund für seine Neugier zu erkundigen. Als er hörte, dass Wim sich mit Stadtbefestigungen auskannte, erzählte er, dass das Sint Anthoniespoort am Ende des Zeedijks auch zum Schutz der Lastage diente, genau wie Montalbaanstoren an der Oude Schans und Schrayershoucktoren.

Sie gingen weiter an unzähligen Läden vorbei, die die absonderlichsten Dinge feilboten: gewaltige Muscheln, Gipsbüsten oder die Hörner eines Einhorns, Stoffe jeglicher Farbe oder Machart, exotische Gewürze und Spezereien, frische Backwaren oder Röstbraten. Vincent dachte an Betje und Ruben, die dies alles sicher auch gerne gesehen hätten.

Vor einer Druckerei priesen Burschen die neuesten Pamphlete und Druckwerke an. Im Schaufenster hing eine prächtige Landkarte. In der oberen rechten Ecke war ein halb nackter Mann zu sehen, der vermutlich Neptun darstellen sollte und der ein Schild mit dem Wappen Amsterdams – rot-schwarz, mit drei Andreaskreuzen – sowie einen Dreizack hielt. Unten war der IJ mit dem belebten Hafen. Die Stadt erstreckte sich vom Hafen aus kegelförmig nach links oben, umgeben von Feldern und Sumpf.

Sein Vater fuhr mit dem Finger über die Karte und zeigte Vincent, wo sie langgelaufen waren. »Viele Baumeister haben sich Gedanken über die ideale Stadt gemacht. Die meisten Städte sind aber eher zufällig entstanden. Sie richten sich nicht nach den Erfordernissen der Verteidigung, sondern wuchern einfach vor sich hin.«

Wenig später machten sie bei einem massiven Wartturm aus Backstein halt. Auch hier herrschte ein wahres Menschengewimmel. Jenseits des Kanals sahen sie das Werftgelände. Überall wurde gearbeitet. Leichter und Ruderboote glitten über das Wasser, die Waren zwischen Lagerschuppen und Ufer transportierten. An die Schuppen lehnten windschiefe Hütten. Aus unzähligen Feuern stieg Rauch auf. Schiffsgerippe balancierten auf Böcken, Rümpfe lagen auf der Seite und wurden mit Teer bestrichen. Am Rande des Geländes spielten Kinder unter Wäscheleinen. Das Gesicht seines Vaters verdüsterte sich. »Und, mein Sohn, was stimmt hier nicht?«

Vincent sah sich alles noch einmal genau an, kam aber nicht darauf.

»Schiffbau und Handel sind das Herz von Amsterdam. Und dieses Herz liegt frei. Kein Wall schützt die Lastage. Jedes einzelne Gebäude ist aus Holz. Es wäre den spanischen Truppen ein Leichtes, auch dieser Stadt den Todesstoß zu versetzen.«

Das Rathaus war ein kleines, verspieltes Gebäude an einem Platz, der von einer Kirche beherrscht wurde. Von Grachten und einem Damm mit Schleuse eingefasst, konnten selbst größere Schiffe direkt an diesem Platz festmachen. Hier herrschte ein reges Treiben, vor allem am Fischmarkt an der Amstelschleuse. Gegen das Antwerpener Stadhuis wirkte das Amsterdamer Rathaus mit seinen Säulen, dem Türmchen und der verwitterten Fassade geradezu beschaulich. Wenn Vincent daran dachte, was sein Vater ihm über die Bedeutung von Rathäusern beigebracht hatte, fiel Amsterdam weit hinter Antwerpen zurück, dabei stand ein Rathaus doch für Gesetz und Gerechtigkeit, für die Einheit von Staat und Bürger.

Sie schritten auf das Rathaus zu, über dem ein seltsamer Knochen hing. »Was ist das?«, wollte Vincent wissen.

Als sein Vater nicht antwortete, mischte sich ein zahnloser Greis ein, der im Säulengang zu warten schien »Das ist der Kiefer eines Wals, wie es sich für den kleinen Fischerort Amstelredam gehört.« Er sog die Wangen ein und kicherte. »Kennt Ihr die Legende der Stadt? Manche erzählen sich, dass ein Königssohn nach einem Sturm auf diesem fruchtbaren Landstrich strandete. Das ist aber gelogen. In Wahrheit irrten ein Jäger und ein Fischer auf der Suche nach einer neuen Heimat durch die tückischen Sümpfe längs der Amstel. Als sie fast verzweifelten, erbarmte sich ein Reiher ihrer. Der Vogel riet ihnen, an der sandigen Stelle, wo die Amstel in das IJ einmündete, ihre Hütte zu bauen, und sagte«, seine Stimme nahm einen feierlichen Ton an, »»Eure Häuser sollen ein Flecken werden, der Flecken ein Weiler, der Weiler ein Dorf, das Dorf eine Stadt – eine Stadt, die einst die Welt beherrschen wird.«« Er lehnte sich so erschöpft an eine Säule, als habe diese Geschichte seine ganze Kraft gekostet. »Noch ist es allerdings nicht so weit. An dieser Stelle ist vor Jahrhunderten der erste Damm errichtet worden, der unserer Stadt ihren Namen gab. Und dies hier ist der Dam-Platz.« Er streckte die Hand aus. »Ihr habt nicht zufällig einen Stuiver für diese schöne Geschichte?«

Wim verneinte. »Leider nicht. Ich suche selbst nach Arbeit.«

Der Alte sog erzürnt die Wangen ein. »Hätte ich das gewusst, hätte ich nicht meine Zeit an Euch verschwendet.«

»Niemand hat Euch gebeten, uns diese Legende zu erzählen!«, blaffte Wim.

Vincent tat die Enttäuschung leid, die aus den Worten des Greises gesprochen hatte. »Mir hat Eure Geschichte sehr gefallen«, sagte er.

Ohne ein weiteres Wort wandte der Greis sich ab und ging davon. Jetzt sah Vincent, dass sich die Stadtwache näherte. »Der weiß genau, dass Betteln in dieser Stadt verboten ist. Dann soll er wenigstens da hingehen, wo wir ihn nicht sehen«, murmelte der Wächter.

Durch das Rathaus schoben sich in grobe Wolle gekleidete Leute und elegante Bürger. Lautstark beschwerten sich einige, dass sie schon so lange warteten. Anscheinend tagte im Erdgeschoss gerade der Gerichtshof, während die Regenten im ersten Stockwerk berieten. Wim wandte sich an einen Ratsdiener: »Mijnheer, ich bin Zimmermann, im Festungsbau erfahren. Ich würde gerne meine Dienste zur Sicherung der Stadt anbieten.«

Der Büttel wimmelte ihn ab. »Durch den Krieg wurde für Amsterdam ein Baustopp verhängt. Vroedschap und Schepen haben im Moment genug mit Mördern und Dieben zu tun. Der Krieg spült viel zu viel Gesindel in die Stadt!«

Wim wandte sich Vincent zu. »So leicht lassen wir uns nicht entmutigen. Wir versuchen es später noch einmal.«

Neben ihnen lachte jemand höhnisch auf. »Da könnt Ihr lange warten!«

Der Mann, der gesprochen hatte, lehnte an der Wand. Alles an ihm schien kurz und feist zu sein. Einen Fuß hatte er an die Mauer gestützt, die Arme er verschränkt. In der Beuge seines Ellbogens hielt er eine Papierrolle.

»Was meint Ihr damit, Mijnheer?«, fragte Wim ruhig, doch Vincent hörte, dass es ihn Beherrschung kostete.

»Glaubt Ihr etwa, Ihr seid der erste und einzige Baumeister, der hier sein Glück versucht?«

»Nein, aber der erste und einzige, der die richtigen Vorschläge hat.«

»Dann zeigt mal Eure Konstruktionszeichnungen. Wie, Ihr habt nichts?« Der Mann löste grinsend seine Arme und schwenkte die Papierrolle. »Das solltet Ihr aber!«

»Selbst wenn ich einen Plan dabeihätte, würde ich ihn Euch nicht zeigen. Jeder Dummkopf weiß, dass Festungspläne der Geheimhaltung unterliegen.«

Der Fremde kam näher. »Ihr nennt mich einen Dummkopf?«, fragte er scharf. Vincent wurde unwohl zumute. Konnte der Fremde nicht einfach verschwinden?

»Wie käme ich dazu? Ich kenne Euch doch gar nicht«, sagte Wim kühl.

Nun mischte sich der Wächter wieder ein. »Lasst Euch von Meister Smeets nicht provozieren, Mijnheer«, sagte er zu Wim. »Der hat nur Langeweile und zu wenig zu tun.«

»Überhaupt etwas zu tun wäre genug«, murmelte Wim.

Der Wächter stimmte ihm zu. »Da sagt Ihr ein wahres Wort.«

»Amsterdam muss besser befestigt werden«, sagte Wim eindringlich. »Selbst in Antwerpen hätte der Festungswall beinahe nicht standgehalten – und das ist der beste in ganz Europa.«

»Oh, es gibt bereits einen Plan für einen neuen Festungswall. Fürst Wilhelm hatte den Gelehrten Adriaan Anthonisz mit dem Entwurf beauftragt.«

Vincent sah, wie ein Schatten über das Gesicht seines Vaters huschte. Es gab bereits einen Entwurf?

»Und warum ist seitdem nichts geschehen?«

Der Wächter hob die Schultern. »Ich sagte doch schon: Baustopp. So ein Festungswall kostet viel Geld.«

»Ich kenne Mijnheer Anthonisz. Ich habe mit ihm im Auftrag unseres verstorbenen Fürsten an verschiedenen Festungen gearbeitet.«

»Jetzt reicht es aber! Das kann ja jeder behaupten! Aufschneider!«, warf der Feiste ein. Er hatte sich zuvor abgewandt, dem Gespräch aber offensichtlich gelauscht.

Wim ärgerte sich über die Beschimpfung, das war ihm anzusehen. »Es ist wahr! Ich habe einen Brief von der Hand des Fürsten!« Er zog sein Buch heraus und holte zwischen den Seiten den Brief hervor. »Hier seht Ihr die Unterschrift und das Siegel Wilhelms von Oranien.«

Neugierig wandten sich ihnen einige Wartende zu, darunter auch ein reich gekleideter Kaufmann.

»Der Schweiger – dass ich nicht lache! Spielte sich als Grandseigneur auf, obwohl er abgebrannt war und als Kriegsherr eine Niete!«, schimpfte Meister Smeets.

Dem Kaufmann platzte der Kragen. »Mäßigt Euch! Ihr redet vom *Pater patriae!* Büttel, gebietet diesem frechen Kerl Einhalt!«

Erstaunlicherweise kam der Büttel sofort diesem Wunsch nach. Vincent musterte den Kaufmann verstohlen; er kam ihm vage bekannt vor. Die anderen machten ihm sofort Platz, sie schienen Respekt vor ihm zu haben.

»Ihr seid aus Antwerpen geflohen?«, fragte der Kaufmann.

»Ja, gleich nachdem der Bürgermeister die Stadt unserem Feind überantwortet hat. Ich traue den Spaniern nicht. Außerdem wird in Antwerpen das Elend noch zunehmen, jetzt, wo die Geusen die Schelde gesperrt halten.«

Der Kaufmann runzelte die Stirn. »So stimmt das Gerücht also?«

»So wahr ich hier stehe. Ich war selbst bei einem Gespräch mit Admiral von Nassau und den Anführern der Geusen dabei, als ich in Vlissingen im Hause der Prinzessin von Oranien und des Fürstensohns Moritz wohnte.« Beinahe trotzig hatte sein Vater diese Worte hervorgebracht.

Smeets lachte höhnisch. »Lügner!«

Der Kaufmann ließ sich nicht stören. Ernst wog er das Haupt. »Ich habe ein Kontor in Antwerpen, wollte jedoch nicht glauben, was meine Gehilfen mir schrieben.« Er sah Wim an. »In Euch steckt mehr, als man denkt. Besucht mich in meinem Haus. Graeff, mein Name.«

Als der Mann gegangen war, meinte Vincent: »Daher kam er mir so bekannt vor.«

»Du kennst ihn? Ich habe Graeff in Antwerpen nie gesehen, allerdings von ihm gehört.« Nachdenklich setzte Wim hinzu: »Er muss ziemlich wohlhabend sein.«

Der Wächter hatte ihren Wortwechsel verfolgt. »Wohlhabend? Dirck Jansz Graeff ist der reichste Mann Amsterdams, war mal unser Bürgermeister. Land besitzt Graeff wie ein Adeliger, sogar ein gewaltiges Landgut hat er, den Vredenhof in der Nähe von Voorschoten. Sein Sohn fechtet und jagt wie ein Edler, mit Falken und Jagdhunden.«

Vincent schwindelte angesichts des Gehörten. Wenn dieser Mann ihnen nicht helfen konnte, wer dann?

Nachdem sie stundenlang im Rathaus gewartet hatten, gab Wim schließlich auf. Er war zermürbt und hungrig, auch Vincent war ganz still geworden. Außerdem musste er nach Ruben und Betje sehen.

Die Zahl der Hilfesuchenden vor der Kirche war noch größer geworden. Wim entdeckte Betje bei der Suppenausgabe. Seine Tochter trug eine weiße Haube und eine Schürze, die sich über ihre Füße wellte. Sie wartete darauf, dass die Köchin die Suppe in die Schale füllte, damit sie den Hungrigen ein Stück Brot dazugeben konnte. So eifrig war sie dabei, dass es Wim die Kehle zuschnürte. Ruben hingegen war nirgends zu sehen. Wim schickte Vincent los, um ihn zu suchen.

»Und, seid Ihr erfolgreich gewesen?«, sprach der Diakon ihn an.

Wim berichtete ihm von seinen Beobachtungen und den Begegnungen im Rathaus. »Vielleicht hat Graeff ja Arbeit für mich«, schloss er.

»Mijnheer Graeff ist ein Mitglied dieser Kirche und spendet für die Hilfesuchenden. Ob er aber Arbeit für Euch hat, vermag ich nicht zu sagen«, antwortete der Diakon.

Wim hatte auch schon darüber nachgedacht und sich eine Alternative überlegt. »Ich werde es einstweilen auf den Baustellen oder im Schiffbau versuchen. Kundige Zimmerleute werden überall gebraucht.«

*

Vincent fand seinen Bruder am Grachtenufer, wo dieser genüsslich einen Apfel aß und zusah, wie die Seiten einer Brücke hochgeklappt wurden, damit ein Schiff passieren konnte.

»Woher hast du den?«, fragte Vincent, dessen Magen sich schmerzhaft zusammenzog. Allzu gern hätte er an der Kirche etwas gegessen, zumal aus dem Tempel eine so wunderschöne Orgelmusik gedrungen war, wie er sie noch nie gehört hatte. Da viele Reformierte Musik im Gottesdienst ablehnten, spielten anscheinend auch hier die Musiker vor und nach dem Gottesdienst, was Vincent wunderbar fand. Er hatte sich seinem Vater aber nicht widersetzen wollen.

»Eine Hökerin hat ihn mir geschenkt. Ich habe ihr beim Tragen geholfen.«

Das kam Vincent unwahrscheinlich vor. »Warum bist du nicht bei der Kirche?«

»War mir zu langweilig. Nur herumgescheucht haben die mich.«

»Wir sollten dankbar sein, dass die Gemeinde uns aufgenommen hat.«

»Sagt derjenige, der mit Vater in der Gegend herumspaziert.«

Daher wehte also der Wind! Ruben war eifersüchtig. »Wir sind nicht herumsp…«

Sein Bruder machte eine wegwerfende Handbewegung. »Ist mir auch egal.«

»Weniger egal wird dir sein, wenn Vater sauer wird, weil du ihm nicht gehorchst.«

Die Gesichtszüge seines Bruders verfinsterten sich. Jetzt, wo er genau hinschaute, bemerkte Vincent, wie geschwollen die Wange von den Ohrfeigen war.

Ruben aß den Apfel bis auf den Stiel auf und sprang dann auf die Füße. Der Segler war vorbeigefahren, die Brückenteile hatten sich wieder gesenkt. Vincent gingen die Marotten seines Bruders auf die Nerven. Er sah sich lieber bei den Booten oder den Händlern um, um herauszufinden, wo er selbst um Hilfsdienste vorsprechen konnte.

*

Dicht an dicht warteten die Gläubigen auf den Beginn des Gottesdienstes. Die Leute wisperten gespannt, denn ein neuer Prediger war eingetroffen: Petrus Plancius, der gerade erst vor dem Prinzen von Parma und der Inquisition aus Bergen-op-Zoom geflohen war. Diakon Godlef hatte begeistert berichtet, dass Plancius sich nicht nur mit Theologie, sondern auch mit Sternenkunde und Kartografie auskannte, und er hoffte, dass Plancius diese Wissenschaften auch unterrichten würde.

Nachdem der Voorlezer ein Kapitel aus der Bibel vorgetragen hatte, bestieg der neue Dominee die Kanzel, und die Sanduhren wurden gedreht, denn er durfte nur eineinhalb Stunden predigen. Petrus Plancius war sehr streng: Er prangerte die völlige Verderbtheit des Menschen an und betonte, dass Gott nur manche auserwählt habe, nach dem Tode errettet zu werden. Wim betete inbrünstig. Seine Sorgen und die Sünden der vergangenen Nacht machten ihm zu schaffen. *Die Katholiken haben es leichter*, dachte er, *die beichten, zahlen ihren Ablass und erlangen damit Vergebung.* Als reformierter Gläubiger hingegen …

Wims Haaransatz kribbelte. Er zog die Schultern hoch und sah auf. Etliche bekannte Gesichter hatten sich inzwischen eingefunden, viele wie er Flüchtlinge aus dem Süden. Da waren der Zuckersieder und seine Frau, die Familien van Os und van Wildert und da … An einem Augenpaar blieb er hängen. Mevrouw Dhaen sah ihn an. Also hatte es die Witwe des Seidenwebers auch hierher verschlagen. Ihre Augen waren freundlich, die Mundwinkel hatten sich zu einem vorsichtigen Lächeln gehoben. Wim machte ihr Blick verlegen. Er nickte höflich und sprach dann ein stummes Gebet für seine verstorbene Frau. Beim anschließenden Gesang stimmte er besonders kräftig ein, als könnte er seine Gedanken so übertönen.

Am Ende des Gottesdienstes standen die Diakone mit einigen Kindern an der Tempelpforte und baten um Almosen für das Waisenhaus. Wim bedauerte es, nichts geben zu können. Letztlich hatte seine Familie ja sogar noch Glück gehabt. Andere Kinder hatten niemanden mehr.

Wim bemerkte unter den Menschen, die nach dem Gottesdienst auf dem Kirchhof zusammenstanden, erneut Witwe Dhaen. Nach kurzem Zögern trat er zu ihr.

»Mijnheer Aardzoon, ich dachte, Ihr wolltet nach Vlissingen?«, begrüßte sie ihn.

Es fiel ihm in der gegenwärtigen Situation schwer zu plaudern, zumal sie von den anderen Kirchenbesuchern neugierig beäugt wurden. »Da waren wir auch, Mevrouw. Jetzt aber suche ich hier nach Arbeit.«

»Möglicherweise habe ich etwas für Euch zu tun«, sagte sie zu seiner Überraschung. »Ich habe mich gleich nach meiner Ankunft nach einem Haus mit Werkstatt umgesehen, in der ich die Webstühle aufbauen kann. Leider war es so gut wie unmöglich, etwas Brauchbares zu finden. Ich musste in eine wahre Bruchbude ziehen. Die Handwerker sind ebenfalls eine Katastrophe. Denken, weil ich ein alleinstehendes Weib bin, könnten sie mich übervorteilen.« Sie schenkte ihm einen Augenaufschlag.

Wim bemerkte die argwöhnischen Blicke seiner Kinder, die halfen, alles für die Armenspeisung bereitzumachen. Nie wäre er auf die Idee gekommen, Mevrouw Dhaen ... Andererseits: Was wäre naheliegender, als wenn Witwe und Witwer sich zusammenschlössen? Seine Kinder brauchten eine Mutter. Zudem war sie wohlhabend. Und sie war gerade dabei, ihm Arbeit anzubieten. »Ich kann mir das Gebäude gerne ansehen«, bot er an.

»Das wäre reizend. Aber bringt Eure Kinder mit, damit niemand auf falsche Gedanken kommt.«

»Setzt Euch hierhin. Fasst nichts an. Und seid ruhig.« Die Anweisungen der Witwe waren eindeutig. Wie die Orgelpfeifen nahmen die

Geschwister nebeneinander in der feinen Stube Platz. Tischwäsche, Vasen und Kerzenleuchter zeugten vom Wohlstand der Bewohnerin.

Versonnen strich Betje über den Seidenstoff, mit dem die Kissen bezogen waren. »Schön, oder?«, wisperte sie.

Gewissenhaft nahm Wim das Gebäude in Augenschein. Trotz der Holzfassade schien es aus Stein zu sein. Die Balken waren sehr alt, die Fußbodendielen gewellt. Offenbar war öfter Feuchtigkeit eingetreten, denn der Sand, mit dem der Boden bestreut war, klebte. Mit der Rückseite eines kleinen Hammers klopfte Wim gegen das Holz, um die Beschaffenheit zu prüfen.

Witwe Dhaen trat neben ihn. »Ihr wisst sicher, dass ich Euch und Eure Frau immer sehr geschätzt habe. Ich bewundere es, wie tapfer Ihr Euch haltet. Und Eure Kinder sind ... reizend.«

»Ja, das sind sie«, sagte Wim, den das Geplauder verlegen machte.

Sie gingen durch das lang gezogene, schmale Haus zum Hinterhof. Die Werkstatt befand sich in einem Holzanbau, dessen bessere Tage längst vorbei waren. Kleine Löcher und Späne wiesen auf Holzwürmer hin, und an den Enden waren manche Ständer feucht; offenbar gab das Fundament nach. Mehrere Webstühle waren aufgestellt, aber nur eine Frau arbeitete. Auf dem Dach machten sich zwei Männer zu schaffen. Wim sah gleich, dass sie es weder eilig hatten noch sonderlich geschickt waren.

»Es gibt keine kundigen Seidenweberinnen in Amsterdam, wusstet Ihr das? Hier werden hauptsächlich andere Stoffe hergestellt. Gut für das Geschäft. Wenn ich die Webstühle denn zum Laufen bringe. Einer meiner Konkurrenten hat etliche Mitarbeiterinnen aus Antwerpen mitgebracht. Das ist mir leider nicht gelungen. Mein Mann hätte sicher ...«

In diesem Augenblick hörten sie ein Klirren, dann einen Aufschrei. Witwe Dhaen eilte ins Haupthaus zurück. Noch immer saßen die Kinder auf der Bank. Jetzt aber waren sie hochrot. Auf den Bohlen lag eine zerbrochene Vase.

Sichtlich erschrocken machte sich die Witwe daran, die Scherben aufzuheben.

Wim schämte sich zutiefst. »Helft gefälligst mit!«

Die Kinder kamen seinem Befehl nach. Wim musterte sie forschend. »Wer war das?«

Keines sagte auch nur ein Wort.

»Wer?«

Schließlich hielt Betje es nicht mehr aus. »Ruben«, sagte sie leise.

»Petze!« Ruben knuffte sie, woraufhin Betje in Tränen ausbrach.

Wim packte seinen Sohn an der Ohrmuschel. »Entschuldige dich gefälligst!«

Ruben jammerte vor Schmerz. »Ent… Entschuldigt bitte, Mevrouw. Ich … habe es nicht mit Absicht gemacht.«

Wim funkelte Vincent an. »Und du? Hast du nicht auf deine Geschwister achtgegeben?«

»Doch, schon, aber -«

Wim schob seine Kinder hinaus. »Wir sprechen uns noch.«

Als die drei das Haus verlassen hatten, wandte Wim sich Witwe Dhaen zu. Sie trug die Scherben in der Hand und einen bekümmerten Gesichtsausdruck zur Schau. »Ich werde Euch den Schaden selbstverständlich ersetzen. Ich werde ihn abarbeiten, an Eurem Haus«, bot er an, obgleich er sich insgeheim dafür verfluchte, da es nun noch länger dauern würde, bis er endlich Geld verdienen würde.

*

Auf der Straße funkelte Vincent seinen Bruder an. »Ich hab dir gleich gesagt, dass du die Vase stehen lassen sollst!«

»Du bist doch zuerst aufgestanden!«, schimpfte Ruben.

»Doch nur, um aus dem Fenster zu sehen!«

Ruben hob die Stimme noch mehr: »Du hast angefa…«

Ein hoher Laut ließ sie innehalten. »Nicht streiten … bitte, nicht streiten!«, flehte Betje.

Mitleid verdrängte Vincents Wut. Er versuchte, sie zu trösten. »Es ist doch nur eine Vase, *dat is niet erg*.«

Sie schluchzte laut, als habe sie sich schon viel zu lange zurückhalten müssen. »Es ist nicht … die Vase. Denkst du … Mutter ist in der Hölle … Ich bin schuld … ich komme bestimmt auch …«

Vincent hockte sich neben sie. Er begriff jetzt gar nichts mehr. Wie kam sie auf einmal darauf? Er nahm sie in den Arm und hielt sie fest, bis das Beben ihrer Schultern nachgelassen hatte. »Was ist los? *Kop op*, Betje, beruhige dich. Schau mich an, hörst du.« Er schob ihr Kinn hoch und hielt ihren Blick fest. »Wie kommst du nur auf die Idee?«

»Im Tempel. Wir sind alle verdammt, hat der Prediger gesagt. Alle sündig. Auch Mutter …«

Vincent war über die Vehemenz, mit der der neue Prediger gesprochen hatte, irritiert gewesen. Betjes Reaktion aber erschreckte ihn. Sollte der Glaube nicht Trost spenden? »Ich weiß es nicht«, gab er zu. »Niemand kann wissen, was einem vorherbestimmt ist.«

Hoffnungsvoll sah Betje ihn an. »Auch kein Prediger?«

»Auch kein Prediger.«

Sie schniefte. »Ich mag den neuen Prediger nicht«, sagte sie.

Ihr Vater näherte sich, noch immer zornig. Die Kinder zogen den Kopf zwischen die Schultern. Doch Wim ließ sie einfach stehen, was beinahe noch schlimmer als jede Strafpredigt war. Langsam folgten sie ihm.

»Habe ich dir erzählt, dass ich vorhin eine Muschel gesehen habe, die so groß wie dein Kopf war?«, versuchte Vincent, seine Schwester abzulenken.

Mit großen Augen blickte Betje ihn an. »Wirklich?«

»Wirklich. In einem Laden am Hafen. Schneeweiß und schillernd zugleich. Da gab es auch ein gedrehtes Horn, das aussah, als ob es einem Einhorn gehörte. Viele Schätze aus fernen Ländern werden dort gehortet.«

»Können wir dorthin gehen?«

»Sicher. Wir müssen nur Vater fragen.«

Betje zog die Stirn kraus. Dann lächelte sie tapfer. »Besser nicht heute.«

13

Dirck Jansz Graeff wohnte im Huis de Keyser am Damrak in der Nähe von Dam-Platz und Rathaus. Das Gebäude, an dessen Fassade eine Kaiserkrone thronte, wirkte zwischen den anderen Bauten eingezwängt und mit unzähligen Waren, Angestellten und Familienmitgliedern überladen. Umgeben war es von Werkstätten, aus denen Rauch aufstieg. In dieser rustikalen Umgebung wirkte das auf die Fassade gemalte Wappen, das einen Spaten und einen Falken zeigte, deplatziert.

»Wenn wir reden, hörst du zu und schweigst, hast du mich verstanden?«, sagte Wim zu Vincent, den er trotz seines Unmuts auch dieses Mal mitgenommen hatte. Es wurde Zeit, dass sein Sohn lernte, wie man geschäftliche Gespräche führte. »Ich will mich nicht wieder … Ich will mich nicht für dich schämen müssen.«

Wie hatten seine Kinder ihn nur so enttäuschen können! Warum hatten sie sich nicht benehmen können? Er konnte froh sein, dass Witwe Dhaen offenbar Sympathie für sie hegte und sie deshalb nicht gleich aus dem Haus gejagt und wegen des Schadens unter Druck gesetzt hatte. Jetzt half Ruben bei der Versorgung der Notleidenden mit, während Betje sich darauf gefreut hatte, in der Küche mitanzufassen.

Wim sah, dass es seinen Sohn drängte, sich zu rechtfertigen, aber der Junge nahm sich zusammen und schwieg. Ein Diener ließ sie ein, und kurz darauf bat Mijnheer Graeff sie in sein Kontor. Wim musterte ihn unauffällig. Graeff war etwa Mitte fünfzig, trug einen feinen schwarzen Tabbert, eine Samtmütze und einen großen Siegelring. Um seine Augen hatten sich tiefe Falten gegraben, das starke Kinn unter seinem hellen Bart verriet Entschlossenheit.

»Vielleicht wundert Ihr Euch, dass ich Euch so bereitwillig in mein Haus einlade«, sprach Graeff eine Frage an, die Wim sich tatsächlich gestellt hatte. »Ich musste selbst vor der Verfolgung durch die Spanier fliehen. 1572 reiste ich mit meiner Familie nach Emden. Meine Gattin, fünf Kinder und ich – entwurzelt. Auch mein Bruder floh; er starb im Exil.« Graeff machte eine unwillige Geste. »Und doch erfuhr ich Unterstützung in der Fremde. Glaubensbrüder standen uns bei, so wie wir heute den Unglücklichen beistehen, die aus den südlichen Provinzen fliehen müssen.«

»Ihr habt im Exil Eure Geschäfte fortführen können?«

»In der Tat. Zudem waren mein Kompagnon Mijnheer Bicker und ich in Bremen und Hamburg für die Generalstaaten tätig.«

»Ihr habt auch ein Kontor in Antwerpen, soweit ich weiß.«

»Unter anderem. Bereits mein Vater handelte in Antwerpen mit englischem Leinen. Dass die Geusen die Schelde sperren, halte ich aus politischen Gründen für richtig – geschäftlich ist es jedoch ein Desaster. Nur gut, dass vernünftige Kaufleute ihr Risiko streuen. Ich bin derzeit an über hundert Handelsschiffen beteiligt. Aber lasst uns nicht über meine Geschäfte reden, sondern über unseren so feige ermordeten Anführer. Ich hatte die Ehre, Wilhelm von Oranien mehrfach in diesem Hause begrüßen zu können. Möchtet Ihr den Armstuhl sehen, in dem unser Fürst gesessen hat? Ich halte ihn selbstredend in Ehren.«

»Sehr gerne«, sagte Wim höflich.

Graeff führte ihn zu einem Sitzmöbel, das wegen seines dunklen Holzdachs beinahe wie ein Beichtstuhl aussah. Er war nach einem Entwurf des Baumeisters Vredeman de Vries hergestellt, der seine Entwürfe für Möbelstücke hatte drucken lassen, das erkannte Wim sofort.

»Fürst Wilhelm besuchte mich 1567 zum ersten Mal. Wir besprachen die Belange von Stadt und Land. Später wurden in diesem Hause Verträge zwischen Katholiken und Geusen abgeschlossen. Vor fünf Jahren war Wilhelm von Oranien ein weiteres Mal mein Gast. Ein feiner Mann, der auch unserer Jugend zum Vorbild dient.«

»Mich haben die letzten Worte unseres *Vader des vaderlands* stets gerührt«, gab Wim zu.

»Das ist wahr: ›Mein Gott, mein Gott, hab Erbarmen mit mir und Deinem armen Volk‹«, zitierte Graeff. »Im Angesicht des Todes waren unserem Fürsten der Glaube und unser Schicksal wichtig. Wir dürfen nie vergessen, dass wir das Volk Gottes sind.«

Graeff sprach noch einige Zeit über Fürst Wilhelm, bevor er Wim nach dessen Begegnungen mit dem Oranier ausfragte. Wim berichtete bereitwillig. Innerlich wurde er jedoch immer unruhiger. Hohe Herrschaften hatten erfahrungsgemäß wenig Zeit. Es drängte ihn, den Regenten um Arbeit, vielleicht sogar um einen Auftrag zu bitten.

Tatsächlich fand ihre Unterhaltung ein abruptes Ende, als ein junger Mann eintrat und sich höflich als Jacob vorstellte, ein Sohn der Familie. Er mochte nur drei, vier Jahre älter als Vincent sein, aber der Unterschied zwischen den Jungen, die sich neugierig beäugten, war groß. Jacob hatte die klaren kantigen Gesichtszüge seines Vaters und wirkte beinahe erwachsen. Er war edel gekleidet und schien, seiner Ausdrucksweise nach, gebildet zu sein. Beste Voraussetzungen also, es zu etwas zu bringen.

»Mijnheer Aardzoon ist aus Antwerpen geflohen«, erklärte Graeff senior knapp. Er nahm den Brief an sich, den sein Sohn ihm reichte, begab sich zum Schreibpult und brach das Siegel.

Jacob merkte auf. »Tatsächlich? Wir hörten, dass vor der Kapitulation ein weiterer Versuch gemacht wurde, die Blockade zu durchbrechen. Habt Ihr die Höllenbrander gesehen? Und wie ist es mit der gewaltigen Schiffbrücke?« Der Jüngling konnte seine Begeisterung kaum verhehlen. »Ein schrecklich wirksames Mittel, natürlich. Und dennoch ...«

»Ich glaube kaum, dass Mijnheer Aardzoon ...«, sagte Graeff abwesend.

»Es ist wahr!«, platzte Vincent heraus. »Messere Giambelli und mein Vater haben einen Höllenbrander auf den Weg gebracht, der sein Ziel nicht verfehlte. Dennoch war es unseren Verbündeten unmöglich, die Blockade zu durchbrechen.«

Jacob staunte und bat Wim, selbst zu berichten. Auch Dirck Jansz Graeff hörte nun zu. Knapp fasste Wim die Geschehnisse und seine Beobachtungen bei der Schiffbrücke zusammen.

»Ich dachte, Ihr seid Zimmermann. Wie kommt es, dass Ihr mit Messere Giambelli an den Brandern arbeitetet?«, fragte Graeff, als Wim geendet hatte.

»Federigo und ich haben uns beim Bau der Festung Bourtange kennengelernt. Er experimentierte mit Sprengstoffen. Ich habe ihm geholfen. Brander brauchen einen anständigen Feuerraum und eine ausgeklügelte Mechanik, damit sie die volle Wirkung entfalten können.«

»Ihr habt keine Zeichnungen von Euren Bauten dabei?«

»Nur einige Konstruktionspläne.« Wim zückte sein Buch, hielt es aber unschlüssig in der Hand. Das war nicht das, was Graeff wollte.

Auch jetzt platzte Vincent dazwischen. »Aber ich!«, rief er.

Am liebsten hätte Wim ihm den Mund verboten – was sollte Mijnheer Graeff nur denken!

Vincent holte bereits sein kleines Skizzenbuch aus der Jackentasche. »Ich habe einige Skizzen gemacht.« Eifrig schlug er die Seiten auf. Er wies auf Zeichnungen der Antwerpener Festungsmauer, die zwar nicht übel waren, aber nichts mit Konstruktionszeichnungen zu tun hatten. »Seht, hier, an diesem Abschnitt war Vater beteiligt … und an diesem.«

Graeff zog die Augenbrauen hoch und warf seinem eigenen Sohn ein halbes Lächeln zu. »Ein Sohn, der stolz auf die Arbeit des Vaters ist. Wie schön! Vergiss nur nicht, dass Bescheidenheit eine Zierde vor Gott ist, Junge«, sagte er und erhob sich.

In einem letzten verzweifelten Versuch schlug auch Wim sein Notizbuch auf und blätterte darin, um eine geeignetere Skizze zu finden.

Der Kaufmann beugte sich interessiert darüber. »Darf ich?« Er nahm Wim das Buch aus der Hand, was diesem unangenehm war; er fürchtete stets, dass ihm jemand seine Ideen stahl. Graeff wies auf die halb fertige Konstruktionszeichnung. »Was ist das?«

»Ein neuartiger Schwimmbagger. Mit ihm wird man die Kanäle leichter reinhalten und für besseren Zufluss von Frischwasser sorgen können. Ich muss ihn nur noch zum Schwimmen bringen.«

»Sagt mir Bescheid, wenn es Euch gelungen ist. Das wäre eine nützliche Verbesserung.« Graeff reichte Wim das Büchlein zurück und wies auf die Tür. »Nun denn …«

Wim wollte die Geduld seines Gastgebers nicht länger strapazieren, er mochte auch nicht betteln, doch die Not war zu groß. »Falls Ihr hört, dass ein Zimmermann gesucht wird, der sich mit Verteidigungsanlagen auskennt, dann denkt bitte an mich, Mijnheer. Amsterdams Stadtmauern sind schwach. Wenn die Spanier angreifen, droht eine Katastrophe, vor allem, da die Lastage ungeschützt ist«, sagte er.

»Der Montelbaansturm an der Oude Schans wacht über Hafenanlagen und Lastage«, sagte Graeff eine Spur unwillig.

»Aber wo sind Amsterdams Truppen? Wo eine Kriegsflotte? Ehe Hilfe kommt, ist es zu spät.«

»Mit Verlaub: Könnte die Stadt nicht ebenfalls einen oder mehrere Brander ausrüsten, um die Feinde abzufangen, sollten sie uns per Schiff angreifen?«, mischte sich Jacob ein, dem die Faszination für das Thema ins Gesicht geschrieben war.

»Natürlich. Vermutlich wurden bereits Brander vorbereitet.«

»Aber vielleicht nicht so schlagkräftige, wie Mijnheer Aardzoon und Messere Giambelli sie erschaffen«, gab Jacob altklug zu bedenken.

Graeff ging nicht darauf ein. »In der Vergangenheit wurden die Gebäude auf dem Hafengelände vor einem potenziellen Angriff abgebrannt, um dem Feind keine Beute zu bieten. Das dürfte heutzutage einen enormen Verlust bedeuten«, sagte er nachdenklich und wandte sich an Wim. »Was schlagt Ihr vor?«

Wim hatte auf diese Gelegenheit gewartet. »Ein halbrunder Wall nach neuester Bauart müsste Stadt, Lastage und Vorstädte schützen. Damit wären auch gleich neue Wohngebiete erschlossen. Halbkreisförmige Befestigungen mit starken Bollwerken haben sich bewährt. Die Erdwälle müssen mit Mauerwerk verkleidet werden, damit sie der Feuerkraft der Spanier standhalten.«

»Ähnliches sieht auch der Plan von Mijnheer Anthonisz vor, den unser Stadtbaumeister Mijnheer Jansz Bilhamer geprüft hat. Die Kosten sind enorm.«

»Angemessen, nehme ich an, wenn man sich auf das Nötigste beschränkt. Enorm wird der Schaden sein, wenn man nicht baut.« Wim verneigte sich vor Graeff. »Kluge Planung hilft, die Kosten klein zu halten. Wenn man bei dieser Gelegenheit beispielsweise den Singel ausbauen würde, auf dessen einer Seite bereits Häuser stehen, gewönne die Stadt Bauland, das sich gut verkaufen ließe. Es wäre eine ausgezeichnete Wohnlage für Regenten und Poorter.«

Abwägend sah Graeff ihn an. »Ich werde sehen, was ich für Euch tun kann«, sagte er schließlich.

Wim stapfte über die Matschfläche. Er war enttäuscht. Graeff hatte beim Abschied gemeint, er solle erst einmal auf einer seiner Baustellen als Zimmermann mitanfassen, bis eine Entscheidung wegen des neuen Stadtwalls gefallen sei. Es hatte geklungen, als wollte er überprüfen, ob Wim tatsächlich so kundig war, wie er behauptete. Der Lohn, den Graeff ihm angeboten hatte, war mehr als mager. *Ohne einen gewissen Geiz wird man wohl auch nicht so märchenhaft reich*, dachte Wim grimmig.

Die Baustelle befand sich in einer Baulücke an der schicken Warmoesstraat, in der sich ein Laden mit Pelzen, Seiden oder Geschmeide an den anderen reihte. Hier flanierten nur die höchsten Amsterdamer Herrschaften. Auf matschigem Baustellenboden stand ein großer Holzrahmen an Stützbalken gelehnt. Arbeiter hantierten an einem unordentlichen Stapel Bauholz, in dem viele Balken krumm und schief, andere mit Teer bestrichen oder mit Seepocken bewachsen waren. Werkzeug war achtlos in den Dreck geworfen worden. Neben einem Holzrahmen diskutierten drei Männer.

»Anscheinend haben Maurer und Zimmermann etwas an den Plänen des Poliers auszusetzen. Das wundert mich nicht, wenn ich mir diese Baustelle so ansehe«, murmelte Wim. Er ging zu den Männern. »Seid Ihr Meister Gisbert?«

Ein vierschrötiger Kerl wandte sich ihm zu. »Was gibt's?«

»Mijnheer Graeff schickt mich. Ich bin Zimmermann …«

»Ich brauche keinen weiteren Zimmermann. Einen neuen Maurer kann ich gebrauchen. Dieser hier macht mir nichts als Ärger.«

Der Mann mit dem Halstuch blies die Wangen empört auf. Er war kräftig und hatte einen Hang zum Doppelkinn. »Ihr habt keine Ahnung von Statik! Wenn wir Bruchholz für das Fundamentgitter verwenden, ist es nur eine Frage der Zeit, bis der Holzrahmen weggammelt und die Mauern nicht mehr trägt! Überhaupt hätte man erst das Fundament fertigstellen sollen, ehe der erste Holzrahmen aufgebaut wird. Nun sag doch auch mal was, Henk!«

Der Angesprochene, ein Mann, dessen dichter Vollbart beinahe bis zu seinen Augen hochwucherte, hob die Schultern. »Wenn der erste Rahmen steht, kannst du mit dem Mauern anfangen.«

Der Maurer schnaubte. Dabei hatte er mit seiner Kritik recht. Dennoch hielt Wim sich zurück. »Ihr sollt mich anstellen, meinte Mijnheer Graeff. Hier ist eine Nachricht für Euch«, sagte er. Glücklicherweise hatte der Kaufmann einige Zeilen aufgesetzt.

Der Bauleiter nahm die Nachricht zwar an sich, sah sie aber nicht an. »Seid Ihr Gildemitglied in Amsterdam?«

»Noch nicht«, musste Wim zugeben. »Ich bin gerade erst aus Antwerpen gekommen.«

»Hab ich doch gleich an Eurem Zungenschlag gehört. Haltet euch für was Besseres, ihr Flamen, das kenne ich schon. Seid ihr aber nicht. Nur Bettler, die uns die Arbeit wegnehmen wollen.«

Wim versteifte angesichts dieser Feindseligkeit.

Der Maurer wies auf die Nachricht. »Dem Herrn wird es gar nicht gefallen, wenn Ihr seine Anweisungen nicht einmal lest. Genauso wenig wird ihm gefallen, wie schlecht das Baumaterial ist, das Ihr für sein Geld einkauft. Alte Schiffsplanken als Fundament, und das bei diesem sumpfigen Erdreich – das ist lächerlich! Wenn Ihr nicht die nötigen Verbindungen habt, um besseres Holz zu kaufen, dann helfe ich Euch aus.«

»Das hättet Ihr wohl gerne! Glaubt Ihr, ich wüsste nicht, dass Ihr es auf meinen Posten abgesehen habt?«, blaffte Meister Gisbert.

»Darf ich fragen, warum Ihr keine Pfosten im Erdreich versenkt, deren Köpfe ihr dann zu einer Fläche verbindet? In Antwerpen haben wir damit gute Erfahrungen gemacht«, sagte Wim.

Henk schien aufzumerken. Gisbert hingegen bohrte seine Schuhspitze in die Erde. In dem Loch sammelte sich sogleich Wasser.

»Holzpfosten gammeln in diesem Sumpf sofort weg, das ist doch klar!«, sagte er unwirsch.

»Ich hatte eher den Eindruck, dass das Wasser hilft, die Pfosten zu erhalten.«

»Hier legen wir das Fundament *op staal*. Wenn das Euch nicht passt, könnt Ihr gleich wieder gehen!«

Wim wusste aus Erfahrung, dass es klüger war, jetzt nachzugeben. »Ihr wisst sicher am besten, was gemacht werden soll«, sagte er.

Sichtlich widerwillig erbrach der Bauleiter das Siegel. Es dauerte, bis er die wenigen Zeilen gelesen hatte. Mit finsterem Blick sagte er zu Wim: »Morgen früh, pünktlich bei Sonnenaufgang seid Ihr hier. Und keine Mätzchen, verstehen wir uns?« Schnaubend wandte er sich ab. »Elendes Pack, nimmt unseren Leuten die Arbeit weg und bringt fremde Sitten in unsere Stadt!«

Erfüllt von Erbitterung und tiefer Hilflosigkeit wandte Wim sich zum Gehen. »Knochenarbeit und schlecht bezahlt – in Antwerpen hätte ich mich nie darauf eingelassen. Da hat man meine Fähigkeiten geschätzt!«, sagte er leise. Vielleicht hätte er doch bei Federigo bleiben sollen.

Er bemerkte Vincents betrübten Gesichtsausdruck. »So geht es zu im Arbeitsleben. Gewöhn dich gleich daran«, sagte er gröber, als er es vorgehabt hatte. Es half nichts – er hatte eine Familie zu versorgen.

Beter één vogel in de hand dan tien in de lucht, dachte er. *Lieber einen Vogel in der Hand als zehn in der Luft.* Er musste dringend an der Konstruktion seines Schwimmbaggers weiterarbeiten. Wenn es ihm gelänge, ein derartiges Gerät zu erschaffen, würde er sich vor Aufträgen nicht retten können.

Wim hatte Vincent zum Gemeindehaus geschickt und strich ruhelos durch die Straßen Amsterdams. Missmutig stieß er einen Stein weg, der sich aus dem Pflaster gelöst hatte und nun in die Gracht plumpste. Schnell sah er sich um. Niemand hatte hingesehen. Jetzt erst bemerkte er, dass seine Füße ihn in den Zeedijk geführt hatten. Da war auch schon das Gasthaus, in dem Majken arbeitete. Seine Zunge fuhr in den

Mundwinkel. Ein paar Bier würden ihn trösten. Und vielleicht würde die Schankmagd ja wieder … Erregung ergriff ihn, und er wandte sich abrupt ab. Er hatte kein Geld, war kein Säufer und kein Hurer.

»Wim?«

Majken war vor das Gasthaus getreten, um dort die leeren Bierkrüge abzuräumen. Es drängte ihn wegzulaufen. Gleichzeitig tat ihm die Freude gut, die aus ihren Gesichtszügen sprach.

»Hält die Tür noch?«, fragte er, weil ihm nichts anderes einfiel.

Sie lachte, wobei die Sommersprossen auf ihrer Nase zu tanzen schienen. »Klar, das war gute Arbeit. Seid ihr bei einer Kirchengemeinde untergekommen?«

Kurz erzählte er ihr davon, doch dann rief auch schon die Wirtin aus der Schankstube. »Wie geht es deiner Tochter?«

»Gut.«

Ein weiterer Ruf. Die Wirtin klang genervt. Majken verdrehte die Augen und wirkte auf einmal sehr jung. »Komm doch herein. Nicht mehr lange, und ich kann Schluss machen«, sagte sie und lächelte. »Ich spendiere dir ein Bier und dann reden wir in Ruhe.«

Wim versteifte trotz des verlockenden Angebots. Das war nicht richtig. Wenn hier eine Einladung ausgesprochen wurde, dann müsste er es tun. Außerdem war er erneut im Begriff, eine Sünde zu begehen. Er schüttelte den Kopf, dann ging er eilig davon.

*

Vincent kippte das Schmutzwasser in die Gracht und trug die tropfenden Eimer zurück ins Gemeindehaus. Noch immer ging ihm im Kopf herum, was er in den vergangenen Stunden mit seinem Vater erlebt hatte. Als er ins Haus trat, hörte er gedämpfte Stimmen. Gleich darauf sah er, wer in diesen heftigen Wortwechsel verwickelt war: Diakon Godlef und der Gemeindeälteste.

»Das geht nicht so weiter! Es sind zu viele. Wir können sie nicht alle versorgen«, rief der Älteste. »Sobald der Herbst einbricht, wird es schwierig. Und wehe, wenn der Winter kommt! Dann nutzen die

Kaufleute den Tempel als Handelsbörse, und wir sind gehalten, dafür Platz zu schaffen.«

»Ihr könnt sie nicht wegschicken. Es ist unsere Verpflichtung als Christenmenschen, den Flüchtigen zu helfen.«

»Wir haben bereits mehr als genug getan! Den Regenten wird bald die Geduld ausgehen. Das Verbrechen nimmt überhand, das Galgenfeld ist überfüllt. Wenn die Waisenhäuser nicht aus allen Nähten platzen würden …«

Ein weiterer Mann erhob die Stimme. Petrus Plancius, den Vincent außerhalb der Gottesdienste zumeist über Büchern oder Landkarten brüten sah. Jetzt aber ermahnte Plancius den Ältesten kühl und streng zur Nächstenliebe. Schließlich gab der Älteste nach.

Vincent ging leise weg und arbeitete weiter. Was er gehört hatte, schürte seine Sorgen. Wie lange würden sie hier noch geduldet werden? Und wo sonst sollten sie hin?

Wenig später entdeckte er den Diakon in einer Nische der Kirche, wo er still betete.

»Ich wollte Euch nicht stören«, sagte Vincent entschuldigend, als Godlef aufsah.

»Ich befrage Gott nur um Rat und Hilfe.«

»Ich kann mir vorstellen, dass die Situation für Euch nicht einfach ist.«

Ein weiches Lächeln huschte über das Gesicht des Geistlichen. »Du fühlst immer mit anderen mit, das ist selten. Schon als Säugling hast du geweint, wenn es anderen schlecht ging.«

Vincent wunderte sich. »So lange kennt Ihr mich schon?«

»Ich war bei deiner Taufe dabei, deshalb war es für mich selbstverständlich, mich für deine Ausbildung einzusetzen.«

»Ich wünschte, wir könnten wieder mit dem Unterricht beginnen. Ich will etwas lernen, will meinem Vater helfen, uns zu versorgen!«

»Hat dein Vater inzwischen eine Stelle oder eine Unterkunft gefunden?«

»Zumindest eine Arbeit wird er haben«, antwortete Vincent und berichtete von der Baustelle.

»Ihr werdet hier nicht mehr lange bleiben können.« Abwägend blickte Diakon Godlef Vincent an. »Ich habe aber auch eine gute Nachricht. Sobald es geht, werde ich den Unterricht wieder aufnehmen. Dominee Plancius hat eingewilligt, die älteren, kundigeren Schüler zu unterweisen – und dazu gehörst auch du. Es ist nicht christlich, dass wir unsere Jugend verwahrlosen lassen, so bedrückend die Umstände auch sind.« Als er das Strahlen in Vincents Gesicht bemerkte, setzte er hinzu: »Der reformierte Glaube will auch den Verstand erwachsen werden lassen. Wie unser Lehrmeister Calvin betonte: Wahrer Glaube muss ein intelligenter Glaube sein. Gott hat auch Wissenschaft und Kultur geschaffen.«

14

Pünktlich zu Sonnenaufgang stiefelte Wim zur Baustelle. Seine Kinder würden heute wieder in der Gemeinde helfen. Der Diakon würde ein Auge auf sie haben, hatte ihm aber auch nahegelegt, sich nach einer Frau umzusehen. Vincent könne sich schon bald einen Lehrherrn suchen, hatte er gesagt, aber Ruben und Betje bräuchten eine Mutter. Wim zog die Stirn kraus. Als ob er keine anderen Sorgen hätte!

Der Bauleiter war nicht zu sehen, und die Begrüßung der Arbeiter, die Steine schaufelten und verteilten, war kühl.

Der Maurer nahm Wim schließlich in Empfang. »Frans«, stellte er sich kurz vor. »Meister Gisbert hat sich ins Gasthaus verzogen, um sich die Füße zu wärmen. Der hat ohnehin keine Ahnung und wird früher oder später auffliegen. Wäre froh, wenn ich meinen Teil dazu beitragen könnte. Stör dich nicht an den anderen, die meinen es nicht so. Du weißt ja, der Fisch stinkt vom Kopf. Gisbert hat heute Morgen gleich als Erstes die Arbeiter zusammengeschissen.«

»Das kenne ich. Ein einziger schlechter Mitarbeiter kann einen ganzen Bau gefährden«, stimmte Wim zu.

»Sage ich doch. Ich wusste, wir verstehen uns.« Frans schlug ihm auf die Schulter und ging mit ihm zum Zimmermann. »Wir haben nicht mehr viel Zeit. Bis der Frost kommt, muss das Fundament gelegt sein. Ich hab gestern erst mal die richtigen Kiesel beschafft. Die werden jetzt ausgebracht, damit das Wasser unter dem Holzfundament ablaufen kann. Die Entwässerung ist das A und O. Am besten lässt du dir von Henk zeigen, wie wir hier vorgehen. Die Amsterdamer Erde ist ja ein ganz besonderer Stoff.«

Henk bearbeitete mit einem anderen Zimmermann Holzbalken. Wim begrüßte ihn, packte sein Werkzeug aus und machte sich sofort an die Arbeit. Es tat gut, endlich etwas tun zu können. »Ihr legt einen Rost aus Balken auf das Kiesbett, deshalb die Schwalbenschwanzverbindungen?«, fragte er.

Der Zimmermann sah auf. Sein wuchernder Bart ließ ihn abweisend wirken, aber seine Augen blickten freundlich. Im Mundwinkel hatte er eine Süßholzstange. »*Jup*, die Verbindungen klemmen wir mit Holznägeln fest. Mit Stämmen aus Wurzelholz füllen wir den Rost auf.«

»Die nach oben breiter und deshalb zusammengedrückt werden, als feste Fläche?«

»*Jup.*« Henk nahm die Süßholzstange aus dem Mund, die am Ende strohig wie ein Besen aussah. »Wir haben schon Pfosten in die Erde gerammt und das Fundament daraufgelegt, aber Holz ist knapp. Dänemark hat die Zölle auf Baumstämme aus Norwegen erhöht. Dazu kommt das Problem mit der Feuchtigkeit. Das Wasser erhält das Holz, aber die Spitzen schauen raus und werden morsch, was nach und nach den gesamten Pfosten vernichtet.«

In der Mittagspause setzte sich Wim auf einen Balken und arbeitete weiter an seiner Konstruktion; zu essen hatte er ohnehin nichts. Als Frans sich zu ihm gesellte, schlug Wim sein Buch zu.

»Was schreibst du da?«, wollte Frans wissen.

»Nichts Besonderes.«

»Konstruktionszeichnungen?«

Hatte er also doch etwas gesehen? »Ja. Auch.«

Frans bedrängte ihn nicht weiter. »Bist du allein mit deinem Sohn nach Amsterdam gereist?«

Wim entschied sich für Offenheit. »Meine Frau ist tot. Ich habe noch zwei weitere Kinder. Wir konnten in Antwerpen nicht bleiben.«

Sein Kollege reichte ihm einen Kanten Brot und etwas Käse. »Ganz frisch, aus Gouda. Ich hab genug dabei.«

Die freundliche Geste ließ Wims Brust eng werden. »Danke.«

Frans lächelte versonnen. »Mein Weib hat gerade unseren ersten Sohn geboren, den kleinen Toni.«

»Gottes Segen für den Jungen und deine Gattin«, sagte Wim. Die Brotkruste knisterte, als er hineinbiss, und der Käse war schön rahmig. Einen Augenblick aßen sie schweigend.

»Wo wohnt ihr?«, wollte Frans wissen.

Wim sah auf den Kanal hinaus, wo gerade eine Schute festmachte. »Im Gemeindehaus der Kirche. Vorerst. Aber auch da müssen wir weg.«

»Es sind doch auch viele reiche flandrische Flüchtlinge angekommen. Ist keiner dabei, der euch unter die Arme greifen könnte?«

Das hatte Wim sich auch schon gefragt. »Nicht dass ich wüsste. Jeder hat genug damit zu tun, für das eigene Überleben zu sorgen.«

»Hast Glück, dass Graeff dir geholfen hat. Viele Amsterdamer halten das Geld zusammen. Der Handel mit den baltischen Staaten füllt ihre Kassen, aber seit König Philipp die spanischen und portugiesischen Häfen für unsere Schiffe sperren ließ und seine Seeleute ständig unsere Ladungen beschlagnahmen, geht die Angst um. Jeder fürchtet die Folgen des Krieges. Da gibt man nur Geld für Bauarbeiten aus, wenn es unbedingt notwendig ist. Abgesehen davon, dass der Vroedschap ohnehin einen Baustopp verhängt hat.«

»Es sei denn, die neue Befestigungsanlage kommt. Und darauf hoffe ich.«

Neugierig sah Frans ihn an. »Damit kennst du dich aus?«

*

Ihr Vater hatte nichts dagegen gehabt, dass die Kinder durch die Stadt stromerten, wenn sie nicht mehr im Gemeindehaus gebraucht wurden, hatte ihnen aber das Versprechen abgenommen, keinen Unfug anzustellen. Erst jetzt fiel Vincent auf, wie viele Kinder auf den Straßen herumtollten. Sie spielten fangen, Schlagball oder verstecken. Sicher würden auch sie eines Tages in dieser Stadt Freunde finden.

Am Hafenrand herrschte beinahe noch mehr Betrieb als beim letzten Mal. Vincent zeigte seinen Geschwistern die kindskopfgroße Muschel und erfuhr, dass sie ein Kauffahrer aus dem Orient mitgebracht hatte. So schön und fremdartig waren die Auslagen der Geschäfte, dass sie die Geschwister sogar von ihrem ewigen Hunger ablenkten, der durch Morgensuppe und Abendeintopf nicht annähernd gestillt werden konnte. Eine Frau mit gutmütigem Gesicht verließ gerade einen der Marktstände, die an vielen Kanälen aufgebaut waren. Ihr Weidenkorb war so groß und schwer, dass sie ihn mit beiden Händen halten musste.

»*Jongetjes*, fasst doch mal mit an«, sprach die Matrone die Brüder an.

Die Jungen ließen sich nicht zweimal bitten und packten jeder einen Henkel. Der Weidenkorb war mit rotbackigen Äpfeln, Mohrrüben, Zwiebeln, einem großen Käsestück, aber auch mit Anisbrötchen gefüllt, die himmlisch dufteten. Sie schleppten den Korb eine Gasse hinunter und hinein in ein Haus. Zum Dank schenkte die Matrone ihnen drei Äpfel. Auf der Straße bissen die Kinder sofort hinein. Süß und sauer zugleich war der Apfel, und Vincent genoss ihn, während sie weiter herumspazierten. Als sie vor der Auslage eines Druckers standen und Ruben einen Globus bewunderte, der im Schaufenster ausgestellt war, stieg Vincent von Neuem Anisduft in die Nase. Von einem Verdacht getrieben, wollte er die Hand in die Hemdtasche seines Bruders schieben, aber Ruben presste mit einem trotzigen Gesichtsausdruck die Hand darauf.

»Hast du etwa …«, begann Vincent entsetzt.

»Habe ich nicht!«, fiel Ruben ihm ins Wort. »Was denkst du denn von mir!«

»Was ist?«, wollte Betje wissen.

Ruben lief wortlos davon. Als er zurückkam, war seine Tasche leer, das wusste Vincent, ohne nachsehen zu müssen. Ob sein Bruder tatsächlich die großzügige Dame bestohlen hatte?

Schließlich erreichten sie ein Viertel, in dem viele jüdische Kaufleute auf den Straßen zu sehen waren. Unvermittelt rannte Betje los. »Sara! Sara, hier bin ich!«, rief sie aufgeregt.

Tatsächlich standen Betjes Antwerpener Freundin Sara und ihre Mutter Judith an einem Gemüsestand. Noch ehe sie sie erreicht hatten, ging Judith davon. Es wirkte, als ob sie ihre Tochter mit sich ziehen müsste.

»Sara, warte doch!« Betje gab nicht auf.

Vincent lief seiner kleinen Schwester hinterher. Schließlich hatten sie die beiden eingeholt. Die Frau des Diamantenschleifers war verändert. Judiths Haare schauten strähnig unter der Haube heraus, unter den Augen hatte sie dunkle Ränder. Auf Vincents höfliche Begrüßung und Fragen nach ihrer Reise antwortete sie kühl. Richtiggehend schroff wurde sie, als Betje vorschlug, Sara zu besuchen, um mit ihr zu spielen. Schließlich gingen die beiden davon.

Betje war geknickt. »Meinst du, Saras Mutter ist noch immer sauer auf mich wegen der Matschwaffeln?«

»Das kann ich mir nicht vorstellen. Vielleicht hat es etwas mit ihrem Glauben zu tun. Oder ihnen ist auf der Reise etwas Schlimmes widerfahren«, sagte Vincent.

»Aber da kann ich doch nichts für!«

Vincent nahm sich vor, Vater davon zu erzählen. Vielleicht würde er Kontakt zu Elim, Saras Vater, aufnehmen. So wohlhabend, wie der Diamantenschleifer war, könnte er ihnen vielleicht helfen.

*

Wim hatte die Nachricht seiner Kinder Hoffnung gemacht. In Zeiten der Not zeigte sich, auf wen man bauen konnte. Elim hatte großzügig den letzten Versuch unterstützt, die Antwerpener Blockade zu durchbrechen, seine Frau hatte ihnen Heilkräuter für Betje geschenkt. Auch jetzt würde er ihnen helfen, würde ihnen Geld leihen, mit dem sie erst einmal über die Runden kommen würden. Natürlich würde er jeden Stuiver zurückzahlen, das verstand sich von selbst.

Nicht gerechnet hatte Wim damit, dass Elim ihn nicht einließ, sondern vor der Tür in Empfang nahm. Jeder von Wims Gesprächsversuchen lief ins Leere. Schließlich schilderte er Elim geradeheraus ihre Not.

Das Gesicht des Diamantenschleifers war wie versteinert. »Ich kann nichts für Euch tun«, sagte er knapp. »Wir haben selbst unter der Flucht und ihren Folgen zu leiden.« Ohne ein weiteres Wort schlug er die Tür zu.

Wim zog die Schultern hoch. Diesen Freund hatte er verloren. Und er wusste nicht einmal, warum.

*

Elims Finger hielten den Türgriff umklammert. Er musste sich beherrschen, sie nicht noch einmal aufzureißen und Wim hinterherzurufen. Auch wenn Wim ein Andersgläubiger war, so war er doch ein guter Mann. Und die Kinder konnten ohnehin nichts dafür.

Er spürte die Gegenwart seiner Frau hinter sich. »Ich hätte ihm helfen sollen«, sagte Elim. »Wim hat so viel getan, um Antwerpen – und auch uns – zu retten.«

Judiths Stimme klang brüchig, wie so oft in letzter Zeit. »Wir müssen ihn meiden. Er bringt uns in Gefahr. Die spanischen Soldaten suchen ihn vermutlich noch immer. Wenn sie wissen, dass er bei uns war ...«

Elim wandte sich zu ihr um und legte tröstend die Hand auf ihre Wange, doch sie zuckte zurück. Judith wirkte seit diesem verhängnisvollen Tag in Antwerpen verhärmt. Oft schon hatte er sich Vorwürfe gemacht, dass er sie alleingelassen hatte. Auch wenn er nie herausgefunden hatte, was genau der Soldat ihr angetan hatte – seither war Judith nicht mehr dieselbe. Natürlich hatte er sich gleich bei den Besatzern über den Verstoß gegen das Abkommen und den Raub beschwert, aber niemand hatte auch nur einen Fingerstreich getan, um den Unhold zur Verantwortung zu ziehen. So viel war das Wort der spanischen Machthaber also wert. »Wir sollten Wim sagen, dass ihm jemand auf den Fersen war.«

Judith sah ihn waidwund an. Sie verschwieg ihm etwas, das stand fest. »Das weiß er sicher längst. Und jetzt komm, du hast Diamanten zu begutachten.«

*

Fauliger Gestank stieg von den Abortgruben des spanischen Heerlagers auf. Der Mann, der ihm entgegentaumelte, war wachsbleich und hielt seinen Leib umklammert. Lazarus drehte auf dem Absatz um; vielleicht war es doch nicht so dringend. Ratlos blickte er über das Heerlager. Wer geglaubt hatte, dass die Versorgungslage sich nach der Eroberung Antwerpens verbessern würde, hatte sich geirrt. Zu kaufen gab es wenig, denn weil die Geusen die Schelde sperrten, kamen auch beim Heer kaum Waren an. Seegüter mussten in Zeeland angelandet, nach Lillo transportiert und von dort aus nach Antwerpen gebracht werden; auf dem langen Weg ging viel verloren. Die Ernte war durch den Krieg vernichtet worden.

Lazarus schlug einen Bogen um ein paar Soldaten, die in beschämend zerrissener Kleidung exerzierten; halb nackt waren sie – und das bei diesen Temperaturen! In der Armee des spanischen Königs gab es tatsächlich nur eines im Überfluss: Mangel. Gleichzeitig war genau dies einer der Gründe, warum sie so gefürchtet war: Wenn sie irgendwo einfiel, waren die Soldaten wie die Heuschrecken und hinterließen ein zerstörtes, kahl gefressenes Land.

Lazarus grinste. Immerhin hatte er sich noch vor dem Abmarsch aus Antwerpen rächen können. Er hatte Sjako bei der neuen Stadtverwaltung angeschwärzt, sodass der Zimmermann keinen Pfennig am Wiederaufbau der Kirchen verdienen würde. Auch hatte Lazarus sich endlich ein anständiges Rapier beschaffen können.

Aus einer Wegkirche in der Nähe eines Flusslaufs hörte Lazarus ungewöhnliche Geräusche. Wer hämmerte und sägte dort so hektisch? Und warum? Neugierig trat er ein. Im Kirchenschiff bot sich ein ungewöhnlicher Anblick: Etliche Zimmerleute bauten eine Art große Holzkiste. Schon näherte sich ein Wächter, der Lazarus hinaustreiben wollte.

»Was soll das werden?«, fragte Lazarus.

»Geht dich gar nichts an«, murrte der Wächter.

Notgedrungen verzog Lazarus sich. Wieder kam er zu spät zum Exerzieren, was der Capo ihn büßen ließ. Wie satt er das hatte! Es war unerträglich, wie man mit ihm umging.

Seine Entdeckung ließ Lazarus auch am Abend keine Ruhe. Es kostete ihn einige Schmeichelei und viel zu viel seines knappen Geldes, investiert in Wein für seine Kampfgefährten, um am Lagerfeuer mehr zu erfahren.

Einer der italienischen Sargentos verriet es ihm schließlich: »In vielen Kirchen und etlichen Ställen werden flachbodige Schiffe gebaut, die unsere Soldaten und Schlachtrösser über den englischen Kanal bringen können. Philipps Befehl war eindeutig: Farnese soll von überallher Schiffbauer heranschaffen.«

»Der König will, dass wir als Nächstes in England einfallen? Ich dachte, wir versuchen zunächst, die nördlichen Provinzen zu überrennen.«

»Das war ursprünglich der Plan. Deshalb ist Farnese ja auch ganz und gar nicht begeistert von Philipps Anweisungen. Zumal wir das Geld an anderer Stelle besser brauchen könnten. Viel zu lange haben die Truppen schon keinen Sold erhalten, das weißt du selbst. Die Moral der Soldaten ist trotz der Erfolge am Boden.«

Lazarus überlegte fieberhaft. Wie konnte er die Lage zu seinen Gunsten nutzen? »Aber ist die Gefahr nicht zu groß?«, wandte er ein. »Wenn ich daran denke, dass unsere Truppenschiffe auf einen Höllenbrander treffen … Das gibt ein Blutbad. Da reißt es einen sofort in Stücke. Wie beim Anschlag im Frühjahr. Abgetrennte Gliedmaßen, zerfetzte Leiber überall. Wisst ihr noch?«

Die hartgesottenen Kerle am Lagerfeuer schauderten sichtlich. Jeder erinnerte sich an das, was er bei den letzten Anschlägen erlebt hatte. Lazarus stachelte ihre Furcht gezielt an. »Antwerpener Feuer. Da bleibt einem nur Hoffen und Beten …«

Am nächsten Morgen suchte er das Lager nach Diego ab. Der junge Soldat war jedoch unterwegs. Erst nach einigen Tagen entdeckte er ihn in der Nähe des Hauptquartiers, wo er dem Gespräch verschiedener Capos und Sargentos lauschte. Bei ihnen stand ein älterer Mann, der die Haltung eines kampferprobten Kriegers hatte, und nun bemerkte Lazarus auch die Ähnlichkeit zwischen den beiden. Hatte Farnese nicht gesagt, Diegos Vater sei ein Heerführer und alter Freund? Er trat zu Diego, der bei seinem Anblick zusammenzuckte.

»Willst du uns nicht vorstellen?« Er übernahm es gleich selbst. »Lazarus van de Hedecop, ich rettete Euren Sohn unter Einsatz meines Lebens vor dem Höllenbrander.«

Diego lächelte gequält, widersprach aber nicht.

»Davon hast du mir gar nicht geschrieben, Junge«, sagte sein Vater.

Röte überzog Diegos Wangen. »Ich muss es wohl vergessen haben.«

»War das, bevor oder nachdem du dich bei dem Anschlag mit dem Brander so tapfer gezeigt hast und verletzt wurdest?«

Der junge Soldat wurde röter. Auf der Stirn seines Vaters zeigte sich eine Ader. Kurz sah es aus, als ob er noch etwas sagen würde, dann aber schüttelte er Lazarus' Hand. Sein Griff war fest, sein Benehmen formvollendet. »Don Sancho de Besalú. Wo dient Ihr derzeit?«, fragte er.

Lazarus sagte die Wahrheit.

Sein Gegenüber zeigte sichtliches Unverständnis. »Warum ist ein so mutiger Soldat wie Ihr auf diesem elenden Posten?«

»Ich war im Auftrag unseres Feldherrn zu einer Mission aufgebrochen, um den teuflischen Sprengmeister dingfest zu machen. Mein Trupp war jedoch klein, und Giambelli hatte Verbündete um sich geschart, die uns nach einem heftigen Kampf zurückschlugen. Ich fürchte nun, dass er auch weiterhin unsere Feinde unterstützt.«

»Und was tut unser Generalísimo gegen diese Gefahr?«

»Der Prinz von Parma weiß vermutlich nicht, dass man mich exerzieren lässt. Er weilt in Brüssel. Nichts gegen Übung an der Waffe, die ist für jeden von uns unerlässlich«, Lazarus sah Diego an, der seinen Blick mied, »aber die Verfolgung dieses Sprengmeisters erscheint mir unerlässlich. Als Einheimischer könnte ich unauffällig Giambellis Spur aufnehmen.« Vor allem würde er dem Elend des Heerlagers entgehen und für seinen Aufstieg sorgen können.

De Besalú musterte ihn wohlwollend. »Ich werde mit Alessandro und Colonel Mondragón sprechen. Vermutlich ist ihnen entgangen, welche Möglichkeiten sich hier bieten. Vor allem jetzt, wo die Vorherrschaft zur See wichtiger denn je ist.«

»Ihr spielt auf die Invasionspläne und den Bau der Flachschiffe an?«, fragte Lazarus.

»Ihr wisst davon?«

»Natürlich. Als verdienter Soldat bin ich eingeweiht. Umso übler ist für mich die derzeitige Herabsetzung.«

Kurz überlegte der Adelige. Dann war seine Entscheidung gefallen.

15

Dezember 1585

Neben ihnen übergab sich eine Frau. Der Kerl drei Pritschen weiter hustete zum Gotterbarmen. Auf der anderen Seite des Saals schnarchte jemand so laut, dass es klang, als würde der Mastenwald im Amsterdamer Hafen gefällt. Betje hatte sich an Wims Seite eingerollt und schlief, Vincent und Ruben rangelten um den Platz auf ihrer Pritsche. Wim starrte auf seine Konstruktion, doch die Linien flimmerten vor seinen Augen. Er war völlig übermüdet. Seine Tage waren lang. Bei Sonnenaufgang war er auf der Baustelle, dann ging er zu Witwe Dhaen, und später arbeitete er noch bei Kerzenschein an der Konstruktion.

Immer öfter wurde jetzt darüber gesprochen, dass die Flüchtlinge das Gemeindehaus verlassen mussten, aber niemand wollte freiwillig gehen, und noch schmiss der Ältestenrat niemanden hinaus. Wen wollte man auch als Ersten vor die Tür setzen? Die Waisenkinder? Frauen mit Säuglingen? Kranke Männer? Oder gar Greise?

Wim rief seine Jungs zur Ordnung. Die Kinder waren unruhig, obgleich sie beschäftigt waren und auch der Unterricht regelmäßig stattfand. Bald würde Wim die Lehrer auch wieder bezahlen können.

Ein junger Mann lief suchend durch den Raum. Viele Menschen hatten auf der Flucht ihre Angehörigen verloren, sicher war er einer von ihnen. »Aardzoon, ist hier ein Mijnheer Aardzoon?«, rief er.

Wim merkte auf. Was wollte der Kerl von ihm? »Das bin ich!«

»Ihr sollt ins Rathaus kommen!«

Nervös folgte Wim dem Boten in einen großen Saal, in dem viele vornehme Herren an einer Tafel saßen. Auf der Tischplatte waren etliche Karten ausgebreitet, die offenbar Amsterdam aus der Vogelperspektive zeigten. Die hochgestellte Runde versetzte Wim in Aufregung. Neben den vier Bürgermeistern waren auch der Stadtbaumeister Joost Jansz Bilhamer, ein älterer Herr mit einer tonnenartigen Figur, der Stadtzimmermann und ein Landvermesser anwesend. Graeff stellte Wim mit knappen Worten vor und forderte ihn sogleich auf, von seiner Zusammenarbeit mit den Festungsexperten de Vries und van Essen sowie seinen Vorschlägen zu berichten.

»Wie ich Mijnheer Graeff berichtete, war ich unter der Ägide unseres großen Fürsten Wilhelm von Oranien unter anderem in den Bau der Antwerpener Stadtbefestigung eingebunden«, begann Wim. Nachdem er geendet hatte, berieten die Herren am Tisch kurz. Sodann wurde eine Entscheidung verkündet.

»Gleich Morgen soll mit dem Ausbau des Stadtwalls begonnen werden. Ihr, Aardzoon, könntet die Heeren Jansz Bilhamer sowie

Danckerts und Staets, die im Dienste der Stadt stehen, unterstützen«, erklärte einer der Bürgermeister.

Wim konnte es nicht fassen. Anscheinend ging es nun wirklich aufwärts!

»Ein Hindernis gibt es noch«, meinte Graeff.

»Von welchem Hindernis sprecht Ihr, Mijnheer?«, fragte er besorgt.

»Da der Bau der neuen Verteidigungsanlagen der Geheimhaltung unterliegt, müsstet Ihr zunächst das Bürgerrecht der Stadt erwerben und einen Eid leisten.«

»Nichts lieber als das!«, beeilte sich Wim zu antworten. »Allerdings sind die Kosten für das Bürgerrecht für mich ... die sechs Gulden ...«

»Macht Euch über die Zahlung keine Sorgen. Ihr könnt das Geld abarbeiten.«

Er neigte das Haupt. Hätte man ihm die Gebühr nicht auch erlassen können? »Das ist sehr großzügig von Euch«, sagte er.

Um die Formalitäten zu erledigen, wurde Wim in einen anderen Saal geführt. Seine Stimme zitterte ein wenig, als er den Bürgereid leistete und damit Antwerpen endgültig hinter sich ließ.

In erhabener Stimmung kehrte er zu den anderen zurück, die bereits dabei waren, den Plan von Anthonisz noch einmal zu begutachten. Jetzt erst bemerkte er, dass auch der Polier und Maurer Frans von Graeffs Baustelle im Saal waren. Gemeinsam nahmen sie Anpassungen vor. Als es um die Wahl der Baumaterialien ging, unterstrich Wim, dass Frans offenbar ein gutes Händchen dafür hatte; er wollte sich bei dem Maurer für dessen Freundlichkeit revanchieren.

Am Ende der Beratung wandte sich Graeff noch einmal an Wim. »Wisst Ihr, wo Euer Freund Giambelli steckt? Falls ja: Bittet ihn nach Amsterdam, damit er uns unterstützt.«

»Das werde ich gerne tun. Federigo könnte Euch gute Dienste leisten.« Wim nutzte die Gelegenheit, um auch Graeff dafür zu danken, dass er ein gutes Wort für ihn eingelegt hatte. »Gibt es einen besonderen Grund dafür, dass die Regenten nun doch in einen neuen Schutzwall investieren und die Arbeiten schnell angehen wollen?«, fragte er.

Ein Schatten zog über Graeffs Gesicht. »In der Tat, den gibt es.

Offenbar haben Spione berichtet, dass König Philipp eine Invasion in England plant. Aus Genua hat er Schiffbauer holen lassen, damit sie Truppenschiffe fertigen. Wenn der spanische König erst den Kanal kontrolliert, wird er die abtrünnigen Städte von Land und See aus einkesseln. Da Amsterdam zu großen Teilen den Widerstand finanziert, weil die anderen Provinzen zu klein oder zu arm sind, wäre ein Angriff fatal.«

Die Nachricht traf Wim wie ein Schlag. Waren sie denn nirgends sicher?

Der Stadtbaumeister war ein sachlicher alter Herr, der schnell redete und keine unnötigen Worte machte. Wims fehlende Mitgliedschaft in der Gilde tat Joost Jansz Bilhamer mit dem Hinweis ab, dass dies nachgeholt werden könnte und die Anweisung der Regenten in diesem Fall vorginge. Er nahm Wim mit in die Kalverstraat und schob sich vor ihm durch das Gedränge auf dem Viehmarkt. Wim musste schmunzeln, denn die Füße des rundlichen Mannes schauten kaum unter dem langen Tabbert hervor.

Sie passierten ein imposantes Gebäude aus Backstein. Die Eingangspforte war groß und mit weißen Steinen eingefasst. Darüber thronte ein Porticus mit einem Relief: Kinder in schwarz-roter Kleidung drängten sich um einen Kreis, in dem eine weiße Taube ihre Flügel ausbreitete, das Symbol des Heiligen Geistes.

Bilhamer bemerkte Wims Interesse. »Gefällt es Euch? Ich selbst habe das Relief für den Eingang des Bürgerwaisenhauses gestaltet. Es erschien mir als gutes Symbol für die Nutzung dieses ehemaligen Klosters.« Eine Antwort schien er nicht zu erwarten, denn er hielt bereits auf ein Haus zu, das dem Giebelstein nach t'Ossehooft hieß.

»Eigentlich ist jeder Platz belegt, aber die anderen Arbeiter werden für Euch zusammenrücken.« Bilhamer zeigte Wim eine karge Kammer mit zwei Pritschen. »Hier könnt Ihr mit Euren Kindern vorerst bleiben.«

Die Kammer erschien Wim wie das reinste Paradies. Nach beinahe vier Monaten auf der Flucht war ihr Antwerpener Haus nur noch eine schöne Erinnerung. Jetzt endlich hatten sie einen Raum für sich! Wim konnte es kaum erwarten, seine Kinder hierherzubringen.

Auf dem Weg fragte Vincent ihm Löcher in den Bauch. »Kann ich dein Lehrling sein und dich begleiten?«, wollte er schließlich wissen.

»Du bist noch ein wenig zu jung für eine Lehre. Außerdem müsst ihr erst einmal die Grundlagen schaffen. Wenn du die Schule verlässt, um zu arbeiten, fängst du nie wieder mit dem Unterricht an. Dann geht es dir wie mir.«

In der Kammer war den Kindern deutlich anzusehen, wie sehr sie es genossen, nicht mehr in der bedrückenden Enge zu sein. Wims Blick fiel auf Betje, die es sich auf einer Pritsche bequem gemacht hatte und die bunte Wolldecke befühlte. Ganz verträumt und kindlich war sie noch, dennoch dachte Wim mit Sorge an ihre Zukunft. Mädchen mussten nach ihrer kurzen Schulzeit in Haushaltsdingen unterrichtet werden, sonst würden sie keine Anstellung und auch keinen Ehemann finden.

Ein Knirschen riss ihn aus seinen Gedanken. Ruben hüpfte auf dem zweiten Lager herum, das unter seinen Sprüngen ächzte. Wim schalt ihn. Dann trennte er vorsichtig eine Seite aus seinem Buch und schrieb etwas auf. »Bring diesen Brief bitte zum Haus von Mijnheer Graeff«, sagte er zu Vincent. »Einer seiner Gehilfen wird ihn mit nach Vlissingen nehmen, zu Federigo.«

»Darf ich den Brief austragen, Vater? Bitte!«, quengelte Ruben.

»Nein, du bleibst bei Betje. Ich muss zu Witwe Dhaen und meine Arbeit dort fertigstellen. Ab morgen werde ich keine Zeit mehr dafür haben.«

*

Vincent umkurvte einen Knecht, der das letzte Laub einer Linde zusammenfegte, und bog in eine Seitengasse ab, ehe ein Bierkutscher die Kreuzung versperren konnte. Allmählich kannte er sich in der Stadt aus. Amsterdam wurde von der Amstel in zwei Hälften geteilt. Da war die Oude Zijde im Osten des Damrak und die Nieuwe Zijde im Westen, die von den Burgwallen, parallel verlaufenden Kanälen, gekreuzt wurden. Auf den Dämmen und in den Grachten, bei den Brücken und Schleusen, war immer etwas los. Vincent mochte die geschäftige und freundliche Atmosphäre genauso wie die vielen wunderlichen Gestalten in der Stadt. Die ehrwürdigen Regenten und die hastigen Kaufleute, Kapitäne und Seemänner, Bürgerinnen und Fischweiber, Handwerker jeglicher Art und Besucher aus fremden Ländern. Immer gab es etwas zu sehen, etwas zu entdecken. Neben vielen Tavernen waren Felder, auf denen junge Männer Kaatsen spielten, bei dem ein Ball von einem Feld auf das gegenüberliegende geschlagen wurde. Manche Gasthäuser besaßen sogar eigene Irrgärten zur Unterhaltung ihrer Gäste. Auch vor dem Huis de Keyser der Familie Graeff herrschte wieder Betrieb.

Jacob schaute aus dem Kontor, als der Faktor den Brief annahm. In seinem Überschwang sprach Vincent ihn an und kam tatsächlich mit ihm ins Gespräch.

»So werden auch wir hier in Amsterdam Höllenbrander bekommen?«, fragte Jacob und zupfte aufgeregt an seiner kantigen Nase.

»Es sieht so aus. Ich hoffe, Messere Giambelli ist noch in Vlissingen und hat sich bislang nicht den Engländern angeschlossen«, meinte Vincent.

»Soweit wir wissen, hat sich der englische Kommandeur noch nicht einmal auf den Weg gemacht.« Die Ohren des Jungen wurden rot vor Aufregung, als er weitersprach: »Ich möchte diese Brander unbedingt einmal sehen. Wird ein Uhrwerk eingebaut? Ich interessiere mich sehr für mechanische Konstruktionen und studiere gerade die Aufzeichnungen von Leonardo da Vinci, die bei Plantijn in Leiden erschienen sind, über eine Endlosmaschine.«

»Ein Perpetuum mobile?«

»Du hast davon gehört?«

»Mein Vater und Messere Giambelli arbeiteten in Antwerpen an so einer Maschine.«

»Wie sah sie aus? Hat dein Vater sie mit nach Amsterdam gebracht?«

»Leider nicht.« Ausführlich beschrieb Vincent Aufbau und Aussehen der Holzkonstruktion. Eine Weile überlegten die Jungen gemeinsam, ob und wie die Maschine wohl funktioniert hätte, doch dann wurde Jacob hineingerufen.

»Der Unterricht«, sagte Jacob wenig begeistert. »Ausgerechnet doppelte Buchführung! Sag mir Bescheid, sobald der Brander fertig ist – ich will ihn sehen, hörst du!«

*

Ruben ließ Betjes Bitten, dass er bleiben sollte, ins Leere laufen und trat hinaus auf die Kalverstraat. Drinnen war es ihm zu stickig und mit der kleinen Schwester zu langweilig. Außerdem hatte er Hunger, und bis zur nächsten Mahlzeit würde es noch ewig dauern. Es mussten sich doch ein paar Pfennige verdienen lassen!

Bald hatte er die erste Brücke erreicht, auf der sich die Kaufleute trafen, um Geschäfte zu machen. Frisch gedruckte Listen wurden verkauft, Zahlen und Begriffe flogen hin und her, Hände wurden eingeschlagen, Münzen wechselten den Besitzer.

Ruben wuselte zwischen den fein gekleideten Herren hindurch. »Braucht Ihr einen Boten, Mijnheer? Ich kann für Euch eine Nachricht überbringen! Ich bin flink, Mijnheer! Ich trage auch Eure Einkäufe!«

Er wollte schon zum nächsten Handelsplatz aufbrechen, als einer der Kaufleute ihn zu sich rief. Der Mann warf Ruben ein Geldstück zu. »Lauf zum Hafen, und finde heraus, ob Schiffe aus Danzig eingetroffen sind, die Holz geladen haben! Bring mir die Namen und alle Informationen über die Ladung, dann bekommst du noch mal das Gleiche.«

Ruben steckte das Geld sorgfältig weg. »Holt die Münze schon mal raus, Mijnheer, ich bin gleich zurück!«, rief er.

Der Kaufmann hatte sich schon wieder seinem Gesprächspartner zugewandt. »Als ich heute Morgen auf der Nieuwe Brug war …«

Mehr hörte Ruben nicht, weil er losspurtete. Würde er diese Schiffe am Binnenhafen finden oder am IJ? Er durfte auf keinen Fall Vincent in die Arme laufen.

In den Straßen herrschte großes Gedränge. Ein Hirte trieb Schweine durch die Gassen. Geschickt wich Ruben aus und rannte an der Kanalkante entlang. Neben ihm zog ein Lastpferd einen Karren über das Pflaster. Er sah sich nach Seeleuten um, die er fragen könnte – und wurde davon überrascht, dass das Pferd neben ihm scheute. Haarscharf zischte der Huf an seinem Ohr vorbei. Gleich darauf krachte es, dann schrillte Metall auf Stein. Funken sprühten. Ruben verlor das Gleichgewicht. *Nur nicht in den Kanal fallen!* Nicht, wo er diesen eiligen Auftrag erledigen wollte! Er ruderte mit den Armen. Mit einem beherzten Sprung und ein paar Trippelschritten rettete er sich auf das sichere Pflaster. *Gerade noch mal gut gegangen!* Auf einmal brandeten Beifallsrufe auf. Ruben sah sich um. In einer Taverne saßen Seeleute auf Fässern und gestikulierten anerkennend. Ruben trat näher.

»Da haste aber Schwein gehabt, Bursche!«, rief ein Matrose.

Und ein anderer: »Spuck mir auf die Würfel, ich kann ein bisschen Glück gebrauchen!«

Ruben ließ sich nicht zweimal bitten. Der Mann würfelte – und hatte zwei Sechser. Lautstarkes Jubeln. Jetzt rief auch ein anderer. »Bleib hier, ich will auch einen Glücksbringer!«

Kurz zögerte Ruben; gerne wäre er hiergeblieben. Doch dann schüttelte er den Kopf. »Ich kann nicht. Muss einen Botengang erledigen. Wo kommen denn die Schiffe aus Danzig an?«

Der Seemann beschrieb ihm die Stelle, und sofort machte Ruben sich auf den Weg zum Hafen. Wieder versuchte er, sich durchzufragen. »Wo finde ich ein Schiff aus Danzig? Ist ein Schiff aus Danzig angekommen? Wer kann mir sagen, welche Schiffe heute hereingekommen sind?«

Endlich wies ihm jemand den Weg. Gerade wurde ein dickbauchiges Schiff mit einem Holzaufbau entladen, der Ruben an die Zinnen einer Burg erinnerte. Die Seeleute sangen im Takt ihrer Arbeit und stellten sich so geschickt an, dass Ruben gar nicht anders konnte, als zuzuschauen. Wenig später hatte er die Antwort und sauste zurück.

Eichenholz und Fichte aus Danzig. Er wusste, wie viel es war und was die Ladung wert war. Der Lohn war ihm sicher!

*

Wim arbeitete in der Seidenweber-Werkstatt, so schnell er konnte. Er würde die Wand fertigstellen, damit wäre seine Schuld abgetragen. Witwe Dhaen war nicht im Hause, sie verhandelte mit Kunden, wie eine auskunftsfreudige Magd berichtete. Nicht schlimm, er würde sie früh genug im Tempel sehen. Seine Gedanken waren ohnehin bei einer anderen. Wenn er sein erstes Geld bekam, würde er Majken zum Dank für ihre Hilfe einladen.

*

Diego sah vom Schiff aus die Pontons vorbeiziehen, die noch immer die Forts auf beiden Seiten der Schelde flankierten. Die spanische Schiffbrücke hingegen war abgebaut worden; die Schiffe wurden woanders dringender benötigt. Glücklicherweise musste er nicht sprechen, während Lazarus ihre Mitreisenden ausfragte. Was für ein fürchterlicher Plan! Und gleichzeitig: Was für eine Erleichterung, nicht mehr in der Nähe des Schlachtfelds sein zu müssen!

Erst hatte er gehofft, sich verhört zu haben, als sein Vater verkündete, er würde dafür sorgen, dass Lazarus dem Sprengmeister nachstellen und Diego ihn dabei begleiten könne. Die letzten Worte des Vaters brannten wie Gift in ihm: Bei einem Geheimauftrag könne er sich endlich auszeichnen – oder würde sich zumindest nicht in aller Öffentlichkeit blamieren. Lazarus war natürlich begeistert von dem Vorschlag gewesen. Die Fürsprache durch Diegos Vater und seine niederländische Herkunft hatten Generalísimo Farnese überzeugt, dem Kerl eine weitere Chance zu geben. Gegenüber den anderen Soldaten brachte Lazarus zwei Vorteile mit: Er war Holländer, und er hatte Giambelli gesehen. Mit Leichtigkeit konnte er sich unter die Flüchtlinge mischen und den Sprengmeister aus dem Verkehr ziehen, dessen

Ruf mit jedem Tag legendärere Züge annahm, das hatte Lazarus zumindest hinausposaunt. Diego hatte da so seine Zweifel.

Für ihre Tarnung hatte Lazarus auch sogleich eine Idee gehabt. Selbstekel stieg in Diego auf. Sie hatten einen Heerwagen nach Antwerpen genommen und sich dort den Flüchtlingen angeschlossen. Seitdem musste er Lazarus' stummen Diener spielen, damit sein spanischer Akzent ihn nicht verriet. Als wäre sein Aussehen in dieser schrecklichen schwarzen Tracht, wie die Reformierten sie trugen, nicht Strafe genug! So rau war der Stoff, dass er seine Haut schon aufgescheuert hatte! Die Reformierten hatten einfach keinen Geschmack.

In den Nebelschwaden vor der Scheldemündung sahen sie die Geusenschiffe, die nach wie vor die Schelde blockierten. Als ihr Boot anlegte, musste Diego ihren schweren Gepäcksack, in dem sie auch ihre Waffen verborgen hatten, an Land hieven. Im Gasthaus am Anleger mietete Lazarus das beste freie Zimmer.

Immerhin ist es einigermaßen sauber, sauberer zumindest als die Zelte im Heerlager, dachte Diego und ließ sich auf ein Bett sinken.

»Auf mit dir! Schaff uns Wein ran und etwas Ordentliches zu essen.«

Wie redete Lazarus denn mit ihm? *Er sollte nicht vergessen, wer ich bin!* Diego zwang sich, sitzen zu bleiben.

Lazarus nahm neben ihm Platz. Ein ungutes Gefühl regte sich in Diego, aber da lächelte Lazarus ihn an. »Ist doch gut gelaufen, die erste Etappe unserer Reise, oder? Du bist es bestimmt gewöhnt, dich bedienen zu lassen. Ihr habt zu Hause sicher viele Diener.«

Noch nie hatte Lazarus ihn nach seinen persönlichen Verhältnissen gefragt. »Ein paar«, gab Diego zu.

»Habt ihr ein Schloss?«

»Ein Herrenhaus. Und Land.« Ihr Titel war alt, aber die Familie war durch Dürren und Seuchen verarmt. Der Krieg war ihre Möglichkeit, zu einem Caballero, einem Ritter, oder gar Granden aufzusteigen und so auch den Besitz zu mehren.

»Wo ist eigentlich deine Mutter?«

Diego wollte nicht darüber sprechen, sein Gegenüber aber auch nicht verärgern. »Sie hat sich nach einer überstandenen Krankheit ins Kloster zurückgezogen, um Gott zu dienen.«

»Eine fromme Frau also.« Wieder lächelte Lazarus.

Diego gab das Lächeln zurück. Eigentlich war Lazarus kein übler Kerl. Meist wirkte er grob und gewöhnlich, aber wenn er sich Mühe gab, konnte er auch gewinnend sein. Lazarus war stark und konnte gut kämpfen. Hatte man ihn an seiner Seite, brauchte man Straßenräuber nicht zu fürchten.

»Und du sollst Gott auf dem Schlachtfeld dienen?«

Diego nickte. »Ich soll meiner Familie Ehre machen.«

»Dann geh jetzt los, und tu, was ich dir befohlen habe!«, sagte Lazarus, mit einem Mal laut und harsch.

Diego zuckte zusammen, verharrte aber. Ehe er sichs versah, packte Lazarus ihn in den Haaren und riss ihn hoch. Diego jaulte auf. Was war denn jetzt auf einmal los? Er versuchte, sich zu wehren.

Kurz kämpften sie, aber Lazarus war stärker. Er warf Diego zu Boden und drückte ihm die Kehle zu. »Jetzt wirst du erst einmal mir dienen! Entweder, du tust, was ich von dir verlange, oder ich werde dafür sorgen, dass du deinem Vater schon wieder Schande machst. Es war sein Wunsch, dass du mit mir zusammenarbeitest.«

»Aber nicht … so …«, presste Diego hervor.

Lazarus drückte fester. »Ich gebe den Ton an. Du gehorchst – ist das klar?«

Bunte Funken tanzen vor Diegos Augen. »In … Ordnung. Aber ich … brauche Geld.«

»Hast doch selbst welches.«

Endlich ließ er los. Diego hielt sich den Hals. Grob durchsuchte Lazarus ihn. Leider fand er den Geldbeutel, den Diego in seiner Innentasche versteckt hatte. Lazarus nahm eine Münze heraus und schmiss ihm diese hin, sodass Diego sie vom Boden klauben musste. Dann warf Lazarus sich auf das Bett, hob das Bein und hielt ihm die schmutzigen Stiefel hin. »Ausziehen und putzen. Und frag nach ein paar Weibern.«

Irritiert blickte Diego ihn an.

»Dein Vater hatte wirklich recht: Du bist nicht nur feige, sondern auch noch schwer von Begriff. Nach Huren sollst du dich umhören, damit wir uns die Zeit vertreiben können. Und jetzt pack an, du faule Sau!«

»In den Zehn Geboten heißt es, wir sollen nicht sündigen!«, protestierte Diego.

Lazarus trat ihm gegen den Oberschenkel, bis er endlich den Stiefel anpackte. »Es heißt, du sollst nicht ehebrechen. Sind wir verheiratet? Nein! Also – was zierst du dich?«

Um weitere Auseinandersetzungen zu vermeiden, zog Diego ihm die Stiefel aus. »Ich denke, wir suchen sofort nach Giambelli ...«, wagte er noch zu sagen.

Lazarus versetzte ihm statt einer Antwort einen weiteren Tritt.

Eine Bewegung am Prinsenhuis erregte Lazarus' Aufmerksamkeit. Seit Tagen schon hingen sie im Gasthaus beim Anleger herum, wo er sich unter den Flüchtlingen umhören konnte und zugleich einen guten Blick auf die Vlissinger Residenz hatte. Das Prinsenhuis war kaum bewacht, die Gesellschaft um die hugenottische Prinzessin schien sich sicher zu fühlen. Öfter schon hatte er den italienischen Sprengmeister gesehen, aber Giambelli trat stets in Begleitung feiner Herrschaften oder englischer Soldaten auf die Straße, sodass Lazarus sich nicht an ihn heranmachen konnte. Aardzoon hingegen schien verschwunden, war aber, wie Lazarus bei seinem kurzen Besuch in Antwerpen herausgefunden hatte, ohnehin nur ein Handlanger gewesen. Diesen Giambelli würde er erst für seine Untaten büßen lassen, dann würde er sein Wissen aus ihm herauspressen.

In Gedanken sah Lazarus sich selbst bereits als berühmten Sprengmeister im Dienste des spanischen Königs. Dann würde man seinen Namen mit einer Mischung aus Schrecken und Bewunderung nennen, und seinem weiteren Aufstieg stünde nichts im Wege.

»Die spanischen Söldner sind tatsächlich in Euer Haus eingebrochen?«, riss ihn eine sonore Stimme aus seinen Tagträumen. Der Händler, der ihm gegenübersaß, lächelte schleimig, während er seinen pelzgefütterten Mantel enger vor der Brust zusammenzog. »Ich wusste doch, dass diese Unholde plündern würden, egal, was das Abkommen besagt! Deshalb habe ich die Stadt verlassen, kaum dass ich von der Kapitulation hörte. Jetzt ist dies hier mein Kontor.« Jeden Tag verhandelte der Kaufmann hier mit anderen Händlern, empfing oder schrieb Briefe, machte sich Notizen in seinem Buch oder schob Münzen über den Rechenteppich.

Lazarus seufzte schwer. »Ja, es ist ein Elend. Nur mein Diener und ich konnten uns retten; leider ist er stumm.« Er wies mit einem mitleidigen Gesichtsausdruck auf Diego, der hinter ihnen stand. Warum nur dauerte es so lange, das Vertrauen des Händlers zu gewinnen? Es war öde in Vlissingen und wegen der vielen Engländer nicht ungefährlich. Die Huren waren zu alt oder zu hässlich. Lediglich die Möglichkeit, mit Diego seine Spielchen zu treiben, heiterte ihn manchmal etwas auf.

Als Lazarus merkte, dass der Kaufmann ungeduldig wurde, nahm er den Faden wieder auf. »Alles habe ich verloren. Jetzt warte ich täglich darauf, dass mein geliebter Herr Vater mit unserem Besitz nachkommt, damit wir uns hier ein Haus suchen und unser Geld investieren können.« Verlegen blickte er in seinen leeren Becher. »Ihr seht aus, als ob Ihr etwas davon verstündet. Was meint Ihr: Wie könnten wir unser Vermögen gewinnbringend anlegen? Ich weiß schon gar nicht mehr, welcher Ort und welche Geschäfte in dieser politischen Lage sicher sind.«

Das Interesse des Kaufmanns wuchs sichtlich. »Über wie viel Geld reden wir?«

»Einige Hundert Gulden fürs Erste, vielleicht auch tausend, je nachdem, wie es meinem Vater ergangen ist.« Lazarus zögerte. »Ihr fragt Euch sicher, warum ich meinem Vater nicht beistehe, aber er fürchtet um meine Sicherheit, schließlich bin ich der Erbe unseres Hauses.« Durch das Fenster sahen sie, wie ein Kahn weitere Flüchtlinge ans Vlissinger Kanalufer spie. *Widerliche Ketzer, allesamt*, dachte Lazarus angeekelt. »Die Armen! Auch sie haben alles verloren!«, setzte er heuchlerisch hinzu.

»Heringe sind natürlich immer eine sichere Sache. Mein Rat aber ist: Investiert in Brotgetreide oder in Waffen. Beides wird in den nächsten Monaten dringend benötigt werden. Eben habe ich eine Ladung Korn aus dem Ostseeraum erworben, die ich zu Höchstpreisen verkaufen kann.« Er neigte sich zu Lazarus. »Nicht nur unsere Leute brauchen Getreide, den spanischen Truppen geht es ebenso.«

Lazarus starrte ihn an. »Wollt Ihr sagen, dass Ihr an den Feind verkauft?«

Lächelnd legte der Kaufmann den Finger über die Lippen. »Sagen wir es so: Ich versuche, den besten Preis zu erzielen«, sagte er leise. »Einige Kaufleute fahren unter falscher Flagge. Wenn Ihr und Euer Vater also ein gutes Geschäft machen wollt ...«

Lazarus setzte einen erfreuten Gesichtsausdruck auf. »Dann wenden wir uns an Euch!« Er klopfte dem Kaufmann auf die Schulter, der Pelz war wirklich beneidenswert weich. »Ich danke Euch sehr. Darf ich Euch auf einen Wein ...« Seine Stimme erstarb. Schnell starrte er auf seine Hände. »Verzeiht, ich vergaß ...«

»Nicht doch, ich lade Euch ein!« Schon hatte der Händler dem Wirt seine Bestellung zugerufen.

Lazarus frohlockte. Der Wein würde nicht das Einzige sein, was dieser Kaufmann ihm verschaffen würde. Nur würde er die anderen Dinge vermutlich nicht so bereitwillig hergeben ...

16

»... und dann hat sie ...« Federigo genoss es, wie die Damen bei der pikanten Pointe seines Witzes juchzten, vor allem die eine, mit der er sich zu geheimen Stelldicheins traf, bekam ganz rote Ohren. Er hob sein Glas, damit ein Diener ihm nachschenkte, aber der Wein war alle. Wenn nur der Mangel nicht wäre, könnte man es aushalten. Der Regen pladderte gegen die Fensterläden des Prinsenhuis. Seit November war Ruhe eingekehrt. Niemand würde über den Winter den Krieg ernsthaft vorantreiben. Der englische Kommandeur war noch immer nicht eingetroffen und in s'Gravenhage berieten die Generalstaaten mal wieder. Solange sie hierbleiben konnten, ging es ihnen gut.

Er lächelte seiner derzeitigen Favoritin zu. »Wagen wir ein Spielchen?«

Im nächsten Augenblick traten die Prinzessin von Oranien und seine Gattin ein. Emeline war in letzter Zeit oft unpässlich. Ihr schien es gar nicht zu gefallen, dass er sich eine Pause von den Strapazen des letzten Jahres gönnte. Geradezu frömmlerisch war sie durch den Einfluss der Fürstenwitwe geworden. Immerzu wurden Gebete gesprochen oder Akte der Nächstenliebe verrichtet. Oder ahnte Emeline etwas? Sie wusste doch, dass er die Frauen liebte.

Madame de Coligny ließ sich in ihren Lehnstuhl sinken und presste ihr spitzenumsäumtes Taschentuch kummervoll auf die Augenwinkel. Sogleich eilten ihre Damen sich, ihr beizustehen. Emeline hingegen trat zu ihm. Auch sie hielt ihr Taschentuch umklammert. Es war anscheinend neueste Pariser Mode, stets eines dieser Spitzentücher bei sich zu tragen. »Mir ist nicht wohl. Würdest du mich in unser Gemach bringen?«, bat sie.

Das ist sicher ein Vorwand, mit mir allein zu sein, dachte Federigo. Nun, gegen ein Schäferstündchen hatte er nichts einzuwenden, wenn auch seine Gattin nicht erste Wahl war.

In ihrer Kammer blickte Emeline missbilligend auf sein Schreibzeug, die Bücher und die Gerätschaften, die er auf Tisch und Fußboden ausgebreitet hatte. Er arbeitete an einer verbesserten Mischung seines Explosivstoffes, aber bislang waren alle Berechnungen missglückt und die Experimente wären beinahe in einer Katastrophe geendet. Am unerfreulichsten war es in der letzten Woche gewesen, als er mit Hilfe eines Schiffszimmerers einen neuartigen Höllenbrander gebaut hatte. Der Gedanke daran ließ ihn noch immer schaudern. Dieser unfähige Idiot! Die Konstruktion war geborsten und der Brander vorzeitig in die Luft gegangen. Nur durch Zufall hatten er und der Zimmerer überlebt. Wenn Wim nur hier wäre!

Federigo trat zu seiner Gattin und umarmte sie.

Emeline machte sich los. »Du musst aufbrechen«, sagte sie kühl.

Er zuckte zurück. »Was ist das für eine Narretei?«

»Das ist mein voller Ernst. Wir können hier nicht bleiben. Es schickt sich nicht, darüber zu sprechen, aber die Prinzessin von Oranien steht am Rande des finanziellen Abgrunds. Von ihren französischen Besitzungen trifft kein Geld mehr ein, und die Generalstaaten beraten noch immer darüber, ob und wie viel sie zur Erziehung der Kinder unseres seligen Fürsten beitragen wollen. Dabei sind Wilhelms Erben es doch, auf denen die Hoffnungen unseres Vaterlandes ruhen!«

»Was hat das mit uns zu tun?«

»Auch wir können uns den Aufenthalt in Vlissingen bald nicht mehr leisten.«

»Aber du kannst doch Geld von deinem Vater bekommen?« Natürlich liebte er Emeline, aber der Reichtum ihrer Familie war ebenfalls ein Grund gewesen, sie zu umwerben, kam er doch selbst aus einer einfachen mantuanischen Familie.

»Nein, das kann ich nicht.« Emeline holte aus ihrer Kommode einen Brief. »Lies selbst.«

Federigo überflog das Schriftstück, in dem von finanziellen Schwierigkeiten die Rede war. Emelines Vater konnte kein Geld schicken, bot aber an, sie aufzunehmen. Auf keinen Fall wollte Federigo bei seinem Schwiegervater unterschlüpfen.

Emeline anscheinend ebenso wenig. »Prinzessin Louise hat mich in ihre Gunst aufgenommen, obgleich wir nicht von Adel sind. Das ist mehr, als ich mir je erhofft habe. Früher oder später wird es sich auszahlen, zu ihr gehalten zu haben. Deshalb darf ich ihren Hof nicht verlassen. Selbst unsere Kinder könnten noch davon profitieren.«

»Unsere Kinder?«, fragte Federigo überrascht. »Möchtest du mir etwas sagen?« Eigentlich hatte er sich schon damit abgefunden, dass ihnen Kinder versagt blieben.

»Irgendwann wird Gott uns ganz sicher segnen.« Sie warf sich an seine Brust.

Federigo legte die Hände auf ihre Schultern und ließ sie dann weiter hinunterwandern. Leidenschaftlich begann er, sie zu küssen. Emeline löste jedoch die Lippen von ihm. »Also, wirst du es tun?«, fragte sie.

Seine Finger nestelten an ihrem Mieder. Ihm war ganz und gar nicht danach zumute, sich zu sorgen. »Was soll ich tun? Es ist Winter. In diesem Jahr geht nichts mehr voran«, murmelte er und schob das Brusttuch beiseite, sodass er ihre Brüste küssen konnte.

Sie hielt seine Hände fest. »Du musst das Prinsenhuis verlassen. Geld verdienen, damit wir weiter in Prinzessin Louises Gunst bleiben. Vielleicht nimmt sie mich dann sogar mit zum König von Frankreich.«

»Was willst du vom König von Frankreich? Henri hat Antwerpen im Stich gelassen. Die Königin von England sollte uns interessieren.« Im Augenblick interessierte ihn jedoch nur eines. Seine Hände fuhren unter ihren Rock. Wie samtig die Haut ihrer Oberschenkel war! Und erst ihr Hintern, rund und weich … Sein Atem ging schwer, als er sich an sie drängte.

Emeline presste die Beine zusammen. »Dann bemüh dich, die Gunst dieser Königin zu gewinnen. Rede mit ihren Heerführern. Mach dich als Sprengmeister oder Festungsbauer unverzichtbar.«

Statt einer Antwort warf Federigo seine Gattin auf das Bett und drehte sie auf den Bauch. Emeline stieß einen halb empörten, halb erregten Laut aus. Er schob ihren Rock hoch und küsste das helle Rund ihrer Hinterbacken, während er an seiner Hose nestelte. So eilig war es ihm mit dem Arbeiten nicht. Etwas anderes hingegen konnte nicht mehr warten …

Eine Woche später stapfte Federigo missmutig durch den Eisregen. Wie er die Spanier verstand, denen dieses elende Wetter auf die Nerven ging! Aber nicht nur das Wetter war ihm ein Graus. Auch sein Eheweib und seine Geliebte wurden ihm lästig. Ständig wünschte die Geliebte sich Geheimtreffen in feinen Gasthäusern, dabei überwachte Emeline mit Argusaugen ihre Ausgaben. Ihr ständiges Genörgel hing ihm zum Hals heraus. Eine Anstellung finden, Geld verdienen – das war leichter gesagt als getan. Immerhin gab Emeline sich ihm mehr als willig hin …

Was die Arbeit anging, hatte er sich bereits mit dem britischen Botschafter beraten. Dieser hatte jedoch angedeutet, dass sich der Kommandeur vermutlich nicht vor dem Weihnachtsfest auf den Weg machen würde. Herumzuziehen, wie Wim es getan hatte, lag ihm nicht.

Federigo versuchte, elegant an den Pfützen vorbeizuhüpfen, sank jedoch immer wieder in den Matsch ein. Plötzlich glaubte er, hinter sich Schritte zu hören, und fuhr herum.

Niemand zu sehen.

Sicherheitshalber ging er schneller. Er hasste es, das Prinsenhuis allein zu verlassen, aber es half nichts. Ein Handelsschiff hatte angeblich Schwefel geladen, und den brauchte er dringend für die Schwarzpulverherstellung.

Federigo passierte das Stadttor. Die Galiot, die zwischen den Blockadeschiffen in der Scheldemündung lag, war von Schuten umgeben wie ein Kuhfladen von Fliegen. Schlaff hingen die Segel im Himmelsgrau. Er schnappte sich einen der Matrosen, die die Waren an Land brachten. »Wem gehören die Schwefelfässer?«

Durchnässt und mürrisch wies der Matrose auf einen Kaufmann, der einen prächtigen pelzgefütterten Umhang trug.

*

Im Schutz der Stadtmauer beobachtete Lazarus, wie Giambelli mit dem Kaufmann verhandelte. Immer wieder wiesen die beiden auf den Frachtsegler. Von einem Hafenschuppen kam ein Mann angelaufen und überreichte Giambelli etwas. War das ein Brief? Der Italiener überflog ihn, steckte ihn ein und redete weiter mit dem Händler. *Nun kommt schon, macht schneller*, dachte Lazarus, der in seinem durchnässten Wams fror.

»Also, noch einmal: Was ist unser Plan?«, fragte er dann leise.

Diego mied den Augenkontakt. Nass klebte das Haar an seinem Kopf, die Schultern waren vorgebeugt, und die Unterlippe zitterte.

Was für ein Waschlappen! »Wir passen Giambelli dort hinten an der Straßenecke ab. Du zerrst ihn ...«

»*Wir* zerren ihn ...«

»Wir zerren ihn in die Seitengasse, schlagen ihn nieder und schaffen ihn zum Heerlager.«

Lazarus grinste. Der Plan war perfekt. Voller Vorfreude holte er den filigranen Dolch aus der Scheide und schob ihn in den Ärmel. Es war ein schönes Stück, das er auf dem Schlachtfeld erbeutet hatte. Durch das Zucken seines Daumens würde der Dolch in seine Hand gleiten, das hatte er oft genug geübt.

Da – jetzt war es so weit. Giambelli stapfte durch die Pfützen zurück, ihnen entgegen. Immer wieder sah er sich um, als ob er etwas ahnte.

»Los, los!«, zischte Lazarus. Er lief zu der ausgewählten Ecke voraus, Diego hinterher. Die Seitengasse lag bereits im Dunkeln, bei diesem Wetter ging man ohnehin nur vor die Tür, wenn man musste. Sie verbargen sich im Schatten, damit sie Giambelli überrumpeln konnten. Bis in die Zehenspitzen angespannt, ignorierte er den Regen, der von der Dachkante heruntertropfte und ihm direkt in den Kragen lief. Sobald er Giambellis Schritte hörte, würden sie zuschlagen.

Wieder ging die Gemeinschaft um die Fürstenwitwe zum Gottesdienst, wieder war Giambelli nicht zu sehen. Lazarus fluchte. Seit sie vergeblich in dem Hinterhalt auf den Italiener gewartet hatten, war dieser verschwunden. Dabei hätte er an ihnen vorbeikommen müssen! Lazarus hatte einen Tobsuchtsanfall bekommen und Diego eine Abreibung verpasst. Aber nicht einmal das hatte ihm Erleichterung verschafft. Wenn er ein weiteres Mal unverrichteter Dinge bei Farnese ankommen würde, hätte er sich endgültig lächerlich gemacht. Er musste alle Vorsicht fahren lassen.

»Du bleibst hier vor dem Gasthof!«, befahl er Diego kurz entschlossen. Die Haare zurückgebunden, das Barett tief ins Gesicht geschoben, klopfte er dann am Prinsenhuis und fragte nach Federigo Giambelli.

»Der Herr befindet sich nicht mehr hier«, sagte die Dienerin.

»Was meint Ihr damit? Ich muss ihn sprechen!«

»Er ist abgereist.«

Lazarus war fassungslos. Warum hatte er das nicht mitbekommen? »Abgereist? Wie kann das sein? Und wohin …?«

»Das kann ich Euch nicht sagen. Wollt Ihr seine Gattin in dieser Angelegenheit sprechen, Mijnheer?«

Lazarus winkte schnell ab und dankte ihr für ihre Auskunft. »Eine Frage noch, wenn Ihr erlaubt, Gnädigste: Mijnheer Giambelli nahm ein Pferd, eine Treckschute oder die Kutsche?«

Die Dienerin war offenbar angetan von seiner Höflichkeit. »Er hat eine Galiot genommen, das meldete ein Knecht. Wohin, das weiß ich nicht.«

Als Nächstes eilte Lazarus in den Gasthof, aber auch der Kaufmann war nicht zu sehen. Hatte er nicht einen Lagerschuppen erwähnt? Er schickte Diego los. Nach einigen Minuten kehrte der junge Spanier zurück. Er hatte ihn gefunden!

Im Lagerschuppen neben der Stadtmauer roch es ekelerregend nach Fisch. Tatsächlich prüfte der Kaufmann gerade ein geöffnetes Fass voller eingesalzener Heringe, eine grau schillernde Masse.

Das Gesicht des Kaufmanns hellte sich bei seinem Anblick auf. »Mijnheer, ist Euer Vater endlich aufge…«

Lazarus schoss auf ihn zu. »Wo steckt er? Was habt Ihr mit ihm besprochen?«

»Wer? Mit wem?«, fragte der Kaufmann.

Warum war er so begriffsstutzig? »Der Itaker, Giambelli!«

Der Kaufmann starrte ihn verständnislos an. Lazarus packte ihn und warf ihn gegen die Fässer. Sein Hilfeschrei brach ab, als Lazarus seinen Dolch zog. »Der Mann, mit dem Ihr gesprochen habt, gestern bei der Galiot.«

»Was … wie …« Zitternd bekam der Kaufmann den Satz nicht heraus.

Mordlust durchschoss Lazarus. Hatte er es nur mit Idioten zu tun?

Diego war zurückgewichen. »Los, fass mit an!«, befahl Lazarus.

Es dauerte viel zu lange, bis Diego da war – und dann packte er nur zögerlich an. Der Kaufmann strampelte nach Kräften. Lazarus stützte sich mit dem Knie auf sein Brustbein und setzte ihm den Dolch an den Hals. Diego bog ihm unterdessen die Arme nach hinten. Schon flehte der Kaufmann um sein Leben.

»Ihr habt mit diesem Italiener gesprochen. Am Anleger, vor den Stadttoren.«

Die Augen des Gefangenen weiteten sich vor Erleichterung. »Ach, der … Ich hatte nicht, was er wollte. Da hat er sich … kurzerhand auf das Schiff übersetzen lassen.«

Unbeherrscht ließ Lazarus seine Hand vorschnellen. Blut spritzte aus dem tiefen Schnitt, den sein Dolch hinterlassen hatte. Der schöne Luchspelz! Grob zog er dem Kaufmann den Pelzmantel aus und warf ihn beiseite. Der Kaufmann krümmte sich wimmernd auf der Erde und versuchte, die Halswunde mit der Hand zuzuhalten.

Lazarus hielt Diego den blutverklebten Dolch hin. Der junge Mann war bleich geworden. »Du bringst es zu Ende.« Stumm und zitternd schüttelte Diego den Kopf. »Du tust, was ich sage. Wir können keine Zeugen gebrauchen.«

»Aber er … verkauft doch auch … seine Waren an unsere Truppen …«, stammelte Diego.

»Zu Wucherpreisen!«

»Er hat … Er hat … uns doch gar nichts getan.«

So fest presste Lazarus die Zähne aufeinander, dass es knirschte. »Das wird er aber. Oder glaubst du, er lässt uns einfach davonkommen?« Tatsächlich versuchte der Kaufmann wegzukriechen.

»Du … du hättest ihn nicht … Er hätte gar nicht gewusst … In den Zehn Geboten heißt es …«

Lazarus packte Diego am Kragen und drückte sein Gesicht mitten in die stinkende Heringsmasse hinein. »Die Zehn Gebote sind sowieso unerreichbar, also hör mir auf damit! Niemand ist derart perfekt!«

Keuchend und zappelnd versuchte der junge Spanier, sich zu befreien, doch nur ein Blubbern war zu hören.

»Tust du es?«, fragte Lazarus. Aus dem Augenwinkel sah er, dass

der Kaufmann beinahe die Schuppentür erreicht hatte. Seine Kriech-
spuren waren voller Blutschlieren. Glücklicherweise konnte er dank
seiner Verletzung nicht mehr schreien.

Endlich hörte Lazarus ein dumpfes »Ja, ja, ich tu's« aus dem Heringsfass. Er ließ Diego los und schleifte den Kaufmann zurück. Dann
drückte er seinem Begleiter den Dolch in die Hand.

17

Schneeschauer und Hagelgewitter lösten einander ab, trockene Phasen wurden immer kürzer. Wim war von dem kurzen Wegstück schon
völlig durchnässt. Er spürte förmlich, wie sich die Feuchtigkeit auf
seine Lunge legte. Mürrisch beantwortete er die Fragen, mit denen
Vincent ihn bombardierte. Auch beim Unterricht saugte Vincent das
Wissen auf wie ein Schwamm, das hatte Diakon Godlef erzählt, und
je mehr er wusste, umso mehr fragte er nach. Vincent schien sich zu
freuen, dass er ihn heute auf die Baustelle begleiten konnte. Dem Jungen schien das Wetter nichts anhaben zu können. Ruben wäre auch
gerne mitgekommen, aber diesen Lausebengel musste man immer viel
zu sehr im Auge haben. Für Betje war gesorgt: Sie durfte inzwischen
ab und an zu Witwe Dhaen gehen, um dort Nähen und andere haus-
frauliche Tätigkeiten zu lernen.

Niemand auf der Baustelle hatte etwas dagegen, wenn er seinen
Sohn mitbrachte, zumal Vincent nur selten im Weg stand und sich
nützlich machte.

Während er seine Arbeit aufnahm, erklärte Wim seinem Sohn
ausführlich, womit sie beschäftigt waren. Schließlich kam Mijnheer
Bilhamer vorbei und kontrollierte den Fortgang der Arbeiten. Der gut
gekleidete alte Herr schlenderte gemächlich über die Baustelle, gab
Anweisungen, auf die alle sofort reagierten, blickte auf seine Baupläne
und verschwand schnell wieder.

»Das ist der Stadtbaumeister Joost Janszoon Bilhamer, ein Bildschnitzer, Ingenieur und Kartenzeichner«, erklärte Wim.

»Was macht ein Stadtbaumeister?«

»Er wird von der Stadt dafür bezahlt, dass er sich um alle öffentlichen Bauten kümmert, um Straßen, Abwässer, Vermessung und Fortifikation. Amsterdam beschäftigt auch noch einen Stadtzimmermann, einen Fabrikmeister, der für die Beschaffung der Baumaterialien zuständig ist, und weitere Bauhandwerker. Etwa zweihundert Mann arbeiten für das Bauamt.«

»Ich habe ihn noch nie hier gesehen«, sagte Vincent.

»Du bist ja auch nicht so oft hier. Außerdem ist Mijnheer Bilhamer eine Art Architekt«, sagte Wim, als erkläre das alles. Als er Vincents verständnislosen Blick bemerkte, setzte er hinzu: »Im Gegensatz zu uns, den Zimmerleuten, Maurern und so weiter, ist der Architekt nicht die ganze Zeit auf der Baustelle. Wenn er gut im Geschäft ist, hat er mehrere Gebäude, an denen er gleichzeitig arbeitet. Über die einen verhandelt er vielleicht gerade mit den Bauherren, für die nächsten zeichnet er Konstruktionspläne, bei wieder anderen schaut er auf dem Bau vorbei, ob alles gut läuft. Und jetzt fass mit an, wir müssen den nächsten Holzrahmen vorbereiten.«

Vincent tat wie geheißen. Mit den Gedanken schien er jedoch woanders zu sein. »Warum verwendet Ihr Holzrahmen? Wäre es nicht einfacher, gleich eine Steinmauer hochzuziehen?«

»Der Holzrahmen bildet das Gerüst und gibt Stabilität. Dadurch ist es möglich, größere Fenster einzubauen – was bei der Witterung hier wichtig ist. Je mehr Licht durch die Fenster ins Haus fällt, umso weniger Kerzen oder Lampenöl sind nötig.«

»Und was muss man tun, um Architekt zu werden?«

»Viel lernen. Mathematik, Geometrie, die antiken Schriften. Mancher Architekt ist ausgebildeter Bildhauer, andere sind Schreiner oder Maler.«

Als sie mit dem Holzrahmen fertig waren, bemerkte Wim, dass ein Mann mit dem Polier verhandelte. Er war hager und sah elend aus, um die Hände trug er Verbände. Wim erkannte ihn – und stürmte sofort los. »Stellt ihn auf keinen Fall an!«, rief er. »Dieser Mann ist ein Erzkatholik! Er hat mir in Antwerpen das Leben schwer gemacht, mich sogar bedroht!«

Irritiert blickte der Polier Wim an. Sjako verzog das Gesicht. »Ich habe dem katholischen Glauben abgeschworen. Ich will nur noch eins: überleben.«

So zerrüttet, wie er aussah, glaubte Wim ihm sogar. Zweifel hatte er allerdings, was den Glauben anging. »Ihr wolltet doch in Antwerpen das große Geschäft machen, nachdem ich fliehen musste.«

»In Antwerpen gibt es keine Arbeit mehr. Die Stadt ist tot.«

»Außerdem liegt Euer Talent eher bei den Intarsien als bei den großen Bauelementen«, sagte Wim.

»Mit Intarsien und anderen filigranen Arbeiten ist es auch vorbei.« Sjakos Kiefer mahlten, als er seine Hände nach vorne hielt und das fleckige Tuch abwickelte. Tatsächlich war der Anblick selbst für Wim erschreckend: Die Hände waren geschwollen und verkrüppelt.

»Was ist passiert?«

»Ich habe es geschafft, mir auch unter den Glaubensbrüdern Feinde zu machen.« Sjako umwickelte seine Hände wieder. Dann wandte er sich an den Polier. »Wie ist es nun – habt Ihr Arbeit für mich?«

Der Polier wechselte einen Blick mit Wim. Dann sagte er: »Nein, so einen wie dich kann ich nicht gebrauchen.«

Obgleich er eigentlich keinen Gedanken an Sjako verschwenden wollte, musste Wim noch lange an den Zimmermann denken. Würde er mit diesen Händen je wieder seinen Lebensunterhalt verdienen können? Er sollte dankbar sein, dass er Arbeit gefunden und zudem Ideen hatte, die ihm irgendwann Geld einbringen könnten.

Am nächsten Tag verbesserte Wim während einer kleinen Pause verbissen seine Konstruktion. Bald wäre er fertig. So vertieft war er, dass er gar nicht hörte, wie sich jemand näherte. »Ich verstehe ja nicht viel von Mechanik, aber vielleicht solltest du …«

Das war doch … Wim schlug sein Buch zu, sprang auf und umarmte Federigo. »Hat dich mein Brief also erreicht!«

»*Ma si!* Die Nachricht kam im richtigen Augenblick. Das süße Leben in Vlissingen ging mir auf die Nerven. Außerdem taugen die dortigen Zimmerleute nichts.«

Kurz tauschten die Männer sich darüber aus, was geschehen war. Giambelli rieb sich fröstelnd die Arme. »Lass uns in ein Gasthaus gehen. Ich könnte einen Hypocras vertragen. Mein Gepäck habe ich schon in eine Herberge bringen lassen.«

Wim sah sich um. »Ich kann hier jetzt nicht weg. Ich bin froh, dass ich endlich Arbeit habe.«

Federigo ließ den Einwand nicht gelten: »Du musst mich ohnehin begleiten, wenn der englische Kommandeur endlich eintrifft. Ich brauche deine Hilfe. Stell dir vor, in Vlissingen sollte ich für die Geusen einen Brander ausrüsten. Da hat der Schiffszimmerer doch tatsächlich …«

So lange lag Giambelli ihm in den Ohren, bis endlich Mittagspause war. Wim rief seinen Sohn zu sich: »Gib Mijnheer Graeff Bescheid, dass Messere Giambelli eingetroffen ist. Wir werden ihn so schnell wie möglich aufsuchen.«

*

Betje lief die Gracht entlang. Sie sollte wieder bei Mevrouw Dhaen helfen. Obgleich die Witwe streng war, gefiel es ihr in dem Haus besser als in ihrer Kammer, zumal Vincent und Ruben sie schon wieder alleingelassen hatten. Unter ihren Füßen schmatzte das Laub, ein Geräusch, das Betje mochte, weshalb sie gleich noch einmal aufstampfte. Jetzt aber spritzte Matsch kalt an ihre Knöchel und drang durch die Sohlen ihrer abgelaufenen Schuhe. Ihr Kleid war zu eng, die Ärmel zu kurz, aber ihr Vater bemerkte es nicht, und sie wagte nicht, ihn darauf aufmerksam zu machen. Die Kinder, die in der Nähe mit einem Ball spielten, lachten sie aus. Schnell ging Betje weiter. Eine Freundin wie Sara hatte sie in Amsterdam noch nicht gefunden. Warum Sara wohl so komisch zu ihr gewesen war?

Wenig später hatte Betje den Spott der Kinder vergessen. Neugierig lief sie an den Booten vorbei, die am Kai festgemacht hatten. Was für eine seltsame Stadt, in der selbst große Schiffe bis direkt vor das Haus fahren konnten! Obgleich Winter war, gab es noch immer Obst und Gemüse an den Ständen. Bei Meister Bilhamer bereitete ein Knecht das Essen für die Arbeiter und ihre Familien. Zwar hungerten sie nicht mehr, aber so richtig satt wurden sie auch nicht.

Eine Katze mit schwarz-weißen Flecken, die sich unter einem Karren versteckt hatte, fing Betjes Blick. War die niedlich! Betje hockte sich hin und versuchte, die Katze anzulocken. Langsam näherte sich das Tier. Betje streckte die Finger aus und strich über das weiche Fell. Die Katze glitt zu Boden, streckte sich aus und schnurrte laut.

»Da hast du wohl eine neue Freundin gefunden, was?«, meinte die Verkäuferin gutwillig.

Betje sah auf. Zunächst sah sie nur die glänzenden Äpfel auf dem Karren. Dann entdeckte sie die frischen Apfelkrapfen und roch den himmlischen Duft. Sie musste schlucken. Die Matrone hinter dem Stand lächelte sie an.

»Ist das Ihre Katze, Mevrouw?«, fragte Betje.

»Vleckje gehört niemandem. Aber sie kommt gerne zu mir, genau wie die Mäuse.« Betje sah den kleinen Teller, auf dem Reste eines klein geschnittenen Krapfens lagen. War das etwa zum Probieren? Wieder musste Betje schlucken. Die Verkäuferin lachte. »Na, komm schon, nimm dir ein Stück, aber dann lauf weiter, damit meine Kunden Platz haben!«

Das ließ Betje sich nicht zweimal sagen. Sie kraulte Vleckje noch einmal hinter den Ohren, dann pickte sie sich ein Stück vom Teller. Einen winzigen Bissen nahm sie, den Rest würde sie sich aufsparen. Der Krapfen war köstlich!

»*Dank je wel*, Mevrouw!«, rief sie, dann hüpfte sie weiter zum Haus der Seidenweberin.

*

Im Gasthof bestellte Federigo eine Kanne Würzwein und Muscheln mit Soße. Noch immer redete er. »Nichts gegen einen Akt der Nächstenliebe, aber das Frömmlerische im Prinsenhuis wurde mir doch ein wenig zu viel. Immerhin arbeitet mein Weib an unserem gesellschaftlichen Aufstieg.« Federigo nahm einen Schluck. »Das ist ja eine Brühe – ungenießbar!« Er verzog das Gesicht und sah sich um. »Stell dir vor, ich habe Isaac le Maire am Anleger getroffen. Ist schon wieder dick im Geschäft, zumindest tut er so.«

Das wunderte Wim nicht. Le Maire war schon in Antwerpen einer der umtriebigsten Unternehmer gewesen.

»Wer ist denn noch hier? Irgendjemand, den wir kennen?«

Wim zählte ein paar Namen auf. »Ich habe Witwe Dhaen bei ihrem neuen Haus geholfen. Jetzt nimmt sie ab und zu Betje auf, damit sie in Haushaltsdingen unterwiesen wird.«

»Die Dhaen hat schon lange ein Auge auf dich geworfen.«

Wim seufzte. »Der Dekan liegt mir auch in den Ohren, dass ich wieder heiraten soll.«

»Und wie ist es mit Rosita … Mevrouw Piron? Ist sie auch mit ihrem Mann hier? Du weißt schon, das Weib des Zuckersieders?«, fragte Federigo.

Wim schüttelte fassungslos den Kopf. »Du alter Schwerenöter willst doch nicht etwa … Erzähl mir lieber, wie du unsere Truppen in Vlissingen unterstützt hast und was deine Pläne sind.«

Für den Abend bestellten die Bürgermeister Wim und Federigo zu sich ins Rathaus, wo offenbar gerade eine Ratssitzung stattgefunden hatte.

»Messere Giambelli kann die Erneuerung der Stadtbefestigung unterstützen und für uns Höllenbrander zur Verteidigung des Hafens bauen«, verkündete Wim stolz, kaum hatten sie den Saal betreten.

»Wir haben zwar keine Admiralität in Amsterdam, aber soweit ich weiß, können wir unsere Brander selbst ausrüsten«, wandte der Flottenregent ein.

»Die Bauarbeiten laufen bereits«, setzte der Stadtbaumeister ebenso abweisend hinzu.

Wim fürchtete schon, dass es ein Fehler gewesen war, Federigo hierhergebeten zu haben. Doch dann sprach Mijnheer Graeff sich für ihn aus, und schließlich ergriff Federigo selbst das Wort und überzeugte die Regenten, dass sie unbedingt seine Hilfe benötigten.

Nach dem Ende der Sitzung wandte Graeff sich ihnen zu. »Gut, das wäre geklärt. Ihr werdet morgen wieder auf die Baustelle zurückkehren, Aardzoon.«

Wim hatte das schon erwartet. »Selbstverständlich, Mijnheer.«

Doch Federigo hatte Einwände: »Das geht nicht. Ich brauche Wim, wenn meine Höllenbrander gebaut werden sollen.«

»Die Flotte hat eigene Zimmerleute.«

»Keiner von ihnen weiß so exakt, was ich für meine Brander benötige, wie Wim«, beharrte Federigo und begann die Vorteile ihrer Zusammenarbeit aufzuzählen. »Wir sind gemeinsam viel schneller«, schloss er

Ob Federigos Argumente überzeugt hatten oder Graeff lediglich die Angelegenheit abkürzen wollte, vermochte Wim nicht zu sagen, aber sie einigten sich darauf, dass Wim einen Teil des Tages auf der Baustelle arbeiten, an der anderen Hälfte Federigo unterstützen würde.

*

Die Winterstürme hatten sie geplagt. Der Seegang war heftig gewesen, und insbesondere Diego hatte tausend Tode ausgestanden. Endlich ankerten sie vor Amsterdam. Lazarus mied den Anblick der Galgen am gegenüberliegenden Ufer, wo Krähen den Gehenkten die Augen auspickten. Er schlug den Kragen des Pelzmantels hoch. Diego hatte den Luchspelz stundenlang ausbürsten müssen, bis auch die letzten Spuren des Blutes verschwunden gewesen waren.

Wenig später drängte Lazarus die Händler beiseite, die gemächlich über die Schiffbrücke an Land gingen. Er konnte es kaum erwarten, endlich Giambellis Spur wieder aufzunehmen. Hoffentlich war dies keine falsche Fährte!

Kaum hatten sie das Ufer betreten, fiel der junge Spanier auf die Knie und reckte die gefalteten Hände gen Himmel. »*Ave Maria, gratia plena, Dominus tecum* … Ich danke dir, dass ich diesen Erdboden wieder betreten durfte, und gelobe …«

Lazarus bemerkte die irritierten Blicke der Reisenden, die an ihnen vorbeiliefen. Er riss Diego hoch. »Willst du uns in Gefahr bringen, du Dummkopf?«, zischte er.

Diego setzte sein Gebet fort, bis Lazarus ihn wütend weiterzerrte. »In Amsterdam ist der katholische Glaube verboten!« Er hieb ihm die gefalteten Hände auseinander und verpasste ihm eine Maulschelle. »Jetzt hör schon auf!«

Diego sah ihn an, als sei er aus einem Traum erwacht. Seit er den Kaufmann getötet hatte, wirkte er oft abwesend. Noch öfter als sonst musste Lazarus ihn zur Ordnung rufen. Dabei hatten sie durchaus von dem Mord profitiert. Lazarus hatte nicht nur einen feinen Pelz errungen, der auf jedermann Eindruck machte, sondern auch bei dem Kaufmann ein hübsches Sümmchen Gold gefunden. Die Leiche hatte Diego auf seinen Befehl hin in ein Heringsfass gestopft und auf dem Meer von einem Ruderboot geworfen.

»Können wir hier denn gar nicht beten? Ich möchte einen Priester sprechen!«

So verzweifelt wirkte der junge Spanier, dass es Lazarus beinahe leidtat. Aber nur beinahe. Schließlich hatte er dessen Vater versprochen, einen echten Mann aus Diego zu machen.

»Vielleicht später«, sagte er knapp.

»Wir müssen eine Nachricht an den Generalísimo schicken, dass wir angekommen sind. Sonst hält man uns für Deserteure.«

Absurd, natürlich. »Noch nicht. Erst einmal machen wir uns auf die Suche nach Giambelli.«

»Und wenn etwas schiefgeht …«

»Was soll schon schiefgehen? Zur Not haben wir immer noch die Adresse.« Ihr Kontaktmann in Vlissingen hatte ihnen einen Katholiken in Amsterdam genannt, der ihre Sache im Geheimen unterstützte.

Am Abend hatten sie Giambelli aufgespürt. Lazarus würde sich etwas überlegen müssen, um unauffällig an den Italiener heranzukommen. Aber das hatte Zeit – jetzt hatte er sich erst einmal eine Belohnung verdient.

Die Auswahl war groß. Dafür, dass die Hurerei in Amsterdam seit sieben Jahren verboten war, trieben sich sehr viele Meisjes van Plezier im Hafenviertel herum. Die Heuchelei der Ketzer machte Lazarus fassungslos. Nach außen hin spielten sie die Moralapostel, aber in Wahrheit waren sie von Grund auf verdorben. Es wurde Zeit, dass dieses Übel ausgemerzt wurde.

Die Straßen waren finsterer. Lazarus straffte sich und sah sich an jeder Häuserecke um. Er fühlte sich beobachtet, verfolgt. Unwillig schüttelte er den Gedanken ab. Er sollte sich wirklich entspannen. Immer öfter sprachen Frauen sie an, umgarnten sie, berührten sie beiläufig. Ein Spiel, das Lazarus durchaus genoss. Die Vorstellung, dass er jede von ihnen nur einen Augenblick später haben könnte, dass er mit ihnen machen könnte, was er wollte, machte ihn heiß. Diego hingegen blieb verdächtig in seiner Nähe.

»Was wollen wir hier?«, fragte er mit einem ängstlichen Unterton, der Lazarus rasend machte.

»Uns amüsieren.«

»Ich gehe lieber auf unser Zimmer.« Diego wandte sich ab.

»Nichts da! Ich habe deinem Vater versprochen, dass ich einen Mann aus dir mache, und das werde ich auch tun.«

»Aber doch nicht so. Das ist Sünde!«

»Das ist ein Geschäft! Später beichtest du, betest ein paarmal, zahlst einen Ablass, und deine zarte Seele ist wieder blütenweiß.« Lazarus packte ihn am Arm und zerrte ihn zu einer großen schwarzhaarigen Schönheit, die an einem offenen Fenster saß. Sie erinnerte ihn an die Jüdin, die er in Antwerpen gehabt hatte. Für seinen Geschmack war sie zu alt gewesen, aber ihre Furcht hatte dieses Manko wettgemacht.

»Ich habe hier einen jungen Mann, der in die Freuden der Liebe eingeführt werden möchte«, sagte er.

Die Schwarzhaarige kam dicht an sie heran. »Wie niedlich. Ist er denn schon ausgewachsen?« Sie ließ unvermittelt die Hand in Diegos Hose gleiten.

»Nicht ... bitte!« Der junge Mann wich zurück, entkam aber ihrem Griff nicht.

Ein nachsichtiges Lächeln. »Das wird schon, mach dir nichts draus. Da haben wir schon ganz andere zum Stehen gebracht.« Sie wandte sich Lazarus zu. »Und für Euch?«

»Ich hab was Jüngeres im Sinn ...«

Das Mädchen war klein und zart, die Zöpfe fielen geflochten auf seine Schultern. Sein Kleid war eierschalenfarben und schlicht, die Haarbänder rosa. Völlig vertieft saß die Kleine in der Küche des Hauses und spielte mit Holzfiguren. Auf die Entfernung und durch den Türspalt fiel es Lazarus schwer, ihr Alter zu schätzen.

»Sie ist noch Jungfrau?«

»Natürlich, was denkt Ihr denn?«, fragte die Hure empört. »Es fällt mir schwer, sie Euch anzubieten, aber die Not zwingt mich dazu. Und wenn schon, dann ein feiner und gesitteter Herr wie Ihr ...«. Die Hure strich über seinen Pelz.

Wenn sie wüsste ... Lazarus befeuchtete sich die Lippen. »Wie viel?«

»Zwei Gulden.«

»Das ist Wucher! Dafür muss ein Arbeiter zwei Tage malochen!«

»Ihr seht nicht aus wie ein Arbeiter«, sagte die Hure mit einem kühlen Lächeln. »Außerdem verliert man die Jungfernschaft nur einmal, das hat seinen Preis.«

Das Geld, das er dem Kaufmann abgenommen hatte, brannte in seiner Tasche. Warum sollte er sich nicht etwas gönnen? Etwas Reines, Unschuldiges, bei dem man sich nicht die Französische Krankheit holen konnte, die sie hier in Amsterdam unverschämterweise die Spanischen Pocken nannten ...

»In Ordnung.«

»Seid behutsam mit ihr, darum bitte ich Euch.«

»Natürlich.« Nur mit Mühe unterdrückte er ein Grinsen.

*

Diego tigerte in dem Zimmer auf und ab. Vor allem war es ihm wichtig, dass er Abstand zu dem Bett hielt, diesem Ort der Sünde. Er hatte versucht zu fliehen, aber ein Kerl stand im Gang und hielt Wache. Warum hatte Lazarus sich von der Hure dieses Mädchen zeigen lassen? Warum hatte er nicht eine der anderen Frauen genommen, deren Bilder im Eingang hingen? Er wollte doch nicht etwa …

Angespannt lockerte Diego seinen Kragen. Er schwitzte unerträglich. Schon im Heerlager hatte er mitbekommen, wie unschuldig und naiv er bislang gelebt hatte. Die Worte und Taten der Soldaten hatten ihm oft genug die Schamröte ins Gesicht steigen lassen. Die Trosshuren, die mit jedem im Busch verschwanden, der ihnen etwas zahlen konnte, hatten ihn mit Abscheu erfüllt. Sich fleischlich mit jemandem zu vereinigen war ein heiliger Akt – und kein schmutziges Geschäft. Er konnte sich nicht vorstellen, dass sein Vater das von ihm erwartete. Überhaupt hatte er in Amsterdam viele Frauen gesehen, die allein auf den Straßen herumliefen, ganz ohne einen Schleier vor dem Gesicht. Das war in Spanien undenkbar! Die meisten Amsterdamer Weiber waren zudem bürgerlich gekleidet oder sahen wie Dienstbotinnen oder Handwerkerfrauen aus. Einige schienen sogar Männerberufen nachzugehen. Ein Höllenpfuhl, wirklich!

Die Hure, die Lazarus für ihn ausgesucht hatte, hatte einen vernünftigen Eindruck gemacht. Sie würde ein Einsehen haben und ihn gehen lassen.

Die Tür öffnete sich hinter ihm. Diego sprang auf. »Ich möchte gehen, bitte.«

»Wenn es wirklich dein Wunsch ist, werde ich dich nicht aufhalten. Aber lass uns erst etwas trinken. Wenn du zu schnell aus diesem Zimmer verschwindest, bekomme ich Schwierigkeiten. Man könnte denken …«

Diego wollte nicht, dass sie es aussprach. »Schon gut«, sagte er schnell.

Sie nahmen an einem kleinen Tisch Platz. Das Polster des Stuhls war weich, aber Diego saß steif und nippte kaum an dem Wein, den sie eingeschenkt hatte. Sie plauderte mit ihm, freundlich und heiter, was ihn etwas entspannte. Beinahe unmerklich kam sie näher. Eine Hand auf seinem Bein, auf seinem Arm. Sie roch gut. Sie war geschminkt, und ihre Lippen waren sehr rot. Auf einmal umfing sie ihn, und ehe er sichs versah, war sie auf seinem Schoß und schob seine Hand in ihren Ausschnitt.

Diego keuchte, als er ihre Brüste spürte. »O Herr im Himmel …«

Mit einem Ruck löste sie seine Hose vom Wams. »Na, du bist aber ein ganz Widerspenstiger«, murmelte sie und rieb an seinem Glied herum, dass es ihm wehtat.

Etwas regte sich in ihm. Schamerfüllt wollte er hochfahren, wollte weglaufen. Er stieß sie von sich, doch sie ließ ihn nicht los, sondern verpasste ihm eine Ohrfeige. Wie er das verdiente, sündig, wie er war!

Sie stutzte. Dann kniff sie ihm kräftig ins Gemächt und lachte, als sie seine Reaktion spürte. »Ach, *das* gefällt dir also …«

*

Lazarus übergoss sich mit dem Wasser aus dem Waschkrug und schrubbte seinen Körper mit einem rauen Lappen, bis er sich einigermaßen sauber fühlte. Den stöhnenden und jammernden Diego ließ er in seinem Erbrochenen liegen. Man sollte nicht saufen, wenn man es nicht vertrug.

Nach dem Besuch im Hurenhaus waren sie noch in eine Wirtschaft gegangen, um zu trinken. Diego hatte die meiste Zeit geflennt und Gebete gebrabbelt. Lazarus hingegen war so zufrieden gewesen wie eine Katze, die einen ganzen Mausbau geplündert hatte. Natürlich hatte das Mädchen geweint. Selbst erwachsene Frauen hätten bei dem geweint, was er getan hatte. Aber dafür wurden sie schließlich bezahlt. Und er bekam ebenfalls etwas dafür. Nicht nur Befriedigung, nein. Es war mehr. Ihm kam es vor, als habe sich die Unschuld der Jungfrau auf ihn übertragen. Als wäre für ein paar Stunden der Tod, der stets sein Begleiter war, vertrieben.

Jetzt fühlte er sich stark genug, um etwas anderes zu überprüfen. Grimm trieb ihn durch die Stadt. Es ärgerte ihn, wie sehr sich Amsterdam in den vergangenen Jahren verändert hatte. Klöster und Konvente waren geschändet und entweiht, Heiligenstatuen an den Straßenecken abgerissen, nicht einmal das Glockenspiel der Oude Kerk durfte noch ein kirchliches Lied spielen, sondern störte mit belanglosem Geklimper. War das noch die Stadt, in der er aufgewachsen war?

Endlich hatte er den Molsteeg erreicht. Als er sein Elternhaus erblickte, blieb er wie angewurzelt stehen. Hier hatte seine Familie vor der Vertreibung der Katholiken ein anständiges Leben geführt. Die neuen Bewohner hatten ihr Haus völlig verlottern lassen. Selbst die Marienstatue an der Fassade hatte man weggemeißelt.

Kurz fürchtete Lazarus, erkannt zu werden, und zog den Hut tiefer ins Gesicht. Eines Tages, schwor er sich, würde er den Besitz seiner Familie zurückholen.

Die Haustür öffnete sich, und eine Frau trat heraus, drei kleine Kinder und ein Hündchen mit Schlappohren im Schlepptau. Der Köter wäre für die Jagdhunde seines Vaters ein gefundenes Fressen! Jetzt näherte sich einer dieser reformierten Ketzer. Die Frau und der Geistliche plauderten. Zornig ballte Lazarus die Hände zu Fäusten. Wenn das sein Vater wüsste!

*

Während des Gottesdienstes warfen Federigo und Rosita Piron, das Weib des Zuckersieders, einander so begehrliche Blicke zu, dass Wim seinem Freund den Ellbogen in die Seite hieb. Rositas Mann war inzwischen auch in Amsterdam so angesehen, dass er von allen Seiten hofiert wurde. Als einer von drei Zuckersiedern der Stadt machte er anscheinend gute Geschäfte. Jetzt drehte er sich ebenfalls um und blickte sie finster an.

»Ihr werdet noch auffliegen!«, murmelte Wim vorwurfsvoll.

»Wenn er sein Weib nicht so vernachlässigen würde, würde sie mich nicht so anschmachten«, gab Federigo leise zurück.

Als der Prediger sie strafend anblickte, stimmten sie lauthals in den Gesang ein. Glücklicherweise predigte Dominee Plancius heute darüber, wie Gottes Macht sich auch in den Entdeckungen ferner Welten enthüllte, und ersparte ihnen Vorhaltungen.

Nach dem Gottesdienst wurde Federigo von einem Boten abgepasst. Witwe Dhaen kam auf Wim zu, sie wirkte erwartungsfroh. Gleichzeitig bemerkte Wim eine weitere Gestalt. Die Hitze schoss ihm ins Gesicht: Majken schlenderte ihm entgegen. In der schlicht gekleideten Gesellschaft fiel sie in ihrem bunten Kleid auf.

»Ich wollte nur mal sehen, wie es Euch ergeht«, sagte Majken mit einem verstohlenen Lächeln.

»Gut … es geht uns gut«, sagte Wim verlegen.

Er spürte Mevrouw Dhaens fassungslosen Blick auf sich. Die Witwe machte auf dem Absatz kehrt und eilte davon. Auch das Gespräch mit Majken war schnell zu Ende.

Federigo grinste. »Und du hältst mir Vorträge über meine moralischen Verfehlungen?«

Wim verstand selbst nicht recht, was gerade geschehen war. Über Majkens Anblick hatte er sich jedoch sehr gefreut.

Ehe er auf Federigos Bemerkung eingehen konnte, schoss Mijnheer Piron auf seinen Freund zu. Der Italiener wich zurück, bis er an die Kirchenmauer stieß.

Der Zuckersieder hob wütend die Hand, doch die Bewegung erstarb. »Glaubst du, ich wüsste nicht, was ihr treibt? Nimm dich in acht, sonst wirst du die Quittung für dein sündiges Verhalten bekommen!«, zischte er, packte seine Frau am Ellbogen und ging mit ihr davon.

Wim schickte seine Kinder nach Hause. »Lass uns arbeiten gehen, dann kommst du wenigstens niemandem mehr in die Quere!«, sagte er und schob Federigo vom Kirchplatz.

*

In sicherem Abstand liefen Lazarus und Diego den beiden Männern hinterher. Seit Tagen folgten sie ihnen schon, aber nie war Giambelli allein. Selbst seine Geliebte traf Giambelli in dem belebten Gasthof, in dem er nächtigte. Und es lediglich mit Diegos Hilfe gleich mit mehreren aufzunehmen erschien Lazarus doch zu risikoreich. Deshalb hatte er einen Plan entwickelt …

*

Wim und Federigo steuerten wie an jedem Tag ihren Abschnitt des Festungsbaus an. Sie hatten sich für den fünften Glockenschlag am Hafen verabredet. Wim war gereizt, denn er war mit Baumeister Smeets aneinandergeraten, der sich einige Unverschämtheiten ihm gegenüber herausgenommen hatte.

Auf der Lastage machten bereits viele Arbeiter Feierabend, nur eine kleinere Gruppe würde in der Nacht am neuen Festungswall weiterarbeiten. Ihre Bauhütte befand sich am Rande des Geländes, wo sie ihre Ruhe hatten. Davor bildeten Holzstämme eine Rampe zum IJ.

Die Amsterdamer hatten ein etwas größeres Schiff für den Umbau zum Brander zur Verfügung gestellt, als sie zuletzt in Antwerpen ausgerüstet hatten. Auch Holz, Schwefel, Salpeter, alte Metallteile und Granitplatten hatte man ihnen in die Werkstatt geliefert. Lange arbeiteten Wim und Federigo im Fackelschein, ohne ein Wort zu verlieren. Nur das Gebälk, das unter Wind und Regen ächzte, war zu hören. Schließlich machten sie eine Pause, um sich an einer Feuerschale die Hände zu wärmen.

Wim bemerkte, dass auf dem Tisch neben seinem Kompassdolch und Federigos Degen dessen Wams lag, aus dem beschriebenes Papier herausschaute. »Nachrichten von deiner Frau?«

Federigo reckte sich und gähnte erschöpft. »Ich habe noch gar nicht nachgesehen. Sicher geht es ums Geld.« Er nahm den Brief heraus, dick schien er zu sein und schwer. Mit dem Fingernagel brach er das Siegel. Er faltete den Bogen auseinander, aus dem ein weiterer Brief fiel. »Von Emeline, wie erwartet«, murmelte er und betrachtete den zweiten Brief. Ungeduldig riss er ihn auf. »Vom englischen Botschafter!«, rief er aus.

Wim trat näher. Federigo überflog die Zeilen, dann verkündete er stolz: »Königin Elisabeth ist bereit, mich in ihre Dienste aufzunehmen. Der Kommandeur für die niederländischen Provinzen wird sich darum kümmern. Der Graf von Leicester …«

An der Holzwand des Schuppens krachte es. Waren da Stimmen?

Federigo griff alarmiert nach seinem Degen. »Schleicht jemand um die Bauhütte?«

Wim konnte sich das kaum vorstellen, wusste aber, dass die Unruhe seinen Freund von der Arbeit abhalten würde. Warum hatte er keine Waffe dabei? Kurzerhand zog er den doppelspitzigen Kompass und nahm ihn in die Faust, die zwei Schenkel wie die Schneiden einer Schere gereckt. Schließlich riss er die Fackel von der Wand. »Lass uns nachsehen!«

Entschlossen eilte Wim hinaus. Kaum war er durch die Tür getreten, traf ihn ein Schlag gegen den Schädel. Wim wurde schwarz vor Augen. Er wankte. Schrie »Überfall!«, das erste Wort, das ihm in den Sinn kam. Versuchte, die Benommenheit abzuschütteln. Fuhr herum, die Fackel mitreißend. Das Holz traf auf Widerstand. Funken stoben auf. Mit der anderen Hand stach Wim zu. Die dolchförmigen Spitzen trafen auf Widerstand. Jemand brüllte.

Wim riss die Waffe zurück, um erneut zuzustechen, doch sein Gegenüber wich aus. Wim packte zu – und fasste ein Pelzwams. Heftig zerrte er daran, schließlich fiel das Kleidungsstück zu Boden. Der Angreifer war weg.

Im Zwielicht erkannte Wim einen Mann, schwarz gekleidet und maskiert – nein, zwei. Noch einmal holte er aus, stach und schlug zu. Stoff fing Feuer – oder waren es Haare? Schmerzerfülltes Brüllen.

Dann endlich eilte ihm Federigo mit gezücktem Degen zu Hilfe. Gerade wollte Wim zum dritten Mal ausholen, als ihn ein Hieb im Rücken traf. Es fühlte sich an, als würde jeder einzelne Knochen seiner Wirbelsäule zerschmettert. Er sank nieder und gab sich dem Schmerz hin, der seinen Körper schüttelte. Dann dachte er an seine Kinder. Er durfte nicht aufgeben, nie! Er war es seiner Frau und den Kindern schuldig, für sie zu kämpfen.

Wim riss die Augen auf. Wo war Federigo? Wo waren die Angreifer? Da – in der Finsternis sah es aus, als ob jemand ein lebloses Bündel zu einem Boot schleppte. Das musste Federigo sein. Was hatten sie mit seinem Freund vor? Mit letzter Kraft kämpfte Wim sich hoch und stürzte den Angreifern hinterher.

*

Nebenan sangen die Männer lautstark schmutzige Lieder. Immer wieder krachte es, als würden sie Möbel zerbrechen oder gleich das ganze Haus zum Einsturz bringen, aber dann lachten die Kerle laut. Dass es schon Nacht war, schien sie nicht zu stören.

»Was singen die da?«, fragte Betje leise. Sie lag neben ihren Geschwistern auf der Pritsche und drückte sich an sie, um sich zu wärmen.

»Hör lieber nicht hin«, meinte Vincent.

Ruben lachte. »Erzähl es ihr doch. So etwas tun Männer und Frauen nun einmal miteinander.«

»Woher willst du das wissen?«, fragte Vincent.

»Jeder weiß das, auch du. Es ist das, was Witwe Dhaen mit Vater machen möchte. Und der lieber mit Majken.«

Natürlich wusste Vincent es. Aber Betje musste es noch nicht …

»Was ist mit Witwe Dhaen? Und Majken?«, fragte Betje. »Die war nett. Und ihre Nachbarin hatte so schöne Kleider.«

Ruben lachte. »Genau, weil sie …«

Als Vincent ihn buffte, schlug Ruben nach ihm. Eine Kabbelei entbrannte. Der nächste Schlag war so hart, dass Vincents Nase knirschte. Zorn überfiel ihn. Er wollte sich wehren, aber Betje quengelte.

»Was macht ihr denn da? Ich kann nicht schlafen.« Nebenan krachte es wieder. »Wann kommt Vater endlich?«

Das fragte er sich langsam auch. Vincent spürte, dass ihm Blut aus der Nase lief, und wischte es ab. Das würde Ruben büßen! Aber jetzt mussten sie Ruhe geben, um Betjes willen. Er legte den Kopf in den Nacken, damit das Blut nicht das Bett versaute, und tastete nach der Hand seiner Schwester. »Ich erzähle dir eine Geschichte«, nuschelte er, während das Blut in seinen Rachen rann.

Endlich, nachdem er die dritte Geschichte beendet und auch das Getöse der Männer verebbt war, hörten sie Schritte.

»Vater, endlich«, murmelte Betje.

Doch es war nicht ihr Vater, der die Tür öffnete.

18

Am Tag, nachdem Messere Giambelli ihnen von dem Überfall berichtet hatte, hielt die Hoffnung die Geschwister noch aufrecht. *Er kommt zurück, sobald er wieder bei Kräften ist*, redete Vincent sich ein.

Dann aber wurden Messere Giambelli und die Kinder ins Rathaus bestellt. Die Erwachsenen wirkten alle sehr ernst. Der Begrüßung durch Diakon Godlef nach zu urteilen, waren auch Bürgermeister und andere wichtige Leute da. Vincent wagte nicht danach zu fragen, was sie erwartete. Die Kälte setzte ihm zu, auch seine Nase schmerzte. Ruben trat nervös von einem Fuß auf den anderen und kratzte sich am Arm, bis rote Striemen zu sehen waren. Betje war ohnehin stumm vor Angst.

Die Wahrheit war schlimmer als alles, was Vincent sich ausgemalt hatte. Im Rathauskeller hatte man die Leiche des Vaters aufgebahrt. Ein Fischer hatte den leblosen Körper am Ufersaum des IJ entdeckt. Wim war tot, eindeutig. Niemand hätte eine solche Schädelverletzung überlebt.

Betje brach beim Anblick ihres toten Vaters zusammen, während Ruben erstarrte. Vincent kümmerte sich um seine Schwester, war aber selbst benommen. Seine Brust schien auf einmal zu eng für sein rasendes Herz zu sein. *Es ist ein Albtraum, wir sind in einem Albtraum ge-*

fangen, schoss es durch seinen Kopf. *Was soll nun aus uns werden?* Und dann diese Wunde ... War ihr Vater einem Unfall zum Opfer gefallen, oder hatte ihm das jemand angetan? Aber wer?

»Das war Sjako, bestimmt!«, rief Vincent mit brüchiger Stimme. »Der Zimmermann aus Antwerpen! Vater hat verhindert, dass er auf der Baustelle Arbeit findet.«

»Nein, Sjako war es nicht, den hätte ich erkannt«, murmelte Messere Giambelli, der ebenfalls sichtlich zerrüttet war. Die Ringe unter seinen Augen waren dunkel, seine Hände zitterten. Vor allem aber war ein Auge blutunterlaufen, und er humpelte.

»Dann vielleicht der Zuckersieder. Er hat Messere Giambelli doch nach der Kirche ...«

Giambelli fuhr ihm über den Mund. »Ruhig, *ragazzo*. Du weißt nicht, was du sagst!«

Trotzdem befragte der Büttel den Ingenieur eingehend zum Zuckersieder und anschließend zu den Ereignissen der Nacht. Giambelli warf entnervt die Hände in die Luft. »*Per l'amor del cielo!* Das habe ich Euch doch gestern schon alles erzählt! Zwei Kerle haben uns angegriffen. Ich konnte die Gesichter nicht erkennen. Es war finster, und sie hatten Tücher um das Gesicht gebunden. Was ich aber genau weiß, ist: Wim hat einem von ihnen die Fackel übergezogen, woraufhin dessen Kleidung zu brennen anfing. Außerdem hat er einem die Spitzen des Kompassdolchs ins Fleisch gerammt, das dürfte tiefe Wunden gegeben haben. Ich selbst habe den anderen mit dem Degen erwischt. Ihr müsst also nach zwei Verletzten suchen. Das kann doch nicht so schwierig sein!«

»Dieser seltsame Dolch ist verschwunden. Ihr erzählt von dem Angriff in der Bauhütte. Doch wie konnte Mijnheer Aardzoon dann ins IJ geraten?«

»Woher soll ich das wissen?! Ich habe gekämpft, das sagte ich doch! Dann hat mich jemand bewusstlos geschlagen. Ich bin erst wieder erwacht, als die Nachtwachen mir zu Hilfe kamen – da waren die beiden Angreifer schon geflohen.«

In diesem Augenblick wurde ein Mann hereingeführt: Elim, der jüdische Diamantenschleifer. Die reservierte Reaktion der Anwesenden bewies, dass dies kein gewöhnlicher Besuch war, und auch Vincent wandte den Blick ab. Was wollte Elim auf einmal hier?

Erregt redeten die Erwachsenen durcheinander. Plötzlich wurde Federigo Giambelli laut: »Da habt Ihr es! Ich habe doch gesagt, dass wir nach dem Fall von Antwerpen verfolgt und angegriffen wurden! Wims Mörder wollten verhindern, dass wir die Brander bauen!«

»Ihr wollt behaupten, dass Handlanger des spanischen Königs in Amsterdam ihr Unwesen treiben?«, fragte der Bürgermeister, der sich als Pieter Cornelisz Boom vorgestellt hatte.

»Das müsste doch dem Dümmsten klar sein!«

»Mäßigt Euch!«, herrschte der Büttel ihn an.

Giambelli schnappte nach Luft, schlug aber dann einen höflicheren Ton an: »Die Unholde haben hier ganz sicher Verbündete. Verstockte Katholiken gibt es in Amsterdam genug. Dass es denen nicht gefällt, ihren Glauben verbergen zu müssen, ist auch klar.« Er betastete vorsichtig die Schwellung an seinem Schädel. »Ich will nur eins: schnellstmöglich die Stadt verlassen. Ich fühle mich hier nicht mehr sicher.«

Bedauernd wog einer der Bürgermeister das Haupt. »Das wird unmöglich sein. Ihr seid Verpflichtungen gegenüber Amsterdam eingegangen, und die werdet Ihr erfüllen.«

*

Um Lazarus drehte sich alles. Die Schmerzen waren unerträglich. Heiß war ihm. Würde ihn der Tod, der ihn schon so lange begleitete, nun holen? Spürte er bereits das lodernde Höllenfeuer?

Etwas Kühles berührte seine Stirn. Linderung. Lazarus stieß stöhnend die Luft aus. Seine Augenlider flatterten. Alles verschwamm. Blinzeln. Erst langsam wurde das Bild klar. Ein Gesicht, seinem zugewandt. Ebenmäßig und sanft wie das eines Engels. Hinsehen, er musste hinsehen. Kniff die Augen zusammen, öffnete sie wieder. Ein Mädchen. rötliche Haare, funkelnde grüne Augen.

»Er wacht auf!« Das Mädchen blickte ihn an, forschend und zugleich besorgt. Es war elf, vielleicht zwölf, aber es war schon jetzt zu erahnen, dass es eine Schönheit werden würde.

Wer war das? Wo war er? Und wo war Diego? Mit einem Schlag war die Erinnerung wieder da. *Dieser Tölpel! Sein Plan … Hätte Diego nicht …*

Schritte. Gestalten, die sich über ihn beugten. Fremde Gesichter. »Der heiligen Barbara sei Dank!«, rief ein Mann. Mit seinem silbergrauen Haar und dem gestutzten Bart, der die Halskrause kaum berührte, wirkte er sehr gepflegt.

Lazarus wollte sprechen, doch seine Kehle war rau, sodass nur ein Krächzen herauskam. Eine Frau hielt ihm ein Glas an die Lippen, das Mädchen stand daneben. Er trank langsam. Bei jedem Schluck durchzuckte es ihn. Da war etwas zwischen seiner rechten Wange und dem Ohr. Seine Haut – diese Qualen!

Er wollte die schmerzende Gesichtshälfte berühren, doch das Mädchen hielt ihn auf. »Lasst das lieber, Mijnheer.«

»Warum … Wo bin ich … Wie bin ich hierher …«

Eine Hand auf seiner Schulter. Ein katholischer Priester beugte sich über ihn. »Euer Gefährte hat Euer Boot gerade noch hierherrudern können. Dem Himmel sei Dank hatte ich gerade das Nachtgebet gesprochen und ihn daher gehört. Wenn ich daran denke, dass einer der Nachbarn …« Der Priester bekreuzigte sich.

»Diego …?«

Der Silbergraue mischte sich ein. »Ein tapferer Mann. Er hat viel Blut verloren. Der Degen des Angreifers hat anscheinend kein Organ getroffen. Das meinte zumindest der Arzt, den wir hierherbestellt haben. Ein Glaubensbruder. Was ist Euch denn nur zugestoßen?«

Ärger durchzuckte Lazarus. Sein schöner Plan war in dem Augenblick hinfällig geworden, als sie durch die Holzwand der Hütte gehört hatten, dass die englische Königin Giambelli engagieren würde und der Graf von Leicester auf dem Weg in die Generalstaaten war. Die Nachricht hatte Diego derart aufgewühlt, dass er wild gestikulierend einen Balken umgeworfen hatte. Danach war dieser Aardzoon aus der Bauhütte gestürzt.

»Ich muss mit Diego …« Lazarus bäumte sich auf. Der Schmerz warf ihn zurück aufs Lager. Er keuchte, krümmte sich. Hörte jemand nach einem Heiltrank rufen. Wieder das Glas an seinen Lippen, Flüssigkeit in seinem Mund. Dann schwanden ihm die Sinne.

*

Mit ihren Habseligkeiten mussten die Geschwister zurück ins Gemeindehaus der Kirche ziehen, denn die Kammer in der Kalverstraat wurde für den nächsten Bauarbeiter benötigt. Erschüttert saßen die Kinder beisammen, unfähig, etwas zu tun. Die Sachen des Vaters anzuschauen – unmöglich. Wenn sie überhaupt sprachen, murmelten sie Gebete. Zur Bestattung wurden sie abgeholt. In einer schlichten, kurzen Zeremonie wurde ihr Vater unter die Erde gebracht. Viele Gemeindemitglieder waren gekommen, und sogar Majken war da. Die Schankfrau sah verweint aus, als sie Vincents Hand nahm und ihm sagte, dass sie ihm und seinen Geschwistern helfen würde.

Anschließend wurden die Geschwister in einen Raum voller Erwachsener geführt. Der Gemeindeälteste, die Geistlichen, ehrwürdige Männer in langen Gelehrtenmänteln, darunter Mijnheer Graeff sowie Witwe Dhaen und Messere Giambelli, waren anwesend und diskutierten erregt.

»Die Kinder müssen ins Bürgerwaisenhaus«, sagte Bilhamer.

Graeff schüttelte den Kopf. »Das ist unmöglich, das kann ich Euch als Regent des Bürgerwaisenhauses versichern. Mijnheer Aardzoon ist erst vor Kurzem Bürger der Stadt geworden. Das Bürgerrecht muss zwölf Jahre bestehen, ehe die Kinder ins Bürgerwaisenhaus können.«

»Ihr wollt nicht, dass diese mittellosen Flüchtlinge mit Waisen aus alteingesessenen Familien zusammenkommen«, warf Diakon Godlef ihm vor.

»Das habe ich nicht gesagt. Zudem ist bei den Aardzoon-Kindern offensichtlich kein Erbe vorhanden.«

»Also geht es Euch ums Geld?«

»Natürlich nicht«, widersprach Graeff vehement. »Der Älteste ist ohnehin zu alt für eine Aufnahme.«

»Die städtische Armenpflege kommt auch nicht infrage. Die unterstützt lediglich Arme, die eine eigene Unterkunft haben«, konstatierte Bilhamer.

Meister Oetgens, der Maurer, mit dem Vater zusammengearbeitet hatte, fragte: »Haben die Kinder denn sonst niemanden mehr?«

Ungewohnt grimmig schüttelte der Diakon den Kopf. »Niemanden.«

»Was ist mit der Zimmermannsgilde – kann sie die Kinder unterstützen?«

»Hier ist Aardzoon noch nicht eingetreten. Und die Gilde kümmert sich nur um Angehörige der Mitglieder.«

Schweigen breitete sich aus. Einige wurden sichtlich ungeduldig. Vincent zog die Schultern hoch. Es war seltsam für ihn, dass die Erwachsenen über ihr Schicksal verhandelten, als wären sie gar nicht da.

»Wir werden als Aardzoons Glaubensgenossen für die Kinder sorgen müssen, so wie es die wahre christliche Nächstenliebe gebietet«, sagte Dominee Plancius bestimmt.

Ein altehrwürdiger Mann mit hoher Stirn, spitzem Schnauz- und Backenbart nickte bedächtig. »Dieser christlichen Nächstenliebe sind wir bereits nachgekommen. Dies sind ja bei Weitem nicht die einzigen Waisen, die in unserer Stadt gestrandet sind. Wir haben ein Lagerhaus bereitgestellt und darin ein vorläufiges Gemeindewaisenhaus eingerichtet, das allerdings bereits überfüllt ist. Vermutlich werden wir es ausbauen müssen. Mit Spenden allein wird dies nicht gelingen. Die Vroedshap muss veranlassen, dass zugunsten dieses diakonischen Waisenhauses eine Steuer erhoben wird.«

»Darauf können wir nicht warten, Mijnheer Hooft!«, rief Diakon Godlef. »Bis das entschieden ist, könnten diese Waisen längst erwachsen sein. Die Kinder brauchen jetzt Hilfe! Was für eine Lösung gibt es noch?« Er wandte sich an Witwe Dhaen. »Was ist mit Euch? Ihr seid gut mit Mijnheer Aardzoon bekannt gewesen und habt Euch aus christlicher Nächstenliebe der Bildung seiner Tochter ein wenig angenommen.«

»Ich habe keine Verwendung für die Kinder. Betje ist noch zu klein, um die Seidenweberei zu lernen«, sagte die Frau kühl.

Schließlich meldete sich Messere Giambelli zu Wort. Er war während der Verhandlungen in seine Trauer versunken gewesen. »Ich kann einen von ihnen als Lehrling aufnehmen. Am ehesten Vincent. Der Junge hat eine Lateinschule besucht und seinen Vater ab und zu auf der Baustelle unterstützt. Das ist das Mindeste, was ich für meinen Freund noch tun kann.«

Vincent schlug das Herz bis in den Hals. Das Angebot freute und erschreckte ihn zugleich.

Betje klammerte sich unvermittelt an ihn. »Vincent soll hierbleiben.«

»Ich habe meinem Vater versprochen, mich um meine Geschwister zu kümmern«, sagte Vincent fest.

Ruben warf die Hände in die Luft. »Bist du dumm! Du *musst* mit Messere Giambelli gehen! Ich bin doch mit Betje hier!«

Vincent spürte alle Blicke auf sich. Schließlich obsiegte seine Wissbegierde über sein Verantwortungsgefühl, und er nickte.

Der Älteste übernahm wieder das Wort. »Dann sei es so«, sagte er. »Solange Messere Giambelli in den Diensten der Stadt steht, werden die Kinder gemeinsam im Waisenhaus der Gemeinde untergebracht. Die Gerichtsbarkeit sucht derweil weiter nach den Verbrechern.«

Schon oft waren sie allein gewesen. Dennoch war es anders, als sie dem Diakon jetzt zum Waisenhaus folgten. Sie waren auf sich gestellt, hatten niemanden mehr, der für sie eintreten könnte, dem sie sich anvertrauen konnten, der sie liebte, wie ihre Eltern sie geliebt hatten. Umso schlimmer empfand Vincent es, dass er seine Geschwister im Stich lassen musste, sobald er mit Giambelli die Stadt verließ. Es war, als verrate er sie.

»Ich will bei euch bleiben«, murmelte Vincent und zog die Tasche mit ihren Habseligkeiten höher.

Betje umschloss seine Hand. Ihre Finger waren bitterkalt. »Ich will auch, dass du bleibst.«

»Vater wollte, dass du etwas lernst, dass aus dir etwas wird. Also gehst du«, sagte Ruben, als habe er darüber zu entscheiden.

Betje nagte an ihrer Unterlippe. »Was ist ein Waisenhaus?«, fragte sie leise.

Der Diakon hatte ihre Frage gehört und wandte sich um. »Das ist ein Haus, in dem Kinder leben, die keine Eltern mehr haben.«

»Leben die Kinder ganz allein? Dürfen die den ganzen Tag spielen?«

Vincent hatte keine Ahnung, wie es in einem Waisenhaus zuging. Er war aber sicher, dass Betjes Vorstellung trog. Wieder reagierte der Diakon zuerst. »Man wird sich gut um euch kümmern. Ihr bekommt zu essen und werdet unterrichtet, später hilft man euch, eine Anstellung zu finden.« Es klang, als müssten sie dankbar sein.

Sie betraten ein karges Gebäude, in dessen Vorraum es so kalt war, dass der Atem der vielen Kinder zu sehen war. Sie waren unterschiedlich alt, aber alle trugen zerlumpte Kleidung, hatten verfilzte Haare und waren schmutzig. Es roch nach Krankheit und lange getragener Wäsche. Überall hustete und schniefte es. Vincent umfasste Betjes Hand fester.

Der Diakon führte sie zu einer kräftigen älteren Frau, die mit einer Magd an einem langen Tisch Spenden entgegennahm. Ihre Augen lagen tief und ihre Wangen hingen, was ihren Zügen ein seltsames Ungleichgewicht gab. »Das ist die Binnenmoeder, Mevrouw Haesje. Sie wird sich gut um euch kümmern«, stellte Godlef sie vor.

Die Matrone stemmte die Hände in die Hüften und musterte sie. »Ich habe schon von euch gehört. Eigentlich haben wir keinen Platz, aber für fromme, brave Kinder machen wir eine Ausnahme.«

Was soll denn eine Binnenmoeder sein?, fragte sich Vincent. Garantiert würde er niemanden »Mutter« nennen! Seinen Geschwistern gefiel die Begrüßung ebenfalls nicht, denn Betje versteckte sich halb hinter ihm, und Ruben reckte trotzig das Kinn.

»Das Leben in diesem Haus ist streng geregelt. Ihr werdet die Psalmen und den Katechismus lernen. Es gibt Schulunterricht. Die Mädchen werden im Nähen, Sticken, Spitzenklöppeln und in Haushaltsdingen unterwiesen. Die Jungen werden handwerklich ausgebildet, bis sie alt genug sind, um eine Lehre zu beginnen. Einmal die Woche werdet ihr von Tür zu Tür gehen und Geld und andere Spenden sammeln. Dich«, sie wies auf Vincent, »werden wir schon bald an einen Lehrmeister vermitteln, du bist alt genug, um tagsüber zu arbeiten. Jeder muss hier seinen Beitrag leisten. Geschenkt wird euch nichts. Sauber seid ihr ja wohl?«

Unvermittelt zog sie Ruben zu sich heran und begann grob, seine Haare auf Läuse zu überprüfen. Vincent sah, wie schwer es seinem Bruder fiel, still zu halten. Als die Matrone Rubens Kinn packte und ihm in den Mund schauen wollte, riss er sich los. Sie schnappte ihn am Ohrläppchen und zog ihn zu sich. »Hier wird gehorcht und sich betragen. Lass mich deine Zähne sehen.«

Betje schob sich hinter Vincent, aber die Matrone zog sie hervor und untersuchte sie ebenfalls. Vincent hoffte, dass der Diakon sich einmischen würde, aber Godlef schwieg.

»Jetzt gebt eure Sachen ab, anschließend werden euch die Haare abrasiert, und ihr werdet gewaschen.«

Ehe er sichs versah, hatte die Matrone Vincent die Tasche abgenommen und wühlte darin herum. Schon hatte sie das Notizbuch ihres Vaters in den Händen. Das Porträt ihrer Mutter fiel auf den Boden. Jetzt hatte er aber genug!

»Entschuldigt, das geht nicht«, sagte er entschieden und zog der Binnenmutter Buch und Tasche weg. »Wir sind sehr dankbar, dass wir hierbleiben können, aber das ist alles, was uns von unseren Eltern geblieben ist. In diesem Buch sind Aufzeichnungen meines Vaters.«

Die Matrone schnaubte empört. Die anderen Kinder starrten sie an. Vincent bemerkte ein Mädchen, das gerade mit seiner Mutter eingetreten sein musste. Es war hübsch, mit so glänzenden bronzefarbenen Haaren und feiner Kleidung, dass Vincent glaubte, die Seife riechen zu können. Sein pelzverbrämter Mantel war blitzsauber. An einem bunten Band trug es einen Pelzmuff um den Hals, zu dem seine

Mütze farblich passte. Die Frau wirkte streng. Ihr gebauschter Rock war faltenfrei, die Halskrause blütenweiß und frisch gestärkt. Neben ihnen wartete ein Knecht mit einem großen Korb.

Der Blick der Matrone ging von der Dame zu Diakon Godlef und dann wieder zu den Geschwistern. »Wir machen hier die Regeln! Ihr müsst Gehorsam und Zucht lernen!«

Jetzt war es um Betjes Selbstbeherrschung geschehen. Weinend klammerte sie sich an Vincent. »Ich will bei Vincent bleiben!«

Die Matrone zerrte sie von ihm. Ein Knecht wollte Vincent und Ruben wegführen, aber die Jungen blieben stehen.

»Als Erstes ziehst du diesen Fetzen aus«, sagte die Binnenmutter.

»Aber doch nicht hier!«, protestierte Betje tränenerstickt. »Mir ist kalt!«

»Das Kleid ist sicher flohverseucht. Es muss gründlich gereinigt werden. Und dann schneiden wir dir die Haare ab, wegen der Läuse.«

»Ich habe keine Flöhe! Und auch keine Läuse!« Betjes Stimme klang schrill, ihr kleines Gesicht war verzerrt. Vincent tat es in der Seele weh, seine Schwester so zu sehen.

»Kommt jetzt«, knurrte der Knecht.

In diesem Augenblick holte das fremde Mädchen etwas aus dem Korb und ging gemessenen Schrittes zu Betje. Es war ein Unterkleid aus weicher Wolle. »Zieh das hier an, wir wollten es ohnehin gerade spenden, nicht wahr, Mutter?« Sie lächelte Betje an. »Das gefällt dir bestimmt. Ich habe das Leibhemd geliebt, weil es so kuschelig ist, aber leider ist es mir zu klein, und Mutter meint, es lohne nicht, es umzuarbeiten.«

Betje schaute, als könne sie es nicht fassen. Sie wischte sich die Tränen ab und strich behutsam über den Stoff. »So weich. Für mich? Darf ich wirklich …«

Das Mädchen nickte.

»Sie braucht kein neues Unterkleid.« Die Stimme der Matrone war schneidend. »Hier sind alle gleich. Ich kann nicht zulassen, dass das Kind für sein schlechtes Benehmen noch belohnt wird!«, wandte sie sich an die Dame.

Das fremde Mädchen blickte ihre Mutter an. »Die Mevrouw soll ihr doch bitte diese kleine Freude lassen …«

Die Dame nestelte an ihrem Gürtel, an dem ein langes Band mit einem Schlüsselbund und ein Beutel befestigt waren. »Ich habe Laken und von meinem Gatten eine Geldspende mitgebracht. Einige Münzen könnt ihr sicher gebrauchen.«

Das Gesicht der Matrone hellte sich auf. »Geld und Laken benötigen wir wirklich dringend.« Sie ließ Betje das Wollkleid. Den Geldbeutel sowie die anderen Dinge nahm sie an sich.

*

Aletta musste noch den ganzen Heimweg über an die kleine Waise und ihre Brüder denken. So verlassen, so verzweifelt hatten sie gewirkt! Regelmäßig suchte sie mit ihrer Mutter die Armenanstalten und Waisenhäuser der Stadt auf, und doch konnte sie sich an den Anblick der Elenden nicht gewöhnen. »Die vielen Armen tun mir leid. Wie kann Gott es zulassen, dass es Kindern so schlecht geht? Sie sind doch noch ganz unschuldig«, sagte sie.

Hannah van Vleet löste sich von Aletta und verschränkte ihre Hände. Ihre Stimme war leise, aber bestimmt. »So mag es dir vorkommen, doch innerlich sind diese Kinder verderbt. Sie wurden im falschen Glauben aufgezogen und werden dafür bestraft. Sie sind genauso schlimm wie die Pfaffen, die heiraten und Kinder in die Welt setzen, statt ihr Leben Gott zu widmen. Es ist an uns, ihr Schicksal zu erleichtern und zu versuchen, ihre Seelen zu retten. Mitleid ist aber nicht angebracht.« Sie beschleunigte den Schritt und zog Aletta leicht mit sich. »Trödle nicht! Ich muss noch die Korrespondenz erledigen, ehe die Gäste kommen!«

Wenn ihr Vater auf Handelsreisen war, um in Schweden Kupfer und Holz, auf Gotland Sandstein oder in Danzig Getreide zu kaufen, erledigte ihre Mutter die Kaufmannsgeschäfte, kümmerte sich um Verträge, kopierte Briefe und führte die Rechnungsbücher. War er in Amsterdam, hatten sie beinahe jeden Abend Gäste. Die besten

Geschäfte machte man bei Tisch, sagte ihr Vater immer. Oft speisten auch Glaubensbrüder mit ihnen, die in Amsterdam haltmachten. Doch Alettas Gedanken kreisten noch immer um die Waisenkinder. »Wie können wir ihre Seelen retten, wenn die Kinder weiter in ihre falschen Gottesdienste gehen?«

»Wenn sie ihrem Ketzerglauben frönen, willst du sagen? Im Moment müssen wir vorsichtig vorgehen, da wir selbst verfolgt werden. Wenn die Zeit gekommen ist, werden diese Kinder aber bereit sein, von uns den wahren Glauben anzunehmen.«

Sie bogen in den Nes ein; gleich wären sie zu Hause. Die Gasse war eine Verlängerung der Warmoesstraat, in deren edlen Geschäften Aletta gerne herumstöberte, und zugleich in der Nähe vieler ehemaliger Klöster und Konvente.

Ihre Mutter musterte Aletta, dann klopfte sie ihr Staub vom Kleid. »Und jetzt hör auf zu grübeln, das steht uns Frauen nicht gut zu Gesicht.«

Als sie das Kontor ihres Vaters betraten, setzte Aletta ein Lächeln auf. Mit ihren elf Jahren wusste sie, was sich gehörte. »*Bonjour*, Monsieur Pierre«, begrüßte sie den französischen Kaufmann, von dem ihr Vater Seide kaufte. »*How do you do*, Mister Smith?«, erkundigte sie sich bei dem englischen Leinenhändler.

Die Herren beugten sich lächelnd zu ihr hinab und gaben ihr freundlich Antwort, woraufhin Aletta ein wenig mit ihnen plauderte. Leider war kein italienischer Geschäftspartner ihres Vaters anwesend, gerne hätte sie auch auf Italienisch parliert.

Mit einem Lied auf den Lippen hüpfte Aletta ins Hinterhaus, wo sie auf ihren Bruder stieß. Pijke zielte mit seinem Holzschläger und einem Ball auf Gläser, die er auf dem Parkett aufgereiht hatte, eines war bereits zerbrochen. Er war mit seinen zehn Jahren kleiner als Aletta, aber wohl ebenso schwer. Das Hemd hing ihm unordentlich aus der Hose.

»Was machst du denn da? Das darfst du nicht!«, rief Aletta empört.

»Irgendwo muss ich doch Zielen üben!«, sagte Pijke und legte den Ball wieder zurecht.

»Du kannst doch in den Garten gehen!«

»Da ist es mir zu kalt.«

»Draußen ist es gar nicht …«

Aus der Küche waren erregte Stimmen zu hören. Pijke schlug, der Ball traf, das Glas klirrte. Glücklicherweise war es nicht kaputtgegangen. Aletta hechtete zu den Gläsern und hob sie auf.

»Lass sie liegen, ich will weiterspielen!«

»Nein, ich bringe sie Mutter, dann kann ich ihr auch gleich erzählen, dass du eines zerbrochen …« Aletta jaulte auf, weil Pijke an ihren Haaren zog.

In diesem Augenblick kam ihre Mutter hinzu. »Aletta, bring bitte … Was machst du denn mit den Gläsern?!«

»Pijke hat damit Pell-Mell gespielt! Er hat eins zerbrochen.«

»Das musst du nachher aufräumen, dafür ist jetzt keine Zeit. Der Vorratskeller steht schon wieder unter Wasser, deshalb kann die Stubenmagd unserem Gast sein Essen nicht bringen. Lauf du schnell hoch zu Pater Anselm.«

»Und Pijke? Willst du ihn nicht schelten?«, fragte Aletta empört.

Doch ihre Mutter steckte Pijke nur das Hemd in die Hose und schob ihn zur Tür. »Geh ins Comptoir. Dein Vater wartet.«

*

Betje hatte sich am Fußende der Pritsche zusammengerollt, die sie mit einem Mädchen teilen sollte. Sie zitterte. Ihre Haut brannte vom kalten Wasser und von der harten Bürste, mit der sie abgeschrubbt worden war. Auf ihrem Kopf … Ein Schluchzer stieg in ihr auf, als sie daran dachte, wie eine Magd sie festgehalten und die Binnenmutter ihre Haare abgeschnitten hatte. In langen blonden Strähnen waren sie zu Boden gefallen. Wie hatte Betje es geliebt, wenn ihre Mutter ihr die Haare gebürstet und geflochten hatte! Ganz leise hatte Mutter dabei immer gesummt. Auch das schöne Wollkleid hatte die Magd ihr abgenommen.

Plötzlich spürte sie, wie sich jemand an ihren Rücken schmiegte.

Überrascht sah sie sich um. Es war ihre Bettnachbarin. Durch die raspelkurzen Haare sah das runde Gesicht des Mädchens wie der Mond aus. »Weine nicht. So schlimm ist es hier gar nicht. Wir haben wenigstens zu essen.«

Betje schluckte mühsam. »Wie heißt du?«

»Ida Zondag.«

»Das ist ein merkwürdiger Name.«

»Das liegt daran, dass es hier so viele andere Idas gibt. Niemand kennt meine Eltern, und ich wurde an einem Sonntag gefunden. Wir haben hier auch eine Ida Regen en Wind.«

Lachen kitzelte in Betjes Brust.

In diesem Augenblick kam die Binnenmoeder in den Saal und rief Betje auf.

Die tief liegenden Augen machten Betje Angst. Barfuß lief sie Mevrouw Haesje hinterher durch einen dunklen Gang, an dessen Ende ein Licht leuchtete. Die Kälte drang schmerzhaft in ihre Fußsohlen. Sie bibberte, und ihre Zähne schlugen aufeinander. Was wollte die Frau von ihr?

Als sie eintrat, wurde Betje von ihren Befürchtungen abgelenkt. Es roch gut nach Kräutern. Sie war in der Küche des Hauses, die eng und vollgestellt war. Auf Regalen standen glänzende Töpfe. Allerlei Gerät hing an Haken von der Decke herab. Der große offene Herd strahlte Wärme aus. Ein Topf stand auf den Flammen. Betje konnte nicht anders, sie ging darauf zu. Sie rechnete damit, dass die Binnenmoeder sie jeden Augenblick ausschimpfen würde. Doch Mevrouw Haesje machte sich an einem Schrank zu schaffen und hielt Betje das Wollkleid hin. »Hier, zieh das unter. Du zitterst ja, dass es den Meergott graust. Aber gib damit nicht vor den anderen an, sonst muss ich es dir wieder abnehmen.«

Überrascht tat Betje, wie geheißen. Weich schmiegte sich die Wolle an sie, und sie spürte, wie ihr Zittern langsam nachließ. Dann kam die kräftige Frau auf sie zu. Betje zog unwillkürlich den Kopf ein. Doch Mevrouw Haesje fasste sie unter den Achseln und hob sie auf einen Hackblock. Gleich darauf hielt Betje einen Becher warme Milch in den Händen.

Die Binnenmutter legte den Zeigefinger auf die Lippen. »Das bleibt unser Geheimnis, verstanden? Und denk bloß nicht, du bekommst hier jeden Abend eine Sonderbehandlung.«

Betje nippte an der Milch, die süß und seltsam würzig schmeckte. »Bestimmt nicht, Mevrouw«, versprach sie. Sie sah sich um. »Es ist schön hier. Gemütlich.«

Die Frau lachte glucksend. Sie trank nun ebenfalls warme Milch. »Findest du?«

Betje nickte ernsthaft. »Ich mag Küchen. Meine Mutter hat immer …« Sie verstummte und trank hastig, um nicht weinen zu müssen.

Es schien, als wolle die Binnenmutter sie ablenken. »Schmeckt dir die Milch? Ich habe ein winziges bisschen Kardamom hineingerieben.«

»Was ist Kardamom?«

»Ein Gewürz aus fernen Ländern. Es ist sehr, sehr teuer, *peperduer* sogar! Deshalb muss auch das unser Geheimnis bleiben.«

19

Die dunkelgrauen Wolkenfelder hingen so tief über der Stadt, als müsse es gleich schneien. Wie helle Funken schossen die Möwen über den Himmel. Die Werkzeugtasche des Vaters geschultert, folgte Vincent Messere Giambelli. Zu seiner Erleichterung hatte die Binnenmoeder ihm die Habseligkeiten doch gelassen. Dennoch war das Leben im Waisenhaus hart. Es gab viel zu wenige Betten, Decken, Tische und Stühle für die vielen Kinder, und sogar den Nachttopf musste man mit mehreren teilen.

Der Anblick der Stadt und das Leben auf den Straßen trösteten ihn. Ein Schlachter lief einem Mops hinterher, weil dieser ihm eine

Wurst gestohlen hatte. Die Schleusen bewegten sich scheinbar selbstständig. Feine Herren diskutierten lebhaft über Listen. Jungen priesen lautstark die neuesten Pamphlete an. Waschfrauen sangen. Auf der Lastage herrschte buntes Treiben.

Giambelli verlangsamte seine Schritte, fummelte immer wieder an seiner Schaube. Schließlich blieb er stehen. »Da ist sie. Die Bauhütte, in der wir gearbeitet haben.« Er holte ein silbernes Fläschchen aus seiner Innentasche und trank gierig.

Vincent betrachtete die Hütte, vor der ein einsamer Wachmann stand. Verwischte Fußspuren im Sand. Schwarze Schlieren am Holz, wie von Feuer. Das IJ, unergründlich schwarz. Hier also hatte sein Vater abends gearbeitet. Hier war er tödlich verletzt worden, vielleicht sogar gestorben. Hatte einer der Angreifer seinen Vater ins Wasser gestürzt? War er gefallen? Was hatten diese Kerle überhaupt von seinem Vater und Messere Giambelli gewollt? »Meint Ihr, es waren die gleichen Männer wie die, die unser Boot auf der Schelde angegriffen haben?«

Giambelli sah sich nervös um, dann öffnete er das Schloss der Bauhütte und trat ein. Der Wachmann bezog vor der Tür Position. »Wer sonst sollte uns angreifen?«

Wieder dachte Vincent an den Zuckersieder, der Giambelli vor der Kirche angegangen war. Aber warum sollte dieser seinen Vater getötet haben? Und dann war da noch Sjako. Doch Vincent wollte nicht noch einmal von Giambelli wegen dieser Überlegungen gemaßregelt werden und schwieg.

Ein Schiff war aufgebockt. Im Rumpf hatte sein Vater mit dem Bau eines Kastens begonnen, ganz so, wie Vincent es in Antwerpen gesehen hatte. Er holte das Werkzeug aus der Tasche und legte es sorgfältig auf den Tisch. Im Taschengrund lag das Notizbuch. Vincent ignorierte es. Allein es anzuschauen tat schon weh.

Giambelli hatte sich auf einen Schemel gesetzt und trank weiter. Erwartungsvoll blickte Vincent ihn an, aber nichts geschah.

»Was soll ich machen?«, fragte Vincent nach einer geraumen Weile.

Keine Reaktion.

Vincent sank in den Schneidersitz und wischte Staub von den Werkzeugen. »Wenn das so weitergeht, sind die Spanier hier, ehe wir fertig sind«, murmelte er.

Giambelli funkelte ihn an; er wirkte angetrunken. »Nuwerdmalnichfrech, *ragazzo!*«, brummte er.

Endlich machten sie sich an die Arbeit. Messere Giambelli war ungeduldig. Oft schimpfte er, dass Wim genau gewusst hätte, wie etwas zu tun war, und warum er sich überhaupt mit Vincent abgab, dann wieder erklärte er ihm etwas, ohne ein Ende zu finden. Vor allem aber trieb er Vincent an, schließlich sollten sie so schnell wie möglich fertig werden, um diese unselige Stadt endlich hinter sich lassen zu können. Als er schließlich einnickte, arbeitete Vincent still weiter.

Erst, als sie die Bauhütte verließen und zum Abschnitt der neuen Festungsmauer gingen, die Giambelli betreute, wurde dieser wieder umgänglicher. »Im Bastionsbau sind wir Italiener unerreicht«, verkündete er stolz. Er musste aufstoßen und hielt geziert die Hand vor den Mund. »Aber auch sonst eifern uns in der Baukunst alle nach. Wir haben sogar Akademien für Architektur und müssen uns das Wissen nicht zusammenstoppeln. Wenn ich an Alberti oder Palladio denke …«

»Wer ist das?«

»Hat dein Vater nicht von ihnen erzählt? Bedeutende italienische Architekten natürlich. Du musst ihre Schriften lesen, das ist unerlässlich für deine Ausbildung. Für Alberti ist der Verstand das wichtigste Instrument, noch vor Winkelmaß und Zirkel.«

Auf dem Zeedijk trafen sie zufällig mit Mevrouw Piron zusammen und trennten sich. Vincent beeilte sich, zum Waisenhaus zu kommen. Er wollte wissen, wie es Betje und Ruben ergangen war.

Die Atmosphäre des Waisenhauses bedrückte ihn, kaum hatte er es betreten. Kinder hänselten und schlugen einander, mühten sich mit Nadel und Faden oder putzten den großen Saal. Mädchen lief über den Hof, in geraden Reihen, Hand in Hand.

»Vincent!« Betje löste sich aus der Reihe und rannte auf ihn zu.

»Bleibst du wohl hier!«, rief die Binnenmutter.

Das Mädchen reagierte nicht. Die Binnenmutter eilte hinter ihr her, streckte die Hand nach Betje aus, und schon fürchtete Vincent, dass diese sie am Nacken packen würde wie ein Katzenjunges. Seine Schwester fiel ihm in den Arm, klammerte sich um seine Taille.

Vincent ließ sich auf die Knie sinken und umarmte sie. Es war ihm egal, dass Mevrouw Haesje etwas dagegen hatte. Betjes Wangen waren schnell tränennass. Auch seine Augen brannten. »So schlimm?«, fragte er leise.

Ruckartig schüttelte Betje den Kopf. Dann löste sie sich von ihm. Er spürte genau, wie schwer es ihr fiel.

Die Binnenmutter hatte die Hände in die Hüften gestützt. In ihr strenges Gesicht hatte sich jedoch ein weicher Zug geschlichen. Die Kinder hinter ihr plapperten und kicherten. Manche machten sich über Betje lustig, nur eine verteidigte sie.

Die Frau fuhr herum. »Genug davon! Du, Geertruy, wirst dir nachher zur Strafe den Mund mit Seife auswaschen! Und du, Ida, bist morgen noch einmal mit dem Putzen der Küche dran!«

Die Mädchen verstummten schlagartig. Die Binnenmutter wandte sich wieder Betje zu. »Wir verlassen unseren Platz nicht, Betje. Beim nächsten Mal musst du warten, bis du deinen Bruder begrüßen kannst. Und nun zurück in die Reihe mit dir!«

*

Die Nacht war gekommen und wieder gegangen, der Schmerz war geblieben, an mehr erinnerte Lazarus sich nicht. Zum ersten Mal nahm er das Zimmer wahr, in dem er sich befand. Eng und vollgestellt. Dunkel vertäfelte Wände, dicke Teppiche, ein großes Bett, feine Wäsche und Vorhänge. Gemälde, dazu Zierrat auf den Schränken. Ein Geruch stieg ihm in die Nase – Weihrauch. Warum roch es hier nach einer heiligen Messe? Er stützte die Hände auf und stemmte sich hoch. Der Schmerz raubte ihm den Atem. Etwas drückte auf seinen Schädel, wo sich die Haut wie taub anfühlte. Trug er einen Verband?

Lazarus setzte die Füße auf die Holzbohlen und stand auf. Ihm schwindelte, seine Stirn war heiß. Sofort musste er sich am Bettpfosten festhalten. Das Hemd schlackerte um seinen Leib. Wo war seine Kleidung? Da vernahm er Stimmen. War das Latein? Hörte er tatsächlich einen Priester?

Vorsichtig machte er ein paar Schritte. Als er die Tür öffnete, wurden die Geräusche lauter, der Duft intensiver. Ohne nachzudenken, ging er darauf zu, vergaß ganz, dass er nur ein Leibhemd trug. Jeder Schritt fiel ihm schwer. Mit zitternden Knien erreichte er den Treppenkopf. Noch konnte er nichts sehen.

»Agnus Dei, qui tollis peccata mundi: misere nobis.« Tatsächlich, ein Priester sprach. Die Worte kannte er nur zu gut. »Lamm Gottes, du nimmst hinweg die Sünden der Welt, erbarme dich unser.« Das Lamm Gottes stand für das Opfer Christi, aber auch für alle anderen Opferlämmer. Hier wurde eine Messe gelesen. In einem Bürgerhaus?

Lazarus hielt sich an der Wand fest, bog dann um die Ecke. Der Raum vor ihm war voll. Eine gute Stube, die wie eine Kirche eingerichtet war, mit Gläubigen, Kruzifixen und sonstigen Gerätschaften, die für eine heilige Messe nötig waren. Der Priester hielt die Hostie über die Köpfe der Gläubigen. Ungläubig starrte er Lazarus an. Jetzt wandten sich einige zu ihm um. Die Augen einer Frau weiteten sich, ihr Mund formte ein O – sie schrie.

Lazarus zuckte zurück. Warum reagierte sie so auf seinen Anblick? Irritiert sah er sich um. In diesem Moment entdeckte er auf der spiegelnden Oberfläche eines Silberpokals sein Abbild. Dann brach er zusammen.

Als er wieder zu sich kam, lag er auf einer Holzbank. Der Gottesdienst schien vorbei zu sein. Jemand hielt ihm eine scharf riechende Flüssigkeit unter die Nase. Seine Hände ruckten hoch, betasteten seinen Schädel, fühlten Verband und wunde Haut. Was war geschehen? *Aardzoon ... die Fackel. Dieser Teufel!*

»Einen Spiegel ... schnell!«, rief er.

Der Priester, der eben noch mit dem vornehmen Silbergrauen gesprochen hatte, wandte sich ihm zu. »Eitelkeit ist eine Sünde, mein Sohn. Danke Gott dafür, dass du überlebt hast.«

Das Mädchen kam zu ihm und hielt ihm einen kleinen Spiegel hin. »Es ist gar nicht so schlimm«, sagte sie.

Lazarus bemerkte, dass ihr Lächeln nicht echt war, und fürchtete sich hinzusehen. Schließlich tat er es doch. Ein Teil seines Schädels war von einem Verband bedeckt. Rot unterlaufen schaute die Haut unter dem Stoffrand hervor. Seine Haare hingen fettig herunter. Er musste wissen, wie es unter den Binden aussah. Unbeherrscht zerrte er sie herunter.

»Nicht!«, rief das Mädchen.

Es schmerzte, als würde er seine Kopfhaut mit abziehen. Der Schock über sein Spiegelbild nahm ihm den Atem. Er riss dem Mädchen den Spiegel aus der Hand und schleuderte ihn weg. Klirrend zerbrach er. Kaum einen Herzschlag lang hatte er in den Spiegel geschaut, und doch hatte der Anblick sich eingebrannt. Rot und wund war der Teil seines Gesichts, seines Ohrs und seiner Kopfhaut, wo Aardzoons Fackel ihn getroffen hatte. Auf immer würde er entstellt sein.

»Wo bin ich? Wo ist Diego?«, fragte er beinahe tonlos.

»Ihr solltet Euch lieber wieder hinlegen«, sagte der Priester.

»Ich will ihn sehen – sofort!«

Ein Knecht fasste ihn unter und führte ihn in die gute Stube, wo Diego mit dem aalglatten Mann, den Lazarus vorhin schon einmal gesehen hatte, an einem Tisch saß. Der junge Spanier fuhr hoch. »Was ist mit Eurem Verband …«

Unwirsch wischte Lazarus sich die klebrige Flüssigkeit ab, die ihm die Wange herunterlief. »Wo ist Giambelli? Ist er tot?«

Diego senkte den Blick. »Aardzoon ist tot. Giambelli arbeitet weiter an dem Brander. Er wird jetzt bewacht. Die Büttel haben die Häuser diverser Katholiken durchsucht, um die Mörder zu finden; bei unserem Gastgeber haben die Schergen jedoch ein Auge zugedrückt.« Erleichtert blickte der junge Spanier den silbergrauen Herrn an. »Das ist Mijnheer van Vleet, ein Verbündeter.«

Van Vleet verschränkte die Finger über seinem Bauch. Er trug etliche Ringe mit großen Edelsteinen. »Wenn man wegen seines Glaubens verfolgt wird, muss man ein umso besserer Bürger und zudem wohlhabend sein, um unbehelligt leben zu können«, sagte er selbstgefällig. »Einige Münzen können Wunder bewirken.«

»Lazarus, ich … ich …« Diego stotterte mehr, als dass er sprach. »Ich … habe den … Prinzen von Parma bereits vom Scheitern unserer … Mission informiert.«

Lazarus kochte vor Wut und Erbitterung. Am liebsten hätte er sein Gegenüber vermöbelt. Er war gescheitert, wieder einmal. Und dazu war er nun nicht mehr als eine lächerliche, abstoßende Gestalt.

*

»Eins«, ein aufklatschendes Geräusch, »zwei, drei …«

»Eins«, ein Aufklatschen, »zwei, drei …«

»Eins, zwei, drei …« Pijke zählte jedes Mal, wenn er seinen Ball gegen die Täfelung der Wand warf. Es war ein unangenehm dumpfes Geräusch.

Aletta sammelte die letzten Scherben auf die Kehrschaufel. Ihre Mutter hatte sich bekreuzigt und ihr dann befohlen, die Spiegelscherben zusammenzukehren, schließlich sei sie schuld an dessen Zerbrechen gewesen.

»… vier, fünf, sechs …«

Tränen der Empörung brannten in Alettas Augen. Sie wusste nicht, warum der Mann so böse reagiert hatte. Sie wusste auch nicht, wer er und sein Begleiter waren oder was ihnen zugestoßen war. Es war eines der vielen Geheimnisse in diesem Haus, die man nicht hinterfragte, wenn man keinen Ärger mit den Eltern haben wollte.

»… fünf, sechs, sieben! Sieben Jahre Pech! Du hast sieben Jahre Pech!« Pijke klang höhnisch.

Aletta blinzelte und erhob sich. »Warum sagst du das?«

Triumphierend blickte ihr Bruder sie an. »Wenn man einen Spiegel zerbricht, hat man sieben Jahre Pech.«

»Ich habe ihn aber nicht zerbrochen. Der Mann war es!«

Wieder warf Pijke den Ball. »Egal. Kaputt ist kaputt. Eins …«

»Wer sind die beiden Herren?«

»Geschäftsfreunde von Vater. Glaubensbrüder. Der eine heißt Don Diego. Er ist ein feiner Herr und gehört angeblich dem spanischen Adel an. Haben einen heldenhaften Kampf ausgetragen. Aber pst, geheim! Nichts für Mädchen.«

Bebend lief Aletta zu der verborgenen Tür in der Holzvertäfelung und die schmale Wendeltreppe hoch zur Kammer von Pater Anselm. Seit sie denken konnte, wohnte der Geistliche schon bei ihnen. Aletta fand es praktisch, weil sie weder für den Bibelunterricht noch für die Beichte das Haus verlassen musste. Etliche Katholiken trafen sich im Beginenhof zum Gebet, dort musste man aber immer damit rechnen, von Bütteln aufgegriffen zu werden.

Als sie eintrat, schlug der Geistliche gerade das Kreuz über der Stirn des Spaniers. Don Diego wirkte erleichtert und ging hinaus. Pater Anselms Kammer hatte nur ein kleines Fenster, wurde aber von einem Kandelaber erhellt. Das silberne Kruzifix über dem schmalen Bett funkelte, und die Heiligen auf den Gemälden schienen sie vorwurfsvoll anzusehen.

»Ich bin sieben Jahre verflucht, hat Pijke gesagt!«, platzte Aletta heraus. Kummer übermannte sie, und sie brach in Tränen aus.

In aller Ruhe wandte der Pater sich ihr zu. »Erzähl mir, wie Pijke auf diese absurde Idee kommt.« Seine beringten Finger klopften auf seinen Oberschenkel.

Aletta setzte sich auf seinen Schoß. Ganz klein kam sie sich vor, als sie berichtete, was vorgefallen war.

Pater Anselm strich ihr über die Haare. »Du musst dir keine Sorgen machen, das ist finsterer Aberglaube und entspricht nicht der Wirklichkeit. Bete fleißig, und tue gute Werke, dann bist du in Gottes Hand. Vergiss nie: Damit hilfst du, Seelen aus der Verdammnis zu retten.«

Aletta wusste, dass es furchtbar war, verdammt zu sein. Oft predigte Pater Anselm über die Höllenqualen. Beruhigt ließ sie sich von seinem Schoß gleiten. »Danke, Pater.«

*

»Buenas tardes, Señorita van Vleet. Cómó estás?«

»Muy bien, gracias. Y usted?« Das helle Lachen des Mädchens ließ Lazarus erstarren. Die Familie war so reich und so perfekt, dass es ihn wütend machte. Allein van Vleets Einsatz für die katholische Gemeinde in Amsterdam und verfolgte Priester nötigte ihm Respekt ab.

Lazarus stieß die Tür auf. Als er Diego sah, der neben Aletta auf der Bank saß, kam ein weiteres Gefühl dazu: Hass. Der junge Spanier hatte es geschafft, sich innerhalb weniger Tage bei allen einzuschmeicheln. Mit dem Vater hatte er über die Silberflotte und seine Verbindungen zum spanischen Königshaus gesprochen, mit der Mutter über die spanische Mode, mit dem Sohn hatte er Ball gespielt, und nun schäkerte er auch noch mit der zauberhaften Tochter. Und er? War der bemitleidenswerte Versager, dessen Gesicht durch die Verbrennung für immer entstellt sein würde. Sobald es ihm besser gegangen war, hatten sie weitere Versuche unternommen, an Giambelli heranzukommen, doch der Italiener war stets von Wachen begleitet worden. Auch der Kompassdolch und sein Pelzmantel waren verschwunden.

Erst die Aussicht, wie sehr er Diego auf ihrer weiteren Reise für sein Verhalten leiden lassen würde, hob seine Laune.

Lazarus zupfte an dem Kopftuch, das er bis auf Weiteres unter dem Barett tragen würde, um die Narbe zu verdecken. »Wir müssen uns verabschieden«, sagte er lauter als nötig.

Aletta erhob sich und knickste vor ihm, wobei sie den Rocksaum hob. »Dann wünsche ich Ihnen eine gute Reise, Mijnheer«, sagte sie artig.

Lazarus lachte; es klang falsch. »Ganz so schnell geht es nun auch nicht. Euer Vater wollte uns einen Brief mitgeben, kleine Dame.«

»Ich werde mich für Euch danach erkundigen.« Das Mädchen lief hinaus.

»Was sollte das denn werden? Bist du jetzt auch noch Hauslehrer?«, blaffte Lazarus.

Ehe Diego antworten konnte, war Aletta zurück. »Mein Vater erwartet Euch.«

Sie gingen ins Comptoir. Van Vleet reichte Diego einen Brief.

»Teilt dem Prinzen von Parma und dem Artilleriegeneral mit, dass ich in Verhandlungen mit Schweden wegen der neuen Musketenrohre und sonstiger Metalle stehe, jedoch Vorsicht walten lassen muss.«

»Das werde ich …«, begann Diego.

Lazarus ging dazwischen: »Das werde ich gerne tun.« Er nahm Diego den Brief ab. »Ich wusste ja gar nicht, dass Ihr auch mit Waffen handelt, Mijnheer.«

»Mit allem, was Gewinn einbringt.«

Lazarus lächelte einnehmend. »Wie schade, dass wir uns nicht früher darüber unterhalten haben. Ich kenne mich ein wenig mit Waffen aus. Es wird Zeit, dass die schweren Luntenschlossgewehre in der spanischen Armee ersetzt werden. Es gereicht uns zum Nachteil, dass man sie beim Abfeuern mit einer Musketengabel stützen muss, damit man überhaupt trifft. Ein einfaches Rohr oder eine Flinte kann hingegen aus der Hand abgefeuert werden – und ist vermutlich günstiger in der Herstellung. Von Pistolen ganz zu schweigen.«

Van Vleet betrachtete ihn abwägend. »Nicht jeder Büchsenmacher versteht sich auf Rohre.«

»Das ist wahr. Ich habe bei schottischen Söldnern einige schöne Stücke gesehen, die überdies mit einem Schnapphahn versehen waren. Dieser Schlosstyp ist weniger kostbar als das Radschloss, aber angeblich selbst unter ungünstigen Umständen ebenso zuverlässig.«

»Schnapphahn? Was hat denn ein Räuber auf einem Pferd mit einer Flinte zu tun?«

Lazarus begriff, dass van Vleet von dieser Schlossart noch nie gehört hatte, und erklärte ihm den Mechanismus. Das Interesse des Kaufmanns war geweckt. »In Schottland und Schweden scheinen derartige Waffen bereits verbreitet zu sein«, setzte Lazarus hinzu.

Sie fachsimpelten eine Weile über Waffen, Kugeln und Schießpulver, während Diego zu Lazarus' Befriedigung schweigend danebenstand. Dann aber wandte sich van Vleet noch einmal an ihn. »Und, wie gesagt, Don Diego: Ich wäre durchaus an Euren Verbindungen interessiert. Der Handel mit der Neuen Welt ist faszinierend – und lukrativ. Durch das Monopol des spanischen Königs und das Handelsembargo lassen sich erstaunliche Gewinne mit Rohrzucker, Guajakholz, Silber und Quecksilber machen. Wenn Ihr Euch als spanischer Grande denn mit einem einfachen Kaufmann abgeben wollt.«

Sein Lächeln gab ihnen zu verstehen, dass es eine bewusste Untertreibung war, und tatsächlich stieg Diego darauf ein. »Wahrer Adel ist nicht allein auf das Geburtsrecht, sondern auf adeliges Verhalten zurückzuführen. Mit Eurem Einsatz für unseren Glauben hebt Ihr Euch weit über Euren Stand hinaus.«

»Zu freundlich.« Van Vleet lächelte süßlich.

Eifersucht wallte in Lazarus auf. Warum wurde Diego derart hofiert und er nicht? Er hatte dem Kaufmann doch auch von seiner Herkunft erzählt. »Darf ich mich bei Euch melden, wenn ich wegen unseres Amsterdamer Besitzes wieder in der Stadt bin?«, fragte er aufs Geratewohl, obgleich er bezweifelte, dass es seinem Vater je gelingen würde, ihr Haus zurückzugewinnen.

Van Vleet nickte. »Selbstverständlich seid auch Ihr mir immer willkommen.«

Beim Abschied trafen sie ein letztes Mal mit dem Rest der Familie zusammen. Lazarus hielt Aletta die Hand hin. »Ihr wolltet Euch doch bei mir verabschieden, Juffrouw.«

Gehorsam tat sie es. Ihre Haut war samtweich und erinnerte Lazarus an ein anderes Mädchen, dass er erst kürzlich berührt hatte. Am liebsten hätte er sie gar nicht mehr losgelassen.

*

»Beschaff uns etwas zu essen. Und eine Hure«, befahl Lazarus, sobald Diego ihre Taschen in die Kammer der Herberge getragen hatte. Diego fühlte sich von der Reise und seinen Verletzungen wie zerschunden, war todmüde. Nie hätte er sich darauf einlassen dürfen, mit Lazarus zu reisen. Lieber hätte er fliehen und die Verachtung seines Vaters riskieren sollen.

Lazarus warf sich aufs Bett. »Nun geh schon!«

Schnell schloss Diego die Tür hinter sich. Nicht dass Lazarus auf die Idee käme, ihn wieder als Stiefelknecht zu missbrauchen. Er musste nur noch ein paar Tage durchhalten. Wenn sie erst im Heerlager wären, würde er den Generalísimo um Versetzung bitten oder die spanische Armee ganz verlassen. Er konnte immer noch nach Hause zurück und ins Kloster gehen, ein kontemplatives Leben führen. Während er eine Mahlzeit und Wein bestellte – viel Wein, damit Lazarus bald betrunken einschlief –, dachte er an die Zeit in Amsterdam zurück. Es war eine Schande, dass die Ketzer all diese Kirchen, Klöster und Konvente entweiht hatten. Umso großartiger war es, was Aldo van Vleet und seine Familie für den wahren Glauben taten. Am liebsten wäre er bei ihnen geblieben.

Nachdem er bezahlt hatte, neigte Diego sich dem Wirt zu und senkte die Stimme. »Mein … Mitreisender möchte … nun ja … eine … also … weibliche Gesellschaft …«

»Eine Hure?«, fragte der Wirt allzu laut. »Bestimmte Vorlieben? Wir haben Femke mit dem Schnitt, die flinke Gertije …«

Diego spürte, wie ihm die Hitze ins Gesicht stieg. »Keine Ahnung.« Er wandte sich ab. »Kümmert Euch bitte darum.«

Er wollte nur noch eins – sich hinlegen und schlafen. Vielleicht sollte er einfach im Stall verschwinden. Das aber gehörte sich für einen Mann seines Standes nicht. Als er in die Kammer zurückkehrte, wusste er sofort, dass es ein Fehler gewesen war. Lazarus hatte seine Tasche durchsucht und hielt nun den Kompassdolch in den Händen. Es war ein schönes, ein besonderes Gerät, das er nach dem Überfall am IJ-Ufer gefunden hatte und eigentlich seinem Vater hatte schenken wollen.

Lazarus berührte die Spitzen. »Das ist der Kompass, den mir Aardzoon ins Fleisch gehauen hat. Und den wolltest du mir vorenthalten?«, fragte er in einem Tonfall, der Diegos Blut zu Eis werden ließ.

»Nein … ich …« Diego machte einen Schritt zurück. Im gleichen Augenblick sprang Lazarus vor, packte ihn am Ohr und hieb Diegos Kopf so heftig gegen die Bettkante, dass dieser Sterne sah.

Plötzlich eine fremde Stimme: »Ich habe gehört, Ihr wollt Euch die Zeit …« Eine junge Frau mit hochgeschnürter Brust und einem

Tablett in den Händen stand in der Tür. Sie erstarrte, als sie Diego sah, dem das Blut von der Schläfe hinunterlief. Schnell stellte sie das Tablett ab. »Hier ist die Haxe mit Rübenmus und Rheinwein. Ich kann … später noch mal …«

»Bleib, es soll dein Schaden nicht sein!« Lazarus warf einen Gulden auf den Boden.

Vermutlich mein Geld, dachte Diego, aber es war ihm egal. Hauptsache, Lazarus ließ ihn in Ruhe.

Die Dirne klaubte den Gulden auf und biss auf das Metall.

Lazarus schnappte sich das Essen und machte eine gönnerhafte Geste. »Kümmere dich um meinen Begleiter, dann sehen wir weiter.«

Während Lazarus aß, nahm sie eines von Diegos Taschentüchern und tupfte ihm das Blut ab. Die sanften Berührungen beruhigten Diego. *Ich darf Lazarus auf keinen Fall noch mal gegen mich aufbringen*, ermahnte er sich. Es musste ihm gelingen, diese Reise ohne weitere Zwischenfälle hinter sich zu bringen.

Lazarus ließ sich aufs Bett fallen und pulte sich in den Zähnen. »Blas ihm einen.«

»Was?« Sie starrte Lazarus an.

»Nimm sein Ding in den Mund.«

»So einen Schweinkram mache ich nicht!«, protestierte sie.

Diego sprang auf. Das roch nach Ärger – schon wieder. »Ich lasse euch mal allein …«

Doch es war zu spät. Lazarus erhob sich und kam näher. Er bewegte den Kompassdegen zwischen seinen Fingern. »Wenn ich sage, ihr treibt es miteinander, dann tut ihr das auch«, sagte er leise und kalt.

Diego hob die Hände. »Das ist nicht nötig, wirklich. Ich gehe jetzt mal …« Er wandte sich der Tür zu, doch Lazarus packte ihn am Kragen und warf ihn in den Raum zurück.

Die Hure wollte ebenfalls gehen.

»Wir wollten doch einen schönen Abend haben, oder? Und du wolltest mein Geld. Abgemacht ist abgemacht. Treib es mit ihm, los!«

Diego hatte sich wieder hochgerappelt. Er überlegte, ob er Lazarus angreifen könnte, entdeckte aber keine Waffe, außerdem war er noch durch die Verletzung geschwächt.

Plötzlich war die Hure neben ihm. Sie schob die Hand in seine Hose. Sein Körper zeigte keine Reaktion. Ihr Blick wurde ängstlich. »Da ist … Er will nicht«, sagte sie schnell.

Lazarus lachte böse. »Ich vergaß, was ein Meisje mir über deine Vorlieben gezwitschert hat.« Er kniete sich neben ihn, und ehe Diego zur Seite rutschen konnte, hatte er ihn schon am Hals gepackt und würgte ihn.

*

Endlich war der Höllenbrander zur Verteidigung des Amsterdamer Hafens fertig. Vincent hatte deshalb Jacob in die Bauhütte geführt und demonstrierte ihm den Mechanismus. Es tat gut, sich mit einem anderen Jungen darüber auszutauschen. Zumal Jacob zwar belesen war, aber über wenig praktische Erfahrung verfügte.

Es war ein nasser, kalter Dezember ohne Schnee, und Messere Giambelli drängte darauf, die Stadt zu verlassen. Oft hatte er in letzter Zeit betrunken geweint und sich die Schuld am Tode seines Freundes Wim gegeben, was Vincent unerträglich fand. Dennoch würde er Giambelli begleiten müssen.

Als er sich von seinem Bruder verabschieden wollte, kämpfte dieser gerade mit einem Waisenjungen, der es, wie Vincent schon früher beobachtet hatte, faustdick hinter den Ohren hatte. Die anderen Jungen standen um die Kämpfenden herum und feuerten sie an. Vincent ging dazwischen und zerrte die beiden Streithähne auseinander.

»Was soll das? Ich hätte ihn fertiggemacht!«, schimpfte Ruben, dessen Auge bereits zuschwoll.

»Warum prügelt ihr euch?«

»Er wollte mir eine Münze stehlen, die ich von einem Kaufmann bekommen habe. Ich hab Botendienste verrichtet.«

»Und – hast du die Münze zurückbekommen?«

»Was denkst du denn!«, entgegnete Ruben selbstbewusst.

»Trotzdem musst du dich zusammenreißen«, redete Vincent seinem Bruder ins Gewissen. »Messere Giambelli will morgen abreisen. Erst einmal geht es zurück nach Vlissingen, wo demnächst der englische Kommandeur eintreffen soll.«

»Du Glücklicher!«

»Ich wäre lieber bei euch geblieben, das weißt du.«

Ruben machte sich los. Mit den Fingerspitzen befühlte er das geschwollene Augenlid, dann ging er davon. Enttäuscht sah Vincent ihm nach. »Willst du mir keine gute Reise wünschen?«

Die Binnenmutter wollte Vincent nicht zu Betje lassen, weil die Mädchen noch arbeiteten. Er musste im Eingangsbereich bei den Neuankömmlingen warten, deren Verzweiflung beinahe körperlich zu spüren war. Sicher, sie konnten froh sein, dass sie überhaupt irgendwo untergekommen waren. Aber sollte es nicht auch für die Ärmsten eine anständige Unterkunft geben? Lange lehnte Vincent an einer Wand und hing seinen Gedanken nach.

»Wie geht es deiner Schwester?«

Er fuhr hoch. Das fein in Pelz und Samt gekleidete Mädchen lächelte erwartungsvoll. »Gut, hoffe ich«, sagte er und musste sich räuspern. »Danke für das Wollkleid. Du hast Betje eine große Freude gemacht.«

»Ein Dienst der christlichen Nächstenliebe.« Sie neigte sich zu ihm. »Ich habe etwas für … Betje.« Sie lief zu ihrer Mutter, die gerade mit der Binnenmutter sprach, und holte etwas aus dem Korb. Mit einem verschwörerischen Lächeln reichte sie es Vincent. Es war eine Stoffpuppe in einem niedlichen Kleidchen. »Ich hänge an ihr, aber Vater meint, die Puppe ist zu schäbig. Schenk sie Betje.«

»Aletta!« Der mahnende Ruf ihrer Mutter wischte ihr Lächeln fort. Mevrouw Haesje hatte alle Spenden angenommen; sie würden wieder gehen.

»Das werde ich«, sagte Vincent und schob schnell die Puppe unter sein Hemd, weil er ahnte, dass die Binnenmutter das Geschenk nicht gutheißen würde, dann war Aletta schon verschwunden.

Wenig später durfte er endlich zu Betje. Seine kleine Schwester fiel ihm in die Arme. Die Matrone blieb in der Tür stehen. Die Botschaft war klar: Nur kurz durften sie reden. Er steckte Betje die Puppe zu und sagte ihr, woher er sie hatte.

Seine Schwester strahlte. Allerdings nur, bis Vincent ihr gestand, dass er fortmusste. »Sobald ich ausgelernt habe und mein eigenes Geld verdiene, hole ich euch hier heraus!«, sagte er leise.

Betje presste die Puppe an ihre Brust und sah ihn aus großen Augen an. »Versprochen?«

»Versprochen. Ich kümmere mich um euch, immer.«

20

Die fahle Wintersonne kitzelte aus diesem milden Dezember einen kurzen Moment der Schönheit hervor. Die Wiesen glitzerten vom Raureif, und auch die Dünen bei Vlissingen waren silbern überzuckert. Wenn es mal schneite, verwandelte sich die weiße Schneedecke binnen kürzester Zeit in klebrigen Matsch. Diese Witterung war gut für den Handel, aber schlecht für alle, die Vieh hielten, weil das Heu, mit dem die Tiere über den Winter gebracht werden sollten, verfaulte und viele Tiere notgeschlachtet werden mussten. Wer kein Geld für neues Vieh hatte, würde bald Hunger leiden.

Als sie am Marktplatz von Vlissingen anlegten, musste Vincent Messere Giambelli vom Boot helfen. Allzu reichlich hatte der Italiener in den vergangenen Tagen dem Wein zugesprochen. Nur der schien seine Unruhe zu dämpfen. Immer wieder hatte Giambelli sich umgesehen, als ob ihn jemand verfolgte, hatte misstrauisch jeden Fremden in den Gasthöfen beäugt.

Vincent hauchte in die Hände und stampfte mit den Füßen auf, während er darauf wartete, dass sich Messere Giambelli mit einem Lastenträger einig wurde. Er sah sich um. In Vlissingen wimmelte es nicht mehr nur von Geflüchteten und Seeleuten, sondern auch von englischen Soldaten, die jedoch ausgesprochen abgerissen wirkten.

Mit einer verunglückten Verbeugung verabschiedete Messere Giambelli sich von der jungen Frau, die er die ganze Fahrt über umgarnt hatte. Um Vincent hatte Giambelli sich hingegen kaum gekümmert. Nach dem ersten Tag, an dem er den Gesprächen der anderen Fahrgäste gelauscht und sich zunehmend gelangweilt hatte, hatte Vincent deshalb das Notizbuch seines Vaters hervorgeholt. Kurz hatte es ihm einen Stich versetzt, die Schrift seines Vaters zu sehen. Dann aber hatte er angefangen, darin zu lesen. Er hatte versucht zu verstehen, was seinen Vater beschäftigt hatte, und manches Mal hatte er Messere Giambelli befragt, wenn er etwas nicht verstand. Seine Beschäftigung hatte Vincent Freude bereitet und ihn von dem schlechten Gewissen wegen seiner Geschwister abgelenkt. Wie es Ruben und Betje wohl ging?

Nervosität bemächtigte sich seiner, als er dem Lastenträger und seinem Lehrherrn zum Prinsenhuis folgte. Wie würde Giambellis Gattin es aufnehmen, dass er sie fortan begleiten würde?

Dienstboten schmückten das Prinsenhuis mit Girlanden und Fähnchen, es herrschte ein reges Kommen und Gehen. Schon auf der Fahrt hatten sie von Reisenden gehört, dass der Graf von Leicester stündlich mit seinem Gefolge eintreffen konnte.

Überschwänglich fiel Emeline Giambelli ihrem Mann in die Arme. Vincent schleppte derweil zusammen mit dem Knecht das Gepäck in das Zimmer, in dem sie sich wohnlich eingerichtet hatte. Sie herzte ihren Mann, der ihre Küsse ebenso leidenschaftlich erwiderte. Vincent wusste nicht, was er tun sollte; noch hatte sein Herr ihn nicht entlassen.

»Oh!« Emeline hatte ihn entdeckt. Verlegen richtete sie ihre Frisur, die sich beim Austausch der Zärtlichkeiten geöffnet hatte. »Ich glaube, der Junge wartet auf sein Trinkgeld.«

»Wie? Ach so, nein. Erkennst du ihn denn nicht? Das ist Vincent, Wims Sohn. Begrüße meine Gattin, wie es sich gehört, *ragazzo*.«

Vincent tat, wie ihm geheißen. Auf gutes Benehmen legte Messere Giambelli Wert.

»Der arme Wim. Federigo hat mir geschrieben, was ihm zugestoßen ist. Gott möge seiner Seele gnädig sein!« Sie legte ihrem Mann in einer zärtlichen Geste die Hand auf die Wange. »Was für ein Glück, dass du diesen Unholden entgangen bist!«

»Ich habe Vincent als Lehrling angenommen. Er wird in den nächsten Jahren bei uns leben.«

»Du hast so ein gutes Herz«, sagte sie. Sehr begeistert schien sie nicht zu sein.

Giambelli schloss sie in die Arme. »Beschaff uns Wein und etwas zu essen«, wies er Vincent an. Als dieser wenig später mit der Mahlzeit klopfte, rief er allerdings, dass er das Tablett vor der Tür abstellen und verschwinden solle.

Vincent strich durch die Gänge des Prinsenhuis und machte sich nützlich, wo er nur konnte. Alles wurde für die Ankunft des Grafen auf Vordermann gebracht. Schließlich kam er an einer offen stehenden Tür vorbei. Sein Blick fiel auf ein Regal voller exotischer Gegenstände – getrocknete Blumen, Muscheln, Steine – und unzähliger Bücher. Fasziniert ging er hinein. Die meisten Bücher waren wissenschaftlicher Natur. Und dort standen auch Vitruvs Schriften über die Architektur, die sein Vater einmal erwähnt hatte. Aufgeregt wischte Vincent sich die Hände ab und zog ein Buch heraus. Er las die ersten Worte und tauchte in den Text ein. Gedankenverloren ließ er sich auf den mit Seide bezogenen Sessel sinken.

Plötzlich drang eine Stimme in sein Ohr: »… schließlich seid Ihr jetzt als Statthalter von den Generalstaaten bestätigt worden.« Schritte und Stimme wurden lauter. »Im Umgang mit dem Grafen von Leicester ist es entscheidend, dass Ihr Eure Rechte behauptet. Leicester ist ein Ehrgeizling, skrupellos und ein Liebling der Königin. Weder unsere Souveränität noch der Handel dürfen durch England beeinträchtigt werden.«

Vincent versteifte. Er dürfte nicht hier sein. Dennoch wagte er nicht, sich zu erkennen zu geben. Vielleicht würde der Mann einfach weitergehen.

Eine weitere Stimme erklang, ein einschmeichelnder Tonfall: »Andere Vasallen der englischen Königin wären geeigneter gewesen, da sie über mehr militärische Erfahrung verfügen. Walsingham hat der Königin im Palast von Nonsuch etliche hohe Herren für diesen Posten vorgeschlagen. Königin Elisabeth jedoch entschied sich für Robert Dudley.«

»Wir müssen das Beste daraus machen. Der Graf von Leicester muss mit vollem Einsatz für uns eintreten, darf sich aber gleichzeitig nicht zum Herrscher aufschwingen. Glücklicherweise habt Ihr erfahrene Berater an Eurer Seite.« Das war wieder der erste Mann.

»Wir haben unser Schicksal in die Hände von Königin Elisabeth gelegt. Wie soll ich diese Entscheidung jetzt anfechten?« Noch jemand! Die dritte Stimme klang knarzend.

»Ihr sollt die Entscheidung nicht anfechten, Exzellenz.« Wieder der Erste. Ein milde tadelnder Ton, wie Vincent ihn von seinen früheren Lehrmeistern kannte.

»Dennoch müssen wir die Macht des englischen Kommandeurs beschränken, sonst werden die Niederlande zermahlen, und dafür ist Euer Vater nicht gestorben«, wandte eine sanfte und zugleich entschiedene Frauenstimme ein.

Das wurde ja immer ärger! Vincents Wangen glühten, als er hochschoss. »Verzeiht, Ihr Herrschaften, ich wollte nicht …«

Vier Gesichter wandten sich ihm überrascht zu – nein, eigentlich fünf, denn im Hintergrund hielt sich ein Halbwüchsiger auf. Vincent erkannte Mijnheer van Oldenbarnevelt, Moritz von Nassau-Dillenburg und dessen Stiefmutter Prinzessin Louise sowie einen weiteren Mann.

»Was tust du hier? Belauschst du uns?«, fragte Graf Moritz scharf.

Vincents Finger umklammerten das Buch. »Nein, ich …«

Der Oranier kam näher. »Ich habe dein Gesicht doch schon mal gesehen …«

»Ich war mit meinem Vater und meinen Geschwistern nach dem Fall von Antwerpen hier. Jetzt, wo …«, es fiel ihm noch immer schwer, es auszusprechen, »wo mein Vater tot ist, bin ich der Lehrjunge von Messere Giambelli und …« Hilflos hob Vincent das Buch. »Ich habe die Bücher gesehen und konnte nicht widerstehen. Es tut mir leid.«

Oldenbarnevelt runzelte die Stirn. »Wir hörten von dem Mord an deinem Vater. Die spanischen Unholde schrecken wirklich vor nichts zurück.«

Prinzessin Louise kam näher. Vincent neigte das Haupt. »Was liest du da?«, fragte sie.

»Vitruvs Schriften über die Architektur, allerdings fehlten mir einige lateinische Vokabeln.« Vincent strich noch einmal über den kostbaren Ledereinband und stellte das Buch dann zurück an seinen Platz. »Ich hoffe, Ihr könnt mir verzeihen.«

Zu seiner Überraschung zeigte sich auf dem Gesicht der Fürstenwitwe ein halbes Lächeln. »Ich erlaube dir, dass du in den Büchern liest, solange niemand anders in der Bibliothek ist. Wenn jemand nach Wissen trachtet, sollte man ihn nicht aufhalten.«

»Danke … Hoheit.«

Sie lächelte. »Exzellenz reicht.«

In diesem Augenblick kam ihr kleiner Sohn herein. Der knapp zweijährige Friedrich Heinrich weinte herzzerreißend. In den Händen hielt er die Holzfigur eines berittenen Soldaten. Bei dem Schlachtross war ein Bein abgebrochen. Erleichtert, dass sich die Aufmerksamkeit der Erwachsenen von ihm abgewandt hatte, lief Vincent hinaus.

Schon nach wenigen Schritten packte ihn jemand am Arm. Der Halbwüchsige zog Vincent zu sich heran. Der Junge war etwa fünfzehn Jahre alt und wirkte wie eine geometrische Versuchsanordnung auf Vincent: hohe, eckige Gestalt, langer Hals, zusammengewachsene Augenbrauen, die wie ein Balken aussahen, und wie mit einem Lineal geschnittene kastanienrote Haare. Nur die Nase fiel, knallrot und wund, aus dem Rahmen.

»Nichts, von dem, was du eben gehört hast, wird je deinen Mund verlassen – verstanden?«, zischte er.

Widerstand regte sich in Vincent. »Wer bist du, dass du glaubst, mir etwas befehlen zu können?«

Der Junge hüstelte erstickt. »Das geht dich nichts an. Die Erwachsenen mögen dich aus irgendeinem Grund nachlässig behandelt haben, aber ich habe ein Auge auf dich, verstanden?«

»Spinnst du? Ich hab nichts falsch gemacht! Warum sollte ich über das reden, was ich gehört habe? Und mit wem? Ich bin froh, dass endlich Hilfe kommt.« Vincent riss sich los und lief weg.

Als sie am nächsten Morgen die Kisten seines Lehrmeisters auspackten, sprach Vincent Giambelli darauf an, was er gelesen hatte. »Es ist erstaunlich, was Vitruv alles von einem Architekten erwartet«, sagte er, während er vorsichtig einen Glaskolben aus seinem Strohnest schälte. »Manches leuchtet mir ein. Er muss zeichnen, malen und modellieren können – gut. Vermessungskunde, selbstverständlich. Arithmetik, um einen Bau zu berechnen ...«

»... Statik, Maßeinteilung und die Baukosten, nicht zu vergessen. Schließlich will ein Bauherr keine unangenehmen Überraschungen erleben. Deshalb ist auch die Gesetzeskunde wichtig.« Giambelli holte mehrere Tongefäße aus einer Kiste.

Vincent stellte einen weiteren Glaskolben auf das Regal. »Schreibgewandtheit ...«

»... um seine Werke zur Verbreitung seines Ruhms erläutern zu können«, sagte Giambelli und versuchte, Kupferrohre an die Tongefäße zu stecken.

»Der Architekt soll also Bücher schreiben?«

»*Esattamente.*«

»Aber wofür die Kenntnis der Optik?« Mit den Fingern fuhr Vincent durch das Stroh – die Kiste war leer. Zunehmend ungeduldig hantierte Giambelli mit Tonkugeln und Kupfer. Nichts passte zusammen. Vincent wurde an seinen Vater erinnert, der immer so viel Geduld besessen hatte. »Soll ich?«

»Gerne. Vielleicht musst du die Enden einfetten.« Während Vincent diesem Rat nachkam, schenkte sich Giambelli etwas Wein ein. »Die Optik ist nötig, um zu ergründen, zu welchem Zeitpunkt das Licht auf welche Weise in einen Raum hineinfällt. Ein Architekt muss sich zudem in der Geschichte auskennen, weil es viele historische Vorbilder und Anregungen für Gebäude gibt, wenn ich beispielsweise an die verschiedenen antiken Säulen denke, die heute wieder so beliebt sind. Philosophie ist unerlässlich, denn er muss sich auf das Wesen der Dinge verstehen. So hat der Philosoph Protagoras erkannt, dass der Mensch das Maß aller Dinge ist. Das gilt zum einen ganz praktisch, denn wir messen mit Finger, Fuß und Elle. Aber es gilt auch, was die Proportionen angeht, denn alle Glieder müssen in einem harmonischen Verhältnis zueinander stehen.«

Vincent war fasziniert. »Aber wieso muss ein Architekt sich mit Musik beschäftigen?«

»Wegen der Akustik. In einem hohen Saal sind Stimmen besser zu verstehen, aber auch Geräusche hallen lauter. Der Grat zwischen Wohlklang und Störung ist schmal.«

»Und Medizin?«

»Luft, Wasser und Wind in der Nähe des Baugrunds dürfen die Gesundheit nicht beeinträchtigen.«

»Sternenkunde?«

»Das ist einfach: Ein Architekt muss wegen des Lichteinfalls die Himmelsrichtungen kennen und Sonnenuhren konstruieren können.«

Vincent hatte das Gerät fertig zusammengebaut. Er betrachtete es neugierig. Es sah aus wie ein Planetenmodell. »Was ist das eigentlich?«

»Ein Tribikos, ein Destillierapparat für meine chemischen Experimente. Ich will an einigen Explosivstoffen arbeiten, falls für den Grafen von Leicester Feuerwerke gewünscht sind.«

Feuerwerke! Vincent war begeistert, was er alles lernen würde.

»Gott schütze die Königin!«

»God save the Queen!«

Immer lauter brandeten die Rufe auf, als die Schiffe des Grafen von Leicester sich aus dem kalten Nebel des zeeländischen Winters herausschälten und vor der Mole von Vlissingen anlegten. Vincent überschlug, wie viele es waren: fünfzig bestimmt. Geradezu euphorisch überboten sich Bewohner der Stadt und Soldaten mit Beifallsrufen. Er hatte es in den letzten Tagen deutlich gespürt: Sosehr man den spanischen König verabscheute, sosehr liebte man Königin Elisabeth.

Untermalt von Kanonenschüssen, Trommeln und Trompeten betrat der Favorit der Königin zeeländischen Boden. Robert Dudley war ein hochgewachsener, aber dicker und rotgesichtiger Mann mit schütterem Haar, der herrschaftlich auftrat. In seinem Gefolge waren Hunderte vornehme Edelleute in Rüstungen, perlengeschmückter Kleidung und spitzenbesetzten Hüten. Es war eine wahre Prozession der Pracht. Gerüchte besagten, dass Leicester aus seinem eigenen Vermögen Truppen und Ausrüstung bezahlt hatte; der niederländische Freiheitskampf schien ihm ein ernstes Anliegen zu sein. Auch teilte er ihren reformierten Glauben. Paulus Buys, der Landesadvokat von Holland und Westfriesland, war ebenfalls anwesend. Wenn Vincent es richtig verstanden hatte, hatte der alte Gelehrte mit Oldenbarnevelt und diesem Ortel den Vertrag mit der englischen Königin maßgeblich ausgehandelt. Vincent hatte sich bei den Bediensteten im Prinsenhuis umgehört. Der Jugendliche, der ihm gedroht hatte, hieß Nathan und war der Gehilfe von Mijnheer Ortel, einem Botschafter der Generalstaaten.

Mit allen Ehren wurden die Edelleute von den Ranghöchsten der Stadt begrüßt. Noch immer transportierte man Hausrat von den Schiffen zum Prinsenhuis. Möbel, Kisten und sogar ganze Kutschen wurden an Land gebracht. Es hieß, Leicester habe sogar eine Theatertruppe dabei.

Anschließend feierte man im Prinsenhuis ein Willkommensfest. Für Vincent war es eine fremde Welt, beinahe unwirklich. Von einem Platz im Gesindetrakt sah er die Köstlichkeiten, die auf großen Tabletts von der Küche in den Saal getragen wurden: gebratene Fasane im Federkleid, gebackene Schwäne, gezuckerte Rosen und unendlich viele Weinkaraffen. Diese Völlerei war unglaublich, wenn man daran dachte, dass nur einige Meilen entfernt Menschen verhungerten. Laut brandeten Gespräche und Gelächter aus dem Saal auf. Wegen der ausgezeichneten Verbindungen der Fürstenwitwe zum französischen Königshaus parlierte die elegante Gesellschaft auf Französisch, was Vincent leidlich beherrschte, weil auch in Antwerpen viele Franzosen gelebt hatten. Englisch verstand er hingegen kaum.

Als Vincent genug vom Zuschauen hatte, nahm er einen Kerzenleuchter und ging in den Salon. Dort brannte Licht. Hatte jemand vergessen, die Kerzen zu löschen? Zu seiner Enttäuschung entdeckte er an einem Tisch Nathan, der eine Schreibfeder über das Papier fliegen ließ. »Was ist?«, fragte dieser so quäkend, als halte man ihm die Nase zu.

»Ich will lesen. Die Fürstenwitwe hat es erlaubt«, sagte Vincent. »Willst du mir das verbieten? Nur weil dein Herr Gesandter der Generalstaaten ist?«

»Du hast dich also schlaugemacht? Gefällt mir.« Ein Grinsen huschte über Nathans Gesicht, dann schnäuzte er sich geräuschvoll. »Setz dich, aber halte Abstand – ich habe Briefe zu kopieren.«

Das hätte er ohnehin gemacht. Vincent ging zum Regal und sortierte einige Bücher ein, die jemand achtlos abgelegt hatte. Dann nahm er den nächsten Vitruv-Band, rückte die Stühle zurecht, die kreuz und quer standen, und suchte sich einen Platz am anderen Ende des Raumes.

»Nein, nicht dahin, das stört mein Ordnungsempfinden.«

Verständnislos sah Vincent den Jungen an, rutschte aber zwei Stühle weiter, sodass er mittiger vor der Wand saß.

Eine Zeit lang waren nur das Kratzen der Schreibfeder und das Schnaufen des Jungen zu hören.

»Meine Mutter hat bei Schnupfen immer Zwiebeln gehackt und in einem Säckchen neben das Bett gelegt. Dann hat man besser Luft bekommen«, sagte Vincent.

»Soll ich ernsthaft in diesen Salon ein Zwiebelsäckchen mitnehmen? Oder zum Empfang beim Grafen von Leicester?«, fragte Nathan spöttisch.

»Ich wollte nur helfen.«

»Zwiebeln, wie?«, meinte Nathan nach einer Weile versöhnlicher. »Vermutlich wegen der aufsteigenden Dämpfe. Gehören zur Gruppe der Liliengewächse. Ich werde das mal ausprobieren. Ist nicht so einfach, Briefe zu kopieren und zu übersetzen, wenn einem der Kopf dröhnt.«

»Das kann ich mir vorstellen.«

»Du kommst aus Antwerpen? Ich habe hier einen Brief an einen flämischen … Vertrauten meines Herrn. Beim Mitschreiben war ich mir mit einigen Schreibweisen nicht sicher. Würdest du …« Er stockte, als fiele es ihm schwer, Vincent darum zu bitten.

»Klar, zeig her.«

Nathan lachte, es klang einen Tick verächtlich, was Vincent wurmte. »So weit geht mein Vertrauen auch nicht. Aber ich kann dir die Wörter sagen.«

Vincent überlegte. »Ein Wort Flämisch für ein Wort Englisch.«

Sie machten ein Spiel daraus. Später fanden sie Gegensatzpaare und schufen neue Wörter. Vincent hatte Spaß, wunderte sich aber zugleich, dass Nathan sich mit ihm abgab.

Nach einer Weile streute Nathan Sand auf die Tinte, musste dann aber derart heftig niesen, dass Papiere und Sandkörner durch die Luft flogen. Vincent half ihm, die Briefe aufzuheben. Nathan kratzte sorgfältig die verlaufene Tinte weg. Dann reinigte er die Feder, schraubte das Tintenfass zu und verstaute das Schreibzeug in einer Ledermappe. Die Briefe legte er aufeinander und richtete sie an der Tischkante aus. Vincent war selbst ordnungsliebend, aber das hielt er für übertrieben.

»Dein Lehrherr ist also Sprengmeister?«, wollte Nathan wissen.

»Ingenieur und Experte für Brander, könnte man sagen.«

»Bist du nicht ein bisschen jung für einen Lehrling?«

Vincent hob die Schultern.

»Redest nicht viel, was? Dabei hätte ich zu gerne gewusst, was in Amsterdam genau geschehen ist!«

*

Nathan bat in der Küche um eine gehackte Zwiebel und ein Glas Würzwein. Beides wurde ihm gewährt, da jeder wusste, dass er zu Mijnheer Ortel gehörte. Ortel war ein alter Freund seines Vaters gewesen und hatte sich nach dessen Tod seiner angenommen, während Nathans älterer Bruder George mit der Mutter den Tuchhandel weiterführte. Ein Grund für Ortels Engagement war wohl auch gewesen, dass Nathan alles zufiel. Er lernte schnell und hatte ein ausgezeichnetes Gedächtnis. Sein Alter war dabei oft von Vorteil: Als jugendlicher Gehilfe wurde man nicht für voll genommen und bekam doch viel mit.

In der Kammer, die neben der seines Herrn lag, war es sehr kalt – offenbar gab es nicht genügend Feuerholz oder Torf, um alle Gäste ständig zu versorgen. Immerhin wärmte der Wein. Als er im Bett lag, erleichterte ihm der Zwiebeldunst tatsächlich das Atmen etwas, und er schaffte es sogar noch, sich einige Notizen zu machen. Sein Herr war noch immer auf dem Empfang. Sicher würde er morgen früh reichlich Korrespondenzen zu erledigen haben. Es war ein umfangreiches Geflecht, in das Joachim Ortel verstrickt war. Die Interessen der Regierung der Sieben Provinzen harmonierten nicht unbedingt mit denen der niederländischen Kaufleute in London. Letztere waren vom Wohlwollen der englischen Königin abhängig, gewährten Elisabeth im Gegenzug aber auch Kredite. Dass England jetzt in den Krieg eingriff, hatte Folgen für den Handel, könnte aber auch neue Geschäftsfelder eröffnen. Auch ihr Familiengeschäft musste im Blick behalten werden – ohne ein hohes Ansehen und ein ebenso hohes Einkommen zählte man im politischen Leben bald nichts mehr.

Während Nathan langsam warm und seine Glieder schwer vom Wein wurden, ließ er den Tag noch einmal Revue passieren. Zuletzt dachte er an den Jungen, den er im Salon getroffen hatte, und das Herz wurde ihm schwer. Vincent erinnerte ihn an seinen kleinen Bruder, nur deshalb hatte er so getan, als ob er beim Übersetzen Hilfe benötigte. Außerdem hatte er natürlich herausfinden wollen, ob dieser Giambelli tatsächlich vertrauenswürdig war.

Samuel war ebenso alt wie Vincent gewesen, als er im Sommer gestorben war. Der Tag hatte sich in Nathans Gedächtnis eingebrannt. Nach der Schule hatte Nathan noch mit ihm Muscheln am Themseufer gesucht. Abends hatte Sam dann Fieber bekommen. Mutter hatte nach dem Arzt geschickt, doch ehe dieser eingetroffen war, war Sam tot gewesen. Es war ein Schock für alle, unbegreiflich. Jetzt gab es nur noch George, der als Ältester einmal den Tuchhandel übernehmen würde, und ihn …

*

Morgens schienen im Prinsenhuis alle ihren Rausch ausschlafen zu müssen. Nur aus dem Hof und aus der Küche hörte Vincent Geräusche. Der Hof interessierte ihn mehr. Nathan stand – trotz der Kälte mit nacktem Oberkörper – allein in dem Geviert und schwang, bei jeder Bewegung Begriffe rufend, sein Rapier.

»Die Zwiebel hat geholfen!«, begrüßte er Vincent. »Hast du zu tun?«

»Noch nicht.«

»Dann lass uns ein wenig üben. Ich könnte einen Kampfpartner gebrauchen.« Nathan wies auf die Stöcke, die an der Mauer lehnten.

»Ich kann nicht kämpfen«, gab Vincent zu.

»Dann wird es Zeit! Schließlich begleitest du deinen Herrn in den Krieg.« Nathan tauschte Rapier gegen Holz und warf auch Vincent einen Stock zu. »Mit der halben Stange trainierst du Kraft und Geschicklichkeit. Zugleich ist es eine gute Vorbereitung für das Fechten.«

*

Der Schneematsch knirschte unter seinen Schuhen. Ein unangenehmes Stechen in der Brust begleitete jeden Schritt. Lazarus' Brandwunde war einigermaßen verheilt, aber er fühlte sich fiebrig und hatte einen quälenden Husten. Die letzten Wochen beim Heer waren fürchterlich gewesen. Der Generalísimo hatte ihn nach dem Rapport in seinen Trupp zurückversetzen lassen, wo Lazarus gedrillt und schikaniert worden war. Jetzt, über den Winter, war er wie viele andere Verzichtbare entlassen worden. Wieder einmal gab es kein Geld, um das Heer zu bezahlen. Alles wurde in die »unsichtbare Armada« investiert, wie man die flachbodigen Truppenschiffe nannte, die allerorten im Geheimen gebaut wurden. Diego hingegen war sogar auf einen besseren Posten versetzt worden; vermutlich hatte sein Vater ihn protegiert. Lazarus ertrug seinen Neid nur schwer. Es musste ihm doch irgendwie gelingen, seine Verbindung zu Diego zu nutzen! Immerhin gab es genügend, womit er ihn unter Druck setzen konnte …

Schon wieder musste er laufen wie ein elender Landstreicher! Dabei konnte er ausgezeichnet reiten. Ein Hustenanfall zwang Lazarus stehen zu bleiben, er spuckte zähen Schleim. Landschaft und wolkenverhangener Himmel waren schmutzig weiß. Wenn er schneller ginge, würde er das elterliche Landgut bis zur Dämmerung erreichen. Er würde seinem Vater von den Verdiensten der vergangenen Monate berichten. Vielleicht würde dieser sich auch einmal für ihn einsetzen …

Kaum konnte er den Weg vor seinen Füßen erkennen. Er zitterte am ganzen Leib, als sich das Gut endlich am Horizont abzeichnete. Am Fuß eines Baumes vergrub er den Beutel mit seinen Besitztümern und Trophäen. Diese Vorsichtsmaßnahme hatte er sich zur Gewohnheit gemacht; man wusste ja nie.

Wenig später passierte er den Stall, vor dem ein Misthaufen dampfte. Die Pferdezucht war der ganze Stolz seines Vaters. Vielleicht könnte Vater ein Pferd für ihn erübrigen, dann würde er auf dem Rückweg –

Ein Muhen riss ihn aus seinen Überlegungen. Was war das? Lazarus stürmte zum Stall und riss die Pforte auf. Die Trennwände des Pferdestalles waren herausgerissen worden. Stattdessen starrte er auf riesige Tierleiber, breite Mäuler, dicke Euter – Kühe! Dazu dieser beißende Gestank! Wo waren die Pferde geblieben? Die Fensterläden des Landguts waren geschlossen. Er rüttelte an der Haustür.

»Ich bin es, Lazarus! So öffnet …« Husten erstickte seine Stimme.

Als er sich ein wenig gefangen hatte, fiel ihm ein Lichtschein entgegen. Sein Bruder stand ihm gegenüber. Bruno war noch dicker geworden, wenn das überhaupt möglich war. Beinahe sah er aus wie ihr Vater. »Hast du Geld mitgebracht? Ich hoffe, du hast beim Heer gut verdient. Wir leiden hier Mangel. Gottes strafende Hand setzt uns zu.«

Wenig später saß er seinem Bruder in der Stube gegenüber. Abgestoßen registrierte Lazarus, wie bäuerlich und wie schmutzig das Haus war. Einzig die Heiligenbilder und das Kruzifix auf der Anrichte machten etwas her. Als man sie mit den anderen Katholiken aus Amsterdam vertrieben hatte, waren sie froh gewesen, dass sie das Landgut besaßen. Zunächst hatten sie gehofft, bald in ihr Amsterdamer Haus zurückkehren zu können. Dann aber war deutlich geworden, dass die Ketzer so schnell nicht scheitern würden und dass sie sich auf dem Land ein neues Leben würden aufbauen müssen. Sie hatten den Amsterdamer Besitz beliehen, doch trotz aller Bemühungen hatte der Hof zu wenig abgeworfen. Vater hatte fast das ganze Gesinde entlassen, und sie hatten selbst ackern müssen – eine unerträgliche Erniedrigung.

Das Bier, das die Magd ihm einschenkte, war wässrig. Lazarus war nervös. Noch immer hatte sein Vater sich nicht sehen lassen.

»Was ist nun mit deinem Sold? Der Beute?«, fragte sein Bruder und kniff die Augen zusammen.

Richtige Schweinsäuglein, dachte Lazarus angewidert. »Ich habe nur einen Abschlag auf meinen Sold bekommen. Die Staatskasse des spanischen Königs ist leer.«

Bruno legte die Hände zusammen. »Der Allmächtige möge König Philipp schützen und seinen Kampf zum Sieg führen.«

In diesem Moment trat der Vater ein. Groß war er und breitschultrig, die Mähne silbergrau. Seine Hände waren Pranken, die brutal zuschlagen konnten. Allerdings wirkte seine Brust ein wenig eingesunken, was Lazarus mit grimmiger Zufriedenheit erfüllte. Ehe er weiter nach Zeichen des Verfalls suchen konnte, sprang er auf die Füße. »Herr Vater.«

Keine Antwort, nur ein missbilligender Blick.

»Er hat kein Geld mitgebracht«, sagte Bruno verächtlich.

»Hab nichts anderes erwartet. Von Anfang an war er zu nichts nütze. Im Gegenteil. Er hat nur Unglück gebracht.«

Lazarus schluckte den Protest herunter. Als ob er etwas dafür könnte, dass seine Mutter bei seiner Geburt gestorben war! Bruno leerte seinen Becher, setzte sich schief und furzte, dann zog er die Magd auf seinen Schoß.

Lazarus konnte es den Adeligen im Heer des spanischen Königs nicht verdenken, dass sie sich über die bäuerlichen Niederländer lustig machten. Ein Volk von Tölpeln und Bauern waren sie. »Wo sind die Pferde?«, fragte er.

Sein Vater machte eine herrische Geste. »Sag du es ihm.«

Sein Bruder fummelte an der Magd herum und wandte sich sichtlich ungern ihrem Gespräch zu. »Die Pferde bringen nicht genug ein. Kühe sind besser.«

»Aber wir sind doch keine Bauern! Was ist mit unserem Amsterdamer Haus? Ich dachte, ihr wolltet die Schuld tilgen und es zurückholen. Es ist in der Hand von Ketzern.«

»Eile mit Weile. Wir müssen erst einmal Bruno gewinnbringend verheiraten.« Der Vater schnalzte missbilligend, als er bemerkte, dass Bruno seine Hand im Ausschnitt der Magd versenkt hatte. »Lass das!«, fauchte er. »Wenn du sie schwängerst, haben wir noch ein Maul zu stopfen.« Er wandte sich an die Magd. »Schaff lieber was zu essen ran!«

Bruno griff nach Lazarus' Wams und rieb den Stoff zwischen den Fingern. Es war der Anzug, den er von dem Diamantengeld gekauft hatte.

»Feiner Zwirn. Zieh's aus.«

Lazarus zog den Stoff weg. »Nein, das ist mein …«

»Du gehorchst deinem Bruder.« Die Stimme seines Vaters klang scharf.

»Nein!«, beharrte Lazarus.

Der Vater ließ die Finger knacken. »Du ziehst das Wams aus, wenn du sonst schon nichts mitgebracht hast. Es wird deinem Bruder bei der Brautwerbung gut zu Gesicht stehen.«

Lazarus lachte bitter auf. »Es wird ihm nicht passen!«

»Dann ändern wir es ab. Und dein Rapier gibst du ihm auch.«

»Nein.« Obgleich Lazarus damit hätte rechnen müssen, traf die Ohrfeige ihn so überraschend und hart, dass er vom Stuhl fiel.

Sein Vater musterte ihn. »Abschaum, mehr nicht, das bist du. Was soll überhaupt dieses alberne Kopftuch?«

»Eine Verletzung.«

»Zeig her.«

Lazarus erhob sich und zog das Tuch ab. Sein Bruder starrte ihn an – und lachte unvermittelt.

»Was ist so lustig?«, blaffte Lazarus.

Bruno kringelte sich vor Lachen, bis sich Lazarus auf ihn stürzte. Mit einem Stock trieb sein Vater sie auseinander. Dann schlug er weiter auf Lazarus ein.

Lazarus wollte hochkommen, doch es gelang ihm unter den Schlägen nicht.

Sein Vater ließ erst von ihm ab, als die Magd die karge Mahlzeit brachte. »Ausziehen. Beim Melken und Ausmisten wirst du feine Kleidung und Waffen nicht benötigen. Und zu was anderem bist du ja ohnehin nicht nütze!«, zischte er.

Als Lazarus sich entkleidet hatte, trieb sein Vater ihn mit dem Stock in den Stall. Halb nackt musste er in der Eiseskälte arbeiten, bis er zusammenbrach.

21

März 1586

Als Vincent wieder in Amsterdam eintraf, war er ernüchtert. Messere Giambelli war es schnell gelungen, mit Leicester ins Gespräch zu kommen, und noch am ersten Tag von diesem angestellt worden. Aufregung hatte Vincent erfasst. Sein Lehrherr und er würden an vorderster Front für die Verteidigung der Niederlande eintreten. Sein Vater wäre stolz auf ihn. Die Monate seit der Ankunft des Grafen von Leicester waren jedoch in einer endlosen Reihe von Festen dahingegangen.

Messere Giambelli und er waren im Tross des englischen Kommandeurs und seiner arroganten Gefolgschaft aus Vlissingen abgereist.

Der Plan war, den Generalstaaten in s'Gravenhage die Aufwartung zu machen und sodann den Kampf gegen die spanischen Habsburger voranzutreiben. Tatsächlich waren vor allem Reden geschwungen, viel gegessen und noch mehr getrunken worden. Nie hatte Vincent so viele betrunkene Männer gesehen, die sich beschämend danebenbenahmen. Die Städte schienen sich in den Festessen und Willkommensschauspielen selbst überbieten zu wollen, etliche hatten Triumphbogen zu Leicesters Ehren errichten und Giambelli Feuerwerke entzünden lassen. Es war geradezu unheimlich, wie sehr der Engländer gefeiert wurde. Die Generalstaaten hatten ihn im Januar sogar zum Generalgouverneur ernannt. Nun benahm Dudley sich, als wäre er der König der Niederlande höchstselbst, was der Königin dem Vernehmen nach ganz und gar nicht gefiel – Moritz von Nassau ebenso wenig, waren doch die Oranier Statthalter der niederländischen Provinzen. Noch hatte der Graf von Leicester allerdings nichts getan, um sich Titel und Ruhm zu verdienen – zumindest nicht, soweit Vincent es beurteilen konnte.

Amsterdam wirkte im Frühlingslicht wie blank geputzt. Da Messere Giambelli sich im Gefolge des Grafen aufhielt und keine Aufgabe für ihn hatte, lief Vincent sofort zum Waisenhaus. Die Binnenmoeder gestattete es, dass er mit seinen Geschwistern redete, und schickte einen Jungen nach ihnen. Ruben und Betje waren über den Winter ein Stück gewachsen. Sie sahen weder mager noch gequält aus, und dennoch war eine merkwürdige Distanz zwischen ihnen. Vincent hatte im Gasthof von der Tafel seines Herrn etwas Konfekt abgezweigt und seinen Geschwistern mitgebracht. Während sein Bruder die kandierten Früchte sofort verschlang, knabberte Betje genüsslich daran.

»Ende Dezember ist der englische Kommandeur, der Graf von Leicester, endlich mit seinen Männern in Vlissingen angekommen«, berichtete Vincent. »Ihr hättet mal sehen sollen, wie die Zeeländer ihn gefeiert haben.«

»Du hast gefeiert? Schön für dich«, murmelte Ruben.

»Nein, ich habe gelernt. Mein Herr hat nicht immer Arbeit für mich, unterrichtet mich aber und erklärt alles, wenn ich frage.« Auch hatte Giambelli ihm immer wieder Zugang zu den Bibliotheken anderer Leute verschafft. Vor allem Bücher über Geometrie, Mechanik und die Schriften zur Architektur fesselten Vincent. In dieser Welt, die ihm so unberechenbar erschien, war die Vorstellung einer schönen, harmonischen und vor allem geplanten Umgebung verlockend. Ein Haus war etwas Festes, Sicheres, in dem einem nichts passieren konnte, in dem man sein durfte, wer man war, ohne sich verstellen zu müssen. Auch mit Nathan hatte er oft beisammengesessen und gelernt.

»Seitdem reisen wir im Gefolge des Grafen. In Haarlem hat der Rat Leicester eine Galeone zur Verfügung gestellt. Zwanzig schwer bewaffnete Schiffe haben uns hier empfangen – das war ein Anblick! Jetzt gerade wird Leicester von den Bürgermeistern begrüßt«, erzählte er weiter.

Ruben sprang auf. »Warum sind wir dann hier? Wir sollten uns das Spektakel anschauen! Vielleicht gibt es einen Festumzug!«

Betje hielt ihn auf. »Du weißt genau, dass wir das nicht dürfen.«

Unruhig ging Ruben ein paar Schritte. »Das ist ungerecht! Außerdem: Die Engländer sollen nicht feiern, sondern für uns kämpfen.«

»Das werden sie. Und wir werden sie unterstützen, Messere Giambelli und ich.«

»Hoffentlich passiert dir nichts«, sagte Betje.

»Ich kann auf mich aufpassen, das weißt du doch.«

Ruben sah ihn an. »Ist Giambellis Frau auch dabei? Dann hast du ja neue Eltern.«

Vincent blies die Wangen auf. So etwas wie Eltern waren Messere Giambelli und seine Frau nun wirklich nicht. »Ich bin ein Lehrjunge, mehr nicht. Die Mevrouw interessiert sich nicht für Kinder. Und der Messere hat ohnehin meistens anderes zu tun.« *Eine seiner zahlreichen Geliebten aufzusuchen, beispielsweise.* Aber so genau brauchten seine Geschwister das nicht zu wissen.

»Und nun erzählt! Wie ist es euch ergangen?«, fragte Vincent.

»Wie soll es uns schon ergehen?«, blaffte Ruben ihn an.

»Behandelt man euch gut? Fehlt es euch an etwas? Habt ihr Freunde gefunden?«

»Die anderen Jungen sind manchmal ganz schön gemein zu Ruben«, platzte Betje heraus.

»Und die Mädchen haben Betjes Puppe zerrissen!«

Ein Schatten huschte über das Gesicht der Schwester. »Ich habe sie geflickt. Aletta hat mir geholfen. Sie kommt jede Woche mit ihrer Mutter, um uns Sachen zu bringen. Aletta ist meine Freundin.«

Ruben lachte verächtlich. »Das bildest du dir ein. Die Reichen tun bloß so mildtätig, damit sie ein reines Gewissen haben können.«

Betje warf Ruben einen finsteren Blick zu. Sie wollte noch etwas sagen, aber Ruben fuhr ihr über den Mund. »Vincent kann uns sowieso nicht helfen! Kommt her mit ein paar Brocken Süßkram und bildet sich ein, er könnte …« Um Worte ringend fuchtelte er mit den Händen, dann rannte er hinaus.

Betje hingegen setzte sich neben Vincent und umarmte ihn. Einige Atemzüge hielt Vincent sie fest.

»Aletta ist wirklich meine Freundin«, sagte sie leise. »Und Ida. Sie musste zur Strafe die Küche putzen, da habe ich ihr geholfen. Ida kennt viele Lieder.« Schon stimmte sie eins an. Dann schmiegte sie sich an ihn. »Ich bin froh, dass du wieder da bist.«

Er brachte es nicht übers Herz, ihr zu sagen, dass er schon bald wieder abreisen würde.

Im Gasthaus, in dem er mit seinem Herrn wohnte, traf Vincent auf Nathan. Im Obergeschoss sangen und lachten die englischen Soldaten lautstark. »Der Empfang dauert noch an«, sagte Nathan.

»Braucht dein Herr dich nicht?«

»Anscheinend nicht. Er hat mich weggeschickt.« Es klang ungläubig. »Die Festlichkeiten sind opulent. Es gibt jede Menge Schauspiele und *Tableaux vivants*, bei denen Leicester als Josua gezeigt wird, der die Israeliten in den Kampf führt. Auch Königin Elisabeth wird gewürdigt.«

»Wollen wir uns das Spektakel anschauen?«

»Ich glaube kaum, dass es anders ist als sonst. Ich könnte mich nach Kuriositäten für Mijnheer Ortels Wunderkammer umschauen. Hast du eine Ahnung, wo ich exotische Muscheln, Pflanzen und Derartiges finde?«

Im gleichen Augenblick war von oben ein Johlen zu hören. Dann eine schattenhafte Bewegung. Geistesgegenwärtig riss Vincent Nathan zur Seite. Gerade noch rechtzeitig! Wo sein Freund gerade noch gestanden hatten, breitete sich jetzt ein gelber Fleck aus.

»Was war das?« Vincent beugte sich vor, um die Masse in Augenschein zu nehmen. »Warum werfen sie Pudding aus dem Fenster?«

Nathan zuckte nur mit den Schultern. »Engländer.«

»Du wirfst doch auch keinen Pudding aus dem Fenster.«

»Ich bin ja auch nur ein halber Engländer.« Ein breites Grinsen zeigte sich auf Nathans Gesicht. »Und was nicht ist, kann ja noch werden.«

Vincent kam es trotzdem wie Verschwendung vor. »Ich weiß, wo du Kuriositäten finden könntest. Es gibt einen Laden, da habe ich mal das Horn eines Einhorns gesehen.«

»Tatsächlich? Dann nichts wie hin.«

Gemeinsam brachen sie auf. Als sie am Singel vorbeikamen, sahen sie eine Weile bei den Bauarbeiten zu. Die Bebauung am gegenüberliegenden Ufer und der neue Stadtwall nahmen bereits Formen an. Vincent erzählte von seinem Vater.

Nathan nickte. »Die Niederländer und die Italiener sind die besten Baumeister, das höre ich oft. Auch in England werden viele beschäftigt.«

»Ist das wirklich wahr?«

»Den Palast von Nonsuch haben hauptsächlich Italiener und Engländer für König Heinrich errichtet.« Nathan blickte nachdenklich auf den Wall. »Auch in London müssten die Fortifikationen verbessert werden. Wenn die spanische Flotte die Themse hochschifft, ist sie gleich im Herzen der Stadt. Aber der Staatsschatz ist leer, und die Londoner Bürger werden schon genug geschröpft.« Er wandte sich zum Gehen.

Vincent fiel es schwer, sich von dem Anblick loszureißen. Es war faszinierend, dabei zuzusehen, wie etwas Neues entstand.

Solange Messere Giambelli und er in Amsterdam blieben, traf Vincent täglich seine Geschwister. Bei Diakon Godlef und Dominee Plancius durfte er den Unterricht wieder aufnehmen. Oft suchte er die Leihbücherei an der Nieuwe Kerk auf. Auch streifte er mit Messere Giambelli über die Baustellen und versuchte, etwas zu lernen.

Es irritierte Vincent, wie sehr er sich in der kurzen Zeit, die er fort gewesen war, verändert hatte. Er fühlte sich älter, erwachsener. Es beruhigte ihn zu sehen, dass Betje in Ida eine Freundin gefunden hatte. Ruben hingegen eckte mit seiner widerspenstigen Art noch immer an. Einmal hatte Vincent sich einen Jungen zur Brust nehmen müssen, der Ruben zu arg triezte.

Schließlich war der Tag der Abreise gekommen. Leicester verließ den Prinsenhof, das frühere Cäcilienkloster, nahm die kostbaren Juwelen mit, die die Bürgermeister ihm verehrt hatten, wofür er die Privilegien der Stadt erneuert hatte. Während seines zehntägigen Aufenthalts hatte er mit den Räten über die Finanzierung des Krieges und Strategien diskutiert, war aber auch auf der Zuidersee angeln gewesen. Nun würde es nach Utrecht gehen, wo vermutlich die nächsten Festivitäten warteten.

Vincent fiel es schwer, seine Geschwister zurückzulassen, um mit Messere Giambelli in den Krieg zu ziehen. Wie viel lieber wäre er in der Stadt geblieben, die er inzwischen mehr als jeden anderen Ort als sein Zuhause empfand!

Teil 2

1588 bis 1591

22

Tilbury, 1588

Der Nieselregen legte eine kurze Pause ein. Vincent hängte sein nasses Hemd über die Reling der Pinasse und prüfte den Himmel. Vielleicht würde das Leinen trocken werden, ehe die nächsten Regenwolken kamen.

Neben dem Jagdschiff legte eine Schaluppe am Themse-Ufer an, die ausnahmsweise nicht voller Freiwilliger, sondern mit Kriegsversehrten besetzt war. Die Bootsjungen mussten den Einbeinigen und weiteren Verletzten über die Reling helfen.

»Wo finden wir den königlichen Bezahlmeister?«, wollte einer wissen, dessen Armstumpf mit einem fleckigen Verband umwickelt war.

»Dort hinten«, beschrieb der Bootsjunge den Weg am Fort vorbei durch das Heerlager. Die Versehrten humpelten los, sich gegenseitig stützend.

Vincent wollte sich schon abwenden, als sich ihre Blicke trafen. Deutlich erkannte er den Schrecken im Gesicht des Bootsjungen. Er erinnerte sich noch gut daran, wie auch ihn anfangs der Anblick der Opfer dieses Krieges entsetzt hatte. Viele Verletzte und Tote hatte er in den drei Jahren seit dem Fall von Antwerpen gesehen. Denn nach endlosen Festivitäten hatte der Graf von Leicester doch noch angefangen zu tun, wofür man ihn eingesetzt hatte: die Niederlande zu verteidigen. Leider hatte er sich als mäßiger und zudem anmaßender Feldherr erwiesen und unter den Vertretern der Generalstaaten Streit gesät. Er hatte die strengen Calvinisten unterstützt, was vielen missfiel. Das Volk hatte zudem schnell die Nase voll von der Misswirtschaft der Engländer gehabt. Da der Sold vielfach versickert war, hatten Meuterer in Holland Aufstände angezettelt. Leicesters Maßlosigkeit und seine Erfolglosigkeit hatten letztlich dazu geführt, dass er das Amt des Generalgouverneurs Anfang des Jahres aufgegeben hatte. Wie man hörte, versuchte nun Moritz von Nassau mit Hilfe Johan van

Oldenbarnevelts, im Heer und im Staat für Ordnung zu sorgen und die Verteidigung gegen die spanischen Truppen aufrechtzuerhalten. Vermutlich musste man es sogar als Glücksfall betrachten, dass sich König Philipp II. und der Herzog von Parma, wie Alessandro Farnese nach dem Tod seines Vaters genannt wurde, derzeit auf den Aufbau der Armada und die Invasion Englands konzentrierten.

Nicht nur Feldschlachten und Belagerungen hatte Vincent erlebt. Auch die Hungersnot hatte viele Leben gekostet. Dabei war diese, wie man hörte, in den südlichen Provinzen noch weitaus schlimmer gewesen. Ohne die Getreidelieferungen aus dem Ostseeraum und von verwüsteten Feldern umgeben, waren dort Tausende elendig verhungert.

Vincent blickte über das Heerlager, wo die Fußsoldaten eine Formation bilden und mit der Pike exerzieren sollten. Es herrschte jedoch völliges Chaos, weil die meisten Freiwilligen kaum Kampferfahrung hatten. Das würde aber noch werden. Wenn Leicester – nun nur noch Oberkommandierender des Heeres – ein Talent hatte, dann das, Truppen auszuheben und auszubilden. Seit Tagen strömten die Menschen nach Tilbury, um in das königliche Heer einzutreten. Ausnahmsweise gab es auch Sold, denn ein schlagkräftiges Heer war wichtiger denn je. Um es zu finanzieren, hatte sich die Königin ein Darlehen von Kaufleuten aus der Londoner City verschafft, die Steuern der Küstenstädte erhöht und ihre Edlen unmissverständlich zur Hilfe aufgefordert. Die Zeit drängte, denn die spanische Armada war bereits am Lizard Point in Cornwall gesichtet worden. Seit Spanien die Seemacht Portugal unterworfen und die Schiffe übernommen hatte, galt die Armada als unbesiegbar. Eine gewaltige Flotte, die nicht nur den Kanal unter ihre Kontrolle bringen, sondern auch England besiegen wollte.

Aus einer Beschreibung der Armada, die der spanische Oberbefehlshaber für König Philipp verfasst und die den Weg in die Druckereien gefunden hatte, wusste das ganze Land, was ihm drohte. Auch gegen Farneses Tercios hätte das zusammengestoppelte englische Heer kaum eine Chance. Ob selbst die Königin den Mut verloren hatte? Es hieß, dass sie mit dem Herzog von Parma bereits über einen Friedensvertrag verhandelte.

Sehnsucht und Sorge regten sich in Vincent. Wenn die Spanier erst die Nordsee kontrollierten, dann war auch Amsterdam ungeschützt. Seit über zwei Jahren hatte er seine Geschwister nicht mehr gesehen. Wie es Betje und Ruben wohl ging?

Entschlossen schob Vincent den Gedanken weg und wandte sich wieder seiner Arbeit zu, dem Bau eines gewaltigen Höllenbranders. Bei Messere Giambelli hatte er viel gelernt. Es war ein bunter Flickenteppich an Wissen: Mechanik, Chemie, Mathematik sowie Latein. Er konnte Italienisch, Französisch und Englisch radebrechen und hatte viel über Architektur und Baukunst erfahren.

Vor allem hatte Vincent aber gelernt, was er nicht wollte. Er wollte keinen Krieg, keine Kämpfe, keine Belagerungen, keine Explosionen und vor allem weder Leid noch Tod. Er wollte zu seinen Geschwistern, wollte ein ganz normales Leben führen. Er brütete oft über den Notizen, die er sich aus den Schriften von Vitruv und Alberti gemacht hatte, und spann ihre Überlegungen weiter. Immer öfter ertappte er sich auch dabei, wie er Skizzen von Häusern anfertigte. Wie er auf dem Papier wohnliche oder gemütliche Häuser für friedliebende Menschen schuf.

»Wie weit bissdu?« Messere Giambellis Worte verwischten in seinem Mund. Das Gesicht des Italieners war aufgedunsen, das Hemd schief geknöpft, und die Strumpfbänder hingen herunter. Allzu oft sprach Giambelli nun schon tagsüber dem Wein zu, vor allem seit seine Gattin mit einem flämischen Offizier angebändelt und es daraufhin einen heftigen Ehekrach und eine noch heftigere Versöhnung gegeben hatte. Seitdem reiste Emeline Giambelli mit ihnen, beklagte sich aber ständig über die Unannehmlichkeiten.

»Alsso?«, riss Giambelli ihn aus seinen Gedanken.

»So gut wie fertig. Das Uhrwerk ist eingebaut und mit der Zündung versehen. Jetzt fehlt nur noch das Schießpulver.«

»Das wird aber auch Ssss… Zeit! Die Spanier nahen, und wir sind noch immer ohne Sch… Schießpulver!« Der Italiener stieß einen Fluch aus, der so deftig war, dass es Vincent die Schamröte ins Gesicht trieb. Die Erbitterung seines Lehrmeisters konnte er jedoch nachvollziehen. Seit Langem stockte der Nachschub an Munition. Ohne Sprengstoff kein Brander, ohne Höllenbrander kein Lohn und kein Ruhm … von einem Sieg ganz zu schweigen.

Nachdem Giambelli Dampf abgelassen hatte, strich er über die Konstruktion aus Brettern und Klappen, die stabil war und sich doch im Falle einer Explosion schnell lösen würde. »Gute Arbeit. Die Vers… Verzapfung schließt genau. Viel sssu … zu gut gearbeitet für etwas, das zerstört werden soll!«

Sein Lob erfüllte Vincent mit Stolz. Im Wesentlichen hatte er sich allein um die Holzkonstruktionen gekümmert. Giambelli war meist mit der Pontonbrücke und dem Ausbau der Schutzwälle und Festungsanlagen beschäftigt. Vor allem die Schwimmbrücke war eine Herausforderung. Die Königin hatte ihre Truppen bei Tilbury stationieren lassen. Damit die Soldaten bei einem Angriff der Spanier London bestmöglich verteidigen konnten, mussten sie aber auch das gegenüberliegende Themse-Ufer bei Gravesend erreichen. Gleichzeitig sollte die Brücke als Bollwerk vor feindlichen Schiffen dienen, was in der Kürze der Zeit nahezu unlösbar war.

»Wie kommt Ihr voran, Messere?«

Giambelli warf die Hände in die Luft. »Wie sch…schon?« Er sammelte sich. Deutlicher sprach er weiter. »Der Fluss ist zu breit, die Strömung zu stark für eine Schwimmbrücke. Da werden auch die hundertzwanzig Sch…«, er hickste, »Schiffsmasten wenig ausrichten, die mir zur Erhöhung der Stabilität zur Verfügung gestellt wurden. Ich habe gleich gesagt, dass dieses … Unterfangen schwierig werden würde. Aber weder die Königin noch der Graf von Leicester wollten auf mich hören! Und die Arbeiter haben schon gar keine Ahnung! Es … wird Zeit, dass du mit dem B…«, wieder ein Hicksen, »Brander fertig wirst, damit du mir … helfen kannst.«

Wie dringlich die Lage war, zeigte sich, als sie am Nachmittag ins Zelt des Grafen von Leicester gerufen wurden. Eine große Runde hatte sich versammelt. Vincent folgte dem einigermaßen ausgenüchterten Giambelli und nickte höflich dem niederländischen Gesandten Ortel zu.

Der Graf redete sogleich auf Messere Giambelli ein. »Alexander der Große und die römischen Kaiser haben ebenfalls Schiffbrücken verwendet. Ich verstehe nicht, was daran so schwierig sein soll.« Er rieb sich mit einem Taschentuch den Schweiß von Gesicht und Nacken. Er war blass und leidend, sodass im Heerlager das Gerücht umging, er sei am Wechselfieber erkrankt. Ausgerechnet jetzt! »Treibt die Arbeiter an, Giambelli! Die Zeit drängt. Die Armada ist in den Kanal eingefahren. Die Geschwader von Admiral Lord Howard und unseres Vizeadmirals Sir Francis Drake liegen zwar bereit, aber wenn es der Armada gelingt, Farneses Bodentruppen den Weg nach England zu bahnen, ist alles verloren.«

Dudley starrte auf die Landkarte, die vor ihnen ausgebreitet war. »Von der anderen Seite könnten uns die Franzosen in die Zange nehmen. Niemand weiß, wie lange der französische König noch dulden wird, dass wir vor seiner Haustür herumscharwenzeln.« Er nahm Giambelli wieder ins Visier. »Was ist mit den Höllenbrandern?«

»Das Schiff ist, abgesehen vom Schießpulver, fertig präpariert.«

»Das ist gut, denn die Brander, die Drake in Dover angefordert hat, sind noch immer im Bau. Der Nachschub an Schießpulver muss jeden Augenblick eintreffen.«

Murren unter den Offizieren wurde laut. »Schon lange habt Ihr uns ...«, begann einer.

Ein Bote wurde angekündigt. Zu Vincents Freude kam Nathan herein. Der Achtzehnjährige wirkte mit seinem penibel ausrasierten Bart neuerdings sehr erwachsen.

Nathan verneigte sich vor dem Grafen von Leicester. »Ich bringe Nachricht vom Festland. Der spanische Befehlshaber, der Herzog von Medina Sidonia, hat seine Schiffe bei Calais vor Anker gehen lassen. Ein Bote wurde entsandt. Farnese soll seine Truppen für die Einschiffung vorbereiten. Dreißigtausend Mann warten auf diesen Befehl. Der Plan der Angreifer lautet unseren Informanten zufolge, wie folgt: Wenn Königin Elisabeth getötet oder geflohen ist, soll König Philipps Tochter, die Infantin Isabella, die Macht übernehmen.«

Angespannte Bemerkungen machten die Runde. »Meiner Treu, das ist genauso übel, wie wir befürchtet haben!« Leicester schlug sich entschlossen auf die Brust. »Jetzt gilt es. Was also ist zu tun, um der Gefahr zu begegnen?« Eine Zeit lang berieten die Militärs. Dann sagte Leicester: »Unsere Schiffe mögen wendiger sein, aber damit unsere Kanonen die Rümpfe der spanischen Galeeren durchbrechen können, müssen wir zu nah an sie heransegeln. Nassau hat fünfunddreißig Schiffe in seinem Blockade-Geschwader. Ohne Verstärkung wird auch er die Stellung nicht halten können.«

»Andererseits ist die spanische Armada, wenn sie vor Anker liegt, ein leichtes Opfer. Die Strömungen im englischen Kanal sind stark, die Sandbänke gefährlich«, begann Giambelli. »Wir müssen die Gunst der Stunde nutzen. Wir brauchen die Höllenbrander, jetzt sofort …«

»Wir können nicht mehr warten. Etwas muss geschehen!« Auch Leicester klang ratlos.

Da hatte Vincent eine Idee.

*

Der Wind peitschte Lazarus um die Ohren, als er am Strand von Dünkirchen mit den anderen Soldaten die Barke aus dem Schuppen wuchtete. Bei diesem Sturm würde er keinen Fuß auf eine dieser flachen Schaluppen setzen! Eine aufgepeitschte Welle brandete ans Ufer und schlug ihm gegen die Beine. Gischt sprühte ihm ins Gesicht. *Großartig*, dachte er ätzend.

»Holt das nächste Boot, Männer!«, befahl Farnese. Der Generalísimo war von Brüssel nach Dünkirchen geeilt, sobald die Nachricht vom Eintreffen der Armada ihn erreicht hatte.

»Schafft das nächste Boot heran!«, wiederholte Diego den Befehl lautstark. In den vergangenen drei Jahren war er mit Hilfe seines Vaters Schritt für Schritt aufgestiegen, was Lazarus erbitterte.

Die anderen liefen sofort los. Lazarus wischte sich die aufgesprungenen Hände an der Hose ab. Wie er es hasste, sich herumschubsen zu lassen! Die letzten Jahre waren eine einzige Reihe von Niederlagen und Erniedrigungen gewesen. Gegen eine anständige Schlacht hatte er ja nichts – in Sluis hatte er mehr Ketzer getötet, als er zählen konnte –, aber das hier … Nun, irgendwann würde seine Stunde kommen. Über Leichen zu gehen, um sein Ziel zu erreichen, war ihm noch nie schwergefallen. Tatsächlich aber zählten Talent und Skrupellosigkeit im Militär weniger als gedacht. Gute Beziehungen und Vermögen dafür aber umso mehr.

Lazarus trat zu Diego und hätte ihn am liebsten gleich hier windelweich geprügelt. »Warum fasst du nicht an? Bist dir wohl zu fein, was?«, zischte er. »Wenn Farnese wüsste, dass du nur ein feiger Mörder bist …«

»Niemand wird dir glauben«, sagte Diego fest, doch der Hauch eines Zweifels schwang mit.

»Ich dachte, Farnese hält nichts von der Invasion«, meinte Lazarus.

»Das tut er auch nicht. Aber was bleibt ihm übrig? Ich hingegen vertraue auf die unbesiegbare Armada. England ist unser. Und jetzt hilf, das nächste Boot heranzuschaffen!«

Es schien Diego zu gefallen, Lazarus Befehle zu erteilen. Notgedrungen tat dieser wie geheißen, während er beobachtete, wie Diego sich zielstrebig durch den Regen zu Farnese kämpfte. Der Oberbefehlshaber stemmte sich gegen den Wind und wirkte doch wie ein begossener Pudel.

Wie Diego hoffte auch Lazarus auf den Erfolg der Mission. Sobald sie übersetzen konnten, würde er sich in England die Taschen mit Gold vollstopfen. Und wenn die englische Königin erst geschlagen war, hatten die rebellischen Provinzen keinen Verbündeten mehr. Die Ketzerin Elisabeth hatte schon lange einen grausamen Tod verdient, aber seit sie ihre Cousine Maria Stuart hatte hinrichten lassen, kannte sein Hass keine Grenzen mehr. Maria, die fromme Königin, hätte England wieder dem rechten Glauben zugeführt und die Gottlosen bestraft. Elisabeth hingegen war eine Hexe und mit diesem Drake im Bunde, von dem es hieß, er könne die Winde ganz nach seinem Wunsch wehen lassen.

Ein Gluckern erweckte seine Aufmerksamkeit – das neu gebaute Boot nahm Wasser! Lazarus fluchte. Auch hier war also fauliges Holz verbaut worden. Auf einmal erschien ihm der eckige Rumpf wie ein Sarg.

»He, du da!«

Lazarus fuhr herum. In den Regenschleiern erkannte er einen Capitáno.

»Wir setzen über, um Admiral Medina Sidona den Zeitplan der Invasion mitzuteilen. Du begleitest uns, das hat Farnese befohlen.«

Auf keinen Fall wollte Lazarus während des Sturms aufs Meer hinaus. »Ich habe Befehle, beim Transport der Barken zu helfen.«

»Der Befehl hat sich soeben geändert. Uns fehlt ein Ruderer.«

Lazarus sah sich nach Farnese und Diego um, doch die beiden waren verschwunden. Wohl oder übel musste er gehorchen.

Wie eine Nussschale wurde ihr Boot auf den Wellen herumgeworfen. Lazarus musste sich schon in den ersten Minuten der Überfahrt übergeben. Zu rudern war beinahe unmöglich. Der Sturm brüllte in seinen Ohren. Die Anweisungen des Steuermanns waren kaum zu verstehen. Unmöglich, dass er in diesem Getöse sah, wohin sie fuhren.

»O heiliger Nikolaus, Schutzherr der Seefahrer ...« Lazarus wollte ein Bittgebet ausstoßen, doch erneuter Brechreiz ließ ihn abbrechen.

Nach einer unendlich scheinenden Zeitspanne tauchte ein blinkendes Licht vor ihnen auf. Die Positionslampe einer Galeone?

Lazarus schlug mit der rechten ein Kreuz vor der Brust, woraufhin ihm das Ruder von den Wellen beinahe aus der Hand geschlagen wurde. Gerade noch konnte er es festhalten. »Heiliger Nikolaus, hab Dank!«

Da hob eine riesige Welle ihr Boot, eine weitere peitschte über sie hinweg. Lazarus schrie um Hilfe und schämte sich zugleich zu Tode.

Wenig später zerrten die Bootsmänner sie an Bord der Galeone. Lazarus taumelte in den Schutz des Vorschiffs. Er hörte die Männer reden und merkte auf, als der Wind Wortfetzen zu ihm trug.

»... Farnese breitet alles vor ... Teile der Truppe noch in Brüssel ... Achtzehntausend Mann ... innerhalb von sechsunddreißig Stunden ...«

»...so lange hier ausharren ... Drake ist unterwegs ... wissen zudem, dass dieser Giambelli jetzt für die Königin arbeitet ... Männer nervös ... reden von ... Antwerpener Feuer ...«

Ein scharfer Wortwechsel folgte, den Lazarus nicht verstehen konnte.

»... sollte bekannt sein, wie die festgelegte Prozedur für die Gefahr durch Höllenbrander aussieht. Die Pinassen liegen vor der Armada bereit ... mit langen Stangen und Enterhaken, um die Brander ... wegzustoßen ...«

Wut stieg in Lazarus auf. Er hatte doch gewusst, dass dieser Itaker ihnen noch einmal in die Quere kommen würde. Und selbst wenn die Admiralität glaubte, auf diese Höllenbrander vorbereitet zu sein – sie war es nicht.

*

Die Pinasse ächzte beängstigend, als sie sich auf die Seite legte. Vincent klammerte sich an der Reling fest. Giambelli hatte er an den Mast gebunden; sein Lehrherr war zu betrunken, um sich festhalten zu können. Die gelassene Routine, mit der selbst Schiffsjungen ihrer Arbeit nachgingen, beeindruckte ihn. Wenn es nur der Sturm gewesen wäre, aber sie standen ja auch noch unter Beschuss. Etwas blitzte in der Suppe aus aufgewirbelter Gischt und Regen auf, dann schlug die Kanonenkugel krachend in den Rumpf des benachbarten Schiffes. Vermutlich würde die Fregatte sofort Wasser nehmen. Bei diesem Wetter würde niemand die Schiffbrüchigen retten können. Und offenbar hatten die spanischen Truppen keinen Mangel an Schießpulver. Vincent schickte ein Stoßgebet gen Himmel. Warum hatte er sich nur auf diese Mission eingelassen?

Einige Stunden später hatte sich der Sturm gelegt, und vor dem schmalen Band des französischen Festlands zeichneten sich die Umrisse des Schiffsheeres ab. Die unsichtbare Armada war sichtbar geworden! Vincent hatte gehört, dass sie aus mindestens sechzig Schiffen bestand. Die gewaltig hohen, waffenstarrenden Drei- und

Viermaster versammelt zu sehen, war dennoch furchterregend. Vor den spanischen hatten sich die englischen Schiffe gruppiert. Es waren etwa genauso viele, doch wegen der niedrigeren Aufbauten und der schlankeren Rümpfe wirkten sie kleiner. Nur ein Bruchteil waren königliche Schiffe, der Rest gehörte Freibeutern oder Kaufleuten. Hoffentlich kamen sie nicht zu spät. Und hoffentlich war sein Lehrherr dieser Aufgabe gewachsen.

Schon näherten sie sich ihrem Ziel, der gewaltigen Viermastgaleone *Ark Royal*. Vorsichtig brachte der Schiffer die Pinasse in die Nähe. Vincent weckte seinen Lehrherrn. Giambelli strich sich, ernüchtert, aber auch verkatert, durchs Haar. »*Dio mio*, ich fühle mich, als ob ich gerade kielgeholt worden wäre. Wenn ich gesund zurückkehre, werde ich nie wieder einen Fuß auf ein Schiff setzen.«

Wenig später wurden Vincent und er mit einem Ruderboot übergesetzt und erkletterten die Schiffsleiter. Das Deck war voll von Matrosen, die sie argwöhnisch beäugten, bis Giambelli den Brief mit Leicesters Siegel übergab.

»Ihr habt Glück. Der Kriegsrat tagt gerade.« Ein Matrose führte Vincent und seinen Lehrherrn in die Achterkajüte, in der die Kommandeure der verschiedenen Kriegsschiffe beisammensaßen und diskutierten. Abgesehen von ihren metallenen Halsbergen sahen sie mit ihren Samtwämsern und Seidenstrümpfen wie feine Herren aus.

»Also, noch mal in aller Klarheit«, sagte ein Herr mit hoher Stirn, dichtem dunklen Haar und Bart gerade ungeduldig. »So, wie die Armada jetzt vor Anker liegt, ist sie für uns nicht angreifbar. Wir müssen die Formation aufbrechen. Das gelingt am leichtesten durch Feuerschiffe. Die *Antelope* wird jedoch nicht rechtzeitig mit den bestellten Brandern vom Festland kommen. Unser Schießpulver benötigen wir für die Kanonen. Aber wenn wir jetzt nicht die Gelegenheit nutzen und die Armada …«

In diesem Augenblick überreichte der Maat einem alten Herrn in prächtigem Waffenrock mit Schärpe den Brief. *Das also ist Admiral Howard*, dachte Vincent. Dann war der Mann neben ihm der legendäre Sir Francis Drake. In Antwerpen, als es ihnen noch gut gegangen war, hatte sein Vater ihm einmal von Drakes heldenhafter Weltumsegelung berichtet, bei der er als Freibeuter im Dienste der englischen Königin die Spanier schwer geschädigt hatte.

Der Admiral musterte sie. »Ist der Graf jetzt schon so verzweifelt, dass er Streuner und Kinder schickt?«

Es drängte Vincent, sich zu verteidigen. Messere Giambelli kam ihm allerdings zuvor. Ebenso knapp wie mürrisch stellte er sie vor. »Kurz gesagt: Ich kenne mich mit Höllenbrandern aus.«

Der Mann, den Vincent für Drake hielt, lachte spöttisch. »Wenn sich hier jemand mit Brandern auskennt, dann ja wohl wir. Das sollten die Königin und der Graf von Leicester auch wissen. Wer garantiert uns, dass Ihr kein Spion seid, der einen Komplott plant?«

Giambelli reagierte nicht, und so nahm Vincent seinen Mut zusammen. »Nur einer hat die Antwerpener Höllenbrander gebaut und arbeitet im Auftrag der Königin an einer schwimmenden Brücke zwischen Gravesend und Tilbury«, sagte er. »Der Mangel an Schießpulver und der Zeitdruck erfordern besondere Maßnahmen, das haben wir … Das hat Messere Giambelli auch erkannt. Daher hat er einen Plan entwickelt. Allerdings müsste man für die Brander einige Schiffe verwenden, die hier vor Ort sind.«

Admiral Howard wischte den Vorschlag mit einer schroffen Geste weg. »Bist du verrückt, Bürschchen? Wir reden hier nicht von alten Fischerbooten oder Schaluppen, sondern über Kriegsschiffe von hundert bis zweihundert Tonnen!«

Auch die anderen Kapitäne waren empört. »Der Bursche scheint Holländer zu sein – was erwartest du?«, rief einer. »Vermutlich ist er Katholik und sehnt sich den spanischen König herbei. Wohl noch nie von *dutch defense* gehört?«

Bitteres Lachen breitete sich aus. Vincent wusste, dass die Engländer viele boshafte Umschreibungen kannten, die mit Niederländern zu tun hatten. »Ich bin kein Verräter! Ich habe selbst meine Eltern und mein Zuhause in Antwerpen verloren!«

Drake schwieg. Schließlich sagte er: »Wie sollen also die Brander gebaut werden?«

Vincent stieß seinen Lehrherrn unauffällig in die Seite. Giambelli schreckte hoch, fasste ihren Plan zusammen.

Der Seeheld nickte nachdenklich. »Ungewöhnliche Situationen erfordern ungewöhnliche Maßnahmen. Deshalb gehe ich mit gutem Beispiel voran und opfere die *Bark Bond*«, entschied er dann.

Der Admiral protestierte sogleich: »Bei Gott, Drake, das ist unmöglich! Ich liebe jedes unserer Schiffe, auch die *Bark Bond*. Das Schiff hat hundertfünfzig Tonnen und kein einziger Teelöffel Wasser dringt durch die Planken.«

»Wir müssen jetzt zuschlagen. Die Spanier ankern gefährlich an der zur Küste gelegenen Lee-Seite. Die Windrichtung spielt uns in die Hände. Unsere Brander werden die Armada auseinandertreiben wie Wölfe eine Schafherde.« Drake sah in die Runde. »Welche weiteren Schiffe opfern wir?«

Es war so dunkel, dass man kaum die Hand vor Augen sehen konnte. Im Schein einer Öllampe kontrollierte Vincent zum wiederholten Mal die Zündvorrichtung. Auf der Bark stank es nach Teer und Öl. Sie hatten die Kanonen aufeinandergestapelt und geladen. Nur ein Funke, und er würde mit dem Dreimaster in die Luft fliegen.

Nach der Besprechung hatten sie acht Schiffe im Schutze des Geschwaders in fieberhafter Eile abgetakelt und für die Explosion ausgerüstet. Schließlich war die Nacht hereingebrochen. Um Vincent herum hielten einige Seeleute – nur so viele, wie unbedingt nötig waren – die Bark auf Kurs. Beinahe geräuschlos glitten sie auf die Armada zu, doch in Vincent tobte ein Sturm. Hoffentlich funktionierte die hastig zusammengebaute Konstruktion. Hoffentlich war die Lunte nicht feucht. Hoffentlich hatte Messere Giambelli, der ein anderes Brandschiff bereit machen sollte, nicht zu viel getrunken …

Der Matrose, der ihm die ganze Zeit aufmerksam zugesehen hatte, gab ihm das vereinbarte Zeichen. Es war so weit. Vincents Herz schlug schneller. Jeder Handgriff musste nun sitzen. Vincent betätigte den Mechanismus und entzündete die Lunte. Hell leuchtete das Feuer auf. Hoffentlich hielt es durch! Hoffentlich machten die Seeleute auf den anderen Schiffen auch alles richtig. Immer wieder waren sie mit ihnen den Ablauf durchgegangen.

Jetzt schnell durch die Luke und auf das Ruderboot, das im Schlepp hing! Die Verbindung gekappt. Jeder packte ein Ruder und hängte sich in die Riemen. Sie mussten genügend Abstand zwischen sich und die Brander bringen, ehe die Spanier sie bemerkten und auf sie schießen konnten und ehe die Kanonen explodierten.

Aus der Ferne hörte er einen Knall, dann Hilferufe. Vincents Herz machte einen Satz. War es Giambelli, der dort schrie?

*

An Bord herrschte eine angespannte Stimmung. Dennoch hatte Lazarus einige Seeleute zu einem Würfelspiel überreden können.

»Wo bleibt denn nur Farnese mit den Bodentruppen?«, fragte der Matrose nervös. Niemand schien zu begreifen, worauf sie so lange warteten. Mit jeder Stunde in diesem strömungsreichen Gewässer voller Sandbänke und Feinde wurde die Gefahr für Leib und Leben größer.

»Würfle lieber. Mein Einsatz steht.« Lazarus hatte eine Münze auf das umgedrehte Fass gelegt, der Seemann einen juwelengeschmückten Dolch, den er beim Entern eines englischen Kauffahrers erobert hatte. *Eine prächtige Waffe, die mich gut schmücken wird*, dachte Lazarus. Dass sein Wetteinsatz, die Goldmünze, nicht echt war, ahnte sein Gegenüber nicht.

Der Matrose warf einen düsteren Blick auf die Nordsee hinaus, die das auflaufende Wasser und der Wind mit weißen Kronen versahen, dann schüttelte er die Würfel in seinen hohlen Händen.

In diesem Augenblick verbreiteten sich Schreckensrufe über das Deck: »Antwerpener Feuer!«

»Da sind die Höllenbrander! Es ist also wahr!«

»Wir sind verloren!«

Die Männer sprangen auf. Panik griff um sich. Die Alarmschreie wurden ohrenbetäubend. Der Matrose rannte zur Reling. Lazarus schnappte sich den prächtigen Dolch und steckte ihn in seinen Stiefel. Dann starrte auch er auf die See hinaus. Tatsächlich: Hell lodernd steuerten riesige Schiffe direkt auf sie zu. Warum hatten die Wachen die Höllenbrander nicht bemerkt? Warum hatten die Pinassen sie nicht aufgehalten?

Lazarus kam es vor, als stünde er erneut vor Antwerpen. Nur dass dieses Mal die Gefahr weitaus größer war. Eine Explosion war unausweichlich. Auch er würde in Stücke gerissen werden.

Nicht mit mir! Rasend stieß Lazarus die Seeleute beiseite und floh in kopfloser Panik in den Schiffsbauch.

*

In der Ferne loderten die acht Höllenbrander. Im Licht der Flammen sah Vincent, wie vereinzelte Galeonen in der Strömung zu schlingern begannen. Noch immer hatte er Giambelli nicht entdeckt. Was, wenn ihm etwas zugestoßen war?

Jagdschiffe näherten sich den Brandern. Vincent sprang auf, doch das Boot geriet ins Wanken, sodass er auf den Hintern fiel. »Was tun die Spanier denn da?«

»Sie versuchen, den Brander mit Enterhaken wegzuziehen«, erklärte ein Matrose.

Im nächsten Augenblick dröhnte eine Explosion über das Meer. Gleißend schoss eine Flamme in Himmel, einer leuchtenden Fontäne gleich. Vincent glaubte den Ruf »Antwerpener Feuer!« zu hören. Die erste Bark hatte ihr Ziel erreicht. Der Widerschein der Flammen schien das Meer zum Brennen zu bringen. Dann explodierten auch die restlichen Höllenbrander. Krachen und Schmerzensschreie erklangen. Vincent wurde übel. So sehr war er im Schaffensrausch gewesen, dass er über die Folgen nicht nachgedacht hatte.

Er zitterte vor Schrecken und Selbstekel, als sie die *Revenge* erreichten.

Vizeadmiral Drake nahm sie in Empfang. »Ist es gelungen?«

Der Matrose wiegte das Haupt. »Das lässt sich bei der Dunkelheit schwer sagen.«

Ein Blick auf Vincent. »Er hat alles so gemacht, wie er es versprochen hat?«

»Das hat er. Sonst hätte ich mit ihm die Fische gefüttert.«

Vincent begriff, dass Drake diesen Kerl auch mitgeschickt hatte, um ihn zu kontrollieren. Vermutlich hätte dieser ihn wirklich, ohne mit der Wimper zu zucken, über Bord geworfen. Seine Übelkeit nahm noch zu. Wo war Giambelli?

»Entschuldigt mich«, sagte Vincent mühsam beherrscht. Er suchte sich einen Winkel, in dem er sich verkriechen konnte, schlang seine Arme um seinen Leib, um sich vor der klammen Kälte zu schützen, und wiegte sich selbst, bis er sich ein wenig beruhigt hatte. Schließlich hörte er, wie ein weiterer Seemann Bericht erstattete.

»... in seinen Händen explodiert ... besoffen über Bord gegangen ... beim Herausfischen ganz schön was abbekommen ...«

Messere Giambelli? Vincent sprang auf und rannte los. Da lag sein Lehrherr auf Deck. Überall hatte der Italiener Platzwunden, und seine Hände ... Vincents Magen krampfte. Selbst im Fackelschein sah er, dass sie knallrot und von Brandblasen übersät waren. Er kniete sich neben Giambelli und klopfte ihm auf die Wangen, bis dieser einen Schwall Salzwasser erbrach.

»Gott sei Dank, Ihr lebt!«

»Noch ... ein wenig ... meine Hände tun so weh ... dachte, ich ersaufe ...«

Vincent versorgte mit Hilfe des Schiffarztes die Wunden und überließ seinen Lehrmeister sodann dem Schlaf. Auch er war todmüde.

Ungewohnte Geräusche weckten ihn. Gebimmel, Gesang, das Trappeln von Füßen. Wo war er?

Dann eine triumphierende Stimme: »Alessandro Farnese und der Herzog von Medina Sidonia werden sich nicht so schnell die Hände schütteln!«

Plötzlich war die Erinnerung wieder da. Vincent schnellte hoch. Er sah nach Messere Giambelli, der ebenfalls aufwachte. Seine Hände sahen in den Verbänden aus, als steckten sie in Fäustlingen.

Worüber freute Vizeadmiral Drake sich so? Neugierig lief Vincent an die Reling. Ein schmaler Streifen Licht schob sich über die Wellen. Die spanische Flotte war verstreut, eine Ordnung nicht zu erkennen.

»Die Höllenbrander haben die Kapitäne in Panik versetzt und für dieses Chaos gesorgt. Gut für uns. Wir liegen immer noch windwärts. Auf geht's also, gebt das Signal!«, rief Drake. »Die Armada ist zwischen uns, den holländischen Geusen-Schiffen, den Sandbänken und dem Festland bei Gravelines eingezwängt. Wie mit Nadeln werden wir auf sie einstechen, und dann verschwinden wir, ehe ihre Kanonen überhaupt ausgerichtet sind!«

Befehle verbreiteten sich von Mund zu Mund. Jedermann schien zu wissen, was er zu tun hatte, nur Vincent nicht. Er musste aufpassen, dass er nicht über den Haufen gerannt wurde. Ein Trompetensignal erklang. Gleichzeitig donnerte ein Kanonenstoß. Auch beim Gegner setzte Bewegung ein, einige Schiffe der Armada formierten sich zu einem Halbmond.

»*Terribile*, wir sind des Todes! Wir müssen hier weg!«, stieß Giambelli aus und eilte zu Drake. Er war blass, vielleicht vor Schmerz, denn auf seinem Gesicht zeigten sich tiefe Falten. »Wir müssen zurück nach Tilbury. Die Schiffbrücke muss fertiggestellt werden. Der Graf von Leicester erwartet mich.«

Drake schob ihn beiseite. »Geht mir aus dem Weg! Jetzt ist keine Zeit dafür!« Unwirsch gab er das Zeichen, die Hakenbüchsen abzufeuern, Salven von Pfeilen und Kanonenkugeln folgten. In den nächsten Stunden schossen die englischen Schiffe auf die schwerfälligen spanischen Galeonen ein. Einige waren bereits manövrierunfähig, andere liefen vor Calais auf Grund.

Vincent sah, wie sich die spanischen Seeleute durch das seichte Wasser an Land zu retten versuchten, dort aber angegriffen wurden. Da die Armada inzwischen offenbar über weniger Munition verfügte, blieben die Verluste aufseiten der englischen Flotte gering. Dennoch wurde direkt neben Vincent ein Seemann von einer Musketenkugel getroffen und getötet. Vincent war entsetzt, wünschte sich nur noch ans sichere Land.

Schließlich frischte der Wind auf, und etliche spanische Schiffe flohen.

»Sie nehmen nördlichen Kurs!«, rief ein Matrose.

»Wir verfolgen sie«, beschloss Drake und verschwand in der Kajüte.

Nur das nicht! Vincent lief zu Giambelli und berichtete ihm davon. Gemeinsam eilten sie zu Drake. Dieser setzte gerade eine Nachricht auf. »Admiral, ich muss zurück nach Tilbury. Ich muss die Schiffbrücke fertigstellen, sonst bleibt London ungeschützt«, wiederholte Giambelli, jetzt eindringlicher als zuvor.

Drake siegelte den Brief und übergab ihn einem seiner Männer. »Dann geht mit dem Boten, der diese Nachricht zu Admiral Howard bringt.«

Mit einer Pinasse fuhren sie zur *Royal Ark*. Glücklicherweise fertigte auch der Admiral gerade einen schriftlichen Bericht für die Königin an, und Vincent und Giambelli durften den Boten zum Festland begleiten.

Ihre Erleichterung über die erfolgreich verlaufende Aktion wurde schon in der Themsemündung getrübt: Eine besonders heftige Flutwelle hatte die ersten Elemente der Schwimmbrücke in Stücke gerissen.

Messere Giambelli war am Boden zerstört. Schlimmer noch war, dass die einfachen englischen Soldaten Sabotage gewittert und die ausländischen Arbeiter zusammengeschlagen hatten. Nun würde es noch schwieriger werden, die Spanier aufzuhalten …

Über das, was nach dem Sieg bei der Seeschlacht von Gravelines geschehen war, machten wenig später wilde Gerüchte die Runde. Weitere Augenzeugen – oft Handelsschiffer – berichteten, viele spanische Kapitäne hätten die Ankertaue kappen lassen, um vor den Explosionen der Brander fliehen zu können, einige Galeonen seien versehentlich miteinander kollidiert. Auch hätten Dunkelheit, Wind und Strömung die Armada zerstreut. Drake, so hieß es, sei nach Norden gesegelt, um den Schiffen nachzujagen, die ein Sturm dorthin verschlagen habe.

Für Vincent war etwas anderes entscheidend: Vorerst war die Gefahr gebannt, dass sich die Armada und Farneses Bodentruppen zusammenschließen könnten. Auch seine Geschwister in Amsterdam waren erst einmal sicher.

In den nächsten Tagen machte er sich unter Giambellis Anleitung daran, die Pontonbrücke wiederaufzubauen. Immer öfter zweifelte er an dem, was er getan hatte. Er wollte kein Werkzeug des Todes sein. Was hielt ihn hier? Nichts! Die Engländer behandelten inzwischen alle Ausländer wie Verräter, sogar sie.

Entschlossen suchte er Messere Giambelli in seinem Zelt auf. Als er eintrat, saß der Italiener auf einem Hocker, und seine Frau mühte sich, ihn anzuziehen. Seine Hände waren noch immer verbunden und schmerzten anscheinend höllisch.

Vincent wollte schon wieder hinausgehen, aber es war zu spät. Giambelli hatte ihn bereits gesehen. »So unbeholfen bin ich, dass ich mein Weib bitten muss, mich anzuziehen«, klagte er und zuckte bei ihrer Berührung zurück. »*Porca miseria!*«

»Halt still, sonst wirst du nie fertig!« Emeline Giambelli zerrte an dem Ärmel. Oft schon hatte sie sich beklagt, dass sich an diesem Ort kein Dienstmädchen finden ließe.

Vincent trat näher. »Darf ich?« Geschickt fasste er mit an. Wenig später war sein Lehrherr angekleidet. »Ich wollte mit Euch reden.«

Giambelli musterte ihn. »Willst du wirklich so der Königin gegenübertreten?«

Vincent stutzte. »Der Königin?«

»Hast du es denn nicht gehört? Königin Elisabeth ist auf dem Weg nach Tilbury. Sie will den Truppen Mut zusprechen.«

Trotz dieser Neuigkeit drängte es Vincent auszusprechen, was ihn umtrieb. »Ich möchte Euch um meine Entlassung bitten. Ich will zurück zu meinen Geschwistern, zurück nach Amsterdam.«

Giambelli starrte ihn an. Wortlos humpelte er hinaus.

Ratlos folgte Vincent ihm. Die Truppen sammelten sich bereits in Themsenähe. Wie hatte er die Nachricht von der Ankunft der Königin verpassen können? Er war wohl einfach zu beschäftigt gewesen. Vincent fragte sich, was er tun sollte, wenn Giambelli ihn nicht gehen ließe. Sollte er einfach verschwinden, ohne einen Penny in der Tasche? Doch dann entdeckte er Nathan, der auf einem Fass am Anleger wartete.

»In diesem Aufzug willst du vor die Königin treten?«, fragte der Freund und wischte ein Staubkorn von seiner schlichten hellblauen Schaube, die ausgezeichnet mit seinem kastanienbraunen Schopf harmonierte.

»Das habe ich heute schon einmal gehört.«

»Dann ist wohl etwas Wahres dran.«

»Ich habe kein besseres Wams.«

Beiläufig zog Nathan Vincents Wams zurecht. »Dann machst du etwas falsch. Eine anständige Garderobe und die richtigen Informationen sind das Wichtigste, was ein Mann braucht.«

»Ich mache ohnehin was falsch«, schnappte Vincent zurück.

Nathan verzog das Gesicht. »Was ist dir denn über die Leber gelaufen?«

Vincent verschränkte die Arme vor der Brust und sah auf den Fluss hinaus. »Ich kann hier nicht mehr bleiben. Ich …«

Lautes Jubeln ließ ihn innehalten. »Da kommt sie! Es lebe die Königin!« Der Ruf verbreitete sich im Nu. Aus dem Zelt des Grafen von Leicester traten die hohen Adeligen, Offiziere, Gesandte sowie Messere Giambelli. Auch Nathan schob sich in die vordere Reihe; er wollte offenbar unbedingt gesehen werden.

Schon legte die königliche Barke an, ein prächtig geschmücktes Boot. Königin Elisabeth ließ sich von ihrem Gefolge ans Ufer geleiten. Leicester, ungewöhnlich blass und verhärmt, wirkte bei ihrer Begrüßung nervös.

»Wird Zeit, dass Sweet Robin wieder bei Queen Bess punktet«, flüsterte Nathan. »Erst will er sich die niederländische Krone aufsetzen, was dem ausdrücklichen Befehl der Königin widerspricht und sie rasend macht. Dann will er seine Gattin nach Holland holen. Das geht natürlich ebenfalls gar nicht. Als Feldherr verliert er die strategisch wichtigen Orte Deventer, Zutphen und Sluis. Und schließlich lässt er zu, dass die Millionen für den niederländischen Freiheitskampf in den Taschen irgendwelcher Söldnerführer versickern, statt bei den Soldaten zu landen.«

Vincent nickte. Korruption war von Anfang an ein Problem gewesen, Engländer und Holländer schoben sich gegenseitig die Schuld dafür zu. Wer den holländischen Freiheitskampf nun anführen würde, wusste niemand. Manche tippten auf Moritz von Nassau, andere meinten, dass die Generalstaaten keinen fremden Anführer brauchten. Er wandte sich ab, konzentrierte sich ganz auf die Königin. Elisabeth trug ein weißes Kleid, einen silbernen Harnisch, ein kleines Schwert und einen Feldherrenstab. Ihre roten Locken umgaben ihr Haupt wie eine Aureole. Als die Soldaten vor ihr auf die Knie fielen, rief sie hoheitsvoll: »Der Herr segne euch alle!«

»Beeindruckendes Auftreten, nicht wahr?«, wisperte Nathan. »Es heißt, es geht schneller, ein königliches Schiff aufzutakeln, als die Königin herzurichten.«

Unwillkürlich musste Vincent lachen.

»Verrate niemandem, dass ich das gesagt habe – es könnte mich den Kopf kosten. Schließlich ist das hier nicht Holland, wo jeder seine Meinung sagen darf.« Nathan blinzelte verschwörerisch, aber sie beide wussten, dass Majestätsbeleidigung in Elisabeths Reich tatsächlich gnadenlos geahndet wurde. »Sie ist eine großartige Königin. Nur diese kleine Insel beherrscht sie – und doch fürchten sie alle. Sogar der Papst würde ihre Leistung respektieren, heißt es, wenn sie nur katholisch wäre.«

Mit ihrem Gefolge und den verdienten Militärführern zog sich Königin Elisabeth in Leicesters Zelt zurück. Vincent sah sie erst am nächsten Tag wieder, als sie einen Schimmel bestieg und mit Leicester die Truppen abritt. Alle versuchten ihr zu folgen, was ein ziemliches Gedrängel auslöste, aber Vincent und Nathan blieben auch dieses Mal in ihrer Nähe.

Schließlich brachte Königin Elisabeth ihr Pferd zum Stehen. Scheinbar aus dem Stegreif hielt sie eine Ansprache, beschwor ihr geliebtes Volk und verurteilte Feinde und Verrat. »Ich weiß, ich habe nur den Körper einer schwachen, kraftlosen Frau, aber ich habe das Herz und den Mut eines Königs, und zwar eines Königs von England! Ich spotte der Vorstellung, dass Parma oder Spanien oder ein Fürst von Europa es wagen sollte, die Grenzen meines Reiches zu überschreiten.«

Nathan stupste Vincent an. »Sie ist gut, nicht wahr? Sie weiß genau, wie sie die Leute ansprechen muss.«

Nachdem Königin Elisabeth angekündigt hatte, jeden Soldaten nach den Tugenden zu belohnen, die er im Feld zeige, kannte der Beifall keine Grenzen mehr. Vincent jedoch brachten ihre Worte erneut ins Denken. Wie vertrugen sie sich mit der Feindseligkeit, die Giambelli, ihm und anderen Ausländern entgegengebracht wurde?

Als sich die Herrschaften in Leicesters Zelt zurückzogen, fragte Vincent seinen Freund: »Was ist eigentlich *dutch defense?*«

Nathan zog einen Teil seiner Augenbraue hoch, was seinem Gesicht eine seltsame Schieflage verlieh. »Wer hat das gesagt?«

»Ein englischer Seemann.«

»Das ist eine Übergabe durch Verrat«, sagte Nathan missbilligend. »Die Engländer haben einige abwertende Begriffe für holländische Eigenarten. Beim *dutch feast* ist der Gastgeber als Erster besoffen. Ein *dutch concert* ist Katzenmusik. Und eine *dutch widow* ist keine ehrbare Witwe, sondern …«

Vincent winkte ab. »Schon gut, ich kann es mir denken.«

»Du grübelst ja schon wieder! Also, was ist los?«, fragte Nathan ihn.

»Ich kann hier nicht bleiben. Das ist nicht meine Königin, nicht mein Land. Ich muss nach Hause.«

»Und wo ist das für dich?«

»Amsterdam, denke ich.«

»Was willst du dort machen? Wovon willst du leben? Für Höllenbrander und Schwimmbrücken gibt es dort eher keine Nachfrage, nehme ich an.«

Zum ersten Mal sprach Vincent seinen Wunsch aus: »Höllenbrander werde ich nie wieder bauen. Ich will ein echter Baumeister werden.«

»Was sagt dein Lehrherr dazu?«

»Noch schweigt er.«

»Giambelli kann dich nicht aufhalten, also tu, was du für richtig hältst.« Nathan legte Vincent die Hand auf die Schulter. »Ich werde dich vermissen. Andererseits: Sicher freue ich mich eines Tages über einen guten Kontakt in Amsterdam.«

»Oder ich über einen Freund in London.«

»Du wirst mir immer willkommen sein.« Nathan knuffte ihn. »Und nun schleiche ich mich an den Wachen vorbei ins Zelt, sonst verpasse ich noch alles.«

Vincent war erleichtert über Nathans Reaktion, wollte jedoch auch Messere Giambellis Segen haben. Im Zelt des Italieners packte er seine Sachen zusammen. Viel hatte sich nicht angesammelt. Behutsam strich er über das Notizbuch seines Vaters, das er inzwischen mit seinen eigenen Anmerkungen und Skizzen gefüllt hatte. Auch hatte er Vaters Entwurf für den Bagger überarbeitet. Vielleicht würde es ihm eines Tages gelingen, ihn tatsächlich zu bauen.

Obgleich der Graf von Leicester und die Berater der Königin darauf bestanden, dass sie in die Sicherheit von St James's Palace zurückkehren sollte, blieb Elisabeth im Heerlager. Erschöpft, aber mit stolzgeschwellter Brust, kehrte Messere Giambelli nach langen Beratungen zu seiner Gattin und Vincent zurück.

»Und, was sagt Ihr zu meinem Ansinnen?«, fragte Vincent, der es kaum mehr an diesem Ort aushielt.

Giambelli lächelte. »Auch ich soll für meinen Einsatz belohnt werden. Ich verhandle gerade mit der Königin und dem Grafen von Leicester über den Bau verschiedener Festungen im Stil der *Trace italienne* an der englischen Küste. Da könnte ich dich gut brauchen.«

*

Wasser, so viel Wasser, und doch so ein Durst! Sturm, Orkan, Todesangst. Zitternd kauerte Lazarus sich an das Achterkastell. Von hier aus wäre er genauso schnell an Deck wie in einem der leeren Fässer, die ihn im Falle eines Schiffbruchs hoffentlich über der Wasseroberfläche halten würden – eine Zeit lang zumindest.

Lazarus' Gedanken mäanderten wie ein überfluteter Fluss. Er hatte gewusst, dass die Höllenbrander großes Unheil anrichten würden, aber niemand hatte ihn in seinen Bemühungen unterstützt, den Italiener zu fangen – im Gegenteil, alle hatten ihm Steine in den Weg gelegt. Sein Hass auf den Italiener und alle, die ihn nicht ernst nahmen, war inzwischen ins Unermessliche gestiegen.

Mit Grauen dachte er an die vergangenen Wochen zurück. Auch bei seinem Schiff hatte man das Ankertau gekappt. Alle waren an Deck gescheucht worden, um zu helfen. Bei einem waghalsigen Manöver war er über Bord gegangen. Dem heiligen Nikolaus sei Dank war er von der *Lavia*, einem venezianischen Kauffahrer im Dienste der spanischen Armada, gerettet worden. Letztlich war er jedoch vom Regen in die Traufe geraten. Kanonen hatten das Schiff weitgehend manövrierunfähig geschossen, Strömungen und Winde hatten die einst so stolze Armada immer wieder um ein Haar gegen die felsigen Küsten geworfen. Oft genug hatten sie die zerschlagenen Planken anderer Galeonen und aufgedunsene Wasserleichen auf den Wellen gesehen. Jetzt waren sie selbst dem Tode nahe. Seit Tagen, vielleicht sogar seit Wochen – wer wusste das schon genau –, hatten sie kein Trinkwasser mehr, nichts zu essen. Viele Matrosen waren krank, andere waren bereits verreckt. Lazarus war sich nicht zu fein gewesen, die Leichen zu filzen, um ein paar Nüsse oder einen Kanten Zwieback zu erbeuten. Jetzt allerdings hoffte er nur noch, diesen Albtraum zu überleben.

23

Amsterdam, Herbst 1588

Als klar war, dass die Gefahr durch die Armada gebannt war, ergriff die Engländer ein Jubeltaumel. Es war eine Schlacht David gegen Goliath gewesen, das kleine England gegen das große spanische Weltreich – und sie hatten gesiegt! Die kläglichen Reste der Armada hatte der Sturm nach Irland und Schottland versprengt. Gott hatte England den Sieg geschenkt.

Unmittelbar danach hatte die Königin die Armee auflösen lassen. Seitdem hatte sich ein anderes Heer vergrößert: das Heer der Elenden. Offenbar hatte Elisabeth ihre Versprechungen vergessen, denn es gab Streit über den Sold der Soldaten und die Beherbergung der Versehrten. Rasant hatten sich unter den Hungernden Krankheiten breitgemacht, vor allem das Faulfieber. Mit rotfleckiger Haut zogen die früheren Kämpfer bettelnd durch das Land, ein beschämender Anblick. Auch der Graf von Leicester konnte seinen Soldaten nicht mehr helfen; er war knapp einen Monat nach dem Besuch der Königin bei Tilbury gestorben.

Nachdem Messere Giambelli einigermaßen gesundet war, hatte er Vincent schließlich doch ziehen lassen. Beim Abschied war der Italiener rührselig geworden. Lange hatten sie über Wim gesprochen, und Giambelli hatte einmal mehr in Erinnerung an ihre Freundschaft geschwelgt.

Ein holländischer Kaufmann hatte sich breitschlagen lassen, Vincent mitzunehmen. Jetzt endlich betrat Vincent wieder Amsterdamer Erde. Schnurstracks eilte er vom IJ zum Waisenhaus.

»Ich möchte mit Betje und Ruben Aardzoon sprechen. Ich bin ihr Bruder«, sprach er einen Knecht an.

»Mit wem?«, fragte dieser verständnislos. Vincent wiederholte, irritiert über die Reaktion, seine Frage. Der Knecht musste doch Betje und Ruben kennen! »Die sind nicht hier«, sagte der Mann schließlich.

Vincent war es, als verlöre er jeglichen Halt. »Vor drei Jahren sind die beiden hier untergebracht worden! Ruben und ...«

»Ich bin seit zwei Jahren hier, aber von einem Ruben habe ich nie gehört«, unterbrach ihn der Knecht.

Vincent schwindelte. Was war mit Ruben geschehen? War er krank geworden, vielleicht sogar gestorben? »Und Betje? Sie muss jetzt ... elf Jahre alt sein.« Er beschrieb seine Schwester. Der Knecht schüttelte den Kopf. Aufgewühlt ließ Vincent ihn stehen und lief ins Waisenhaus hinein. »Ich suche Betje, Betje Aardzoon!«, rief er immer wieder.

Plötzlich entdeckte er auf einer Bank ein kleines Mädchen, das dort auf etwas zu warten schien. In der Hand hielt es eine Puppe – Betjes Puppe! Am liebsten hätte er sie dem Mädchen weggerissen, brachte es aber nicht übers Herz, denn die Puppe schien sein einziger Trost zu sein. Er hockte sich neben das Mädchen. »Woher hast du diese Puppe?«, fragte er.

Das Mädchen presste die Puppe an sich. »Nicht wegnehmen!«

»Nein, ich nehme sie dir nicht weg«, versicherte Vincent ihr. »Ich möchte nur wissen, woher du die Puppe hast.«

»Betje hat sie mir geschenkt.«

»Und … wo ist …« Vincents Mund war staubtrocken. »Wo ist Betje jetzt?«

Mit einem kleinen Lächeln neigte sich das Mädchen zu ihm.

Vincents Hände waren eiskalt vor Aufregung, als er den schweren Messingklopfer des alten Steinhauses im Nes betätigte. Die Stubenmagd musterte ihn abschätzig, doch als er sagte, worum es ging, führte sie ihn in den Hinterhof, in dem neben einem Blumenbeet ein kleiner Nutzgarten angelegt war. Ein Mädchen, das ihm den Rücken zuwandte, grub gerade rote Rüben aus. Neben ihm stand eine Frau mit Kochschürze. »Die Rote Bete können wir als Beilage zum Bratfisch zubereiten. Du musst nur mit deiner Kleidung aufpassen, denn sie färben …«

»Betje?« Vincents Stimme klang, als hätten sich Spinnweben über sie gelegt.

Das Mädchen wandte sich um. Betje, sie war es wirklich! Sie war in die Höhe geschossen und wirkte dürr, die Augen schienen zu groß für das Gesicht zu sein, aber ihre dicken Zöpfe glänzten goldblond. Die Rote Bete glitt aus ihren Händen. Schon war Betje ihm in die Arme gefallen. Erleichtert drückte Vincent sie an sich.

»Wo warst … du nur so lange? Du hattest doch versprochen … uns nicht alleinzulassen!«, schluchzte sie.

Gedanken und Worte überschlugen sich. Vincent versuchte so schnell zu erklären, was er erlebt hatte, dass es durcheinanderging.

Schließlich sagte er: »Ich bin froh, dass es dir gut geht. Aber wo ist Ruben?«

Betje schüttelte weinend den Kopf. »Ruben ist …«

Eine helle Stimme aus Richtung des Hauses unterbrach sie. »Mevrouw, Ihr müsst Betje einen Augenblick entschuldigen. Das Wetter ist so schön, wir wollen …« Sie verstummte.

Vincent und Betje lösten sich voneinander und wandten sich um. Sie standen einem Mädchen gegenüber. Sofort erkannte Vincent die Bürgerstochter wieder, die Betje an ihrem ersten Tag im Waisenhaus getröstet hatte. Die Hitze schoss ihm in die Wangen. Wie hübsch sie geworden war! Wie war noch gleich ihr Name?

Betje rieb sich mit dem Schürzenzipfel die Tränen ab. »Aletta, das ist mein Bruder Vincent. Du hast ihn mal gesehen, im Waisenhaus.«

Aletta sah ihn streng an. »Und, wo hat er gesteckt?«

Vincent spürte, wie er noch röter wurde, wenn das überhaupt möglich war.

»Er hat etwas von den Engländern gesagt, von Leicester und der Armada«, meinte Betje.

Das Mädchen lächelte. »Das hört sich nach einer spannenden Geschichte an.«

»Es ist keine Geschichte. Es ist die Wahrheit!«, protestierte Vincent.

»Dann wollen wir sie ganz genau hören, nicht wahr, Betje? Lasst uns etwas Zimtwasser bringen, Mevrouw. Ich gebe Vater Bescheid, den wird dieser Bericht sicher auch interessieren.«

Wenig später saßen sie in der guten Stube einem sorgfältig gekleideten silberhaarigen Herrn gegenüber. Vincent wagte nicht, an dem Getränk zu nippen, so gerne er es getan hätte. Nervös begann er zu erzählen. Die Augen der Mädchen wurden groß, und auch der Herr hörte aufmerksam zu. Ab und zu fragte er nach. Schließlich entließ er die Kinder wieder.

»Ihr Geschwister habt euch sicher viel zu erzählen, setzt euch doch in die Küche. Und Aletta, vergiss nicht, dein Unterricht wartet«, sagte er.

»Ja, Vater.« Aletta war anzusehen, dass sie lieber mit Betje und Vincent gegangen wäre. Vincent war unruhig. Noch immer wusste er nicht, was mit Ruben war.

In der Küche setzten sie sich auf die Gesindebank und sahen einen Moment zu, wie der Fisch tranchiert wurde. »Arbeitest du jeden Tag hier?«, wollte Vincent wissen.

Betje schüttelte den Kopf. »Nein, ich bin noch zu jung. Ich darf nur zweimal die Woche hier sein. Abends muss ich wieder ins Waisenhaus zurück.«

Vincent knetete besorgt seine Hände. »Was ist mit Ruben? Sag schon, was ist ihm zugestoßen? Ist er …«

»Er hat es im Waisenhaus nicht ausgehalten. Immer wieder ist er abgehauen. Eines Tages war er ganz weg. Ich glaube, er hat als Schiffsjunge angeheuert.«

Vincent war hin- und hergerissen zwischen Erleichterung und Wut. Immerhin lebte Ruben noch, wahrscheinlich zumindest. »Wie kommst du darauf, dass er Schiffsjunge geworden ist?«

»Ruben war so oft am Hafen. Hat von den Schiffen erzählt, von den Matrosen. Davon, dass man auf See Abenteuer erleben und reich werden kann.« Betje kniff die Lippen zusammen. »Er hat mich im Stich gelassen, genau wie du. Wie Vater und Mutter.«

Vincent nahm ihre Hand. »Jetzt bleibe ich bei dir. Ich gehe nicht wieder weg.«

Sie entzog sich ihm. »Das hast du schon mal versprochen.«

*

Als Vincent gegangen war, lief Betje zurück in den Hinterhof. Lachend drehte sie sich im Kreis und streckte die Arme aus. Die Sonne tanzte über ihr – wie weit die Welt auf einmal war und wie schön! Sie freute sich so sehr, dass ihr Bruder wieder da war! Am liebsten wäre sie mit ihm gegangen. Gleichzeitig tat es noch immer weh. Oft hatte sie sich in den vergangenen Jahren in den Schlaf geweint, weil sie sich so einsam gefühlt hatte. Da hatte auch ihre Freundin Ida nicht helfen können.

»Du musst froh sein, dass dein Bruder wieder da ist.«

Aletta war in den Hinterhof getreten, ohne dass Betje es gehört hatte. Sie musste sich beherrschen, Aletta nicht auch noch in den Arm zu fallen. Das schickte sich nicht. Sie waren Freundinnen, irgendwie. Aber irgendwie auch nicht. Sie nahm eine sittsame Haltung an. »Ja, das bin ich. Das bin ich wirklich.«

Aletta trat zu ihr und ergriff ihre Hand. »Dann möchtest du doch bestimmt ein Dankgebet sprechen. Wollen wir zu Pater Anselm gehen?«

»Sehr gerne!« Es war immer etwas ganz Besonderes, wenn sie mit zu Pater Anselm durfte.

»Du darfst auch eine Kerze für einen Heiligen anzünden. Kannst du dir denken, für welchen?«

»Für den heiligen Christoph, den Schutzheiligen der Reisenden?«, riet Betje. Sie liebte es, Kerzen für Verstorbene oder Heilige anzuzünden, weil es immer ein feierlicher Moment war. Auch gefielen ihr die Heiligengemälde und die kostbaren Altargegenstände, die in diesem Haus wie Schätze gehütet wurden. Schade nur, dass sie mit niemandem darüber sprechen durfte. Mit niemandem außer Aletta.

*

Aldo van der Vleet hatte eilig zwei Briefe verfasst und seinem Laufburschen übergeben. In Amsterdam waren bislang widersprüchliche Gerüchte über die Schlacht eingetroffen. Aldo war von einem Sieg ausgegangen und hatte eine Dankesmesse lesen lassen, genau wie seine Glaubensbrüder im Begardenkloster. Auch in Rom, Paris und Prag hatten die Katholiken angeblich bereits mit Heiligen Messen den Sieg gefeiert. Der Verlust der Armada war eine Katastrophe. Auch weiterhin würde es ihnen unmöglich sein, ihren Glauben offen zu leben.

Auf dem Weg hinaus sah er, wie seine Tochter mit Betje die Wendeltreppe zur Kapelle hinauflief. Oft beschämte es ihn, in was für einer unwürdigen Umgebung sie Gott huldigen mussten. Wie eifrig seine Tochter dabei war, die Seelen Ungläubiger zu retten, rührte ihn. Er musste allerdings aufpassen, dass Aletta sich nicht zu sehr herabließ, sich nicht auch noch mit diesem Waisengör anfreundete. Man sah an Betjes Bruder genau, wohin es führte, wenn Kinder ohne Zucht heranwuchsen.

Im Comptoir kontrollierte Aldo seine Schiffslisten. Er war an so vielen Schiffen beteiligt, dass er manchmal den Überblick verlor. Endlich fand er, was er gesucht hatte. »Wenn unser Frachter aus Schweden zurückkommt, halten wir Holz und Eisen zurück – ich habe einen Kunden, der uns alles auf einmal abnehmen wird.« Davon ging er zumindest aus, denn wenn der spanische König so viele Schiffe verloren hatte, wie es hieß, würden die Schiffswerften auch in Amsterdam mehr zu tun bekommen. Sein Faktor machte sich eine Notiz. »Schreib auch nach Danzig und Königsberg, dass wir alles Holz aufkaufen, das für den Schiffbau geeignet ist – wenn der Preis stimmt, natürlich.«

Van Vleet eilte durch die Straßen zu seinem kleinen Warenkeller, der sich in einer Querstraße des Singel befand. In Amsterdam war die Gemeinschaft der strenggläubigen Calvinisten klein, aber einflussreich. Er war ohnehin der Überzeugung, dass sich viele Geschäftsleute lediglich für den reformierten Ketzerglauben entschieden, weil er sie in ihrer Eitelkeit bestätigte: Wer so erfolgreich war wie sie, musste in Gottes Gunst stehen, musste es verdient haben – das wurde lauthals von den Kanzeln gepredigt. Dass die Ketzer es mit dem Glauben nicht ernst meinten, zeigte schon der Umstand, dass die neue Kirchenordnung, die der Landesadvokat Johan van Oldenbarnevelt schon lange von den Provinzen beschließen lassen wollte, nicht angenommen wurde.

Er öffnete die Tür und betrat die Geschäftsräume, in denen er Kupfer und Messingkram feilbot. Im Hinterzimmer hingegen lagerten noch immer die Musketen und Rapiere, die er für den Tag der Tage bereitgelegt hatte. Den Tag der Abrechnung, auf den er wie viele seiner Glaubensgenossen schon lange wartete. Wäre die spanische Flotte in die Zuidersee eingelaufen und hätte Amsterdam vom IJ aus angegriffen, hätte er für die Bewaffnung seiner Glaubensbrüder gesorgt. Ein geheimes Signal hatten sie längst vereinbart. Mit jedem, der sich ihnen entgegengestellt hätte, hätten sie kurzen Prozess gemacht. Doch jetzt waren diese Aussichten fürs Erste zerstoben.

In einem Wutausbruch trat er gegen den Werkzeugtisch. Dann gab er die Anweisung, die Waffen umzupacken und zwischen Tuchballen und Getreidesäcken zu verstecken. Sobald er wusste, wo der Generalísimo sie benötigte, würde er sie losschicken. Farnese war schon länger einer seiner besten Kunden, und jetzt, wo die Invasionspläne gescheitert waren, würde sich das Heer auf dem Festland wieder in langwierige Belagerungskriege stürzen müssen.

24

Wie er es nach ihrer Ankunft mit seinem Vater getan hatte, lief Vincent zunächst durch die Stadt, um sich mit dem Stand des Ausbaus und den derzeitigen Baustellen vertraut zu machen. Er würde sich so schnell wie möglich einen neuen Lehrmeister suchen oder eine Arbeit, die ihm auch ein Nachtlager sicherte. Er fühlte sich wohl in Amsterdam. Und er war entschlossen, das Beste aus seinem Leben zu machen.

Vincent staunte darüber, wie sehr sich die Stadt in den letzten Jahren verändert hatte. Die alten Wälle waren geschleift worden, der neue Schutzwall über weite Strecken errichtet, viele Häuser um ein Stockwerk aufgestockt. Auf der gegenüberliegenden Seite des Singel, wo früher der Stadtwall gewesen war, standen etliche neue Häuser. Land wurde entwässert, ein Kanal verbreitert.

Auf einem der Stangenbagger entdeckte er Sjako, der zwischen abgezehrten Männern ein Handrad drehte und einen an einem Seil hängenden, mit Baggergut gefüllten Korb aus dem Wasser bewegte. Schnell lief er weiter. Mit diesem Kerl wollte er nichts zu tun haben!

Am Hafen wanderten seine Gedanken zu Ruben. Während seiner Reise mit Giambelli hatte er einige Schiffsjungen gesehen. Manche waren zähe Burschen gewesen. Andere hingegen schienen an dem harten Leben an Bord zu zerbrechen. Wie würde Ruben auf See zurechtkommen?

Ein weiteres bekanntes Gesicht entdeckte er auf einer Baustelle: den Maurer Frans Oetgens, mit dem sein Vater einst zusammengearbeitet hatte. Kurz entschlossen sprach er ihn an. »Meister Oetgens, erinnert Ihr Euch an mich? Ich bin Vincent, der Sohn von Wim Aardzoon.«

Oetgens zupfte an seinem Halstuch. »Natürlich erinnere ich mich. Das war eine traurige Sache damals.«

»Ich suche den Stadtbaumeister. Hat Meister Bilhamer diesen Posten noch inne?«

»Was willst du von ihm?«

»Ich will auch Häuser bauen.«

Oetgens lachte so laut, dass er sich den Bauch halten musste. »Du bist doch ein *Jongetje* von vielleicht …«

Oetgens Gelächter versetzte Vincent einen Dämpfer. »Vierzehn Jahren«, sagte er indigniert.

»Noch grün hinter den Ohren – und will Baumeister werden! Lern erst mal was Anständiges!«

»Ich habe etwas gelernt.« Vincent gab ihm eine kurze Zusammenfassung dessen, was er sich in den vergangenen Jahren angeeignet hatte.

»So ist das also.« Mit einem spöttischen, aber nicht unfreundlichen Lächeln sah der Mann ihn an. »Dann warte hier. Meister Bilhamer wird sich später auf der Baustelle sehen lassen. Bis dahin kannst du mir eine praktische Kostprobe deines Könnens geben.« Er reichte Vincent einen breiten Spatel aus Metall, der am Ende Zähnchen hatte. »Fass mit an.«

Damit hatte Vincent noch nie gearbeitet. »Was ist das?«

»Ein Scharriereisen, eine Art Flachmeißel. Der Bentheimer Sandstein muss damit geglättet und strukturiert werden.«

Als der Stadtarchitekt endlich eintraf, hatten sie etliche der weißen oder ins Orange spielenden Steine bearbeitet. Meister Bilhamer schob seine Tonnengestalt über die Baustelle und nahm in aller Ruhe den

Fortgang der Arbeiten in Augenschein. Anschließend berichtete ihm Oetgens von Vincent.

Bilhamer blickte Vincent aus halb verhangenen Augen an. Seine Lider schienen zu schwer zu sein, um sie aufzuhalten. »Du hast Schneid, Junge, uns derart die Zeit zu stehlen. Wenn dein Vater nicht so ein guter Mann gewesen wäre, hätten wir dich längst davongejagt.«

Geduldig wiederholte Vincent, was er bei Federigo Giambelli gelernt hatte. Dabei legte er einen deutlichen Schwerpunkt auf die Baukunst. »Zudem habe ich sehr viele Zeichnungen und Entwürfe angefertigt.« Er schlug sein Zeichenbuch auf, das er vorsorglich aus seinem Seesack geholt hatte.

Bilhamer warf nur einen kurzen Blick darauf. »Du solltest eine Lehre machen. Zimmermann werden, Steinmetz, Maurer oder Kunstmaler. Danach bist du vielleicht alt genug, um dich mit Architektur zu beschäftigen.«

Vincent sank der Mut. Flehend hielt er Bilhamer das Zeichenbuch hin. »Bitte, Meister, schaut Euch wenigstens meine Zeichnungen an. Es wird Euch nicht viel Zeit kosten.«

Der Stadtbaumeister nahm widerstrebend das Buch an sich und schlurfte davon. Vincent sah ihm nach. Wenn er das Buch nicht zurückbekäme, wären alle seine Notizen, Skizzen und Entwürfe verloren.

Als der Arbeitstag zu Ende war, lief Vincent zum Gemeindehaus, wo Diakon Godlef und Dominee Plancius über verschiedenen Schriften brüteten. Der Diakon war sehr erfreut, ihn zu sehen, und fragte sofort, wie es ihm ergangen war.

»Die Gemeinde wächst noch immer sehr«, berichtete er anschließend. »Die Hungersnot hat auch in den vergangenen Jahren viele nach Amsterdam getrieben. Es spricht sich herum, dass es uns dank der Getreideschiffe, des Viehs, das hier verladen wird, und des Gemüseanbaus im Umland verhältnismäßig gut geht. Arbeit gibt es auch.«

Vincent fragte ihn nach Ruben, aber der Diakon hatte dessen Verschwinden offenbar gar nicht mitbekommen. »Ruben war schon immer ein Wildfang, er hatte viel Ärger im Waisenhaus, daran erinnere ich mich. Er wird sich sicher durchschlagen. Ich werde ihn in meine Gebete einschließen.«

»Danke, Hochehrwürden.«

»Auch du wirst ins Waisenhaus zurückkehren müssen.«

»Das möchte ich nicht. Ich hoffe, einen Lehrmeister zu finden, der mich aufnimmt.«

»Es scheint, als hätten dich die vergangenen Jahre eitel und stolz gemacht, Junge«, sagte Petrus Plancius scharf. »Dieser Giambelli hatte anscheinend keinen guten Einfluss auf dich. Du bist noch ein Kind. Demut und Gehorsam stünden dir besser an.«

Vincent senkte den Blick. Es stimmte, Giambelli hatte ihm viele Freiheiten gelassen, die er auf keinen Fall wieder aufgeben wollte. »Was soll ich Eurer Meinung nach tun?«

»Dich auf den Ratschluss der Gemeinde verlassen. Geh also ins Waisenhaus. Dort wirst du bleiben, bis wir eine andere Entscheidung treffen.«

Vincent nickte widerwillig, dann erhob er sich. Dieser Raum kam ihm auf einmal sehr eng vor. »Ich will Euch nicht länger von Eurer Arbeit abhalten.«

Auf dem Weg zur Tür bemerkte er, dass auf dem großen Tisch am Fenster bunte Papiere ausgebreitet waren. Einige Umrisse erkannte er wieder, aber so hatte er sie noch nie gesehen. Und vor allem nicht in dieser Größe. Vincent konnte nicht anders: »Ist das etwa eine Weltkarte? Darf ich sie mir mal anschauen?«

Plancius' Gesichtsausdruck verlor etwas von seiner Strenge. »Du darfst einen kurzen Blick darauf werfen. Es ist eine besondere Publikation. Die *Nova et Aucta Orbis Terrae Descriptio ad Usum Navigantium Emendate Accommodata* von Gerardus Mercator.«

»Eine neue und vollständige Darstellung der Erdkugel – angepasst für den Einsatz in der Seefahrt«, übersetzte Vincent schnell und, wie er hoffte, korrekt. »Aber wie ist das möglich?«

»Technisch, meinst du?« Der Gelehrte beugte sich über die Papiere. »Mercator hat die Projektion der Breiten zu beiden Polen hin allmählich in dem Maße vergrößert, wie die Breitenparallelen in ihrem

Verhältnis zum Äquator zunehmen. Die Karte ist winkelgetreu, was bedeutet, dass Seefahrer nur mit ihr und einem Kompass navigieren können. Es ist wirklich eine ganz erstaunliche Karte.« Plancius sah auf; ihm war anzusehen, dass er mit den Gedanken woanders war. »Und jetzt geh in die Kirche, und danke Gott dafür, dass du heil zurückgekehrt bist.«

Nach dem Gebet schlug Vincent den Weg zum Waisenhaus ein, ließ sich dann aber auf den Straßen treiben. Er spazierte über den Damrak, am Rathaus vorbei und passierte das Huis de Keyser. Ein junger Mann verhandelte vor der Pforte mit einem Händler, Jacob de Graeff. Als Vincent sich mit einem Gruß bemerkbar machte, gab Jacob dem Händler mit einer Geste zu verstehen, dass er kurz warten sollte, und kam erfreut auf ihn zu. Sein kantiges Gesicht war männlicher geworden, aber er war noch so begeisterungsfähig wie früher.

»Bislang hieß es meist, die Armada habe gesiegt«, berichtete Jacob, kaum hatte Vincent von seinen Erlebnissen erzählt.

»Zu früh gefreut! Ich war dabei, als die Armada vor Gravelines eine Niederlage erlitt.«

»Unglaublich! Und Drake? Man erzählt sich, er sei gefangen genommen worden. Ein anderes Gerücht besagt, eine Kanonenkugel habe ihm ein Bein abgetrennt. Oder es heißt, er sei verblutet. Erstaunlich, wie das Schicksal dieses Mannes die Menschen bewegt.«

Vincent lachte. »Als mein Lehrmeister und ich uns von Drake verabschiedeten, jagte er gesund und munter den versprengten Resten der Armada nach.«

»Versprengt im wahrsten Sinne des Wortes, was?« Jacob warf dem ungeduldig wartenden Händler einen schnellen Blick zu und legte Vincent die Hand auf die Schulter. »Das musst du mir noch einmal ausführlich erzählen. Ich will auch alles über die Brander und die Schiffbrücke wissen. Unseren Höllenbrander hier in Amsterdam haben wir ja glücklicherweise nie gebraucht. Komm doch in den nächsten Tagen mal zum Essen vorbei, einverstanden?«

Erst jetzt bemerkte Vincent das nagende Gefühl in seinem Magen.

Wann hatte er zum letzten Mal etwas gegessen? Es musste morgens auf dem Schiff gewesen sein. Geld hatte er nicht, und Stehlen kam nicht infrage. Im Waisenhaus würde es etwas geben, aber noch sträubte sich alles in ihm, dorthin zurückzukehren. Er schlug einen Bogen und lief weiter, unschlüssig, was er tun sollte. Bald erreichte er eine Gegend, in der in jedem zweiten Haus eine Taverne war und grell geschminkte Frauen über die Straße liefen. War hier in der Nähe nicht das Gasthaus, in dem Majken gearbeitet hatte, dieses Schankweib, das angeboten hatte, ihnen zu helfen? Vermutlich erinnerte sie sich gar nicht mehr an ihn. Oder sie lebte nicht mehr hier. Dennoch verlangsamte Vincent seine Schritte. Der Duft nach Gesottenem und Gebratenem stieg aus den Fenstern zu ihm. Er sah durch offene Fenster in Zimmer, in denen Mütter ihre Kinder kämmten, Väter musizierten, gedankenverloren gesungen oder gespielt wurde. Familien gingen nach Hause, angeregt plaudernd. Der Anblick versetzte ihm einen Stich.

»Vincent? So heißt du doch, oder?« Majken kam von der anderen Seite des Zeedijk auf ihn zu. Die Jahre hatten es nicht gut mit ihr gemeint, hatten Falten in ihr Gesicht gegraben und den Haaren den Glanz genommen. »Was machst du hier? Wie geht es deinen Geschwistern? Ich habe mich bei der Gemeinde nach euch erkundigt, aber der Diakon hat mich abgewimmelt. Meinte, es gehe euch gut. Wollte wohl mit einer wie mir nichts zu tun haben.«

Ihr aufrichtiges Interesse tat ihm gut, und so platzte Vincent mit allem heraus, was ihm widerfahren war. »Auf keinen Fall gehe ich ins Waisenhaus zurück. Und wenn ich vor Hunger umkomme!«

»Du hast Hunger? Aber klar! Was für eine Frage! Komm, ich kann ohnehin Schluss machen für heute.«

Majken brachte ihn mit in ihre Kammer, in der ein Mädchen von vielleicht vier Jahren spielte. Dann beschaffte sie für Vincent einen großen Teller mit Fleisch, Gemüse und Brot, den er bis zum letzten Krümel leerte, während sie redeten. Majkes Leben war schwer, und dennoch verlor sie anscheinend nicht den Mut.

Schließlich sprach Vincent aus, was ihm schon eine ganze Weile im Kopf herumging: »Gibt es hier im Gasthaus vielleicht Arbeit für mich? Ich muss etwas verdienen. Und ... darf ich hier schlafen?« Hitze schoss ihm in den Kopf. »Auf dem Boden?«

Ihr Blick wurde weich, aber ihre Stimme war ernst. »Natürlich könntest du hierbleiben. Aber das ist nichts für dich. Halte dich von der Gosse fern. Du hast etwas Besseres verdient. Das hätte sich dein Vater für dich gewünscht.«

Vincent verstand den Grund für ihre Ablehnung nicht. »Etwas Besseres. Aber Vater ... Er mochte dich ... Vater und du ...«

Majken unterbrach ihn schroff. »Das ist was anderes. Dein Vater war ein guter Mann. Und ich ... Ich habe ihn angelogen. Da war Hoffnung, kurz nur. Hoffnung auf ein besseres Leben.« Sie machte eine wegwerfende Handbewegung. »Ich komme aus der Gosse. Und ich werde für immer in der Gosse bleiben. Meine Träume werden Träume bleiben, mehr nicht.«

Die Resignation, die aus ihren Worten sprach, machte Vincent traurig. Ihre Tochter schien das ebenfalls zu spüren, denn sie kletterte auf Majkens Schoß und kuschelte sich an sie.

»Wovon träumst du denn?«, fragte Vincent.

Erst sah es so aus, als ob sie ihm nicht antworten würde. »Von einem lieben Mann. Von genügend Geld, um niemandes Magd zu sein. Von einem eigenen Gasthof, in dem ich schalten und walten kann, wie ich will.« Sie schob ihre Tochter von ihrem Schoß und erhob sich. »Und jetzt geh, und lass deine eigenen Träume Wirklichkeit werden.«

Schweren Herzens bedankte Vincent sich und ging zur Tür. Als er sie gerade hinter sich schließen wollte, sprach Majken ihn noch einmal an. »Komm ab und zu vorbei, und erzähl mir, wie es dir ergeht. Du kannst hier immer eine warme Mahlzeit bekommen.«

25

Am Abend hatte sich Vincent schließlich doch noch durchgerungen, ins Waisenhaus zurückzukehren. Morgens aber verzog er sich, ehe man ihm eine Arbeit zuweisen konnte. Nicht dass er sich drücken wollte, aber er musste mit Betje reden. Vor der Pforte passte er sie ab. »Ich habe mit dem Stadtbaumeister und Diakon Godlef über meine Zukunft gesprochen. Vielleicht kann ich eine Lehre machen.«

Betje blinzelte verschwörerisch. »Das wird schon klappen. Ich habe gestern extra für dich zum heiligen Christophorus gebetet und eine Kerze …« Sie bemerkte seinen irritierten Blick und verstummte.

Vincent zog die Stirn kraus. Heilige um Fürsprache zu bitten und Kerzen zu entzünden war papistischer Irrglaube! Wenn er daran dachte, wie viele Leben zerstört worden waren, um sich von ebendiesem Glauben zu befreien, wurde ihm übel. Er nahm Betjes Arm und zog sie an den Straßenrand.

Betje biss sich auf die Lippe. »Oje, das hätte ich nicht verraten dürfen.«

Er musste ruhig bleiben, sonst würde sie ihm gar nichts mehr sagen. Dennoch musste er wissen, wie Betje dazu kam, schließlich ging es um ihr Seelenheil. »Du hast dich so sehr über meine Rückkehr gefreut, dass du gebetet hast?«

Sie nickte.

»Im Haus der van Vleets.«

Wieder nickte Betje.

»Und da waren Kerzen und Heiligenfiguren?«

Seine Schwester wandte den Blick ab.

»Betje, du musst es mir sagen. Ich bin doch dein Bruder.«

»Du wirst böse sein«, sagte sie leise.

»Nein, bestimmt nicht. Ich will es nur wissen.«

Beinahe trotzig blickte sie ihn an. »Ich habe dort für eure Seelen gebetet. Vor allem für Mutters und Vaters Seele. Für Rubens. Und für deine auch, sicherheitshalber. Ich wusste ja nicht, dass du zurückkommst. Damit ihr nicht im Höllenfeuer brennt.« Als er nicht gleich etwas sagte, setzte Betje hinzu: »Weil Dominee Plancius doch sagt, dass nur manche Seelen auserwählt sind und die anderen verdammt. Deshalb habe ich für euch gebetet.«

Dies war ein Punkt, der zwischen Protestanten und Katholiken strittig war, das wusste Vincent. Aus der Sicht vieler Reformierter machten die Katholiken es sich leicht mit ihren Ablasszahlungen und Bußen.

»Und Aletta hat dir dabei geholfen?«, fragte er.

Wieder nickte sie.

Das hatte er befürchtet.

Im Waisenhaus wurde Vincent von Diakon Godlef erwartet. Auch das noch! Vermutlich würde der Geistliche ihn schelten, weil er wieder einfach so verschwunden war. Aufgewühlt wog Vincent ab, wie er mit dem umgehen sollte, was Betje ihm erzählt hatte.

»Hatten wir nicht abgemacht, dass du dich in die Obhut des Waisenhauses begibst?«, fragte der Diakon.

»Das habe ich auch. Ich habe hier geschlafen, ganz so, wie Ihr es befohlen habt.«

Ein Lächeln huschte über das Gesicht des Diakons. »Befohlen, wie das klingt! Es ist doch nur zu deinem Besten.«

Vincent hielt seinem Blick stand. »Sicher«, sagte er kühl. Sollte er dem Diakon verraten … Bevor er eine Entscheidung getroffen hatte, berührte der Diakon Vincents Ellbogen und schob ihn hinaus. »Wir werden erwartet.«

Sie gingen zum Stadsfabriekambt, einem schlichten Gebäude an der Südseite des Grimburgwals, zwischen einer Brauerei und den früheren Klöstern gelegen. Meister Bilhamer saß an einem ausladenden Schreibtisch. In seinem Kontor herrschte blankes Chaos. Überall lagen Papiere, Schreibmaterialien und Schablonen, standen Modelle und Werkzeug. Vor dem Architekten lagen diverse Baupläne und darauf Vincents Skizzenbuch, die Seite mit der Festung von Tilbury aufgeschlagen. Am liebsten hätte Vincent es sofort wieder an sich genommen.

»Danke, dass Ihr es Euch angeschaut habt, Meister«, sagte er, unsicher, weil er keine Ahnung hatte, was der Architekt von seinen Zeichnungen halten mochte.

Bilhamer lehnte sich zurück und blätterte in dem Buch, was Vincent noch nervöser machte. »Du hast Mut, Junge. Und Talent. Das gefällt mir«, sagte der Baumeister schließlich. Vincents Herz hob sich bei dem Lob. »Aber du bist noch sehr jung.«

Der letzte Satz war wie ein Schlag. *Aber.* Gab es denn immer ein Aber?! Vincent spürte, wie seine Schultern herabsanken, dann jedoch drückte er den Rücken durch. Er würde nicht aufgeben! »Ich musste durch den Tod meiner Eltern schnell erwachsen werden«, sagte er fest.

»Du bist aber noch nicht erwachsen. Du solltest wissen, dass du erst mit dreiundzwanzig volljährig bist«, sagte Diakon Godlef.

Dreiundzwanzig!

»Wenn du deinen Lebensunterhalt verdienen und deinen Meister machen würdest, würde das Alter allerdings keine so große Rolle mehr spielen«, setzte Diakon Godlef die Rede fort. »Deshalb haben wir vereinbart, dass Meister Oetgens dich als Lehrjungen annehmen wird. Nebenher wirst du weiter die Gemeindeschule besuchen.«

Das war gut, aber nicht das, was Vincent sich gewünscht hatte.

Meister Bilhamer gab Vincent sein Skizzenbuch zurück. »Wohnen könntest du bei mir. Ich bin ein alter Mann und könnte einen verständigen Burschen mit guten Anlagen gebrauchen, der mir zur Hand geht. Er dürfte mir dabei auch über die Schulter schauen«, sagte er und zwinkerte plötzlich.

Diakon Godlef und Dominee Plancius nahmen Betje in ihre Mitte. Vincent hatte sich schließlich durchgerungen, ihnen anzuvertrauen, was seine Schwester ihm erzählt hatte, und sie waren sofort zum Haus der van Vleets gegangen. Der Hausherr schien seinen Zorn nur mühsam beherrschen zu können; Aletta hielt sich im Hintergrund, wirkte aber erschrocken. Betje wiederum schwammen die Augen vor Tränen.

Vincent wäre am liebsten zu seiner Schwester gegangen, sollte sich aber zurückhalten, das hatte der Diakon ihm eingeschärft.

»Es ist Euch nicht gestattet, andere zu dieser Ketzerei zu verführen, schon gar nicht Kinder!«, rief Plancius zornig aus.

»Wir haben das Kind nicht verführt!«, wies van Vleet die Anschuldigungen zurück. »Im Gegenteil, seit Jahren setzen wir uns schon für Notleidende ein. Auch Betje hat von unserer Unterstützung profitiert.«

»Von allein wird Betje wohl kaum auf diese ketzerischen Ideen gekommen sein!«

Einer der Räte wurde angekündigt. Hatte van Vleet unbemerkt einen Boten losgeschickt? Dass der Vroedman sich sofort auf den Weg gemacht hatte, sprach für den Einfluss der Familie.

»Ihr wisst, dass die Gewissensfreiheit es gestattet, dass die Bürger unserer Stadt in ihren vier Wänden ihrem Glauben frönen«, blaffte der Stadtrat die Geistlichen an. »Mijnheer van Vleet ist ein respektabler Bewohner Amsterdams, dessen Moral über jeden Zweifel erhaben ist.«

»Haltet Ihr es für moralisch, wenn hier für den Papst missioniert wird?«, hielt ihm Plancius entgegen.

»Dafür habt Ihr meines Wissens keinen Beweis. Das Wort eines Kindes hat in einer derart schwerwiegenden Angelegenheit keinen Wert, das müsste Euch klar sein.«

Die Diskussion drehte sich schnell im Kreis. Schließlich gaben die Gelehrten nach und gingen mit Betje und Vincent hinaus.

Diakon Godlef legte die Hand auf Betjes Schulter. »Wir werden eine neue Stelle für dich finden, in einem anständigen reformierten Haushalt.«

»Das will ich nicht! Das hier ist ein anständiges Haus!« Weinend stürmte Betje davon.

Vincent wollte sie trösten, ihr von seiner Lehrstelle erzählen. Doch als er sie eingeholt hatte, wandte sie sich um und hämmerte mit ihren Fäusten auf seinen Brustkorb. »Du bist schuld! Ich wünschte, du wärest nie zurückgekommen! Ich will dich nicht mehr sehen, nie mehr!«

*

Infantin Isabella fand ihren Vater im Bett. Wie so oft in letzter Zeit schlossen die Fensterläden das sanfte Spätnachmittagslicht aus. Die Luft war unerträglich stickig. Immerhin berichtete der Leibarzt, dass das Fieber nachgelassen habe.

»Darf der König vielleicht ein paar Schritte mit mir in den Garten gehen? Es ist herrlich draußen. Ein langsamer, kurzer Spaziergang tut ihm sicherlich gut.«

»Wenn Ihre Majestät es möchte, ist das möglich. Medizinisch spricht nichts dagegen«, sagte der Arzt.

König Philipp stimmte nicht zu, aber er verweigerte sich auch nicht, deshalb ließ Isabella seine Kammerdiener holen, um ihn anzukleiden. Dann hieß sie die Diener, die Fensterläden zu öffnen. Als sie sich wieder zu ihrem Vater umwandte und ihn bei Tageslicht sah, erschrak sie. Die Nachricht von der Hinrichtung Maria Stuarts durch ihre eigene Cousine, dieses Ungeheuer Elisabeth, hatte ihren Vater bereits in eine albtraumhafte Starre fallen lassen. Als er dann noch von der Niederlage der Armada erfahren hatte, war er ernsthaft krank geworden. Jetzt waren seine Haare vollständig ergraut, auf seinem Gesicht wucherte ein pilzartiger Ausschlag, und seine Augen waren rot unterlaufen. Bitterkeit ergriff die Infantin – das alles nur wegen einiger widerspenstiger Provinzen!

Während Isabella wartete, bis ihr Vater ausgehfertig war, gingen ihr die Ereignisse der letzten Wochen durch den Kopf. Stück für Stück waren ihre Hoffnungen zerschlagen worden. Der Herzog von Parma hatte einen Bericht über die Ereignisse im englischen Kanal geschrieben, auch andere Botschafter hatten die Niederlage vermeldet. Admiral Medina Sidonia hatte mit seinem Brief sein Diario geschickt, als würde man ihm sonst nicht glauben, dass er alles versucht hatte, um die Flotte zu retten. Zunächst hatte der König die Nachrichten gleichmütig aufgenommen. Dann aber war er zusammengebrochen.

Isabella reichte ihrem Vater den Arm. Langsam, als führe sie einen Greis und nicht den Herrscher eines Weltreichs, ging sie mit ihm in den Garten. Der Duft der Blumen und Kräuter stieg ihr in die Nase, und an den Obstbäumen hingen überreife Früchte, die dringend geerntet werden mussten. Auch hier ließ sich der Gedanke an die Vergänglichkeit des Lebens nicht verdrängen! Was wäre, wenn ihr Vater sich nicht erholte? Wer würde seinen Platz einnehmen, den Kampf gegen die Ketzer weiterführen? Ihrem Bruder Felipe traute sie es kaum zu. Und was würde aus ihr werden? Noch immer hatte Kaiser Rudolf keine Bereitschaft zu einer Eheschließung gezeigt. Stattdessen hatte er mit einer Mätresse einen Sohn gezeugt …

Sie schüttelte den Kopf. Jetzt musste sie sich um ihren Vater kümmern! Gleichmütig, beinahe heiter berichtete sie ihm von den Briefen, die aus allen Teilen des Königreiches eingetroffen waren und die sie gelesen und für ihn sortiert hatte. Mit jedem Thema, das sein Handeln erforderte, schien der König wieder reger zu werden; als sie die Südmauer des Gartens erreicht hatten, wirkte er richtiggehend munter. Zufällig hörten sie, wie ein Gärtner an einem Birnbaum Gott beschwor, die Früchte vor der Fäulnis zu bewahren.

König Philipp merkte auf. »Sei vorsichtig, Bruder Nikolaus, was du sagst«, sprach er den Gärtner an. »Es ist unfromm und grenzt an Hochmut, so zu tun, als kennten wir Gottes Willen. Selbst Könige müssen sich fügen, von ihm geführt zu werden, ohne ihn zu kennen.«

Isabella bewunderte, wie gleichmütig ihr Vater sich in Gottes Hand zu begeben schien. Ein anderer König hätte nach der kostspieligen Niederlage der Armada möglicherweise mit Gott gehadert, zumal sich Engländer und Holländer auch noch über sie lustig machten. Sie hatten sogar Gedenkmedaillen anfertigen lassen, auf denen in Anlehnung an ein Bibelzitat »Gott blies, und sie wurden zerstreut« zu lesen war. Die ketzerische Königin hatte zudem angeblich ein Porträt in Auftrag geben lassen, in dessen Hintergrund der Maler die geschlagene Armada festhalten sollte.

»Vielleicht ist dieser teuflischen Königin ein anderes Schicksal bestimmt, und Ihr dürft Euch auf die aufrührerischen Niederlande konzentrieren, Majestät«, wagte Isabella anzumerken, die sich daran erinnerte, dass der Herzog von Parma schon länger vor Risiken der Invasion gewarnt hatte.

König Philipp sinnierte einen Augenblick. »Wir dürfen nie danach trachten, Gottes Willen einzukalkulieren.«

Es darf einfach nicht sein, dass die Ketzer in Gottes Gunst stehen, dachte Isabella. *Es muss einen anderen Grund für die Niederlage geben.* »Möglicherweise war es nicht der richtige Zeitpunkt«, sagte sie.

Der Gedanke schien ihrem Vater zu gefallen. »Wir könnten eine neue Armada aufbauen.«

»Eine stärkere.«

Mit einem Mal wirkte der König, als sei er voller Energie. »Und wenn Wir für diese Armada jedes Silbertablett und jeden Kerzenleuchter in diesem Palast einschmelzen lassen müssten! Vielleicht gefällt es Gott dann, Uns obsiegen zu lassen.«

*

Lazarus fiel, krachte gegen die Reling. Hilfeschreie. Überall fremde Leiber. Er schlug um sich, versuchte, seine Sinne zu sammeln. Er war nur noch Haut und Knochen, hatte seit Tagen vor sich hingedämmert. Mit zwei weiteren Galeonen lagen sie vor einer Küste vor Anker, wahrscheinlich der irischen. Ein Trupp war an Land gegangen, um nach Trinkwasser, Vorräten und einem Ort zum Reparieren des Schiffes zu suchen.

Mit einem Ruck bewegte sich das Schiff erneut. Schrillere Schreie. Er wollte sich umsehen, wurde wieder herumgeschleudert. Auf einmal Wasser, überall, eiskalt. Lazarus strampelte, kämpfte, kam nicht hoch. Todesangst. Verzweifelt trat er die Schuhe weg, schlüpfte aus der Jacke, die mitsamt seinen Schätzen gen Meeresboden sank. Jede Bewegung kostete unendliche Kraft. Er sog Meerwasser ein, salzig und ekelerregend. Strampelte.

Plötzlich bekam er Luft. Sein Kopf hatte die Wasseroberfläche durchstoßen. Er sah, dass Wind und Strömung die Galeonen auf den Grund getrieben hatten. Tausende Seeleute kämpften in der See ums Überleben. Keine Kraft, er hatte keine Kraft mehr.

Lazarus versuchte, den Kopf zu drehen. Wo war das Land? Ein

Stück entfernt entdeckte er einen Cápitano, der sich an einer Planke festklammerte. *Ich ... muss ... dorthin.* Mit letzter Kraft machte er einige ausholende Bewegungen, streckte die Hand aus, spürte das Holz unter seinen aufgequollenen Fingern. Die Planke neigte sich sofort unter die Wasseroberfläche.

Der Cápitano bemerkte ihn jetzt erst, sein Blick war trüb. »Verschwinde, das ist mein ... Holz! Das ist ein ... Befehl!«

Der Zorn verlieh Lazarus neue Kraft. »Du hast ... mir gar nichts mehr ... zu befehlen.« Er zerrte an dem Holz, näherte sich dem anderen. Er legte den Arm um dessen Hals, um ihn wegzuzerren. Der Cápitano schlug um sich und versuchte, ihn zu beißen – vergeblich. Als der Widerstand seines Gegners einen Augenblick nachließ, riss Lazarus ihn von dem Holz weg und drückte ihn unter Wasser, bis sich nichts mehr regte. Mit letzter Kraft hievte er seinen ausgelaugten Körper auf die Planke. Dann verlor er das Bewusstsein.

»Hier is' noch einer! Der is' auch hin. Lass sehen, ob er Geschmeide trägt!«

Lazarus erwachte, als jemand an seinem Hemd riss. Er zitterte am ganzen Leib, seine Zähne schlugen aufeinander.

Der Plünderer zuckte zurück. »Der lebt noch!«

Ein weiterer beugte sich über ihn, einen Knüppel in den Händen. Er lachte auf. »Aber nich' mehr lange!«

Gerade noch konnte Lazarus sich zur Seite rollen, ehe der Knüppel in den Sand einschlug. Im nächsten Augenblick wurde er gepackt. Heilige Mutter Maria, er wollte nicht sterben! Nicht so, nicht hier!

Er entwand sich dem Griff, kam auf die Füße, taumelte. Überall suchten Gestalten das Treibgut ab. Überall Tote, die gefleddert wurden. Dazu die grauenvollen, verzweifelten Schreie.

Ein paar Schritte weiter lag ein zerbrochener Enterhaken. Wenn er den in die Hände bekäme! Der Kerl wollte ihn am Hemd zurückziehen. Lazarus stemmte sich dagegen. Der Stoff gab nach. Er stolperte, fiel.

Da, der Enterhaken! Lazarus packte den Stiel und riss das Holz herum – direkt ins Gesicht seines Angreifers. Der Mann heulte auf. Blut quoll aus seiner Augenhöhle. Der Zweite kam wutschnaubend hinterher. Lazarus' Kopf ruckte herum. Wo konnte er hin? Er entdeckte ein baum- und buschbewachsenes Stück am Ufer. Mit Glück könnte er sich dort verstecken. Ein Laut neben ihm. Instinktiv schleuderte er das Holz erneut – und traf den anderen Angreifer. Die Heiligen waren auf seiner Seite! Mit schmerzenden, zitternden Gliedern rannte Lazarus auf das Buschwerk zu.

26

Es war ein seltsames Gefühl, in das Haus in der Kalverstraat zurückzukehren, in dem er mit seinem Vater und den Geschwistern kurze Zeit gewohnt hatte. Vincent hatte am Waisenhaus noch einmal versucht, mit seiner Schwester zu sprechen, aber die Binnenmutter hatte ihn nicht zu seiner Schwester gelassen.

Während die Arbeiter sich die Kammern im Hinterhaus teilten, bewohnte der Architekt mit einem Knecht namens Adam das geräumige Voorhuis. »Da hat mir der Herr ja eine Überraschung bereitet«, sagte Adam freundlich.

Über eine Trittleiter stiegen sie auf den Dachboden, wo der Knecht mangels freier Kammern eine Bettstatt für Vincent bereitet hatte. Im Schein einer Öllampe sah Vincent den Raum, der für die nächste Zeit sein Zuhause werden sollte. Er war klein, da ein Teil des Dachbodens durch eine Holzwand abgetrennt war. Die Balken lagen frei, und auf die Dachgaube pladderte der Regen. Unter der schrägen Wand standen eine Pritsche und ein Tisch, bestehend aus einem Brett und zwei kleinen Fässern, außerdem ein Schemel. Trotz der Kargheit wirkte der Raum gemütlich.

»Meister Bilhamer meinte, dass du einen Platz zum Arbeiten brauchst, da habe ich diesen Tisch zusammengestoppelt.«

»Das reicht völlig«, sagte Vincent schnell.

»Der Herr steht früh auf und geht spät zu Bett. Den Rest wird er dir beim Abendessen berichten. Ich habe bereits gekocht.«

Ein Feuer prasselte im Kamin, als Vincent die gute Stube betrat. Meister Bilhamer saß im Schlafrock auf einem Sessel. Auf dem Kopf hatte er eine Filzmütze mit Ohrenklappen, die pantoffelumhüllten Füße hatte er auf eine gepolsterte Fußbank gebettet, und er wärmte seine Hände an einem Glas mit einer würzig riechenden Flüssigkeit. Auch Vincent erhielt von Adam ein Glas des hellbraunen, dickflüssigen Getränks.

»Das wird dich stärken. Adam macht den Kandeel nach seinem Geheimrezept, aber ich glaube, es sind Bier, Eier, Milch und Gewürze darin«, sagte der Baumeister.

Vincent nippte daran. »Das schmeckt sehr gut. Danke dafür.«

»Ist auch sonst alles zu deiner Zufriedenheit?«.

»Ja, habt Dank, Meister. Es ist sehr gemütlich auf dem Dachboden.«

Der Baumeister nickte zufrieden. »Ich habe hier einige Briefe, die du mir vorlesen könntest, bis Adam das Essen aufträgt.«

Bei den Briefen handelte es sich um Gedanken anderer Gelehrter und Informationen von Händlern. Vincent stockte beim Vorlesen immer wieder, weil seine Gedanken zu Betje wanderten. Als Meister Bilhamer schließlich missbilligend schnalzte, gestand Vincent ihm, was ihn bewegte. »Ich habe nur das Beste für meine Schwester gewollt. Ich wollte mich korrekt verhalten. Aber jetzt kommt es mir ganz falsch vor.«

Bilhamer musterte ihn. »Die Sorge um deine Schwester ehrt dich, genauso wie deine Ehrlichkeit der Gemeinde gegenüber. Gleichzeitig ist die Gewissensfreiheit ein hohes Gut. Verstehe mich nicht falsch, aber ich habe die Erfahrung gemacht, dass der Glaube weniger wichtig ist, als wir manchmal meinen. Nicht umsonst gibt es so viele Liefhebber der Kirche.«

»Was meint Ihr damit?«

»Menschen, die an Gott glauben, aber keiner Kirche angehören. Du wirst sehen, sie sind in Amsterdam sehr verbreitet. Als Kaufmann würdest du deinen Kundenkreis ja auch sehr einschränken, wenn du Vorbehalte wegen des Glaubens hättest«, antwortete Bilhamer. »Ich kenne Familien, in denen der Vater katholisch ist, die Mutter calvinistisch, die Tochter Wiedertäuferin und der Sohn lutherisch – und doch leben sie friedlich zusammen.«

»Das kommt mir seltsam vor«, gab Vincent zu.

»Aber so ist es.«

Adam trug das Essen auf, das Vincent den Mund wässerig werden ließ. »Ihr meint, ich habe einen Fehler gemacht?«, fragte er.

»Jetzt ist es zu spät, deswegen zu hadern. Aber du könntest diese Frage noch ein wenig in deinem Herzen bewegen. Gott hat uns Verstand gegeben. Wir sollten uns seiner bedienen.« Bilhamer lächelte. »Das gilt übrigens auch für Architekten. Kennst du Dürers *Unterweisung der Messung?*«

Vincent verneinte.

»Albrecht Dürer, ein Gelehrter aus Nürnberg, schrieb in diesem Buch, dass man andere Baumeister nicht nachahmen solle, denn kein Ding sei so vollkommen, dass nicht auch andere Dinge gut sein könnten, wenn man nur wisse, wie sie zu machen sind. Darum müsse man danach suchen, wie einst der berühmte Vitruv und andere gesucht haben. Sie hätten gute Dinge gefunden, aber das schließe nicht aus, dass auch anderes gefunden wird, das gut ist.« Vincent dachte noch über diese Worte nach, als Bilhamer aufstehen wollte, weshalb er sich anschickte, dem Architekten das Glas abzunehmen. Der Baumeister lachte. »Lass nur, das schaffe ich allein. Das gehört nicht zu deinen Aufgaben.«

»Soll ich morgen früh Euer Kontor aufräumen?«

»Auf keinen Fall! Ich habe meine ganz eigene Ordnung, du wirst sehen.«

Sie aßen gemeinsam mit Adam. Nach den turbulenten Mahlzeiten im Waisenhaus kam es Vincent im Haus des Architekten sehr still vor. Als er sich schließlich zurückziehen wollte, gab der Architekt ihm einen Zettel. Es dauerte einen Augenblick, bis Vincent den Grundriss erkannte. »Das ist die Oude Kerk.«

»Ganz genau. Und zwar, bevor der Turm nach meinem Entwurf gebaut wurde. Du sollst gedanklich noch mal einen Schritt zurückgehen. Deine Aufgabe ist zu überlegen, wie du den Turm gestaltet hättest.«

Am nächsten Morgen half Vincent, Feuerholz und Torf für den Tag heranzuschleppen, aß mit den beiden Männern Käsebrote und überbrachte für Meister Bilhamer einen Brief. Anschließend machte er sich auf den Weg zu Meister Oetgens Werkhof, nicht viel mehr als ein Schuppen mit einem umzäunten Gelände, auf dem Steine aller Art lagerten. Hier wurden Steinbrocken behauen, Backsteine auf Karren geladen und Mörtel vorbereitet. Oetgens rief die Männer zusammen und stellte Vincent vor.

»Bevor du loslegen kannst, müssen wir ins Gildehaus und dich bei der Zunft eintragen«, sagte Oetgens anschließend zu Vincent und winkte ihm, ihm zu folgen. »Es muss alles seine Richtigkeit haben, schließlich sind wir die Einzigen, die etwas vom Hausbau verstehen. Die Zimmerleute sollten sich lieber an den Schiffbau halten. Es ist ein Unding, dass sie Holzrahmen für den Hausbau fertigen!«

Bei einem Backsteingebäude hielten sie an. Oetgens wies auf akkurat gemauerte Fenster und Erker. »Das sind Meisterstücke, wie die Maurer sie anfertigen.« Er legte Vincent die Hand auf die Schulter. »Eines Tages wirst auch du dich hier verewigen.«

Im Zunfthaus gingen Handwerker unterschiedlicher Professionen ein und aus. Meister Oetgens führte Vincent zu einem Raum, über dem ein Relief die Werkzeuge der Steinmetze und Maurer zeigte. Vor einem Schreiber diskutierten einige Männer. Oetgens schob sich an ihnen vorbei. »Ich will einen Lehrling in die Zunftrolle eintragen lassen. Sein Name ist Vincent Aardzoon.«

»Du kannst warten wie die anderen auch«, sagte ein Mann, den Vincent als Meister Gisbert wiedererkannte.

»Im Gegensatz zu dir habe ich gut zu tun und kann keine Zeit vertrödeln.« Oetgens zählte einige Münzen auf den Tisch.

»Name der Eltern?«, wollte der Schreiber wissen. Er ignorierte den Unmut Meister Gisberts, sah Vincent an und tunkte die Feder ein.

»Anna und Wim Aardzoon«, antwortete Vincent und setzte hinzu: »Beide verstorben.«

Meister Gisbert hob die Stimme. »Eines dieser flämischen Waisenkinder, die unsere Stadt überschwemmen? Als hätten wir nicht genügend anständige Amsterdamer Kinder, die eine Lehrstelle suchen!«

»Mein Vater war Bürger dieser Stadt«, erklärte Vincent fest.

Gisbert ignorierte ihn. »Ich erinnere mich: flämischer Schnorrer, mittellos, hielt sich trotzdem für was Besseres. Ohne Geld wird der Junge in diesem Gewerbe ohnehin nicht Fuß fassen. Verlorene Liebesmüh.«

»Meine Eltern kamen aus Gelderland und Holland, wir haben nur zuletzt in Antwerpen gelebt.«

»Flämische Hungerleider, sag ich doch.«

Als Vincent seine Unterschrift auf die Zunftrolle setzte, bebten seine Finger vor Entrüstung. Er würde beweisen, dass er es schaffte!

Vor der Tür wandte Vincent sich an Meister Oetgens. »Habt Dank, dass Ihr die Gebühr bezahlt habt. Ich hätte gar kein Geld gehabt.«

Oetgens grinste. »Oh, keine Sorge. Ich werde es dir vom Lehrgeld abziehen, genau wie die Verpflegung.«

Zurück im Werkhof, riefen die Maurer und Steinmetze Vincent zu sich. Einer der Lehrjungen, Crispijn, wies auf einen Tonkrug. »Wir haben ein Begrüßungsgeschenk für dich. Leider ist es in diesen Krug gefallen, und du musst es herausfischen.«

Vincent warf Meister Oetgens einen Blick zu. Da stimmte doch etwas nicht! Als sein Lehrmeister nickte, fasste er dennoch hinein – und direkt in eine klebrige Masse. Was war das? Mörtel?

»Ich finde es nicht.« Er versuchte, die Hände aus dem Krug zu ziehen, aber sie klebten zusammen. Die Gesellen und Lehrjungen lachten. Vor allem Crispijn krümmte sich vor Lachen und wies immer wieder auf Vincent, der etwas hilflos mit dem schweren Krug an den Armen dastand.

Vincent stimmte in das Gelächter ein. »Da habt ihr mich ja schön reingelegt!«, rief er.

»Warte, ich helfe dir.« Ein weiterer Lehrjunge, der Jerún gerufen wurde, hieb den Tonkrug entzwei und half ihm, den Mörtel abzuwaschen.

Danach wurde Vincent noch einmal gerufen. »Und jetzt rührst du deinen ersten Mörtel an«, forderte ihn ein älterer Geselle auf, der Gerrit hieß. »Nimm einen Teil gebrannten und gelöschten Muschel- oder Steinkalk auf drei Teile Sand. Bauen wir am Wasser, gibst du Trass hinzu, das ist ein leichtes Gestein, das wir aus der Eifel bekommen.«

Vincent machte sich an die Arbeit. Er sah sich um. »Wasser fehlt noch«, stellte er schließlich fest.

Wieder lachten die Maurer und Steinmetze. »Wasser? In den ersten Mörtel pinkelt man hinein!«

Es war ihm peinlich, vor den Augen aller in die Masse zu urinieren, aber es ließ sich wohl nicht vermeiden. Als er seine Mischung schließlich umrührte, wandte sich Gerrit ihm wieder zu. »Urin macht den Mörtel frostsicher – da hast du gleich was gelernt.«

Regentropfen knallten wie Murmeln auf das Pflaster, als Vincent nach Feierabend noch einmal versuchte, mit Betje zu sprechen. Da er sie im Waisenhaus nicht antraf, steuerte er kurzerhand das Haus der van Vleets an. Eine Dienerin öffnete. Vincent fragte nach Betje, doch auch hier war sie nicht. Stattdessen stand auf einmal Aletta in der Tür. Die Wangen des Mädchens waren vor Zorn gerötet.

»Schämst du dich denn gar nicht, deiner Schwester diesen Kummer zu machen? Erst lässt du sie im Stich, und dann beschuldigst du sie derartig! Der Glaube war ihr ein Trost, als sie sonst nichts hatte! Betje war meine Freundin, und nun darf sie nicht mehr herkommen.«

Vincent ärgerte sich über die Vorwürfe. Sein aufgestauter Kummer brach sich Bahn. »Du bist doch schuld, dass wir uns gestritten haben! Du hast versucht, sie zu eurem Ketzerglauben zu verführen!«

»Ketzerglaube!« Die Tür öffnete sich weit. Hoch aufgerichtet sah Mijnheer van Vleet auf Vincent herab. »Sei vorsichtig mit dem, was du sagst, Junge. Auch wir haben ein Recht auf Gewissensfreiheit. Willst du uns vielleicht genauso verfolgen, wie die spanischen Truppen es mit euch gemacht haben?«

»Das ist etwas völlig anderes!«

»Ach, wirklich?« Van Vleet legte die Hand auf Alettas Schulter und blickte ihn prüfend an, dann zog er seine Tochter ins Haus und verschloss die Tür.

Vincent blieb ratlos zurück. Hatte der Mann recht?

Aufgewühlt lief Vincent durch den strömenden Regen zum Hafen. Die Leute machten Feierabend und hasteten gesenkten Hauptes an ihm vorbei. Trotzdem sprach Vincent sie an. Das hätte er schon lange tun sollen. »Ich suche einen Schiffsjungen. Ruben Aardzoon. Habt Ihr vielleicht von ihm gehört?«

Schließlich hatte der Platzregen alle vertrieben. Nur Vincent stand noch auf der Straße, ließ den Regen über sein Gesicht und seinen Körper laufen. Er sollte froh darüber sein, dass er etwas lernen durfte, das ihn interessierte. Dass er ein Bett hatte und zu essen bekam. Dennoch …

»He, willst du noch wachsen, oder warum lässt du dich so begießen?«

Irritiert blickte Vincent sich um. Der Ruf war aus einem Verschlag am Rande der Werft gekommen, wo ein Mann vor einem qualmenden Feuer saß. »Was geht's dich an?«

»Nichts. Ich dachte nur, du suchst jemanden.«

Kannte der Fremde Ruben? Vincent lief zu der Hütte und rettete sich unter das Dach, das aus löchrigem Holz gefertigt war. Ein pickeliger junger Mann saß ihm gegenüber, vielleicht vierzehn oder fünfzehn Jahre alt, wie er selbst. Er hatte ein seltsames Gesicht, in dem nichts so richtig zusammenzupassen schien, das jedoch freundlich wirkte. »Hast du was von Ruben Aardzoon gehört?«

»Nein. Aber jetzt, wo du schon mal hier bist, könntest du mir mit dem Schraubstock helfen. Die Feuchtigkeit hat das Ding verzogen. Ich bekomme es einfach nicht auf.«

Hatte er ihn deshalb hierhergerufen – weil er Hilfe brauchte? Vincent drängte es abzuhauen. Dann aber sah er, dass sein Gegenüber an einem mechanischen Gerät tüftelte. »Was ist denn das?«

»Das sage ich dir, wenn du mir hilfst.«

Vincent fasste mit an. Gemeinsam lösten sie den Schraubstock.

»Das wird eine Bilgenpumpe«, sagte der Junge nun. »Damit pumpt man eingesickertes Wasser aus dem Schiffsrumpf. Ich heiße Tinus, bin Schiffszimmererlehrling. Und du?«

Vincent stellte sich vor und betrachtete neugierig die Holzteile. Er dachte an die Konstruktionszeichnungen seines Vaters. Bagger und Pumpen waren für jeden unerlässlich, der in Amsterdam bauen wollte. Die meisten arbeiteten allerdings weder zuverlässig noch schnell. »Ich habe auch etwas konstruiert. Könntest du dir den Entwurf mal ansehen?«

*

Schnaufend ging Meister Bilhamer den Kromboomsloot, eine geschwungene Gracht am Hafengelände, entlang. Vincent hatte gelernt, sich den langsamen Schritten des Architekten anzupassen, und nutzte die Zeit, um sich umzusehen. Jetzt betrachtete er die Schottenburg-Speicher, die sich zu ihrer Rechten erhoben. Es handelte sich dabei um zwei Lagerhäuser aus Backstein, deren Fensterreihen perfekt symmetrisch angeordnet waren.

»Als ich ein junger Mann war, etwas älter, als du heute bist, gab es hier Sumpf, Obstgärten und einige Hafenanlagen. Cornelisz Boom, seines Zeichens Landbesitzer und Schiffbauer, hatte damals ständig Streit mit der Vroedshap und dem Hof van Holland, dem obersten Gerichtshof, weil er sein Land entwässern und ausbauen wollte. Sogar an Fürst Wilhelm und die Regentin Margarete von Parma wandte er sich. Ein rechter Querkopf war er und hartnäckig.«

Vincent hörte dem Baumeister gerne zu, fragte sich aber, worauf dieser hinauswollte.

»Als Booms Haus auf dem marschigen Boden zusammenstürzte,

ersuchte er um die Erlaubnis zum Bau einer Werft, auf der mehrere Hundert Männer Arbeit finden sollten. Selbst nach den schweren Sturmfluten in den Sechzigerjahren gab er nicht auf. Er wusste, was er wollte, und rang es der Erde ab.« Sie hatten die Brücke erreicht, die zum Stadtwall und zu den Montelbaanstoren führten, aber Bilhamer hielt sich Richtung der Sint Antoniesbreestraat, einer neuen, aber inzwischen dicht besiedelten Wohngegend. »Sein Sohn hat diese Hartnäckigkeit übernommen, er hat es zum Bürgermeister gebracht.«

Nun breiteten sich vor ihnen das IJ und Teile des Hafengeländes aus. Meister Bilhamer setzte sich auf eines der Fässer, die am Ufer standen, und stopfte seine Tonpfeife. Das Rauchen von Tabak aus der Neuen Welt war ein seltenes, kostspieliges Vergnügen, das der Baumeister sich in besonderen Momenten gerne gönnte.

Vincent stellte die Tasche, die Zeichenbretter und Bilhamers Werkzeug ab. Was wollten sie hier?

»Was siehst du?«, fragte der Architekt unvermittelt.

»Schiffe. Das IJ. Hafenanlagen. Gegenüber das Sumpfland.« Bilhamer zündete die Pfeife an und ließ ihn weiter aufzählen, bis Vincent nichts mehr einfiel. Schließlich fragte er: »Und was seht Ihr, Meister Bilhamer?«

»Ich sehe Bauland. Ich sehe neue Häuser, Lagerschuppen und Grachten.«

»Wie das?«, fragte Vincent verwundert.

»Vor allem aber sehe ich Holz, viel Holz.«

Vincent überlegte. »Denkt Ihr an künstliche Inseln?«

»Du hast es erfasst. Die Kaufleute klagen vehement über Platzmangel. Die Wohngebiete, die wir im Zuge der neuen Festungsanlagen erbauen durften, sind schon jetzt überfüllt. Erweiterungen des Stadtgebiets müssen vom Stadhouder und von den Generalstaaten genehmigt werden. Die Lastage besteht jedoch bereits.«

»Sodass keine langwierigen Genehmigungsverfahren nötig sind?«

»Vermutlich nicht.«

»Aber die neue Stadtmauer …«

»Die Stadtmauer wird abgerissen und neu verlegt werden müssen.

So ist das eben: Manchmal ist die Wirklichkeit schneller als die Baukunst. Fertige bitte eine Zeichnung dieses Ausblicks an.«

Vincent holte Zeichenbrett, Papier und Stift heraus.

»*Vivitur ingenio, caetera mortis erunt* lautet die Titelzeile einer Schrift des Vitruvius«, setzte Bilhamer seine Rede fort.

»Das Schöpferische überlebt, alles andere ist des Todes'«, übersetzte Vincent, während er mithilfe des Stifts die Proportionen seines Motivs einschätzte.

»Der Architekt ist ein Schöpfer. Er entwirft Gebäude, manchmal sogar ganze Straßen, Stadtteile oder gar Städte. Was sind seine Werkzeuge?«

»Richtscheit, Schablone, Zirkel und Lineal ...«, begann Vincent aufzuzählen, während er die ersten Striche auf das Papier warf.

»Vor allem sind es Sinne und Geist«, unterbrach Bilhamer ihn. »Der Mensch sieht, was er weiß. Wie aber kann er sehen, was er noch nicht weiß?« Die Schwierigkeit dieser Frage ließ Vincent innehalten. Meister Bilhamer gab die Antwort selbst: »Nur durch die Schulung unseres Wahrnehmungsvermögens und geduldiges Beobachten. Wenn du Architekt werden willst, musst du wahrnehmen lernen. Du musst die Welt mit anderen Augen sehen. Dann erst fertigst du deinen Entwurf an. Zunächst mit korrekter Sprache, dann mit Riss und Schablone. Und jetzt zeichne, damit wir zum Wohle der Stadt und ihrer Menschen schöpferisch tätig werden können.«

Seit Vincent wieder in Amsterdam war und in seinen Alltag Ruhe einkehrte, standen ihm die Ereignisse um den Tod seines Vaters so lebendig vor Augen, als wären sie gerade erst geschehen. Oft schreckte er nachts hoch, weil er von dem Moment geträumt hatte, in dem er und seine Geschwister im Rathauskeller die Leiche des Vaters gesehen hatten. Die Mörder hatte man nie gefunden. Es quälte ihn, dass sie mit ihrer grausamen Tat davongekommen waren.

Vincent versuchte, sich an die Gespräche der Erwachsenen in jenen Stunden zu erinnern, seine Erinnerungen aber waren wie halb fertige Skizzen, bei denen das Wichtigste fehlte. Er selbst hatte Messere Giambelli beschuldigt, was er heute absurd fand. Dem Italiener konnte man vieles vorwerfen, aber sicher nicht, dass er seinen Freund getötet hatte. Mijnheer Piron, der Zuckersieder, mit dem Wim einst aneinandergeraten war, war erfolgreicher denn je. Auch andere Antwerpener Familien wie Le Maire und die Wilderts hatten längst in Amsterdams bester Gesellschaft Fuß gefasst. Und Elim? Der jüdische Diamantenschleifer hatte sich damals über Wims Tod furchtbar aufgeregt. Was genau hatte er im Ratskeller zu dem Schout gesagt? Und warum hatte er zuvor so merkwürdig auf sie reagiert?

An einem freien Nachmittag, an dem Schneefall die Bauarbeiten unmöglich machte und sowohl Meister Oetgens als auch Meister Bilhamer im Rathaus waren, lief Vincent zu dem Haus, in dem Elim und seine Familie gewohnt hatten. Die Holzfassade wirkte frisch gestrichen, das kleine Schild, das auf Elims Profession hinwies, war blank poliert. Auf sein Klopfen hin öffnete ein Mädchen, das Vincent nach einigem Zögern als Betjes Freundin Sara wiedererkannte. Sie schien ihn hingegen nicht einordnen zu können.

»Mein Name ist Vincent Aardzoon. Ich möchte mit deinen Eltern sprechen.«

»Wartet, Mijnheer. Ich werde mal nachschauen.« Sorgsam machte Sara die Tür wieder zu. *Mijnheer?* Vincent musste unwillkürlich schmunzeln. In Saras Augen war er vermutlich wirklich beinahe erwachsen.

Elim öffnete. »Vincent! Gut, dich zu sehen.« Er ließ ihn eintreten und führte ihn an einer Werkstatt vorbei, in der mehrere Männer an Schleifgeräten arbeiteten, zu seinem Kontor.

»Ihr scheint nicht verwundert über meinen Besuch.«

»Ich dachte mir schon, dass du eines Tages wieder vor unserer Tür stehen würdest. Wie ist es dir und deinen Geschwistern ergangen?«

Nachdem er geantwortet hatte, gab Vincent die Frage zurück. »Ihr scheint gut zu tun zu haben.«

»Es ist erstaunlich, wie sich schlimme Dinge zum Guten wenden können; zumindest manche.« Elim warf seiner Frau Judith, die ihnen Tee und Gebäck gebracht hatte, einen liebevollen Blick zu. Nachdem sie ihnen eingeschenkt hatte, stellte sie sich hinter Elim und legte die Hand auf die Armlehne seines Stuhls. »Ich weiß nicht, ob es dir bekannt ist«, sagte er dann. »Aber bis zum Fall der Stadt wurden beinahe alle Luxusgüter über Antwerpen gehandelt. Amsterdams Handel war schon zu dieser Zeit bedeutend, konzentrierte sich aber auf Getreide, Holz, Heringe und Teer – Waren aus dem Ostseeraum. Erst mit uns Flüchtlingen sind auch unsere Gewerke hierhergekommen. Die Seidenweberei ist in Amsterdam genauso im Aufschwung wie das Zuckergewerbe und der Diamantenhandel.«

»Ein Meister der Maurergilde behauptet, die flandrischen Flüchtlinge würden nur Arbeitsplätze und Geld kosten.«

»Hier sind viele Zuzöglinge, das ist wahr. Und nicht alle sind gut ausgebildet. Aber Amsterdam ist reich genug, um sie aufzunehmen. Im Moment schaffen wir mehr Wohlstand, als wir kosten, würde ich sagen.« Er betrachtete Vincent so eingehend, dass es diesem unangenehm war. »Ich bin erleichtert, dass es dir und deinen Geschwistern gut geht. Wir hätten euch helfen müssen, irgendwie.«

»Warum habt Ihr meinen Vater abgewiesen, als er Eure Hilfe suchte?«

Der Diamantenschleifer und seine Frau tauschten Blicke. Judith ergriff das Wort: »Kurz nachdem ihr Antwerpen verlassen hattet, standen drei Männer vor unserer Tür. Sie suchten nach deinem Vater und Messere Giambelli. Dieser Sj… Sjako war dabei. Die Kerle verprügelten unseren damaligen Knecht, bedrohten unsere Kinder, und sie …« Ihre Finger krallten sich in die Stuhllehne.

Elim löste behutsam Judiths Finger und streichelte ihre Hand. »Einer von ihnen … tat Judith Gewalt an. Ich habe es erst viel später erfahren.« Er wischte sich über die Augen. »Möge er in der Hölle schmoren.«

Wie furchtbar! Was er gehört hatte, schockierte Vincent und beschämte ihn zugleich. »War es dieser Sjako, der …«

»Nein. Er blieb vor der Tür«, sagte Judith tonlos.

Plötzlich schoss ihm das Blut ins Gesicht. »Entschuldigt, ich wollte nicht … Ich wusste nicht …«

»Schon gut, lass uns nicht mehr darüber reden.« Judith musste sich räuspern. »Als dein Vater uns aufsuchte, fürchteten wir, seine Verfolger könnten wieder zu uns kommen. Uns von Neuem bedrohen, quälen.«

»Als Wim ermordet wurde, machten wir uns Vorwürfe. Wir hätten ihn warnen müssen.«

Vincent überlegte. »Auch wir wurden verfolgt, auf der Reise von Antwerpen nach Vlissingen. Glaubt Ihr, Ihr würdet den Mann wiedererkennen, wenn die Gerichtsbarkeit ihn doch noch aufspürt?«

Judiths Stimme klang jetzt fest: »Dieses Gesicht werde ich nie vergessen.«

Gleich im Anschluss ging Vincent ins Rathaus. Der Schultheiß war jedoch nicht zu sprechen, und die Gerichtsdiener stöhnten unter der Last ihrer Arbeit; offenbar hatten sie mehr Verbrecher festnehmen müssen, als das Gefängnis fassen konnte. So dauerte es, bis Vincent in Erfahrung brachte, dass der Mörder seines Vaters tatsächlich nie gefunden worden war.

Er würde Sjako selbst befragen. Kurz entschlossen machte er sich auf die Suche nach dem Stangenbagger, auf dem er Sjako zuletzt gesehen hatte. Tatsächlich drehte Sjako auch dieses Mal am Handrad. Vincent sprang von der Kanalkante aus auf die Plattform. »Wer war der Kerl, mit dem zusammen du meinen Vater verfolgt hast? Raus damit!«

»Warum sollte ich dir das sagen?«, wies Sjako ihn ab. Abgezehrt und müde sah er aus.

»Weil mein Vater vielleicht durch genau diesen Mann gestorben ist.«

Eine Weile waren nur das Keuchen der Männer, das Klappern des Holzes und das Platschen des Wassers zu hören. »Lazarus van de Hedecop hieß er«, sagte Sjako schließlich. »Ob er mit dem Mord an deinem Vater zu tun hat, weiß ich nicht. Eigentlich hatte er es auf Giambelli abgesehen.« Sjako löste die Hände vom Holzrad und hielt sie Vincent hin; sie waren knotig und geschwollen. »Solltest du je auf ihn treffen, sei vorsichtig. Das hier habe ich ihm zu verdanken.«

27

Frühjahr 1589

Neben ihrem Schiffsheck sprang eine Horde Delfine in die Höhe und tauchte wieder in den Wellen ein. Ruben konnte sich an den eleganten Lebewesen gar nicht sattsehen.

»Das ist ein gutes Omen«, sagte ein Matrose, der gerade ein Segel flickte. »Als uns das letzte Mal ein derart großer Delfinschwarm begleitete, kehrten wir mit vollbeladenem Schiff nach Amsterdam zurück.«

Nach dem Sturm, der sie wie eine Nussschale auf dem Meer hin und her geworfen hatte, konnten sie diese Glücksbringer auch gebrauchen, fand Ruben. Als die Delfine verschwunden waren, wandte er sich wieder mit ganzer Kraft den Fischschuppen und dem Gekröse zu, die er vom Deck schrubben musste. Neugierig beobachtete er, wie Kapitän und Steuermann mit Astrolabium, Kompass und Quadrant hantierten. Ein Sturm hatte sie vom Kurs abgetrieben, was ihnen zwar einen beachtlichen Heringsfang beschert hatte, nun aber ihren Heimweg erschwerte.

Ruben erinnerte sich noch genau, wie sehr er sich an seinem ersten Fischfangtag geekelt hatte. Netzeweise waren die Heringe und sonstiges Getier an Deck gehievt worden. Eine zuckende Masse Fisch. Kalte Leiber, schillernde Schuppen, glänzende Augen. Jeder hatte mitanfassen müssen. Einen zappelnden Hering packen, töten, ausnehmen, einsalzen, ins Fass, nächster Fisch. Die Matrosen hatten sich einen Spaß daraus gemacht, den Schiffsjungen Eingeweide in den Nacken zu stecken oder sie damit zu bewerfen.

Abends hatte Ruben den Kapitän und den Steuermann wortkarg bei Tisch bedient und dann in seinen Strohsack geweint. Seine Haut war aufgeplatzt und mit Schnitten übersät, in denen das Salz höllisch brannte, jeder Muskel tat ihm weh.

Ein Frischling war er gewesen, gerade erst aus dem Waisenhaus abgehauen. Nach seiner Flucht hatte er sich am Hafen als Schiffsjunge angedient. Ihm war es egal gewesen, welches Schiff ihn mitnehmen würde, Hauptsache, weg. Mijnheer Heyn, der Kapitän des Heringsfrachters, und sein Steuermann Jan Molenaar hatten einen Schiffsjungen brauchen können, und vor allem hatten sie noch am gleichen Tag abgelegt.

»Piet, was sagt das Lot?«, rief der Steuermann über die Schulter.

Der Sohn des Kapitäns reagierte nicht, was nicht am Wind lag. Vielmehr hatte der Junge sich in die Kajüte verkrochen. Piet und die See waren – wie sollte man sagen? – wie Feuer und Wasser; der Elfjährige war ständig seekrank.

Ruben warf den Lappen in den Eimer, rannte zu dem Matrosen, der mit dem Lot die Meerestiefe gemessen hatte, und meldete das Ergebnis. Dann sah er zu, wie weitere Messungen vorgenommen wurden. Solange man ihn hier duldete, würde er nicht verschwinden. »Jesses, wo seht Ihr hier denn den Weg zurück nach Amsterdam?«, fragte er staunend und machte eine große Geste über die See.

Der Steuermann lachte, wobei auf seinem wettergegerbten Gesicht ein ganzer Strahlenkranz von Falten erschien. Um den Hals trug er eine Kette mit dem Halbmond, wie ihn die Geusen als Glücksbringer mit sich führten. Abends erzählte Molenaar oft von seiner Zeit als Freiheitskämpfer; eines Tages würde er sich den Geusen wieder anschließen, verkündete er oft. »Den Weg lesen wir aus dem Stand der Sonne, der Küstenlinie, sobald sie wieder in Sicht kommt, und aus den Sternen.« Er erklärte ihm kurz die Techniken. »Um diesen Weg zu finden, brauche ich den *Spiegel der Seefahrt* allerdings nicht.«

»Was ist das?«

»Ein Almanach von Karten und Segelanweisungen, die der Navigator Lucas Janszoon Waghenaer herausgebracht hat«, erklärte der Kapitän und schob seine Zunge gegen die Lücke, die seine Vorderzähne hinterlassen hatten. Noch einmal überprüfte er die Kompassnadel, dann gab er Molenaar Anweisungen. »Jetzt geht es darum, einen Kurs zu finden, der uns nicht direkt in die Hände der Kaperer treibt, die im englischen Kanal herumlungern.«

»Habt Ihr mich gerufen, Vater?« Piet war neben ihnen aufgetaucht; er war ganz blass um die Nase.

»Hat sich schon erledigt. Ruben hat uns geholfen.«

»Ist er denn schon mit Deckschrubben fertig?«, fragte Piet, als sei er der Kapitän höchstselbst.

»Noch nicht ganz.« Ruben verzog sich wieder. Er nahm den Lappen aus dem gräulich-stinkenden Wasser und wrang ihn aus.

Während er schrubbte, stellte Piet sich neben ihn. »Ich werde Kapitän wie mein Vater, weißt du?«, sagte er großspurig. »Er hat mich schon im Umgang mit dem Astrolabium und dem Quadranten unterwiesen.«

Klar, dachte Ruben spöttisch, *schade nur, dass du noch Schwierigkeiten mit dem Lesen und dem Schreiben hast; da bin ja selbst ich besser.* »Freut mich für dich«, sagte er.

»Als Kapitän verdient man gut. Vor allem bekommt man einen Anteil an der Ladung.« Piet rümpfte die Nase angesichts des Gestanks, der aus dem Laderaum aufstieg. »Ich werde natürlich in die Ferne segeln, so viel Pfeffer, Nelken und Muskatblüten aufnehmen, wie in die Laderäume passt, und reich werden.« Wie man reich werden konnte, war eines von Piets Lieblingsthemen, das wusste Ruben schon. Der Junge grinste Ruben verschwörerisch zu. »Wenn du willst, nehme ich dich mit.«

»Ich bin dabei.« Piet mochte ein Großmaul sein, aber wenn sein Vater oder er ihn anheuern würden, sollte es Ruben recht sein.

Das Schiff krängte, und Piet lief grün an. Schnell verzog er sich wieder in die Kajüte. Ruben kippte das Dreckwasser über die Reling und füllte den Eimer erneut mit Salzwasser. Am Bug waren die Fischabfälle bereits getrocknet und mussten eingeweicht werden. Es würde noch dauern, bis er hier fertig war.

Stürme und Orkane, tückische Strömungen und Untiefen konnten die Mannschaft nicht aus der Ruhe bringen, aber wenn sie die Zuidersee erreichten, stand jeder unter Spannung. Beim ersten Mal hatte Ruben gar nicht begriffen, warum er mit den anderen Schiffsjungen über die Reling ins Meer spähen sollte, die Matrosen die Segel und Taue bewachten und Kapitän und Steuermann nicht angesprochen werden durften.

Barfuß kletterte Ruben über die zusammengelegten Netze und dann die Takelage empor, flink wie eines der Äffchen, die er bei einem Gaukler gesehen hatte. Die Haut an seinen Füßen und Händen war dick geworden vom Leben auf See und vom Hantieren mit den Fischen. Hier oben war der Gestank der Heringe kaum noch wahrnehmbar, und Ruben reckte die Nase glücklich in die Luft.

»Wie ist es?«, rief Piet vom Deck zu ihm hoch. Der Junge stand neben Kapitän und Steuermann und kontrollierte den anderen Meeresarm.

Ruben sah sich konzentriert um. Dunkel floss die Zuidersee dahin. Der Abstand ihres Schiffes zu den Sandbänken war ausreichend, zumal ein Frachtsegler aufgelaufen war und dadurch die Gefahrenstelle markierte. Es waren die starken Strömungen, die die Zuidersee so gefährlich machten, denn sie konnten ein Schiff rasend schnell kentern lassen und veränderten die Lage der Sandbänke ständig, das hatte er gleich am ersten Tag von Molenaar gelernt.

»Freie Fahrt voraus!«, rief Ruben zu seinem Freund hinunter.

Einen Augenblick beobachtete er, wie die Mannschaft des aufgelaufenen Schiffes hektisch versuchte, dieses freizuschaufeln. Ruben hatte vom Steuermann erfahren, dass dies schwierig war, weil der feine Sand schneller nachsackte, als man schaufeln konnte. Es war ein Wettlauf gegen die Zeit, denn wenn die Ladung durch das Meerwasser verdarb oder das Schiff von Strandräubern geplündert wurde, schmälerte das auch den Lohn der Seeleute. Manche Frachtsegler fuhren deshalb nur bis zum Marsdiep oder zum Vliestroom, wo sie auf Leichter warteten, die den Großteil der Ladung sicher nach Amsterdam brachten. Ihr Kapitän war jedoch ein alter Hase. Mehr als einmal hatten er und der Steuermann sie sicher durch Unwetter gebracht. Auch die Zuidersee konnte Mijnheer Heyn lesen wie andere ein Buch. Er wusste genau, wann sich diese durch die Gezeiten in einen reißenden Strom verwandeln würde.

Jetzt schien keine Gefahr zu drohen. Ein heller Sandstreifen fasste das pfannkuchenplatte Land ein. Ruben sah zur Insel Texel und zum kleinen Ort Nieuwediep, in dessen Hafen sich Fischerboote bei schwerem Wetter retteten.

In der Ferne erhoben sich die Kirchtürme von Amsterdam, und obgleich es Ruben kaum in der Stadt hielt, weitete sich bei dem Anblick seine Brust. Amsterdam, das war der Anfang und das Ende einer jeden Reise. Auch dieses Mal würde er gutes Geld bekommen, denn ihr Laderaum war brechend voll.

Sie passierten das Fahrwasser, das die Seeleute Pampus nannten, weil der Meeresgrund hier einer dicken Pampe glich. Oft genug hatte die See auch hier Schiffe festgesetzt. Sie waren an den gefährlichsten Stellen vorbei. Es wurde Zeit, alles zum Anlegen vorzubereiten.

Wenig später wies der Waalridder, wie man den Hafenmeister nannte, ihnen einen Liegeplatz im IJ zu. Sie fuhren durch eine Lücke in den langen Pfahlreihen, die den Amsterdamer Hafen unterteilten. Ein schwerer Pfahl stand aufrecht an der Durchfahrt, mit ihm würden die Boomsluiter am Abend die Zufahrt zu den Liegeplätzen verriegeln. Sogleich kamen Leichter heran, die sich längsseits des Schiffsrumpfs legten und mit Heringsfässern beladen wurden.

Ruben hatte die Habseligkeiten seiner Dienstherren bereits gestern gepackt. Nun räumte er das Geschirr ab und fegte die Koje noch einmal durch. Als er fertig war, half er, die letzten Fässer über Bord zu hieven. Nach und nach verließen die Matrosen das Schiff. Wie immer herrschte Hochstimmung – diese Atmosphäre liebte er, sie war mit nichts zu vergleichen.

Ruben ging mit dem Kapitän, dem Steuermann und Piet als Letzter von Bord. Wie sie versuchte er, aufgerichtet auf dem Ruderboot zu stehen, doch es gelang ihm noch nicht, den Schwung der Wellen auszugleichen, und so landete er auf seinem Hintern.

Da war das IJ-Ufer. Zum ersten Mal seit Wochen spürte Ruben wieder den Erdboden unter den Füßen. Einer der Seeleute hatte beim abendlichen Beisammensein erzählt, dass man vom anderen Ende der Welt bis in die Innenstadt Amsterdam reisen könne, ohne auch nur einmal die Erde zu betreten. Der Gedanke hatte Ruben gefallen.

Wie leicht fiel vieles auf See! Niemand zwang ihn dort, in Bücher zu schauen oder nutzlose Dinge auswendig zu lernen. Dennoch war er klüger geworden. Was man auf einem Schiff lernte, brauchte man zum Überleben.

Die Seeleute rangelten überdreht und scherzten, während sie auf ihre Heuer und ihren Anteil an der Fracht warteten. Der Kapitän stand mit ihrem Auftraggeber beisammen, verhandelte und rechnete.

Plötzlich brandeten neben ihnen laute Rufe auf. »Das ist Betrug! Die Fische sind astrein – an der Qualität ist nichts auszusetzen! Wir wollen mindestens genauso viel wie letztes Mal!«

Mit finsterer Miene schüttelte der Kaufmann den Kopf. Die Auseinandersetzung wurde heftiger. Schließlich wurde eine Einigung erzielt. Kapitän und Steuermann wirkten jedoch unzufrieden, und etliche Seeleute mussten festgehalten werden, damit sie den Kaufmann nicht angriffen. Ruben drängte sich zwischen ihnen hindurch, um ja nicht leer ausgehen. Auch sein Anteil war geringer als beim letzten Mal.

Wie es Tradition war, folgte er den anderen in eine Taverne, wo der Kapitän der gesamten Besatzung ein Bier spendierte. Auch die Schiffsjungen stießen miteinander an. Beim ersten Mal hatte das Bier Ruben gar nicht geschmeckt, aber auf See hatte er gelernt, sich sogar über scharfen Arrak zu freuen – alles war besser als brackiges Wasser.

»Wir sind im Vergulde Engel am Singel, wie immer. Was hast du vor?«, wollte Piet wissen.

»Ich besuche meine Familie«, log Ruben. In Wahrheit würde er sich herumtreiben, bis sie endlich wieder ablegen würden. Dabei hielt er sorgsam Abstand zum Waisenhaus und zu den Kirchen; keinesfalls wollte er gesehen werden. Nicht nur Vincent würde stocksauer auf ihn sein. Da die Seeleute ihre Heuer schnell durchbrachten und die Nachfrage nach Heringen hoch war, dauerte der Aufenthalt meist nur ein paar Tage. In Amsterdams Hafen gab es keine Winterruhe, und die Zuidersee war rund ums Jahr befahrbar, was der Stadt einen bedeutenden Vorteil brachte. »Wenn ich Zeit habe, komme ich vorbei. Dann können wir uns in den Geschäften die neuesten Seekarten anschauen.«

»Auf jeden Fall! Vielleicht wurden neue Schiffsrouten entdeckt.

Ich habe langsam die Nase voll von der ewigen Kälte im Norden«, sagte Piet. »Außerdem ist Vater ohnehin sauer auf den Kaufmann, weil er uns so unbillig im Preis gedrückt hat. Er überlegt sich, einen neuen Auftraggeber zu suchen.«

»Hauptsache, er braucht dann auch einen Schiffsjungen«, meinte Ruben.

»Bestimmt. Wer soll denn sonst die Kajüte putzen?« Piet lachte frech, bis Ruben ihn buffte. Der sollte sich mal nicht so viel einbilden, nur weil er Sohn des Käpten war.

Majken freute sich, Ruben zu sehen. Nie hatte sie seltsam auf ihn reagiert, ihn nie ausgefragt. Sie war einfach nur für ihn da, seit er bei seinem ersten Heimaufenthalt verloren durch die Straßen geirrt und schließlich auf sie gestoßen war.

Heute hatte Ruben für Majkens Tochter eine hübsche Muschel mitgebracht und flachste mit der Kleinen herum, während die Schankfrau etwas zu essen beschaffte. Er wusste selbst nicht, warum er so gerne mit Annemieke spielte und sich gleichzeitig fürchtete, seine Geschwister wiederzusehen.

»Vincent sucht dich«, eröffnete Majken ihm, als sie gesottenen Schellfisch aßen.

Ruben sah nicht auf. »Hast du ihm verraten, wo ich bin?«

»Natürlich nicht. Das hatte ich doch versprochen«, sagte Majken entrüstet. »Vincent sorgt sich schrecklich um dich. Beinahe jeden Tag ist er am Hafen und fragt nach dir. Er ist jetzt Lehrjunge bei einem Maurermeister.«

»Schön für ihn«, sagte Ruben kühl. Vincent würde seinen Weg machen. Er war immer derjenige gewesen, in den man seine Hoffnungen setzte. Er selbst hingegen …

»Du solltest ihn aufsuchen, damit er weiß, dass es dir gut geht.«

»Er wird mich nur wieder ins Waisenhaus schicken.«

»Das wird er nicht. Er hasst ja selbst das Waisenhaus.«

Ruben stocherte in seinem Essen. »Ich habe keine Zeit. Wir wollen bald wieder auf See.«

»Zu den Heringsbänken?«

»Das steht noch nicht fest.«

Besorgt sah Majken ihn an. Obgleich er noch Hunger hatte, stand er auf. Jetzt hatte Vincent ihm sogar seine Zuflucht verdorben. Wortlos legte er ihr einen Teil seiner Heuer hin.

Die Aussicht, jeden Augenblick Vincent über den Weg laufen zu können, setzte Ruben am darauffolgenden Morgen zu. Auch hatte er in dem Verschlag am Ende einer Gasse nicht gut geschlafen. Er hatte damit gerechnet, dass jeden Augenblick der eigentliche Bewohner zurückkehren würde. Wie sollte er seinem Bruder erklären, dass er weggelaufen war und Betje im Stich gelassen hatte? Deshalb machte er sich sogleich auf den Weg zum Hafen. Irgendein Schiff legte in Amsterdam immer ab …

»Ruben! He, Ruben!«

Lautstark hallte sein Name über das Hafengelände. Ruben fuhr herum. Alle starrten ihn an, sogar ein pickeliger Heranwachsender, der eben noch dabei gewesen war, eine Planke zu behauen. Was machten denn die Heeren Heyn und Molenaar hier? Ruben ging schnell zu ihnen, damit Piet nicht noch einmal rief.

»Wisst Ihr schon, wohin Ihr als Nächstes reisen werdet?«, fragte er Piet, weil der Kapitän im Gespräch mit einem fremden Bürger war.

Piet neigte sich zu ihm. »Dieser Kaufmann hat Vater gestern in der Taverne angesprochen«, sagte er leise. »Sucht wohl jemanden für eine etwas heikle Mission.«

»Heikel?«

»Die portugiesischen und spanischen Häfen sind noch immer für unsere Schiffe gesperrt. Die Amsterdamer Kaufleute brauchen aber trotzdem die Waren, also müssen Alternativen gefunden werden. Unter falscher Fahne segeln und so.«

Aufgeregt blickte Ruben ihn an.

»Guck nicht so! Mehr weiß ich auch nicht.«

*

Vincent wackelte mit dem Zollstock, während er die Holzscheiben betrachtete, die vor ihm aus der Erde schauten. Gerade erst hatte er die dünnen Pfosten in der Erde versenkt. Mit seinem Vater hatte er vor Jahren schon über Pfostenfundamente geredet. Inzwischen waren die Probleme mit den Fundamenten drängend; bei jedem Gebäude, das sie renovierten oder bauten, stellte sich wieder die Frage nach der richtigen Fundierung. Und der Druck nahm zu. Noch immer strömten mehr Flüchtlinge und andere Zuzügler nach Amsterdam, als die Stadt aufnehmen konnte. Jeder beschwerte sich über den Platzmangel, vor allem die Kaufleute, die ihre Waren nicht anständig umschlagen konnten. Im Winter mussten die Schiffe auf Reede sogar aufeinandergestapelt werden.

Meister Oetgens war häufiger denn je zu Verhandlungen mit Kunden oder Beratungen im Rathaus. Noch immer stockten Bürger ihre Häuser auf, was bedeutete: Dach abtragen, ein Stockwerk oder zwei aufbauen, neues Dach drauf. In der Theorie einfach. In der Praxis jedoch hatte diese Methode Nachteile, und zwar nicht nur den, dass es in allen umliegenden Häusern dunkler wurde, weil die Sonne erst viel später über die Dächer schien. Viel häufiger waren sie in letzter Zeit zu Hilfe gerufen worden, weil Mauern durch das höhere Gewicht abgesackt oder eingestürzt waren. Es war pures Glück, dass bislang noch kein Haus seine Bewohner unter sich begraben hatte. Vincent hatte oft mit dem Schiffszimmererlehrling Tinus, seinem Maurerkollegen Jerún und anderen Lehrlingen darüber gefachsimpelt und in seinen Mittagspausen verschiedene Experimente angestellt.

Gedankenverloren befingerte Vincent den Zollstock, der etwa zwei Finger breit in seiner Faust steckte. Er stieß die Spitze an, sodass sie sich erneut leicht hin und her bewegte. Dann schob er das Holz weiter in die Faust: Der Zollstock stand fest. So weit, so klar. Das war einfache Mechanik: Druck und Hebel wirkten zusammen. Hätten sie längere Pfosten, könnten diese das Gewicht auch besser tragen. Natürlich bräuchten sie dann auch kräftigere Rammen – aber das war ein anderes Problem, mit dem sich Zimmerleute wie Meister Staets auskennen würden. Er durfte sich nicht verzetteln.

Vincent kniete sich auf die Erde und strich über die Holzscheiben. Holz und Sand bildeten eine Ebene. Um Holzfundament und Mauern fest zu verbinden, musste eine Mörtelschicht zwischen sie gebracht werden. Sie trocknete nur, wenn sie nicht mit Wasser in Verbindung stand. Blieben die Spitzen der Hölzer aber trocken, verfaulten sie leicht. Es war zum Mäusemelken! Er kratzte etwas Erde am Pfosten weg. Grundwasser sickerte ein und umschloss das Holz. Der Wasserspiegel war nur mit Pumpen kontrollierbar.

Was, wenn man das Wasser so lange abhalten könnte, bis der Mörtel getrocknet war, und dann Pfosten samt Mörtel überspülen ließ? Er spürte ein Kitzeln am Haaransatz. Man könnte die Pfosten tiefer versenken und dann …

Ein Ruf ließ ihn auffahren.

*

Die beiden Jungen hatten gespannt neben dem Kapitän und dem Kaufmann gewartet, doch das Gespräch schien kein Ende zu nehmen. Dann waren sie gemeinsam zum Hafenrand gelaufen, wo in den Geschäften die neuesten Quadranten und Seekarten zu sehen waren. Eine Weile lauschten sie einer Verkaufsverhandlung, bei der ein Seemann behauptete, einen Seeweg aufgezeichnet zu haben, der noch nicht auf Landkarten abgedruckt war. Ohne eine zugesicherte Bezahlung wollte er diese Notizen jedoch nicht vorzeigen, was den Drucker seinerseits mit Misstrauen erfüllte.

»Ist ja verrückt, wie viel Geld der Seemann haben will!«, wisperte Ruben staunend.

»Das ist gar nicht verrückt. Stell dir vor, er hat wirklich einen neuen Seeweg beschrieben – dann können Kaufleute fremde Häfen anlaufen, exotische Waren heranschaffen und reich werden.«

Jemand tippte Ruben auf die Schulter. Er fuhr herum.

Vincent! Neben ihm stand der junge Mann mit den vielen Pickeln.

Es drängte Ruben, sofort loszusprinten. »Ich gehe nicht mit dir. Ich werde nicht …«, brach es aus ihm heraus.

Vincent hob beschwichtigend die Hände. Dann schloss er ihn in die Arme.

*

»Du hast wieder das Kerzenwachs von den Leuchtern nicht richtig abgekratzt. Und die Hühnerknochen werden nicht weggeworfen, sondern noch einmal ausgekocht. Das gibt eine schöne Suppe.«

Eine dünne Suppe vor allem, dachte Betje. *Wie oft will sie die dürren Knochen denn noch auskochen?* Aber ihre neuen Herrschaften waren anspruchslos wie viele Strenggläubige. Sie starrte auf ihre Fußspitzen. »Ja, Mevrouw.«

»Du solltest inzwischen wissen, dass Gott uns zwar mit Wohlstand gesegnet hat, wir aber nichts zu verschenken haben.«

»Das weiß ich, Mevrouw.«

Betje spürte den prüfenden Blick ihrer neuen Herrin. Was gäbe sie dafür, wieder im Hause der van Vleets zu sein! Seit Vincents Verrat konnte sie nur kurz und verstohlen mit Aletta sprechen, manchmal konnten sie einander lediglich Geheimbotschaften zustecken. Botschaften, die sonst niemand verstand. All das war allein Vincents Schuld.

»Hast du heute schon deine Gebete gesprochen und die Psalmen gelesen?«, forschte die Herrin nach.

»Ja, Mevrouw.«

»Wir beten trotzdem noch einmal gemeinsam, nachdem du die Wäsche gemacht hast. Sicherheitshalber. Und dann wischst du die Bodenfliesen im Eingang.«

»Aber ich habe doch schon …«, wollte Betje einwenden.

»Ein sauberes Haus ist ein Abbild einer reinen Seele, die nichts zu verbergen hat.«

*

Als Tinus ihm Bescheid gegeben hatte, hatte Vincent es kaum glauben können. Trotzdem hatte er seinen Meister gebeten, die Baustelle kurz verlassen zu können. Sobald er Ruben gesehen hatte, war jede Verärgerung verflogen. Er hatte seinem Bruder versprechen müssen, mit ihm auf keinen Fall auch nur in die Nähe des Waisenhauses zu gehen. Also gab es nur eine Möglichkeit, Betje zu treffen. Glücklicherweise wusste Vincent, wo ihre Schwester inzwischen zweimal pro Woche arbeitete – wenn sie ihn auch standhaft ignorierte.

Gemeinsam saßen die Brüder an der Gracht und ließen ihre Füße über dem Wasser baumeln, als wären sie noch kleine Kinder. Ruben war zappelig wie eh und je, aber da Vincent ihn nach seinen Reisen befragte, konnte er nicht einfach aufspringen. Innerlich war auch Vincent unruhig. Er brannte darauf, mit seinem Meister über die Pfostenfundamente zu sprechen. Gleichzeitig imponierte es Vincent, was sein Bruder erlebt hatte.

»Ich kann nicht fassen, dass Betje das getan hat!«, sagte Ruben noch einmal.

»Dominee Plancius und Diakon Godlef haben Betje ja wieder zum rechten Glauben zurückgeführt. Jetzt hilft sie bei einer calvinistischen Familie.«

»Vater würde sich im Grab umdrehen! Wir haben alles an die Katholiken verloren. Wie konnte sie nur … Vielleicht hätte ich sie aufhalten …« Der Gedanke schien Ruben ganz und gar nicht zu behagen. Im nächsten Augenblick sprang er auf. Betje war aus dem Haus getreten. Als sie ihre Brüder sah, zog ein Gefühlssturm über ihr Gesicht. Langsam kam sie auf sie zu, ganz so, als sei sie betäubt.

»Haben meine Gebete also doch etwas bewirkt«, sagte sie leise. Dann versetzte sie Ruben eine Ohrfeige. »Tu mir nicht noch einmal so weh!«

Die Brüder schauten sich konsterniert an. »Ruben wird wieder abreisen. Er fährt zur See«, stellte Vincent klar.

Betje funkelte ihn an. »Mit dir rede ich gar nicht. Dir habe ich es zu verdanken, dass ich in dieser schrecklichen Familie bin!«

Unwillkürlich grinste Vincent. »Du redest aber gerade mit mir.«

Schon am nächsten Tag stand Vincent auf dem Schrayershoucktoren, wo die Stadtmauer eine scharfe Ecke bildete, und winkte Ruben hinterher. Ganz oben auf der Mastspitze konnte er ihn sehen. Wie wild gestikulierte Ruben, ein breites Lächeln auf dem Gesicht. Vincent hatte gar nicht erst versucht, seinen Bruder aufzuhalten. Genauso wenig hatte er Betje eine Versöhnung aufgezwungen. Betje war erzürnt gewesen, dass Ruben zwischen seinen Reisen ein paarmal in Amsterdam gewesen war, sie aber nie aufgesucht hatte. Auch dass beide Brüder sich ohne ihr Wissen mit Majken getroffen hatten, ärgerte sie.

Vincent zog die Schultern hoch. Ihn hatte Betje wie zuvor ignoriert. Er musste sich offenbar mit ihrer Ablehnung abfinden, konnte aber wenigstens weiterhin auf sie aufpassen. Und Ruben? Der Kapitän hatte einen vernünftigen Eindruck gemacht, und mit Gottes Hilfe würde sein Bruder gesund nach Amsterdam zurückkehren.

Als das Schiff außer Sicht war, lief er zu ihrer derzeitigen Baustelle. Er hatte Glück, dass sein Meister so geduldig war. Erregt berichtete er Meister Oetgens von seinen Überlegungen. Dieser rief Meister Staets hinzu und sah Vincent dann abwägend an. »Wir könnten es zumindest mal ausprobieren«, meinte er. »Aber jetzt arbeitest du erst einmal mit Hammer und Meißel weiter. Wer Baumeister werden will, musst erst ein Steinmetz sein.«

Eine Woche später wussten sie, dass Vincents Methode funktionierte. Da es jedoch noch immer schwierig war, an lange Pfosten zu kommen, und auch noch keine entsprechend starken Rammen bereitstanden, legten sie die Fundamente weiter mit kleineren Pfosten, Querverstrebungen und Mörtel. Der Fabrikmeister würde sich um die Lieferung entsprechend langer Pfosten kümmern müssen.

Im Laufe der nächsten Monate häuften sich die besorgniserregenden Meldungen. Nachdem die Spanier Bergen-op-Zoom zurückerobert hatten, rückten sie auf Geertruidenberg und Rheinberg vor. Vincent bemühte sich, sich vollkommen auf seine Arbeit zu konzentrieren, die ihm Freude bereitete, weil er in der Kunst der Steinbearbeitung vorankam und zugleich von Meister Bilhamer viel lernte. Seine knappe freie Zeit verbrachte er mit seinen Freunden und den anderen Lehrlingen.

An einem heißen Tag im August war Vincent mit Jacob vor den Toren der Stadt unterwegs, wo sein Freund mit seinem Habicht jagen wollte, um sich abzulenken. Einige Wochen zuvor war Dirck Jansz Graeff gestorben. Jacob, der im Kontor eng mit seinem Vater zusammengearbeitet hatte, war zutiefst betroffen. Dumpf und feucht stieg die Luft vom Sumpfland auf. Sie versuchten, sich auf dem schmalen Sandrücken zu halten, und sanken dennoch immer wieder knöcheltief in den Morast ein. Trotzdem genoss Vincent es, hier zu sein. An den Pfützen und Gräben waren viele Vögel und Tiere unterwegs, und an dem kleinen See hier war er einst mit seinem Vater gewesen.

»Die Ramme ist beinahe fertig«, berichtete er, um seinen Freund auf andere Gedanken zu bringen. »Dreißig bis vierzig Männer müssen wohl an dem Seil ziehen, damit sie sich bewegt. Ein Vorarbeiter ruft die Anweisungen, damit die Arbeit im richtigen Takt geschieht. Wenn es gelingt, wird sich bald ein Wald unter Amsterdam erstrecken. Ein Wald, den niemand sehen kann.«

»Gewaltig, das gebe ich zu«, sagte Jacob ungewohnt desinteressiert. Unvermittelt setzte er hinzu: »Mein Vormund wird mich auf die Universität Leiden schicken, schon bald. Ich soll dort klassische Sprachen studieren. Die Naturwissenschaften wären mir natürlich lieber. Zumal Graf Moritz angeblich den berühmten Gelehrten Simon Stevin nach Leiden berufen will. Anschließend ist eine *groote tour* geplant.«

Vincent spürte einen Stich. Würde auch er gern auf die Universität gehen? Würde er dem berühmten Mathematiker ebenfalls gern lauschen? Beneidete er Jacob um dessen Verbindungen, die ihm eine glänzende Laufbahn ermöglichen würden, obwohl sein Vater gestorben war? Nein. Nur um die große Tour, eine Bildungs- und Vergnügungsreise durch Europa, beneidete er ihn. Es musste faszinierend sein, die Tempel und Paläste Italiens selbst einmal in Augenschein nehmen zu können.

*

Doppelte Buchführung, wie lästig! Sehnsüchtig sah Nathan auf die Broad Street hinaus, wo das Leben jetzt, wo die Augusthitze verebbte, wieder Fahrt aufnahm. Da er gerade ausnahmsweise einmal in London war, bestand seine Mutter darauf, dass er im Tuchhandel mitanfasste. Rechnen war ihm schon immer leichtgefallen, und so hatte man ihm die Kontrolle der Handelsbücher aufgetragen. Es fiel ihm schwer, sich zu konzentrieren. Im Hinterhaus tobten die Kinder seines Bruders, seine Schwägerin bediente plaudernd einen Kunden, und seine Mutter redete leise mit sich selbst, während sie neben ihm eine Stofflieferung kontrollierte. Nur sein Bruder störte nicht, der war in der Tuchhalle.

Sorgfältig kratzte Nathan einige Zahlen vom Papier, pustete die Schnipsel weg und trug die richtigen Ergebnisse ein. Schon auf der nächsten Seite entdeckte er weitere Fehler. Er unterdrückte ein Seufzen.

Im gleichen Augenblick trat die Rettung in Gestalt von Mijnheer Ortel ein. Der Botschafter und Seidenhändler begrüßte Nathans Mutter mit zwei flüchtigen Wangenküssen und machte ihr ein höfliches Kompliment, bevor er sich Nathan zuwandte. Der hatte bereits Schreibzeug und Handelsbuch verstaut, denn er hatte sofort gesehen, dass seinen Herrn etwas umtrieb.

»Was kann ich für Euch tun, Mijnheer?«, fragte Nathan geradeheraus.

Ortel zog ihn zur Seite. »Schlechte Nachrichten haben mich erreicht …«

*

Der Schweiß lief Vincent herunter. Im Werkhof seines Meisters bearbeitete er mit Hammer und Meißel einen Steinklotz, aus dem ein Säulenkapitell werden sollte. Säulen als Fassadenschmuck waren gerade äußerst beliebt, und so hatte Oetgens verschiedene Abschlüsse aus den Säulenbüchern von Vredemann de Vries herausgesucht, die seine Lehrjungen nun anfertigen sollten. Vincent stöhnte. Den anderen, erfahreneren Lehrjungen ging diese Arbeit deutlich besser von der Hand, das war nicht zu übersehen.

Wenn man wenigstens in den Grachten baden könnte! Aber die Kanäle waren schon bei niedrigen Temperaturen eine Zumutung; war es so heiß wie jetzt, stieg fauliger Gestank von ihnen auf, dass es einem schlecht wurde.

Als Meister Bilhamer ihn endlich in den Feierabend entließ, trieb es Vincent zu den anderen Lehrjungen. Vor der Tür wartete jedoch jemand auf ihn. Nathan stand im Schatten einer Ulme. Schick sah er aus, wie es sich für den Gehilfen eines Gesandten der Generalstaaten gehörte.

»Ich nehme erst morgen ein Schiff zurück nach England. Bis dahin amüsieren wir uns ein bisschen!«, sagte er und rieb sich über den langen Hals, der feucht glänzte.

»Was treibt dich hierher? Wie lange wartest du schon? Und woher wusstest du, wo du mich finden würdest?«

Nathan lachte. »Eins nach dem anderen! Informationen sind alles, hast du das vergessen? Du weißt doch bestimmt, wo wir uns abkühlen können.«

»Sicher. Du kannst mir alles auf dem Weg erzählen. Also, was ist los?« Vincent ging voraus zum Amstel-Kai, von wo aus sie mit anderen jungen Männern vor die Tore der Stadt ruderten.

»Hast du es denn noch nicht gehört? Frankreich ist in Trauer. König Henri III., der letzte Valois, ist von einem Dominikanermönch aus der Katholischen Liga getötet worden«, berichtete Nathan. Gemeinsam mit Vincent saß er am Heck eines Bootes.

»Natürlich weiß ich das, was denkst du denn? Hier werden schon Handzettel verkauft, auf denen zu sehen ist, wie die Leiche des Attentäters geviertelt und verbrannt wurde.« Da die Leibgarde des Königs den Angreifer sogleich getötet hatte, war die Strafe notgedrungen an den sterblichen Überresten vollzogen worden, hieß es.

»Auf seinem Totenbett hat er Heinrich von Navarra zu seinem Nachfolger bestimmt«, berichtete Nathan. »Die englische Königin ist davon natürlich angetan, denn er ist Hugenotte, wie du weißt. Allerdings haben die Spanier gemeinsam mit dem Papst Charles, Kardinal von Bourbon, auf den französischen Thron gehoben.«

Vincent schwirrte der Kopf von den vielen Namen. Er nahm an, dass Nathans Neuigkeiten noch nicht nach Amsterdam durchgedrungen waren, zumindest hatten sie sich nicht im Volk verbreitet. »Das wusste ich tatsächlich noch nicht.«

»Die Niederlage der Gegenarmada ist dir aber bekannt?«, fragte Nathan spöttisch.

»Also bitte! Dass Drake in Ungnade gefallen ist, war tagelang Gesprächsthema.« Im Frühjahr hatte die englische Königin eine Gegenarmada ausrüsten lassen und unter Admiral Drakes Führung ausgesandt, um die spanischen Kriegsschiffe zu zerstören. Krankheiten, schlechte Planung und widrige Winde hatten jedoch zum völligen Scheitern der Mission geführt. Vincent hatte sich vor allem Sorgen um seinen Bruder gemacht, der möglicherweise den Weg der Gegenarmada gekreuzt hatte.

An einer von Bäumen beschatteten Wiese vor der Stadt legten sie an. Sofort warfen ihre Gefährten und sie die Hemden ab und sprangen in den Fluss. Das kühle Wasser prickelte auf Vincents Haut. Eine Weile tobten sie und versuchten, sich gegenseitig unterzutauchen. Schließlich legten Nathan und er sich ins Gras, um zu trocknen.

»Mein Auftrag war, mich in Amsterdam umzuhören, was die reichen Kaufleute in dieser Lage zu tun gedenken, und in s'Gravenhage zu erkunden, was die Generalstaaten vorhaben«, erklärte Nathan. »Anscheinend gibt es mehrere Optionen. Die eine wäre, dass der rechtmäßige französische König und die Feinde der Habsburger sich verbünden und die spanischen Truppen in die Zange nehmen.«

Vincent nickte. »Das wäre gut. Die weniger erfreuliche Variante wäre, dass sich der falsche katholische König und die Habsburger verbünden und sich dann Frankreich und Spanien gemeinsam gegen uns wenden.« Er schauderte. Königin Elisabeth würde ihnen nach dem Fiasko mit der Gegenarmada dieses Mal nicht beistehen können. »Und was haben die Amsterdamer Regenten gesagt?«, fragte er.

»Sie fragen sich natürlich, was es sie kostet. Der Blick der Amsterdamer geht immer zuerst in den eigenen Geldbeutel. Letztlich profitieren sie davon, wenn England, Frankreich und Spanien sich gegenseitig aufreiben. Amsterdam könnte der lachende Dritte sein, der sich fein heraushält und still und heimlich seinen Geschäften nachgeht.« Mit einem Mal wirkte Nathan bedrückt. »Mein Herr ist in Frankreich und sondiert dort die Lage. Eigentlich hatte der König gerade den Angriff auf das katholisch besetzte Paris vorbereitet. Ich hoffe, Mijnheer Ortel übersteht die Reise. Er ist in letzter Zeit oft unpässlich. Ich glaube, er wollte, dass ich irgendwann in seine Position hineinwachse. Nun läuft uns die Zeit weg. Ich bin noch lange nicht so weit. Niemand wird einen jungen Mann ohne Erfahrung, Vermögen und Verbindungen akzeptieren.«

Vincent setzte sich auf. Seine Freunde rangen inzwischen oder fochten mit Stöcken; sie übten sich oft nach Feierabend im Kampf, um für den Ernstfall vorbereitet zu sein. Auch ihn selbst drängte es, seine Kräfte zu messen. »Jetzt untertreibst du aber«, sagte er. »Völlig unbedarft bist du ja nicht, was das angeht. Außerdem bleibt dir doch noch der Tuchhandel – oder irre ich mich?«

Nathan zerrupfte einen Grashalm und legte die Stücke säuberlich übereinander. »Ein langweiliger bürgerlicher Beruf – das ist nichts für mich. Mein Bruder kennt sich da besser aus.«

»Was ist so schlecht daran?«

»Ich finde, man sollte nach Höherem streben. Wer zufrieden damit ist, an Steinbrocken herumzuklopfen, für den ist das in Ordnung. Ich möchte mehr aus meinem Leben machen.« Er sah Vincent kurz an. »Bei meinem Besuch in s'Gravenhage hat Graf Moritz mir angeboten, als Bote und Privatsekretär für ihn zu arbeiten. Anscheinend hatte mein Herr da schon etwas gedeichselt.«

»Das ist doch ausgezeichnet!«

»Merkwürdig war, dass Mijnheer Oldenbarnevelt mir gleich darauf ebenfalls ein Angebot gemacht hat. Ich weiß nur nicht recht, was ich von ihm halten soll.«

Vincent dachte an die Begegnungen mit Johan van Oldenbarnevelt in Vlissingen. »Ein kühler Kopf, wenn ich mich recht erinnere.«

»Zu kühl für meinen Geschmack. Ich weiß nicht, für wen ich mich entscheiden soll. Zumal die beiden einander nicht mehr vorbehaltlos zu trauen scheinen.«

Vincent überlegte. »Landesadvokaten wie Oldenbarnevelt wechseln, das Haus Oranien bleibt.«

»Wahr gesprochen, mein Freund. Aber Oldenbarnevelt ist mächtig und gewieft. Von ihm könnte ich wohl etwas lernen.«

»Pass auf, dass du nicht das Falsche lernst.«

»Da spricht der brave Maurer.«

Vincent ließ sich nicht provozieren. »Nur noch ein paar Jahre und ich lege die Meisterprüfung ab. Dann werde ich Architekt.«

Neben ihnen wurde zwei Stockkämpfer lautstark angefeuert. Jerún trat zu ihnen. »Auch ein Kämpfchen?«

Darauf hatte Vincent nur gewartet. »Unbedingt! Anschließend kann Nathan uns ein paar Tricks der höfischen Fechtmeister zeigen, oder?«

»Hast du eigentlich mal was von Messere Giambelli gehört?«, fragte Vincent, während er und Nathan sich erhoben.

»In der Tat. Dein früherer Meister hat der englischen Königin Vorschläge gemacht, wie die stinkenden Gräben um London gereinigt werden können. Zudem hat er wohl einen Plan entwickelt, wie Feuersbrünste in London besser bekämpft werden können. Beides scheint sie nicht sonderlich zu interessieren.«

Vincent kam eine Idee. »Du hast nicht zufällig etwas Geld übrig, das du investieren möchtest?«

»Wofür?«

»Ich will einen neuartigen Bagger bauen. Wenn er Geld einbringt, bekommst du deinen Anteil samt Zinsen zurück.«

Nathan lachte. »Einen Bagger? Und wenn er kein Geld einbringt?«

»Dann zahle ich das Geld ebenfalls samt Zinsen zurück – es wird nur etwas länger dauern.«

28

Oktober 1590

Um ihn herum tobte ein Inferno. Donnernde Kanonen, Rauchschwaden über den Wellen, die Todesschreie der Verletzten und Ertrinkenden. All das hatte Lazarus schon einmal erlebt. Es war ihm, als müsse er die gleiche Situation immer wieder durchleiden, als befinde er sich im Fegefeuer. Oder aber es war eine Prüfung. Ja, der Herr prüfte ihn, wie er Jesus, seinen Sohn, geprüft hatte. Nur war Lazarus heute ungleich schwächer als noch bei der Schlacht von Gravelines. Die Zeit der Flucht, der Gefangenschaft und des Hungers hatte ihn gezeichnet.

Zug um Zug durchkämmten seine Hände das Wasser. Kalt, eiskalt. Er wehrte Ertrinkende ab, die sich an ihm festzuklammern versuchten, schob achtlos zerfetzte Leichen beiseite. Seine Arme waren schwer, sein Leib wie taub, kaum spürte er seine Beine noch. Allein der Hass trieb ihn an. Hass auf Admiral Media Sidonia und Generalísimo Alessandro Farnese, die unfähig gewesen waren, die Invasion zum Erfolg zu bringen. Auf Farnese, der seine Talente missachtete und es gewagt hatte, ihn auf das Botenschiff zu schicken. Auf Diego, der froh gewesen war, ihn los zu sein. Auf den Kapitän und den Steuermann der *Lavia*, die von der Navigation und den Gefahren der irischen Gewässer keine Ahnung gehabt hatten.

Der Umriss eines Schiffes schälte sich aus dem Kanonenrauch. Ein Holländer! Vermutlich auf der Suche nach Überlebenden, um ihnen den Garaus zu machen. Schnell drehte Lazarus sich auf den Rücken und ließ sich treiben; zwischen den vielen Leichen würde er hoffentlich keine Aufmerksamkeit erregen. Er versuchte, flach zu atmen, während die Wellen sein Gesicht überspülten und ihm Meerwasser in die Nase lief.

Um sich abzulenken, ließ er zu, dass seine Gedanken zu seiner Irrfahrt drifteten. Der Schiffbruch in der Bucht der Grafschaft Sligo. Die Flucht vor den Häschern. Die Angst vor den englischen Truppen, die in Irland stationiert waren. Gleich beim ersten Hof, von dem er Lebensmittel stehlen wollte, hatte er gehört, dass William FitzWilliam, der Lord Deputy in Irland, befohlen hatte, jeden gestrandeten spanischen Soldaten zu hängen. Nur der höhere Adel, der ein Lösegeld einbringen würde, sollte verschont werden. Lazarus war also weitergeflohen. Hatte das Glück gehabt, auf mehrere Schiffbrüchige der spanischen Armada zu stoßen. Wie ein Rudel Wölfe hatten sie sich durchgeschlagen, hatten gestohlen und gemordet, um zu überleben. Wie Wölfe waren sie sich manchmal auch gegenseitig an die Gurgel gegangen. Ab und zu waren sie auf Glaubensbrüder getroffen, die ihnen Zuflucht gewährt hatten. Die meisten Iren hatten jedoch Angst gehabt, als Verräter enttarnt und bestraft zu werden. Überall hatte er Galgen gesehen, an denen spanische Soldaten baumelten. Dann kamen Schnee und Eis. Eine Kälte, wie er sie noch nie erlebt hatte und auch nie wieder erleben wollte. Im Frühjahr hatte es sie aus ihrem Versteck getrieben, und sie waren verhaftet worden. Offenbar hatte man für sie Lösegeld gefordert, aber nichts geschah. Doch endlich war ihnen die Flucht gelungen.

Jetzt drohte ihm erneut der Tod.

Als der Holländer endlich vorbei war, wollte Lazarus sich zwingen weiterzuschwimmen, doch sein Körper streikte. »Willst ... du ... hier ... verrecken?«, trieb Lazarus sich an. Ruckartig drehte er den Leib, hob den rechten Arm, zog ihn durchs Wasser, bewegte das linke Bein. »Diese ... Ketzer ... werden ... nicht ... über ... mich ... siegen!«

Die Erinnerung riss seinen Geist wieder mit sich. Irgendwann hatten sie in einem Fischerort jemanden gefunden, der sie ins katholische Schottland bringen würde. Zu siebzehnt waren sie auf die Hebriden übergesetzt. Den Bemühungen eines Capitános hatten sie es zu verdanken, dass sie nach etlichen Monaten auf der Insel Mainland eine Nachricht von Farnese erhielten, der sich bereit erklärt hatte, einem Schiffer fünf Golddukaten für jeden Soldaten aus der spanischen Truppe zu zahlen, der Flandern erreichte.

Lazarus schaffte es gerade so, den Kopf über die Wellen zu heben. Hoffnung durchströmte ihn. Da waren Lichter über dem Meer! Das

Festland konnte nicht weit sein. Eine endlos erscheinende Zeit später spürte er den Ufersaum unter seinen Füßen und schleppte sich an Land. Kalter Wind presste das nasse Leibhemd an seine Haut. Keine Zeit auszuruhen. Er wusste nicht, ob hier Freund oder Feind herrschte.

Endlich ein Hof, allein auf weiter Flur. Eine Rauchfahne verriet, dass er bewohnt war. Lazarus konnte nicht mehr. Er musste alles auf eine Karte setzen. Langsam ging er darauf zu, sich seiner Verletzlichkeit nur allzu bewusst. Da trat ein alter Mann vor die Tür, ein Schwert in den Händen. Es war eine altertümliche, aber sorgfältig geschliffene Waffe, das sah Lazarus sofort.

»Keinen Schritt weiter!«, rief der Alte.

Lazarus hob die Hände. Er schlotterte zum Gotterbarmen, seine Zähne klapperten. »Ich tue Euch nichts! Ich bin Niederländer wie Ihr!«

»Ihr könnt mir viel erzählen!«

»Ich sage die Wahrheit. Bitte, habt Mitleid! Ich habe Schiffbruch erlitten. Wir sind beschossen worden. Ich habe nichts mehr!«

Der Alte schien mit sich zu hadern. »Gut, dann kommt«, gab er schließlich nach. »Ihr sollt Euch für ein paar Stunden ausruhen.«

Er führte ihn ins Haus, behielt das Schwert aber in der Hand. Im offenen Kamin qualmte ein Torffeuer, und es roch nach Essen. Alles zeugte von bescheidenem Wohlstand. Lazarus zupfte seine Haare über die Narbe und versuchte anhand der Einrichtung zu erkennen, wie viele Menschen wohl auf dem Hof lebten. Der Alte reichte ihm eine Decke, in die er sich wickeln konnte, und hieß ihn an einem Tisch Platz zu nehmen. Hier hatten sechs Menschen Platz.

»Ich war lange unterwegs – und nun das – es ist ein Elend! Mein gesamter Besitz an Leinenstoffen war an Bord«, log Lazarus. »Was soll nun aus uns werden? Ihr müsst wissen, mein Weib hat gerade unser viertes Kind entbunden … und jetzt … dieser Verlust.« Lazarus schlug die Hände vor die Augen und bebte; den Verzweifelten zu spielen, fiel ihm in seinem Zustand nicht schwer.

Der Alte legte ihm die Hand auf den Arm. »Gott wird für uns und auch für Euch sorgen. Ich habe Gottes Gnade erblickt.«

Gehörte der Alte etwa diesen Wiedertäufern an? Die waren hier an der Küste sehr verbreitet. Glaubten tatsächlich, dass Gott sich ihnen offenbaren würde. Lazarus wischte sich über das Gesicht. Gefasster sagte er: »Ihr könnt Euch glücklich schätzen. Gott zeigt sich nur seinen Getreuen.« Der Alte nickte bedächtig. »Erzählt mir: Wo bin ich, und was ist in den Generalstaaten in den letzten Monaten passiert?«

Eine ältere Frau brachte Lazarus eine Schale Kohlsuppe, in der fettiges Fleisch schwamm. Sie beäugte ihn misstrauisch. Gierig löffelte er die Suppe, während der Alte ihm von der Ermordung Heinrichs III. und dem neuen Zweifrontenkrieg berichtete. Die spanischen Truppen waren offenbar in den Niederlanden und in Frankreich im Einsatz. Farnese hatte im Sommer geholfen, die Katholiken im belagerten Paris zu befreien.

»Ihr seid gut informiert«, sagte Lazarus anerkennend und leckte die Schale aus.

»Hier kommen viele Leute vorbei.«

Lazarus verzog das Gesicht. Bislang war niemand mehr aufgetaucht. Lebte der Alte mit seinem Weib allein auf diesem Hof? »Habt Ihr einen Abort?«

Der Alte nickte und begleitete ihn hinaus. Nur zwei Paar Holzbotten standen neben der Tür. Nachdem Lazarus sich erleichtert hatte, standen die beiden Alten in der Tür. Der Mann hielt das blanke Schwert. »Ihr müsst jetzt weiter«, sagte er bestimmt.

Lazarus legte die Stirn in Falten und ein Flehen in die Stimme: »Es wird schon dunkel. Bitte, lasst mich hier bleiben, nur eine Nacht! Seht mich doch an – ich habe nichts mehr, kann mich nicht verteidigen.«

Die beiden tauschten Blicke, dann nickte die Frau schicksalsergeben.

Sie würde in dieser Nacht als Erstes daran glauben müssen.

Als Lazarus am nächsten Morgen weiterzog, brannte der Hof hinter ihm lichterloh. Noch immer war Lazarus geschwächt, und die Strapazen der Nacht hatten nicht gerade zu seiner Erholung beigetragen. Immerhin trug er nun die Kleidung des Alten und das Schwert an seinem Gürtel. In einem Lederbeutel befanden sich Proviant, fünf Gulden und einige Stuiver; er hatte auf mehr gehofft. Das Versteck des Geldes hatte der Alte erst preisgegeben, nachdem Lazarus der Frau die Füße ins Feuer gehalten hatte. Er lächelte zufrieden. Beide waren den Feuertod gestorben, wie es sich für Ketzer gehörte.

Bald kam er an einen Kanal. Da seine Kräfte für einen langen Marsch nicht ausreichten, hielt er die nächste Treckschute an; sie fuhr nach Amsterdam. Das passte. Er würde in der Stadt ihr Haus ansteuern, das sein Vater hoffentlich inzwischen zurückgekauft hatte. Andernfalls würde er sich an diesen van Vleet wenden müssen, der ihm vielleicht ein weiteres Mal helfen würde. Von Amsterdam aus würde er nach Dünkirchen reisen, wo er seine Habseligkeiten vergraben hatte.

Während der Fahrt versuchte Lazarus, von den anderen Fahrgästen möglichst viel über die derzeitige Lage herauszubekommen, nickte aber immer wieder ein. Der Schiffer trieb ihn vom Boot, als sie in Amsterdam angelegt hatten. Der neue Befestigungsbau war inzwischen weit vorangeschritten. Die Enge auf den Straßen machte Lazarus aggressiv, immer wieder wurde er angerempelt. Vor dem Laden eines Kunsthändlers stand ein großer Spiegel. Lazarus starrte direkt in sein Abbild. Scham überfiel ihn. Wie armselig und abgerissen er aussah! Ein Bettler, mehr nicht. Mit dem Kopftuch, das er der Alten abgenommen hatte und das er um seine Narbe trug, wirkte er wie ein abgehalfterter Korsar. Auch das war Schuld dieser verdammten Ketzer. Aber er würde sich seinen Lohn holen. Farnese musste ihm seinen Sold und eine Gratifikation zahlen, sein Vater würde wegen seiner Verdienste Geld lockermachen müssen, und auch die Ketzer würde er weiter büßen lassen!

Endlich hatte er ihr früheres Heim erreicht. Erschöpft klopfte er, aber es öffnete die gleiche Frau wie beim letzten Mal. Was um Himmels willen tat sein Vater überhaupt! Am liebsten hätte er das Weib an den Haaren aus dem Haus geschleift.

Lazarus entschuldigte sich, er habe sich im Haus geirrt, und machte sich auf den Weg zu den van Vleets, den Einzigen, die ihm helfen würden. Seine Schritte waren schwer. Er dachte daran, wie van Vleet

Diego hofiert hatte und wie er selbst sich einen zumindest höflichen Respekt hatte erarbeiten müssen. Und jetzt, in diesem Zustand … Lazarus zögerte, als er die Händler und Träger sah, die in van Vleets Haus ein und aus gingen.

In diesem Augenblick trat eine junge Frau aus der Tür. Sie hatte glänzendes bronzefarbenes Haar, das wunderbar zu ihrem smaragdgrünen Kleid passte. Sie mochte etwa sechzehn Jahre alt sein. War das etwa Aletta van Vleet? Sie war eine Schönheit geworden. Mit welch natürlicher Eleganz sie durch die Straßen lief, zu allen Seiten grüßte, plauderte und scherzte! Vermutlich standen die Kerle schon Schlange, um sie zu erobern.

Gebannt folgte er ihr. Am früheren Beginenhof traf sie mit einem anderen Mädchen zusammen, das etwas jünger war. Die beiden redeten kurz. Die andere sah sich um, als fürchte sie, beobachtet zu werden. Dann umarmte Aletta sie und steckte ihr etwas zu. Was war das? Worum ging es? Sie gingen auseinander, sich umsehend, als hätten sie etwas Verbotenes getan.

Lazarus wäre Aletta gerne weiter gefolgt, aber seine Beine gaben nach, und er musste sich an einen Baum lehnen. Nein, in diesem Zustand konnte er den van Vleets nicht vor Augen treten.

Als Lazarus sich dem Landgut seiner Familie näherte, kam es ihm erst so vor, als sei es unbewohnt. Er hatte vorgehabt, sich dort zu erholen, bis er dem Generalísimo vor die Augen treten konnte, jetzt aber zweifelte er an seinem Vorhaben. Widerwillig sah er in den Stall. Nicht genug, dass die Pferde verschwunden waren, jetzt standen nur noch magere Kühe dort … stinkende Mägde und Knechte, die an den Eutern zogen oder Kuhscheiße schaufelten … dreckige Kleinkinder … *Kinder?*

Die Frau drehte sich um. Es war die Magd, die mit seinem Bruder herumpoussiert hatte. Dann wandte sich auch der Knecht um – es war Bruno.

»Da bist du ja endlich. Hier, fass an.« Bruno hielt ihm die Forke hin.

»Was ist denn hier los? Seid ihr plötzlich ganz unter die Bauern gegangen?« Lazarus lachte spöttisch. »Unser Ahnherr, der für Kaiser Karl V. gekämpft hatte, würde sich im Grab umdrehen.«

Ein Tritt traf ihn im Rücken. Lazarus konnte sich nicht abfangen und landete mit dem Gesicht im Dreck.

»So redest du nicht mit deinem Bruder!«, blaffte sein Vater ihn an. »Er ist bald das Familienoberhaupt.«

»Über mich verfügt er nicht!«

Ein Fußtritt in die Seite. Lazarus krümmte sich. Er konnte nicht mehr. Tränen des Selbstmitleids stiegen in ihm auf. Dann jedoch erwachte der Kampfgeist in ihm. Diesen Triumph würde er seinem Vater nicht gönnen! Er wollte sich hochrappeln.

Der nächste Tritt traf ihn im Unterleib. Dann riss sein Vater ihn hoch, warf ihn auf den Rücken, stach ihm die Forke in die Brust. »Und jetzt miste aus, du Stück Scheiße, und bring den Hof zum Blühen, damit meine Enkel eines Tages was Vernünftiges zu erben haben.«

Lazarus starrte die Kleinkinder an und begriff das gesamte Ausmaß der Katastrophe. Sein Bruder hatte weit unter Stand geheiratet und zudem Blagen in die Welt gesetzt. Wenn es so weiterging, würde Bruno alles mit sich in den Abgrund reißen – auch sein Erbteil. Verzweifelt mobilisierte er seine letzten Kräfte.

Mit einem wilden Sprung brachte er seinen Vater zu Fall. Dann entwand er ihm die Forke und setzte ihm nun seinerseits die Zinken auf den Kehlkopf.

»Was tust du denn da? Bist du ver…«« Bruno wollte dazwischengehen.

»Halt, sonst ist er hin!« Lazarus drückte die Metallspitzen fester ins Fleisch seines Vaters. Dessen Wimmern ließ ein unbeschreibliches Hochgefühl durch Lazarus strömen. Die Todesangst auf dem Gesicht des Tyrannen zu sehen war besser als alles, was er je erlebt hatte. Ein Stoß, und alles wäre vorbei. Ein Stoß, und er hätte sich gerächt. Ein Stoß …

29

Winter 1590

Endlich entspannte sich die politische Lage. Farnese war mit einem Teil der spanischen Truppen abgezogen, um Frankreich anzugreifen, was den Generalstaaten eine Atempause verschaffte. Ausführlich hatte Nathan Vincent in einem Brief darüber berichtet. Nach dem Tod seines Herrn war der Freund tatsächlich in die Dienste Oldenbarnevelts getreten, weil er, wie er schrieb, mehr Lust verspürte, auf diplomatischem Gebiet für Frieden und Freiheit zu kämpfen, als an Graf Moritz' Seite mit der Waffe in der Hand unter Beschuss zu stehen. Daneben wollte Nathan an der Universität Leiden ein Studium aufnehmen, um seine Ausbildung zu vervollständigen.

An diesem Novembertag brütete Meister Bilhamer über den Plänen für den weiteren Ausbau der Lastage. Im Kontor herrschte ein noch größeres Chaos als üblicherweise, und Bilhamer war den ganzen Tag über schon mürrisch. Die Arbeit ging ihm langsam von der Hand, und Vincent wartete darauf, dass sein Lehrmeister den neuen Bauplan abschloss, damit er ein Modell fertigen konnte.

»Also das ist doch ….« Bilhamer stützte sich mit beiden Händen auf den Tisch und schüttelte empört das Haupt. »Das ist doch eine Frechheit. Er wusste doch genau …« Er hieb auf den Tisch. »Also das ist nun wirklich zu viel! Das geht zu weit!«

Vincent näherte sich besorgt. So erregt hatte er seinen Lehrmeister noch nie gesehen. Bilhamer zerrte an seiner engen Halskrause, Schweißtröpfchen glitzerten auf seiner Stirn. »Darf ich fragen, was Euch so aufregt, Meister? Möchtet Ihr einen Schluck Bier?«

»Bring Bier, ja.« Endlich riss der Kragen ab. Pfeifender Atem.

Vincent ging eilig auf die andere Seite des Raumes, um einen Becher zu holen. Der Architekt schimpfte weiter. »Das ist doch unerhört … Ich muss mit den Bürgermeistern …« Plötzlich ein Krachen.

Vincent fuhr herum. Bilhamer war zusammengebrochen. Er rannte zur Tür. »Adam, hol einen Arzt! Dem Herrn geht es schlecht!«, schrie er ins Haus, dann stürzte er zu Bilhamer.

Der Architekt lag auf dem Rücken und versuchte hektisch, seinen Tabbert zu öffnen. Auf seiner Stirn waren Adern hervorgetreten, die Augen waren scharlachrot unterlaufen. »Luft … kriege keine …«

Vincent riss den Mantel auf. Bilhamer sog die Luft tief ein.

Adam stürzte herein und kniete sich neben Bilhamer. »Mein Gott, Joost, was ist mit dir?« Noch nie hatte er den Architekten so vertraulich angeredet.

Bilhamer nahm Adams Hand. »Ein Arzt … schnell.«

»Lauf, Junge! Ich kümmere mich um Joost!«, rief Adam.

Vincent hörte er noch, wie Bilhamer hervorstieß: »Dieser Betrüger … muss mit den Regenten …« Dann rannte er los.

Obwohl er sich sehr beeilt und den Arzt sogleich gefunden hatte, konnte dieser nur noch den Tod des Stadtbaumeisters feststellen. »Das Herz«, befand er in knappen Worten, nachdem Vincent und Adam berichtet hatten, was vorgefallen war.

Gefasst leitete Adam alles für die Bestattung in die Wege. Vincent stand währenddessen noch immer geschockt vor dem Schreibtisch seines Lehrmeisters. Was würde nun aus ihm werden? Und worüber hatte Bilhamer sich derart aufgeregt? Er blickte auf die Liegenschaftskarten und eine Namensliste. Offenbar ging es um die Besitzverhältnisse im Hafengebiet. Ein Name ließ ihn stutzen.

Am Abend ging Vincent zum Haus seines anderen Lehrherrn, um auch diesen über den Tod des Stadtbaumeisters zu unterrichten. »Es ist ein Jammer um Meister Bilhamer. Er war ein guter Architekt.« Meister Oetgens schnitt noch eine Scheibe von der Rinderzunge ab und tunkte sie in Meerettichsoße. Sein fünfjähriger Sohn Toni ließ den Teller kippeln. »Etwas altmodisch und schwerfällig, aber gut. Wir werden wertvolle Zeit verlieren, bis ein neuer Stadtbaumeister gefunden ist und die Lastage erweitert werden kann. Bilhamers Pläne waren wohl noch nicht fertig?«

»Ich denke nicht. Ich kann nachschauen, wenn Ihr es wünscht. Es herrscht allerdings in Meister Bilhamers Kontor ziemliche Unordnung.« Vincent wusste nicht, wie er es ansprechen konnte. Überhaupt: Was verstand er schon von Bauordnungen und Besitzverhältnissen? Nichts. Er hatte Meister Oetgens dankbar zu sein, war auf ihn angewiesen. Sicher hatte ein anderer Name auf der Liste Bilhamer derart erregt.

Der Maurermeister sah ihn abwägend an. »Ja, das habe ich auch gesehen. Erstaunlich, dass Bilhamer überhaupt etwas wiedergefunden hat. Ich werde dafür sorgen, dass du vorerst in Bilhamers Haus bleibst und die Papiere ordnen kannst. Du bist ja vermutlich der Einzige, der sich darin auskennt, oder?«

»Das glaube ich schon. Adam kümmert sich nur um den Haushalt.«

»Das ist gut.«

Vincent überlegte. »Wenn ein neuer Stadtarchitekt gefunden ist, werde ich wohl meine Dachkammer verlassen müssen.«

»Das sehen wir, wenn es so weit ist. Mach dir keine Sorgen, wir werden in meinem Haus schon ein Plätzchen für dich finden. Die Kosten für Unterkunft und Verpflegung ziehe ich dir vom Lohn ab.«

Obgleich Vincent die Entwürfe, Zeichnungen und Notizen nach Orten und Baustellen sortierte, herrschte im Kontor des Stadtarchitekten auch Wochen nach Bilhamers Tod noch Unordnung. Ein Vertreter der Bürgermeister hatte gleich nach der Beerdigung alle Unterlagen zum Festungsbau zusammenstellen lassen, damit diese sicher verwahrt wurden. Auch Meister Oetgens schaute regelmäßig vorbei und sah sich um, was Vincent ihm kaum verwehren konnte.

Viele von Bilhamers Arbeiten betrachtete Vincent in Ruhe, bis er sie verstand; bei anderen hätte er den Architekten gerne befragt. Die kartografischen Arbeiten faszinierten ihn ebenfalls. Auch wenn Vincent die Stille im Haus unerträglich war, ließ er sich Zeit mit der Durchsicht. Er hatte es nicht eilig, bei Meister Oetgens einzuziehen.

*

Schon am Tag nach dem Zusammenstoß mit seinem Vater war Lazarus weitermarschiert. Er hatte seinen Vater gezwungen, ihm das Haus in Amsterdam samt Schulden zu überschreiben; nun musste er es nur noch auslösen. Farnese schuldete ihm Sold. Und Lazarus hatte auch schon eine Idee, wie er schnell an noch mehr Geld kommen würde. Oft hatte er bei der Armee mitbekommen, wie Verpflegung, Waffen, Munition oder Kleidung verkauft und nie angeliefert worden waren. Lukrativer Zwischenhandel, Diebstahl, Betrug – wie auch immer man es nannte – schien also nicht schwer zu sein und konnte ihm ein Vermögen einbringen. Als er wieder zum Heer gestoßen war, war dieses jedoch in noch üblerer Verfassung gewesen als zuvor. Und da Farnese mit einem großen Kontingent gen Paris abgezogen war, um den dortigen Katholiken zu Hilfe zu kommen, bekam Lazarus weder den ausstehenden Sold noch einen Posten nach seinen Vorstellungen.

Erst im Dezember traf Lazarus in Brüssel auf Alessandro Farnese. Mit einem kläglichen Rest seiner Truppen – überwiegend verletzte Soldaten, die die Hospitäler überschwemmten – war Farnese in der Stadt eingezogen. Tatsächlich war es ihm gelungen, die Belagerung von Paris aufzuheben und die katholische Bevölkerung zu retten, doch beendet war auch dieser Krieg nicht.

Stundenlang musste Lazarus in einem Vorzimmer im Palast von Coudenberg warten, bis er vorgelassen wurde. Nervös spielte er mit dem Rosenkranz aus Korallen, den er in Antwerpen Sjako abgenommen und mit seinen restlichen Trophäen vergraben hatte.

Der Generalísimo wirkte eingefallen und hatte einen fiebrigen Blick, der auf Erschöpfung oder eine Erkrankung hinweisen konnte. Lazarus hatte bereits gehört, dass eine Krankheit ihn im letzten Jahr zu einer Trinkkur ins flandrische Spa gezwungen hatte.

»Falls Ihr Euch erinnert: Wir sahen uns zuletzt im Jahr 1588 am Strand von Dünkirchen, wo Ihr mir befohlen habt, zu Admiral Media Sidonia überzusetzen«, begann Lazarus, sobald er vorgelassen wurde. »Ich habe pflichtschuldigst Euren Befehl ausgeführt.« Dann berichtete er ausführlich, was bis zur Flucht auf die Orkney-Inseln geschehen war.

Farnese kniff sich in die Nasenwurzel. »Richtig. Ich sah Euren Namen auf der Liste derjenigen, die gerettet werden sollen«, meinte er.

Lazarus atmete auf. Das machte es einfacher.

»Wir werden selbstverständlich Versuche unternehmen, auch unsere letzten treuen Soldaten aus englischer Gefangenschaft zu befreien«, redete Farnese weiter. »Ich denke an eine Rettungsmission. Aber derzeit lässt unsere Truppenstärke einen derartigen Einsatz nicht zu. Zudem haben wir andere Befehle.«

Treue Soldaten, das hörte sich gut an. »Wir kämpfen also an zwei Fronten? Kommen den französischen Katholiken zu Hilfe und werfen die rebellischen Provinzen nieder?«

»Das ist richtig.« Farnese wirkte abgelenkt. Er schrieb etwas auf ein Papier. »Ich werde Euch Eures Einsatzes wegen befördern.«

Das war ja auch das Mindeste! »Habt Dank, Exzellenz.«

»Geht zum Heermeister, und lasst Euch den Sold auszahlen, der Euch für die Zeit der Gefangenschaft zusteht. Er soll Euch ein anständiges Quartier und einen vernünftigen Posten zuweisen.«

»Dürfte ich wohl einen Wunsch äußern?«

Farneses schien ablehnen zu wollen, doch dann nickte er.

»Ich kenne mich ausgezeichnet mit den Waffen verschiedenster Art aus. So konnte ich mich auch mit englischen und schottischen Musketen, Flinten und Pistolen vertraut machen. Ich könnte in der Waffenkammer ausgezeichnete Dienste leisten.«

»Wir sind dort meines Wissens gut besetzt. Aber sprecht mit dem Heermeister.« Farnese schien ein Gedanke zu kommen. »*Alas* … Auf jeden Fall würdet Ihr in der Waffenmeisterei Euren alten Kampfgefährten Don Diego wiedersehen. Wenn er auch derzeit mit dem Gehilfen unseres Artilleriegenerals unterwegs ist, um über Ankäufe für unsere Armee zu verhandeln.«

*

Diego ließ Pijke auch dieses Mal im Pell-Mell gewinnen, denn der Fünfzehnjährige hatte, was das Verlieren anging, ein immer noch kindliches Gemüt. Nachdem er und Lazarus sich nach ihrem Angriff auf Giambelli und Aardzoon in van Vleets Haus hatten retten müssen, waren sie in Kontakt geblieben. Diego hatte sich erst darüber gewundert, dass van Vleet senior ihm schrieb, dann aber hatte er sich daran erinnert, dass sein Gastgeber die guten Verbindungen seiner Familie für seine Geschäfte nutzen wollte. Tatsächlich hatte Diego seinen Vater dazu bewegen können, einige Empfehlungsschreiben zu verfassen. In einem der nächsten Briefe hatte van Vleet sich bedankt, weil er so günstig Waren der Silberflotte hatte erwerben können, vor allem Zucker. Als Diegos Vater schließlich für ihn den Posten eines Waffenmeisters gekauft hatte, war Diegos Verbindung nach Amsterdam noch enger geworden.

Diego begriff nicht, warum van Vleet ihn heute so lange warten ließ. Das kam sonst nie vor. Aletta brachte ihm ein Glas Rotwein. »Lasst Ihr meinen Bruder wieder gewinnen?«, fragte sie auf Spanisch.

Diego lächelte unsicher. »Ihr durchschaut mich stets.« Alettas Schönheit schüchterte ihn ein. Ihr gegenüber fühlte er sich schmutzig, vor allem seit seinem Zusammentreffen mit der Hure. Warum war es ihm damals nicht gelungen, Lazarus und diesen Weibern mehr Widerstand entgegenzusetzen? »Euer Spanisch ist sehr gut geworden.«

Sie schien sich über das Lob zu freuen. Pijke ging jedoch dazwischen. »Redet ihr etwa über mich? Dann rede so, dass ich es verstehen kann, Aletta, sonst sage ich es Vater!« Er schwang den Schläger unkontrolliert, sodass Diego ihn beinahe abbekam. »Ihr seid dran.«

In diesem Augenblick trat Aldo van Vleet ein. »Verzeiht, dass ich Euch so lange warten ließ! Ich sehe, meine Kinder haben sich um Euch gekümmert«, sagte er bemüht. »Ein Kunde hielt mich auf. Aber ich habe gute Nachrichten für Euch: Ich habe für Euch Pistolen und Gewehre mit Schnapphahnschlössern, neuste Waffentechnik für die spanische Armee!«

»Großartig!«, rief Diego enthusiastisch, obgleich ihm diese Technik wenig sagte.

»Wir müssen uns nur noch über den Preis einig werden …«

Zwei Wochen später erreichte Diego mit einem Lastkarren voller Waffen das Heerlager. Jede der neuen Musketen hatte einen Amsterdamer Prüfstempel – eine perfekte Fälschung, die Verlässlichkeit suggerierte. Er erstattete dem Artilleriegeneral Bericht und rechnete ab. Sorgfältig schloss er sodann die Gewehre im Waffenlager ein und ging in sein Quartier, um für die Heilige Messe die Reisekleidung abzulegen. Doch kaum hatte er die Tür hinter sich geschlossen, packte ihn jemand von hinten und schnürte ihm den Hals zu. Diego erstarrte vor Angst.

»Du warst also bei den van Vleets und hast dich als Waffenmeister wichtiggemacht?«, zischte eine Stimme, die er nie wieder hatte hören wollen.

»Du … bist zurück?«, brachte Diego mühsam hervor.

»Hattest wohl gehofft, mich los zu sein.« Lazarus stieß ihn brutal von sich. »Pech gehabt. Jetzt werden wir sogar noch enger zusammenarbeiten, mein Freund.« Es klang wie eine Drohung, und auch dieses Mal gelang es Diego nicht, sich ihm zu widersetzen.

Bereits am nächsten Morgen bemerkte Diego, dass der Schlüssel für das Waffenlager fehlte und ein ganzer Satz Pistolen verschwunden war.

Lazarus darauf anzusprechen, wagte Diego jedoch nicht. Er würde den Diebstahl vertuschen müssen.

An Schlaf war nicht mehr zu denken. Bereits wenige Tage nach Lazarus' Rückkehr verschlimmerten sich Diegos Beschwerden. Die Knötchen an der Haut und im Rachen vermehrten sich, und er musste die Heilerin aufsuchen, die ihm schon einmal geholfen hatte. In seiner Verzweiflung fasste er einen Entschluss: Er würde Lazarus loswerden, und wenn er dafür vor seinem Vater kriechen musste!

*

An einem Tag im Frühjahr, als Vincent beinahe Ordnung in die Papier- und Pergamentmengen in Bilhamers Kontor gebracht hatte, führte Adam plötzlich zwei Männer zu ihm. Der Ältere war etwa fünfzig Jahre alt und machte einen mürrischen Eindruck. Der zweite mochte etwa zehn Jahre älter als Vincent sein.

»Du bist Vincent, Meister Bilhamers Bursche? Hast du dieses Chaos angestellt?«, fragte der Ältere.

»Das bin ich. Und nein, ich habe das Chaos nicht angestellt, sondern bin seit dem Tod von Meister Bilhamer dabei, es zu beseitigen. Genau genommen bin ich Lehrling bei Meister Oetgens und war zugleich Gehilfe von Meister Bilhamer. Mein Auftrag ist, hier für Ordnung zu sorgen. Und wer seid Ihr, wenn ich fragen darf?«

»Cornelis Bloemaert, Bildhauer und Baumeister. Und das hier ist mein Schüler und Gehilfe, Mijnheer de Keyser. Wir übernehmen heute das Haus.«

Sollte es auf einmal so schnell gehen? Vincent nahm all seinen Mut zusammen. »Meister Bilhamer hatte angefangen, mich auszubilden. Meine Lehrzeit ist noch nicht beendet. Wäre es möglich …«

»Ich denke, du bist Maurerlehrling? Oetgens ist doch Maurermeister, oder etwa nicht?«, unterbrach Bloemaert ihn.

»Maurer und Steinhauer. Ich kenne mich aber auch in der Architektur aus und …«

Bloemaert fiel ihm erneut ins Wort. »Ein echter Architekt nimmt keine Maurerkelle in die Hand. Er arbeitet mit dem Kopf, nicht mit den Muskeln. Schließlich heißt es Baukunst. Von ›Bauen‹ und ›Kunst‹. Als Maurer taugst du nicht zum Architekten, dir fehlt die künstlerische Qualifikation.«

»Ich habe mich durchaus mit Kunst beschäftigt und zeichne …«

»Das wird nicht reichen.« Bloemaert wies auf einen weiteren Mann von etwa dreißig Jahren, der im Gefolge einiger Träger hereinkam. Sie stellten eine große Staffelei und Holztafeln auf. »Nimm meinen Sohn Abraham. Fünf Meister hatte er. Unter anderem in Paris habe ich ihn zum Maler ausbilden lassen. Und glaube ja nicht, dass das billig war!«

Der Erwähnte stellte eine Tafel auf, auf deren weißem Grund er verschiedene Nackte beiderlei Geschlechts skizziert hatte. Vincent näherte sich einen Schritt. Obgleich das Bild noch im Rohzustand war, konnte Vincent bereits das Leiden und den unsagbaren Kummer in den Gesichtern erkennen.

Abraham Bloemaert betrachtete die Skizze versonnen. »Es ist noch nicht fertig, noch lange nicht. Was meinst du, was das ist?« Er wartete Vincents Antwort nicht ab. »Mein Thema ist Niobe, die um ihre Kinder weint. Niobes Kinder sind als Strafe ihrer Hybris ermordet worden.«

»Dieses Motiv aus der antiken Mythologie soll uns alle vor falschem Stolz warnen«, setzte Cornelis Bloemaert mahnend hinzu. Er nahm einen von Bilhamers Entwürfen zur Hand, betrachtete ihn kurz und ließ ihn dann achtlos auf den Boden segeln.

Vincent hob mühsam beherrscht das Papier auf. Unterstellte Bloemaert ihm nicht nur Unkenntnis, sondern auch Hybris? Würde es immer jemanden geben, der etwas an ihm auszusetzen hatte? Und überhaupt: Wie ging dieser Mann mit Meister Bilhamers Arbeit um!

»Die Profanbauten habe ich hier gesammelt«, sagte Vincent kühl und legte den Bogen ordentlich ab. »Die öffentlichen Bauten findet Ihr hier, sortiert nach Kommunalbauten und Sakralbauten. Die Pläne für die Verteidigungsbauten befinden sich bei der Vroedshap.« Er erklärte den Männern die weiteren Sortierungen, bis Bloemaert ihm erneut das Wort abschnitt und ihn zum Gehen aufforderte.

De Keyser führte Vincent vor die Tür. Er hatte eine ausgeprägte Augenpartie mit fein geschwungenen Brauen und einer Falte auf dem Nasensteg, die ihm etwas Wachsames gab. Die dunklen Haare waren gewellt, er war schlicht und äußerst korrekt gekleidet. »Mach dir nichts daraus«, sagte er. »Meister Bloemaert ist ein ausgezeichneter Bildhauer, aber wenig – wie soll ich sagen? – verbindlich. Aus seiner Sicht ist die Bildhauerei die Grundlage aller gestaltenden Kunst.«

»Er unterrichtet Euch?«

»Auch ich hatte verschiedene Meister. Es bildet den Geist, von den Besten zu lernen. Wir haben den Unterricht in Utrecht begonnen und werden ihn nun hier beenden.« Er sah Vincent aufmunternd an. »Mein Vater ist übrigens Schreinermeister, und die Kunst der Möbelherstellung war auch die erste, die ich kennenlernte. Komm in ein paar

Tagen wieder, und präsentiere deine Zeichnungen, vielleicht ist Meister Bloemaert dann geduldiger.«

Vincent packte seine Habseligkeiten und zog noch am gleichen Tag bei Meister Oetgens ein. Anders als bei Meister Bilhamer hatte er keine eigene Kammer, sondern bekam lediglich eine Pritsche in der Kammer der anderen Lehrlinge – wofür ihm zu seinem Ärger eine ansehnliche Summe von seinem Lohn abgezogen wurde. Unter Hochdruck arbeitete er mit Tinus' Hilfe an seinem Modell einer Moddermühle. Bei Meister Bloemaert noch einmal vorzusprechen, verbot Vincent sein Stolz. Er würde es auch ohne den neuen Stadtbaumeister schaffen.

Einige Wochen später warteten Vincent und Tinus vor dem Ratssaal, in dem gerade die Baumeister mit der Vroedshap berieten. Erst als Stühlerücken das Ende der Besprechung anzeigte, traten die beiden jungen Männer ein.

»Verzeiht, Ihr hohen Herren«, erhob Vincent die Stimme. »Wir haben einen Vorschlag für eine Maschine, mit der die Grachten schneller und gründlicher gereinigt werden können, und möchten Euch diese gerne anhand eines Modells vorstellen.«

Einige der Regenten und auch Meister Oetgens wirkten irritiert. »Warum habt ihr euch keinen Termin geben lassen? Unsere Zeit ist knapp«, sagte Bürgermeister Hooft und zwirbelte ungeduldig seinen Schnauzbart.

Vincent erinnerte sich daran, dass der ehrwürdige Kaufmann damals im Gemeindehaus dabei gewesen war, als nach dem Mord an seinem Vater über ihre Zukunft verhandelt worden war. Er bewegte das Modell, das leise klapperte. »Bei dieser Moddermühle wird die Schaufelkette durch ein Tretrad angetrieben. Auf einer Schräge wird der Schlick vom Grund auf das Boot und weiter in ein Transportschiff gebracht«, sagte er mit ruhiger Stimme.

Hooft trat näher. »Was sagt Ihr dazu, Staets?«

Der Zimmerer begutachtete das Modell. »Scheint zu funktionieren.«

»Könntet Ihr ein derartiges Gerät bauen?«

»Mit den richtigen Konstruktionsplänen schon.«

Vincent rollte den Bogen mit den Zeichnungen und Maßangaben aus. »Diese Pläne liegen vor.«

Teil 3

1594 bis 1604

30

April 1594

Vincent träufelte Blei in das Loch und setzte mit einem Eisendübel den letzten Stein des Maßwerks auf den Treppengiebel. Einen Augenblick ließ er die Hände auf dem von ihm behauenen und geschliffenen Sandstein ruhen und schloss die Augen, um die glatte Oberfläche noch intensiver zu spüren. Es war vollbracht. Sein Meisterstück war fertig.

Tiefe Zufriedenheit erfüllte ihn. Er streckte sich und ließ den Kopf in den Nacken sinken. Die Frühlingssonne streichelte seine Haut, der Wind zauste an seinem Haar. Wie schön es war, den harten Winter endlich hinter sich zu lassen! Die Lehrzeit war lang gewesen. Die Ausbildung bei Meister Oetgens, das Wanderjahr, in dem er auch Nathan im Haag besucht hatte, die Zeit als Meisterknecht. Jetzt, mit beinahe zwanzig Jahren, würde er endlich sein eigener Herr sein. Diese Hausfassade in der Breestraat würde von nun an allen Amsterdamern zeigen, was für ein talentierter Architekt und Maurermeister er war.

Noch einmal ließ Vincent seinen Blick über die Dächer schweifen, verfolgte das Halbrund der Stadtmauer, die Amsterdam bald ganz umschließen würde, sah die gewaltigen Rammen, die in der Lastage neues Land schufen, ganz so, wie Meister Bilhamer es vorausgesehen hatte. Uilenburg, Rapenburg und Valkenburg waren beinahe fertiggestellt. Es war eine gewaltige Leistung, diese Inseln und Halbinseln in so kurzer Zeit entstehen zu lassen.

Die Entscheidung des spanischen Königs, sich gen Süden zu wenden und Frankreich anzugreifen, hatte vor allem für die nördlichen Provinzen, zuvorderst für Amsterdam, Vorteile gebracht. Endlich konnte der Handel wieder ungestört vorangetrieben werden. Seitdem hatte die Armee der Generalstaaten unter Oberbefehlshaber Moritz von Nassau wichtige Städte zurückgewonnen und die Spanier, die nach dem Tode Alessandro Farneses ohne einen geschickten Heerführer waren, zurückgetrieben.

Für Vincent war der wiedererstarkte Handel gut, denn etliche Amsterdamer ließen ihre alten Häuser renovieren oder gar abreißen und neu bauen. Das neu geschaffene Bauland war in Windeseile verkauft gewesen.

Behände kletterte Vincent das Gerüst hinunter und sprang aus schierem Übermut das letzte Stück – beinahe in seine Auftraggeberin und ihren Gatten hinein.

»Mevrouw Dhaen ... verzeiht: de Jong!« Vincent ärgerte sich über sich, denn immer wieder rutschte ihm der alte Name heraus. »Das ist ja eine schöne Überraschung! Mijnheer de Jong.« Er neigte höflich das Haupt. Die Seidenhändlerin war grau geworden, aber seit sie wieder geheiratet hatte, trug sie bunte Kleider wie eine junge Frau. Kurz fragte Vincent sich, was geschehen wäre, wenn sein Vater gleich nach ihrer Ankunft in Amsterdam auf das Werben der Witwe eingegangen wäre. Hätte es etwas an ihrem Schicksal geändert? Würde sein Vater noch leben?

»Wir wollten uns vom Abschluss der Arbeiten überzeugen. Können wir endlich einziehen?«, fragte Mevrouw de Jong.

»Ja, es ist so weit. Wollt Ihr die fertiggestellte Fassade begutachten?«

»Natürlich. Vor allem aber möchten wir einen kleinen Rundgang machen.«

Vincent ertappte sich dabei, ein wenig zu detailverliebt jeden Winkel der Fassade zu beschreiben, von der Herstellung und der Glasur der Backsteine über die Herkunft des Sandsteins bis zur Formensprache. »Der Giebel kragt gegenüber dem Obergeschoss einen halben Backstein heraus, sodass der Lastenaufzug nicht durch die Fassade behindert wird«, endete er schließlich.

Sie gingen in das Haus, für das hauptsächlich Meister Oetgens verantwortlich gewesen war. Im Hinterhaus hatten sie Platz für die Webstühle geschaffen. Auch gab es eine Reihe kleiner Schlafkammern.

»Endlich können wir weitere Weberinnen anstellen«, sagte Mijnheer de Jong zufrieden. »Ich werde mich gleich mor...«

»Bemüh dich nicht, ich habe schon alles in die Wege geleitet«, würgte die Seidenhändlerin ihn ab. Als sie wieder vor die Tür traten, war sie restlos begeistert. »Es ist wirklich alles genauso wie auf Eurem Entwurf.«

»Ich möchte Euch danken, dass Ihr mir die Möglichkeit gegeben habt, an Eurem Bau mein Meisterstück herzustellen«, sagte Vincent.

Die Seidenhändlerin lächelte. »Gern geschehen. Genau genommen habt Ihr mir einen Gefallen getan. Für mich war es eine – im doppelten Sinne – günstige Gelegenheit, an ein repräsentatives Haus zu kommen. Architekten sind teuer – und auch Eure Dienste könnte ich mir bald vermutlich nicht mehr leisten.«

»Ich hoffe, Ihr habt recht und ich kann wirklich schnell als Baumeister Fuß fassen.«

»Wir werden Euch weiterempfehlen. Ich kann es kaum erwarten umzuziehen, sodass meine Stoffe nicht mehr nach Muff riechen und ich auch nicht mehr aufpassen muss, dass die Feuchtigkeit aus Wänden und Boden die Seide verdirbt. Auch plane ich, einen Teil der Produktion auf Caffa umzustellen; dieser Stoff ist zunehmend gefragt.«

Ihr Mann wandte sich Vincent zu. »Dürfen wir mit Euch in einem Gasthof auf den neuen Meister der Barbarazunft anstoßen?«

Vincent winkte höflich ab. »Noch ist es nicht so weit. Das restliche Prozedere liegt nicht mehr in meiner Hand. Die Zunftmeister müssen den Giebel erst noch abnehmen.«

Einige der alteingesessenen Handwerker – unter ihnen die Meister Gisbert und Smeet oder der Geselle Crispijn – ließen es sich am nächsten Tag nicht nehmen, das Gerüst zu besteigen, am Maßwerk zu rütteln und sogar in den Fugen des Giebels zu kratzen. Wieder einmal beschwerten sie sich lautstark über die Einwanderer aus Flandern, die ihnen die Arbeit wegnahmen. Dabei hatte Vincent beobachtet, dass in weiten Teilen der Amsterdamer Gesellschaft das Flämische vielfach bewundert wurde, vor allem, wenn es um Mode oder die feine Lebensart ging.

Obgleich Vincent von der Güte seiner Arbeit überzeugt war, wuchs seine Unruhe. Er hatte zu oft beobachten müssen, dass nicht nur Können und Talent bedeutsam waren. Etliche Söhne gut gestellter Familien hatten später als er mit ihrer Ausbildung begonnen und waren früher anerkannte Mitglieder der Amsterdamer Gesellschaft geworden. Für manche Amsterdamer würde er vielleicht für immer ein armes Waisenkind bleiben.

Ohne das Wort an ihn zu richten, gingen die Prüfer und Zunftmitglieder weiter, um das nächste Meisterstück zu begutachten.

»Nur die Ruhe«, versuchte Jerún, Vincent zu beschwichtigen, doch auch er selbst wirkte unruhig, weil sein Meisterstück, ein Kreuzstockfenster aus geschliffenen Backsteinen, ebenfalls noch begutachtet werden würde.

Während sich die Prüfer und Zunftleute in die Gildestube zurückzogen, um zu beraten, warteten Vincent und die anderen Aspiranten und Gildemitglieder im Vorraum. Mit einem Winken nahm Hendrick de Keyser ihn zur Seite. Der Bildhauer und Baumeister war in der Barbaragilde und der Lukasgilde der Maler und sonstigen Künstler aktiv.

Vincent erinnerte sich daran, wie er de Keyser einige Zeit nach der unerfreulichen Begegnung mit Meister Bloemaert auf der Straße getroffen hatte. In de Keysers Gesellschaft war Beyken van Wildert gewesen, die Vincent kannte, weil ihre Familie ebenfalls aus Antwerpen geflohen war. So waren sie erneut ins Gespräch gekommen. Zu diesem Zeitpunkt hatte Vincent mit filigranen Steinhauereien zu kämpfen gehabt. Technisch hatte er schnell große Fortschritte gemacht, aber wenn er zur Übung Gesichter modellierte, fehlte ihm oft der lebensechte Ausdruck. De Keyser hatte angeboten, ihm einige Stunden zu geben, weshalb Vincent ihn in seiner Wohnung im ehemaligen Sint Katharinenkloster aufgesucht hatte. Mithilfe unzähliger Kerzen und Spiegel hatte de Keyser in dem dunklen Gemäuer ein Atelier voller Licht geschaffen. Vincent war begeistert von de Keysers ausdrucksstarken Entwürfen für Büsten und Statuen, und der Künstler hatte sich als kundiger, geduldiger Lehrer erwiesen und ihm viel beigebracht. Meister Bloemaert war inzwischen verstorben, weshalb derzeit der Artilleriemeister Laurens Jansz Spiegel den Fortgang der städtischen Bauarbeiten beaufsichtigte.

Kurz sprachen sie über die Güte der verschiedenen Meisterstücke. »An Eurer Arbeit gibt es nichts auszusetzen«, beruhigte de Keyser ihn, der Vincent seit dessen Gesellenzeit förmlich anredete.

»Seid Ihr sicher?«

»Natürlich. Der Treppengiebel ist makellos, wenn ich mir auch ein wenig mehr Verzierungen für das Maßwerk gewünscht hätte.«

Es war ein steter Diskussionspunkt zwischen ihnen. »So hat es meine Auftraggeberin bestellt.«

Hendrick de Keyser lächelte etwas wehmütig. »Schönheit und Nützlichkeit gehen im Baugewerbe nicht immer zusammen.«

Die Tür zur Meisterkammer öffnete sich. »Vincent Aardzoon«, rief der Zunftschreiber ihn auf.

*

»Kräftig und stet, kräftig und stet, dann wird ein feiner Pudding daraus«, sagte Mevrouw Haesje und ließ sich auf den Schemel am offenen Feuer sinken. Obgleich sie gelüftet hatten, roch es in der Küche des Gemeindehauses noch immer nach Bratfisch.

Betje spürte ihre Armmuskeln bereits, behielt aber das hohe Rührtempo bei. Diakon Godlef und seine Gäste liebten gutes Essen, und sie freute sich, ihnen etwas Feines bieten zu können. Das war etwas anderes als die ewigen Karotteneintöpfe und Haferschleimsuppen, die sie im Waisenhaus kochen musste. Als der Ältestenrat vor einigen Jahren neue Regeln für die Waisen geschaffen hatte, war festgelegt worden, dass die Mädchen nur noch im Waisenhaus arbeiten durften. Mit Betjes Aushilfstätigkeiten bei fremden Familien und den zwanglosen Treffen mit Aletta war es seitdem vorbei. Die Binnenmoeder hatte zum Glück entschieden, dass Betje ihr in der Küche helfen sollte, statt am Spinnrad zu sitzen, zu klöppeln oder feine Stoffe für Halskrausen aufzufälteln. Zu ihren Aufgaben gehörte es auch, ab und an für die Gemeindeältesten zu kochen.

»Sind es wieder die Beine?«, fragte Betje mitfühlend. »Hilft die Salbe nicht, die der Arzt Euch gegeben hat?«

Leicht hoben sich die Mundwinkel der Binnenmoeder. »Doch, die Salbe wirkt schon. Aber nur kurz. Wenn die Knochen kaputt sind, hilft keine Medizin.«

Betje fand, dass der Pudding jetzt gut aussah, cremig und luftig. »Was meint Ihr, reicht es jetzt?«

»Lass mich probieren.«

Vorsichtig tunkte Betje einen Löffel ein und hielt ihn Mevrouw Haesje hin. »Wunderbar! Am besten füllst du den Nachtisch in Schälchen und bringst ihn gleich hinüber, ehe er wieder zusammenfällt. Die Herren sollen ruhig wissen, dass du dafür verantwortlich bist.«

»Danke, Mevrouw.« Betje stellte Schalen bereit und hob vorsichtig den Nachtisch hinein. Sie tat gerade einen Klecks Beerenmus darauf, als eine Magd eintrat.

»Juffrouw Betje, da steht ein Mann vor der Tür. Er will Euch sofort sprechen!«

Ein Mann? Fragend blickte die Köchin sie an.

»Es eilt, sagt er!«

»Dann geh schon, ich mache weiter.« Der Binnenmutter gefiel diese Störung gar nicht. Wer es auch war, sie musste den Besucher abwimmeln.

Betje schob die Tür auf – und stand Vincent gegenüber. Nur ab und an hatte sie ihren Bruder in der Kirche gesehen und so gut wie nie mit ihm geredet. Jetzt strahlte er sie an. »Betje, endlich! Ich kann endlich mein Versprechen wahrmachen und …«

»Ich habe keine Zeit!«

Vincent berührte ihre Oberarme, als wollte er sie gleich umarmen. »Ich bin endlich Meister! Ich kann dich aus dem Waisenhaus holen. Wir können einen Haushalt gründen.«

Betje versteifte. So lange hatte sie darauf gehofft, dass sie nicht mehr daran glaubte. Für eine vage Hoffnung wollte sie das Wohlwollen der Binnenmutter nicht riskieren. Ihre Brust war eng, als sie wortlos die Tür schloss.

Vincent klopfte gegen das Holz. »Mach wieder auf! Wir müssen reden. Hast du nicht gehört – es ist endlich so weit!«

Betje konnte der Magd gerade noch das Tablett abnehmen, ehe diese den Saal betrat, in dem die Gemeindeältesten tagten.

Als Betje zurückkehrte, war Vincent verschwunden. »Ich soll Euch ausrichten, dass morgen Abend die Meisterfeier stattfinden wird und er Euch zu sehen hofft«, sagte die Magd. »Das ist ja ein gut aussehender Verehrer.«

»Es ist kein Verehrer. Sondern mein Bruder. Er ist ein Baumeister.« Erst jetzt ließ Betje die Freude über Vincents Erfolg zu. Und dennoch: Sie konnte nicht zu seiner Meisterfeier gehen.

*

Noch einmal flogen Alettas Finger über das Clavicord, das Lied verklang in einem heiteren Triller.

Aldo van Vleet schlug die Handflächen zusammen. »Bravo! Ausgezeichnet! Unsere Gäste werden begeistert sein. Wir werden uns nicht hinter der feinen Haager Gesellschaft verstecken müssen!«

Seine Frau Hannah verzog säuerlich das Gesicht. »Du übertreibst. Wenn überhaupt, sollte Aletta kirchliche Lieder spielen. Zudem wäre es für sie nützlicher, wenn sie sich besser mit Haushaltsdingen und Buchführung auskennen würde. Ich könnte Hilfe brauchen.«

Er ergriff die Finger seiner Frau. »Deine Haut ist rau! Und du trägst den Diamantring nicht«, stellte er missbilligend fest.

»Wir hatten Wasser im Keller. Bei der Arbeit stört der Ring.«

Aldo van Vleet schüttelte den Kopf. »Wir haben Stubenmädchen und Knechte. Du musst nicht mitanfassen. Es reicht, wenn du die Aufsicht über Haushalt und Kontor führst.«

»Wenn ich kein Auge auf die Mädchen habe, führen sie gottlose Reden und werden nachlässig. Außerdem erscheint mir der Ring wie ein Zeichen nutzloser Eitelkeit. Pater Anselm sagt …«

Er zog die Lippen kraus und unterbrach sie. »Habe ich mich missverständlich ausgedrückt?«

Hannah versteckte die Hand in den Falten ihres Rockes und senkte den Blick. »Nein, das hast du nicht.«

»Ich habe es dir schon so oft erklärt: Unser Erfolg dient unserem Glauben. Wir sind nur erfolgreich, wenn die richtigen Menschen uns gewogen sind.« Er wandte sich Aletta zu und kniff ihr in die Wange, als sei sie noch ein kleines Mädchen. »Wenigstens du wirst in deinem neuen Damastkleid einen damenhaften Eindruck machen, wie es sich für die Familie eines reichen Amsterdamer Kaufmanns gehört.«

Aletta war nicht wohl bei der Sache. Natürlich liebte sie die schönen Kleider, und auch die Aufmerksamkeit genoss sie. Dennoch frönte sie damit einer Todsünde, weil ihr Hochmut gefördert wurde, wie ihre Mutter nicht müde wurde zu betonen. Geziert nahm sie am Clavichord Platz. In dem steifen Reifrock, dem mit Fischbeinschienen verstärkten Mieder und der gestärkten Halskrause waren ungezwungene Bewegungen ohnehin kaum möglich. Sie schlug die ersten Töne an.

Anfangs hörten die Gäste noch wohlwollend ihrem Spiel zu, doch bald erhob der fremde Kaufmann die Stimme. Während er sprach, taxierte er das Silbergeschirr und Porzellan, das die Stubenmagd auftrug. »… gekentert sind, können viele Kaufleute ihre Schulden nicht zahlen. Dabei hatten die meisten ja noch Glück. Einhundertvierzig Kaufschiffe lagen vor der Insel Texel auf Reede …«, tönte er.

Aletta blätterte das Notenheft um und spielte nahtlos weiter. Noch immer ging es also um die Folgen des Sturms, der im Dezember über das Land gefegt war. Von den vollbeladenen Kaufschiffen, die vor Texel Schutz gesucht hatten, waren vierundvierzig untergangen, viele Seeleute hatten den Tod gefunden.

Ihr Vater hatte von dem Unglück profitiert, da der Preis für Getreide anschließend rasant gestiegen war. Dennoch stimmte er seinem Gast zu: »Furchtbar, in der Tat.«

Aletta spielte gerade eine Tonfolge mit tragenderem Vibrato, weshalb der Kaufmann noch lauter sprach als zuvor: »Die Folgen des Unglücks sind unabsehbar, denn die Ernten waren auch in den Mittelmeerländern schlecht. Vermutlich werden Genua und andere Städte auf Getreidelieferungen aus dem Norden angewiesen sein, was den heimischen Markt beeinträchtigen wird.«

»Dieses Gerücht kann ich nur bestätigen. Es heißt, dass die Amsterdamer Regenten bereits ein Ausfuhrverbot für Getreide diskutieren.«

Die beiden Männer senkten die Stimmen. Schließlich sagte ihr Vater in normalem Tonfall: »Was sagt Ihr zu dem Vorschlag, in Amsterdam eine Art Wechselbank einzurichten, wie es sie bereits in Venedig und seit Kurzem auch in Mailand gibt? Angeblich sollen mit einer Wisselbank auch Bankrotte, wie sie als Folge des Schiffsunglücks gibt, verhindert werden können.«

Der Kaufmann nippte an seinem Würzwein. »Wie das gehen soll, erschließt sich mir nicht. Aber zumindest könnten durch eine derartige Bank Streitereien mit Geldwechslern und Betrug eingedämmt werden. Es sind unsichere Zeiten. Wir können nur hoffen, dass die schlechten Ernten nicht zu Aufständen in der Bevölkerung führen. Es wird auch Zeit, dass das Kriegsvolk abzieht.«

»Wenn es Erzherzog Ernst gelingt ...«, begann ihr Vater.

Aletta vertiefte sich in ihre Noten. Jetzt würden sie über Politik sprechen. Vielleicht sollte sie das Lied noch einmal von vorn beginnen, um den Vortrag ihres Vaters nicht hören zu müssen, der sich viele Gedanken über den Tod des siegreichen Generalísimo Farnese und dessen von König Philipp eingesetzten Nachfolger gemacht hatte. Erzherzog Ernst, der jüngere Bruder Kaiser Rudolfs, war allerdings erst vor Kurzem in den Niederlanden eingetroffen.

Aletta beendete ihr Spiel. Der Sohn ihres Gastes kam lächelnd auf sie zu, ihr Freundschaftsalbum in der Hand. Er musste es vom Regal genommen haben. Aletta gefiel es nicht, wie er es in seinen feuchten Fingern hielt – der Händedruck zur Begrüßung war eine Qual gewesen.

»Entzückend, dieses Liedchen. Sehr kultiviert, so sagt man wohl. Ist das Euer Freundschaftsbuch? Es ist mir doch erlaubt, etwas hineinzuschreiben?«

Was sollte sie entgegnen, ohne unhöflich zu sein? »Es wäre mir eine Freude.«

Er ließ sich von der Stubenmagd Schreibzeug bringen. Sorgfältig notierte er etwas und unterstrich es dreifach. Nachdem er Sand auf die Tinte gestreut hatte, reichte er es Aletta.

Sie las: »Birnen und Frauen, die keinen Lärm machen, schmecken am besten.« Der Affront trieb ihr die Hitze ins Gesicht. »Sehr geistreich«, bemerkte sie.

»Nicht wahr?« Beim Lachen enthüllte er schartige Zähne. Er schien sich wirklich außerordentlich über seinen Sinnspruch zu amüsieren. »Einfach, aber gediegen geht es bei uns zu. Ohne viel Schnickschnack. Wir haben kein Clavichord, kein Freundschaftsbuch. Wenn ich morgens aufstehe …«

*

Nachdem Betje im Waisenhaus die Küche gereinigt und das Mittagessen vorbereitet hatte, traf sie sich mit Aletta im Lehrzimmer, einem Teil des früheren Lagerhauses. Seit Betje kaum das Waisenhaus verlassen durfte, sahen sie sich seltener, und doch hatte ihre Freundschaft gehalten. Aletta half regelmäßig, die Mädchen im Lesen und Schreiben zu unterrichten, und in den Pausen stahlen sich die jungen Frauen immer ein wenig Zeit, um sich zu unterhalten. Betje liebte es, wenn Aletta von ihrem Leben erzählte, das so ganz anders war als ihres. Allein, was sie heute wieder für ein schönes Kleid trug! Was sie erzählte, von ihren Salonabenden, ihrer Lektüre, Pater Anselm und ihrem Garten, den der Knecht gerade aus der Winterruhe befreite!

Gerade konzentrierte Aletta sich darauf, der kleinen Maria Maandag zu zeigen, wie man ein G malte. Das Mädchen war verschnupft und hustete oft, was Betje Sorge bereitete. Sie hatte in ihren knapp zehn Jahren im Heim schon viel zu viele Kinder sterben sehen. Besonders traurig war der Tod ihrer Freundin Ida gewesen, die der harte Winter 1589 dahingerafft hatte.

Aletta riss Betje aus ihren Gedanken, während sie einem weiteren Mädchen den Griffel führte. »Es war sterbenslangweilig gestern! Vater und unser Gast unterhielten sich über Seewege und Handelspartner. Mutter hat mit der Gattin über den Mangel an vertrauenswürdigen

Dienstboten geredet. Und mich hat der Sohn der Familie mit einem endlosen und dazu noch belanglosen Vortrag in Beschlag genommen. Ich bin kaum zu Wort gekommen. Aber als er dann ging, hat er gemeint, wir hätten uns so angenehm unterhalten, dass ich ihn sicher bald wiedersehen möchte.«

Betje lächelte verschmitzt. »Und, möchtest du?«

»Auf keinen Fall! Vater hält ihn natürlich für eine gute Partie. Aber in einer Ehe mit so einem würde ich eingehen vor Langeweile! Andererseits kann ich froh sein, wenn ich nicht nach Danzig oder Genua vermählt werde, um die Handelsbeziehungen zu festigen.« Aletta hielt einen Moment inne. Offenbar war sie froh, wenigstens mit Betje offen sprechen zu können. »Glücklicherweise sind die Gäste früh gegangen, und ich konnte noch lesen. Pijke wird gar nicht bemerkt haben, dass ich sein Buch habe. Er schaut ohnehin nicht hinein.«

Alettas Bruder hatte wenig Neigung gezeigt, für seinen Vater auf Handelsreisen zu gehen. Da etliche Söhne der Regenten und der einflussreichen Poorter auf die Universität Leiden geschickt wurden, hatte Aldo van Vleet seinen Sohn dort ebenfalls eingeschrieben. Die in Leiden geknüpften Verbindungen würden nützlicher sein als einfaches Kaufmannshandwerk, hoffte er. Gerüchten zufolge hatte Pijke sich jedoch Taugenichtsen angeschlossen, was nur Alettas Vater nicht glauben wollte. *Er ist auf diesem Auge schon immer blind gewesen*, dachte Aletta.

Maria Maandag nieste, und Betje half ihr, ihre Rotznase zu putzen. »Vincent stand gestern vor der Tür«, sagte sie unvermittelt.

»Dein Bruder? Was wollte er? Hat er sich wieder so selbstgerecht aufgespielt?« Aletta hatte oft darüber geschimpft, wie zornentbrannt Vincent vor ihrer Tür gestanden und ihr Vorwürfe gemacht hatte.

Betje erzählte von dem kurzen Gespräch. »Ich werde natürlich nicht zu der Meisterfeier gehen«, schloss sie. »Selbst wenn Mevrouw Haesje mir Ausgang geben würde.«

»Oh, das tut sie bestimmt. Die Binnenmoeder hält große Stücke auf dich. Ich glaube ja, dass sie dich nicht aus dem Waisenhaus entlässt, weil sie hofft, dass du eines Tages ihre Nachfolgerin wirst.«

»Das kann ich mir nicht vorstellen. Sie ahnt, dass ich ... warum ich nicht so begeistert zum Gottesdienst in den Tempel gehe. Selbst die seltenen Besuche sind für mich eine Qual.« Betje empfand die reformierten Kirchen inzwischen als kalt, den Gottesdienst als langweilig und das weitgehende Verbot von Orgelmusik als traurig. Immerhin durfte Mijnheer Sweelinck, dessen Orgelspiel sie im Herzen berührte, vor und nach den Gottesdiensten musizieren.

Aletta berührte ihre Finger. »Wir müssen alle Opfer bringen.«

Entschieden schüttelte Betje den Kopf. »Ich gehe auf keinen Fall ins Gildehaus. So viele fremde Menschen, das ist nichts für mich.«

»Vielleicht ist es ganz gut, wenn du die Einladung ignorierst. Dein Bruder hat sich unmöglich uns gegenüber benommen, ein richtiges Ekelpaket!« Aletta ärgerte sich, wenn sie nur daran dachte, das sah man ihr an. Auch jetzt redete sie sich in Rage: »Natürlich war dein Bruder noch jünger, aber derart fürchterliches Benehmen lässt sich nicht ablegen, schon gar nicht in dem Milieu, in dem er sich ... Was ist denn, warum wedelst du so mit den Händen?«

Als Betje weiter an ihr vorbeisah, wandte Aletta sich um. Hinter ihr stand Vincent Aardzoon. Mit gerunzelter Stirn hielt er Betje im Blick. Sie nahm an, dass er jedes Wort verstanden hatte – so demonstrativ, wie er Aletta ignorierte.

»Ich war nicht sicher, ob die Magd meine Botschaft übermitteln würde. Sie hat so verwirrt gewirkt. Aber ich höre, du weißt Bescheid«, sagte Vincent kühl.

*

Den ganzen Tag über hatte Aldo van Vleet Gespräche geführt. Erst hatte er den Kornmarkt aufgesucht. Dann hatte er mit Händlern in der Warmoesstraat und auf der Nieuwe Brug am Damrak gesprochen. Schließlich war er in die anliegenden Kirchen gegangen, in denen sich ebenfalls die Kaufleute trafen. Von einem Laufburschen ließ er sich am Nachmittag den frisch gedruckten *Prijscourant* bringen. Die Preise für preußischen Roggen, Königsberger Roggen, polnischen Weizen, Warder Weizen und Königsberger Weizen bestätigten die Gerüchte. Kurz entschlossen kaufte er alles Getreide, was er zu einem vernünftigen Preis bekommen konnte. Zur Not würde er ein Packhaus dazumieten. Solange es ab und zu gewendet wurde, konnte Getreide jahrelang gelagert werden. Auf eine erste Anfrage eines Genueser Kaufmanns schickte van Vleet ein Angebot mit einer geradezu unverschämt hohen Frachtrate. Der Italiener würde diesen Zuschlag auf die Transportkosten akzeptieren müssen, wenn die Bevölkerung Genuas nicht hungern sollte. Dann setzte van Vleet einen Brief an seine Faktoren in Danzig und Königsberg auf und bereitete Wechselbriefe vor. Seine Faktoren sollten alles an Getreide aufkaufen, was sie bekommen konnten, und dann per Vorbjilandvaart direkt ins Mittelmeer schicken, was Kosten für Steuern und Zölle sparen würde.

Abends schenkte sich Aldo van Vleet zufrieden einen Portwein ein. Wie wunderbar! Er mehrte sein Vermögen, ohne seine Stadt verlassen zu müssen. Wenn man bedachte, dass sein Vater die meiste Zeit des Jahres unterwegs gewesen war, um Handel zu treiben! Die gefahrvollen Reisen, das unbequeme Leben, die schmutzigen Herbergen. Er hingegen saß wie eine Spinne in seinem Handelsnetz und war über den zuverlässigen Amsterdamer Postverkehr mit seinen vertrauenswürdigen Mitarbeitern verbunden. Sogar der Spezereienhandel war dank seiner neuen Verbindungen auf die iberische Halbinsel gestärkt. Was ein paar Briefe und Empfehlungen alles bewirken konnten! Don Diego hatte an seinen Vater geschrieben, und dieser hatte Aldo an Freunde in Cádiz und Lissabon weiterempfohlen. Selbst seine Konkurrenten in Amsterdam achteten ihn. Niemand wagte es mehr, ihn wegen seines Glaubens anzufeinden. Geschäft ging vor Glauben – das war bei den Amsterdamer Erbsenzählern schon immer so gewesen. Bald würde man ihm einen Platz in der Vroedshap anbieten, da war er sicher. Seinen größten Trumpf hatte er noch nicht einmal ausgespielt: seine Tochter. Alettas Heirat würde sein Vermögen und seine Stellung festigen.

Und dennoch vernachlässigte er seinen Glauben nicht, sondern kämpfte für ihn, nur nicht mit Schwertern und Musketen, sondern mit den Gottesdiensten in seinem Haus, geheimen Glaubensunterweisungen, mit denen schon Kinder an den katholischen Glauben herangeführt wurden, sowie katholischen Gebetbüchern und Heiligenschriften, die er drucken und in anderen Städten verteilen ließ. Mit seinen Geschäften und Alettas Hilfe würde er dafür sorgen, dass Amsterdam wieder päpstlich wurde.

*

Als Lehrling und Geselle war Vincent schon oft in der Gildestube bei Feierlichkeiten der Zunft gewesen. Dieses Mal aber standen er und die anderen neuen Meister im Mittelpunkt. Alle hofierten sie. Männer klopften Vincent auf die Schulter und wünschten ihm alles Gute, ihre Ehefrauen gratulierten höflich, und die Töchter beäugten die frischgebackenen Meister neugierig, als wollten sie herausfinden, wer von ihnen die beste Partie war. Jeder Neumeister hatte seine Familie bis zum entferntesten Verwandten mitgebracht. Nur Vincent war allein. Auch mit Betje rechnete er nicht mehr, sie war anscheinend dem Einfluss dieser eingebildeten Schnepfe erlegen. Ob sie noch immer dem katholischen Glauben anhing? Wie sollte er damit nur umgehen? Zählte Gewissensfreiheit mehr als das Seelenheil?

Vincent schob den Gedanken weg. Nicht einmal Majken und ihre Tochter hatten sich bislang sehen lassen. Er drängte einen Anflug von Selbstmitleid zurück und ließ sich von der ausgelassenen Stimmung anstecken. Wer wusste schon, wann er wieder Gelegenheit haben würde zu feiern? Feste wie dieses waren den Predigern ein Dorn im Auge, sie versuchten sie zu verbieten, kamen aber bislang gegen die Bräuche der Gilde nicht an.

Jerún stieß ihm den Ellbogen in die Seite. »Süß, die Kleine da, nicht wahr?« Er sah zu einer pummeligen Blondine hinüber, die errötete, als sie ihre Blicke bemerkte. »Ihr Vater ist Glasmacher. Ich werde sie auf jeden Fall nachher zum Tanz auffordern.«

»Verteilt ihr schon die Beute?« Crispijn war hinzugetreten. »Ich fürchte, ihr kommt zu spät. Den einen Teil der Mädchen habe ich schon gehabt, die anderen werde ich mir heute Nacht vorknöpfen. Meinem Charme kann keine widerstehen.«

Obgleich Vincent ihn als Kollegen achtete, war ihm Crispijn als Mensch nach wie vor unangenehm. »Ist dir eigentlich bekannt, dass von einem Zunftmeister auch ein ehrbares Verhalten erwartet wird? Aber ich vergaß: Du bist ja noch nicht so weit«, sagte er kühl.

Die Spitze schien Crispijn zu treffen. »Benehmen muss sich nur, wer sich keinen Fehltritt leisten kann. Den Reichen und Gefürchteten ist alles erlaubt.«

Vincent wusste, dass er lieber den Mund halten sollte. »Ich glaube, ich habe etwas verpasst«, sagte er dennoch. »Bist du nun reich oder gefürchtet? Ach ja: reichlich eingebildet und gefürchtet wegen deiner Dummheit.«

Crispijn schoss auf ihn zu und packte ihn am Revers. »Du wagst es …!«

Jerún schob sich zwischen sie. »Benehmt euch!«, zischte er.

In diesem Augenblick zogen die Vorsteher der Gilde in den Saal ein. Die offiziellen Feierlichkeiten begannen. Es wurden Reden geschwungen, ein Festmahl aufgetragen und viel getrunken. Der Willkomm ging so oft herum, dass Vincent bald nur noch am Zunftpokal nippte, um sich bei den anschließenden Gesellschaftsspielen und dem Tanz nicht zu blamieren. Im Kreise der Gäste gab es durchaus junge Frauen, die ihm gut gefielen. Mit manchen hatte er bei anderen Festen schon geplaudert, getanzt und einigen auch schon einen Kuss gestohlen. Mochten seine Freunde und Kollegen mit ihren Eroberungen prahlen, er legte es nicht darauf an. Eine Ehefrau und eine Familie würde er sich noch lange nicht leisten können. Er fing den Blick von Kniertje auf, die ihm zulächelte. Eine Hitzewelle durchschoss ihn. Ihr Name war merkwürdig, sie selbst aber war so hübsch, dass jedermann ihr auf der Straße nachsah. Allerdings wusste sie das auch. Jetzt flüsterte Kniertje mit ihrer Freundin, und beide lachten. Vincent tat gleichmütig, aber innerlich ärgerte er sich. Er schätzte diese Spielchen nicht.

Nach den Meistern waren die neuen Gesellen an der Reihe und schließlich die Maurergesellen, die um Arbeit nachsuchten. Als ein bulliger Geselle aus Dordrecht mit dem Gildemeister die uralten, streng festgelegten Worte sprach, fühlte Vincent sich an seine eigenen Reisen erinnert und wurde ein wenig wehmütig. Er ertappte sich sogar dabei, dass er in Gedanken den uralten Dialog mitsprach.

»Gott grüße die ehrbare Maurergesellschaft mit ihrer Ehrbarkeit, es sei hier oder anderswo«, begann der Geselle, der sich als Aert vorstellte.

»Wer hat Euch ausgesandt?«, fragte der Gildemeister.

»Mein Lehrmeister, der Maurer, und das ehrbare Handwerk.«

»Worauf haben sie Euch ausgesandt?«

»Auf Ehrbarkeit, Zucht und Redlichkeit.«

»Was ist das Beste an unserem Handwerk?«

»Dass wir bauen können. Dass uns weder Feuer noch Wasser verzehren kann, auch Fürsten und Potentaten davon abziehen und es nicht gewinnen.«

»Was ist das Beste an einem Gebäude?«

»Das Fundament.«

»Was ist das Beste an der Mauer?«

»Der Verband.«

»Was ist das Beste vor der Mauer?«

»Der Maurer selbst.«

»Wer hat die erste Stadt gebauet?«

»Kain.«

»Wie heißt sie?«

»Henoch.«

»Wo ist der höchste Bau gewesen?«

»Auf dem Turm zu Babylon.«

Schließlich wurde Aert willkommen geheißen und der Bund mit einem Trunk nach Handwerksgebrauch und Gewohnheit besiegelt. Nun durfte er sich in Amsterdam eine Anstellung als Geselle suchen. Allerdings gab es auch Meister, die darauf bestanden, dass erst alle Amsterdamer Handwerker in Arbeit kamen, ehe Fremde beschäftigt wurden. Vincent war da anderer Meinung – für ihn ging es zunächst um Leistung und Qualität.

Die Tafel wurde aufgehoben. Schon stimmten die Musikanten lustige Lieder an, und die Ersten begannen zu tanzen. Auch Jerún, Crispijn und die anderen steuerten auf die jungen Frauen zu, die sich nur kurz zierten. Vincent machte einen Bogen um Kniertje und forderte eine kleine Dunkelhaarige auf, die aufgeregt kicherte, ihn aber auf den Tanzboden begleitete. Als das Lied verklang, bedankte er sich höflich und wandte sich einer anderen zu. In der nächsten Stunde kam er nur von der Tanzfläche, um sich mit kühlem Bier zu erfrischen. Als er gerade einmal wieder Pause machte, sah er sich um. Die Gildevorsteher und einige Baumeister saßen zusammen und diskutierten, auch Meister Oetgens war unter ihnen.

Vincent gab sich einen Ruck und gesellte sich zu ihnen. Auf dem Laufenden zu sein war wichtig, denn es gab kaum noch freie Bauplätze in der Stadt, sodass um jeden Auftrag große Konkurrenz herrschte. Allerdings schien die Diskussion jetzt beendet; er hatte zu lange gezögert.

Meister Oetgens stieß mit ihm an. Der Maurermeister war in den vergangenen Jahren breit und rotgesichtig geworden. Man sah, dass er viel Zeit bei Gelagen mit Poortern und wenig auf dem Bau verbrachte. Vincents Verhältnis zu ihm war zwiegespalten. Einerseits war Oetgens ein ausgezeichneter Maurer mit noch besseren Verbindungen, andererseits hatte er Vincent während der Lehrzeit reichlich Geld abgeknöpft, nicht zuletzt einen Anteil an dem Modderbagger, der ja schließlich in der Lehrzeit bei ihm entstanden sei. Außerdem musste Vincent immer wieder an Meister Bilhamers Verdacht denken.

»Du hast mir Ehre gemacht. Dafür darfst du auch in Zukunft mit mir zusammenarbeiten«, sagte Oetgens nun. »Wir werden genug zu tun bekommen.«

»Das klingt interessant. Dürft Ihr mehr verraten?«

»Habe gerade gehört, dass die Vroedshap den Ausbau der Stadt, der nach Bloemaerts Tod nur schleppend voranging, vorantreiben will.« Oetgens stieß auf. »Ein neuer Stadtbaumeister soll schnellstmöglich gefunden werden, und auch ein neuer Fabrikmeister, damit der Nachschub an Baumaterial zuverlässiger als bislang gewährleistet ist.«

Vincent merkte auf. »Weiß man schon, wer diese Posten übernehmen wird?«

»Wir werden sehen. Die Vroedshap wird Gespräche führen. Auf jeden Fall sollte es mit dem Teufel zugehen, wenn da nicht genug Arbeit für uns abfällt.«

Vorfreude durchströmte Vincent. Vielleicht würde es doch nicht so schwer werden, sich als Baumeister zu behaupten.

»Und jetzt ab mit dir auf die Tanzfläche, Junge. Du wirst erwartet.« Oetgens zwinkerte vielsagend.

Vincent wandte sich um und bemerkte Kniertje, die ihn erwartungsvoll ansah. Beschwingt forderte er sie auf.

*

»Lass uns lieber einen Bogen um die Taverne machen«, wisperte Betje und zog Aletta, bei der sie sich eingehängt hatte, auf die andere Seite der Gasse.

Neugierig schaute Aletta unter ihrer Kapuze zu den Seeleuten und Schankweibern hinüber, die sich lautstark unterhielten. Sie war nur selten um diese Zeit auf der Straße und genoss es zu sehen, was für ein anderes Leben abends in Amsterdam tobte. Ein Leben, vor dem ihre Eltern sie immer gewarnt hatten und zu beschützen versuchten. Ein aufregendes Leben. Gut, dass niemand von diesem Ausflug wusste.

Aletta hatte behauptet, eine Freundin besuchen zu müssen, die unter Fieber litt. Das stimmte auch, allerdings war sie nicht lange bei Theodora geblieben. Trotzdem waren Betje und sie wegen der Heimlichtuerei erst spät losgekommen.

Wo war denn nur dieses Gildehaus? Kurz überlegte Aletta, ob es gut war, Betje zu begleiten. Was hatte sie schon mit diesem Vincent zu schaffen? Andererseits konnte sie ihre Freundin nicht allein gehen lassen. Und wenn sie ehrlich war, so schämte sie sich ein wenig für ihre harschen Worte. Sie konnte sich noch allzu gut daran erinnern, wie Vincent im Waisenhaus vor ihnen gestanden hatte: ein stattlicher junger Mann mit einem Körper, den die Arbeit geformt hatte, und dessen kantiges Gesicht durch Grübchen gemildert wurde. Seine blonden Haare waren kurz und gepflegt, die Augen anscheinend tiefblau. Er hatte zu seinem Hemd ein Halstuch getragen, das ihm etwas Verwegenes gegeben hatte. Nein, Vincent Aardzoon war wahrlich keiner dieser langweiligen, verweichlichten Bürgersöhne, die ihr Vater immer anschleppte.

»Wohin des Weges, Ihr Hübschen?« Ein eitel wirkender Stutzer und sein Gefährte traten ihnen in den Weg; erst auf den zweiten Blick sah Aletta, dass die Kleidung des Stutzers zusammengestoppelt war.

»Das geht Euch gar nichts an, Mijnheer«, sagte sie und versuchte, an ihm vorbeizugehen.

Die Männer folgten ihnen. »Ihr wisst sicher, dass es um diese Zeit auf den Straßen gefährlich für hübsche junge Damen werden kann? Wir sollten Euch begleiten.«

Aletta spürte, wie Betjes Griff fester wurde. Vielleicht hätte sie wenigstens einen Knecht mitnehmen sollen. »Danke, nein. Wir kommen gut allein zurecht. Wir werden erwartet.«

»Tatsächlich?«

Sie spürte eine Hand auf ihrer Hüfte, fuhr herum und ohrfeigte den Stutzer. »Was erlaubt Ihr Euch!«

Er lachte empört auf, ließ aber seine Hand über ihre Taille wandern. Sie wich zurück, aber er folgte ihr, drängte sie und Betje immer weiter in Richtung einer Gasse. Alettas Herz raste. Die Läden an den Häusern waren geschlossen. Hier würde niemand ihnen helfen …

*

Tanz um Tanz hatte Vincent mit Kniertje gedreht. Sie tanzte so gut, dass er ihr noch gar nicht auf die Füße getreten war, was sonst eher selten vorkam. Jetzt war der letzte Ton verklungen, und sie applaudierten den Musikanten. Kniertje wedelte mit den kurzen Fingern vor ihrem Gesicht. Ihre Haut war rot, und ihre Stirn glänzte. »Diese Hitze!«, stieß sie aus.

»Soll ich uns einen Krug Bier besorgen?«, bot Vincent an. Es war wirklich heiß im Gildesaal. Plötzlich wankte sie, und Vincent packte ihren Oberarm, damit sie nicht umfiel.

»Mir ist schwummrig. Würdest du mich kurz vor die Tür begleiten, damit ich ein wenig frische Luft schnappen kann?«, fragte sie.

»Natürlich.« Vincent hielt sie vorsichtig fest und begleitete sie hinaus. Im Schatten der Eingangstür sah sie sich um. Plötzlich schlang sie die Arme um seinen Hals und schmiegte sich an ihn. Vincent wusste nicht, wie ihm geschah. Sein Körper regte sich schneller als sein Kopf. Erregung überfiel ihn.

»Mir geht es schon viel besser. Und dir geht es auch gut, das spüre ich«, sagte sie mit einem vielsagenden Lachen. Plötzlich war ihr Gesicht an seinem, ihre Lippen auf seinen.

Er zögerte. Natürlich gefielen die Liebkosungen ihm. Und doch war es nicht richtig. Jeden Augenblick konnte jemand kommen, dann wäre nicht nur der Ruf dieses Mädchens gefährdet … Entschlossen machte er sich los. »Wir wollten besser wieder hinein …«

Eine Stimme unterbrach ihn: »Entschuldigt, ist dies das Gildehaus der Barbarazunft?«

Vincent fuhr herum. Die Stimme kannte er. Tatsächlich: Betje und Aletta van Vleet starrten ihn an. Der Gegensatz zwischen den beiden Frauen war groß. Seine Schwester trug schlichte dunkle Kleidung und hatte ihre Haare in einem einfachen Zopf zurückgebunden. Aletta van Vleets Haar war zu einem Kegel frisiert, blitzende Ohrringe und die Halskrause hoben ihre feinen Gesichtszüge hervor. Unter ihrer schwarzen Heuke schaute ein exquisites Seidenkleid heraus, das vollkommen faltenfrei war, wie es die Mode gebot. Sie strahlte wie eine der Damen auf den Porträts des Malers Cornelis Ketel, dessen Gemälde in Amsterdam gerade für Gesprächsstoff sorgten. Gleichzeitig wirkten beide Frauen ein wenig derangiert.

»Vincent, bist du das?« Betje trat näher und blinzelte irritiert, als sie Kniertje bemerkte. »Willst du uns nicht vorstellen?«

Heiß und kalt war ihm auf einmal vor Scham. »Kniertje war schwindelig. Ich habe sie begleitet, damit sie frische Luft schnappen kann«, sagte er schnell. Den Frauen war anzusehen, dass sie ihm nicht glaubten. Vor allem Aletta van Vleet blickte ihn an, als sei er ein Lüstling. »Wie schön, dass du … dass ihr zu dieser Feier gekommen seid. Seid ihr etwa ganz allein durch die Stadt gelaufen? Das ist gefährlich!«

Ein Schatten huschte über Betjes Gesicht. »Zwei Kerle wollten uns angreifen. Aber aus einer Taverne kam uns jemand zu Hilfe.«

Nicht auszudenken, was den beiden alles hätte zustoßen können! »Da habt ihr aber Glück gehabt!«, stieß er aus und öffnete die Tür. »Kommt erst einmal herein.« Er sah sich um. Neben ihm stand noch immer Kniertje. Was sollte er jetzt mit ihr anfangen? Glücklicherweise schien sie ihn zu verstehen. Sie gab ihm einen Kuss auf die Wange und lächelte in die Runde, ging aber dann.

Vincent suchte in der Gildestube einen Platz für seine Gäste und stellte Betje Mevrouw Oetgens vor. Als er Getränke geholt hatte, sah er, dass Aletta mit Hendrick de Keyser ins Gespräch gekommen war. Offenbar kannten sie sich.

Betje hingegen hielt ihren Becher umklammert und sie saß ganz steif auf ihrem Platz, als fühlte sie sich nicht wohl. Tatsächlich war es sehr laut, und viele Gäste waren inzwischen sehr betrunken. Vincent erzählte seiner Schwester von den Reden, dem bisherigen Verlauf der Feier und davon, dass es Hoffnung auf neue Aufträge gebe.

»Ich freue mich für dich.« Forschend blickte Betje ihn an. »Ist sie deine Verlobte, diese Kniertje?«

»Nein. Ich sagte doch, ihr war übel.«

Eine Frau auf der Tanzfläche kreischte. Vincent und Betje sahen auf. Gelächter. Offenbar hatte der Tanzpartner die Frau durch die Luft gewirbelt, und zur Freude einiger Gäste waren sie hingefallen. Ein Stück weiter übergossen Lehrjungen einander mit Bier. Etliche Meister und ihre Gattinnen schauten pikiert, dann rief der Gildemeister die jungen Leute zur Ordnung.

Betje sprang auf. »Ich möchte jetzt lieber gehen.«

Aletta van Vleet hatte die Bewegung bemerkt und gab ihr ein Zeichen.

Vincent erhob sich ebenfalls. »Ich bringe euch heim.«

Bodennebel hing in den Gassen der Stadt, die nur vereinzelt durch

Fackeln erhellt wurden. Aus der Ferne waren die Rasseln der Nachtwächter zu hören. Nach dem Lärm im Zunfthaus kam es Vincent sehr still vor. Es ärgerte ihn, dass Betje und Juffrouw van Vleet ihn in dieser kompromittierenden Situation angetroffen hatten, er wusste aber nicht, wie er es ansprechen konnte, ohne dem noch mehr Bedeutung zuzumessen. Die Frauen schwiegen, hielten sich aber dicht bei ihm.

Plötzlich packte jemand Aletta van Vleet und riss sie weg. Vincent fuhr herum. Zwei Kerle griffen sie an. Ein Pockennarbiger hatte die Juffrouw gepackt. Eine Klinge blitzte an ihrem Hals auf. Ihre Augen waren angstgeweitet. Betje stieß einen erschrockenen Laut aus.

»Schnauze, keiner schreit! Sonst besorg ich dir ein rotes Band – und zwar für immer! Her mit Eurem Geld und Eurem Schmuck!«

Der andere hob einen Knüppel. »Wir schlitzen ihr das Maul auf!«

Vincent hob beschwichtigend die Hände. »Schon gut!«, sagte er schnell. Er nestelte an seinem Gürtel, an dem der Geldbeutel hing.

Der Pockennarbige gab Betje einen Wink. »Mach ihr den Schmuck ab, und dann her damit!«

Bebend trat Betje zu Aletta.

Vincent wog seine Chancen ab. Kämpfen konnte er. Maurergesellen maßen ihre Kräfte oft aneinander, und ab und an war er in Wirtshausschlägereien verwickelt worden. Auch hatte er bei Nathans Besuchen regelmäßig mit diesem trainiert. Schließlich wollte er sich nicht blamieren, wenn er genug Geld hatte, um in die Schützengilde seines Bezirks einzutreten. Das hier aber war etwas anderes. Diese Kerle hatten nichts zu verlieren, und er durfte Aletta van Vleet auf keinen Fall gefährden. Andererseits konnte es sein, dass die Kerle nach dem Raub auch noch über die Frauen herfallen oder sie alle töten würden.

In diesem Augenblick gab Betje dem Pockennarbigen einen Stoß, sodass dieser zur Seite taumelte. Gellend schrie sie um Hilfe.

Geistesgegenwärtig trat Vincent dem Mann das Messer aus der Hand. Schon stürzte der Angreifer hinter der Waffe her. Vincent wollte ihn mit einem Fausthieb niederstrecken, traf aber nicht richtig, da gleichzeitig der Knüppel des anderen auf seinen Rücken krachte. Er taumelte. Mühsam drängte er den Schmerz zurück und fuhr herum.

Er packte den Knüppel und riss ihn dem zweiten Angreifer aus den Händen. Den Schwung mitnehmend, hieb er auf den Pockennarbigen ein, der gerade das Messer aufheben wollte. Klirrend fiel das Metall wieder auf das Straßenpflaster. Einer der beiden Kerle warf sich auf Vincents Rücken, umklammerte seine Hüfte mit den Beinen, legte die Arme um seinen Hals und würgte ihn.

Vincent wankte. Er versuchte, den Angreifer zu packen, ihn loszuwerden. Inzwischen jedoch hatte der Pockennarbige das Messer wieder ergriffen und schoss mit wütend gefletschten Zähnen auf Vincent zu. Noch einmal riss Vincent das Bein hoch und trat gegen seinen Angreifer aus. Beinahe wäre er mit der menschlichen Last auf seinem Rücken umgefallen. Wenn er erst am Boden lag …

Keuchend sog er die Luft ein. Fing sich wieder. Seine Brust wölbte sich dem Angreifer entgegen. Er musste diese Klette loswerden!

»Hilfe! Zu Hilfe!«, hörte er Betje rufen.

Vincent stemmte sich rückwärts, immer weiter. Da musste doch irgendwo … Ein Aufprall – die Wand! Der Würgegriff um seinen Hals lockerte sich. Endlich bekam er wieder Luft. Der Mann auf seinem Rücken, den er gegen die Mauer gerammt hatte, stöhnte. Vincent riss den Kopf nach hinten. Das Knacken eines Knochens verriet, dass er getroffen hatte. Nun warf er sich zur Seite. Die Klette auf seinem Rücken wurde er damit los – zugleich war der Schwung so groß, dass er selbst aufs Pflaster krachte. Schnell, er musste wieder auf die Füße! Der Pockennarbige hechtete ihm bereits nach, das Messer gezückt.

Da wurde es auf der Gasse heller. Fackelschein. Stimmen. Eilige Schritte.

Fluchend gaben die Räuber Fersengeld.

Betje und Aletta van Vleet, die vergeblich nach Hilfe gesucht hatten, stürzten zu ihm. Schützend legte Vincent die Arme um beide.

»Ist euch etwas passiert?«, fragte er. Seine Stimme krächzte, sein Hals war wund.

Betje machte sich kopfschüttelnd los, aber Juffrouw van Vleet bebte noch in seinem Arm. »Und dir? Wie geht es dir?«, fragte seine Schwester.

»Glück gehabt. Nur mein Rücken tut weh, wo mich der Knüppel getroffen hat.«

Jetzt endlich waren Helfer da. Nachbarn umringten sie und boten ihre Hilfe an. Als schließlich auch noch die Nachtwächter hinzukamen, machte Aletta van Vleet sich von ihm los, und Vincent ertappte sich dabei, es zu bedauern.

Als Betje und Vincent sie nach Hause begleiteten, war Aletta wie erstarrt. Vincent hatte darauf bestanden, sie zunächst zurückzubringen und erst später mit dem Schout zu sprechen. Sie war erleichtert darüber, denn der Schreck saß ihr in den Knochen. Wie leichtsinnig waren sie gewesen!

Sofort nahmen Alettas Eltern sie in Empfang. Die beiden waren sichtlich aufgewühlt. »Wo warst du denn nur? Wir haben dich schon bei Theodora gesucht …«

Als sie ihre Eltern sah, konnte Aletta die Tränen nicht mehr zurückhalten. Bebend gestand sie ihnen, dass sie Betje zur Gildefeier begleitet hatte und was vorgefallen war.

»Wie konntest du nur um diese Zeit losgehen, ohne uns etwas davon zu erzählen?«, fragte ihr Vater erbost.

»Ich habe gefürchtet, dass Ihr es mir nicht erlauben würdet.«

»Zu Recht!«

»Betjes Bruder hat uns verteidigt. Wenn er nicht gewesen wäre …«, sagte Aletta.

Aldo van Vleet musterte Vincent argwöhnisch. »Ich kenne Euch doch noch von früher. Euretwegen ist meine Tochter in Gefahr geraten?«

Aletta bemerkte, wie Vincent sich straffte. »Ich wusste nicht, dass Juffrouw Aletta zum Gildehaus kommen würde. Ich hatte sie nicht eingeladen.«

»Es war meine Idee! Ich bin aus eigenem Antrieb mitgegangen!«, platzte Aletta heraus. »Betje konnte nicht allein gehen – und es war ein wichtiger Abend für ihren Bruder. Die beiden trifft keine Schuld!«

Ihr Vater kniff die Lippen zusammen. Und auch Alettas Mutter wirkte säuerlich. Sie wandte sich Vincent zu. »Dann müssen wir Euch wohl danken.«

Vincent nickte, wandte sich dann ab. »Ich werde jetzt meine Schwester zurück zum Waisenhaus bringen. Es wird Zeit.«

Betje hakte sich bei ihrem Bruder ein. Auch sie stand noch ein wenig unter Schock, gleichzeitig war sie stolz darauf, dass sie ihre Angst überwunden und um Hilfe gerufen hatte. In den vergangenen Jahren hatte sie sich im Waisenhaus manches Mal eingesperrt gefühlt. Heute Abend hatte sie gemerkt, wie fremd ihr die Welt geworden war, aber sie hatte auch gesehen, dass sie sich zu helfen wusste.

»Ich weiß nicht, was du an dieser Familie findest!«, brach es aus Vincent heraus.

Betje unterdrückte ein Seufzen. »Aletta ist meine Freundin – auch, wenn wir unterschiedlich sind.«

»Und der Glaube?«

Nun seufzte Betje doch. »Ist das wirklich so wichtig?«

Schließlich standen sie vor der Pforte des Waisenhauses. »Du wirst sicher Ärger bekommen, weil du so lange fort warst«, sagte Vincent.

Betje hob einen Schlüssel. »Das denke ich nicht. Mevrouw Haesje vertraut mir.« Ihr Blick wurde weich. »Deshalb werde ich auch hierbleiben, bis du Platz für mich hast und genügend Geld für uns zwei verdienst.«

31

Die Nacht saß Vincent in den Knochen, vor allem die Prellungen im Rücken spürte er deutlich. Dennoch kam es ihm so vor, als würde er durch die Stadt schweben. Er verstand sich auf die Baukunst und war Meister seines Fachs – niemand könnte ihn jetzt noch aufhalten.

Gleich nach Morgengrauen hatte er Meister Oetgens von dem

Überfall berichtet. Oetgens war nicht gerade begeistert darüber, dass Vincent später zur Baustelle kommen würde. Aber der Überfall musste angezeigt werden, und Vincents Bautrupp wusste eigentlich erst einmal, was zu tun war.

Auf dem Weg durch die Stadt wanderten Vincents Gedanken zu Betje und Aletta van Vleet zurück. Bei aller Gefahr hatte er sich sehr gefreut, Betje zu sehen. Und Juffrouw Aletta? Obgleich auch einige der Steinhauer und Maurer wohlhabend und angesehen waren, war sie mit ihrer kostbaren Kleidung und ihrer feinen Art auf dem Gildefest aufgefallen. Umso merkwürdiger war ihre Freundschaft zu seiner Schwester. Was, um Himmels willen, wollte eine reiche Kaufmannstochter wie Aletta van Vleet von Betje?

Andererseits war es ganz und gar nicht unangenehm gewesen, wie sie sich an ihn geschmiegt hatte. *Und ihr Duft …* Schnell verdrängte er den Gedanken. Kniertje fiel ihm ein, die ihm am Abend nachgesehen hatte. Er war froh, dass er nicht auf ihre Avancen eingegangen war. Ehre war ein wichtiges Gut; mehr als alles andere bewies ehrenvolles Verhalten, was man wert war.

Im Rathaus suchte er die Kammer des Schultheißen Willem van der Does auf und berichtete von dem Überfall.

»Wir haben in der Nacht zwei Kerle festgesetzt, auf die die Beschreibung passen könnte«, sagte der Schout. »Sie waren in einen Laden eingebrochen, aber der Besitzer konnte sie überwältigen – wohl, weil sie schon ziemlich angeschlagen waren. Begleitet mich in den Keller, möglicherweise erkennt Ihr die beiden Übeltäter wieder.«

»Werden Verbrecher nicht meist in den Stadttoren gefangen gehalten?«

Van der Does wirkte resigniert. »Die Stadttore sind bereits voll.«

Beklemmung überfiel Vincent, als sie in den Keller gingen. Über acht Jahre war es her, seit er und seine Geschwister zur Leiche ihres Vaters geführt worden waren, und doch kam es ihm vor, als sei es gestern gewesen. Die Stufen waren feucht und rutschig, die Luft von den Öllampen verbraucht.

Sie folgten einem Gang zu einer massiven eisenbeschlagenen Tür, die von zwei Bütteln bewacht wurde. Der Schultheiß rief weitere Büttel hinzu. Wozu brauchten sie so viele Wachen? Erst als die Männer mit ihren Knüppeln neben ihm standen, steckte der Schout den Schlüssel ins Schloss. Das Gewisper, das Vincent schon zuvor gehört hatte, wurde lauter.

»Gewittrige Stimmung dadrin. Alles arbeitsscheues Gesindel. Tun, was wir können, kommen mit der Gerichtsbarkeit aber gar nicht nach«, murmelte van der Does entschuldigend.

Als der Büttel aufschloss, geschahen mehrere Dinge gleichzeitig. Geschrei und Gestank schlugen ihnen entgegen. Die Büttel drängten sich nach vorne. Keinen Augenblick zu spät, denn eine vielköpfige Menge warf sich ihnen brüllend und schimpfend entgegen. Das Gemäuer war viel zu klein für die Gefangenen, die Verhältnisse erbarmungswürdig. Viele schienen Gewohnheitsverbrecher zu sein, denn ihre Gesichter waren durch abgeschnittene Ohren, Nasen oder Brandmarken entstellt. Andere waren kaum dem Kindesalter entwachsen.

Unbeeindruckt ließ der Schout die beiden Einbrecher aufrufen. Büttel brachten sie vor Vincent und hielten sie an den Armen fest.

»Das sind sie«, sagte Vincent. Es gab keinen Zweifel. »Die beiden haben meine Schwester, ihre Begleiterin und mich gestern Abend angegriffen. Sie haben Juffrouw van Vleet das Messer an den Hals gesetzt, mich ebenfalls damit bedroht und wollten uns ausrauben.«

Die Räuber wandten sich im Griff der Büttel und zeterten, dass er sie verleumde. Der Schultheiß ließ sie wegschaffen. »Eure Schwester und die Juffrouw können das bezeugen?«

»Natürlich.«

Sie verließen den Keller. »Die Verbrecher mögen zwar eine Strafe verdient haben, aber, mit Verlaub, dies hier ist menschenunwürdig und eine Schande für die Stadt«, sagte Vincent, der sein Entsetzen kaum verhehlen konnte.

Van der Does nickte ernst. »Bereits vor fünf Jahren hat die Stadtregierung die Errichtung eines Tuchthuis beschlossen«, berichtete er. »Die Heeren Coornhert, Hooft und Spiegel haben die Regularien entwickelt. Verbrecher und Nichtsnutze sollen dort durch Arbeit, Zucht und Ordnung gebessert werden.«

»Eine völlig neuartige Vorstellung, scheint mir.«

»Richtig. Knapp zweitausend Bettler sind in Amsterdam registriert. Die meisten sind stinkfaul und schlagen sich auf Kosten der Gemeinschaft durch. Dem soll ein Riegel vorgeschoben werden. Lange wurde kein geeigneter Ort für das Zuchthaus gefunden. Inzwischen hat man sich für das ehemalige Klarissinnenkloster im Heiligeweg entschieden. Natürlich muss das Gebäude umgestaltet und gesichert werden, aber seit der bisherige Stadtbaumeister verstorben ist, herrscht Stillstand. Ich hoffe, dass wir den Posten bald neu besetzen, damit der Umbau vorangeht. Schließlich soll anschließend auch noch eine Verwahranstalt für die weiblichen Arbeitsscheuen und Verbrecher eingerichtet werden.«

Vincent erinnerte sich daran, vereinzelt Bauarbeiter am Klostergemäuer gesehen zu haben. Es war das zweite Mal, dass er von dem offenen Posten des Stadtbaumeisters hörte. Das konnte kein Zufall sein.

»Ich bin Baumeister. An wen müsste ich mich wenden, wenn ich mich für diesen Posten interessiere?«, fragte er kurz entschlossen.

»Ihr?« Der Schout musterte ihn erstaunt. »Was soll's, versuchen könnt Ihr es. Sprecht beim Schreiber der Vroedshap vor.«

Vincent hatte es eilig, zur Baustelle zu kommen, er war spät dran. Die Bauarbeiter saßen und standen beieinander, niemand schien zu arbeiten.

»Aardzoon, auch schon hier? Denkst wohl, als Meister hast du es nicht mehr nötig, früh hier aufzulaufen? Oder bist du dir schon zu fein, dir die Hände schmutzig zu machen?«, höhnte Crispijn.

Vincent ignorierte ihn. Er musste sich vor ihm nicht rechtfertigen. Trotzdem überfiel ihn Wut. »Ich musste ins Rathaus, Meister Oetgens wusste davon. Warum arbeitet ihr nicht? Ihr wisst genau, was zu tun ist! Oder braucht ihr detaillierte Anweisungen? Die könnt ihr haben!«

Die Arbeiter verdrehten die Augen. Nur langsam setzten sie sich in Bewegung. Zweifelten sie etwa seine Autorität an? Vincent hatte oft genug beobachtet, dass schlampig gearbeitet wurde, wenn die Arbeiter den Bauleiter nicht achteten. »Euch sitzt wohl die letzte Nacht auch noch in den Knochen«, sagte er deshalb freundlicher, als ihm zumute war. »Beweisen wir unserem Auftraggeber, dass Bauleute feiern und am nächsten Tag trotzdem nicht in den Seilen hängen. Wenn wir unser Tagessoll schaffen, spendiere ich nach Feierabend ein paar Kannen Bier zum Einstand!«

Zustimmende Rufe wurden laut, und die Ersten machten sich bereitwillig an die Arbeit. Nur Crispijn blickte ihn finster an, ehe er sich in Bewegung setzte.

Am nächsten Tag passte Vincent Cornelis Hooft nach der Ratssitzung ab und bat ihn auf ein Wort. Obgleich er dem Bürgermeister bei verschiedenen Gelegenheiten begegnet war, flößte dieser ihm Respekt ein. Mit seinen knapp fünfzig Jahren war Hooft mehrfach Bürgermeister und Schatzmeister der Stadt gewesen. Es hieß zudem, dass er durch den Ostseehandel sehr reich geworden sei.

»Verzeiht, dass ich Euch störe. Ich bin Baumeister und habe von Eurer Handreichung zur Ausgestaltung des Tuchthuis gehört«, begann Vincent.

»Begleitet mich ein Stück. Ich habe eine wichtige Verabredung.« Hooft ging einfach weiter, und Vincent schloss sich ihm an. Der Bürgermeister wurde auf dem Weg ständig gegrüßt, erstickte jedoch jeglichen Gesprächsversuch im Keim. Er schien es wirklich eilig zu haben.

»Eure Vorschläge sind ungewöhnlich, aber ganz ausgezeichnet«, sagte Vincent unbeirrt.

»Den Heeren Coornhert und Spiegel gebührt dieses Lob ebenso. Allerdings haben wir nur unsere Pflicht getan.« Hooft sah ihn an. »Ich bin wenig empfänglich für Schmeichelei, junger Mann.«

»Ich wollte Euch nicht ungebührlich schmeicheln«, entschuldigte Vincent sich. »Als ich gestern Verbrecher wegen eines Überfalls anzeigen musste, habe ich festgestellt, wie erbärmlich die Zustände im Rathauskerker sind. Beschämend für eine Stadt wie Amsterdam, die als fortschrittlich und gelehrt gilt.«

»Das ist wahr. Was ist nun Eure Frage?«

»Mich interessiert, ob Eure Vorschläge publiziert wurden oder anderweitig einsehbar sind.«

»Nein, das ist nicht der Fall. Die Schrift ist nur den unmittelbar Beteiligten zugänglich.«

»Der neue Stadtbaumeister wird sie also lesen dürfen?«

»Selbstverständlich.«

»Ich möchte mich um diese Stelle bewerben.«

Hooft musterte ihn erstaunt. »Seid Ihr nicht ein wenig zu jung dafür? Ein Stadtbaumeister muss schließlich über genügend Wissen verfügen, um einen Blick in Vergangenheit und Zukunft einer Stadt werfen zu können. Dafür sind Weitsicht und Kenntnis notwendig.«

Nicht schon wieder! »Bei aller Bescheidenheit, aber über beides verfüge ich«, sagte Vincent.

»An Selbstbewusstsein mangelt es Euch auf jeden Fall nicht.« Hooft blieb stehen und sah auf den Singel hinaus, den sie soeben erreicht hatten. »Harmonie und Ausgewogenheit des Unterfangens müssen einem Baumeister ebenfalls bewusst sein. Das ist nicht immer der Fall; wenn ich beispielsweise an den Ausbau dieses Kanals denke.«

»Was meint Ihr damit, Mijnheer?«

»Ich habe mir am Singel ein Haus errichten lassen. In die Nachbarschaft ziehen nun Sattler, Glasmacher und Zuckersieder. Nichts gegen diese Gewerke, aber sie sind mit Feuergefahr verbunden. Mit etwas mehr Vernunft wäre das zu verhindern gewesen.«

»Beim Ausbau der Lastage gab es Überlegungen, für die mit Feuer verbundenen Gewerke einen gesonderten Platz zu schaffen«, sagte Vincent. »Gleiches wäre für Wohngebiete möglich.«

»Ihr versteht, was ich meine.« Hooft ging weiter, und Vincent schloss sich ihm an.

Wenig später kamen ihnen drei Männer entgegen: Dominee Petrus Planicus, der Regent Reinier Pauw und Dirck van Os. Vincent erinnerte sich noch genau daran, wie er Letzteren auf dem Turm der Antwerpener Kathedrale getroffen hatte, als er in der Nacht des Branderangriffs auf die gesperrte Schelde hatte hinaussehen wollen. Van

Os war in Antwerpen Glasfabrikant gewesen, hatte in Amsterdam aber zusammen mit seinem Bruder auf Handel umgesattelt. Wie er war auch Pauw ein umtriebiger Politiker und Geschäftsmann.

Offenbar waren diese drei die Herren, mit denen Hooft verabredet war, denn der Bürgermeister wurde auf einmal sichtlich ungeduldig. »Nun gut«, wandte er sich an Vincent, »es ist nicht allein an mir, über den Posten zu entscheiden. Reicht also Eure Unterlagen ein.« Ohne ein weiteres Wort folgte er den Männern in eines der Häuser.

Ratlos blieb Vincent zurück. Hatte er Hooft etwa verärgert? Und welche Papiere erwarteten die Regenten?

Auf dem Heimweg ging Vincent am Zeedijk vorbei. Warum war Majken nicht bei der Meisterfeier aufgetaucht? Er hatte ihr doch eine Nachricht geschickt. Kurz entschlossen steuerte er die Taverne an, die zwischen Spielhäusern und Michelkitten lag. Regelmäßig hatten Betje und er Majken besucht; auch Ruben war bei seinen Stippvisiten stets hier. Jetzt musste er allerdings überlegen. Wann hatte er Majken zuletzt gesehen? Es musste ein paar Wochen her sein, denn er hatte durch die Arbeit an seinem Meisterstück nur wenig freie Zeit gehabt.

In der Schankstube traf er auf Annemieke, Majkens Tochter, die beim Abräumen der Becher und Teller half und ihn ins Hinterhaus schickte. Dort lag Majken in ihrer Kammer. Sie hatte die Füße auf ein Strohkissen gebettet, ihre Hände ruhten auf dem Bauch, der eine leichte Ellipse bildete. War sie etwa schwanger?

»Ich habe mir Sorgen um dich und Annemieke gemacht, als ihr nicht bei meiner Meisterfeier aufgetaucht seid«, sagte Vincent verlegen.

Majken lächelte. »Ich konnte doch in diesem Zustand nicht zu einer Gildefeier kommen. Der Vater des Kindes ist Seemann. Wir haben uns ein Eheversprechen gegeben und vor seiner Abreise schon mal die Ehe vollzogen. Gott hat mir dieses Kind geschenkt.«

Vincent freute sich für Majken, sie hatte Glück verdient. Die Ehe schon vor der Heirat zu vollziehen war durchaus üblich. Leider ging es aber auch oft genug schief, denn manche Männer verschwanden anschließend für immer, einige, weil sie auf See blieben. Das konnte für die Frau tragisch enden. »Wann wird dein Zukünftiger zurück sein?«, fragte er.

»Zur Geburt, hoffe ich. Sorge dich nicht um mich, jetzt wird alles gut. Nach der Reise will er auf der Lastage anheuern, dann heiraten wir. Bis dahin arbeite ich in der Taverne.«

»Aber heute …« Vincent wusste nicht, wie er es sagen sollte.

»Ich habe mich nur ein wenig schlapp gefühlt. Annemieke hilft in der Taverne aus, bis ich wieder auf den Beinen bin.«

»Brauchst du Geld?«

Ihr Gesicht wurde abweisend. »Nein, ich komme klar. Ich werde auch Rubens Reserven nicht anrühren.«

»Das könnte ich mir auch nicht vorstellen«, versicherte Vincent schnell. Ruben ließ stets einen Teil seiner Heuer bei Majken. Das war auch gut so, denn das Geld rann ihm neuerdings durch die Finger.

Vincent zögerte. Eigentlich stand es ihm nicht zu, sich in Majkens Angelegenheiten einzumischen. »Es ist schön, dass Annemieke so fleißig hilft«, sagte er schließlich vorsichtig. »Geht sie denn auch noch zur Schule?«

Majkens Gesicht verschloss sich. »Meistens.«

»Ich könnte in der Gemeindeschule fragen, ob sie einen Platz für deine Tochter haben.«

Sie strich über ihren Bauch. »Das brauchst du nicht. Ich kann schon allein für meine Kinder sorgen.«

32

Als Vincent nach seiner Gesellenwanderung nach Amsterdam zurückgekehrt war, hatte er bei einem Ankerschmied am Nieuwendijk eine Kammer gemietet. Sie war klein, hatte aber einen Herd und lag direkt am Hafen, sodass er auch an seinem Schreibtisch das Gefühl hatte, am Leben auf der Straße teilzunehmen.

Gerade brütete Vincent über einigen Zeichnungen und architektonischen Schriften. Hoofts Worte hatten ihn nachdenklich gemacht. *Die Vergangenheit einer Stadt sehen und die Zukunft erahnen …* Hatte Meister Bilhamer nicht einmal etwas ganz Ähnliches gesagt? Ein Architekt müsse auch sehen, was noch nicht da sei?

Etwas polterte, und Vincent glaubte erst, dass das Geräusch von der Straße gekommen sei. Dann aber klopfte es. Er öffnete, und Aletta van Vleet stand vor ihm. Heute trug sie ein schlichteres Kleid über ihrem Reifrock. Ihre Augen waren grün, das sah er jetzt. Ein dunkles Efeugrün. Dazu hatte sie volle Lippen, die seidenweich aussahen. Vincent zupfte nervös an seinem Halstuch.

»Wollt Ihr eine Dame wirklich auf dem Flur stehen lassen?«, fragte sie.

Vincent schoss die Hitze ins Gesicht. Er schämte sich seiner kleinen Kammer und der Unordnung. Und was sollte sein Vermieter von ihm denken? Allerdings bekam dieser vielleicht gar nicht mit, dass er Besuch hatte.

Auf seine einladende Geste hin trat Aletta ein. Kurz sah sie sich um, dann steuerte sie auf den Tisch zu. »Woran arbeitet Ihr?«

Ihre Dreistigkeit stieß ihm auf. Was wollte sie hier? Reichte es ihr nicht, dass sie Betje verführt hatte? Wollte sie auch noch ihn zum papistischen Glauben bringen?

»Seit wann verschafft sich eine Dame Einlass in eine fremde Kammer und fragt den Bewohner aus, ohne eine Erklärung abzugeben?«, fragte Vincent kühl. Schon bröckelte sein Widerstand, denn ihre Wangen röteten sich, was reizend aussah, und sie duftete betörend nach einem Hauch Frühlingsblumen.

»Verzeiht, ich war unhöflich. Dabei wollte ich mich für die Schroffheit meiner Eltern entschuldigen. Ihr Verhalten war der Sorge geschuldet. Jetzt benehme ich mich ebenso.« Sie lachte hell. Wie rot ihre Lippen waren, wie weiß ihre Zähne! Der Raum kam Vincent auf einmal sehr eng vor. »Und wo wir gerade dabei sind: Es tut mir leid, dass ich Euch damals, als Ihr Euch um Betjes Seelenheil gesorgt habt, so beschimpft habe. Das war nicht richtig von mir. Ich wollte Betje nur helfen. Ich habe sie nie gezwungen, mit in die Messe zu gehen. Sie hat selbst danach gefragt. Eure Schwester hat Trost gesucht.«

Ihre Ehrlichkeit erstaunte ihn. Gleichzeitig saß der Groll tief. »Und jetzt wollt Ihr mich ebenfalls zum pap… zum katholischen Glauben verführen?«

Betroffenheit schlich sich in ihren Blick. »Ich sagte doch, dass ich Betje nicht verführt habe. Und Euch will ich schon gar nicht verführen. Wenn überhaupt, seid Ihr ja wohl eher für derartige Spielereien zuständig«, setzte sie bissig hinzu.

»Was meint Ihr damit?«

»Ich dachte an die junge Frau vor dem Gildehaus.«

Erbost verschränkte er die Arme vor der Brust. Was bildete sie sich ein! »Dieser jungen Frau habe ich klargemacht, dass ich kein Interesse an einer Liebelei habe. Mich interessiert nur meine Arbeit, sonst nichts. Wenn es das war, könnt Ihr wieder gehen, bevor Ihr mir noch mehr unterstellt.«

Er wies auf die Tür. Ihr Blick funkelte, und ihre Wangen flammten rot, als sie an ihm vorbeiging. *Dieser Duft …* Er musste sie loswerden, bevor er wieder weich wurde.

Am Fuß der Treppe sah Aletta van Vleet sich noch einmal um. »Wie geht es der Prellung, die Ihr bei dem Angriff davongetragen habt?«

»Gut. Die Räuber wurden übrigens festgenommen. Nach dem Überfall brachen sie in einen Laden ein und wurden gefasst.« Sie hatte ein Recht darauf, es zu erfahren, fand Vincent.

»Das freut mich, so können diese Unholde nicht noch einmal unschuldige Passantinnen überfallen und werden einer gerechten Strafe zugeführt. Ich mag gar nicht daran denken, was geschehen wäre, wenn Ihr uns nicht so heldenhaft verteidigt hättet!« Aletta lächelte zaghaft.

Vincent drückte die Tür fest zu. Etwas war an dieser Frau, das ihn aufwühlte.

Endlich hatte Vincent seine Unterlagen im Rathaus abgegeben. In seiner freien Zeit hörte er sich nach Bauwilligen um und bemühte sich, diese von seinen Künsten als Baumeister zu überzeugen. Auch besuchte er den Schreiber, der für die Grundstücke im Hafen zuständig war. Nach einigem Geplauder und viel Schmeichelei über das wohlorganisierte Kontor verriet dieser tatsächlich, wer in den neu geschaffenen Lastagegebieten Grundstücke gekauft hatte. Einige der Käufer kannte Vincent, unter ihnen ein Händler, den er erst kürzlich wiedergesehen hatte.

In dem Kontor in der engen Straße, die sie »de Nes« nannten, roch es nach Wal-Tran und Salz, nach Pelzen und Leder. Vincent entdeckte Dirck van Os an einem Schreibpult, wo er Papiere und Landkarten betrachtete. Als Vincent ihn begrüßte und sich vorstellte, schob van Os die Unterlagen mit einer entschlossenen Geste zusammen. Er war ein Mann mit klaren, harten Gesichtszügen und aufmerksamen Augen und wirkte, als könne man ihm nichts vormachen.

»Wir haben uns, glaube ich, seit dem Fall von Antwerpen nicht mehr unterhalten«, begann Vincent das Gespräch. »Wir trafen auf dem Turm der Kathedrale zusammen, als ich nach meinem Vater Ausschau hielt, der wegen der Höllenbrander auf der Schelde unterwegs war.«

»Jetzt erinnere ich mich! Erkannt hätte ich Euch allerdings nicht.«

»Ich war noch ein Kind.«

Van Os schien kein Freund von Plauderei zu sein. »Was treibt Euch her?«

Vincent fasste knapp seinen Werdegang zusammen. »Ich hörte, dass Ihr ein Grundstück auf der Lastage erworben habt, und wollte Euch meine Dienste als Baumeister andienen«, sagte er dann.

»Habt Ihr denn schon Lagerhäuser errichtet?«

»Verschiedentlich, als ich bei Meister Oetgens lernte. Ich habe zudem Packhäuser aller Art entworfen.«

»Aller Art? Ist Lagerhaus nicht gleich Lagerhaus?«

»Mitnichten.« Vincent schlug sein Skizzenbuch auf und erläuterte seine Zeichnungen ausführlich.

Beim Anblick der Entwürfe wirkte der Kaufmann interessierter. »Mein Bruder und ich sind hauptsächlich im Handel mit Archangelsk und der Levante tätig. Unsere Geschäfte sind von vielen Seiten bedroht. Daher ist es nötig, mit Geschick und Weitsicht vorzugehen. Es ist schön und gut, die Waren über die Grachten hierherzuschaffen. Gerade für Güter, die in großen Mengen gehandelt werden, wäre aber ein Warenhaus im Hafen nötig. Es müsste natürlich stabil und sicher sein.«

Vincent nickte. »Hier habe ich die Fenster weit nach oben versetzt, damit mehr Licht hineinfällt. Bei einem anderen Entwurf habe ich im Keller Vorrichtungen zur besseren Lagerung großer Fässer geschaffen. Die Treppenhäuser habe ich weggelassen, um mehr Platz für die Güter zu schaffen. Über stabile Leitern gelangt man von Stockwerk zu Stockwerk – und der größte Teil des Warentransports wird ohnehin mit dem Kran erledigt.«

Van Os strich über seinen Schnurrbart. »Gut durchdacht, das muss ich sagen. Fertigt doch einen Entwurf für uns an.« Er teilte Vincent noch einige Anmerkungen und Wünsche mit. »Bis wann könnt Ihr damit fertig sein? Bis nächste Woche?«

»Mit einem ersten Entwurf bis morgen, wenn es Euch lieber wäre.«

»Ausgezeichnet. Bis morgen also.«

Sie reichten einander die Hände. Vincent wies auf die Unterlagen. »Ihr bereitet eine neue Reise vor?«

Dirck van Os lächelte. »Ich bereite immer Reisen vor. Aber diese hier wird etwas ganz Besonderes.«

Tatsächlich bekam Vincent bereits einige Tage später den Bauauftrag von Dirck van Os. Euphorisch suchte er den Werkhof auf, um Meister Oetgens davon in Kenntnis zu setzen, dass er bis auf Weiteres auf dessen Baustellen kürzertreten würde. Dort war Oetgens jedoch nicht, stattdessen wurde Vincent in die Gildehalle verwiesen, wo ausgelassene Stimmung herrschte.

Frans Hendricksz Oetgens prostete allen lautstark zu. »Vincent, da bist du ja! Schnapp dir auch einen Humpen!«

Vincent griff zu. »Was gibt es zu feiern?«

Oetgens grinste. »Die Vroedshap hat entschieden – ich bin ab sofort Fabrikmeister!«

»Gratuliere!« Vincent freute sich für seinen ehemaligen Lehrmeister. Damit hatte Oetgens einen der wichtigsten Posten im städtischen Baugewerbe erhalten. Er würde fortan für die Materialbeschaffung und -verwaltung zuständig sein und etwa hundert Mitarbeiter unter sich haben.

»Die fetten Jahre brechen an! Wir alle haben ab sofort reichlich zu tun!« Breit grinsend hob Oetgens erneut den Humpen.

Vincent musste plötzlich an Meister Bilhamers Tod denken – und an das, worüber der Architekt sich so aufgeregt hatte. Es war um den Grundstückskauf und die Hafenerweiterung gegangen. Nie hatte Vincent Oetgens darauf angesprochen, und jetzt war zu viel Zeit vergangen. Etwas anderes beschäftigte ihn ohnehin mehr. Wenn die Vroedshap ihn zum Stadtbaumeister bestimmt hätte, hätte man sich bei ihm wohl ebenfalls gemeldet. »Und wer wird Stadtbaumeister?«, fragte er.

»De Keyser wird den Posten wohl übernehmen. Ich soll mich mit ihm absprechen. Der Rat hat ihn zum Stadtbildschnitzer und -bildhauer gemacht. Muss nur noch vereidigt werden. Lag ja auch nahe, bei seiner Erfahrung.« Oetgens klopfte ihm auf die Schulter. »Mach dir nichts draus, deine Zeit kommt noch.«

»Du weißt von meiner Bewerbung?«

Oetgens neigte sich zu ihm. »Es gibt in Amsterdam nichts, was mit Bauen zu tun hat, das ich nicht weiß.«

Hendrick de Keyser betrat die Gildestube. Mit seinem schlichten Wams und dem seidigen Halstuch sah er aus wie eine stilvolle Mischung aus angesehenem Bürger und Handwerker. Er reichte Oetgens die Hand. »Auf gute Zusammenarbeit!« Sie stießen an, dann sprach de Keyser weiter: »Die Regenten haben mich um Eile gebeten, insbesondere, was die neuen Waffenlager und das Tuchthuis angeht. Am besten besprechen wir gleich morgen, was dafür vonnöten ist.«

»Sehr gerne!«

De Keyser wandte sich Vincent zu. »Auch mit Euch würde ich gerne ein paar Worte wechseln.«

Während Oetgens sich abwandte, um mit weiteren Gästen anzustoßen, gratulierte Vincent. Ob de Keyser um seine Bewerbung wusste und ihn als Konkurrenz empfand?

»Mir ist bekannt, dass Ihr Euch ebenfalls Hoffnungen auf den Posten gemacht habt«, bestätigte de Keyser Vincents Vermutung. »Ich weiß um Eure Kenntnisse und Ideen, deshalb möchte ich Euch anbieten, für mich zu arbeiten. Die Stadt hat viele Pläne, und ich werde nicht überall gleichzeitig sein können.«

Das Angebot kam für Vincent unerwartet. »Ich habe bereits eigene Bauaufträge gewonnen und gedenke, auch weiter eigenständig als Architekt zu arbeiten.«

»Selbstredend. Es wäre fahrlässig, sich derart eng zu binden. Auch ich habe mir eine gewisse Freiheit ausbedungen. Wie könnte ich sie Euch verweigern?«

Vincent schob seine Enttäuschung beiseite. De Keyser gab ihm die Möglichkeit, zu lernen und gleichzeitig Verantwortung zu tragen. »Dann nehme ich Euer Angebot gerne an«, sagte er.

In diesem Augenblick gab es am anderen Ende des Raumes einen Aufruhr. Vincent erkannte, dass der Maurer und Steinhauer Cornelis Danckerts heftig mit anderen diskutierte. »… mich einfach übergangen … langjährige Berufserfahrung, kein eingewanderter Neuankömmling, noch dazu …«

Fragend sah Vincent sein Gegenüber an. Hendrick de Keyser kniff sich mit Daumen und Zeigefinger in die Nasenwurzel, als müsse er hartnäckige Kopfschmerzen vertreiben. »Mijnheer Danckerts fühlt sich durch die Entscheidung der Regenten übergangen«, erklärte er das Offensichtliche. »Er war anscheinend sicher, dass er den Posten des Stadtbaumeisters erhält. Nun hat er Beschwerde eingereicht.«

Später am Abend, als ein weiteres Bierfass angestochen wurde, kamen die Frauen der Meister und Gesellen hinzu. Vincent fachsimpelte gerade mit einigen Maurern, als Kniertje zu ihm trat. Sie trug ein hübsches, tief ausgeschnittenes Kleid und ein verführerisches Lächeln im Gesicht. Sofort pfiffen und riefen die Arbeiter ihr nach. Doch Kniertje hatte nur Augen für ihn. Vincent wusste nicht, womit er das verdient hatte; er hatte sie seit der Meisterfeier nur flüchtig gesehen und sie keinesfalls ermutigt. Ehe er reagieren konnte, küsste sie ihn.

Angetrunken, wie er war, fiel es Vincent schwer, nicht auf ihre Liebkosungen einzugehen. Dennoch riss er sich von ihr los. »Lass das, bitte. Wir haben doch ... darüber gesprochen!«

Vertraulich strich sie mit dem Zeigefinger über seine Brust. »Alle sagen, dass du für den Stadtbaumeister arbeiten wirst ...«

Er wich zurück, sie folgte ihm nach.

»Noch ist nichts unterschrieben«, sagte er leise, aber entschieden.

Enttäuscht zog sie die Hand zurück. »Ein Meister braucht eine Frau. Oder stehst du etwa auf Kerle?«

»Was ... was denkst du denn von mir?« Die ersten Steinhauer lachten über ihr Geplänkel. »Ich will dich nicht, versteh das doch!«

Tief verletzt starrte sie ihn an. Dann ging sie wortlos davon.

33

Der Gesang der Arbeiter war von weithin zu hören. Dreißig bis vierzig Mann zogen im gleichen Rhythmus an den dicken Tauen, um den Heiblok hochzubekommen. Auf den lautstarken Befehl des Heibaas hin ließen sie los. Gleich darauf erschütterte ein Rummsen die Erde, die Ramme hatte den Pfeiler ein Stück tiefer in den Boden getrieben. Wieder begannen die Arbeiter zu singen. Es war eine Knochenarbeit, die Vincent Respekt abnötigte. Ohne die Kraft und Ausdauer der Arbeiter wäre Amsterdam nicht so schnell so stark gewachsen. Und doch waren die künstlichen Inseln noch nicht ganz fertig, genauso wenig wie die Stadtmauer, die das neue Amsterdamer Stadtgebiet einschließen sollte. Ein Stück weiter drang aus einem offenen Lagerhaus ebenfalls Gesang. Es war ein Kornspeicher, in dem Arbeiterinnen das Getreide wendeten, damit es nicht verdarb.

Während er auf Dirck van Os wartete, nahm Vincent erneut den Baugrund in Augenschein, der mit Pflöcken markiert war. Kurz darauf näherte sich sein Auftraggeber auf einem Ruderboot. »Und, seid Ihr zufrieden mit meiner Wahl?«, fragte er aufgeräumt.

»Die Lage ist ausgezeichnet, der Grund tragfähig«, bestätigte Vincent. »Platz zum Heranschaffen und Lagern des Baumaterials gibt es auch noch genug.«

»Etliche Kaufleute haben noch mit den Verlusten durch den Schiffsuntergang im Winter zu kämpfen. Die Geschäfte von anderen leiden durch den Krieg in Friesland. Die meisten aber haben ihr Geld investiert und müssen warten, bis sie wieder flüssig sind, bevor sie bauen können.«

»Und Ihr?«

Van Os' Augen wurden schmal. »Kümmert Euch um das Warenlager, alles andere geht Euch nichts an.«

»Verzeiht, ich wollte nicht unangemessen neugierig erscheinen ...«

»Spione gibt es überall, nicht nur in der Politik«, sagte der Kaufmann versöhnlicher. »Was meint Ihr, wie viele Händler es darauf anlegen, einem Konkurrenten ein gutes Geschäft wegzuschnappen! Also, wo genau soll das Lagerhaus stehen?«

Vincent wies über die freie Fläche und beschrieb Dirck van Os das große Backsteingebäude in allen Einzelheiten. Sein Kunde war zufrieden, und so vereinbarten sie, dass Vincent die nötigen Baumaterialien und Kosten auflisten sowie Männer anheuern sollte, damit die Bauarbeiten schnellstmöglich beginnen konnten.

Zum Mittagessen traf er sich mit Tinus in der Werft. Sein Freund hatte sich inzwischen zum Schiffbaumeister hochgearbeitet. Seine Pickel wären längst verschwunden, aber noch immer wirkte sein Gesicht, als wollten die Einzelteile nicht recht zusammenpassen. Da die Sonne schien, setzten sie sich auf einen Stapel Balken und packten Brot und Käse aus.

»Häuser bauen? Mit dir würde ich gerne arbeiten, aber das ist nichts für mich!«, meinte Tinus. »Ich bleibe bei meinen Schiffen.« Er neigte sich zu ihm. »Zumal bei den Schiffbauern gerade Unruhe herrscht. Ein Zimmerer erzählte von der Entwicklung eines neuen Schiffstyps in Hoorn. Wenn stimmt, was er sagt, dann kommen wir bald mit der Arbeit nicht mehr hinterher.«

»Was meinst du?«

Tinus senkte die Stimme. »Flacher Boden, bauchiger Rumpf, schmales Deck. Könnte mit weniger Matrosen die gleiche Menge Güter transportieren wie eine Galeone – würde im Sund aber weniger Zoll kosten, weil der nach der Deckfläche berechnet wird.« Er blickte Vincent vielsagend an. »Außerdem gibt es Gerüchte zu deinem Kunden.«

»Erzähl.«

»Angeblich sammelt van Os eine Gruppe reicher Kaufleute um sich, um den Spaniern und Portugiesen das Pfeffer- und Gewürzmonopol streitig zu machen.«

Vincent nickte nachdenklich. Deshalb also die Gespräche mit reichen Kaufleuten und Regenten! Und deshalb war Plancius dabei, der sich mit Kartografierung und Navigation wie nur wenige in Amsterdam auskannte.

Tinus steckte sich das letzte Stück Käse in den Mund. »Ein hohes Risiko, natürlich, diese Orientfahrt.«

»Für Leib und Leben. Und für das Vermögen«, konstatierte Vincent.

»So ist es. Sieh also zu, dass du deinen Lohn erhältst. Aber vielleicht ist es auch nur ein Gerücht. Du weißt ja ... was man im Hafen so redet. Schiffsleute sind schlimme Schnatterer.«

Als die Magd ihn ins Haus der de Keysers führte, war es ungewöhnlich still. Sonst hatte Vincent zumeist Erwachsene reden oder Kinder lachen gehört, denn der Stadtarchitekt hatte eine große Familie. Jetzt aber vernahm er nicht einmal das Hämmern des Steinmeißels.

Im Atelier standen angefangene Statuen, Steinblöcke in verschiedenen Größen und Leinwände. Da Hendrick de Keyser nicht da war, sah Vincent sich um. Welch großes künstlerisches Geschick er besaß!

Nach einiger Zeit kam de Keyser herein, er nestelte noch an seinem Halstuch. Hatte er denn nicht gearbeitet? Auch als sie die Bauvorhaben durchgingen, die die Regenten erwähnt hatten, wirkte der Baumeister abwesend. Schließlich fragte Vincent, ob alles in Ordnung sei.

De Keyser entschuldigte sich. »Die Vroedshap hat die Vereidigung aufgeschoben und will Danckerts' Beschwerde prüfen«, sagte er und strich über ein kleines Artefakt aus Alabaster, das auf seinem Schreibtisch lag. Jetzt bemerkte Vincent erst, dass die Augen seines Gegenübers gerötet waren. »Aber vor allem liegt unsere jüngste Tochter krank danieder. Es steht nicht gut um sie.«

Aus dem Waisenhaus wusste Vincent noch, wie fragil Kinderleben waren. »Das tut mir sehr leid. Ich werde für sie beten«, sagte er ehrlich betroffen.

»Habt Dank dafür.« De Keyser brauchte einen Augenblick, um sich zu sammeln. »Die Vroedshap will, dass ich auch ohne Eid beginne«, sagte er schließlich.

»Kann ich Euch in dieser Situation schon entlasten?«

»Wie Ihr vielleicht wisst, werden die Klöster und Konvente der Stadt anderen Zwecken zugeführt. Ein Teil der Arbeiten ist bereits fertiggestellt, ein anderer nicht. Verschafft Euch einen Überblick. Besonders der Umbau des Klarissinnenklosters zum Tuchthuis scheint den Regenten ein Anliegen zu sein. Findet heraus, welche Vorbereitungen getroffen wurden. Hier sind Meister Bloemaerts Notizen dazu.«

Vincent betrachtete die Eintragungen auf der Liste. Viele der einundzwanzig Klöster und Konvente der Stadt standen demnach seit 1578, also der Absetzung der katholischen Stadtregierung, leer. Ihm war nicht klar gewesen, wie viele katholische Einrichtungen in Amsterdam bestanden hatten. In der Stadt musste es ja von Geistlichen nur so gewimmelt haben! Wohin waren diese Nonnen und Mönche verschwunden?

Als Erstes steuerte er das ehemalige Klarissinnenkloster an, einen großen Bau am Heiligeweg in der Nähe der Voetboogstraat. Die Fenster waren verrammelt, der Klostergarten zugewuchert, und in den

Klosterzellen und Gängen wiesen Aschereste und Abfälle darauf hin, dass hier Bettler untergeschlüpft waren. Auf einem steinernen Fenstersims breitete Vincent die Unterlagen aus. Viel hatte Blomaert offenbar nicht vorbereitet; er würde neu anfangen müssen.

Langsam wanderte er durch das weitläufige Gebäude, dem man die Jahre der Vernachlässigung ansah. Mauern waren rissig, Dachziegel weggeweht. Beim Anblick der Klosterzellen fiel ihm auf, wie ähnlich ein Kloster und ein Gefängnis einander waren. Gefangen waren die Bewohner in jedem Fall: Gefangene des Glaubens oder des Gesetzes. Es gab große Säle, in denen die Zuchthäusler würden arbeiten können, und eine Küche. Dennoch würden sie einige Umbauten vornehmen müssen, um beispielsweise zu verhindern, dass jemand flüchtete. Er inspizierte auch die Dachböden, in die es hineingeregnet hatte, sowie die Keller, in denen das Wasser stand. *Sollte ich mal Langeweile haben, werde ich mich mit einem vernünftigen Schleusensystem befassen, das die Grachten durchspült und das Grundwasser im Zaum hält*, dachte Vincent. Jetzt aber hatte er mit den Klosterumbauten, dem Packhaus und den Arbeiten für Oetgens erst einmal genügend zu tun.

Vincent begab sich als Nächstes zur Nieuwe Zijde, wo der Sint-Lucienconvent zum Bürgerwaisenhaus geworden war. Beklemmung überfiel ihn, als er das Tor mit dem von Meister Bilhamer gestalteten Relief durchschritt. Der Binnenvader nahm ihn in Empfang. Obgleich viele Kinder in ihren schwarz-roten Uniformen zu sehen waren, war es verhältnismäßig ruhig. Reihe an Reihe spannen die Mädchen und jungen Frauen, während die Jungen etwas bauten. Die Kinder hier hatten es eindeutig besser als in dem hastig eingerichteten Waisenhaus der Gemeinde. Aber wie viele es waren! Eng war es hier wie dort.

»Nebenan gäbe es Platz für einen Anbau«, erklärte der Binnenvader. »Wir haben schon bei den Vorstehern angefragt, aber offenbar wird das Geld derzeit für anderes benötigt.«

Vincent versprach, das Thema noch einmal anzusprechen. Er war froh, als er das Waisenhaus wieder verlassen konnte.

Auf der Nieuwe Zijde besuchte er die Minderbrüder und das Kloster Sint-Geertruid. Dann wechselte Vincent zu den ehemaligen geistlichen Einrichtungen auf der Oude Zijde. Um das Pietersgasthuis und die Nonnenklöster am Grimburgwal sollte das Binnengasthuis für die Kranken entstehen. Da war das Dollhuis für die Verrückten, für dessen Aufbau erst vor einigen Jahren mithilfe einer Lotterie Geld gesammelt worden war. Außerdem der Paulusconvent, der Sint Jorishof, die Waalse Kerk, das Sint-Ceciliaklooster, das für hohen Besuch zum Prinsenhof umgebaut worden war, und der Ursulaconvent, der zum Spinnhaus für inhaftierte Frauen werden sollte.

Wenig später stand er auf dem Hafengelände und starrte auf die erste Mauer des Packhauses. Die Steine standen unregelmäßig wie eine Reihe löcheriger Zähne – der Anblick war kaum zu ertragen. Er ballte die Faust. Von Anfang an hatte er das Gefühl gehabt, dass die Arbeiter ihn nicht für voll nahmen. Sofort rief er den Polier zu sich. »Was ist das?«

»Die erste Backsteinmauer, so wie Euer Bauplan sie vorgesehen hat. Was stimmt damit nicht?«

»Das *soll* die erste Backsteinmauer *sein*. Aber sie ist ganz und gar nicht, wie ich sie vorgesehen habe. Wollt Ihr mich zum Gespött machen?«

»Ich … aber … Mijnheer …« Die Mundwinkel des Poliers zuckten, als er zu den anderen blickte.

»Habt Ihr diese Mauer hochgezogen?«

»Nein.«

»Aber Ihr habt sie verantwortet.«

»Das schon. Ich bin Polier. Das solltet Ihr doch wiss…«, begann er in einem belehrenden Tonfall.

Mühsam zwang Vincent sich zur Ruhe. »Was damit nicht stimmt, habt Ihr gefragt? Nun – womit soll ich anfangen? Ihr habt für das Fundament die falschen Steine verwendet. Noch dazu habt Ihr diese Steine schief platziert. Darüber hinaus war der Mörtel zu dünn, wie man an den Lecknasen sieht.« Vincent ging ein Stück um die Mauer herum. »Diese Mauer ist nicht lotrecht – um das zu erkennen, muss ich noch nicht einmal mein Werkzeug herausholen.« Dem Polier war das Grinsen vergangen. Doch Vincent war noch nicht fertig: »Ihr werdet diese Mauer abreißen und neu bauen, und zwar so, wie es sich gehört, und ohne, dass Ihr und die anderen dafür Lohn erhaltet. Ich dulde keine Schlamperei.«

Gemurre wurde laut, denn die Maurer hatten Vincents Worte ebenfalls vernommen. »Ohne Lohn? Das könnt Ihr nicht machen, Meister Aardzoon!«, protestierte der Polier.

»Und ob ich das kann. Ihr solltet doch wissen«, Vincent deutete bewusst den belehrenden Ton an, in dem der Polier zuvor gesprochen hatte, »was die Zunftregularien in diesem Fall vorsehen.« Er fasste jeden Arbeiter genau ins Auge. »Ich will, dass diese Mauer abgerissen wird und bis morgen wieder steht, und zwar ordentlich. Schafft Ihr das, werde ich für dieses Mal von einer Lohnkürzung absehen. Wir werden dieses Packhaus so korrekt und standfest errichten, als würden wir einen Palast bauen. Keinesfalls werden wir unserem Berufsstand Schande machen. Wer dazu nicht willens oder in der Lage ist, muss sich eine andere Arbeitsstelle suchen.«

*

Seit Betje wusste, dass sie das Waisenhaus bald verlassen könnte, war sie von Unruhe erfüllt. Als sie nach dem Frühstück die Küche aufgeräumt hatte, ging sie in den Innenhof, in dem sich eine einsame Ulme in den Himmel reckte. Wie oft hatte sie unter dem Baum gesessen, wie oft hatte sie hier mit kleinen Kindern gespielt. Draußen aber wartete eine Welt, in der es Muskat und Kardamom gab und andere exotische Gewürze. Eine Welt, in der man die verschiedenen Amsterdamer Märkte besuchen konnte und in der keine Binnenmoeder kontrollierte, ob man pünktlich im Bett lag. Sobald sie achtzehn war, könnte sie darum bitten, in eine feste Stelle vermittelt zu werden.

Als die Kirchenglocken ihr Lied anstimmten, ging Betje wieder hinein. Es war Zeit, beim Unterricht zu helfen. Aletta war schon da und plauderte mit einem Mädchen. »Was ist denn mit der kleinen Maria Maandag?«, fragte sie.

»Ihr Fieber ist zu hoch, sie ist gar nicht richtig bei sich. Wir haben den Arzt schon gerufen, aber du weißt ja, wie das ist ...«, antwortete Betje bekümmert.

»Gut zahlende Erwachsene werden schneller behandelt – das ist wirklich unerhört!«

Sie verteilten Schreibtafeln und Kreide an die Mädchen und begannen mit dem Unterricht. Nach einer Weile nahm Aletta Betje beiseite. »Ich glaube, ich habe einen Fehler gemacht«, sagte sie und zupfte verlegen an ihrem Ohrläppchen.

»Warum? Was meinst du?«

»Ich war bei deinem Bruder. In seiner Kammer.«

»Aletta!«

Ihre Freundin wurde rot. »Ich wollte mich für das unhöfliche Verhalten meiner Eltern entschuldigen. Schließlich hat er mich ... hat Vincent uns gerettet. Aber dann ...« Wispernd berichtete sie, welch unglücklichen Verlauf das Gespräch genommen hatte.

Betje musterte ihre Freundin. Da war etwas in Alettas Gesichtszügen ... die Art, wie sie Vincents Namen aussprach ... »Es kann dir doch egal sein, was Vincent denkt. Du hast doch nichts mit ihm zu tun.«

Ein Schatten zog über Alettas Gesicht. »Da hast du natürlich recht. Ich dachte nur ...«

»Du dachtest, falls ihr einen Baumeister benötigt, der ein neues Haus für euch baut ... Schließlich klagst du doch immer, wie feucht Keller und Wände sind«, sagte Betje aufs Geratewohl.

Alettas Züge hellten sich auf. »Ja, genau ...«, sagte sie versonnen. »Da wäre Vincent genau der Richtige.« Die Freundinnen tauschten ein Lächeln.

Im Anschluss an den Unterricht ging Betje in die Küche. Die nächste Mahlzeit musste zubereitet werden. Wieder Haferschleimsuppe. Zu ihrer Überraschung saß Mevrouw Haesje auf dem Schemel vor dem Herd, eine warme Milch vor sich. Während sie gemeinsam die Mahlzeit bereiteten, dachte Betje nach. Ob Vincent ebenfalls Gefallen an Aletta gefunden hatte? Wenn die beiden Menschen, denen sie am nächsten stand, sich ineinander verlieben würden ...

»Mein Bruder hat mir angeboten, mich aus dem Waisenhaus zu holen«, sagte Betje unvermittelt.

Überrascht sah die Binnenmoeder auf. »Ich habe mir immer gewünscht, dass du eines Tages meine Nachfolgerin wirst«, sagte sie. »Du kennst hier alle, beherrschst die Abläufe, weißt, wie was gemacht wird. Es ist eine gute, christliche Arbeit. Außerdem kannst du das Waisenhaus nicht verlassen. Die Kinder brauchen dich.«

Betje dachte an Maria Maandag und all die anderen Waisen, denen sie das Essen reichte, die Psalmen vorlas, Lesen und Schreiben beibrachte, mit denen sie spielte und die sie tröstete, wenn sie Kummer hatten oder krank waren. Es stimmte vermutlich: Die Kinder würden sie vermissen. Und sie die Kinder. »Das ist wahr«, sagte sie. »Dennoch würde ich meinem Bruder gern ab und zu im Haushalt helfen. Ich bräuchte also öfter Ausgang.«

Mevrouw Haesje wirkte erleichtert. »Das sollte kein Problem sein.«

*

Aletta musste ständig an Vincent denken. Noch hundertmal war sie ihr Gespräch in Gedanken durchgegangen, hatte sich über seine Äußerungen geärgert und sich für ihre geschämt, hatte überlegt, wann sie schlagfertiger, witziger hätte reagieren können. Sie dachte an das Blitzen seiner Augen und an seine Grübchen, die tief wurden, wenn er lachte. Eines hatte sie seltsamerweise beruhigt: Die junge Frau, die ihn bei der Gildefeier so angeschmachtet hatte, war nicht seine Verlobte.

Auf dem Heimweg fielen ihr die Baustellen ins Auge, die sie sonst immer als Ärgernis betrachtet hatte. Einige der Kaufleute, mit denen ihr Vater zu tun hatte, ließen am Singel bauen. Wäre ein prächtiges neues Haus nicht der beste Beweis für Aldo van Vleets Erfolg und Reichtum? Sie hatte keine Ahnung, was genau passierte, wenn man einen Architekten beauftragte, aber sie ging davon aus, dass man viel zu besprechen haben würde. Dass der Baumeister sie öfter aufsuchen würde, um die Pläne durchzugehen. Dass man gemeinsam Grundstücke in Augenschein nehmen würde. Dass man sich selbst auf der Baustelle vom Fortgang der Arbeiten überzeugte.

Wie nur würde sie ihren Vater am besten von der Notwendigkeit eines Neubaus überzeugen?

*

Obgleich die Pamphlet-Verkäufer noch immer die Schrecknisse des Krieges verkündeten, war die Auswahl auf den Amsterdamer Märkten atemberaubend, fand Betje. Für alles gab es in der Stadt einen eigenen Markt. Sie konnte sich nicht sattsehen an den Früchten und dem Gemüse, am Fleisch und an den Fischen, den Spezereien und exotischen Gewürzen. Allein der Käse: Kugeln und flache Leibe, hellgelbe oder dunkelgelbe, dazu grüne, die vielleicht mit Petersilie gewürzt waren, sowie Käse mit Kümmel oder anderen Spezereien. Alles hätte sie am liebsten in die Hand genommen, beschnuppert und probiert. Wenn es doch nur ein Mal im Waisenhaus ein Festmahl mit derartigen Köstlichkeiten geben würde! Das jetzt von ihr geplante Mahl war nur eine halbe Überraschung, weil sie Vincent um Geld hatte bitten müssen. Trotzdem verspürte sie Vorfreude – so oft hatte sie mit Mevrouw Haesje über die Zubereitung von Speisen geredet.

Betje fragte die Verkäuferin so lange aus, bis diese ungeduldig wurde und sich dem nächsten Kunden zuwandte. Betje sah ihn verstohlen an. Groß und dünn war dieser Kunde, mittelalt, mit einer Sichelnase und einem spitzen Kinnbart. Er trug einen Korb unter dem Arm, als wäre er eine Hausfrau, worüber sich allerdings niemand außer ihr zu wundern schien. Hatte dieser Mann nicht vorhin schon neben ihr gestanden? Jetzt warf er ihr auch noch ein Lächeln zu, das sie nicht zu deuten wusste.

»Ihr kocht wohl nicht oft«, sagte er, als sei es eine Tatsache.

»Doch, sehr oft sogar«, erwiderte sie. »Im Waisenhaus. Da gibt es aber jede Woche die gleichen Gerichte. Meist Gemüsesuppe, Getreidebrei oder Stockfisch.«

Ein Lächeln wuchs auf seinem Gesicht. »Dann sind Eure Fragen verständlich.« Er deutete eine Verbeugung an. »Zacharias, mein Name. Ich bin Koch im Hause eines Kaufmanns. Mijnheer Visscher hat oft Gäste, und immer muss es etwas Besonderes geben.« Er griff nach einer Frucht, die Betje nicht kannte. »Mit diesem Granatapfel könnte man beispielsweise einen schönen Salat machen.«

»Wie schmeckt so ein Granatapfel?«

»Herb-süß, aber sehr fruchtig. Deshalb füge ich Zitronen, Zucker und Orangenblütenwasser hinzu.«

Das klang ja unerschwinglich! Betje rechnete schnell aus, was sie sich leisten konnte, und ließ sich von Mijnheer Zacharias beraten. Sie staunte darüber, was er sich alles in den Korb packen ließ.

Hinter ihnen begannen die Wartenden bereits zu murren, denn als der erste Korb gefüllt war, kam ein Knecht, nahm ihm den vollen Korb ab und reichte ihm einen leeren. Zacharias beachtete die Drängler gar nicht, Betje schenkte er jedoch ein entschuldigendes Lächeln. Schließlich war er fertig und bezahlte. »Gutes Gelingen wünsche ich. Und für das nächste Mal: Legt Zitronen in Salz ein, und lasst sie ein paar Tage ziehen. Dann nehmt Ihr ein Bund Sauerampfer, bereitet das Hühnchen zu – ausgezeichnet.« Mit der Neigung seines Kopfes verabschiedete er sich. »Bis demnächst.«

*

Vincent konnte es nicht fassen, dass Betje am winzigen Herdfeuer seiner Kammer stand und geschickt mit seinem Kochgeschirr – einem Topf und einer Pfanne – hantierte.

Sie bemerkte seinen Blick und erwiderte sein Lächeln. »Du arbeitest ja gar nicht mehr.«

Ertappt blickte Vincent auf die Zeichnungen und Zahlen vor ihm. »Ich freue mich nur so, dass du hier bist. Auch wenn der Nachmittag eine ungewöhnliche Zeit für ein derartiges Mahl ist.«

»Es ging nicht anders«, sagte Betje und wendete die Zwiebeln.

Vincent wandte sich wieder seinen Berechnungen für das Packhaus zu. Dank einem Steinbrenner, den er bei Meister Oetgens kennengelernt hatte, hatte er einen guten Preis für die Backsteine ausgehandelt. Das Holz war hingegen zu teuer, er würde sich weiter umhören müssen.

Das Glockenspiel der Oudekerk setzte ein. »Oje, jetzt schon! Ich bin noch gar nicht fertig!«, rief Betje.

Vincent wollte seiner Schwester gerade sagen, dass er seinen Hunger sehr wohl noch bezwingen könne, als es an der Tür klopfte. Fragend blickte er Betje an.

»Ich habe noch jemanden zum Essen eingeladen«, eröffnete sie ihm. »Ich hoffe, du hast nichts dagegen.«

Kurz war er verwirrt. Andererseits würden die Mengen, die sie zubereitete, leicht für drei reichen. *Aber wen …*

Als er aufmachte, lächelte Aletta ihn an, und Vincents Herz machte einen Satz. »Es ist wirklich sehr freundlich, dass Ihr doch meine Entschuldigung annehmt.« Sie hielt ihm einen kleinen Beutel hin. »Ich wollte nicht mit leeren Händen kommen, da habe ich etwas Marzipan aus unserer Speisekammer stibitzt.«

Vincent nahm den Beutel an sich. Nur ein Mal hatte er Marzipan gegessen, es war einfach zu teuer. Warum war er nur so nervös? Er sammelte sich. »Habt Dank. Kommt doch herein, Juffrouw Aletta.«

»Nennt mich einfach Aletta, Mijnheer.«

Er deutete eine Verbeugung an. »Vincent.«

Während die Frauen sich begrüßten, wollte er seine Unterlagen wegpacken, doch Aletta war schneller. »Darf ich?«

Er erinnerte sich daran, dass sie ihn schon einmal gebeten hatte, seine Bauzeichnungen sehen zu dürfen. »Natürlich. Das ist ein Packhaus für … einen Kunden.« Interessiert betrachtete sie es. Ihre Hände waren fein und zart, ihr Haar schimmerte, und das Kleid umschmeichelte ihre Figur. Die Haare hatte sie hochgesteckt, um den Hals trug sie ein feines rotes Tuch, das sie jetzt jedoch löste und über die Stuhllehne legte. In ihrem Nacken kräuselten sich kleine Locken, die heller waren als ihr restliches Haar.

»Ihr habt auch Stadthäuser entworfen? Zu gerne würde ich Eure Zeichnungen sehen.«

Vincent hörte hinter sich Betje hantieren. »Ich fürchte, wir brauchen den Platz gleich. Soll ich den Tisch schon für das Essen frei machen?«, fragte er seine Schwester.

»Lass nur, es dauert noch ein bisschen.«

Sein Skizzenbuch lag auf dem Regal. Vincent zeigte Aletta einige Häuser und erklärte ihr Besonderheiten.

»Wie schön! Die Familie, die diese Stadtvilla ihr Zuhause nennen kann, muss sich glücklich schätzen.«

»Ich hoffe sehr, dass ich eines Tages einen Auftraggeber dafür finde.«

»Ganz bestimmt.« Aletta setzte sich und blätterte versonnen weiter. Sie blieb bei der Zeichnung einer Stadtlandschaft hängen. »Das ist nicht Amsterdam.«

»Oh nein, da war ich im Haag, während meiner Gesellenwanderung.«

»Eine Gesellenwanderung?« Sie blickte ihn neugierig an.

Eine Hitzewelle durchschoss ihn. Ihre Wimpern waren lang, und in ihren Augen konnte man sich verlieren.

»Von einigen Handwerkern wird erwartet, dass sie sich in anderen Städten oder Ländern verdingen, um Erfahrungen zu sammeln. Für einen Architekten ist das unerlässlich. Ich hoffe, eines Tages auch noch die berühmten Bauwerke in Italien zu studieren.«

»Das muss wunderbar sein! Ich kann mir gar nicht vorstellen, wie eine Gesellenwanderung vor sich geht. Ihr seid einfach losgelaufen, ohne zu wissen, wohin oder für wen Ihr am nächsten Tag arbeiten würdet?«

Da aus ihren Fragen echtes Interesse sprach, erzählte Vincent ihr ein wenig von seinen Reisen und den Traditionen seines Handwerks. Als das Essen fertig war, half Vincent, die Schalen und Teller aufzutragen; es war ihm unangenehm, dass Betje sie bedienen wollte.

»Alles sieht köstlich aus! Darf ich?« Aletta nahm den Löffel. Aus jeder Schale probierte sie ein wenig und stieß dabei genießerisch kleine Seufzer aus. »Deliziös!«, brach es aus ihr heraus. »Wenn du das Waisenhaus verlässt, musst du unbedingt für uns kochen! Mutter würde dich sofort engagieren!«

Vincent sprach das Tischgebet; er hoffte, dass er Aletta damit nicht vor den Kopf stieß, aber sie betete einfach mit. Während sie aßen, forderte Betje ihn auf weiterzuerzählen, denn auch ihr waren die meisten seiner Reiseerlebnisse unbekannt.

Nach einer Weile schob Aletta ihren Teller, auf dem noch Essen lag, weg.

»Schmeckt es dir nicht mehr?«, fragte Betje besorgt.

»Doch, schon. Aber wenn ich noch mehr esse, platze ich. Nur noch ein kleiner Nachtisch.« Aletta lächelte spitzbübisch.

»Ach, den habe ich ganz vergessen!«, rief Betje.

»Das macht doch nichts«, meinte Vincent. »Aletta hat doch ein Gastgeschenk mitgebracht.« Kurzerhand verspeisten sie das Marzipan.

Schließlich dämmerte es. Aletta erhob sich. »Ich fürchte, ich muss gehen. Vielen Dank für den schönen Nachmittag.« Sie umarmte Betje und küsste sie auf die Wange.

»Ich begleite dich. Mevrouw Haesje erwartet mich bestimmt ebenfalls zurück.«

»Soll ich euch nach Hause bringen?«, bot Vincent an.

»Lieber nicht«, sagte Betje.

Vincent sah sie prüfend an. Vermutlich hatte sie recht. Es war noch nicht spät. Zwei Frauen allein würden kein Aufsehen erregen, und anscheinend wussten Alettas Eltern nicht, wo sie sich gerade aufhielt.

Erst als sie längst gegangen waren, bemerkte er Alettas Halstuch auf der Sitzfläche. Behutsam nahm er es auf.

In den nächsten Tagen überlegte Vincent, wie er Aletta ihr Tuch wiedergeben könnte, ohne dass es für Gerede sorgen würde. Er ertappte sich bei der Hoffnung, ihr zufällig auf der Straße zu begegnen oder dass sie auch ohne Einladung wieder bei ihm vor der Tür stehen könnte – aber dazu kam es nicht. Natürlich könnte er einfach Betje das Tuch geben. Das aber würde ihn um eine weitere Begegnung mit Aletta bringen. Dass seine Gefühle seinem Vorsatz entgegenstanden, sich von Frauen fernzuhalten, machte es nicht leichter.

Seit er sich den Respekt der Bauarbeiter verschafft hatte, verlief die Arbeit auf der Baustelle reibungslos. Das Fundament und die ersten Mauern des Packhauses nahmen Gestalt an. Dirck van Os ließ Vincent freie Hand, schaute aber regelmäßig vorbei, um sich am Fortgang der Arbeiten zu erfreuen. Mit Hendrick de Keyser hatte Vincent seine Vorschläge für den Umbau des Tuchthuis besprochen, seitdem hatte er allerdings nichts mehr von ihm gehört. Ob es schon eine Entscheidung der Vroedshap über den Posten des Stadtbaumeisters gab?

Als am Abend die Arbeit eingestellt wurde, schlug Vincent kurzerhand den Weg zum ehemaligen Katharinenkloster ein. De Keyser stand mit Besuchern vor der fackelbeschienenen Pforte. Irgendwas stimmte hier nicht. Gerade wollte er schon wieder gehen, als Henrick de Keyser ihn entdeckte und ihn zu sich winkte.

Im Nähertreten hörte Vincent noch, wie die Fremden dem Baumeister ihr Beileid aussprachen und sich verabschiedeten. Vincents Mund wurde trocken.

»Unsere Tochter ...« De Keysers Stimme brach, sein Haupt senkte sich in unsagbarem Kummer.

Vincent kondolierte ebenfalls, obwohl er sich denken konnte, dass es nichts gab, was den Kummer eines Vaters oder einer Mutter in dieser Situation lindern würde. »Ich werde für die Seele Eurer Tochter beten«, sagte er leise. Hilflos schickte er sich an zu gehen.

»Es tröstet uns sehr, dass so viele uns beistehen. Sicher wollt Ihr auch noch meiner Gattin Euer Beileid zusprechen.«

Vincent nickte und folgte ihm ins Haus, in dessen Inneren die Spiegel mit schwarzen Tüchern abgehängt waren. Unzählige Kerzen brannten. Die Gäste hatten sich um die trauernde Mutter versammelt. Vincent nickte einigen ehemaligen Antwerpenern und anderen Bekannten zu. Als sich die Frau umdrehte, die gerade einer anderen Tochter der de Keysers die Nase putzte, beschleunigte sich Vincents Puls – Aletta! Er wollte wegsehen, doch dann bemerkte er, wie traurig sie wirkte, und hielt ihren Blick. In den zwei Wochen seit ihrem Essen hatte er sich jeden Tag gewünscht, Aletta wiederzusehen – aber doch nicht so!

Ruhig sprach er Mevrouw de Keyser sein Beileid aus. Der Mann neben ihr trug einen schlichten Gelehrtenmantel – oder war das ein …? Auch Alettas Eltern entdeckte Vincent jetzt. Kannte Aletta deshalb die de Keysers?

Hendrick de Keyser reichte ihm ein Glas Wein. »Sie war ein fröhliches Mädchen, stellte unentwegt Fragen und kritzelte auf einer Tafel, während ich arbeitete …«

Vincent fand offenbar tröstende Worte, denn der Baumeister legte ihm die Hand auf die Schulter und dankte ihm.

Er blieb noch ein wenig, verabschiedete sich aber, als ihm die Gelegenheit günstig erschien.

An der nächsten Straßenecke hörte Vincent auf einmal Schritte hinter sich. Jemand berührte seinen Arm. Er fuhr herum, befürchtete schon, erneut von einem Strauchdieb angegriffen zu werden. Doch es war Aletta, die sich an seine Brust warf und ihr Gesicht an seinem Hals verbarg. Ihre Schultern bebten, und Vincent konnte ihr rasendes Herz spüren. Ohne darauf zu achten, ob sie jemand sah, umarmte er sie und hielt sie, bis sie sich beruhigt hatte.

Schließlich löste sie sich von ihm. Vom Weinen waren ihre Augen ganz verquollen. »Ich verstehe nicht, wie Gott das zulassen kann! Ein Kind …« Aletta tupfte sich die Tränen mit einem Taschentuch ab. Dann funkelte sie ihn plötzlich an. »Du freust dich jetzt sicher, dass ich mit meinem Gott hadere!«

Ihr Vorwurf traf ihn. »Wie könnte ich mich darüber freuen?«

Aletta wandte sich ab. »Entschuldige, das habe ich nicht so … Ich wollte …«, stammelte sie. »Ich war da, als die Kleine starb. Der Priester …« Sie kniff die Lippen zusammen.

Vincent strich ihr die Tränen von der Wange. »Schon gut, ich habe ihn gesehen«, sagte er leise.

Langsam beruhigte Aletta sich. »Kannst du mich … nach Hause …«

»Was ist mit deinen Eltern? Werden sie sich nicht wundern, dass du verschwunden bist?«

»Ich habe ihnen gesagt, dass es mir nicht gut geht. Das ist nicht gelogen.«

Vincent reichte ihr den Arm, und Aletta hakte sich bei ihm ein. In der Dunkelheit fielen sie zwischen den anderen Passanten gar nicht auf. Es fühlte sich gut an, Aletta an seiner Seite zu spüren.

Als sie das Haus der van Vleets erreicht hatten, blieb Vincent stehen. »Ich warte hier, bis du hineingegangen bist.«

»Du passt auf mich auf. Das gefällt mir an dir.« Ihre Stimme war nur ein Hauch.

Aletta sah ihm in die Augen. Ihr Blick war weich und tief, ihre Lippen luden zum Küssen ein. Vincent schämte sich, dass er an solch einem Tag derart sündige Gedanken hatte. Langsam wanderten ihre Finger seinen Unterarm hinunter, bis sie seinen Handrücken berührten. Eine Gänsehaut kroch Vincent bis an den Haaransatz. Sein Mund war plötzlich trocken. Aletta ergriff mit bebenden Fingern seine Hand und zog ihn in den Schatten des nächsten Hauses.

Auf eine aufregende Art und Weise war er wie erstarrt, dennoch wollte er Anstand wahren. »Ich mag dich … sehr sogar, aber …«

»Psst!« Aletta stellte sich auf die Zehenspitzen und küsste ihn.

34

Das Relief mit dem Abbild des toten Kindes, das auf dem Werktisch lag, war so lebensecht, dass Vincent kaum hinschauen konnte. So wies er auf die Baupläne, die er mitgebracht hatte. »Die eigentlichen Umbauten halten sich in Grenzen. Allerdings ist es mit Aufwand verbunden, das Gemäuer so herzurichten, dass es ausbruchssicher und bewohnbar ist. Vor allem Dach, Keller und Westmauern …«

Vincent verstummte. De Keyser schien ihm gar nicht zuzuhören, sondern schliff versunken eine Stelle des Reliefs nach.

»Hm?«, fragte er, als er die Stille endlich bemerkte.

»Ich berichtete gerade über die Schäden an Dach und Mauerwerk.«

»Das kommt davon, wenn man kirchliches Eigentum derart vernachlässigt. Schreibt auf, was zu tun ist, und macht eine Kostenkalkulation, dann treten wir damit vor die Vroedshap«, murmelte de Keyser. Kurz machte er Anstalten, über das marmorne Gesicht des Kindes zu streichen, dann ließ er seine Hand in einer resignierten Geste sinken.

Etliche Entwürfe waren sorgfältig aufgerollt und eingepackt, als sie sich eine Woche später erneut in Hendrick de Keysers Atelier trafen. Der Architekt hatte sich offenbar gefangen. Er trug einen feinen Anzug, und sein seidenes Halstuch wölbte sich in einer perfekten Welle unter seinem Hals. Kritisch musterte er Vincent. »Sagte ich nicht, Ihr sollt Euer bestes Wams anziehen?«

Vincent sah an sich herunter. »Das ist mein bestes Wams. Stimmt etwas nicht damit?«

De Keyser rief seine Frau hinzu. Wenig später brachte sie ein Wams, das farblich zu Vincents Hose passte.

»Ich wusste nicht, dass wir zu einem Staatsempfang gehen«, brummte Vincent, während er sich umkleidete.

»Vergesst nie, dass wir in unserer Arbeit Gott ehren, denn er war der erste Baumeister«, erinnerte Hendrick de Keyser ihn. »Würde ist ein wesentliches Merkmal unseres Standes, weshalb wir auch nie auf einer Baustelle selbst Hand anlegen.«

Vincent ließ die obersten Knöpfe des Wamses auf, da es ein wenig zu klein war. »Bezieht Ihr Euch auf Alberti, der sagte: ›Die Hand des Arbeiters dient dem Architekten nur als Werkzeug‹?«

»Auch. Die Regenten und die Vroedshap werden uns nie ernst nehmen, uns nie Respekt und angemessene Bezahlung zukommen lassen, wenn wir nicht durch unser Auftreten beweisen, dass wir es wert sind. Und wir sind es wert, schließlich haben wir unser Metier von Grund auf studiert.« Mit einer Geste forderte de Keyser Vincent auf, die Entwürfe zu tragen.

Als sie im Rathaus zusammentrafen, zeigte sich, dass de Keysers Einschätzung zutreffend gewesen war: Während der Stadtzimmermann, die anderen Baumeister und der Fabrikmeister, die in Arbeitskleidung gekommen waren, von den Regenten zumeist mit Nichtachtung gestraft wurden, wurde De Keyser ausführlich angehört. Auch ihre akribische Vorbereitung und die detailgenauen Bauzeichnungen und Kostenkalkulationen machten Eindruck. Dass die Beratungen dennoch an mehreren Tagen fortgesetzt werden sollten, erstaunte Vincent. Wie kompliziert die Abläufe in der Politik waren, wie bürokratisch, und wie viel beachtet werden musste!

Dann endlich entschied die Stadtregierung: Ein neues Waffenhaus und neue Fleischhallen sollten errichtet, der Umbau des Klarissenklosters zum Tuchthuis vorangetrieben werden. De Keyser sollte die Arbeiten leiten, auch wenn er immer noch nicht vereidigt worden war. Die Angelegenheiten waren dringlich, denn der Krieg hatte sich in die friesischen Torflande verlagert und es musste Vorsorge für den Fall getroffen werden, dass die Armee bis Amsterdam vorrücken könnte. De Keyser würde bei allem die Oberaufsicht führen, doch Vincent durfte den Umbau des Klosters verantworten. Einem Katholiken wie de Keyser musste es ein Dorn im Auge sein, wie mit den ehemaligen Klöstern umgegangen wurde – von einem heiligen Ort zu einem Hort für Verbrecher und Arbeitsscheue!

Täglich pendelte er nun zwischen seiner eigenen Baustelle im Hafen und dem Tuchthuis im Heiligeweg. Es war ein gewaltiges Gemäuer mit unendlich vielen Zellen, langen Gängen und finsteren Kellern. Ein Gebäude, in dem man leicht verloren gehen, in dem man aber auch verschwinden konnte …

*

Als ahnten ihre Eltern etwas, spannten sie Aletta mehr als üblich in die Tätigkeiten der Familie ein. Sie erfüllte ihre häuslichen Pflichten, gab wie gewohnt Unterricht im Waisenhaus und wurde zusätzlich ausgeschickt, um Kranke zu besuchen und Geschäftsfreunden ihre Aufwartung zu machen. Mit Pater Anselm zusammen kümmerte sie sich um eine ganze Reihe ehemaliger Mönche und Nonnen, die seit der Aufhebung der Klöster heimatlos geworden waren, und besuchte sie, damit sie den geistlichen Segen erhielten.

Ihren Plan, ihrem Vater den Bau eines repräsentativen Hauses schmackhaft zu machen, hatte sie noch keinen Schritt vorantreiben können, da ihr Vater ständig unterwegs war. Offenbar bereitete er eine größere Lieferung Getreide für die spanische Armee vor, die in Friesland von Moritz von Nassau und seinen Truppen bedrängt wurde. Da dieser Handel verboten war, musste er besonders vorsichtig sein.

In der Stadt hielt Aletta auf jedem Weg nach Vincent Ausschau. Warum versuchte er nicht, sie zu treffen? Sie hatte doch absichtlich ihr Halstuch bei ihm liegen lassen, damit er es ihr zurückgeben konnte. Mit einem Kribbeln im Bauch dachte sie an ihren Kuss. Sie schämte sich nicht dafür, ihn geküsst zu haben, fürchtete aber, er könne sie jetzt für leichtfertig halten und dafür verachten.

Aletta wusste, wie wichtig ihre Aufgaben waren und wie sehr sie ihrer Familie verpflichtet war, gleichzeitig war sie unruhig wie nie. Sie fühlte sich eingesperrt, ausgeliefert. Abends, wenn die Magd ihr aus ihren Kleidern half und ihr die Haare ausbürstete, wenn sie mit dem feuchten Waschlappen über ihre Haut fuhr, war es besonders schlimm. Wieder ein Tag, der im Alltagsgrau vorübergegangen war! Später warf Aletta sich schlaflos im Bett hin und her. Obgleich sie wusste, dass sie eine Sünde beging, die sie niemals Pater Anselm würde beichten können, ließ sie die Hände über ihren Körper wandern und dachte dabei an Vincent. Warum nur war sie als Frau dazu verdammt, sittsam abzuwarten, was andere für sie entschieden?

Gerade, als sie glaubte, vor Ruhelosigkeit platzen zu müssen, wurde ihr Halstuch abgegeben.

Die Magd lächelte, als sie Aletta das Tuch und die Rose reichte, die vor der Haustür gelegen hatten. »Ihr habt wohl einen geheimen Verehrer!«

*

Nach dem Besuch im Waisenhaus lief Aletta, so schnell es gerade noch schicklich war, in den Heiligeweg. Endlich hatte Betje ihr weiterhelfen können!

Vor ihr schob ein alter Mann einen Karren durch die Seitengasse, in der das Kloster lag. Aletta sah sich um, suchte nach der Tür. Langsam und mit klopfendem Herzen ging sie weiter, bis der Alte um die Ecke verschwunden war. Sie drückte den Türgriff – offen! Wie aufregend das war! Noch nie war sie im Geheimen in ein verlassenes Gebäude eingedrungen.

Schnell hinein. Ein langer Gang, finster und unheimlich. Skrupel überfielen sie. Sie hinterging ihre Eltern, gefährdete ihre reine Seele. Sollte sie nicht vielleicht doch besser …

Plötzlich Schritte. Ein Umriss am Ende des Ganges. Ein Mann, groß und kräftig. Er kam näher. Ihr Herz raste.

Die Wachsamkeit, die seinem Gesicht anzusehen gewesen war, wandelte sich in Überraschung. »Aletta? Was machst du hier?«

Es drängte sie, Vincent in die Arme zu fallen. »Ich habe das Halstuch bekommen«, sagte sie, weil ihr gerade nichts anderes einfiel.

»Du hattest es bei mir vergessen.«

»Und die Rose, die du mir geschenkt hast.«

»Ein Gruß für eine liebreizende Frau. Ich hoffe, du betrachtest es nicht als … unpassend.« Er wirkte bei aller Männlichkeit ein wenig unsicher, was sie hinreißend fand.

»Ganz und gar nicht. Im Gegenteil. Ich habe mich danach gesehnt, dich zu sehen.« Sie machte einen Schritt auf ihn zu. Es drängte sie, ihn erneut zu küssen.

Vincent schienen die Worte zu fehlen. Zart nahm er ihr Gesicht in die Hände, betrachtete es, als wolle er es zeichnen. Er roch nach Holz und Metall, nach Arbeit und etwas, das sie nicht näher bestimmen konnte. Er legte den Kopf schief, seine Lippen näherten sich ihren. Sie waren fein geschwungen und weich. Ein Atemhauch auf ihrer Wange. Gänsehaut.

Sie hielt es kaum noch aus, so sehr wollte sie ihn jetzt küssen. Die zarte Berührung seiner Lippen, dann ganz leicht die Spitze seiner Zunge an ihrer. Hitze explodierte in ihrem Leib und breitete sich in ihr aus, als sie seinen Kuss erwiderte. Ihre Hände wanderten über seine breiten Schultern, das Rückgrat hinunter. Enger wurde ihre Umarmung. Sie spürte seinen Körper, wie sie nie zuvor einen gespürt hatte. Dieser Leib schützte und forderte sie zugleich, er rief nach ihr, sprach sie an, als kenne er allein ihre Sprache.

Als sie ihre erste Leidenschaft beruhigt hatten, nahm Vincent ihre Hand und führte sie in den ehemaligen Klostergarten, in dem ein Stapel Baumaterialien lag. Ein verwunschener Ort, die Wege überwuchert, nur eine einzelne, bemooste Steinbank war geblieben.

Aletta zögerte. »Die Arbeiter ...«

»Haben Feierabend gemacht. Wir können uns setzen. Es sei denn, es ist dir unangenehm, weil es ein ehemaliges Kloster ...«

Aletta zog ihn zu der Bank. Plötzlich war sie verlegen. »Ich kenne viele Nonnen und Mönche, die in den Amsterdamer Klöstern gelebt haben, aber zu alt für einen Umzug waren. Die meisten leiden darunter, dass sie in die Welt entlassen wurden. Andere genießen die plötzliche Freiheit. Sie erzählen, dass sie von ihren Eltern in den geistlichen Stand gezwungen wurden, dass sie es bedauern, nie eine Familie gehabt zu haben. Dass ihnen die Liebe zu Gott nicht gereicht hat.« Sie sah nachdenklich auf ihre Füße. »Vermutlich bestätigt es, was du über den sogenannten papistischen Irrglauben denkst.«

Vincent fasste zart unter ihr Kinn und schob es hoch, sodass sie ihn ansehen musste. »Lass uns damit aufhören. Ich möchte nicht, dass der Glaube zwischen uns steht. Wir sind mehr als das, was wir glauben. *Du* bist mehr.«

Seine Worte taten Aletta gut. »Aber was bin ich?«, fragte sie leise.

Vincent überlegte nur kurz. »Eine junge Frau aus gutem Hause, die sich seit ihrer Kindheit für andere einsetzt. Die ein großes Herz und viel Mut hat. Die gebildet ist und schön.«

Ein Lächeln hob ihre Mundwinkel. Sie wollte Vincent erneut um den Hals fallen, beherrschte sich aber. »Ich bin diese Grabenkämpfe, dieses ›Wir gegen die anderen‹ so leid!«

»Niemand zwingt dich dazu. Auch das ist Gewissensfreiheit. Du entscheidest, wen du hasst und wen ...«

»Du liebst«, vervollständigte sie den Satz.

Lieben, ein großes Wort. Und doch darf ich nicht entscheiden, wen ich heiraten werde, dachte sie, sprach es aber nicht aus, um den Moment nicht zu zerstören. Sie wusste, dass ihre Ehe eine Handelstransaktion sein würde wie der Kauf oder Verkauf von Waren. Sie würde sich zum Wohle der Familie fügen müssen, wie es ihre Pflicht war. *Aber was ist, wenn ich das nicht will?*

Aletta sprang auf. Der Abend war lau, und Vögel jagten durch die verwunschenen Efeuhecken. Sie lachte, um die Schwere zu verscheuchen, die sich ihrer bemächtigt hatte.

Ihre Heiterkeit steckte Vincent an. In den nächsten Minuten redeten sie über alles und nichts, streunten herum, erkundeten unbeschwert den Garten. Irgendwann lagen sie einander wieder in den Armen und versanken in einen tiefen Kuss. Dieser Ort war ihr Geheimnis, ihre geheime Zuflucht.

35

Lissabon, Sommer 1594

Die Gassen der Alfama, durch die sie liefen, wurden immer finsterer und enger. Schon lange gab es keine offen stehenden Türen mehr, aus denen es nach orientalischer Küche und gebratenem Fleisch duftete, sondern nur noch herumlungernde Gestalten, die sie zu taxieren schienen. Ruben und Piet blieben dicht an Mijnheer Croom und ihrem Steuermann Jan Molenaar, die wiederum einem Diener folgten. Sie mochte Seeleute sein, doch im Moment waren sie vor allem eine Garde für das viele Geld, das Croom und Molenaar bei sich trugen.

Der bullige Diener wandte sich um. »Keine Sorge, Señores, gleich haben wir das Haus meines Herrn erreicht.« Der Halbmond seiner hellen Zähne ließ trotz der Dunkelheit ahnen, dass er lächelte. In Lissabon lebten viele Mauren, doch für Ruben war der Anblick noch immer ungewohnt.

»Ich kann es kaum erwarten«, gab Mijnheer Croom zurück.

Piet wandte sich Ruben zu. »Das gefällt mir nicht«, sagte er leise.

Ruben konnte die Anspannung im Körper seines Freundes beinahe spüren. »Stimmt, das riecht nach Ärger.«

Jan Molenaar warf ihnen einen warnenden Blick zu. Er musste nichts sagen, damit Ruben wusste, was er wollte, denn in den letzten Jahren hatten sie gelernt, einander blind zu verstehen. War Molenaar zu Beginn nur Rubens Ausbilder gewesen, waren sie heute Freunde.

Ruben zog die Schultern hoch. Wenn alles gut ging, würden sie bald endlich zurückkreisen können. Ihre Tuche, das Korn und die Pelze waren längst verkauft, auch die meisten Güter für die Rückreise hatten sie erworben. Wie viele andere Kaufleute hatten sie in den letzten Wochen auf die Rückkehr der Silberflotte gewartet. Eigentlich trafen zweimal im Jahr reich mit Gütern aus der neuen Welt beladene Handelsschiffe und ihr Geleitkonvoi hier ein. Nun besagten Gerüchte, dass die Silberflotte wegen der Stürme ausbleiben würde, was nicht nur für die spanische Krone ein harter Schlag war. Auch Mijnheer Croom und einer ihrer Kunden, für den Molenaar das Geschäft tätigen sollte, hatte auf Silber, Zucker und Pfeffer aus Westindien gehofft. Deshalb hatten sie sich zu dieser risikoreichen Aktion entschlossen.

Ein marschierender Trupp ließ sie in die nächste Gassenmündung ausweichen. Die Kontrollen der Spanier, die über Lissabon herrschten, waren während ihres Aufenthalts stetig schärfer geworden. Ruben senkte den Blick, legte aber die Hand an seinen Dolch, während die Soldaten schwer bewaffnet vorbeischritten.

Einige Augenblicke später, als die Kathedrale ihr schepperndes Glockengeläut hören ließ, betrat ihr Führer ein schlichtes weiß getünchtes Haus. Ein kleiner Mann in einem Kaftan kam ihnen entgegen und umschloss nacheinander ihre Hände mit seinen. »*Bem-vindo, meus amigos*«, begrüßte er sie leutselig.

Sie wurden zu einem Tisch geführt, dessen Platte nur eine Elle über dem Boden hing, und nahmen auf großen Kissen Platz. Eine junge Frau in einem schlichten Leinengewand schenkte ihnen Tee ein.

Während Croom und Molenaar mit ihrem Gastgeber Höflichkeiten austauschten, nahm Ruben unauffällig den Raum in Augenschein. Bunte Tücher hingen an den Wänden und sorgten zusammen mit den vielen Öllampen für eine heimelige Atmosphäre. Neben der Eingangstür gab es einen weiteren Durchgang, der wohl zum Hinterhaus führte, und ein mit einem Holzladen verschlossenes Fenster, neben dem der Maure sich aufgestellt hatte. Hinter dem Schreibtisch erhob sich ein Regal, in dem Papierrollen lagen. Daneben wachte Jesus von einem großen Kruzifix aus über den Raum.

Schließlich bat der Händler sie mit einer lässigen Geste um ihre Unterlagen. »Nur eine Formalität. König Philipp ist etwas … *sensibel*, was den Handel mit seinen Feinden angeht.« Mijnheer Croom reichte ihm die gefälschten Papiere, die sie als flämische Kaufleute auswiesen. »Aus dem katholischen Dünkirchen, das ist schon mal gut. Es ist unserem König nämlich ein Dorn im Auge, dass sich die Niederländer mit Waren aus seinem Reich … wie sagt man … eine goldene Nase verdienen. Es heißt, dass er den Hafen von Lissabon für Schiffe aus den abtrünnigen Provinzen sperren will. Aber keine Sorge. Dieses Gerücht wird sich nicht auf den Handelspreis auswirken«, versicherte der Händler und reichte ihre Unterlagen an den Mauren weiter, der hinausging. »Eine letzte Kontrolle, kein Problem.«

Ruben versteifte unwillkürlich. Er musste sich zwingen, keinen alarmierten Blick mit Piet zu tauschen. In Gedanken spielte er ihre Fluchtmöglichkeiten durch.

Inzwischen wurde gehandelt. Sie bekamen Zuckerproben in Farbschattierungen von Dunkelbraun bis Elfenbeinweiß und andere Gewürze vorgelegt, schließlich holten Croom und Molenaar ihre Geldsäcke hervor und zählten dem Händler die Münzen auf den Tisch. Nun brauchten sie nur noch ihre Unterlagen zurück.

Als die Tür aufging und der Maure in Begleitung zweier spanischer Soldaten eintrat, war Ruben sofort klar, dass sie aufgeflogen waren.

»Gibt es ein Problem, Señores?«, fragte Mijnheer Croom mit einem bemühten Lächeln.

Ihr Geschäftspartner hob die Schultern und räumte die Münzen in seinen Geldbeutel. »Ihr zahlt gut, aber der spanische König entlohnt mich besser.«

Blicke flogen zwischen Ruben und seinen Begleitern hin und her. Molenaar sprang als Erster auf. Ehe der Maure es sich versah, hatte der Steuermann sich auf ihn gestürzt. Croom warf nur einen Lidschlag darauf den verräterischen Händler um. Ruben und Piet mussten sich die Soldaten vornehmen, und zwar ehe diese Alarm schlagen konnten. Andernfalls hätten sie ihre Leben verwirkt …

Wenig später hatten sie sich eine Atempause verschafft. Croom und Molenaar rafften die Münzen zusammen, und Piet packte ein paar Gewürzsäcke. Ruben hingegen hechtete zu dem Regal mit den Seekarten. Er dachte daran, was Seekarten wert waren, was diese hier vielleicht wert sein könnten. Welche sollte er mitnehmen, welche?

»Komm jetzt, wir müssen los! Mach schnell!«, rief Piet.

Ruben hörte nicht auf ihn. Er zog eine Karte heraus. Die baltische See – unnütz! Hinter ihm regte sich einer der Spanier. Er musste sich beeilen. Noch eine Karte – der englische Kanal. *Jesses!*

Ein weiterer Griff ins Regal. Ruben versuchte, die Papierrollen in den Ausschnitt seines Hemdes zu stopfen. Piet sprang über die Soldaten hinweg hinaus. Molenaar wollte hinterher, doch der Spanier packte ihn am Fuß und brachte ihn zum Fall. Woher hatte er auf einmal den Dolch? Schon stach er auf Molenaar ein. Erschrocken kam Ruben dem Steuermann zu Hilfe. Gleichzeitig stemmte der Maure sich hoch …

36

Groningen, Juli 1594

Bis über die Knöchel stand Nathan im Matsch. Und es regnete weiter auf Groningen und die friesischen Ommelande. Was für ein Sommer! Er verfluchte seinen Herrn Johan van Oldenbarnevelt, der gemütlich in Brüssel seinen Verhandlungen nachging, während er sich hier den Tod holte. Das Donnern der Kanonen ging ihm direkt ins Mark. Mit dem Taschentuch tupfte sich Nathan Angstschweiß und Regen von der Stirn. Arkebusen und Musketen spuckten Feuer in den Regen, Rauch vermischte sich mit Wolken, während Graf Moritz von Nassau die Arbeiter mit dem Spaten dirigierte. Seit Tagen ließ der Oranier das größte Ravelin von Groningen unterminieren. Der Wallschild war ein Überbleibsel des vom früheren Heerführer der spanischen Armee, dem Herzog von Alba, errichteten Schlosses und lag im Festungsgraben. Da nicht nur der Dauerregen das Erdreich schwer machte, sondern auch Graf Moritz selbst etliche Deiche in der Nähe der Stadt hatte durchstoßen lassen, war das Schaufeln Schwerstarbeit. Vorher hatte Graf Moritz sie bereits Kanäle für Soldaten und Belagerungskanonen graben lassen. Die republikanischen Politiker lästerten schon, der Spaten sei seine wichtigste Waffe. Allerdings eine, mit der der Graf auf seinem nun schon vier Jahre andauernden Siegeszug etliche Erfolge verzeichnet hatte. Für besonderes Aufsehen hatte die glorreiche Eroberung von Geertruidenberg gesorgt, die nur durch die von Graf Moritz angelegten Schanzen gelungen war. Die spanischen Truppen hingegen rieben sich an zwei Fronten auf: Der französische König Henri IV. war zwar erneut zum Katholizismus konvertiert, bekämpfte aber weiterhin die spanischen Invasoren; auf dem Gebiet der Vereinigten Niederlande wurden die Spanier ebenfalls in mühseliger Kleinarbeit zurückgedrängt. Sogar als die englische Königin ihre Truppe abgezogen hatte, um dem bedrohten Brest zu Hilfe zu kommen, hatten die Niederländer den Verlust ausgleichen können. Dabei war ihnen zugutegekommen, dass die feindlichen Feldherren seit dem Tod des Prinzen von Parma zerstritten und durch Meutereien geschwächt waren.

Etwas zischte über Nathan hinweg, dann schlug nur einen Steinwurf entfernt eine Kanonenkugel ein. Hoch spritzte der Schlamm, zurück blieb ein Krater. Nathan versuchte, sich zu beruhigen, indem er die Laufbahn und die Kraft berechnete, die auf die Kugel gewirkt haben mussten. Wenigstens waren dieses Mal keine Opfer zu verzeichnen. Mindestens hundert Soldaten waren bereits bei dem Versuch gefallen, die katholische, spanisch gesinnte Stadt Groningen zu befreien. Knapp zwei Monate dauerte die Belagerung schon, und Nathan vermochte kein Ende abzusehen. Das Umland und das restliche Friesland hatten sich zwar bereits den Generalstaaten angeschlossen, Groningen aber weigerte sich nach wie vor. Immerhin war den Belagerten anscheinend das Schießpulver ausgegangen.

Nathan konnte den Kapitän-General nicht mehr sehen und rannte ein Stück gen Ravelin. Da war Graf Moritz! Sein Brustharnisch reflektierte im Fackelschein. Herrisch bellte er den schaufelnden Pionieren Befehle zu. Moritz von Nassau war ein großartiger Stratege und trug zu Recht den höchsten militärischen Rang, das musste selbst Oldenbarnevelt anerkennen. Seine Planungen hatten etwas kühl Mathematisches. Und doch waren die beiden Männer sich immer seltener einig. Ja, mehr noch: Oldenbarnevelt misstraute Graf Moritz und dieser ihm. Jeder argwöhnte, dass der andere ihn im Kampf um die Macht im Staate ausstechen wolle.

Jetzt beriet sich der Feldherr mit seinem Vetter, dem friesischen Statthalter Wilhelm Ludwig, Graf von Nassau-Dillenburg, der einen Trupp Schotten befehligte. Als Moritz sich anschließend umsah, bemerkte er Nathan. »Ihr seid ja immer noch da«, sagte er abschätzig.

»Exzellenz, Ihr wisst, dass Mijnheer van Oldenbarnevelt mich beauftragte, ihn über den Fortgang der Ereignisse auf dem Laufenden zu halten.«

»Wenn Ihr schon hier seid, könnt Ihr auch mitanfassen.« Graf Moritz riss einen Spaten aus dem Matsch und hielt ihm Nathan hin.

Auch das noch! Notgedrungen ergriff Nathan den Spaten und folgte dem Oranier zu dem Graben unter dem Ravelin. Die Luft war dick von Feuchtigkeit und Dreck. Schlammbespritzte Pioniere füllten Schubkarren, die sogleich weggekarrt wurden.

»Ein Stück noch, Männer, dann werden wir die Explosivstoffe beibringen und Groningen aus der Hand der Papisten befreien!«, schrie der Graf.

Die zustimmenden Rufe der Männer klangen kraftlos. Halbherzig stieß Nathan den Spaten in die weiche Erde.

Im gleichen Moment blitzte an der Kante des Bollwerks etwas auf. Ein durchdringender Knall. Dann ging Graf Moritz zu Boden.

*

Die Pulvermühlen stampften, an einem Tisch wurden Musketen repariert, draußen vor der Tür Schwerter geschliffen, die hier, in dieser Marschlandschaft, in der der Wind die Luft mit Salz schwängerte, rasend schnell rosteten. Don Diego beriet mit dem Büchsenmeister über das weitere Vorgehen und trieb dann die Soldaten an, die für den Artilleriegeneral arbeiteten. Wieder einmal war Eile geboten, zumal sie mithilfe der mobilen Pulvermühlen nur kleine Mengen Schießpulver herstellen konnten.

»Gut gemacht! Nicht mehr lange, und wir können den ersten Wagen mit Pulver und Waffen losschicken! Wenn es uns gelingt, Schießpulver herzustellen und nach Groningen zu liefern, ist Friesland gerettet, und unser König wird sich dankbar erweisen!«, rief Diego. »Macht also schneller, Männer!«

»Jawohl, Leutnant!«

Es gefiel Diego, dem Artilleriegeneral unterstellt zu sein. Valentin de Pardieu, Seigneur de la Motte, hatte so viele Schlachtfelder zu versorgen, dass er seinen Untergebenen viele Freiheiten ließ. Der erfahrene General hatte mit Diegos Vater in der Schlacht bei Sluis einen Arm verloren, was ihn aber nicht in seiner Tatkraft bremste. Diegos Vater wiederum kämpfte mit seinem Tercio derzeit in Frankreich; er hatte sich damit abfinden müssen, dass Diego kein Kriegsheld war, der an vorderster Front stehen wollte, sondern damit zufrieden war, seinem König und Gott an dieser Stelle zu dienen. Seit die beiden Männer, die er am meisten fürchtete, weit weg waren, ging es Diego gut. Er war beinahe wieder gesund, und auf seinem Posten hatte er sich Ansehen verschafft. Was für ein Glück, dass sein Vater dafür gesorgt hatte, dass Lazarus an die französische Front versetzt wurde! Seitdem hatte Diego nichts mehr von diesem Unhold gehört.

»Sobald das Schießpulver fertig ist, werden wir es mit einem bewaffneten Trupp nach Groningen hineinbringen«, kündigte Diego an. Der Versuch, die feindlichen Linien zu durchbrechen, war lebensgefährlich, und doch musste es sein.

In diesem Augenblick stürzte ein tropfnasser Bote herein. »Graf Moritz wurde getroffen! Ein Schütze hat ihn vom Ravelin aus erwischt!«

Die Nachricht löste Begeisterungsstürme aus.

»Jetzt gilt es, bei der heiligen Maria und allen Heiligen! Das Schießpulver muss fertig werden! Groningen rechnet mit unserer Hilfe!«, feuerte Diego die Soldaten noch einmal an.

In den nächsten Stunden arbeiteten sie fieberhaft. Endlich konnte die erste Ladung Schießpulver verpackt werden. Doch als der Wagen abfahrbereit war, traf ein weiterer Bote ein. Es war zu spät. Groningen war gefallen. Graf Moritz hatte die Stadt eingenommen. Er hatte überlebt, weil sein Kürass die Kugel abgehalten hatte. Warum nur hielt Gott seine Hand über diesen Ketzer?

37

»Ruben ist zurück!« Winkend lief Annemieke ihm entgegen.

Vincent blickte auf. »Wo ist er?«

»Gerade war er bei meiner Mutter. Aber dann ist er sogleich wieder raus.«

Er fluchte leise. In die Freude über die Rückkehr seines Bruders mischte sich seit einiger Zeit auch Ärger, denn wenn Ruben an Land war, tat er eines am liebsten: sein Geld in einer Taverne durchbringen und betrunken Schlägereien anzetteln. Wenn Vincent ihn deshalb kritisierte, sagte Ruben nur, das machten alle Seeleute so und auf See sei er stets stocknüchtern. Meist war er für ein paar Monate oder ein halbes Jahr fort, dieses Mal aber hatte Vincent ihn schon länger nicht gesehen und angefangen, sich Sorgen zu machen.

Vincent hielt Annemieke eine Münze hin. Zunächst lehnte sie ab, aber als er darauf beharrte, nahm sie das Botengeld doch. »Wir suchen ihn«, sagte er. »Schau du auf der linken Seite vom Zedijk, ich nehme die rechte.«

In Rubens Lieblingstavernen wurde er nicht fündig, und so strichen sie weiter durch die Straßen bis zum Dam. An der Auslage einer der vielen Buchdrucker fingen neue wissenschaftliche Schriften Vincents Blick, und er musste sich zwingen weiterzugehen. Dann jedoch entdeckte er Ruben – er stand neben dem Schreibpult und schäkerte mit zwei jungen Frauen. Die eine hatte ihre sattblonde Mähne zu einem Zopf zurückgebunden und wirkte trotz ihres Kittels wie eine Dame in einem Ballkleid. Die andere hatte ein Tuch wie eine Art exotischen Turban um ihren Kopf gewickelt, sah ansonsten aber eher gewöhnlich aus.

Ruben hatte die typische Tracht der Seeleute an, ein sonnengebräuntes Gesicht, in dem Augen und Zähne hell aufschienen, und strohige, ausgeblichene Haare. Er wirkte auf eine unbekümmerte Art abenteuerlustig, und Vincent konnte nachvollziehen, dass die Frauen ihn mochten. Zumindest hatte Ruben bei seinen Aufenthalten in Amsterdam nie Probleme gehabt, weibliche Bekannte zu finden.

Sein Bruder begrüßte ihn, als hätten sie sich vorhin erst gesehen. »Ah, Vincent. Dich hätte ich als Nächsten aufgesucht. Aber ich wollte erst versuchen, flüssig zu werden. Dabei wollen diese jungen Damen mir helfen.« Er zwinkerte der Mitarbeiterin mit dem Zopf zu, während die andere sich über zerknickte Seekarten beugte.

Flüssig werden – Vincent hatte es befürchtet! »Komm mit zu mir«, schlug er vor. »Wir fragen Betje, ob sie uns etwas Schönes kocht.«

»Betje? Hat sie das Waisenhaus verlassen?«

»Das nicht, aber sie hat öfter Ausgang.«

Der Buchhändler sprach kurz mit der Frau mit dem Turban, dann nahm er die Papiere und kam zu Ruben. »Ich weiß jemanden, der Interesse an Euren Seekarten haben und Euch einen guten Preis machen könnte. Kommt in ein paar Tagen wieder, dann sage ich Euch, was wir zu zahlen bereit sind.«

»Ich will bei den Verhandlungen dabei sein«, sagte Ruben.

»Das geht nicht.«

»Warum nicht?«

»Der Interessent möchte unerkannt bleiben.«

Ruben nahm ihm die Seekarten ab. »Dann werden wir uns nicht einig. Glaubt Ihr, ich wüsste nicht, was ich hier für Besonderheiten habe?«

Schließlich gab der Buchhändler nach. »Seid am Nachmittag wieder hier. Ich werde herausfinden, wie wir am besten vorgehen. Aber zeigt diese Seekarten bis dahin niemandem.«

Ruben nickte dem Drucker und den Damen zu und zog Vincent mit sich auf die Straße.

»Was hat es mit den Seekarten auf sich? Woher hast du sie?«, fragte Vincent.

Ruben grinste. »Das ist eine lange Geschichte, die ich dir am besten bei einem Bier erzähle. Die anderen sind schon in die Taverne gegangen. Ich habe das Beste verpasst.«

»Wir könnten Betje …«

»Was bist du nur für ein Langweiler! Wozu haben wir die vielen Gasthäuser in Amsterdam, wenn wir sie nicht nutzen? Ich will Spaß haben, das Leben kann viel zu schnell vorbei sein!«

Im Gasthaus wurde Ruben mit großem Hallo begrüßt. Vincent suchte für sie eine etwas abgelegenere Bank. Ruben hatte derweil zwei Bierkrüge beschafft und legte die Seekarten neben sich auf einen Stuhl.

»Gib sie mir, ich habe hier Platz«, sagte Vincent, der an der Wand saß, wo keiner vorbeikam. »Soll ich auch den Beutel mit der Heuer einstecken?«

»Damit ich nicht wieder pleite bei dir angekrochen komme, Vater?«, ätzte Ruben, reichte ihm aber beides. »Einen Teil der Heuer habe ich schon zu meiner Bank gebracht. Zu Majken.«

»Was für einen Eindruck hattest du von ihr? Betje und ich machen uns Sorgen. Seit sie das Kind verloren hat, ist sie am Boden zerstört. Selbst Annemieke kommt nicht an sie heran.«

»Das wird schon wieder«, gab sich Ruben überzeugt und wechselte, wie es seine Art war, wenn es um Probleme ging, sogleich das Thema. »Majken meint, du hast ein Liebchen. Das wurde ja auch Zeit.«

Sie prosteten sich zu. Ruben trank, als stünde er vor dem Verdursten, dann knallte er den Becher auf den Tisch. »Mehr!«, rief er. Sofort kam ein Schankmädchen heran.

»Willst du nicht für die Verhandlungen mit dem Buchhändler einen klaren Kopf behalten?«

»Lass meinen Kopf mal meine Sorge sein, Brüderchen.«

Hinter ihnen sangen die Seeleute oder tanzten mit den leichten Mädchen. Ruben holte eine Pfeife hervor, stopfte sie und entzündete in einem komplizierten Ritual den Tabak. Er paffte ein paar Züge und stieß dichte Rauchwolken aus. Die neugierigen Blicke der anderen Gäste schien er nicht zu bemerken, aber Vincent ahnte, dass Ruben seinen Auftritt genoss.

Mit zusammengekniffenen Augen blickte Ruben ihn an. »Wir lagen unter falscher Flagge vor Lissabon, als der spanische König befahl, den Hafen für unsereinen zu sperren und alle niederländischen Schiffe festsetzen zu lassen. Fünfzig Schiffe wurden beschlagnahmt. Fast hätte es uns auch erwischt.«

Vincent beugte sich vor. Wie hatte Rubens Schiff gerettet werden können? Sein Bruder nahm in aller Ruhe wieder ein paar Züge. »Und, was ist geschehen?«, fragte Vincent gespannt.

»Wir waren gerade in der Alfama, einem hauptsächlich von Mauren bewohnten Stadtteil, und verhandelten über den Ankauf von Gewürzen, als wir aufflogen. Ein Kampf entbrannte …«

Mit dem zweiten Bier kamen zwei Seeleute, die Ruben zum Würfeln einluden, von diesem aber auf später vertröstet wurden. In allen Einzelheiten zeichnete Ruben den Kampf nach. »Wir konnten uns gerade noch zum Schiff schleppen und die Anker lichten. Unser Steuermann war jedoch schwer verletzt, also übernahm ich das Ruder …«

»Nicht Piet?«

»Du traust mir das wohl nicht zu, was?«

»Das nicht, aber …«

»Es hat ein paar Reisen gebraucht, aber dann haben Heyn und Molenaar begriffen, dass ich mich damit mindestens genauso gut auskenne wie Piet. Da ich Molenaar gerettet habe, kam mir diese Ehre zu«, meinte Ruben. »Piet trägt's mit Fassung, auf jeden Fall im Moment. Vielleicht lässt er mich irgendwann einmal bei der Nachtwache über Bord gehen, wer weiß?« Wieder paffte er einige Züge. »Ich hatte also das Ruder. Wir schlugen Haken wie ein Spatz auf der Flucht vor Seemöwen. Die Spanier schossen auf uns, aber wir entkamen. Wir dankten Gott und hofften auf eine ruhige Heimfahrt, aber denkste.«

»Was ist passiert?«

»Die spanische Kaperflotte vor Dünkirchen hat uns zugesetzt. Das sind wirklich Teufel! Werden reicher und mächtiger, indem sie unsere Güter rauben und unsere Männer auf den Grund der See schicken.«

»Und die Seekarten?«

»Raubte ich dem Lissaboner Händler. Hätte mich fast den Kopf gekostet, weil ich bei der Flucht den Anschluss verloren habe. Aber ich glaube, es lohnt sich.« Ruben neigte sich vor. »Eine der Karten zeigt einen Teil des Seewegs nach Batavia«, raunte er.

»Und?«

»Du hast ja wohl gar keine Ahnung von Schifffahrt! Die Portugiesen halten die Route geheim. Die *Casa da Índia* beharrt auf dem Monopol auf Waren aus diesem Teil der Welt. Das können wir natürlich nicht hinnehmen. Wer sind die Portugiesen, dass sie uns Indien vorenthalten dürfen? Die Meere sind frei! Ich weiß, dass es schon öfter Überlegungen gegeben hat, eine niederländische Handelsflotte dorthin auszurüsten. Allein, es fehlt an den Seekarten.«

Die Brüder folgten dem Buchdrucker durch die Gassen der Stadt. Die Neugier hatte Vincent gepackt, und seine Arbeit konnte noch ein wenig warten. Zu seiner Überraschung steuerten sie ein Kontor in de Nes an, das ihm wohlbekannt war.

»Mijnheer Aardzoon, wie gehen die Arbeiten am Packhaus voran?«, begrüßte Dirck van Os ihn.

»Sehr gut. Alles läuft nach Plan. Heute bin ich allerdings wegen meines Bruders hier.« Vincent gab den Weg für Ruben frei.

Van Os musterte ihn. »Ihr seid also der Mann mit der Karte. Kommt in mein Kontor.«

In der Schreibkammer des Kaufmanns wartete Petrus Plancius, ein weiteres bekanntes Gesicht. Ruben breitete die Seekarte vor den Männern aus. Mithilfe einer Lupe nahm Plancius sie in Augenschein. Dann nickte er van Os zu.

»Wir möchten Euch diese Seekarte abkaufen«, sagte dieser.

»Mir steht sie zur Veröffentlichung zu, da sie mir zuerst angeboten wurde. Ohne mich wüsstet Ihr nichts von der Karte«, wandte der Drucker ein.

Van Os stimmte zu. Als er die Verhandlungen über den Preis mit einem Angebot eröffnete, rollte Ruben die Seekarten wieder zusammen. »Völlig indiskutabel. Ich habe mein Leben für diese Karte riskiert und weiß, was Ihr mit ihrer Hilfe verdienen könnt.«

Dirck van Os machte ein weiteres Angebot, aber Ruben trieb den Preis immer weiter in die Höhe. »Dann eben nicht. Es wird andere Seeleute geben, die uns früher oder später eine derartige Seekarte liefern können«, sagte van Os schließlich.

Ruben blickte den Kaufmann abwägend an. »Ihr plant also eine Fahrt in die batavischen Gewässer. Das ist eine Kriegserklärung an Spanien und Portugal«, sagte er. »Wann soll es losgehen? Und was ist mit der restlichen Route?«

Van Os und Plancius tauschten Blicke. »Euch ist offensichtlich klar, wie heikel dieses Unternehmen ist. Trotzdem bitten wir Euch noch einmal ausdrücklich um Verschwiegenheit. Erst kürzlich hat die spanische Krone eine Waffenabteilung in der *Casa da Índia* gegründet, die den Seeweg und den Warenverkehr schützen soll.« Erst als alle drei versprachen, dass kein Wort das Kontor verlassen würde, fuhr van Os fort. »Wir haben weitere Seekarten erwerben können. Die Abfahrt ist für nächstes Jahr geplant. Derzeit verhandeln wir mit verschiedenen Geldgebern. Allein können wir ein derartiges Unternehmen nicht finanzieren.«

»Wer sind die Kapitäne?«

»Das steht noch nicht fest«, sagte van Os, doch es klang durch, dass er eine genaue Vorstellung davon hatte.

Auf einmal schien Ruben unter Spannung zu stehen. »Ihr wollt also Neuland betreten. Das will ich auch. Ich bin Euer Mann. Ich fahre mit.«

»Wart Ihr denn schon in diesen Regionen unterwegs?«, wollte Plancius wissen.

Ruben zählte seine letzten Seereisen und seine Kenntnisse auf. »Zuletzt sind wir bis Setúbal gefahren, um Salz zu kaufen.«

Dirck van Os schien seine Worte abzuwägen. »Verkauft uns die Seekarten, dann werden wir Euch, wenn es so weit ist, in Erwägung ziehen«, sagte er dann.

Kurz zögerte Ruben, dann schlug er ein.

*

Betje genoss es sehr, wieder mit ihren Brüdern vereint zu sein. Da Ruben schon bald wieder ablegen wollte, hatte sie vor, für Vincent und ihn etwas Besonderes zuzubereiten. Auf dem Markt war die Auswahl jetzt, im Spätsommer, noch größer geworden.

»Juffrouw Betje! Wie ist die Reis-Käse-Torte gelungen?« Auf einmal stand Mijnheer Zacharias neben ihr. Beinahe jedes Mal traf sie ihn beim Einkaufen auf dem Markt, und ihre Kochnachmittage bei Vincent fanden inzwischen recht häufig statt.

»Ein wenig seltsam«, antwortete sie. »Ich wusste nicht so genau, ob sie ein herzhafter Kuchen mit Zucker sein soll oder eine süße Torte mit herzhaftem Beigeschmack.«

Er lachte, und seine schmalen Schultern bebten dabei wie kleine Flügel. »Stimmt, diese Torte weiß wirklich nicht, was sie will!« Sie tauschten sich noch über die Menge des für das Rezept verwendeten Rosenwassers aus. »Was habt Ihr heute vor?«, fragte er schließlich.

»Ich wollte etwas mit Artischocken zubereiten, die habe ich noch nie gegessen.«

»Ja, Artischocken sind sehr à la mode bei den Herrschaften.«

»Habt Ihr vielleicht einen Vorschlag für mich – Ihr kennt Euch so gut aus.« Obwohl er viel älter war, war Betje doch verlegen; sie redete nicht oft mit fremden Männern.

»Natürlich. Ich kenne beispielsweise ein Rezept für Artischocken-krapfen. Oder …«

Als sie alles eingekauft hatte, wandte er sich ihr noch einmal zu. »Übrigens sucht mein Herr eine neue Magd, die mir zur Hand geht. Die Bezahlung wäre gut, und Ihr würdet viel lernen.«

»Ich?«, fragte Betje überrascht.

»Warum nicht? Ich kann keine Küchenmagd gebrauchen, die nur Hutspot und Hirsebrei im Sinn hat. Überlegt es Euch.«

*

Als Vincent heimkam, fing sein Vermieter ihn ab. »Ich freue mich, dass Ihr Euch in meinem Haus so wohl fühlt und Besuch erhaltet«, sagte der ehemalige Ankerschmied, dessen Hände von Narben gezeichnet waren. »Versteht mich nicht falsch, es gibt viel unangenehmere Mieter. Aber ich habe zufällig mitbekommen, wer die Juffrouw ist, die Euch bisweilen besucht. Ich war auch mal jung und weiß, was in Euch vor-geht. Aber ich muss Euch warnen. Ich darf derartige Unzucht in mei-nem Hause nicht dulden. Zudem könnte dieser Umgang gravierende Folgen für Euch und noch gravierendere für die junge Frau haben. Die Ehre einer Dame ist ihr höchstes Gut.«

»Aber meine Schwester ist meis… stets dabei.«

»Meistens, Ihr sagt es. Aber eben nicht immer. Nehmt es mir nicht übel, ich weiß, dass Ihr nicht verkehrt seid. Andere denken jedoch nicht so wohlwollend.«

*

Aletta grüßte die Passanten freundlich, während ihr Vater für einen Plausch stehen blieb. Das Wetter war zauberhaft und so sonnig, dass sie ihre Haut mit einem zarten schwarzen Schleier schützte. Sie hätte lieber etwas anderes getan, aber ihr Vater bestand darauf, dass sie ihn und die Mutter auf ihrem Sonntagsspaziergang begleitete. Es schien ihnen furchtbar wichtig zu sein, die neuesten Kleider auszuführen und mit den ausgezeichneten Geschäften zu prahlen, die die Familie getätigt hatte. Endlich gingen sie weiter.

»Hast du schon gehört, dass Mijnheer Bicker ein weiteres Haus an der Lange Niezel erworben hat? Er will es abreißen und sich ein Stadthaus errichten lassen. Theodora erzählte es mir nach der Heiligen Messe«, versuchte Aletta, das Gespräch beiläufig in ihrem Sinne zu lenken. Sie durfte keinen Verdacht wecken, sonst könnte es schnell mit der Freiheit vorbei sein, die sie genoss. Auf der anderen Seite musste es ihr unbedingt gelingen, Vincent und ihre Familie anzunähern. Ihre heimlichen Treffen konnten jeden Tag auffliegen. Außerdem sollten ihre Eltern erkennen, was für ein besonderer, talentierter Mann er war.

»Die Glücklichen! Endlich keine feuchten Wände mehr und kein Wasser im Keller!«, sagte Hannah.

Aletta freute sich. Ohne dass es ihrer Mutter bewusst war, spielte sie ihr in die Hände. »Dein Faktor hat neulich zusammengerechnet, wie viele Güter wegen der Feuchtigkeit günstiger verkauft werden mussten. Es waren erschreckend viele«, sagte sie. Selbstredend hatte sie ihn um diese Berechnung gebeten.

Tatsächlich war das Interesse ihres Vaters geweckt – wie immer, wenn es ums Geld ging. »Ist das wahr? Dem muss ich nachgehen«, sagte er konsterniert. Grüßend hob er den Hut, als ein Kunde vorbeiging. »Vielleicht sollte ich auch mal mit Mijnheer de Keyser über ein Stadthaus sprechen. Leisten könnten wir es uns.«

Darauf hatte Aletta gewartet. »Es wäre auch so schön, wenn wir mehr Platz für die Gottesdienste hätten. In der Stube ist es doch sehr beengt. Wenn wir weitere Gläubige zum wahren Glauben zurückbringen, werden wir nicht mehr alle zur Heiligen Messe einlassen können.« Sie tat so, als müsse sie überlegen. »Allerdings ist Mijnheer de Keyser langfristig ausgebucht, sagte seine Gattin. Es gibt aber auch andere Baumeister in Amsterdam. Betjes Bruder zum Beispiel ist für die Stadt und für verschiedene Kaufleute tätig.«

»Ich glaube nicht, dass dieser Aardzoon der Richtige ist, um ein Stadthaus für uns zu bauen«, sagte ihr Vater. »Mijnheer de Keyser genießt einen ausgezeichneten Ruf. Er ist ein Glaubensbruder und gilt als der Mann der Stunde. Schließlich will ich etwas Angemessenes, Hochherrschaftliches.«

»Ich habe Vincent Aardzoons Entwürfe gesehen, sie sind wirklich ganz ausgezeichnet.«

Ihre Mutter merkte auf. »Wann hast du die Entwürfe gesehen?«

»Im ... im Gildehaus. Bei der Meisterfeier«, sagte Aletta schnell. »Aber gut ... Ich dachte nur, dass es nicht schaden würde, sich von ihm einen Vorschlag machen zu lassen, wie es Mijnheer Pauw gerade getan hat. Der lässt sich übrigens die besten Marmorfliesen aus Carrara kommen«, setzte sie gleichmütig hinzu.

38

Nathan saß in der Spuistraat in s'Gravenhage und ließ die Feder über das Papier fliegen. Aus dem Gedächtnis eine Unterhaltung niederzuschreiben war eine Aufgabe, die keinen Verzug duldete. Es war, als würde er durch das Aufschreiben die Erinnerung in einer Kiste verstauen und wieder Platz in seinem Gedächtnis schaffen. Durch das offene Fenster an seinem Schreibtisch drangen die schwüle Luft des Spätsommertags und das Lachen der Gartengesellschaft. Natürlich empfing sein Herr auch am Sonntag Besucher, und es gab kein Gespräch bei ihm, das nicht auch Geschäftliches enthielt.

Johan van Oldenbarnevelt war ein äußerst disziplinierter Arbeiter und ein geschickter Strippenzieher, der selbst Widersacher durch diplomatische Winkelzüge ruhigzustellen vermochte. Nathan hatte viel von Oldenbarnevelt gelernt und war diesem zugleich unverzichtbar geworden; oft hielt er sich bei Gesprächen im Hintergrund, um anschließend den kompletten Dialog aus dem Gedächtnis niederzuschreiben. Manchmal kam er sich wie ein lebendiges Möbelstück vor.

Als Oldenbarnevelts Tochter Maria laut auflachte, beugte Nathan sich vor und sah in den Garten. Es war wie ein Bild, wie von einem Gemälde: eine Festgesellschaft im Grünen, hinter der sich die Tafel mit Leckereien bog. Die fünfzehnjährige Maria spielte soeben mit anderen jungen Leuten Blinde Kuh. Auch das Wunderkind Hugo Grotius und dessen Kommilitone Cornelis van der Mijle, Sohn eines alten Freundes von Oldenbarnevelt, waren anwesend. Maria bemerkte Nathans Blick, als habe sie nur darauf gewartet, und lächelte ihm zu. Er gab Marias Lächeln zurück. Wenn er allein war, kam sie manchmal, um mit ihm zu plaudern. Er hatte sich sogar schon einmal ausgemalt, dass Johan van Oldenbarnevelt ihn bitten würde, sie zur Frau zu nehmen. Aber natürlich wusste Nathan, dass das nur ein Tagtraum war – er würde erst seine Laufbahn vorantreiben und eine angesehene, gut bezahlte Stellung ergattern müssen. Es wurde Zeit, immerhin war er schon vierundzwanzig. Auch seine Familie wurde ungeduldig.

Nathan sah, wie Oldenbarnevelt seinen Gast verabschiedete und dann den Diener zu sich rief. Gleich darauf klopfte es an die Tür der Schreibkammer. »Der Herr wünscht Euch zu sehen.«

Nathan schloss sein Hemd, schlüpfte ins Wams und legte die Halskrause an. Maria drehte sich mit verbundenen Augen im Kreis, als er herunterkam, und tastete lachend um sich.

Johan van Oldenbarnevelt beendete das Gespräch mit seinen Söhnen und bat Nathan, sich neben ihn zu setzen. »Du wirst nach Schottland reisen. Der schottische König James hat den Generalstaaten die Patenschaft für seinen Sohn Henry Frederick angetragen, die wir selbstverständlich annehmen werden.«

Die Ankündigung traf Nathan überraschend. Bislang war er als Bote meist zu Graf Moritz oder an den englischen Hof geschickt worden. Dies hier schien eine bedeutendere Mission zu sein. Würde Oldenbarnevelt ihn vielleicht bald mit einem besseren Posten für seine Dienste belohnen?

»Du musst dort Augen und Ohren für mich sein, denn was den schottischen König angeht, sind viele Interessen im Spiel. James hat sich vom Katholizismus abgewandt, und das muss auch so bleiben. Wenn er Königin Elisabeth irgendwann auf den Thron folgt, ist es entscheidend, ihn auf unserer Seite zu haben.« Oldenbarnevelt streichelte seinen Bart und führte die politische Lage noch weiter aus; er dozierte gern.

»Ist König James denn verlässlich?«, fragte Nathan. »Immerhin war seine Mutter Maria Stuart – eine fanatische Katholikin. Zudem heißt es, seine Gattin, Anna von Dänemark, neige dem Katholizismus zu.«

»Dem Vernehmen nach hat König James mit den Päpstlichen gebrochen. Wir werden ihn uns mit unserem Taufgeschenk gewogen halten.«

»Wer wird die Delegation anführen?«

»Walraven van Brederode. Ihn wird Jacob Valcke begleiten.«

Das war eine naheliegende Wahl. Van Brederode war der einer der hochrangigen Adligen in den Provinzen, ein Freund des Friedens und Vertrauter Oldenbarnevelts, der durch die Vermählung seiner Tochter Geertruid mit der Adelsfamilie verwandt war. Mit Valcke hingegen war Oldenbarnevelt öfter aneinandergerasselt, da dieser dafür kämpfte, Moritz von Nassau an die Spitze des Staates zu setzen. Dennoch konnte Oldenbarnevelt den bedeutenden Diplomaten, der schon häufig mit Angelegenheiten des englischen Königshauses betraut gewesen war, nicht übergehen.

»Die beiden werden ein sehr großzügiges Geschenk mit sich führen, mit dem wir den König günstig stimmen wollen. Es handelt sich dabei um zwei Goldkelche, eine großzügige Pension von fünftausend Gulden jährlich und Dokumente zum Zeichen unserer Verbundenheit. Achte darauf, dass die Geschenke vollständig ihrer Bestimmung zugeführt werden. Anschließend werdet ihr nach England reisen und der Königin eine Aufwartung machen.«

Auch das war eine große Ehre. »Wird Königin Elisabeth nicht mit Euch persönlich rechnen?«

Oldenbarnevelt lächelte ein wenig eitel. »Natürlich. Allerdings bin ich derzeit unabkömmlich. Außerdem wird sie ohnehin nur wieder auf die Rückzahlung der im Vertrag von Nonsuch zugesicherten Leistungen bestehen. Die Generalstaaten können dieses Geld allerdings nicht erübrigen. Ich werde dir sagen, womit ihr sie hinhalten könnt …«

Als Nathan entlassen war und gerade gehen wollte, kam Oldenbarnevelts Tochter zu ihm und schwenkte das Tuch. Ganz erhitzt war Maria, und ihre feine Kleidung wirkte derangiert. »Spiel mit uns eine Runde!«, lud sie ihn ein.

Höflich wollte Nathan gerade der Bitte nachkommen, als Mevrouw van Oldenbarnevelt die Stimme hob und meinte, dass er sicher viel zu tun habe. Nathan verstand und zog sich zurück. Die Mevrouw gab darauf acht, dass nur Gleich- oder Höherrangige zusammenkamen. Er hatte aus ihrer Sicht in diesem Garten nichts zu suchen. Es wurde wirklich Zeit, dass er seinen Herrn dazu brachte, auch für ihn einen angesehenen Posten zu finden.

Obgleich Nathan sowohl die Weiden Hollands als auch die lieblichen Hügel von Südengland gut kannte, hatte er noch nie ein derartiges Grün gesehen. Tiefgrün mit eisengrauen Spitzen erhoben sich die Berge vor ihnen. Lila Disteln und hellgelbe Butterblumen, Spielleute und Gaukler flankierten den Weg, als sie zum Schloss emporritten. Stirling Castle lag auf einem einzelnen, schroffen Felsen und war auch durch seine hohen Mauern uneinnehmbar. Van Brederode und Valcke wirkten angespannt, weil offenbar die Gäste aus vielen anderen Ländern bereits eingetroffen waren.

Am monumentalen Schlosstor wurden sie von den Wachen kontrolliert. Immer wieder musste Nathan übersetzen, weil van Brederode mit dem schottischen Dialekt Probleme hatte.

Das Schloss wirkte trutzig und uralt, gleichzeitig schien es an verschiedenen Stellen gerade ausgebaut zu werden. Aus einiger Entfernung waren Handwerkslärm und das Gebell von Jagdhunden zu hören. Adelige jeglicher Couleur, Diener, Spielleute und Gaukler mischten sich in den Höfen. Über den Zinnen flatterte die Fahne des schottischen Königshauses.

Die Botschafter saßen ab. »Kümmert Euch um die Pferde und das Gepäck«, wies van Brederode Nathan an, als sei dieser ein einfacher Knecht.

Nathan hatte sich während der Reise schon oft genug über den Dünkel des Adeligen geärgert. Beherrscht gab er die Anweisung an einen Knecht weiter, beaufsichtigte aber selbst die sichere Verwahrung der kostbaren Geschenke. Als er zum Quartier zurückkehrte, das ihnen zugewiesen worden war, hatten sich die Botschafter zu seinem Ärger schon auf den Weg zum König gemacht. So leicht würde er sich nicht abhängen lassen!

Der Saal war prächtig, mit kostbaren Tapisserien an den Wänden und kunstvollen Mustern an der Decke, deren Farbe frisch roch. Unzählige Höflinge warteten bereits; anscheinend hätten der König und die Königin längst hier sein sollen. Nathan beobachtete die Anwesenden und unterhielt sich mit Schreibern, Kammerdienern und einigen Hofdamen. Offenbar kämpfte der schottische König James bereits seit Wochen gegen eine Intrige an. Aufständische Adelige hatten mit Hilfe von Hexen versucht, ihn vom Thron zu stoßen. Gleichzeitig gab es die üblichen Geplänkel zwischen altem und neuem Adel. Auf die meisten Gesandten vom Kontinent wurde ohnehin herabgesehen, weil sie als nicht standesgemäß galten. Van Brederode und Valcke unterhielten sich, wie Nathan sehen konnte, hauptsächlich mit den Botschaftern der Herzöge von Braunschweig und Mecklenburg.

Eine Fanfare kündigte das Königspaar an, doch als die Pforten des Thronsaals geöffnet wurden, sahen sie statt des erwarteten Einzugs, wie die Königin mit tränenüberströmtem Gesicht etwas ausrief und hinausstürmte. Der König hingegen ließ sich auf seinen Thron fallen und machte eine lässige Geste; er wirkte, als sei er gerade erst von der Jagd gekommen. Sein Mundschenk reichte ihm einen Silberpokal, aus dem König James trank, während ihm die Gäste vorgestellt wurden.

In angemessenem Abstand folgte Nathan den Botschaftern. Er hielt die Schmuckschatulle bereit, in der sich das Begrüßungsgeschenk befand. Als sie sich näherten, nahm er den durchdringenden Schweißgeruch wahr, der vom König ausging. Dessen Stiefel waren dreckbespritzt, die Samtärmel rot getupft wie von Blutspritzern. James' Haare unter der Krone glänzten fettig, ebenso die Nase. Unter den Fingernägeln hatte er schwarze Ränder. Den Adeligen, der den König bedient hatte, schien das alles nicht zu stören, denn er stellte sich dicht hinter den Thron.

König James wirkte skeptisch, beinahe ängstlich, als die niederländischen Botschafter sich bei ihm vorstellten. Nathan öffnete die Schatulle und hielt sie ihm hin, damit van Brederode und Valcke die goldenen Medaillen und den Schmuck überreichen konnten. Er war davon ausgegangen, vollständig ignoriert zu werden, spürte dann jedoch den scheelen Blick des Königs auf sich. Hatte er etwas falsch gemacht? Schnell sah er zu Boden.

Sofort nach der Übergabe wurden sie weitergedrängt. Die nächsten Gäste warteten auf einen Augenblick der Gunst des Königs. Nur der englische Botschafter war anscheinend noch nicht anwesend.

Erst beim Bankett am Abend sahen sie Anna von Dänemark, die schottische Königin. Inzwischen kannte Nathan auch den Grund für den Streit des Königspaars: König James wollte den neugeborenen Sohn in fremde Hände geben und auf Stirling Castle statt in Edinburgh aufziehen lassen. Er fürchtete um die Sicherheit des Kindes. Allerdings schien das nicht alles zu sein …

Die Ritter des Johanniterordens, die Türken und die Amazonen galoppierten mit Pferden und Lanzen auf die Ringe ein. Begeistert jubelten die Gäste. Alle schienen froh zu sein, dass die Festivitäten endlich begonnen hatten. Knapp vier Wochen waren Nathan und die niederländischen Botschafter bereits auf Stirling Castle. Vier Wochen voller Hinterzimmergespräche, adeliger Vergnügungen und Schreibarbeit. Vier Wochen, in denen der König überwiegend auf der Jagd gewesen war.

Walraven van Brederode trat neben Nathan. Der Adelige hatte es auf Stirling Castle gemütlich angehen lassen, während Mijnheer Valcke mit jedem Gesandten und auch der Königin Gespräche geführt hatte. »Eine Schande ist das. Nicht nur, dass der König bei diesem Ringstechen das Habit katholischer Ritter trägt. Er benimmt sich auch wie ein Bauer, nicht wie ein König«, sagte er leise.

Vor allem das Benehmen des Königs bei Tisch ließ zu wünschen übrig, fand auch Nathan. Aber wer waren sie, dass sie darüber urteilen durften? »Ein Trupp Mohren hätte ebenfalls am Ringreiten teilnehmen sollen, aber die sind nicht aufgetaucht. Das Turnier morgen, an dem die Ritter gegen Fabelwesen kämpfen sollten, wird wohl auch nicht stattfinden, weil die Kostüme und Dekorationen nicht fertig sind«, berichtete er.

»Ihr seid wie immer gut informiert. Offenbar wusste Oldenbarnevelt, warum er Euch mit nach Schottland schickte.«

»Die Königin scheint eine Vorliebe für farbenprächtige Spektakel zu haben, aber an der Organisation hapert es. Die königliche Schlosskapelle wird wohl erst kurz vor der Taufe fertig. Erstaunlich, dieser Aufwand. Vor allem, wenn man bedenkt, dass König James unter chronischer Geldnot leidet. Seine Lairds sind wegen der hohen Abgaben in Aufruhr.« Dieser Bericht war pure Eitelkeit, doch Nathan ärgerte es, wie van Brederode ihn behandelt hatte.

Der Adelige sah ihn von der Seite an. »Ihr habt mit den schottischen Landadeligen gesprochen? Dann wisst Ihr sicher auch, worüber Mijnheer Valcke gestern Abend mit der schottischen Königin beraten hat?«

Obgleich Valcke das Gespräch diskret eingefädelt hatte, wusste Nathan natürlich Bescheid. Er hatte die Zeit und das Geld, das Oldenbarnevelt ihm mitgegeben hatte, genutzt, um Informanten zu schmieren. Aber durfte er dieses Wissen auch weitergeben? Andererseits war van Brederode ein guter Freund seines Herrn. »Mijnheer Valcke hat vorgeschlagen, Königin Annes Schwester, Augusta von Dänemark, mit unserem Graf Moritz zu vermählen.«

Van Brederode schnaubte. »Valcke will den Oranier also zu einer Art König der Generalstaaten machen! Er selbst würde dann natürlich Staatsminister. Und was hat Königin Anne dazu gesagt?«

»Sie will es in Erwägung ziehen. Allerdings unterbrach dann der

Zeremonienmeister das Gespräch.« Er sah auf. Gerade wurden die Sieger des Ringreitens von der Königin mit Diamantringen geehrt. Der König sprang vom Pferd, riss sich den Helm vom Kopf und schritt auf seine ungelenke, schlenkernde Art zu seinem Günstling, um diesem zum Turniererfolg zu gratulieren. Der Kuss geriet mehr als freundschaftlich.

»Eine Schande, sage ich doch!« Van Brederode schüttelte den Kopf. »Und so was wird eines Tages auf dem englischen Thron sitzen! Immerhin hat er anscheinend wirklich dem Papsttum abgeschworen. Es besteht also Hoffnung, dass er uns eines Tages gegen den spanischen König beistehen wird.«

Aus dem Festsaal drangen Musik und trunkenes Gelächter zu ihnen, als Nathan die anderen Kammerdiener und Höflinge verließ, um im Schlossgarten frische Luft zu schnappen. Erschöpft von Völlerei und Lärm ließ er sich ins Gras sinken und lehnte den Rücken an die Schlossmauer. Über ihm funkelten die Sterne, als wollten sie sich anstrengen, mit dem Spektakel dieser Taufe mitzuhalten. Ein Spektakel war es tatsächlich – bunt, laut, manchmal geschmacklos und vor allem überladen. Das Ringreitturnier, die pompöse Taufe von Prinz Henry, gefolgt von diversen Ritterschlägen und einem Maskenball, bei dem die Hofdamen und Ritter in aufwendigen Kostümen Aufführungen zum Besten gegeben hatten. Der Höhepunkt war der Einzug von Neptuns Schiff in die Große Halle gewesen. Mit dem gewaltigen Modellschiff war an die Dänemarkreise des Königs erinnert worden, bei der er seine Braut abgeholt hatte. Matrosen in Seide und Musikanten waren an Bord gewesen, und sogar die Sirenen – oder Hexen – waren aufgetreten, die damals einen Sturm verursacht haben sollten. Bis zur Reling war das Schiff beladen gewesen mit Köstlichkeiten. Ein flämischer Konditor hatte Konfekt in Form von Meeresfrüchten hergestellt, und die sechs Messingkanonen hatten zur Freude des Publikums tatsächlich geschossen.

Nach diesem Schauspiel hatten die Gesandten endlich die Taufgaben an die Königin übergeben können. Ihre schweren Goldkelche und die anderen Geschenke hatten Eindruck gemacht, und Königin Anne hatte einige Worte mit ihnen gewechselt.

Ersticktes Kichern riss Nathan aus seinen Gedanken. An der Schlosspforte regte sich etwas. Jemand taumelte betrunken in den Garten hinein – nein, es waren zwei. Leidenschaftlich umarmten und küssten sie sich.

Ich hätte damit rechnen müssen, dass ich nicht der Einzige bin, der die Ruhe des Gartens genießen will, dachte Nathan. Natürlich hätte auch er Gelegenheit zu einem Stelldichein gehabt, etliche Hofdamen hatten ihm Avancen gemacht, aber er hatte sich nicht in eine kompromittierende Situation bringen wollen.

Unauffällig wollte er sich zurückziehen, als das Liebespaar in den Schutz der Mauer taumelte. Das war doch … Nathan stutzte. Ganz nah waren sie. Nun erkannte er auch die Stimmen. Schon machten die zwei sich an ihrer Kleidung zu schaffen. Gleich darauf nackte, zuckende Leiber, dumpfes Stöhnen.

Nathan drückte sich an die Wand und schob sich weg. *Ich muss verschwinden! Niemand darf mitbekommen, dass ich hier bin. Wenn herauskommt, dass ich das gesehen habe, könnte es mein Tod sein …*

In diesem Augenblick bäumte eine der Gestalten sich auf. Das Paar geriet ins Taumeln und schlug hin. Erneutes Lachen, Wispern. Dann sah sich einer der beiden Männer um und blickte Nathan direkt ins Gesicht.

39

Prüfend schaute Vincent in den Himmel. Grau strichen die Wolken über die rotbraunen Mauern des Packhauses. Eine Sturmbö trieb das Laub über die Lastage und verwandelte das Straßenpflaster in einen rotgoldenen Teppich. Hoffentlich konnten sie das Dach vollenden, ehe der Winter kam; so langsam wurde die Zeit knapp. Er suchte seinen Polier und ging mit ihm einige Probleme durch. Auch mit seinen anderen Mitarbeitern tauschte er sich aus. Nach den anfänglichen Schwierigkeiten arbeiteten sie nun gut und vertrauensvoll zusammen. Heute konnte Vincent sich zwar nicht auf das Wetter verlassen, auf seine Mitarbeiter jedoch schon. Trotz der Regenfälle des Sommers und Herbstes, die die Ernte fast vollständig vernichtet hatten, waren die Arbeiten gut vorangeschritten.

Seine Gedanken wanderten zu Aletta. Jede freie Minute hatten sie miteinander verbracht. Besonders die Kirmes Anfang September hatten sie in vollen Zügen genossen, da ihnen die zahlreichen Vergnügungen Schutz geboten hatten. Doch je schlechter das Wetter wurde, desto schwieriger wurde es für Aletta, sich mit ihm zu treffen. Mehr und mehr verlagerte sich ihr Leben ins Haus. Sie kam vor Sehnsucht beinahe um, und ihm ging es ebenso. So nah waren sie einander, dass er sich ein Leben ohne sie nicht mehr vorstellen konnte. Die hastig ausgetauschten Liebkosungen waren erregend, aber ihn verlangte es nach mehr. Oft malten sie sich eine gemeinsame Zukunft aus. Wenn er erst ein angesehener und wohlhabender Architekt wäre, würde er um ihre Hand anhalten; dann könnten Alettas Eltern keine Einwände gegen ihn haben. Leider hatte Aldo van Vleet immer noch keine Anstalten gemacht, ein neues Haus in Auftrag zu geben, sosehr Aletta ihn auch in diese Richtung zu beeinflussen versuchte. Und jetzt kam der Winter, in dem geheime Treffen für sie beinahe unmöglich werden würden …

»Vincent Aardzoon. Stolzer Baumeister eines Packhauses.« Die Stimme klang spöttisch und zugleich freundschaftlich.

Vincent fuhr herum und buffte seinen Freund. »Nate! Viel zu lange haben wir uns nicht gesehen!«

Nathan drückte ihn fest, was Vincent vor den Arbeitern ein wenig unangenehm war. »Wolltest du nicht Stadthäuser bauen?«

»Weißt du es denn nicht? Das Packhaus ist der Palast des Kaufmanns.«

Sein Freund lachte. »Auch wieder wahr.«

Der Wind brachte einen Regenschauer mit, und sie retteten sich unter den Unterstand. »Wie lange bleibst du hier?«, fragte Vincent.

»Nur bis morgen, fürchte ich.« Nathan senkte die Stimme. »Oldenbarnevelt erwartet mich. Ich habe eine Delegation zum schottischen König und zur englischen Königin begleitet.«

»Was für eine Ehre!«

Wieder lachte Nathan. »Eine Ehre, das schon! Aber auch ein Glück, dass die Königin uns nicht in Stücke gerissen hat. Die Gute hat Haare auf den Zähnen. Oldenbarnevelt wusste schon, warum er uns vorgeschickt hat.« Er rieb sich die Arme. »Wie ist es – wollen wir irgendwo einkehren?«

Vincent gab seinen Arbeitern letzte Anweisungen, dann gingen sie in eine Taverne. Während er berichtete, ließ Nate eine Münze kreiseln. »Glücklicherweise durften wir Königin Elisabeth zusagen, dass wir uns mit vier Schiffen an der Verteidigung der bretonischen Küste beteiligen. König Philipp macht Anstalten, seine Seestreitkräfte nach Brest zu verlegen, damit er England jederzeit angreifen kann. Wenn es um die Macht auf den Meeren geht, kann die Königin unsere Hilfe noch immer gut brauchen.«

»Erstaunlich! England ist doch eine beeindruckende Seemacht. Wenn ich an die Armada denke …«

»Welche meinst du? Inzwischen hat es ja einige gegeben.« Nathan schnipste Vincent die Münze zu. Es war eine Gedenkmedaille anlässlich des Siegs der Armada 1585. »Außerdem ist die englische Flotte zersplittert. Ein Teil jagt der spanischen Silberflotte hinterher, die reich beladen aus Brasilien kommt, der andere kämpft um die spanischen und portugiesischen Häfen. Es wird Zeit, dass das spanische Monopol auf die Seewege in die Neue Welt endet.«

Vincent dachte an Dirck van Os' Pläne. Seine *Compagnie van Verre*, die Kompanie der Ferne, nahm langsam Gestalt an. »Das ist wohl wahr. Wir sollten uns diese Einschränkungen nicht länger gefallen lassen«, sagte er nachdenklich.

Nathan musterte ihn. »Das klingt, als würdest du mir etwas verschweigen. Hast du etwa Geheimnisse vor mir? Du wirst doch nicht etwa heiraten?«

»Sehe ich wie ein umschwärmter Ehekandidat aus?«

Nathan grinste. »Für mich schon.«

»Und wie ist es bei dir? Du kannst doch nicht ewig Junggeselle bleiben.«

Ein Schatten zog über Nathans Gesicht. »Das meint meine Familie auch. Aber noch bin ich nicht so weit. An König James' Hof …«

Seine Stimme verklang, aber Vincent ging nicht darauf ein. Er war mit den Gedanken woanders. Dirck van Os hatte erwähnt, dass sie für die neue Kompanie die Rückendeckung der Generalstaaten benötigten, die Gespräche aber schleppend verliefen. Dass er nicht früher daran gedacht hatte … Andererseits hatte er van Os striktes Stillschweigen zugesagt.

Nathan musterte ihn. »Ein Penny für deine Gedanken. Aber ich sehe schon, du willst nicht mit mir darüber sprechen.« Als wolle er beweisen, wie sehr er selbst Vincent vertraute, schilderte er den Staatsbesuch in Schottland und England in allen Details. Besonders genüsslich berichtete er von den Vorlieben des schottischen Königs und der Verschwendungssucht dieses Hofes. »Auf jeden Fall haben wir uns beliebt gemacht. Alle waren von den schweren Goldkelchen beeindruckt. Allerdings fürchte ich, dass der König sie schon bald einschmelzen lassen wird, um seine Schulden zu begleichen.« Er strich einen Krümel von seinem Wams. »Dabei fällt mir ein: Auf dem Heimweg war ich bei meiner Familie in London. Mein Bruder könnte einen neuen Handelspartner in Amsterdam brauchen. Du hast nicht zufällig einen Tipp für mich?«

»Zufällig schon.«

»Es soll dein Schaden nicht sein.«

»Wie könnte es mein Schaden sein, wenn ich einem Freund helfen kann?«

Gemeinsam suchten sie Mevrouw de Jong auf, was Vincent die Gelegenheit gab, seinem Freund sein Meisterstück zu zeigen. Nathan zeigte sich von der Fassade angemessen beeindruckt – und konnte wenig später durch Vincents Vermittlung ein Geschäft mit der Seidenweberin einfädeln. Sie war auch bereit, Nathans Bruder einen vernünftigen Preis für Seide und Caffa zu machen.

Einem unbestimmten Gefühl folgend, steuerte Vincent anschließend das Kontor von Dirck van Os an. Der Händler legte seine Schreibsachen bereitwillig zur Seite und ließ sich berichten, was es Neues von der Baustelle gab. Dann stellte Vincent seine Begleitung vor. »Das ist Nathan Sanders, ein sehr alter Freund. Er ist ein Mitarbeiter Johan van Oldenbarnevelts.«

Dirck van Os zog die Augenbraue hoch. »Tatsächlich?«

*

Der junge Mann presste sein Gesicht in ihren Schoß. Immer wieder hieb ihm jemand auf den Hintern, was ihn aufschreien ließ. Die anderen brüllten vor Lachen. Aletta hingegen war rot vor Scham. Mit dem schlechten Wetter kam jetzt wieder die Zeit, in der sich die bessere Gesellschaft zu Spieleabenden traf: die Bickers, die Hoofts, die Pauws, die Poppens und auch die van Vleets. Früher hatte sie ebenfalls Spaß an den Spielen gehabt, in denen es oft genug darum ging herauszufinden, wer mit wem die beste Partie abgeben würde. Aber jetzt gab es nur einen Mann, für den sie sich interessierte, und diese Spielchen erschienen ihr hohl.

Als sie seine intime und zugleich demütigende Berührung kaum noch ertragen konnte, erriet ihr Spielpartner endlich, wer ihm gerade auf den Hintern geschlagen hatte, und löste sich von ihr. Angeekelt stellte Aletta fest, dass auf ihrem Rock ein Speichelfleck zu sehen war.

»Oh, da ist mir wohl etwas rausgerutscht«, sagte der junge Mann und grinste.

»Bist du sicher, dass es nur Spucke ist?!« Gelächter erschütterte den Raum.

Aletta sprang auf und glättete ihren Rock. »Entschuldigt mich bitte.«

»Keine Angst, davon kann man nicht schwanger werden!«, rief der junge Mann ihr feixend nach.

*

Sein Atem stieg in weißen Wölkchen auf, so kalt war es im ehemaligen Kloster. Vincent lief auf und ab und rieb seine Arme, um sich warm zu halten. Die Seitentür zur Gasse hatte er bereits aufgeschlossen. Aletta und er hatten ein Zeichen vereinbart. Wenn sie ihr Seidentuch ans Fenster hängte, würde sie es schaffen, zu ihm zu kommen. Und heute Morgen hatte er zu seiner Freude ihr rotes Tuch entdeckt.

Die Tür öffnete sich, und sie flog ihm in die Arme. Sofort versanken sie in einem tiefen Kuss, aus dem sie sich kaum lösen mochten. Aletta schmiegte sich an ihn. So intensiv spürte er sie, dass er seine Erregung kaum bezwingen konnte.

Plötzlich ein Quietschen, dann Schritte. Aletta zog Vincent in die nächste Kammer. Ihr Herz schlug wie wild, gleichzeitig musste sie über das Versteckspiel lachen und steckte ihn damit an. Die Schritte kamen näher. Noch immer lachend presste sie die Hand auf ihren Mund. Ihre Augen wurden groß. Wer war das? Vincent wollte sich losmachen, doch sie hielt ihn umklammert. Entschlossen löste er sich und ging auf den Gang. Ein Greis war eingetreten, der abgerissenen Kleidung nach zu urteilen ein Bettler auf der Suche nach einem Nachtquartier. Als er ihn sah, fuhr der Greis zusammen.

»Hier wird im Auftrag der Vroedshap gebaut, deshalb könnt Ihr hier nicht bleiben«, sagte Vincent höflich.

»Die junge Frau ist auch hier reingegangen.«

»Ihr müsst Euch irren. Hier ist keine junge Frau.«

Der Greis presste die zahnlosen Kiefer zusammen. »Ich hab's doch gesehen. Außerdem: Auf der Straße erfriere ich.«

Vincent tat er leid, aber er hatte keine Wahl. Langsam eskortierte er den Greis zur Tür. »Geht ins Gemeindezentrum, dort könnt Ihr für ein paar Nächte unterschlüpfen. Wendet Euch an Diakon Godlef, er wird Euch helfen.«

Als Vincent zu Aletta zurückging, sah diese ihn mit einem waidwunden Blick an. »Er hat mich gesehen. Das hätte auch schiefgehen können«, sagte sie leise.

Vincent legte den Arm um sie. »Das ist es aber nicht. Wir werden von nun an besser aufpassen.«

»Wenn der Winter einbricht, werden wir uns kaum noch treffen können. Dann bin ich ans Haus gefesselt.«

Wie das klang! Aber Vincent wusste, wie sie es meinte.

»Ich halte das nicht aus! Immer diese albernen Spiele! Diese langweiligen Abendunterhaltungen. Diese jungen Männer, die mich mustern, als wäre ich eine Zuchtstute!«

Eifersucht regte sich in Vincent. »Wer wagt es, dich so anzuschauen? Soll ich sie mir vorknöpfen?«

»Ich wünschte, du könntest es! Kannst du nicht einfach kommen und um meine Hand anhalten? Dann wäre dieser Spuk vorüber, und wir müssten uns nicht länger verstecken.«

Vincent spürte eine wohlbekannte Ohnmacht in sich aufsteigen. Er nahm Alettas Gesicht in die Hände und sah ihr in die Augen. »Es ist noch zu früh. Ohne genügend Geld und ein eigenes Haus wird dein Vater mich nie akzeptieren. Wir müssen Geduld haben.«

Aletta schwieg, nickte aber stumm.

40

1595

Frühjahr anno 1595, s'Gravenhage

Lieber Vincent, guter Freund!

Anbei sende ich Dir eine Schrift, die Dich sicher interessieren wird. Ich komme derzeit kaum zum Lesen, denn es ist die große Zeit der Diplomatie. Stell Dir vor – wir sprechen tatsächlich ernsthaft über den Frieden. Dass Frankreich ihnen nun auch noch den Krieg erklärt hat, obgleich König Henri wieder katholisch ist, leuchtet vielen Spaniern nicht ein. Als wären die gewalttätigen Übergriffe der Spanier auf Frankreich und das verhinderte Attentat auf den König Henri nicht Grund genug! König Philipp ist und bleibt eine Bedrohung für die französische Freiheit, so wie er es für unsere ist.

Hoffnung macht mir die Kriegsmüdigkeit im feindlichen Lager. König Philipps Staatskasse ist mal wieder leer, und Meutereien sind in seinem Heer an der Tagesordnung. Überhaupt sind die Besatzer zerstritten. General Fuentes, der dem im Februar verstorbenen Erzherzog Ernst als Statthalter nachgefolgt ist, hat es mit seiner Arroganz geschafft, die anderen Nationen gegen sich aufzubringen. Für ihn zählt nur Spanien. Die spanischen Soldaten bekommen den höchsten Sold und glauben auch noch, es verdient zu haben. Fuentes ist ein Militär der alten Schule, und es ist fraglich, ob er sich mit Graf Moritz einig wird. Ein Frieden kann nur zu unseren Bedingungen geschlossen werden, darauf beharrt Oldenbarnevelt. Dies ist unsere Gelegenheit, den Feind los- und als Staat anerkannt zu werden. Gelingt uns das nicht, waren die Jahre des Krieges unnütz, und Tausende Soldaten und sonstige Kriegsopfer sind umsonst gestorben.

Ich hoffe, eure Pläne für die Waffenlager gehen voran, denn den Spaniern ist nicht zu trauen, wie Du weißt. Immerhin habe ich ein paar Kanonen für unseren gemeinsamen Bekannten VO organisieren können. Wenn man hört, wie sehr der harte Winter den Generalstaaten zugesetzt hat, ist es dringend nötig, dass neue Handelswege erschlossen werden – auch, wenn das »meinen« Engländern ganz und gar nicht gefallen wird. Übrigens soll ich dir von meinem Bruder ausrichten, dass der Handel mit Mevrouw de Jong gut angelaufen ist. Er hat mich angewiesen, Dir eine Provision auszuzahlen, wenn ich Dich das nächste Mal sehe. Und nein, protestiere nicht – Du hast das Geschäft vermittelt, also hast Du es Dir verdient.

Dein Freund
Nathan

Zufrieden legte Vincent den Brief zusammen und blätterte durch das Druckwerk über französische Baukunst, das Nathan beigelegt hatte. Ihre Korrespondenz hatte ihm über den langen Winter geholfen, und was Nathan schrieb, waren gute Nachrichten. Wenn es endlich Frieden gäbe, würden Stadt und Land profitieren. Die Steuerlast würde gemildert, die jungen Männer würden aus dem Krieg zurückkehren, der Handel wäre frei.

Dass die Sonne an diesem Morgen endlich wieder über Amsterdam zu sehen war und er durch das Fenster ihre Wärme spürte, versetzte Vincent zusätzlich in Hochstimmung. Endlich taute es! Zehn Wochen hatte es gefroren. Zehn Wochen, in denen die Arbeiten in der Stadt fast vollständig zum Erliegen gekommen waren, Wochen, in denen Krankheiten und Tod grassiert hatten. Selbst zum Karneval war die Fröhlichkeit von Verzweiflung durchsetzt gewesen, zumal strenge Prediger wie Dominee Plancius gegen derartige Vergnügungen wetterten.

Vincent hatte viel Zeit in der Zunftstube und in der Schützengilde verbracht. Er hatte sein Geld zusammengehalten, sich Bücher geliehen, sich mit Architektur beschäftigt und Gebäude entworfen. Die Vroedshap liebäugelte mit neuen Waffenhäusern, Fleischhäusern und Kirchen, die eigens für den reformierten Ritus geschaffen werden sollten. Viel hatte er über die perfekte Stadt gelesen. Auch hatte er sich Kufen geschnitzt und war mit seinen Freunden und deren Familien auf den Kanälen dahingeglitten, immer nach Aletta Ausschau haltend. Viel zu selten hatte er sie gesehen, und wenn, dann hatte er geglaubt, dass sein Herz explodieren müsse. Es war seltsam: Sie waren so unterschiedlich, und doch fühlte er sich ihr so nah. Ruben war nicht wieder nach Amsterdam gekommen, und ab und zu hatten Betje und er sich ausgemalt, dass ihr Bruder unter der südlichen Sonne überwinterte.

Jetzt endlich kehrte das Leben in die Stadt zurück. Alles würde leichter werden. Auch für Aletta und ihn. Er konnte es kaum erwarten, sie wiederzusehen.

*

Betje schloss mit einem Gefühl der Erleichterung die Tür des Waisenhauses hinter sich. Die Zustände dort waren in den Wintermonaten kaum zu ertragen gewesen. Oft war sie zu ihrem Bruder oder zu Aletta geflüchtet. Als am Morgen wieder einer ihrer Schützlinge an Auszehrung gestorben war, hatte Betje gewusst, dass sie das Waisenhaus würde verlassen müssen. Sie ertrug dieses Elend einfach nicht länger.

Endlich hatte sie das Haus der van Vleets erreicht. Die Stubenmagd ließ sie ein. Wie warm und wohlig es hier war, wie wenig verraucht die Luft! Die reichen Leute hatten es wirklich gut.

Sie wurde zu Aletta geführt, die in der Stube saß und klöppelte, aber sogleich aufsprang. »So lange haben wir uns nicht gesehen! Du siehst traurig aus. Ist etwas mit …« Aletta wagte nicht, es auszusprechen.

Betje versicherte ihrer Freundin, dass mit Vincent alles in Ordnung sei, und berichtete ihr von dem Tod ihres Schützlings. Aletta war sehr betroffen, und gemeinsam gingen sie zu Pater Anselm, um eine Seelenmesse lesen zu lassen.

Anschließend fasste Betje sich ein Herz. »Du sagtest doch einmal, du könntest deine Mutter dazu bringen, dass ich für euch arbeiten darf. Jetzt würde ich gern.«

Hannah van Vleet war zu Betjes Ernüchterung ganz und gar nicht begeistert. »Wir haben zwei Mägde, mehr brauchen wir nicht«, sagte sie.

»Aber wir kennen Betje schon so lange und mögen sie. Sie ist unsere Glaubensschwester und außerdem eine wunderbare Köchin. Ihre Kochkünste werden Vaters Gäste beeindrucken.«

»Woher willst du das wissen? Was soll es im Waisenhaus schon Großartiges zu essen geben?«, fragte ihre Mutter.

Aletta wurde rot. »An Feiertagen gibt es manchmal etwas Besonderes. Außerdem hat Betje für die Gemeindeältesten gekocht, das hat sie mir erzählt.«

Abwägend blickte Hannah van Vleet Betje an. »Viel zahlen können wir nicht. Wir müssten eine Pritsche neben die Vorratskammer stellen, weil woanders kein Platz ist.«

»Das wäre in Ordnung für mich, Mevrouw«, versicherte Betje schnell.

»Drei Mahlzeiten am Tag. Und vier Stuiver.«

Das war wenig. Trotzdem sagte Betje: »Fein, Mevrouw.«

»Du müsstest die Stubenmägde bei anderen Arbeiten unterstützen. Außerdem muss der Mijnheer sich ebenfalls einverstanden erklären.«

»Natürlich, Mevrouw.«

Hannah van Vleet führte sie in die Küche und berichtete Dina, der Stubenmagd, und dem Knecht Carel von der Anstellung. Wie bei jedem früheren Besuch staunte Betje über die glänzenden Kupfertöpfe und Pfannen, die Schinken, die von der Decke herabhingen, und die vielen Kräuter am Schornstein.

»Betje könnte heute zum Einstand etwas Schönes zubereiten«, schlug Aletta vor. »Ich könnte sie zum Einkaufen begleiten.«

Hannah van Vleet überlegte kurz. »Nun gut, aber erst müssen die Arbeiten erledigt werden.«

Die Stubenmagd blickte Betje finster an. »Die Schlafkammern der Herrschaften müssen ausgefegt werden. Im Keller liegt die Bügelwäsche. Außerdem kannst du die Nachttöpfe ausleeren.«

Betje nickte tapfer. Aletta hingegen mied ihren Blick. Erst jetzt wurde Betje klar, dass sich das Verhältnis zu ihrer Freundin ab jetzt vermutlich verändern würde.

Kaum hatten Aletta und ihre Mutter die Küche verlassen, trat die Magd näher auf Betje zu. »Glaub ja nicht, dass du mir meine Stelle abspenstig machen kannst. Das lasse ich nicht zu«, zischte sie.

Betje wich zurück. Woher kam diese Feindseligkeit? »Ich will deine Stelle nicht. Mevrouw Hannah meinte, sie könnte uns beide gebrauchen«, sagte sie fest.

Als sie gleich danach ihre Habseligkeiten aus dem Waisenhaus holte und sich verabschiedete, weinten die Kinder. Es schien sie kaum zu trösten, dass Betje versprach, sie in ihrer freien Zeit zu besuchen. Auch Mevrouw Haesje standen die Tränen in den Augen. Sie würde sich nach einer anderen Nachfolgerin umsehen müssen. Dennoch war Betje froh, als sie das Waisenhaus hinter sich ließ. Sie würde nun ein neues Leben beginnen.

*

Ungeduldig wartete Aletta darauf, dass Betje endlich fertig wurde. Niemand würde sie nach diesem elendig langen Winter aufhalten können. Nur ein Gedanke beherrschte sie. Ein Name brannte heiß in ihrem Mund, in ihrem Leib: Vincent. Wenn sie nur wieder mit ihm zusammen sein könnte!

Sie schaute noch einmal in den Spiegel, schnappte sich dann ihren Umhang und suchte ihre Mutter, die an der Eingangstür zusah, wie Betje den Stoop und auch gleich das Pflaster vor dem Haus schrubbte. Es war schön, ihre Freundin im Hause zu haben, wenn Betje auch viel arbeiten musste.

»Ich dachte, wir wollen auf den Markt!«, rief Aletta. »Sonst kann Betje uns nichts Leckeres zaubern.« Flehend blickte sie ihre Mutter an.

Diese nickte ergeben. »Also gut, aber trödelt nicht!«

Nachdem Betje Eimer und Besen hineingebracht und einen Korb geholt hatte, konnten sie endlich los.

Aletta lief schnell. »Da hast du mich ja in eine Lage gebracht! Was soll ich denn kochen? Deine Eltern sind doch viel feinere Küche gewöhnt«, meinte Betje.

»Dir wird schon etwas einfallen«, beruhigte Aletta sie. »Was meinst du, wo finden wir Vincent?«

»Bei Mijnheer de Keyser. Oder im Hafen. Vincent sagte, er würde die letzten Arbeiten am Packhaus vornehmen lassen, sobald das Wetter besser wäre.«

»Dann komm!«

»Aber die Einkäufe …«

»Später!«

Bald hatte sie die Lastage erreicht. Das Packhaus war beinahe fertig, doch mit seinen durch weiße Steine abgesetzten Fensterumrahmungen sah es schon jetzt beeindruckend aus. Die Arbeiter beäugten Aletta und Betje neugierig, als sie sich nach Vincent durchfragten. Stockwerk um Stockwerk stiegen sie die Leitern hoch. Als sie Vincent endlich entdeckten, wurden Alettas Knie weich. Am liebsten wäre sie ihm gleich hier und jetzt in die Arme gefallen.

Hektisch sah Aletta sich um. Kein Arbeiter in Sicht, lediglich auf dem Dach hantierten einige. Einem Impuls folgend, lief sie zu Vincent und küsste ihn. Erstaunt erwiderte er ihren Kuss.

»Wie ich dich vermisst habe!«, wisperte sie.

Dann hörte sie Betjes erschrockene Stimme: »Nicht doch … Achtung!«

Sie stoben auseinander. Tatsächlich kam in diesem Augenblick ein Arbeiter vom Dach.

»Also kann ich meinem Vater sagen, dass Ihr Zeit für einen Auftrag hättet?«, fragte Aletta förmlich. »Er möchte ein Stadthaus bauen lassen.«

»Ja, das könnt Ihr, Juffrouw.«

Der Arbeiter beriet sich mit Vincent. Anschließend erzählte Betje ihrem Bruder von ihrem Entschluss, das Waisenhaus zu verlassen und für die van Vleets zu arbeiten. Er wirkte überrascht, aber für ein richtiges Gespräch blieb keine Zeit, da Vincent offenbar viel zu tun hatte und sie immer wieder gestört wurden.

Als sie hinausgingen, schien es Aletta, als müsse sie vor Glück platzen. Betje jedoch krallte sich in ihren Arm und brachte sie zum Stehen. »Das war dumm, Aletta! Du bringst dich in Gefahr und mich genauso! Ich will die Stelle bei deinen Eltern nicht gleich wieder verlieren.«

Erst wollte Aletta auflachen, doch dann sah sie an Betjes Gesichtsausdruck, wie ernst es ihr war.

*

Vincent klemmte sich die Rolle mit seinen Entwürfen unter den Arm und machte sich auf den Weg zu Hendrick de Keyser. Es war an der Zeit zu erfahren, woran sie als Nächstes arbeiten würden. Seine Gedanken aber waren noch immer bei Aletta. Sie war mit ihrem Besuch auf der Baustelle ein hohes Risiko eingegangen, was ihm Sorgen bereitete, auch wenn er glücklich gewesen war, sie wiederzusehen. Dass Betje nun für die van Vleets arbeiten wollte, musste er wohl hinnehmen. Hauptsache, sie war zufrieden.

Beyken Wildertsdr de Keyser schüttelte gerade mit ihrer Tochter und einer Magd einen Teppich aus, als er das Haus ihrer Familie erreichte. Deutlich zeichnete sich der Bauch unter ihrem Kleid ab.

Vincent legte seine Entwürfe auf einen Mauervorsprung und nahm ihr die Teppichkante ab. »Ihr solltet nicht so schwer arbeiten, Mevrouw«, sagte er und schüttelte den Teppich so kraftvoll aus, dass die kleine Tochter, die sich an die Kante klammerte, lachend mit hochhüpfte.

Mevrouw de Keyser stützte die Hände auf die Hüfte. »Es geht mir gut, keine Sorge. Hendrick ist in seinem Atelier.«

Vincent dankte und betrat das Haus. Tatsächlich fertigte de Keyser gerade eine Reihe von Zeichnungen an, die grässlich verzerrte Gesichter zeigten. Sie waren sehr ausdrucksvoll, aber auch beängstigend anzuschauen, künstlerisch eher grob. De Keyser war ein besserer Bildhauer als Maler.

»Was ist das?«, wollte Vincent wissen.

»Figurenschmuck für das Tollhaus. Eine Reihe von Büsten und Statuen sollen uns daran erinnern, wen wir in diesen Mauern verwahren. Wie findet Ihr sie?«

»Mit Verlaub, ich könnte mir vorstellen, dass diese Statuen nicht das sind, was manche Bürger sehen wollen …«, gab er zu bedenken.

»Und doch zeigen sie die Wahrheit. So hat der Allmächtige die Welt geschaffen, mit Licht und Schatten.« De Keyser wischte sich die Hände an der Schürze ab. »Aber kommen wir zu etwas Profanerem. Ich war beim Rat, der übrigens immer noch nicht abschließend über den Posten des Stadtbaumeisters entschieden hat. Dennoch soll ich die Arbeiten an den neuen Waffenlagern vorantreiben. Für die anderen Umbauten wird derzeit kein Geld bewilligt. Habt Ihr Eure Entwürfe dabei?«

Vincent breitete seine Papiere auf dem Tisch aus. Er hatte alles vorbereitet.

*

Zufrieden stellte Aldo van Vleet fest, dass eine illustre Reihe von Kaufleuten ihn erwartete. Einige der reichsten und angesehensten Bürger der Stadt waren zur Beratung gebeten worden – und er gehörte dazu. Aber warum trafen sie sich im Hause von Mijnheer Pauw am Singel und nicht im Rathaus? Was war da im Busch?

Laut hallten seine Schritte auf den Marmorfliesen. Er musste zugeben, dass Pauws neues Haus etwas hermachte – massiv, steinern, sichtlich teuer, dazu bestens ausgestattet. Dabei war Reinier Pauw insgeheim einer seiner Erzfeinde, weil er ein fanatischer Calvinist und Parteigänger der Oranier war.

Offenbar hatten die Poorter etwas zu besprechen, das sie nicht mit ihm teilen wollten, denn das Gespräch wandte sich belanglosen Themen zu, als er hinzutrat. Aldos Herz füllte sich mit Groll. Seit sie die Nachricht erhalten hatten, dass Erzherzog Ernst verstorben war und der neue Statthalter der spanischen Niederlande, General Fuentes, mit Graf Moritz über einen Friedensvertrag verhandelte, war er besonders unleidlich. Die stets aufs Neue zerstörte Hoffnung auf einen Sieg Spaniens hatte ihn zermürbt. Nach all den Opfern konnte man diesen niederländischen Rebellen doch nicht einfach den Frieden anbieten! Der Katholizismus konnte sich doch nicht einfach geschlagen geben! Genauso wenig, wie er sich geschlagen geben würde. Seine Warenlager waren voll, für das laufende Jahr waren hohe Einnahmen zu erwarten. Er würde allen beweisen, dass er sich von Ungläubigen nicht einfach Gut und Glauben nehmen ließ, schon gar nicht seinen Stolz.

Sie setzten sich in eine Stube, die den Blick auf das Treiben am runden Festungsturm des Roodenpoort öffnete. Ein säulengeschmückter Kamin im antiken Stil sandte behagliche Wärme aus. Die holzvertäfelte Decke war mit Blumenranken bemalt.

Einer der Bürgermeister, der greise Mijnheer Cant, ergriff das Wort. »Zunächst einmal müssen wir Euch um Verschwiegenheit bitten.«

»Wie könnten wir Euch etwas zusagen, wenn wir nicht einmal wissen, worum es geht?«, fragte van Vleet.

»Es geht um das Wohl dieser Stadt«, sagte Pauw.

Die Kaufleute nickten reserviert, daraufhin fuhr Cant fort. »Wir haben Euch hohe Herren in dieses Haus gebeten, weil Ihr alle, wie Mijnheer Pauw, eine bedeutende Rolle im Getreidehandel spielt.« Als klar war, dass es um ihr Geschäft ging, hatte der Bürgermeister ihre Aufmerksamkeit.

»Die Getreidespeicher der Stadt sind erschreckend leer«, gestand Cant. »Die schlechten Ernten haben dazu beigetragen. Dazu kam Pech: Als unsere Schiffe in Danzig waren, gab es kein Getreide zu kaufen. Und als es Getreide zu kaufen gab, waren unsere Schiffe nicht da.«

Pauw ergriff das Wort: »Die Bürgermeister wollen die Getreidepreise niedrig halten und auch in Zukunft die Versorgung sichern, um einen Aufstand in der Stadt zu verhindern.«

Cant faltete die zitternden Hände. »Aus anderen Städten wissen wir, dass die Stimmung in der Bevölkerung leicht gewittrig werden kann, wenn die Kornpreise steigen oder es zu Engpässen kommt. Als Erstes müssten wir das Bierbrauen verbieten, damit genug Korn für die Bäcker bleibt. Auch das Backen von Kuchen und sonstigem süßen Gebäck müsste verboten werden. Beides würden die Bürger nicht gut aufnehmen. Deshalb brauchen wir Eure Unterstützung. Es soll Euer Schaden nicht sein.«

Sie verhandelten eine Weile, dann erklärten sich die meisten Händler bereit, die Stadt Amsterdam bei der Auslieferung von Weizen und Korn zu bevorzugen.

»Ich habe diverse Vorverkäufe abgeschlossen, werde aber sehen, was ich tun kann«, versprach Aldo van Vleet, dachte aber das Gegenteil. Für ihn war dieser Mangel weder auf Pech noch auf Misswirtschaft zurückzuführen, sondern eine Strafe Gottes. Er würde den Allmächtigen unterstützen, indem er insgeheim dazu beitrug, dass auch in Amsterdam das Getreide knapp wurde. Unzufriedenheit im Volk, gar ein Aufstand, käme ihm gerade recht.

Wenig später eilte van Vleet über das Hafengelände zu seiner Werkstatt. Im Hinterzimmer lud der Büchsenmacher gerade eine beachtliche doppelläufige Muskete.

»Ihr kommt genau richtig«, begrüßte Meister Hermansz ihn. Er reichte seinem Herrn die Waffe.

Van Vleet brannte darauf, sie auszuprobieren. Es war immer wieder erstaunlich, wie gut die verschiedenen Einzelteile zusammenpassten, die er in Schweden und sonst wo kaufte oder anfertigen ließ. Er bewegte die Muskete in den Händen und strich liebevoll über den Schaft. »Famose Arbeit, Meister Hermansz.«

»Die Muskete sieht nicht nur gut aus und ist auch nicht zu schwer, sondern sie trifft auch ausgezeichnet. Sicher möchtet Ihr auch einmal schießen.«

Auf seinen Wink hin öffnete der Knecht das hintere Tor, das sich zum abgelegenen Teil des Hafengeländes hin öffnete. Hier standen nur noch einige alte Schuppen. Aldo van Vleet spürte Aufregung, als er die Muskete anlegte und bereitmachte. Mit einem Schlag löste sich der Schuss. Ein Knall, Rauch – und plötzlich war ein riesiges Loch in der gegenüberliegenden Schuppenwand. Ein breites Lächeln überzog das Gesicht des Kaufmanns. Er würde einen Brief an Diego de Besalú schreiben, der für den Artilleriegeneral arbeitete; chiffriert natürlich, für den Fall, dass er abgefangen wurde. Vielleicht würde er wegen der Wichtigkeit dieser Angelegenheit auch selbst nach Brüssel reisen.

»Bis wann können wir liefern? Und wie viel?«, fragte er.

41

Endlich war das Packhaus fertig. Vincent war mehr als zufrieden, denn es konnte sich neben den schönsten Bauten der Stadt behaupten. Es war massiv und geräumig, gleichzeitig durch die großen Flügeltüren und die Fenster hell, und die Fassade bestach durch eine Mischung aus Zweckmäßigkeit und Schönheit. Stolz führte er Dirck van Os durch das Gebäude. Auch der Kaufmann war begeistert.

Als van Os wenig später in seinem Kontor die Schlösser einer eisenbeschlagenen Kiste öffnete, um Vincent auszuzahlen, fragte dieser, wie die Vorbereitungen der Reise vorangingen.

»Sehr gut«, erwiderte der Kaufmann. »Dank Eures Freundes Nathan und seiner Kontakte in England haben wir weitere Waffen auftreiben können. Auch der Freibrief von Graf Moritz liegt jetzt vor. Sobald Ausrüstung und Mannschaften beisammen sind, sticht die Flotte in See.« Er zählte Vincent die Goldgulden auf den Tisch.

Noch nie hatte Vincent so viel Geld verdient. Er könnte sich eine größere Unterkunft leisten, neue Kleidung, Bücher. Dennoch schob er einen Teil der Münzen zurück. »Ich würde mich gerne an der Reise beteiligen.«

Van Os zögerte. »Jede Investition ist uns willkommen. Aber überlegt es Euch gut. Die Fahrt ist sehr gefährlich. Wir verfügen zwar inzwischen über ausreichendes Kartenmaterial und viele Informationen, dennoch könntet Ihr Euer Geld auch verlieren.«

Der Gedanke bereitete Vincent ebenfalls Sorgen. »Ich vertraue Euch. Und wie heißt es so schön: *Wie waagt, wint.*«

»Und wir wollen doch alle wagen und gewinnen.« Van Os stellte Vincent eine Quittung aus und nahm den Großteil des Geldes wieder an sich. »Was ist eigentlich mit Eurem Bruder? Wollte er nicht bei uns anheuern?«

Ein Schatten zog über Vincents Gemüt. »Ruben ist noch immer auf See. Wenn er wieder anlegt, wird er sich bestimmt an Euch wenden.«

Kurz vor seiner Haustür bemerkte Vincent, dass ihm jemand zuwinkte – Aletta! Wie sorglos sie war! Sie schlenderte zu ihm und grüßte ihn beiläufig.

»Das Wetter ist so schön, lass uns ein wenig spazieren gehen. Du hast mir doch mal von den Wanderungen mit deinem Vater erzählt, vor die Stadttore«, flüsterte sie.

Vincent schritt auf der anderen Seite um den Häuserblock und durch die Gassen, bis sie am Stadttor sie wieder aufeinandertrafen. Obgleich das Wetter herrlich war, war niemand zu sehen. Als sie auf einem Sandrücken durch die Wiesen schlenderten, hängte Aletta sich bei ihm ein.

Vincent betrachtete sie. Er konnte sich einfach nicht an ihr sattsehen. »Du solltest vorsichtiger sein«, schalt er sie sanft.

»Nicht du auch noch!«, platzte sie heraus. »Alle maßregeln mich! Es reicht mir, dass ich die meiste Zeit im Hause versauern muss. Nur die Lektüre, das Musizieren und Betjes Gesellschaft bereiten mir Freude.«

»Ich bin froh, dass Betje sich bei euch so wohlfühlt.«

Ihr Gespräch wandte sich anderen Themen zu, und immer wieder tauschten sie verstohlen Zärtlichkeiten aus. Schließlich sah Vincent auf die Wiesen hinaus. Obgleich die Wanderungen mit seinem Vater schon lange her waren, erinnerte er sich noch genau. Er nahm Aletta in den Arm. »Siehst du dort hinten den Schilfgürtel? Da ist der See, von dem ich dir erzählt habe.« Die Sonne hing nur noch eine Handbreit über dem Horizont, langsam wurde es kühl, und aus der Ferne waren die Kirchenglocken zu hören. »Aber dorthin gehen wir nächstes Mal. Wenn uns die Stadtwachen aussperren, war das hier für lange Zeit dein letzter Ausflug.«

Noch einmal küsste Aletta ihn. »Ich wünschte, wir müssten uns nicht mehr verstecken!«

*

Aus den Schalen duftete es würzig. Die Stubenmagd schenkte Wein ein. Zugleich tat Betje zunächst ihrem Herrn, dann Pater Anselm und schließlich den Damen der Familie das Essen auf.

»Ich habe erfreuliche Nachrichten erhalten. Trotz der widrigen Umstände laufen die Geschäfte gut.« Aldo van Vleet schnitt ein Stück von dem Braten ab und stippte es in die duftende Soße. »Das ist ja köstlich!«, rief er aus, als er es in den Mund gesteckt hatte. »Einem Haushalt wie unserem angemessen. Wir dürfen nicht hinter den anderen Poortern zurückbleiben.« Gleich nahm er noch einen Bissen. »Pauws Haus am Singel geht mir nicht aus dem Kopf. Sehr schön, muss ich sagen, die Marmorfliesen, die großen Fenster und die vielen Gemälde. Macht etwas her. Hat ein paar Tausend Gulden gekostet. Die Investition lohnt sich anscheinend aber. Der Grund ist schon jetzt im Wert gestiegen, vom Haus ganz zu schweigen, meint er.«

Aletta versuchte, sich ihre Erregung nicht anmerken zu lassen. Hatten ihre Bemühungen endlich gefruchtet? Jetzt durfte sie ihren Vater nicht drängen, das wusste sie. »Das stimmt. Wie sauber und ordentlich die Steinfassaden der neuen Häuser aussehen. Ganz anders als die geteerten Wände oder das zigmal übergestrichene Holz der alten«, sagte sie beiläufig.

Aldo van Vleet ließ sich so viel auflegen, dass die Schalen leer gekratzt werden mussten. »Ich werde mir von einem der aufstrebenden Architekten einen Entwurf anfertigen lassen. Mit de Keyser habe ich bereits gesprochen …« Alettas Hoffnung schwand. »Aber er hat reichlich zu tun. Deshalb werde ich diesen Aardzoon zum Gespräch bitten. Mevrouw de Jong und Mijnheer van Os scheinen ja sehr zufrieden mit ihm zu sein.«

Ihr Vater sagte es, als sei er selbst auf die Idee gekommen. Trotzdem konnte Aletta nur mühsam ein Lächeln unterdrücken.

*

Als Vincent an diesem Abend in seine Kammer trat, fand er einen Brief, den jemand unter dem Türschlitz durchgeschoben haben musste. Die Schrift darauf war geschwungen, und das Papier strömte einen Duft aus, der ihn unwillkürlich in Erregung versetzte.

Verehrter Mijnheer Aardzoon,
wir möchten Euch am kommenden Sonntag zum Abendessen einladen. Bitte bringt einige Eurer Entwürfe mit.
Hochachtungsvoll,
Aldo van Vleet

*

Nur mühsam hielt Aletta still, während Betje ihr die Haare hochsteckte und die Halskrause umlegte. Das gefältelte Leinen war perfekt gestärkt und am Rand mit Spitze versehen. Auf dem neuen Kleid trug sie ihre schönsten Ketten. Dass sie Vincent in ihrem Haus empfangen würde, war besonders aufregend. Sie hoffte nur, dass niemandem auffallen würde, wie vertraut sie miteinander waren.

In diesem Augenblick tönte eine Stimme aus der Halle zu ihr hoch, mit der Aletta ganz und gar nicht gerechnet hatte. Pijke! Sollte er nicht an der Universität Leiden sein?

Er kam in schmutziger Reitkleidung herein und warf sich auf die Bank. »Die Magd soll mir die Stiefel ausziehen!«, rief er Betje zu. »Und dann habe ich Hunger!« Betje tat, wie ihr geheißen. Pijke musterte sie wohlwollend. »Wir haben eine neue Magd?«

»Du erinnerst dich doch an Betje?«

»Nicht wirklich.«

Nun traten auch ihre Eltern ein. Ihr Vater war sichtlich erfreut, seinen Sohn zu sehen. »Wir haben gar nicht mit dir gerechnet! Berichte, was macht das Studentenleben?«

»*Plenus venter non studet libenter*«, sagte Pijke gähnend.

»Du weißt doch, dass wir kein Latein verstehen«, meinte der Vater liebevoll.

»Durch Lehren lernen wir«, sagte Pijke, was nicht die korrekte Übersetzung war, wie Aletta wohl wusste. »Ein voller Bauch studiert nicht gern« hätte es besser getroffen. Tatsächlich hatte Pijke noch an Hüftumfang zugelegt. »Ich habe mich den Poorter-Söhnen bei der Heimreise spontan angeschlossen.«

»Gut, gut! Das sind genau die Verbindungen, die ich meine.«

»Wann gibt es was zu essen?«

»Du musst dich noch ein wenig gedulden. Wir haben einen Gast«, sagte Hannah van Vleet.

»Jemanden Wichtiges?«

»Einen Baumeister.« Ihr Vater machte eine wegwerfende Handbewegung. »Er soll einen Entwurf für ein Stadthaus für uns anfertigen, wenn uns sein Stil konveniert.«

Pijkes Freunde lärmten bei Tisch und sprachen reichlich dem Wein zu, sodass Vincent Mühe hatte, sich verständlich zu machen. Aletta war entsetzt gewesen, als sie erfahren hatte, dass ihr Bruder Freunde zum Essen geladen hatte. Vincent aber ließ sich nicht beirren. Geduldig erklärte er ihrem Vater die Entwürfe für verschiedene Stadthäuser. Als Hannah van Vleet die Probleme beklagte, die sie mit ihrem derzeitigen Haus hatten, nickte er verständnisvoll. »Bei alten Häusern ist das Fundament oft zu durchlässig, zudem ist keine Drainage vorhanden. Gerade, was den Keller angeht, habe ich sehr lange herumgetüftelt, bis ich eine Lösung gefunden hatte.«

Aldo van Vleet berührte die kostbaren Ringe an seinen Fingern. »Jetzt bin ich aber gespannt.«

»Ich habe einen schwimmenden Keller entwickelt.«

»Was soll das denn sein?«

»In Amsterdam haben wir einen schwankenden Grundwasserspiegel. Steigt das Wasser, wird der gemauerte Keller durch den Druck aufgerissen. Bei einem schwimmenden Keller handelt es sich um einen Kasten aus Ziegeln, der so am Haus befestigt ist, dass er sich mit dem Wasserspiegel bewegt.«

Aldo van Vleet schien durchaus angetan. »Also gut! Fertigt den Entwurf eines Stadthauses für uns an. Ich werde ihn selbstverständlich bezahlen. Sollten wir ins Geschäft kommen, können wir die Summe als Anzahlung für den Bau betrachten. Ich werde mich nach einem geeigneten Grundstück umhören.«

»Dabei könnte ich dich unterstützen. Ich schnappe vielleicht etwas bei Freunden auf, bei wohltätigen Besuchen oder beim Einkaufen«, bot Aletta an.

»Tu das«, willigte ihr Vater ein.

Aletta war froh; ein Vorwand mehr, um aus dem Haus zu kommen. In diesem Augenblick stieß Betje einen Laut aus. Sie hatte beim Einschenken Wein verschüttet, und ein großer Fleck verunzierte das Tischtuch. »Verzeiht, Mijnheer«, sagte sie und eilte sich mit hochrotem Kopf, den Wein aufzutupfen.

Pijke und seine Freunde tuschelten, dann lachten sie hässlich. Aletta und Vincent tauschten Blicke; sie konnten Betje nicht helfen.

*

In der Küche weichte Betje das Tischtuch in Seifenlauge ein. Als wäre es nicht schlimm genug, dass die Stubenmagd sie noch immer mit Nichtachtung strafte! Jetzt auch noch das …

Jemand näherte sich. Dem Klang der Schritte nach waren es weder Magd noch Knecht. Betje schrubbte weiter. Der Rotwein löste sich nur schwer aus dem Stoff. Scham brannte auf ihren Wangen. »Mevrouw, es tut mir so leid …«

Plötzlich spürte sie Hände an ihrer Hüfte. Jemand presste sie von hinten gegen den Handstein. Sofort versuchte Betje, sich loszumachen, aber der Griff war fest. Jetzt rieb er sich auch noch an ihr! Schweres Atmen und Weindunst an ihrem Ohr. Sie schrie auf.

»Hat es dir nicht gefallen, dass ich am Tisch die Hand unter deinen Rock geschoben habe, während du bedient hast? In Leiden machen wir das dauernd. Da kennen es die Mägde nicht anders.«

Pijke zerrte an ihrem Rock. Verzweifelt schlug Betje mit dem nassen Tischtuch um sich. Pijke riss die Hände hoch und wich ein Stück zurück. Sie hatte ihn im Gesicht getroffen. Fluchend kniff er die Augen zusammen. »Schlampe!«

Er hatte sich gerade genug entfernt, dass Betje sich umdrehen konnte. Sie musste sich wehren, weglaufen … In der Bewegung riss sie die Waschschüssel mit sich, die polternd auf den Boden schlug. Es war ihr Unglück und zugleich ihre Rettung. Gleich darauf stürzten Hannah van Vleet und die Stubenmagd herein.

»Was ist denn hier los?«, fragte die Hausherrin scharf. »Was hast du schon wieder gemacht?!«

»Nichts, Mevrouw«, brachte Betje mühsam hervor.

Pijke grinste, sein Auge zuckte, und sein Hemd war vom Waschwasser nass. »Ich habe mich nur nach einem kleinen Nachtisch umgeschaut.« Lässig ging er hinaus.

Hannah van Vleet musterte Betje und die Wasserpfützen auf dem Boden. »Räum das auf, und dann mach Feierabend. Um das verdorbene Tischtuch wirst du dich morgen kümmern, sonst muss ich es dir vom Lohn abziehen.«

Betjes Blick verschwamm. Nun war nur noch die Stubenmagd da. *Geh weg*, dachte Betje, *deinen Senf musst du nicht auch noch dazugeben.*

»Nachtisch, wie?« Dina stieß einen verächtlichen Laut aus. »Hat er es bei dir also auch versucht! Besser, du gehst ihm aus dem Weg.«

»Heißt das, Pij…«

»Still, die Herrin hat gute Ohren.« Dina holte den Feudel und wischte die Pfütze auf. »Auf ihren Sohn lässt sie nichts kommen. Es sind immer die Mägde, die die jungen Herren aus gutem Hause verführen, um sich ein Kind anhängen zu lassen – wusstest du das nicht?« Sie nahm Betje das Tischtuch ab. »Da streuen wir Salz drauf, das wird dann schon wieder. Du hast wohl nicht viel Erfahrung mit Rotweinflecken?«

Betje schüttelte den Kopf. »Im Waisenhaus gab es nur Buttermilch.«

Die Stubenmagd nickte. In dieser Nacht durfte Betje bei Dina in der Dienstbotenkammer schlafen. Betje lag noch lange wach. Ob sie Aletta oder Vincent von Pijkes Tat erzählen sollte?

42

In der Taverne ging es hoch her.

»He, Liebchen, nicht so stürmisch!« Ruben griff lachend nach der Hand, die sich in sein Hemd geschoben hatte. »Meinen Geldsack findest du da nicht!«

Die Hure verzog gekränkt die Lippen, dann grinste sie. »Was denkst du denn von mir?«

»Nichts für ungut. Trinken wir noch einen?« Ruben ließ sich noch zwei Bier einschenken und stieß mit seinen Kameraden und den Huren an. Dann verabschiedete er sich. Gerade erst hatten sie in Amsterdam angelegt. Er hatte einiges zu erledigten, denn von seiner Reise hatte er nicht nur eine anständige Heuer mitgebracht.

*

Mit spitzer Feder zeichnete Sandrine ein Seeungeheuer neben die Reiseroute. Jeder sollte genau nachvollziehen können, welchen Weg Sir Francis Drake bei seiner Weltumsegelung genommen hatte und welche Gefahren gelauert hatten. Dafür nutzte sie die Karten und Porträts, die Meister Hondius während seiner Zeit in London angefertigt hatte.

»Das sieht ja wirklich furchterregend aus!« Lysbeth wies auf das Monster, das südlich von Afrika sein Maul weit aufriss. Sandrines Schwester trug wie stets Kittel und Handschuhe und hatte offensichtlich gerade Zettel gefalzt. Hinter ihnen dröhnten die Druckerpressen. Im *Wackere Hondt* am Dam waren sie neben Hondius' Gattin die einzigen Frauen, aber Sandrine fühlte sich wohl. Jeder wusste, dass niemand ihre Arbeit so gut machen könnte wie sie. Höchstens Jodocus Hondius selbst, aber der war mit der Weltkarte beschäftigt.

»Das Monster, meinst du?«, fragte Sandrine. »Nun ja, es war ja auch eine Reise voller Gefahren. In seinem Bericht schreibt Drake …«

Lysbeth lachte hell. »Dass du überhaupt zum Lesen solcher Wälzer kommst! Ich habe genug mit meinen Pamphleten zu tun.«

Jodocus Hondius, zumeist Joost de Hondt genannt, stellte sich neben sie. »Wie sieht es bei dir aus – kann ich bald mit dem Stechen der Karte beginnen?«

»Ein paar Details fehlen noch. Ich habe an ein weiteres Seeungeheuer an dieser Stelle gedacht«, Sandrine wies auf die Mitte der Karte, wo die beiden Weltkugeln sich berührten, »und natürlich an ein Bild von Drakes Ankunft auf den Gewürzinseln, links unten. Für Eure Druckermarke muss ich auch noch Platz lassen. Ich denke, morgen oder spätestens übermorgen dürfte ich fertig sein.«

»Wirklich eine ausgezeichnete Arbeit«, lobte Hondius sie. »Auch die *Golden Hind* ist gut getroffen. Es ist eine imposante Karte, die zu einem angemessenen Preis echte Liebhaber finden und den Ruhm meiner Druckerei mehren wird. Ich werde sie *Vera Totius Expeditionis Nauticae* nennen.«

»Vielleicht finden wir noch einen Platz für eines Eurer Drake-Porträts«, sagte Sandrine.

»Ich fürchte, das würde die Karte überladen.«

»Hattet ihr beide diesem Seemann nicht mit den Seekarten für van Os geholfen?« Colette, die Frau des Druckers, wies auf Ruben. Offenbar war sie seiner Anwesenheit gerade eben erst gewahr worden. »Vielleicht hat er wieder etwas für uns.«

Als Ruben aus der Ecke trat, von der aus er das rege Treiben in der Druckerei beobachtet hatte, lächelte Lysbeth ihre Schwester verschmitzt an. »Ich wusste doch, dass dieser Ruben wiederkommen würde …«

*

Unter Meister Oetgens war die Stadtfabrik zu einem florierenden Betrieb geworden. Vincent wies auf einen Haufen grauer, noch unbehauener Brocken. »Für das neue Waffenhaus benötige ich Sandstein. Wie wäre es mit diesem Gotländer Sandstein?«

»Der ist bereits für Meister Danckerts reserviert. Ich hätte Bentheimer Sandstein in verschiedenen Farbtönen.« Oetgens führte Vincent dorthin. »Ist es richtig, dass die Stadt Kircheneigentum veräußern will?«, fragte er.

»Das habe ich auch gehört. Die letzten Klöster und Konvente scheinen zum Verkauf zu stehen. Offenbar bringt die Miete weniger ein, als der Unterhalt kostet. Die Stadtkasse braucht Einnahmen, und die Steuern kann die Vroedshap wohl kaum noch erhöhen.« Vincent prüfte die Steine, die für seine Zwecke infrage kamen, und einigte sich mit Oetgens auf Preis und Lieferung.

»Du baust für Aldo van Vleet ein Stadthaus, habe ich gehört.«

»Es ist immer wieder erstaunlich, wie Ihr zu Euren Informationen kommt, Meister Oetgens«, sagte Vincent freundlich. »Aber ja, das ist richtig.«

»Er ist Katholik.«

»So munkelt man.«

»Beherbergt in seinem Haus eine Schlupfkirche und einen verdammten Priester. Hat aber eine hübsche Tochter.« Oetgens' Blick war prüfend geworden.

Worauf wollte Oetgens hinaus? Vincent entschied sich, die Andeutungen zu ignorieren. »Mein Entwurf gefällt van Vleet. Wir müssen nur noch ein geeignetes Grundstück finden. Wenn Ihr also etwas hört, Meister Oetgens, wäre ich Euch für einen Hinweis dankbar.«

Auf dem Heimweg hing Vincent seinen Gedanken nach. Van Vleet hatte sein erster Entwurf gefallen, das war richtig. Aber seitdem hatte er immer wieder Änderungswünsche geäußert. Erst wollte er keine Säulen, dann sollten es dorische Säulen sein, dann ionische – oder doch korinthische? Da sie einen festen Preis für den Bauplan vereinbart hatten, verdiente Vincent an keiner dieser Änderungen etwas. Andererseits gaben ihm seine Besuche immer wieder die Möglichkeit, Aletta zu sehen. Beim letzten Mal hatte sie ihm ihr Album zugesteckt, damit er etwas hineinschrieb, aber er tat sich schwer mit derartigen Liebesbekundungen.

Auf dem Nieuwendijk schoss jemand auf ihn zu. »Wo ist Majken? Was ist mit ihr?« Ruben funkelte ihn an. Sonnengegerbt und wild. Gesund sah er aus. Und er wirkte nicht einmal sehr betrunken.

»Ich freue mich auch, dich zu sehen, Brüderchen! Allmählich hatte ich mir schon Sorgen um dich gemacht.«

Vincent wollte ihn in die Arme schließen, doch Ruben wehrte ihn ab. »*Jezus mina!* Was ist nun mit Majken?«

Vincent hob die Hände. »Es geht ihr gut. Die Wirtin hat sie hinausgeworfen, aber ich habe eine neue Stelle für sie gefunden. Wenn sie sich bewährt, kann sie sogar zur Chefin aufsteigen, das wollte sie doch immer.« Er legte die Hand auf die Schulter seines Bruders. »Besuchen wir sie gemeinsam. Und auf dem Weg erzählst du mir von deinen Abenteuern.«

Ruben sprudelte sofort los, berichtete von Walen, fliegenden Fischen und Orkanen. »Dieses Mal vergesse ich auch ganz bestimmt nichts! Ich habe mir einige Stichwörter notiert und Zeichnungen angefertigt. Mit der richtigen Hilfe wird ein Druckwerk daraus …«

Anders, als Vincent erwartet hatte, trafen sie Majken nicht in der Herberge an, in der sie gearbeitet hatte. »Soweit ich weiß, ist sie jetzt in einem Gasthof an der Lastage …«, sagte der Knecht, und so zogen die Brüder weiter.

Majken putzte gerade die Zimmer, als Vincent und Ruben sie fanden. Ihre Tochter Annemieke half ihr.

»Ich bin euch keine Rechenschaft schuldig«, brummte sie, als sie die Brüder sah, setzte dann aber hinzu: »Der Verdienst dort war armselig. Immerzu hat mich die alte Chefin gescheucht. Da geht es uns hier besser. Dies ist ein christliches Haus.«

Es war neu für Vincent, dass Majken auf die religiöse Gesinnung ihres Herrn Wert legte, aber da er und Ruben sich viel zu erzählen hatten, fragte er nicht nach.

Einige Tage später holte Vincent seinen Bruder in der Druckerei *In de wackere Hondt* ab. Ruben saß mit zwei Frauen an einem Tisch im hinteren Teil des Raumes. Beide lauschten seinem Bruder interessiert.

Sie schienen Ruben gern zuzuhören, wie so viele Frauen, die er mit seinen Berichten und seiner Art um den Finger wickelte. Ruben rief noch etwas, worauf die Frauen lachten, und schüttelte einem Mann in Druckerschürze die Hand, dann kam er zu Vincent. Gemeinsam gingen sie in die Warmoesstraat, wo sie in einem Weingeschäft Dirck van Os treffen sollten. In einem Hinterzimmer sprach dieser bereits mit einem Mann um die dreißig, dessen blondes, bereits schütteres Haar in die hohe Stirn gekämmt war. Seine dunklen Augen flackerten argwöhnisch über die Brüder.

»Wenn ich vorstellen dürfte: Cornelis de Houtman. Er wird die *Compagnie van Verre* anführen und das Kommando über das Flaggschiff *Mauritius* übernehmen. Ihm und dem Reisehandbuch von Mijnheer van Linschoten haben wir es zu verdanken, dass wir über den Seeweg in den Orient im Bilde sind.«

Houtman deutete ein Nicken an. Als van Os Ruben und Vincent vorstellte, ließ sich seinem Gesicht keine Gefühlsregung ablesen. Vincent hatte schon von ihm gehört. Houtman war zwei Jahre lang für die Portugiesen in Lissabon tätig gewesen und hatte dort für die holländischen Kaufleute spioniert. Während er Ruben zu seinen Kenntnissen befragte, tanzten Houtmans Fingerspitzen ungeduldig über die Tischplatte. »Wir werden im April aufbrechen«, sagte er dann. »So Gott will, kehren wir nach zwei Jahren vollbeladen mit Reichtümern nach Amsterdam zurück. Vier Schiffe stehen uns zur Verfügung. Einen Teil der Mannschaft haben wir bereits zusammengestellt. Ich könnte aber noch fähige Kapitäne und gute Steuerleute gebrauchen.«

»Ich bin Euer Mann«, sagte Ruben selbstbewusst. »Zudem könnte ich Euch Jan Molenaar empfehlen, bei dem ich gelernt habe und mit dem ich seit Jahren zur See fahre. Ein kenntnisreicher Mann, der sich auf die Führung eines Schiffes versteht. Er hat lange als Steuermann gedient und ist nun Kapitän.«

»Wo steckt der Kerl? Warum habt Ihr ihn nicht mitgebracht?«

Ein verschmitztes Lächeln huschte über Rubens Gesicht. »Er macht das, was alle Seeleute tun, wenn sie an Land sind: Er feiert.«

Houtman verschränkte die Arme vor der Brust. »Eben deshalb ruht die Verantwortung für solch eine Reise auf uns Kaufleuten. Wir verlieren nie das Geschäft aus dem Blick.«

*

Vom Deck der *Mauritius* sah Ruben noch einmal auf den Amsterdamer Hafen. Hunderte hatten sich versammelt, um sie zu verabschieden. In den letzten Wochen hatte sich die bevorstehende Abreise nicht mehr verheimlichen lassen. Eine fieberhafte Erregung hatte die Bürger erfasst. Sie würden den Portugiesen und Spaniern beweisen, dass sie nicht die Einzigen waren, die in den Orient segeln konnten! Die Meere waren frei!

Die *Mauritius*, der Ruben als Erster Steuermann zugeordnet war, war eine prächtige Galeone von zweihundert Last. Ihnen folgte die ebenso große *Hollandia*, auf der Pieter Dierkszoon Keyser als Navigator diente. Er hatte von Petrus Plancius Astrolabium und Jakobsstab erhalten, um den Sternenhimmel zu kartieren; unterstützt wurde er von Houtmans Bruder Frederick. Das dritte Schiff, die *Amsterdam*, war nur hundert Last groß. Zudem begleitete sie noch die kleine Pinasse *Duyfken*, die für Erkundungsfahrten nötig war.

Ein Blick zu Molenaar, dann rief Ruben einige Befehle. Sie hatten die Reiseanweisungen von Linschoten und die diversen Seekarten aufs Gründlichste studiert und waren bereit. Zufrieden wandte er sich wieder um. Er hatte die Wochen an Land bei Lysbeth und ihrer Schwester Sandrine verbracht, die ihm nicht nur geholfen hatten, seinen Reisebericht und seine Seekarten druckfertig zu machen. Auch sie standen vermutlich zwischen den anderen weinenden Frauen am Ufer.

In Rubens Abenteuerlust mischte sich ein sanftes Sehnen. Irgendwann würde er sesshaft werden, würde sein Herz der Einen schenken. Seit Kurzem hatte er das unbestimmte Gefühl, diese Eine bereits getroffen zu haben.

*

In seinem Haus im Singel schäumte Aldo van Vleet vor Wut. Was maßten sich diese Holländer an, dem spanischen König sein Eigen abspenstig machen zu wollen! König Philipp gehörte die See, der Orient, ja, die ganze Welt! Dass sich diese Käsebauern und Fischer einbildeten, einem derartigen Unternehmen gewachsen zu sein! Er hoffte nur, dass die spanische Flotte oder Dünkirchener Kaperfahrer die Schiffe der *Compagnie* abfangen und auf den Grund der See schicken würden. Natürlich hatte er an General Fuentes geschrieben, sobald er von den Plänen erfahren hatte.

Mühsam versuchte er, sich zu beruhigen, ans Geschäft zu denken. Die Begeisterung der Amsterdamer bewies auch, wie wild sie auf Muskatnüsse, Nelken und Pfeffer waren. Von dieser Mode sollte er mehr profitieren. Don Diego de Besalú hatte ihm neulich geschrieben, dass er über einen Cousin an Waren der *Casa da Índia* gelangen könne. Bislang war ihm diese Investition zu risikoreich gewesen. Aber jetzt …

Getrieben von Wut spitzte Aldo van Vleet seine Schreibfeder.

43

Über Amsterdam ging ein Sommergewitter mit einem Platzregen nieder. Schon unkten die Ersten, dass es eine genauso schlechte Ernte wie im letzten Jahr geben würde und dass Gott sie strafte. Von der Euphorie, die vor etwas über einem Monat die Abreise der *Compagnie van Verre* begleitet hatte, war auf den Straßen nur noch wenig zu spüren.

Im Rathaus herrschte hingegen feierliche Stimmung. Mit den anderen Mitarbeitern, Meisterknechten und Lehrjungen stand Vincent am Rande des Saales und lauschte andächtig, wie Hendrick de Keyser die Worte des Schreibers wiederholte und den Eid sprach. Nun endlich war er auch offiziell Stadtsteinhauer und Stadtbildhauer und durfte auf die Stadtsteinhauerei am Grimburgwal ziehen. Nach de Keyser war Cornelis Danckerts an der Reihe, der zum Stadtmaurermeister ernannt wurde. Als Stadtzimmermann folgte Henk Jakobsz Staets. Und schließlich wurde auch Frans Hendricksz Oetgens als Fabrikmeister vereidigt. Alle schienen mit der Entscheidung einverstanden zu sein, und auch Danckerts und de Keyser hatten ihren Streit beigelegt.

Vincent freute sich schon sehr auf die abendlichen Feierlichkeiten im Gildehaus. Vielleicht würde es ihm gelingen, Aletta zum Fest zu locken. Mit seinem Entwurf war Aldo van Vleet inzwischen einverstanden. Am Nachmittag sollte Vincent ins Kontor kommen, um den Vertrag zu unterzeichnen. Auch ein Bauplatz war anscheinend gefunden. Sobald der Vertrag unterschrieben war, würde er das Gebäude, das sich darauf noch befand, abreißen und dann seine erste Stadtvilla errichten.

Nach einem kurzen Umtrunk verabschiedete Vincent sich von den anderen. Auf dem Weg durch die Stadt erregte eine Baustelle seine Aufmerksamkeit. Vincent entdeckte den Maurergesellen Gerrit und sprach ihn an. »Ich wusste gar nicht, dass die Stadt hier bauen lässt.«

»Das ist auch kein Bau der Stadt. Bauherr ist Meister Oetgens selbst.«

»Und der gotländische Sandstein, den Ihr verwendet?«

»Was ist damit? Den hat Meister Oetgens anscheinend günstig bekommen.«

Nachdenklich ging Vincent weiter. Es wäre nicht ungewöhnlich, dass Oetgens beim gleichen Lieferanten für sich und den Fabrikhof Steine bestellte. Unter den Arbeitern kursierten jedoch Gerüchte, dass Oetgens Material für seine eigenen Baustellen abzweigte. Allerdings wagte niemand, diesen Verdacht laut zu äußern.

Nachdem Vincent aus seiner Kammer den fertigen Bauplan geholt hatte, ging er zum Haus der van Vleets. Als habe sie auf ihn gewartet, öffnete Aletta ihm. Sie ließ ihn ein – und zog ihn in den Winkel neben der Tür, um ihn zu küssen.

»Bitte … nicht …«, murmelte er und konnte doch seine Erregung kaum bezwingen. So geheim ihre Beziehung war, so intensiv war sie.

Leise lachend ließ sie ihn los und führte ihn zu ihrem Vater ins Kontor. Aldo van Vleet diskutierte gerade mit Pijke. Alettas Bruder wurde immer dicker und hatte schon jetzt das Aussehen einer in teuren Damast gepressten Wurst.

»Ah, Mijnheer Aardzoon – wie war die Vereidigung?«

»Sehr feierlich. Ich hoffe, Ihr werdet Mijnheer de Keyser die Ehre geben und heute Abend mit Eurer Familie und meiner Schwester zum Empfang in der Gilde erscheinen?«

»Ich bin nicht sicher, ob meine Termine das …«

»Bitte, Vater! Das sind wir Mijnheer de Keyser schuldig!«, fiel Aletta ihm ins Wort.

Ihrem Vater war es offensichtlich nicht recht, dass sie ihn derart drängte, denn er ignorierte ihren Einwurf und wies auf eine Linie am Ende des Schriftstücks, neben die er seine geschwungene Unterschrift gesetzt hatte. »Ich habe bereits den Vertrag für die geleisteten Dienste vorbereitet. Wenn Ihr hier unterzeichnen würdet.«

Vincent überflog den Text. In hochgestochenen Worten ging es um den Entwurf und den nachfolgenden Bauauftrag. Er unterschrieb mit ebenso vielen Schnörkeln und überreichte van Vleet die Kopie des Bauentwurfs.

Nachdem sie über den Kauf des Grundstücks und die Beschaffung des Baumaterials gesprochen hatten, brachte Aletta ihn wieder hinaus. Unauffällig drückte sie Vincents Finger. »Wir sehen uns heute Abend auf jeden Fall! Dieses Fest lasse ich mir nicht entgehen.«

Vincent scherzte mit seinen Freunden und beobachtete ungeduldig den Eingang des Gildehauses. Die Musikanten hatten längst aufgespielt. Bald würden die Reden beginnen.

»Ich hätte mir sehr gewünscht, dass du *mich* einmal so sehnsüchtig erwartest«, sagte auf einmal jemand neben ihm. Es war Kniertje.

»Oh, ich erwarte niemanden. Ich freue mich einfach nur, dass die Vroedshap …«

»Sicher«, unterbrach sie ihn scharf. »Mir machst du nichts vor. Du sitzt auf deinem hohen Ross und bildest dir ein, etwas Besseres zu sein. Dabei bist du nur eine Waise ohne besondere Verbindungen.«

»Ich bin Architekt und Maurermeister«, sagte Vincent beherrscht. »Außerdem: Wenn ich mich recht erinnere, bist du inzwischen mit Aert verlobt.«

In diesem Augenblick ging die Tür auf, und Aldo und Hannah van Vleet traten mit ihren Kindern und Betje ein. Vincents Gesicht hellte sich auf. Es würde ein wunderbarer Abend werden.

Ein Grinsen huschte über Kniertjes Gesicht. »Hab ich's doch gesagt. Ob ihr Vater es weiß?«

»Keine Ahnung, wovon du redest. Und jetzt geh lieber zu deinem Verlobten, ehe er einem anderen Mädchen schöne Augen macht. Einem Mädchen, das nicht so ein loses Mundwerk hat.«

*

Als alle anderen tanzten, sangen und feierten und ihre Eltern mit ihren Glaubensbrüdern im Gespräch waren, nahm Aletta Vincents Hand und zog ihn hinaus. Sie verbargen sich im Schatten eines Baumes am Rande einer Gracht. Die Nacht war sternenklar und mild. Auf dem Fluss mischte sich der Schein vereinzelter Fackeln mit dem Mondlicht. Leise drang Musik aus dem Gildehaus.

»Vater hat überall erzählt, dass du für uns bauen wirst. Ein paar dieser Aufträge noch, dann bist du so angesehen und reich, dass du um meine Hand anhalten kannst«, wisperte Aletta und küsste ihn.

Vincent ließ es geschehen. Zu glücklich war er über diesen Tag, diesen Abend. Ihre Hände wanderten über seinen Körper, und auch er ließ seine Finger auf Wanderschaft gehen. Er wollte ihre Hoffnung nicht dämpfen. Ganz abgesehen davon, dass es bessere Partien gab als ihn, blieb immer noch die Frage des Glaubens. Er war bereit, darüber hinwegzusehen, dass sie Katholikin war. Es gab viele gemischtreligiöse Paare in Amsterdam. Aber würde ihr Vater das auch tun?

Als sich Alettas Hände unter sein Hemd schoben, schauderte Vincent wohlig. Ein Geräusch ließ ihn jedoch zusammenfahren. Er sah sich um. Niemand war zu sehen. »Wir sollten ...«

»Scht!« Aletta führte ihn in den Schatten eines Tores. Ihre Stimme war nur ein Hauch. »Ich will diesen Moment noch ein wenig genießen.«

Erst nachdem ein weiteres Liebespaar sie aufgeschreckt hatte, gingen sie wieder zum Gildehaus zurück. Noch immer war die Feier in vollem Gange. Aldo und Hannah van Vleet machten sich allerdings gerade zum Aufbruch bereit.

Vincent sah sich um. »Wo ist Betje?«, fragte er Hannah van Vleet.

»Pijke hat sich nicht wohlgefühlt. Wir haben Betje mit ihm zurückgeschickt.«

*

Betje lief voraus, aber sie konnte Pijkes Schritte hinter sich hören wie eine drohende Gefahr. Er hatte es nicht eilig. Nachdem er Aletta und Vincent nach draußen gefolgt war, war er mit dem selbstzufriedenen Gesichtsausdruck zurückgekehrt, den sie zu hassen gelernt hatte. Oft hatte er ihr im Haus nachgestellt, aber bislang hatte Betje sich immer retten können. Jetzt jedoch war sie nicht so sicher, ob sie ihm entgehen konnte.

»Betje, *lieve meid*«, wisperte er.

Betje schauderte. Es schien eine Art Spiel für ihn zu sein, ihr Angst zu machen. Sie ging schneller. Vielleicht sollte sie sich irgendwo verstecken, bis die van Vleets hinzukamen. Vielleicht hätte sie doch mit Aletta über alles sprechen sollen oder mit Vincent.

Sie hatte das Haus erreicht. Wollte klopfen, damit Dina ihr zu Hilfe kam. Doch da war Pijke schon neben ihr. Er packte sie und hielt ihr den Mund zu. »Du wirst keinen Laut von dir geben, sonst verrate ich meinem Vater, was meine Schwester und dein sauberer Bruder miteinander treiben. Dann ist es mit seiner schönen Laufbahn vorbei.«

Betje wusste, dass Pijke es ernst meinte. Er hatte keine Skrupel. Sie nickte bebend, und so ließ er los. Pijke schloss die Tür auf und zerrte sie ins Kontor, auf den Schreibtisch seines Vaters.

*

Gut gelaunt ließ Aletta sich am nächsten Morgen von Betje beim Ankleiden helfen. Doch Betje war nicht bei der Sache. Sie zog ihr das Kleid falsch herum an, legte Strümpfe heraus, die sich farblich bissen, und jetzt war sie auch noch unachtsam beim Bürsten von Alettas langem Haar.

»Au!«, rief Aletta aus. »Was ist denn nur mit dir?«

Betje starrte sie an, als wäre sie aus einem Albtraum erwacht. Dann brach sie unvermittelt in Tränen aus.

Jetzt erst bemerkte Aletta, wie blass Betje war. »Was hast du denn? Du kannst mir alles sagen, das weißt du doch!«

Betje schluchzte. »Wirklich alles?«

Pater Anselm ließ den Beichtpfennig durch seine Finger gleiten. Er hörte nicht mehr gut, und er war fast blind, aber dennoch würde er wissen, was zu tun war, davon war Aletta überzeugt. Er wandte sich an Betje: »Du wirst Buße tun müssen, um deine Sünden zu tilgen.«

Betjes Lippen bebten, als sie stumm nickte.

»Aber sie hat doch gar ni…«, protestierte Aletta.

»Still, Juffrouw Aletta!«, fuhr der Pater sie an. »Von derartigen Angelegenheiten versteht Ihr nichts. Es wäre vermutlich besser, wenn Betje sich eine andere Anstellung sucht. Derart mit Sünde behaftete Frauen …«

Ohnmächtige Wut regte sich in Aletta. »Aber Betje ist doch nicht schuld!«

»Auch Ihr werdet Buße tun müssen, damit Ihr Euch an Euren Platz in der Gesellschaft erinnert. Anderenfalls werde ich mit Euren Eltern sprechen müssen.«

Aletta war außer sich vor Wut. Betje hatte sich zwar geschämt, genau zu sagen, was Pijke getan hatte – so oder so war es aber furchtbar. Und dass Pater Anselm ihnen nicht half, sondern Betje eine Mitschuld gab, machte alles noch schlimmer. Ihre Eltern konnte sie nicht einweihen, weil Betje um Stillschweigen gebeten hatte. Auch zu Vincent konnte sie nicht laufen, weil sie ihre Mutter bei deren Hausbesuchen begleiten musste und anschließend mit Betje ins Waisenhaus gehen wollte.

Aletta bemühte sich, unbefangen mit ihrer Mutter zu plaudern. Beiläufig fragte sie: »Warum ist Pijke eigentlich nicht in Leiden? Sein Studium müsste doch in vollem Gange sein. Früher ist er auch nie an den Wochenenden hierhergekommen.«

»Offenbar braucht Vater seine Hilfe. Pijke ist so ein guter Junge. Und nur bei uns bekommt er genug zu essen.«

Guter Junge? Genug zu essen? Aletta musste sich auf die Zunge beißen, um ihrer Mutter nicht die Wahrheit ins Gesicht zu schleudern. »So ein Studium ist eine sehr aufwendige Angelegenheit. Ich hörte erst neulich, wie viel die Studenten für ihre Prüfungen lernen müssen. Schön, dass Pijke das so lässig schafft«, sagte sie.

Ihre Mutter warf Aletta einen irritierten Blick zu.

*

Vincent verhandelte gerade am neuen Fleischhaus mit einem Nachbarn über die Lagerung von Baumaterial, als er Betje und Aletta am Rande der Baustelle entdeckte. Seine Schwester war in Tränen aufgelöst, und Aletta wirkte wie erstarrt. In der Bauhütte erzählten die Frauen ihm, was vorgefallen war. Heiße Wut überfiel Vincent. Er wollte sofort losstürzen und Pijke zur Rechenschaft ziehen, aber er musste sich Betjes Bericht bis zum Ende anhören.

»Es ist schon schlimm, wenn er allein da ist«, schloss sie. »Da krampft mein Magen und mein Herz rast. Aber gestern kam er mit seinen Kumpanen …«

Vincents Blut kochte. »Auf keinen Fall gehst du noch einmal in dieses Haus zurück!«, wies er Betje an.

Seine Schwester nickte stumm.

»Wir müssen mit deinen Eltern reden. Sie müssen wissen, was Pijke getan hat.«

»Pijke hat gedroht, uns zu verraten!«, wandte Aletta ein. »Meine Eltern werden mich einsperren, uns vielleicht den Umgang verbieten. Er könnte dir den Auftrag entziehen.«

»Wir haben nichts getan, wofür wir uns schämen müssten.«

Aletta nahm seine Hand. »Bitte, Vincent. Ich liebe dich. Ich will dich nicht verlieren. Lass uns gemeinsam weglaufen, irgendwohin.« Ihr Blick war von wildem Feuer erfüllt.

Doch sein Entschluss stand fest. »Du wirst mich nicht verlieren.«

Sie warteten mit dem Gespräch, bis Pijke aus Leiden zurück war. Wie versteinert hörten sich Hannah und Aldo van Vleet die Vorwürfe an. »Ist das wahr?«, fragte Aldo van Vleet seinen Sohn.

»Betje hat es darauf angelegt. Macht mir die ganze Zeit schöne Augen. Und Dina ist ohnehin ein geiles Luder.«

»Pijke!«, rief seine Mutter empört.

Er hob die Schultern. »Ist doch so. Frag Pater Anselm, der weiß, wozu Frauen fähig sind.«

»Pater Anselm weiß davon?«

»Betje und ich haben ihm gebeichtet«, gab Aletta zu.

Aldo van Vleet wischte unsichtbaren Staub von der Tischplatte. »Betje wird dieses Haus verlassen. Ein derart sündiges Verhalten können wir nicht dulden.«

Vincent wollte empört etwas erwidern, aber Aletta war schneller. »Vater ...«

»Ruhig!«

Pijke grinste süffisant. »Fragt meine liebe Schwester doch einmal, ob sie mit Vincent schon ... fleischlich verkehrt hat!«

Van Vleet fuhr auf. »Was sagst du da?«

»Das ist eine infame Unterstellung!«, rief Aletta, ehe Vincent sich äußern konnte.

Vincent straffte sich. Nur mühsam beherrschte er sich. »Ich verehre

Eure Tochter. Nie würde ich ihre Ehre verletzen. Ich würde nichts lieber, als sie zur Frau …«

Der Kaufmann fegte das Silbergeschirr vom Tisch. »Hinaus!«

»Hört mich an!«

»Ihr habt mein Vertrauen missbraucht und mich hintergangen. Ich wusste gleich, dass es einen Fehler war, einen derartigen Hungerleider zu unterstützen. Wer aus der Gosse kommt, kennt es eben nicht besser.«

»Der bleibt Abschaum«, setzte Pijke hinzu.

Vincent versetzte ihm einen Fausthieb. Pijke hielt sich die Wange und wurde sogleich von seiner Mutter getröstet.

»Das werdet Ihr büßen, Aardzoon«, sagte Aldo van Vleet bitter.

Aletta warf sich zu Füßen ihres Vaters. »Bitte, wir lieben uns. Vincent und ich …«

Eine Ohrfeige schleuderte sie zur Seite. Vincent half ihr auf. Währenddessen rief Aldo van Vleet seinen Knecht. »Prügel den Kerl hinaus!«

Ehe der Knecht seinen Knüppel holen konnte, nahm Vincent seine Schwester in den Arm und führte sie hinaus. Er wusste, wann er verloren hatte.

Der Eklat sprach sich schnell herum. Gleich am nächsten Tag übernahm Meister Smeet den Bau des Hauses für Aldo van Vleet. Er würde das Haus nach Vincents Bauplänen errichten, was diesen erbitterte. Schwerer wog jedoch die Sorge um Aletta, die offenbar verschwunden war. Hätte er anders reagieren sollen? Wann und wie würde er Aletta wiedersehen? Vincent hoffte zutiefst, dass er sie nicht ganz verloren hatte, war jedoch verzweifelt. Einzig der Hass auf Pijke hielt ihn aufrecht.

Auch Hendrick de Keyser war erbost. »Ich habe von Eurem unziemlichen Benehmen erfahren«, fuhr er ihn an. »Den Sohn eines Poorters zu verprügeln! Unter diesen Umständen werde ich nicht mehr mit Euch zusammenarbeiten können.«

Vincent war erschüttert. Ging es hier wirklich um den Faustschlag?

Oder zählte am Ende die Verbindung zu einem Glaubensbruder mehr als eine langjährige erfolgreiche Zusammenarbeit? »Ich habe Pijke van Vleet lediglich zur Rechenschaft gezogen. Nur er hat sich unziemlich verhalten.« Er berichtete de Keyser, was vorgefallen war.

»So steht Aussage gegen Aussage.«

»Das ist nicht wahr«, begehrte Vincent auf. »Jeder, der meine Schwester kennt, weiß, dass sie nicht lügt. Und jeder, der Betje sieht, bemerkt, dass ihr etwas Unaussprechliches angetan wurde. Wie ein Häufchen Elend versteckt sie sich in meiner Kammer, unfähig, auch nur einen Schritt vor die Tür zu tun.«

»Dennoch war es unrecht, dass Ihr und Aletta van Vleet …«

»Ich habe ihre Ehre nicht verletzt, das versichere ich Euch. Aletta und ich … Wir gehören zusammen.« Allein, es auszusprechen, tat ihm weh.

»Pater Anselm sieht die Angelegenheit anders. Man mag Euch zugutehalten, dass es eine jugendliche Narretei ist, unangemessen und unschicklich. Eine Schande für die Eltern.« Hendrick de Keyser seufzte. »Ihr seid ein guter Architekt, Vincent. Ich würde Euch nur ungern verlieren.«

Auch einer seiner anderen Interessenten reagierte bei Vincents nächstem Besuch reserviert. »Nichts gegen Euren Entwurf, aber ich habe es mir anders überlegt.«

»Dürfte ich den Grund dafür erfahren?«, fragte er, obgleich er ihn bereits ahnte.

»Euer Ruf ist, wie soll ich sagen, nicht der Beste. Ich kann und werde weder unehrenhaftes Verhalten noch Betrug dulden.«

»Ich habe mich weder unehrenhaft verhalten, noch habe ich betrogen. Hängen Eure Bedenken mit dem Bau des Stadthauses von Mijnheer van Vleet zusammen?«

Vincent sah seinem Gegenüber an, dass es so war. Diesen Auftrag durfte er nicht auch noch verlieren! Wenn er sich jetzt geschlagen gäbe, würde es als Schuldeingeständnis gewertet werden. »Ich habe für Mijnheer van Vleet und seine Familie ein Haus entworfen, das dieser begeistert entlohnt hat und das eine Zierde für den Singel sein wird. Dass er die Ausführung nun einem anderen Baumeister überträgt, hat einen anderen Grund.« Er spielte eine Karte, für die er sich insgeheim schämte, weil sie ihm zu plump erschien. »Es war eine Frage des Glaubens. Dass Mijnheer van Vleet seinen katholischen Glauben in seinen vier Wänden pflegt, ist seine Angelegenheit. Dass er missioniert, eine andere.«

*

Aletta dämmerte vor sich hin. Ihr Vater hatte sie mit dem Rohrstock für ihren Ungehorsam gemaßregelt. Noch schmerzhafter waren die Worte des Priesters gewesen. Sie habe ihrer Familie und Gott Schande gemacht, hatte er behauptet. Es gebe nur wenig, was sie tun könne, um diese Schande zu sühnen. Seitdem las ihre Mutter ihr unaufhörlich aus dem Katechismus vor.

Aletta fieberte, als die alte Magd ihrer Tante ihr in Brüssel aus der Kutsche half. Sie sah sich nicht einmal um. Brüssel interessierte sie nicht. Nichts interessierte sie mehr. Die Wohnung war ebenso düster, wie sie es in Erinnerung hatte. Von überallher blickten Heilige vorwurfsvoll auf sie herab.

Ihre Tante führte sie, einen Rosenkranz betend, in eine lichtlose Kammer, die kaum mehr als eine Zelle war. Ihre Mutter forderte sie auf, sich auszuziehen, doch statt ihre Wunden zu versorgen, reichte sie ihr einen groben Kittel. Als Aletta sich umgekleidet hatte, kam ein Priester herein, gefolgt von weiteren Geistlichen. Sie reckten ihr ein Kruzifix entgegen und hielten einen Rosenkranz sowie einen Büßergürtel, dessen metallene Zähne im Kerzenlicht reflektierten.

*

Lazarus ging mit dem Trupp Arkebusiere, dem er inzwischen angehörte, in Stellung. Er war bestens ausgerüstet und brannte ebenso wie seine Kameraden darauf, seine Waffen einzusetzen. Die Stimmung in den Tercios war genauso aufgeheizt wie die Landschaft vor Doullens. Schon mehr als zwei Wochen belagerten sie die picardische Stadt. Jede französische Truppe, die sie aufzuhalten versuchte, hatten sie niedergemacht. Niemanden hatte General Fuentes geschont, nicht einmal hochrangige Adelige, für die sie ein hohes Lösegeld hätten erzielen können. Fuentes war ohnehin ein harter Hund, aber das Massaker an der spanischen Garnison in Ham hatte sie alle erbittert. Die Protestanten hatten keine einzige Seele überleben lassen.

Fuentes gab letzte Anweisungen. Während der General die Reihen abschritt, wünschte er auch Lazarus Schlachtenglück.

Lazarus nickte entschlossen. Es war schon seltsam, wie das Schicksal bisweilen spielte. Als er von Brüssel nach Frankreich versetzt worden war – anscheinend hatte Diego gegen ihn intrigiert –, hatte er sich fügen müssen. Hasserfüllt hatte er seine Position bei den Arkebusieren angetreten, gleichzeitig aber versucht, im Waffenarsenal zu arbeiten. Der Munitionsmeister hatte ihn bereitwillig unter seine Fittiche genommen, nachdem er mitbekommen hatte, dass Lazarus wusste, wovon er sprach. Er hatte Lazarus in Sprengstoffkunde unterwiesen und ihn bei der Entwicklung von Metallgranaten helfen lassen. Gleichzeitig hatte Lazarus sich bei den Kämpfen auszeichnen können und einen Nebenerwerb gefunden – er verkaufte Reliquien, die bei den Spaniern besonders gefragt waren. Plötzlich fiel ihm alles zu. Doch trotz seines neuen Erfolgs würde er es sich nicht nehmen lassen, Diego für seine Intrige zu bestrafen. Er musste lediglich geschickter vorgehen …

Noch einmal erhob General Fuentes die Stimme. »Wir vergessen unsere getöteten Kameraden in Ham nicht!«, feuerte er die Soldaten an. »*Recordad Ham!* Denkt an Ham!«

»Denkt an Ham!«

Der neue Schlachtruf verbreitete sich im Nu. Auch Lazarus brüllte ihn, als sie vorstürmten. Er war bereit, jeden einzelnen Bewohner der Stadt zu töten.

*

Sieben Wochen nachdem Aletta verschwunden war, erreichte Vincent ein Brief von ihr aus Brüssel. Die Handschrift erkannte er sofort, es fehlte jedoch der Duft.

> Vincent. Unsere Liebe war ein Fehler, ein Hirngespinst. Es tut mir leid, was ich Dir angetan habe. Ich bin nur ein sündhaftes Weib. Ich weiß jetzt wieder, wo mein Platz ist. Die Heilige Mutter Kirche hat meine Buße akzeptiert.
> Denke nicht, dass mich jemand gezwungen hat, Dir diesen Brief zu schreiben. Weder meine Mutter, die mit mir in Brüssel ist, noch meine Tante wissen davon. Vergiss mich, so wie auch ich dich vergessen werde. Ich gebe dich frei. Gott sei mit dir. Aletta.
> PS: Entschuldige mich bitte bei Betje. Ich habe sie erst in diese schreckliche Lage gebracht. Es bringt eben Unglück, wenn man nicht bei Seinesgleichen bleibt. Jeder sollte wissen, wo er hingehört. Auch Du.

Aus den letzten Worten sprachen eine Arroganz, die nicht zu Aletta passte. Wortlos reichte er Betje den Brief.

»Du musst nach Brüssel reisen …«, begann Betje tonlos.

»Brüssel ist weit weg, weiter als Antwerpen. Es sind mehrere Tagesreisen bis nach Flandern – und das durch Feindesland. Selbst wenn ich reisen würde – was sollte ich dort tun?«

44

AUS DEM TAGEBUCH VON RUBEN AARDZOON

Nach zwölf Tagen Befrachtung legen wir am 2. April anno 1595 endlich ab.
10. April: Mit Ost- und Nordostwind am Hafen von Lisbona.
17. April: Wir sahen die Insel Canariae.

27. April: Nehmen Kurs auf Südsüdost.

3. Mai: Treffen ein Schiff des Königs von Spanien, das auch nach Indiam im Orient fährt. Da es etwa fünfhundert bis sechshundert Last groß ist, sind wir schneller und verlieren es bald aus den Augen.

4. Juni: Haben lineam aequiotialem passiert. Die große Hitze hat unseren Proviant verdorben. Der gesalzene Fisch und das eingelegte Fleisch schmecken faulig, der Zwieback ist schimmelig, Bier und Wasser sind eklig, und unsere gesalzene Butter ist wie Öl geschmolzen. Viele Matrosen sind krank geworden. Andere zeigen erste Anzeichen von Scharbock.

27. Juni: Tropicum Capricorni passiert.

28. Juni: Kurs Ostsüdost, oft auch Ostost.

20. Juli: Viele weiße und schwarze Vögel gesehen, groß wie ein Schwan. Ein Zeichen, dass wir uns den Spitzen von Guter Hoffnung nähern. An Bord Unruhe. Die Disziplin ist schwach, da viele geschwollenes Zahnfleisch haben, die Zähne verlieren oder Schlimmeres.

5. August: Gehen bei Bonae Spei zur Erfrischung unserer Kranken an Land. Tauschen Proviant. Suchen Pomeranzen und Limonen, es sind aber keine da.

11. August: Anker gelichtet und Kurs auf Madagaskar genommen.

3. September: Endlich Madagaskar in Sicht. Werden die Schiffe nicht weiterführen können ohne Ruhe und Proviant, da so viele Matrosen krank.

14. September: Sind an eine kleine Insel gekommen, die wir den holländischen Kirchhof genannt haben, weil hier so viele unserer Seeleute begraben sind. Auch der Schiffmann der Hollandia ist tot.

Oktober: Haben die Pinasse ausgeschickt, um Süßwasser zu finden. Die Bewohner sind freundlich. Tauschen einen Zinnlöffel gegen einen Ochsen oder drei Schafe.

10. Oktober: Werden von Wilden überfallen und müssen uns verschanzen. Haben Meuterer nicht seerechtlich bestraft, sondern laufen lassen.

2. Dezember: Die meisten Matrosen sind gesund oder tot. Haben auch einen Steuermann im Kampf mit den Eingeborenen verloren. Dafür haben wir etliche Wilde gefangen und sie die Arbeit auf dem Schiff gelehrt. Können endlich wieder ablegen.

10. Januar: Haben einen Orkan überstanden. Der zweite Steuermann der Mauritius, der Fechter Willens, ist tot. Ankern wegen der vielen Scharbock-Kranken an der Insel Santa Maria, neben Madagaskar.

17. Januar: Die Bewohner verkaufen uns Fische, Zuckerrohr, Zitronen, Limonen und Ingwer.

25. Januar: Weiterfahrt an der Küste. Proviant im Überfluss. Haben Wilde als Geiseln genommen.

3. Februar: Großes Unwetter. Danken Gott, dass wir es unbeschadet überstanden haben.

8. Februar: Erkunden einen Flusslauf. Werden von Wilden mit Steinen beworfen. Brennen dafür zwanzig oder dreißig ihrer Hütten nieder.

11. Februar: Sind mit aller Notdurft wohl versehen und werden demnächst unsere Anker heben und mit Nordwind segeln.

45

Brüssel, 11. Februar 1596

Aletta war ein wenig steif, als sie sich vom Gebet erhob. In der Kirche war es kalt, beinahe frostig. Ihr Vater und ihre Tante warteten schon auf sie. Im Haus half die Magd ihr, sich einzukleiden. Das Kleid über ihrem Reifrock war schlicht und zugleich schwer von Goldfäden, Seide und Spitze. Ihre hochgedrehten Haarrollen wurden von einem Arcelet gehalten. Dazu trug sie der Mode entsprechend einen herzförmigen Kopfschmuck. Was sonst als eitler Tand geschmäht wurde, war heute offenbar angemessen. In den letzten Monaten hatte sie viel über ihre Pflicht nachgedacht, viel darüber gelernt, was sie für ihren Glauben und ihre Familie tun musste. Sie hatte aber auch lernen müssen, was sie vergessen musste.

Zuletzt schlüpfte Aletta in die Seidenschuhe und die perlenbestickten Handschuhe. Ihr Aufzug war einer Gräfin würdig und würde jedermann verkünden, wie bedeutend und reich ihre Familie war.

Eine Kutsche brachte sie zum Palast von Coudenberg, der durch seine unzähligen Fenster und Türmchen die Stadt überstrahlte. Heute waren Straßen und Fassaden dem Anlass angemessen mit Fahnen und Fackeln geschmückt. Vor der Fürstenkapelle drängten sich die adeligen und hochrangigen Gäste.

»Was für eine Ehre, dass wir hier sein dürfen! Ich hoffe nur, dass es uns gelingen wird, mit dem Erzherzog einige Worte zu wechseln!«, rief Aldo van Vleet, während sie darauf warteten, dass ein Lakai die Kutsche öffnete.

»Es ist eine große Gnade, den Erzherzog zu sehen – so ein heiliger Mann«, stimmte ihre Tante zu.

Nach dem Tod von Erzherzog Ernst hatte König Philipp II. von Spanien erneut einen Nachfolger als Generalgouverneur der südlichen Niederlande suchen müssen. Seine Wahl war auf Albrecht VII. von Österreich gefallen, einen Bruder Kaiser Rudolfs, der den Beinamen »der Fromme« trug, weil er sich dem geistlichen Stand zugewandt hatte und Erzbischof gewesen war, ohne jedoch die Weihen empfangen zu haben. Er würde heute seinen Einstand geben.

Aldo van Vleet reichte seiner Schwester und Aletta beim Aussteigen die Hand. Teppiche waren über den gefrorenen Boden gelegt worden und führten in die imposante Kapelle. Soldaten und geistliche Würdenträger standen Spalier. Aletta spürte die Blicke der Fremden auf sich. Es war seltsam, nach so langer Zeit, die sie allein oder in Gesellschaft ihrer Tante oder eines Priesters verbracht hatte, auf einmal wieder unter so vielen Menschen zu sein.

Die Glocken läuteten, als die prächtige Kutsche von Erzherzog Albrecht vorfuhr und sich den Wartenden mit huldvollen Gesten präsentierte. Er mochte etwa fünfunddreißig Jahre alt sein, war klein und schmächtig, wirkte aber in seiner Hoftracht ritterlich. Aletta und ihre Familie betraten nach ihm die Kapelle, die von goldenen Altargegenständen und Kerzenleuchtern nur so funkelte. Im Anschluss an die Messe zogen der Erzherzog und sein Gefolge in den Palast, und auch jetzt durften die van Vleets den hohen Gästen in die Aula Magna folgen. Aletta beeindruckte der Prunk der Saals, gleichzeitig bereiteten die Musik und der ungewohnte Lärm der Menschen ihr Kopfschmerzen.

Ihr Vater stieß ihr in die Seite. »Lächle, Kind«, sagte er und hob grüßend sein Glas. Schnell kam er mit anderen Kaufleuten ins Gespräch. Ihre Tante begrüßte unterdessen einen Brüsseler Herrn und dessen Sohn; er war einer der vielen katholischen Junggesellen, die in den letzten Monaten sonntags bei ihnen gespeist hatten. Aletta plauderte höflich, wie es von ihr erwartet wurde.

Nach einigen Augenblicken richtete ihr Vater das Wort an sie. Er stand nun neben zwei Herren. Der eine war hochgewachsen und trug ein Kopftuch sowie einen seltsamen Hut. Seine Kleidung mit der ausgestopften, geschlitzten und oberschenkelkurzen Hose entsprach der neuesten Mode und war doch übertrieben, als habe es der Schneider zu gut gemeint. Der andere war klein, schwarzhaarig und gedrungen. Trotz seines schwarzen Anzugs, der roten Schärpe und dem kunstvollen Rapier wirkte er wenig militärisch, viel eher verschreckt. *So verschreckt, wie ich mich tief in meiner Seele auch fühle*, dachte Aletta, setzte dann aber schnell ein Lächeln auf.

»Erinnerst du dich an Don Diego de Besalú und Lazarus van de Hedecop? Die beiden Herren haben uns in Amsterdam besucht. Sie haben in den Truppen des Erzherzogs bedeutende Positionen inne.«

»Es tut mir sehr leid, aber ich erinnere mich nicht«, gab Aletta zu.

Mit einem nachsichtigen Lächeln küsste van de Hedecop ihren Handrücken. »Das macht gar nichts, denn Ihr seid noch ein Mädchen gewesen. Jetzt seid Ihr, wenn ich das so unverblümt sagen darf, zu einer liebreizenden Dame erblüht.« Don Diego hingegen nickte nur schüchtern zur Begrüßung.

*

Lazarus ließ seinen Blick über die feine Gesellschaft wandern. Hatte er einen der hohen Herren vergessen, zu denen er Kontakte knüpfen wollte? Auf jeden Fall hatte er Aldo van Vleet ausführlich von der französischen Waffentechnik und den Granaten berichtet, die er zu bauen imstande war. Der Kaufmann hatte außerordentlich interessiert gewirkt.

Belustigt beobachtete Lazarus, wie Diego einen Bogen um General Fuentes machte, dafür aber direkt in seinen Vater lief und in sich zusammensank. Diego war ein solcher Schwächling! Don Sancho hingegen hatte sich in weiteren Kämpfen ausgezeichnet.

Als Lazarus mit Fuentes' Truppen aus Frankreich zurückgekehrt war, war Diego bei seinem Anblick beinahe in Ohnmacht gefallen. Seinen Rachedurst hatte Lazarus dennoch gezügelt. Es konnte sein, dass er Diego brauchte. Denn unerklärlicherweise hatte dieser ebenfalls Karriere gemacht. Wohlwollend ließ Lazarus seinen Blick auf Aletta van Vleet ruhen, die sicher zu den schönsten Damen in diesem Saal gehörte. Er hasste es zu tanzen, aber ihr zuliebe würde er eine Ausnahme machen …

*

Ungeduldig wippte Aldo van Vleet auf seinen Fußballen. Immer wieder glaubte er, einen günstigen Moment erwischt zu haben, um den Erzherzog anzusprechen, und immer wieder kam ihm jemand anders zuvor. Auch der Interimsstatthalter General Fuentes war vor Ort; mit ihm wollte aber kaum jemand reden, und auch van Vleet hatte kein Interesse daran. Fuentes hatte militärisch zu oft versagt und war zudem nicht in der Lage, Soldaten und Ausrüstung zu bezahlen. Auch für seine Waffen hatte van Vleet erst eine kleine Abschlagzahlung erhalten – der Hauptgrund, warum er sich nach Brüssel aufgemacht hatte.

Sein Blick wanderte durch den Saal und suchte seine Tochter. Nachdem Aletta ihn im letzten Jahr so beschämt hatte, musste sie unter Kontrolle gehalten werden, anders ging es nicht. Entweder durch ihre Tante oder durch ihn – und demnächst durch einen Ehemann. Noch suchte er einen, der seinen hohen Anforderungen genügen würde. Lazarus van de Hedecop, der gerade mit Aletta tanzte, gehörte ganz sicher nicht dazu. Der Mann mochte es beim Militär zu einigem

Wohlstand und Ruhm gebracht haben, doch seine Familie bestand aus einfachen Landadeligen.

»Der Erzherzog ist heute wirklich sehr gefragt.« Don Diego schenkte ihm ein verkniffenes Lächeln. »Vermutlich ist das den vielen Silberbarren geschuldet, die er mitgebracht hat. Dreitausend Mann hatte er zur Bewachung dabei. Jeder möchte an diesem Vermögen partizipieren.«

Über so viel Geld verfügte Erzherzog Albrecht? Ausgezeichnet! »Ehrlich gesagt, hoffe auch ich darauf, die Bezahlung für die gelieferten Musketen zu erhalten«, sagte van Vleet.

Don Diego sah ihn erstaunt an. »Ihr habt noch nicht …« Sein Blick flackerte durch den Saal, dann räusperte er sich. »Dann werde ich sehen, was ich für Euch tun kann.« Er entschuldigte sich zackig.

Nur eine halbe Stunde später stand Aldo van Vleet vor dem neuen Statthalter der südlichen Niederlande.

In gehobener Stimmung suchte Aldo van Vleet am nächsten Tag ein weiteres Mal den Palast von Coudenberg auf. Er ließ sich zu Don Diego bringen, der für die Zeit des Aufenthalts des Erzherzogs dort Quartier bezogen hatte.

Don Diego konferierte gerade mit den Mitarbeitern des Artilleriegenerals, unter ihnen auch Lazarus van de Hedecop.

Van de Hedecop begrüßte van Vleet, als hätte er hier das Sagen. »Wie ich hörte, seid Ihr Euch mit dem Erzherzog einig geworden – ausgezeichnet. Angesichts der Qualität Eurer Musketen ist das eine hervorragende Nachricht, und sicher können wir noch einmal über die Granaten sprechen. Gerade im Belagerungskampf sind diese sehr nützlich. Vielleicht bei einem Besuch in Amsterdam? Eure reizende Toch…«

Van Vleet unterbrach ihn schroff, was niemandem entging. »Don Diego – wenn ich Euch auf ein Wort bitten dürfte?«

Der junge Spanier wandte sich ihm zu. »Natürlich. Wollen wir einige Schritte in den Garten hinausgehen?«

Die Gartenanlage erstreckte sich direkt vor dem nächsten Ausgang.

Sie umfasste eine gewaltige Fläche mit Blumenrabatten, Weinstöcken, einer Grotte und einem Wald, hinter dem sich umherstreifendes Jagdwild befand. Van Vleet war beeindruckt. Wie herrlich es hier im Sommer sein musste! Man ahnte gar nicht, dass sich hinter den Palastmauern die belebten Straßen Brüssels befanden. »Ich wollte mich für Euer vermittelndes Gespräch bedanken. Die ausstehende Summe ist mir bereits heute Morgen ausgezahlt worden. Zudem konnte ich eine weitere Waffenlieferung vereinbaren.«

»Es freut mich, Mijnheer, dass ich zu Diensten sein konnte«, sagte Don Diego förmlich.

»Der Erzherzog berichtete, dass er zunächst mit fünfzehntausend Mann gen Frankreich ziehen will. Den aufständischen Holländern hat er hingegen Entgegenkommen signalisiert, indem er in spanischen und portugiesischen Häfen beschlagnahmte Schiffe freigab«, sagte Aldo und konnte die Entrüstung in seiner Stimme kaum unterdrücken.

»Wenn Ihr mich fragt, will der Erzherzog die Aufständischen nur in Sicherheit wiegen, um die Lage in Frankreich zu bereinigen. Die abtrünnigen Provinzen werden in den Schoß der katholischen Kirche zurückgeführt werden. Es ist nur eine Frage der Zeit.«

Aldo van Vleet sah den jungen Mann von der Seite an, der ihm in seiner Bescheidenheit und Festigkeit gefiel. »Und Ihr, was habt Ihr vor, Don Diego?«

»Den Artilleriegeneral begleiten, wie es meine Pflicht ist.«

»Und dann? Ihr tut schon viele Jahre Dienst. Wollt Ihr nicht nach Spanien zurück?«

»Oh, ich besuche den Landsitz meiner Familie ab und an.« Der junge Spanier zupfte an seinem hohen, engen Kragen. »Ich muss jedoch zugeben, dass ich hier recht verwurzelt bin, was auch an meiner Frau Mutter liegt, die sich ins Kloster La Cambre zurückgezogen hat.«

»Eure Frau Mutter hat ein geistliches Leben gewählt?«

»Es war ihr sehnlichster Wunsch. Meine Familie väterlicherseits denkt daran, ihre Geschäfte in den Generalstaaten zu erweitern. Der Handel mit Brasilien und dem Orient floriert. Ich muss Euch nicht sagen, welche ansehnlichen Summen in Amsterdam für Muskatnüsse, Pfeffer, Zucker und Nelken gezahlt werden.« Er hob die Mundwinkel.

Eine Idee keimte in Aldo. »Seid Ihr, wenn ich fragen darf, verheiratet oder in festen Händen?«

*

Diego holte das Fläschchen aus seinem Schrank, entkorkte es und schüttete die rotbraune Flüssigkeit zur Hälfte in sich hinein. Wenn er erregt war, kehrte auch der Ausschlag zurück, ganz abgesehen von seinen sonstigen peinlichen Gebrechen. Dass nun auch noch Lazarus ihn wieder heimgesucht hatte … Sicher, Lazarus schien ruhiger als früher zu sein. Diego aber traute dem Frieden nicht. Vielleicht sollte er wirklich auf Mijnheer van Vleets Angebot eingehen …

Die Tür flog auf. Lazarus schoss auf ihn zu. »Was wollte van Vleet von dir?«

Diego wich seinem Blick aus. »Nichts.«

Der Schlag traf ihn unerwartet. Diego presste die Hände auf den Bauch und krümmte sich. »Wir haben …«, keuchte er, »über den … Frankreichfeldzug geredet.«

»Worüber noch?«

»Über den … Orienthandel.«

Lazarus' Knie hämmerte auf seine Nase. Diego brach zusammen. »Und noch?«

»Über … nichts sonst.«

»Da war doch noch was.« Lazarus Stimme klang lauernd. »Und ich weiß auch, was ich tun muss, damit du es mir verrätst. Was glaubst du, wie lange die Einwohner von Doullens standgehalten haben, ehe sie mir verrieten, wo ihre Habseligkeiten waren?«

Diego hatte die fürchterlichen Geschichten schon oft genug von Lazarus gehört. Innerhalb weniger Stunden hatte Fuentes mit seinen Truppen drei- bis viertausend Menschen töten lassen. Lazarus hatte in den Häusern reiche Beute gemacht.

Diego wollte sich aufrappeln, als ihn Lazarus' Fuß in den Nieren traf. Der Schmerz raubte ihm für einen Augenblick die Sinne. Wenig später hatte Diego es gestanden. Wimmernd lag er auf dem Boden.

Lazarus tigerte schimpfend im Zimmer hin und her. »Mit dir! Ausgerechnet mit dir will er Aletta verheiraten! Du sollst von seinen Geschäften profitieren! Das werden wir noch sehen!«

46

März, April, Mai – endlose See. Unser Süßwasservorrat hat so rapide ab-genommen, dass jeder nur noch einen Fingerhut voll bekommt.

5. Juni: Nach über drei Monaten auf See eine Insel. Es muss sich, laut Lin-schoten, um Enggano handeln. Wir wollen anlanden, um Süßwasser und Proviant zu beschaffen, werden jedoch von den Eingeborenen mit Flitzebogen beschossen.

Endlich Sumatra! Von den zweihundertneunundvierzig Männern, die in Amsterdam aufgebrochen sind, ist mehr als die Hälfte tot. Gebe Gott, dass wir uns endlich verpflegen und Kaufhandel betreiben können!

Die Luft war schwülwarm und so feucht, dass das Hemd an seinem Leib klebte. Ruben wickelte sich nach Art der Einheimischen ein Tuch um den Kopf. Seine Haut war verbrannt, die Haare beinahe weiß. Jan Molenaar vertrug die Sonne hingegen gut. Sein Hemd stand offen, sodass man seine gebräunte Brust und die Kette mit dem Halbmond sehen konnte. Beinahe drei Wochen ankerten sie schon an verschiedenen Buchten vor Bantam, und endlich würden auch sie die Insel Sumatra betreten können. Sie waren freundlich empfangen und mit Süßwasser, Melonen, Zwiebeln, Kokosnüssen und Fleisch versorgt worden. Auch hatte der Obere der Insel sie mehrfach auf dem Schiff besucht. Den Pfeffer, der hier rund um die Stadt wuchs, hatten sie jedoch nur in geringen Mengen kaufen können. Gerade verhandelte Cornelis Houtman darüber wieder im Haus des Obersten.

Die Matrosen, die heute ebenfalls Landgang hatten, ruderten sie an Land. Das Wasser war kristallklar. Unzählige bunte Fische flitzten unter ihrem Kiel herum. In der Nähe mündete ein Fluss ins Meer, der jedoch zu flach war, als dass sie ihn hätten befahren können; zudem war er mit einem Schlagbaum versperrt.

Am Strand wurden sie sofort von Kindern und Händlern umringt, die ihnen Früchte und Betelstücke anboten. Jan zeigte ihnen lachend seinen Betelvorrat, den er in einem Beutel aufbewahrte, und bot Ruben etwas an. Ruben lehnte ab; was für die anderen ein Genuss war, bereitete ihm Magenschmerzen.

»Wohin wollen wir zuerst?«, fragte Jan und schob sich etwas Betel in den Mund. Natürlich hatten alle anderen Landgänger schon berichtet, wo etwas zu sehen war und wo es die schönsten Weiber gab.

»Lass uns einfach ein wenig herumstreifen.«

Sie wandten sich zur Ostseite der Stadt, wo sich der große Markt befand. Abgesehen von einem kleinen Wall und einem Büchsenhaus waren alle Häuser aus Stroh und Bambus erbaut. Bunte Baumwolltücher wogten vor Fenstern und Türen. Nur die Kirche – oder Moschee, wie die Einheimischen sie nannten – überragte die niedrigen Dächer. Die Straßen waren verdreckt und staubig. Überall im Schatten der Kokospalmen saßen Männer auf Decken und kauten Betel, hinter manchen hockten ihre Frauen, einige schienen etliche zu haben.

»Siehst du, durch den Genuss dieses Betelzeugs wird man uralt. Das ist wie mit dem Muskat, der vertreibt auch alle Krankheiten und stärkt die Glieder – vor allem eins!« Jan machte voller Vorfreude eine sprechende Hüftbewegung. Ruben tat es gut, ihn so fröhlich zu sehen. Bislang war die Reise hart gewesen, und neben allen Widrigkeiten hatte vor allem Jan unter Houtmans cholerischem Temperament zu leiden. Mehr als einmal waren sie auf See aneinandergerasselt. Die Strafen auf See waren drakonisch, leicht wurde einem die Hand an den Mast genagelt oder man wurde kielgeholt.

Sie schlenderten über den Marktplatz, inspizierten das portugiesische Warenhaus, wo sie argwöhnisch beäugt wurden, und die Märkte der Chinesen, auf denen das Angebot besonders faszinierend war. Es gab kunstvolle Dolche, hauchdünnes Porzellan, feinste Seide, Kristall, Papiere, allerlei Medizin und andere Waren. In großen Säcken wurde zudem Reis angeboten.

Ruben kaufte für Jan und sich Granatäpfel und Mangos, die sie im Gehen verspeisten. Er staunte über die exotischen Pflanzen und Menschen, die in Bantam zu sehen waren. Portugiesische oder arabische Händler, vor allem aber über die Chinesen, die lange Kleider und seltsame Hüte trugen. Vornehme Chinesinnen wurden von Dienern auf Stühlen herumgeschleppt.

Eine seltsame Musik erklang. Wie angezogen folgten Ruben und Jan dem Klang. An einem kleinen Platz spielte zwischen Orangenbäumen ein Musikant die Flöte. Leicht bekleidete, üppige Frauen tanzten dazu, aber nicht so, wie Ruben es aus Amsterdam gewohnt war. Nein sie bogen Ärme, Beine und Hüfte, dass es ihm noch heißer wurde, als es ihm ohnehin schon war. Auch Jan starrte die Frauen lüstern an. Immer näher kamen sie zu ihnen, umschmeichelten sie …

Wenig später fanden die Männer sich in einer kleinen Hütte wieder. Die Tänzerinnen zogen sie aus, wuschen sie mit blütenduftendem Wasser und ölten sie ein. Ruben fühlte sich wie im Paradies. Die Frauen schienen weder Scham zu kennen noch Eile zu haben, ganz anders als in der Heimat. Nach einiger Zeit jedoch gab Jan das Zeichen zum Aufbruch. Er war nicht gern allzu lange von seinem Schiff entfernt.

Als sie auf die Straße traten, hörten sie in einiger Entfernung Geschrei. Cornelis Houtman stürmte heran und stieß laut schimpfend jeden beiseite, der ihm in den Weg kam. »Wucher, das ist Wucher! Die Portugiesen hetzen gegen uns! Wir sollen übers Ohr gehauen werden!« Voller Wut fasste er unter einen Verkaufstisch und warf diesen um, sodass die Pfefferkörner durch die Gegend flogen. Sofort schossen Einheimische auf sie zu, die chinesischen Dolche gezückt.

Ruben und Jan sprangen dazwischen und versuchten, ihren Chef-

einkäufer zu beruhigen. »Kommt, Houtman, lasst uns lieber aufs
Schiff gehen«, sagte Jan und berührte beschwichtigend dessen Arm.
Doch Houtman riss sich los und stürmte weiter.

*

*5. September: Seit beinahe drei Monaten liegen wir vor Bantam und haben
noch immer nicht genügend Gewürze einkaufen können. Die Portugiesen streuen Gerüchte über unsere Unehrlichkeit und Kampfeslust aus
und …*

Ein Schrei ließ Ruben innehalten. Schnell verstaute er Tagebuch und
Schreibfeder. Ein Matrose kletterte über die Reling an Deck. »Alle an
Land wurden verhaftet, auch Houtman!«, rief er. »Das ist eine Kriegs-
erklärung!«

Jan sandte Boten aus, die zu den anderen Schiffen hinüberrudern
sollten. Sogleich kamen die Matrosen zusammen und berieten. Ihnen
würde nichts anderes übrig bleiben, als die Kanonen bereitzumachen
und die Stadt zu beschießen.

*

*13. September: Nach mehreren Scharmützeln lichten wir die Anker, um
Süßwasser zu beschaffen, da wir aus der Stadt nichts mehr bekommen.
Houtman und die anderen sind noch immer in Gefangenschaft. Ver-
handlungen über das Lösegeld laufen. Die Matrosen sind völlig de-
moralisiert und malen sich schon aus, dass wir alle sterben oder ohne
Orientgüter zurück nach Amsterdam schippern werden.*

13. Oktober: Wir kaufen die Geiseln frei. Houtman ist voll des Hasses.

*19. Oktober: Die Portugiesen haben den Sultan bestochen. Durch diese Finte
verkauft niemand uns mehr Pfeffer. Wir werden uns mit unseren Kanonen verabschieden …*

Dezember 1596: Die Stimmung ist mies. Die Amsterdam *ist durch Seepocken und die giftigen Gewässer morsch und nicht mehr seetüchtig.*

Wir müssen sie abtakeln und in Brand setzen. Die Laderäume der anderen Schiffe sind beinahe leer. Von den überlebenden vierundneunzig Männern meutern die meisten, sie wollen die Rückfahrt antreten. Houtman und andere Kaufleute wollen weiter zu den Molukken. Mein Freund und Lehrmeister Jan, den die Seeleute als Sprecher gekürt haben, stimmt widerwillig und unter verschiedenen Bedingungen zu. Am nächsten Abend ist Jan tot. Vergiftet …

47

August 1597

Betje betrachtete den Ochsen, der ausgeweidet an den Füßen aufgehängt worden war. Fliegen umsummten ihn. Dabei war er sicherlich noch nicht lange tot – sie mied die Händler, die altes Fleisch verkauften. Es war dieses Wetter! Ständig regnete es, und wenn die Sonne schien, war es auf einmal bullig heiß. Dann war nicht nur der Himmel gewittrig, sondern auch das Gemüt der Amsterdamer. Sie überlegte. Etwas Fleisch wäre mal wieder schön, aber sie bemühte sich, das Geld zusammenzuhalten. Man wusste nie, ob dieser Winter wieder so hart werden würde wie die letzten und ob Vincent und sie gesund bleiben würden. Überall sah man in der Stadt, dass die Jahre der Missernten und des Krieges den Menschen zusetzten. Die Geschäftsleute klagten allenthalben. Die Getreidespeicher waren angeblich leer, weshalb die Vroedshap ein Ausfuhrverbot für Getreide verhängt hatte. Auch war es nicht mehr erlaubt, Bier zu brauen und süßes Brot zu backen. Vor allem aber bemerkte Betje es am Waisenhaus, in dem sie wieder half und das so voll war, dass es dringend erweitert werden müsste.

Sie grüßte die Verkäuferin am Gemüsestand, die Vleckje auf dem Schoß hielt und streichelte. Frau und Katze waren alt geworden. Schwerfällig tapste Vleckje zu ihr, und Betje kraulte sie. Als sie bei

Vincent eingezogen war, hatte dieser ihr eine eigene Katze geschenkt, die mit ihrem schwarz glänzenden Fell ihrem Namen Zwartje alle Ehre machte.

»Das Gemüse sieht ja mal wieder besonders gut aus«, lobte Betje. »So kräftig sind die Pflanzen in meinem kleinen Gemüsebeet nicht.« Dennoch war die winzige Fläche im Hinterhof, die der Vermieter ihr anzulegen gestattet hatte, ihre große Freude.

Das Gesicht der Verkäuferin wurde ganz runzelig vor Freude. »Ich weiß auch nicht, wie mein Sohn das macht. Er hat einfach *groene vingers*.«

»Na, Juffrouw Betje, wird es einen schönen Ochsenbraten geben? Vielleicht mit Pflaumensoße?«

Betje erkannte die Stimme sofort und zuckte nicht zurück, wie es ihr sonst oft passierte, wenn sie von fremden Männern angesprochen wurde. »Ich denke, bei diesen Temperaturen sind wir mit einem Fisch, etwas Gemüse oder einem Kräuteromelette besser bedient.«

Mijnheer Zacharias, der Koch, lächelte sie freundlich an. »Das ist wahr! Eine gute Wahl, am besten mit schwarzem Pfeffer, Salat und Sauerampfer! Wohl dem, der heute nicht den ganzen Tag in der Küche stehen muss! Wart Ihr nicht mit den van Vleets befreundet? Haben für den großen Tag heute eigens einen Koch engagiert. Neumodische Sitten.« Er lachte, und seine Schultern bebten dabei.

Obgleich Betje nun wirklich nichts über die van Vleets wissen wollte – noch immer fürchtete sie, Pijke auf der Straße zu begegnen –, wandte sie sich dem Koch zu. »Großer Tag?«

»Wisst Ihr es denn nicht? Aletta van Vleet heiratet.«

Betje blinzelte erstaunt, dann machte sie auf der Hacke kehrt. Sie musste es Vincent sagen, ehe die Nachricht ihn kalt erwischte. Seit Alettas Fortgang hatte ihr Bruder sich in Arbeit gestürzt. Doch manchmal, wenn Vincent abends versonnen aus dem Fenster schaute, ahnte sie, dass er noch an Aletta dachte.

»Also doch kein Kräuteromelette?«, rief Zacharias ihr nach.

»Heute nicht!«

»Und denkt daran, Juffrouw Betje: Mein Angebot steht noch!«

Ein Lächeln schlich sich auf Betjes Lippen. Das sagte er jedes Mal zum Abschied.

*

Vincent begutachtete die letzten Umbauarbeiten am Oudezijds Achterburgwal, als Betje zu ihm kam. Das ehemalige Ursulinenkloster wurde zu einem Spinhuis umgebaut, einem Arbeits- und Zuchthaus für Frauen. Die Arbeiten waren beinahe abgeschlossen, bald würden die Frauen einziehen können. Hendrick de Keyser, der die Baumaßnahmen eigentlich verantwortete, war derzeit mit dem Entwurf eines Glasfensters für die Sint Janskerk in Gouda beschäftigt, das der Rat der Stadt Amsterdam stiftete. Das Fenster behandelte das Gleichnis von Jesus und dem Zöllner, und Vincent hatte sich über den Anblick amüsiert – so konnte auch nur ein Baumeister ein Glasfenster entwerfen! Der Tempel war detailgenau ausgearbeitet, die Figuren konnte man jedoch nur erahnen. De Keyser hatte Vincent erklärt, dass es ihm bei der Darstellung um die rechte Haltung zu Gott gehe. Der Pharisäer sei selbstgerecht und denke nur an sich, der Zöllner erkenne hingegen seine Schuld und erniedrige sich, wofür er von Gott belohnt würde. Seitdem fragte sich Vincent wieder, ob de Keyser damit auch sagen wollte, dass die Amsterdamer aus seiner Sicht zu selbstgerecht seien und erniedrigt werden würden – und die geschmähten Katholiken erhöht? In den letzten Jahren hatten sie immer ebenbürtiger zusammengearbeitet. Vielleicht wurde es Zeit, dass er aus dem Schatten des Architekten trat.

Obgleich Vincent die Liebe aus seinem Herzen verbannt hatte, versetzte ihm Betjes Nachricht einen Schlag. Geistesabwesend beendete er seine Arbeit, dann schlug er unwillkürlich den Weg zum neuen Haus der van Vleets ein. Das Stadthaus am Singel war festlich erleuchtet. *Mein Haus*, dachte Vincent bitter und ärgerte sich wie immer darüber, dass der Bau so nachlässig ausgeführt worden war. Jemand anders würde es vermutlich nicht bemerken, er aber sah sehr wohl die minderwertigen Backsteine, die ungenau eingesetzten Fenster und den schlecht verarbeiteten Mörtel. Nicht dass er nicht genug zu tun gehabt hätte! Unter seiner Aufsicht waren nicht nur Tuchthuis und Spinhuis erbaut worden, für die Hendrick de Keyser beeindruckende Torreliefs entworfen hatte. Zusammen hatten sie auch die Waffenhäuser fertiggestellt und arbeiteten jetzt an einem Anbau für das Bürgerwaisenhaus. In den vergangenen zwei Jahren hatte Vincent alles getan, um Aletta zu vergessen. Er hatte sich in Arbeit gestürzt, Frauen gehabt und mit anderen Junggesellen wild gefeiert. Jetzt aber war der Schmerz auf einmal wieder da. Wen würde Aletta heiraten – und warum? Ob sie glücklich war?

Vincent ging den Kanal entlang, blieb unschlüssig stehen, drehte um und lief noch einmal zurück, in der Hoffnung, dass ihn niemand sehen würde. Soeben hielt eine Kutsche vor dem Haus der van Vleets. Der Knecht öffnete. Ein Mann stieg aus. Er reichte jemandem galant die Hand: Aletta. Sie strahlte den Kerl an und ließ sich von ihm den Handrücken küssen.

Schnell ging Vincent fort. Es stimmte also.

Endlich hatte er das Stadttor erreicht, sah auf Sumpf, Wiesen und Seen hinaus. In den letzten Jahren waren vor dem Stadtwall immer mehr Hütten gebaut worden, zumeist von ärmeren Menschen, die sich weder die Steuern noch das Bürgergeld leisten konnten und doch die Vorzüge der Stadt genießen wollten. Hier war der Lärm der Stadt nur noch ein monotones Rauschen.

Tief sog Vincent die Luft ein, spürte, wie sich die Beklemmung unter seinen Rippen löste. Träge flapperten die Windmühlenflügel. Wie unter einer Käseglocke hing der Dunst über der Stadt, und wenn der Wind wechselte, konnte er die Ausdünstungen der knapp fünfzigtausend Bewohner – so eine Schätzung der Vroedshap – riechen. Die Abfälle und die Reinigung der Kanäle waren ein ernsthaftes Problem geworden.

Nachdenklich ging er weiter. Als er einen Graben passierte, stoben Enten auf. Immer weiter lief er, bis er den kleinen See erreicht hatte. Sein See, der nicht sein See war. Was besaß er überhaupt außer seiner unsterblichen Seele?

Vincent ließ sich ins Gras sinken, spürte die Kühle der Wiese, sog den erdigen Duft ein. Er sah in den Himmel hinauf, der sich ausnahmsweise klar und blau über ihm wölbte. Jetzt, wo er selbst ruhiger war, nahm er die Geräusche wahr: das Rascheln der Gräser, das Summen einer Libelle und das leise Quaken eines Frosches. Ob es noch der gleiche Frosch war, den er mit seinem Vater gesehen hatte? Wie alt wurden Frösche überhaupt?

Plötzlich ein ungewohnter Klang, eine Melodie. Er lauschte. Schön klang das und … nah. Vincent setzte sich auf. Wer wagte es, ihn hier zu stören? Er erhob sich, lauschte wieder. Die Töne kamen von der anderen Seite des Sees. Näher, immer näher schlich er. Vorsichtig schob er das Schilf auseinander. Jemand schreckte hoch. Eine Frau. Eine Staffelei fiel um und mit ihr sank ein auf eine Tafel gespanntes Pergament zu Boden.

»Nein! Oh nein!« Die Frau griff nach der Holztafel und pickte vorsichtig die Halme und Gräser von der frischen Farbe. Im Nu waren ihre Fingerspitzen fleckig. »Das schöne Bild – Ihr seid schuld! Was schleicht Ihr hier herum! Habt Ihr nichts Besseres zu tun, als unschuldige Frauen zu erschrecken!« Dann sah sie auf und richtete sich das Tuch, das sie um ihre Haare geschlungen hatte und das nun verrutscht war. Ihr Gesicht faszinierte ihn, und jetzt erkannte er auch, warum: Es war beinahe vollkommen symmetrisch. Hohe Wangenknochen, langen Wimpern, dazu schmale Augenbrauen und ein entschiedener Schwung der Lippen. »Oder habt Ihr es etwa …«, sie wich zurück, »auf etwas Bestimmtes abgesehen?«

Ihre Aufregung reizte Vincent unwillkürlich zum Lachen. Das Gesicht kam ihm vage bekannt vor. Vor allem aber diese Kopfbedeckung, dieser Turban. Es war schon eine Weile her …

»Ihr arbeitet in dieser Druckerei, nicht wahr?«, fragte er.

Sie reagierte nicht, sondern war bereits wieder ganz auf ihr Gemälde konzentriert. »Gerade war ich einigermaßen zufrieden … Der Pinsel, wo …«

Vincent entdeckte ihn, pflückte ihn aus dem Gras und reichte ihn ihr. Sein Blick fiel auf das mit Wasserfarben getuschte Bild. Es zeigte Amsterdam und seine Umgebung, den weiten Himmel und die Windmühlen, aber auf eine seltsame Art und Weise noch viel mehr. »Wie hübsch ...«

»Das *war* mal ein hübsches Bild ... vielleicht zumindest ... bis Ihr gekommen seid!« Sie kniete sich ins Gras und versuchte, die Schlieren, die beim Aufprall entstanden waren, zu vermalen.

»Ich mag diesen Ort«, sagte Vincent ein wenig hilflos.

»Ihr habt hier nichts zu suchen. Es ist mein Ort. Ich sitze hier oft und male. Euch habe ich noch nie gesehen.« Sie redete schnell und ohne ihn anzusehen. »Hier singt für mich die holländische Nachtigall.«

»Die holländische Nachtigall?«

»Der Frosch.«

Er verstand noch immer nicht.

»Es ist ein Witz. Der Frosch wird auch holländische Nachtigall genannt.«

Das Lachen, das sich eben angekündigt hatte, stieg in Vincent auf, unaufhaltsam. Erst starrte die Malerin ihn an, dann aber konnte sie seiner Fröhlichkeit nichts mehr entgegensetzen und stimmte ein. Sie hatte ein sympathisches, leicht japsendes Lachen, das ihn immer wieder ansteckte. Schließlich kam Vincent mühsam wieder zu Atem. »Das ist so typisch! Wo andere ... den zauberhaften Gesang eines Vogels schätzen, schätzen die ... Holländer das Quaken eines Frosches!«

Sie wischte sich eine Träne aus dem Augenwinkel. »Ihr seid ein komischer Vogel. Aber wer unsere Nachtigall nicht kennt, der hat hier eigentlich nichts zu suchen.«

Diese Behauptung ärgerte ihn und ließ ihn wieder ernst werden. »Ich war schon als Kind hier. Mit meinem Vater. Es ist also mein See genauso wie Eurer ...«

»Genau genommen ist es *mein* See«, mischte sich eine fremde Stimme ein. Ein Bauer war unbemerkt näher gekommen. Er trug einen Käscher in den Händen. »Und Ihr habt hier beide nichts zu suchen.« Die Malerin wollte aufspringen, doch der Mann lachte. »Bleibt schon sitzen. Solange Ihr hier nicht angelt, dulde ich Euch. Es ist ohnehin unnützes Land, viel zu morastig für Landwirtschaft. Will es schon lange loswerden.«

»Du hast *was* gemacht?« Betje war entsetzt.

»Ein Stück Land gekauft. Nicht viel. Einen See eigentlich nur und das Land darum.«

»Bist du verrückt geworden? Was ist, wenn wir krank werden oder du nicht genug zu tun hast?«

Vincent hob die Schultern. Geld war knapper geworden, seit es der Wirtschaft schlecht ging und er Betje mitversorgte. Dennoch waren sie nicht arm. Neben seinem Verdienst bekam er jährlich eine kleine Summe für die Nutzung der von ihm entworfenen Moddermühle, von der Meister Oetgens weitaus mehr profitierte. Bislang hatte er immer ein paar Münzen zurücklegen können.

Der Kauf war ein wenig verrückt, und doch kam er ihm nicht wie ein Fehler vor. Vincent war gleich mit dem Bauern zu dessen Hütte gegangen und hatte den Vertrag aufgesetzt. »Ich liebe diesen Ort. Weit genug vor den Toren der Stadt. Früher war ich mit Vater oft dort. Die holländische Nachtigall singt da.« Er musste lächeln. »Der Frosch.«

Betje konnte nicht darüber lachen. Ratlos stellte sie ein Gemüseragout auf den Tisch, das herrlich duftete. »Und ich habe mir Sorgen gemacht, weil ich dachte, du bist traurig wegen Aletta …«

Entschlossen füllte Vincent sich den Teller. »Das ist vorbei«, sagte er. »Endgültig.«

*

Aletta musste immerzu an Vincent denken. Daran, wie sie sich damals geküsst hatten. Seinen Geruch. Seine Hände auf ihrer Haut, zärtlich und doch fordernd. Und jetzt …

Das Herz schlug ihr bis zum Hals. Ihre Kehle war eng, flach ging ihr Atem, obgleich sie schon so lange wartete. Wie kalt ihr war, trotz der Wärmflasche, die Dina ihr ins Bett gelegt hatte! Sie überlegte, ob sie die Bibel von ihrem Nachttisch holen sollte. Oder ihr Freundschaftsbuch, das sie darunter versteckt und in dem sie nie wieder gelesen hatte. Die Worte, die Vincent hineingeschrieben hatte, erinnerten sie nur daran, was sie verloren hatte.

Seit bestimmt einer Stunde wartete sie in ihrem spitzenbesetzten Nachthemd in ihrem neuen Ehebett darauf, dass ihr Ehemann kommen würde. Aber Diego kam nicht. Ihre Augen hielten sich an dem Betthimmel aus Brokatstoff fest, und sie erinnerte sich daran, wie ihr Vater ihr eröffnet hatte, dass sie Diego de Besalú heiraten würde. Stolz hatte er ihr die Briefe gezeigt, die er mit Diegos Vater und Diego selbst gewechselt hatte. Alles war bereits vereinbart, über ihren Kopf hinweg. Wie viel Geld als Mitgift geflossen war? Welche Vereinbarungen noch getroffen worden waren? Sie wusste es nicht. Es war auf jeden Fall ein gutes Geschäft gewesen. Sie war ein gutes Geschäft. Allerdings waren Diegos Eltern sich zu fein gewesen, zur Hochzeit zu erscheinen. Die offizielle Version war natürlich, dass Diegos Mutter ihre Klosterzelle nicht verlassen durfte und sein Vater auf dem Schlachtfeld unabkömmlich war. Dennoch hatten die Absagen nicht nur sie beschämt.

Langsam schob sie die Hände unter die Decke und strich über ihren Bauch bis zu ihrem Schoß. Würde es wehtun? Was wäre, wenn er gar nicht kommen würde? Wollte Diego sie vielleicht ebenso wenig wie sie ihn? Begehrte er sie nicht? Zaghaft hatte er in den letzten Wochen bisweilen ihre Hand genommen. Die Küsse auf ihre Wange – zur Begrüßung – waren keusch. Selbst bei der Trauung in der Kirche, die ihr Vater auf dem Dachboden des neuen Hauses eingerichtet hatte, war Diegos Kuss nur ein Hauch gewesen. Letztlich konnte sie froh sein, dass ihr Vater sich nicht für diesen Lazarus entschieden hatte, denn auch er hatte ihre Nähe gesucht.

Die Tür ächzte leise. Einen Kerzenleuchter in den Händen schlich Diego herein, mit einem so verängstigten Gesichtsausdruck, dass sie sich schämte. War sie so schrecklich?

Diego stellte den Kandelaber ab und drehte ihr den Rücken zu. Langsam zog er sich aus. Hängte Stück um Stück seiner Kleidung über den Stuhl, bis er nur noch sein Leibhemd trug. Dann näherte er sich ihr. Schnell nahm sie die Hände unter der Decke hervor, rang um ein Lächeln. Diego setzte sich auf die Bettkante, mied ihren Blick und drehte sich weg, sodass sie nur seinen Rücken sah. Wenig später begann sich sein Arm zu bewegen, erst langsam, dann immer heftiger. Sein Atem ging schwer. Was tat er da?

Plötzlich fuhr er herum. Die dunklen Haare klebten feucht an seiner Stirn, seine Augen waren schwarz. Er schlug die Decke beiseite. Kniete sich aufs Bett, schob ihr Hemd ein Stück hoch und drückte ihre Beine auseinander. Dann legte er sich auf sie. Starr ging sein Blick über sie hinweg. Sie spürte seinen kalten Schweiß, konnte seinen sauren Odeur riechen.

Aletta war übel. Sie kniff die Augen zusammen. Weich und feucht war es zwischen seinen Beinen, als er die Hüfte gegen sie stieß. Es war nicht so, wie sie es durch Vincents Hosen gespürt hatte. Sollte Diego nicht … in sie eindringen? Er schob seine Hand zwischen sie und knetete an seinem Gemächt herum. Dann wieder das hilflose Stoßen, grob und gleichzeitig nutzlos. Er ließ sich auf sie sinken. Heiße Tränen an ihrem Hals, bebende Schultern. Auf einmal Ruhe. War er etwa eingeschlafen? Erst jetzt erlaubte Aletta sich, zu weinen.

*

Was war Diego nur für ein Schwächling! Bekam er nicht einmal das zustande? Am liebsten wäre Lazarus ins Schlafzimmer gestürzt, hätte Diego vom Bett gezerrt und es dessen Braut selbst besorgt. Hart pochte sein Schwanz gegen den Hosenlatz, als er sich wegschlich. Er hatte Diego gezwungen, dass dieser ihn zusehen ließ. Vielleicht war genau das der Grund dafür gewesen, dass Diego keinen hochgekriegt hatte. Oder es waren seine »gesundheitlichen Probleme«.

Lazarus grinste hämisch. Diegos Versagen war das einzig Positive an dieser enttäuschenden Angelegenheit. Wie hatte er sich ins Zeug gelegt, um sich ebenfalls als Ehemann ins Spiel zu bringen! Das war nicht nur Kalkül: Aletta gefiel ihm tatsächlich. Aber reich und reich gesellte sich eben gern – und obgleich er viel Gold mit gestohlenen

Waffen gemacht hatte, blieb seine Familie Landadel; nicht einmal das Amsterdamer Haus hatte er bislang zurückkaufen können. Er würde die Bewohner wohl hinaustreiben müssen. Der Kriegsverlauf war ebenfalls unerfreulich. König Philipp war schon wieder pleite. Zudem hatten sich die drei Erzketzer – die Generalstaaten, England und Frankreich – zu einem Bündnis gegen Spanien zusammengeschlossen. Es gab keine entscheidenden Gebietsgewinne, weder in den Niederlanden noch in Frankreich, doch sie waren wie Ringer, die halb tot am Boden lagen und doch nicht von ihrem Kampf ablassen konnten.

Erbitterung trieb Lazarus ins Hafenviertel. Er musste sich Erleichterung verschaffen.

»Was suchst du denn, Hündlein?« Das war hier die übliche Anrede für Freier. »Wir haben alles, was du dir vorstellen kannst.«

Lazarus nannte seine Vorlieben, und nach wenigen Minuten hatte er, was er wollte.

*

Diego kniete vor Pater Anselm, sein Haupt hatte er demütig gesenkt, die gefalteten Hände, in denen er seinen goldenen Anhänger mit dem Agnus Dei hielt, erhoben. Drei Tage lang hatten sie ihre Hochzeit gefeiert. Drei Tage hatten sie so getan, als seien sie glücklich. Drei Abende hatte er versagt. Er schämte sich schrecklich, aber sein Zustand und das Wissen, dass Lazarus an jedem einzelnen Abend an der Tür gegeifert hatte, hatten ihn erstarren lassen. Dabei hatte Diego so gehofft, dass er es schaffen würde. Dass diese Ehe eines Tages ein Ausweg für ihn sein und zu seiner Heilung beitragen würde. Jemand, der ihn liebte, wie er war, mit all seinen Fehlern …

»Ich konnte es einfach nicht, Pater. Ich bin ein sündiger Mensch. Ich will mein Eheweib nicht beschmutzen. Bitte, bestraft mich, Pater.«

Pater Anselm legte die Hand auf Diegos Haupt und verkündete die Buße. Unzufrieden ging Diego hinaus. Er hätte sich eine härtere Maßregelung gewünscht.

Aletta erwartete ihn am Fuß der Treppe. Sie trug das Herz aus Silber und Diamanten am Hals, das er ihr zur Hochzeit geschenkt hatte. Ihr Anblick beschämte ihn erneut. Er musste hier schnellstmöglich verschwinden.

»Ich dachte, wir könnten ein wenig spazieren gehen«, sagte sie, als wäre nichts geschehen.

Wehmütig nahm er ihre Hand und küsste sie. »Ich muss Vorbereitungen treffen. Ich fürchte, wir müssen gleich morgen wieder nach Brüssel zurück. Ein Brief des Artilleriegenerals ...« Es war der erste Tag seiner Ehe, und schon log er seine Frau an.

»Ich habe gar nicht mitbekommen, dass ein Brief gekommen ist.«

»Derartige Korrespondenz ist ja auch keine Frauensache. König Philipp plant eine Invasion in Irland, die auch von uns unterstützt werden muss. Mein König ist wichtiger als unsere Ehe, das musst du verstehen«, sagte er »Außerdem gehört es sich, dass du meiner Mutter im Kloster deine Aufwartung machst.« Dagegen konnte Aletta nun wirklich nichts mehr einwenden.

*

Aletta gab vor, Kopfschmerzen zu haben, und zog sich zurück. Diego war sehr höflich zu ihr, beinahe liebevoll, aber trotzdem hielt sie ihn kaum aus. Es war schön, wieder in Amsterdam zu sein, die alten Freunde und Glaubensbrüder und -schwestern zu sehen. Außer Vincent hatte sie dennoch nur einen Menschen schmerzlich vermisst – Betje. Wie aber sollte sie ihre Freundin treffen? Selbst im Haus konnte sie keinen Schritt tun, ohne dass ein Familienmitglied oder die Stubenmagd nach ihr schaute. Sie musste eine Nachricht an Betje schreiben – es war doch wohl nicht verboten, sich an eine alte Freundin zu wenden?

Als Aletta dem Knecht den Brief übergeben hatte, begegnete sie Lazarus im Flur. Er grüßte sie höflich. »Ich hörte, Ihr seid nicht wohl. Kann ich etwas für Euch tun?«

»Ihr? Nein.«

Er legte entschuldigend die Hand auf seine Brust. »Verzeiht, ich wollte Euch nicht zu nahe treten.«

Kurz tat er ihr leid; sie durfte nicht zu schroff zu jemandem sein, der es gut mit ihr meinte. Zumal Lazarus vielleicht wusste, was Diego bewegte, auch wenn sie nicht danach zu fragen wagte. »Das seid Ihr nicht. Ich muss mich entschuldigen. Die Hochzeitsfeier war sehr schön, aber auch sehr aufreibend.« Sie senkte den Blick, weil sie fürchtete, sich missverständlich ausgedrückt zu haben. Unsagbarer Kummer breitete sich in ihr bei dem Gedanken an die beschämenden Nächte aus. »Schade nur, dass Diegos Eltern nicht hier sein konnten«, setzte sie nun doch hinzu.

»Seid nicht traurig. Ich kenne Diegos Vater gut und weiß, dass er sicher sehr einverstanden mit Euch wäre.«

»Glaubt Ihr das wirklich?«

»Ganz bestimmt.«

Wieder stiegen Tränen in ihr auf. Schnell wandte sie sich ab und ging davon.

Sie blieben noch einige Tage, aber nie kam Aletta ihrem Gatten wirklich nahe. Nie sah sie, wie er sich umkleidete, immer war Diego bereits frisch gewaschen und parfümiert. Das Leibhemd behielt er schamhaft an, wenn er sich weit entfernt an seine Bettkante legte oder gleich auf der Erde schlief. Diego duldete zwar, dass sie sich ihm näherte, aber sie durfte nie mit den Händen unter sein Hemd fahren, nie seine Haut berühren.

Am Morgen ihrer Abreise erwachte Aletta früher als üblich. Diego war nicht zu sehen, aber ein leises Plätschern hinter dem Wandschirm verriet, dass er noch im Raum war.

Aletta schlich auf Zehenspitzen zum Paravent. Auf dem Boden vor der Waschschale saß Diego inmitten einer Wasserpfütze. Er war nackt und schien sich konzentriert zu rasieren. Sein Körper war magerer, als sie gedacht hatte, jungenhafter. Reue überfiel sie. Es kam ihr falsch vor, dass sie ihn so beobachtete. Aber warum? Er war ihr Mann – hatte sie nicht ein Recht auf seinen Körper?

Erst, als er sich bewegte, entdeckte sie die Brandnarben auf seinem Rücken, und dann sah sie die Schwären auf seinem Körper, wunde

Haut, offenen Blasen gleich, an denen er mit Messer und Salbe hantierte. Deshalb also seine Scham!

Entsetzt floh sie.

*

Lazarus sah, wie Aletta auf den Gang taumelte. Sie war bleich und nachlässig gekleidet, was sonst nie der Fall war. Die Tür ließ sie offen stehen, als habe sie sie ganz vergessen. Er musste nur dem schabenden Geräusch aus ihrer Schlafkammer lauschen, um zu ahnen, was sie gesehen hatte. Ein Lächeln huschte über sein Gesicht. Das war die Gelegenheit …

Lazarus zog sich ein beliebiges Buch aus dem Regal auf dem Gang und steckte den Finger hinein, als habe er gerade gelesen. Dann folgte er ihr in den Garten. Aletta saß auf einer Holzbank und starrte vor sich hin. Es kostete sie sichtlich Anstrengung, einen gleichmütigen Gesichtsausdruck aufzusetzen.

»Darf ich mich zu Euch setzen? Es dürstet mich nach frischer Luft.« Lazarus wartete ihre Zustimmung nicht ab.

»Ich wusste gar nicht, dass Ihr Euch für Poesie interessiert.«

Erst war er irritiert. Dann wies sie auf das Buch. »Ah, ja. Faszinierend.« Wie fing er es nur an? »Ich bin wirklich froh, dass Diego Euch für sich gewinnen konnte. Ihr seid so ein schönes Paar«, sagte Lazarus. Sie lächelte bemüht. Er musterte sie. »Ihr wirkt bedrückt. Ist etwas geschehen? Kann ich Euch helfen? Oder störe ich Euch vielleicht? Das möchte ich nicht.« Er tat so, als würde er aufstehen.

Sie hielt ihn auf. »Bleibt … bitte.« Aletta rang ihre Hände. »Es ist nur … ich fürchte, Diego verschweigt mir etwas.«

»Ich verstehe nicht … Was meint Ihr?«

»Er scheint … nicht ganz gesund zu sein.«

»Wie kommt Ihr darauf?« Es gefiel ihm, wie sie rot anlief.

Aletta sprang auf. »Vergesst es … ich … muss mich geirrt haben.«

*

Vincent kehrte am nächsten schönen Tag an den See zurück. Ein wenig hoffte er, die Malerin wiederzusehen. Tatsächlich – da war sie. »Ihr seid ja schon wieder an meinem See«, sagte er mit einem breiten Lächeln. »Allerdings ist es jetzt wirklich meiner.«

Sie sah nicht einmal auf. »Besitz scheint Euch viel zu bedeuten.«

Unschlüssig blieb er stehen. »Euch nicht?«

»Nein. Wichtiger ist das, was man nicht festhalten kann.«

»Aber Ihr haltet fest – in Euren Bildern und in Druckwerken, wenn ich mich recht erinnere. Und Ihr tut mehr als das: Ihr fügt hinzu.«

Nun sah sie doch auf. »Woher wollt Ihr das wissen?«

»Ich habe neulich einen Blick auf Euer Gemälde werfen können. Ich sah das, was vor uns liegt – und doch mehr. Es war, als ob …« Er wusste nicht, wie er es beschreiben sollte. »Als ob etwas Höheres in diesem Bild sei. Eine schützende Hand, die über der Stadt liegt. Ein guter Geist. Als ob ich die Vögel singen und das Schilf rascheln hören könnte, wenn ich das Bild anschaue.« Er ließ sich ins Gras sinken und zupfte einen Halm ab. »Es ist wichtig, auch das zu erkennen, was nicht da ist. Einer meiner Lehrer brachte mir das Sehen bei.«

»Kann nicht jeder sehen? Es sei denn, er ist blind.«

»Sehen und sehen ist nicht dasselbe.«

»Seid Ihr etwa auch Maler?«

»Nein. Ich bin Architekt.«

Sie lachte, es klang schön. »Hätte ich mir auch kaum vorstellen können. Ihr wirkt gar nicht so …«

»So wild wie ein Maler?« Es war in Amsterdam eine stehende Redensart. »Darf ich mir Euer Bild ansehen?«

Sie hielt es ihm hin. Dieses Mal hatte sie einen Frosch gezeichnet.

Vincent lachte. »Wie naturgetreu er ist! Ist es das, was Ihr für den Buchdrucker macht? Oder zeichnet Ihr auch Seekarten?«

»Beides. Ich verdiene mir das Geld für meine Farben.«

»Kauft denn niemand Eure Gemälde?«

Sie nahm die Holztafel wieder an sich und zeichnete weiter. »Noch nicht. Es gibt bessere Maler. Frauen gelten manchen Käufern zudem als untalentiert«, murmelte sie.

»Ich würde die niederländische Nachtigall sofort kaufen.«

»Das Bild ist noch nicht fertig.«

Vincent erhob sich, auch wenn er gern noch geblieben wäre. Sie schien jetzt ganz versunken. »Wenn es fertig ist, dann verkauft Ihr es mir, versprochen? Mein Name ist Vincent Aardzoon, damit Ihr wisst, wen Ihr suchen müsst.«

»Ich bin Sandrine Kuipers.«

48

»Meister Vincent? Seid Ihr das? Meister Tinus schickt mich, der Schiffsbaumeister. Ich soll Euch sagen, dass die Schiffe der *Compagnie van Verre* gerade in den Hafen eingelaufen sind!«

Aufgeregt gab Vincent dem Jungen eine Entlohnung. Hoffentlich hatte Ruben die Reise gut überstanden. Und hoffentlich war ihre Investition nicht verloren. Auch unter seinen Arbeitern verbreitete sich Unruhe. Viele hatten mit den Orientfahrern mitgefiebert und sich während der letzten zwei Jahre immer wieder gefragt, ob sie die gefahrvolle Handelsfahrt überleben würden.

Kurz entschlossen gab Vincent seinen Leuten für den Rest des Tages frei. Sie liefen zum Hafen, mit den vielen anderen, die ebenfalls dem IJ-Ufer entgegenströmten. Offenbar hatte sich die Nachricht bereits herumgesprochen.

Eine Menschentraube ließ erahnen, dass die ersten Orientreisenden das Ufer erreicht hatten. Vincent versuchte, die Schiffe der *Compagnie van Verre* wiederzuerkennen. Auf einmal hörte er einen fürchterlichen Aufschrei. Er beschleunigte den Schritt. Weinen, vielstimmig. Nur vereinzelt Lachen und Freudenrufe. Jetzt rannte er, suchte die Gesichter, die Gestalten ab. Wo war Ruben?

Von einem Leichter wurden Männer gehoben. Sie waren so schwach, dass sie kaum stehen konnten. Alle waren abgemagert, viele wirkten mit ihrer entzündeten Haut und dem aufgequollenen Zahnfleisch entstellt.

»Zwei Drittel tot … ein Schiff verloren …«

»Und nicht einmal die Laderäume voll …«

Das konnte, das durfte nicht stimmen! Vincent entdeckte Dirck van Os, der offenbar gerade auf ein Ruderboot steigen wollte, und drängte sich zu ihm. Das Gesicht des Kaufmanns war wie versteinert. »Habt Ihr meinen Bruder schon gesehen?«, rief Vincent. Als van Os nicht antwortete, sprang Vincent kurzerhand mit auf das Ruderboot. »Ist es wahr? Dass ein Großteil der Mannschaft tot ist und …«

»Ich will es nicht glauben, bis ich es mit eigenen Augen gesehen habe.«

Wenig später legten sie neben der *Mauritius* an und kletterten die Leiter hoch. Auf dem Schiff stank es beißend. Das Deck war verdreckt und glitschig, die Kanonen und Metallteile rostig. Nur wenige Seeleute waren zu sehen, dafür einige Männer mit exotischem Aussehen. Cornelis Houtman näherte sich. Er war nur noch ein Schatten seiner selbst.

Van Os ließ ihn erst gar nicht zu Wort kommen, sondern inspizierte sogleich den Laderaum. »Wo sind die Gewürze, für deren Beschaffung wir Euch bezahlt haben?«

»Im Frachtraum. Zudem haben wir diese Sklaven …«

Die Güter waren Vincents geringste Sorge. »Wo ist Ruben Aardzoon?«, fragte er laut.

»Ruben? In der Kajüte«, nuschelte ein Matrose, der keinen einzigen Zahn mehr im Mund zu haben schien.

Starr vor Sorge ging Vincent hinein.

Während Ruben sich in seinem Bett ausschlief, las Vincent das Tagebuch seines Bruders. Offenbar war die Reise eine einzige Aneinanderreihung von Schrecknissen gewesen. Vor allem der Tod seines alten Weggefährten Jan Molenaar hatte Ruben anscheinend sehr zugesetzt. Zuletzt waren den Seeleuten Süßwasser und Verpflegung ausgegangen. Sie waren zu schwach gewesen, die Schiffe zu führen.

Erst mit Hilfe einer Eskorte hatten sie nach Amsterdam zurückgefunden.

Auf dem Weg vom Schiff zu Vincents Wohnung hatte Ruben geredet. Sein Bericht war wirr gewesen, und sobald er Betjes Brotsuppe aufgegessen hatte, war er mitten im Satz eingeschlafen. Immer wieder hatte er gesagt, dass Houtman seinen Freund Jan vergiftet habe. Blaurot sei er vor seinem Tod geworden, das Blut sei ihm aus dem Rachen und anderen Körperöffnungen geströmt. Mit seinem letzten Atemzug habe er Ruben seine Kette mit dem Halbmond, dem Glücksbringer der Wassergeusen, in die Hand gedrückt.

»Wir müssen Gott und den Heiligen danken, dass Ruben wieder da ist«, sagte Betje leise.

»Tu das«, meinte Vincent abwesend. Kurz fragte er sich, wo seine Schwester den Gottesdienst besuchte, seit sie nicht mehr in van Vleets Haus ging, dann wandte er sich wieder dem Tagebuch zu. Rubens Notizen waren wirklich interessant. Kein Wunder, dass er darauf bestanden hatte, dass Vincent sie sorgfältig verwahrte. Wenn er seinen Bericht ausschmückte, würden sich die Buchdrucker darum reißen. Und Ruben wusste anscheinend schon, an wen er sich wenden würde, das hatte er zumindest gesagt.

Betje machte sich ausgehfertig. »Ist jetzt euer ganzes Geld verloren?«, fragte sie noch.

Vincent straffte sich. »Das hängt wohl davon ab, wie viel die Waren wert sind, die Ruben und die anderen mitgebracht haben.«

Betje biss sich auf die Unterlippe. »Ich werde mir eine Arbeit suchen. Hier ist es zu eng für drei. Du kommst auch allein zurecht, und ein Mädchen, das einmal die Woche für dich putzt, findest du für ein paar Pfennige. Aber ich kann mich für einen anständigen Lohn als Küchenmagd verdingen.«

Vincent war überrascht. »Das klingt, als wüsstest du schon, für wen du arbeiten willst.«

*

Über Betjes Kopf verkündete der Giebelstein, dass der Besitzer des Hauses De Korendrager am Engelse Kaai sein Geld im Getreidehandel verdiente. Aus dem offenen Fenster im Obergeschoss waren Musik und die Stimmen von Kindern zu hören, Mädchen anscheinend. Kurz beschlich sie der Gedanke, dass sie in diesem fremden Haus nicht sicher war, aber dann betätigte sie doch den Messingklopfer. Eine freundliche Stubenmagd führte sie durch einen Flur, in dem viele große und kleine Gemälde hingen, ins Hinterhaus. Die Küche war so geräumig und schön, wie Betje noch keine gesehen hatte. Mijnheer Zacharias hantierte geschickt mit diversen Töpfen und Pfannen, beinahe sah er wie ein Gaukler auf dem Jahrmarkt aus. Gleichzeitig strahlte er eine große Ruhe aus. Erfreut begrüßte er sie: »Ihr seid also zu einem Entschluss gekommen. Wie wunderbar! Ihr könnt gleich mitanfassen, denn mein Herr hat heute Abend eine Gesellschaft …«

Besorgt blickte Betje zu einer Pfanne, aus der das Fett nur so spritzte. »Mijnheer, das schöne Fleisch …«, hob sie vorsichtig ihre Stimme.

»Das muss scharf angebraten werden.« Er rüttelte an der Pfanne und wendete die Stücke.

»Und Euer Herr? Sollte ich den nicht auch kennenlernen?«

»Natürlich, da war doch was! Mijnheer Visscher lässt mir hier freie Hand. Aber Ihr wollt natürlich wissen, auf wen Ihr Euch einlasst.« Er band sich die Schürze ab und reichte sie Betje, dann wies er auf ein Glas. »Einen kleinen Moment braucht das Fleisch noch, dann löscht Ihr es mit diesem Wein hier ab und nehmt die Pfanne vom Herd. Ich hole Euch gleich.«

Betje tat, wie ihr geheißen. Vorsichtig goss sie den Wein hinein. Es zischte und blubberte. Wenig später war Zacharias wieder da. Konzentriert goss er Sahne in die Flüssigkeit und rührte. Anschließend wandte er sich Betje zu. »So, jetzt können wir …«

*

Ruben saß zwischen Lysbeth und Sandrine in der Druckerei und konnte sich nicht entscheiden, welche der beiden Schwestern er liebreizender fand. Die eine ergänzte seine Notizen, die andere fertigte Zeichnungen an.

»Sahen die Hüte der Chinesen so aus?«, fragte Sandrine und hielt ihm ihre Skizze hin.

Ruben beugte sich vor und berührte wie beiläufig ihren Oberschenkel. Er hatte seit seiner Ankunft noch keine Frau gehabt. Na ja, so ganz im Vollbesitz seiner Kräfte war er auch noch nicht wieder. »Ganz genau getroffen. Du bist wirklich sehr talentiert …«

Gerade wollte er ihr weiter schmeicheln, als Lysbeth sich einmischte. »Und kurz bevor ihr verhungert seid, hast du noch ein Fass unter Deck gefunden? Was war noch gleich darin?«

»Ein Fass Stockfisch, in der hintersten Ecke. Es muss drei Jahre alt gewesen sein. Der Fisch stank gewaltig und schillerte grün …« Die Schwestern schüttelten sich vor Ekel. »Und vermutlich hätten wir ihn in einer anderen Situation auch nicht gegessen. Aber in dieser Notlage …«

Lysbeth schrieb mit und strahlte ihn dann an: »Solche Details lieben die Leser!«

*

Erst spät am Abend kamen die Geschwister wieder in Vincents Wohnung zusammen. Als Vincent eintraf, war Ruben gerade dabei, sein Hemd zu waschen. Sein Oberkörper war nackt, und er war so mager, dass man seine Rippen und jeden Muskel sehen konnte. Um den Hals trug er die Kette mit dem Glücksbringer der Geusen. Seine Bewegungen waren noch immer langsam; es würde dauern, bis er sich von den Strapazen der Reise erholt hatte.

»Das wird ein prima Reisebericht, Jesses! Die in Hondts Druckerei verstehen wirklich was vom Geschäft!«

»Das freut mich. Ich bin schon sehr gespannt«, sagte Vincent und sah abwesend in die Küche. »Ist Betje noch nicht zurück?«

»Nein, sollte sie?« Ruben wartete die Antwort nicht ab. Er wrang über der Waschschüssel das Hemd aus, sodass es nur so spritzte. »Hast du schon gehört? In einer Woche gibt es eine Versammlung der *Compagnie*. Dann werden wir erfahren, ob die Reise überhaupt was eingebracht hat. Houtman soll wohl auf jeden Fall zur Rechenschaft …« Er warf das Hemd über eine Stuhllehne und schleppte sich zum Bett.

Vincent hängte das Hemd auf die Leine am Fenster. Der nasse Boden störte ihn ebenfalls, aber er dachte nicht daran, hinter seinem Bruder herzuputzen. Zumal er gleich in die Schützengilde wollte.

Ruben gähnte, trotzdem klang seine Stimme forschend. »Treibst dich vor der Stadt herum, was? Sandrine hat's mir erzählt. Hast du zu viel Geld, dass du dort Land kaufst? Größenwahnsinnig, was?«

In diesem Augenblick kam auch Betje nach Hause. Sie wirkte erschöpft, aber froh. Während sie ihre Arbeitskleidung ablegte und die blonden Haare ausbürstete, berichtete sie von ihrem ersten Arbeitstag. Ihre meerblauen Augen leuchteten, und für ihre Verhältnisse war sie richtiggehend aufgedreht. »Mijnheer Visscher ist Kaufmann und Versicherer. Er ist aber auch ein richtiger Gelehrter – oder Dichter, das weiß ich noch nicht genau. Er gehört der Rederijkerskamer De Eglantier an – davon habe ich ja noch nie gehört.«

»Das ist eine Redekammer, in der hohe Herren die Dichtkunst pflegen. Soweit ich weiß, sind auch die Heeren Coornhert, Hooft und Spieghel in dieser Kammer. Es gibt in Amsterdam auch noch eine Redekammer, die von den flämischen Zugezogenen«, berichtete Vincent.

Betje unterbrach ihn. »Diese Dichter treffen sich auf jeden Fall regelmäßig in Mijnheer Visschers Haus. Auch viele Maler und andere Künstler hat er zu Gast.«

»Und seine Familie?«

»Drei Töchter. Die sind so gebildet und nett, dass ich mir ganz dumm vorkomme«, meinte Betje, schüttelte aber den Gedanken schnell wieder ab. »Ich soll ja auch nur kochen, keine Reden halten!«

»Gott sei Dank«, murmelte Ruben, dem die Augen schon wieder zugefallen waren.

»Anna heißt die Älteste, die ist wohl elf. Dann kommt Geertruy, sieben, und die kleine Marritgen, aber alle nennen sie nur Tessel …«

»Tessel?«

Ruben schnarchte jetzt, und Betje senkte die Stimme. »Eigentlich Tesselschade, weil ihr Vater kurz vor ihrer Geburt etliche Schiffe im Weihnachtssturm an der Insel Texel verloren hat. Der Name soll ihn daran erinnern, dass weltlicher Reichtum von einem Moment auf den anderen vergehen kann.« Sie lächelte Vincent an. »Der Verdienst ist gut. Ich glaube, ich werde mich dort sehr wohlfühlen. Wenn …« Betje senkte den Blick. »Wenn Mijnheer Zacharias wirklich so nett ist, wie es den Anschein hat.«

Vincent legte die Hand auf den Arm seiner Schwester. »Sobald dir irgendetwas komisch vorkommt oder er anzüglich wird, sagst du mir Bescheid.«

*

Betje schmeckte den Nachtisch ab. Nur noch einen Spritzer Rosenwasser, dann war er perfekt! Den ganzen Tag hatten sie gesotten und gebacken. Betje hatte sich schnell im Haushalt der Visschers eingewöhnt. Es war wunderbar, so aus dem Vollen schöpfen und so viel lernen zu können. Sie war wirklich gespannt, wie den Herrschaften das Menü munden würde, dass Zacharias mit ihrer Hilfe geschaffen hatte.

Einige Stunden später war jeder einzelne Topf, jeder Löffel, wieder so sauber, dass er blitzte.

»Setzt Euch«, sagte Zacharias und wies auf den Küchentisch. »Nun sind wir an der Reihe.« Erstaunt sah Betje zu, wie Zacharias zwei Teller aus dem Backofen holte, auf denen eine Probe von alldem arrangiert war, was sie heute zubereitet hatten. Elegant schenkte er ihnen Wein ein. »Auf unsere Zusammenarbeit. Wollen wir uns nicht endlich duzen?«

»Warum nicht«, sagte Betje vorsichtig und stieß mit ihm an.

Er öffnete die Tür, sodass sie die Herrschaften in der guten Stube hören konnten, die einander ihre Gedichte vortrugen oder gemeinsam sangen. Ruhig aßen und tranken sie. Betje konnte kaum fassen, dass sie so ein Glück gehabt hatte. Ab und zu kam die Stubenmagd herein, die bei Tisch servierte, aber selbst für sie hatte Zacharias einen Teller vorbereitet.

Schließlich räumte Betje ihr Geschirr ab. Da trat Zacharias auf einmal neben sie. Er war viel größer als sie, wenn er wohl auch nicht mehr wog. Unbehagen regte sich in ihr, und als Zacharias den Arm um sie legte, zuckte sie zurück. »Nicht!«, sagte sie entschieden.

Zacharias starrte sie an. »Ich wollte nur … Ich freue mich nur …«, begann er hilflos.

Betje merkte, dass er ehrlich erschrocken war, und atmete durch. Schweren Herzens berichtete sie, was sie mit Pijke erlebt hatte.

Zacharias war empört. »Ich wollte dir nicht zu nahe treten. Nie würde ich dir etwas tun!«

*

Eine Woche nach Ankunft der Schiffe kamen die Anteilseigner der *Compagnie van Verre* zusammen. Die Stimmung war aufgeladen, so groß war die Sorge, die getätigten Investitionen verloren zu haben. Doch dann zählte Dirck von Os auf, was die drei Schiffe geladen und was sie mit dem Verkauf der Fracht eingenommen hatten.

»Da die Preise für Gewürze in den vergangenen zwei Jahren stark gestiegen sind, haben wir trotz der geringen Menge einen kleinen Gewinn gemacht«, berichtete er. Verhaltener Jubel brach aus. »Vor allem haben wir bewiesen, dass auch wir den Seeweg nach Indien befahren können. Jetzt kann uns niemand mehr aufhalten. Wir werden uns gleich daranmachen, die nächste Handelsreise der *Compagnie van Verre* auszurüsten!«

Ruben stieß Vincent den Ellbogen in die Seite. »Ich bin dabei. Dieses Mal aber auf keinen Fall auf Houtmans Schiff.« Er grinste abenteuerlustig. Betjes gute Küche und einige Tage Schlaf hatten Wunder bewirkt. Er war schon wieder kräftig genug, um halbe Tage in der Druckerei zu verbringen, wo er seinen Reisebericht für den Druck vorbereitete. Zudem würde sich Houtman den Gerüchten zufolge für das Scheitern der Reise und den Tod Jan Molenaars verantworten müssen.

Gemeinsam beschlossen sie, ihren Einsatz und den kleinen Gewinn erneut zu riskieren. Vincent musste nur noch an Nathan schreiben, um diesen nach der Verwendung seines Anteils zu befragen. Sein Freund war immer noch an Oldenbarnevelts Seite zum Wohle der Generalstaaten unterwegs.

49

Nathan drehte die Schreibfeder zwischen seinen Fingern und sah auf die sanfte Flussniederung der Loire. Er wollte an Vincent schreiben. Dieser war der Einzige, dem er vertraute, mit dem er offen seine Gedanken und Zweifel teilen konnte. Allerdings würde er auch diesen Brief sicherheitshalber chiffrieren.

Ihm gegenüber plauderte Johan van Oldenbarnevelt mit den anderen Mitgliedern der Gesandtschaft. Der Landesadvokat war inzwischen Anfang fünfzig, und der strenge, säuerliche Ausdruck seines Gesichts war durch seine Falten noch vertieft worden. Er wirkte, als schwebe er über allem, und das tat er in gewisser Weise auch. Oldenbarnevelt hatte sich inzwischen zum heimlichen Oberhaupt der Sieben Provinzen gemausert, und da Graf Moritz mit Kriegsgeschäften beschäftigt war, gab es auch niemanden, der ihm diesen Posten streitig machen konnte. Kurz lauschte Nathan dem Gespräch. Wie so oft disputierte Oldenbarnevelt mit Hugo Grotius, dem fünfzehnjährigen Sohn eines Freundes, über komplizierte rechtliche Belange. Oldenbarnevelts neunjähriger Sohn, der ausnahmsweise seinen Vater begleiten durfte, hörte staunend zu, schien aber kein Wort zu verstehen. Mit von der Partie war zudem François van Aerssen, Sohn eines einflussreichen Brüsseler Politikers, den Oldenbarnevelt trotz seines geringen Alters zum französischen Botschafter gemacht hatte. Der Landesadvokat umgab sich eben gerne mit intelligenten jungen Männern.

Noch einmal überflog Nathan, was er geschrieben hatte.

Anjou, im April anno 1598

Lieber Vincent, teurer Freund,
ich denke oft an unser Geld, das auf den Ozeanen unterwegs ist. Wo Ruben und der Rest der neuen Kompanie wohl inzwischen sind? Ob sie auf die anderen niederländischen Orientreisenden treffen, die sich nach unserem Erfolg auf den Weg gemacht haben? Wenn man seinem Bericht vertrauen darf, sind derartige Handelsreisen ja mit unzähligen Unwägbarkeiten behaftet.

Mein derzeitiges Unternehmen ist nicht minder unwägbar, geht es doch, wie eigentlich immer, um Wohl oder Weh der Generalstaaten. Seit vierzehn Jahren betreibe ich nun schon das heikle Geschäft der Diplomatie, und noch nie ist es mir langweilig geworden. Allerdings stellt sich immer wieder die Frage, wem man vertrauen kann. Vermutlich heiraten Politiker nicht ohne Grund in Familien ein, mit denen sie seit ihrer Kindheit auf vertrautem Fuß standen. Allerdings, meine Kindheit habe ich in England verbracht. Und vielleicht sollte ich beizeiten dorthin zurückkehren. Mit achtundzwanzig sollte man langsam an die Ehe denken, nicht wahr? Mein Herr hat eine Tochter, die bald im heiratsfähigen Alter ist ...

Doch genug von meinen Gedankenspielen. Was treibt uns also bei dieser Gesandtschaft an? Du kannst es Dir vielleicht denken. Seit Frankreich mit Spanien Frieden geschlossen hat, drohen die vereinigten Provinzen in die Defensive zu geraten. Wenn auch England den Kampf gegen Spanien einstellt, wie es Königin Elisabeth wohl plant, haben wir keinen starken Partner, keinen Geldgeber mehr an unserer Seite. Möglicherweise müssen wir einen ungünstigen Frieden mit Spanien schließen, der alles gefährdet, wofür wir gekämpft haben. Oldenbarnevelt hat nun das Unmögliche vor: zwei Herrscher zu etwas bringen, das sie nicht wollen ...

Plötzlich ertönte eine Fanfare, und das Schiff, auf dem sie sich befanden, steuerte auf das Ufer zu. An einem Anleger hatte sich eine große Gruppe nobler Herrschaften versammelt, flankiert von Musikanten – ein Empfangskomitee! Nathan packte eilig die Schreibsachen ein und folgte Oldenbarnevelt und dem Rest der Gesandtschaft. Sein Dienstherr begrüßte bereits den vierzehnjährigen Friedrich Heinrich, den jüngsten Sohn Wilhelms des Schweigers. Nathan erinnerte sich noch, wie er Friedrich Heinrich vor Jahren zum ersten Mal in Vlissingen gesehen hatte – ein Kleinkind, das mit Holzsoldaten spielte. Inzwischen war der Oranier zu einem standesbewussten Adeligen herangewachsen, der die dunklen, mitfühlenden Augen seiner Mutter Louise de Coligny und den dichten rotblonden Schopf seines Vaters hatte.

Eine Kutsche stand für die Gesandten bereit. Wenig später hatten sie ihre Unterkunft im Hause zweier reicher Bürger erreicht.

Noch am gleichen Abend empfing Prinzessin Louise sie auf Schloss Angers. Die Fürstenwitwe verbrachte mit ihren Kindern viel Zeit am Hofe des französischen Königs. Das hatte, wie Nathan wusste, verschiedene Gründe. Natürlich ging es um dynastische Beziehungen, aber auch um eine standesgemäße Erziehung und nicht zuletzt – ganz profan – um Geld. Noch immer hatten die Generalstaaten sich nicht auf einen angemessenen Unterhalt für die Nachkommen Fürst Wilhelms einigen können. Louise de Coligny war füllig geworden und trug zwar gedeckte Farben, aber die neueste französische Mode.

Da die Temperaturen noch angenehm waren, schlenderten sie durch einen Park. Wie es seine Aufgabe war, schritt Nathan unauffällig hinterher.

»Ich schrieb Euch ja bereits, dass König Henri vermutlich nicht bereit sein wird, seine Friedenspläne der Generalstaaten wegen zu ändern«, begann Prinzessin Louise. »Die Notwendigkeiten, insbesondere politischer und finanzieller Natur, zwingen ihn zum Einlenken.«

»Dabei ist es im Interesse Frankreichs, den spanischen König zurückzudrängen und ihm die eroberten Gebiete wieder abzunehmen.«

»Das ist wahr. Aber viele Interessen spielen in diese Entscheidung hinein.«

»Ihr sprecht von den englischen Botschaftern, die ebenfalls in Schloss Angers sind?«

Nathan lauschte konzentriert. Das Gespräch würde er später aus dem Gedächtnis protokollieren

In den nächsten Tagen folgten langwierige Verhandlungen mit König Henri, der Oldenbarnevelt oft zu halb offiziellen Gesprächen in seiner Garderobe empfing, vermutlich um Schwierigkeiten mit dem komplizierten Hofprotokoll zu vermeiden. Regelmäßig trafen sich die Gesandten der Länder auch untereinander – immer bemüht, sich möglichst wenig in die Karten schauen zu lassen. Es war ein Lehrstück in der Kunst der Diplomatie. Trotz der vielen Arbeit genoss Nathan das Leben am französischen Hof in vollen Zügen.

Es gab weitaus Schlimmeres, als den Frühling in der lieblichen Landschaft der Loire zu verbringen, durch die eleganten Gartenanlagen zu streifen, die Bibliothek zu nutzen oder beim Anblick der *Galerie der Apokalypse* über das Leben nachzusinnen. Der Bildteppich mit Szenen aus dem letzten Buch der Bibel verzierte die Wände eines gewaltig langen und hohen Saals. Offenbar hatte man dieses Meisterstück flämischer Webkunst erst vor einiger Zeit aus der Kathedrale ins Schloss gebracht.

Als Nathan diesen Bildteppich gerade mal wieder in Augenschein nahm, traf er auf Hugo Grotius. Der junge Mann lief in einem Tabbert umher, als sei er ein altehrwürdiger Gelehrter. Manchmal benahm Grotius sich tatsächlich so, die Flausen, denen sich andere mit fünfzehn hingaben, schienen ihm völlig fremd zu sein. König Henri war begeistert von dem jungen Gelehrten und hatte ihn »Wunder von Holland« getauft. Sie kamen auf das Edikt von Nantes zu sprechen, das König Henri gerade erlassen hatte. Es fixierte den Katholizismus als Staatsreligion Frankreichs, garantierte zugleich aber den Hugenotten religiöse Toleranz und volle Bürgerrechte.

Grotius betrachtete schaudernd das Abbild des vierten Reiters der Apokalypse: ein bleiches Skelett, das aussah, als ob es lachte, auf einem blassen Pferd, daneben die Seelen im Fegefeuer. »Es ist gut, dass unser rationaler Geist die Furcht vor dem Höllenfeuer, vor der Verdammnis, abgeschafft hat«, sagte er nachdenklich.

»Und doch sind es die Todesangst und die Sorge um das himmlische Leben, die die Menschen oft antreiben.«

»Angst und Sorge sind immer schlechte Ratgeber. In den Wissenschaften und insbesondere im Recht sind es Gesetze, die unser Denken leiten. An den Naturgesetzen und in der Jurisprudenz gibt es nichts zu deuteln.«

Wenig später saß Nathan im Schlossgarten und sah der Hofgesellschaft bei ihren Vergnügungen zu. Einen Brief wollte er noch beenden, obgleich ihm vom vielen Schreiben die Finger wehtaten:

… werde ich als Nächstes wieder an den Hof der englischen Königin geschickt, um die Lage zu sondieren. Ich weiß nicht, wie es meinem Herrn gelungen ist, aber es ist Oldenbarnevelt geglückt. Du siehst mich hoffentlich in Gedanken grinsen. Natürlich weiß ich, wie es ihm gelungen ist, aber ich kann es nicht verraten, sonst wäre ich ein schlechter Diplomat. Tatsache ist: König Henri von Frankreich hat zwar in Vervins offiziell Frieden mit Spanien geschlossen, unterstützt aber inoffiziell finanziell weiterhin den niederländischen Befreiungskampf. Und Königin Elisabeth hat Abstand von einem Frieden mit Spanien genommen. Allerdings müssen wir sie auszahlen – Du weißt schon, der Vertrag von Nonsuch –, und da kommt wieder Amsterdam ins Spiel. Alle Provinzen sind wirtschaftlich geschwächt, nur Amsterdam geht es verhältnismäßig gut. Eine Steuererhöhung wird unvermeidlich sein, meint Oldenbarnevelt. Angeblich trifft König Philipp Vorsorge für seine Nachfolge. Es heißt, die Spanischen Niederlande will er seiner Lieblingstochter Isabella übertragen …

50

Der Sommer war so heiß und trocken, dass selbst im Sumpfland um Amsterdam das Gras ausgebleicht war. Neue Steuern und schlechte Ernten machten den einfachen Leuten das Leben schwer. Meister Oetgens, der erstmals der Stadt als einer der Bürgermeister vorstand, hatte alle Hände voll zu tun, wie er nie müde wurde, bei den Gildesitzungen zu betonen. Vincent war inzwischen mit Betje in ein kleines Haus am Rosmarijnsteeg gezogen, wo seine Schwester im Hinterhof einen kleinen Garten angelegt hatte.

Als er an diesem Tag auf ein Klopfen hin die Tür öffnete, wusste Vincent im ersten Augenblick nicht, wie er reagieren sollte. Sandrine, die junge Malerin, die er vom See und aus der Druckerei kannte, stand vor ihm. Ihre letzte Begegnung war schon länger her. Vincent hatte viel zu tun gehabt, und wenn er an seinem See gewesen war, hatte er sie nicht angetroffen. Eigentlich hätte er sich freuen müssen, sie wiederzusehen, denn er hatte manches Mal an sie gedacht. Doch Sandrine wirkte verweint. Im Arm hielt sie einen greinenden Säugling, der fest in saubere Tücher gewickelt war.

»Wo ist Euer Bruder? Wo ist Ruben?«

»Noch immer auf See. Ich vermute zwischen …« Er überschlug die Reiseroute. Doch ehe er den Satz vervollständigen konnte, hielt Sandrine ihm in einer schroffen Geste das Kind hin. »Nehmt Ihr es. Ihr müsst euch darum kümmern.«

Vincent wich zurück. Hatte Ruben ein Verhältnis mit der jungen Frau gehabt? Und selbst wenn: Was sollte er mit diesem Kind anfangen? Er war nicht verheiratet, hatte keine eigene Familie …

»Nehmt es, oder ich lege es Euch vor die Füße!«

Beschwichtigend hob Vincent die Hände. »Beruhigt Euch! Ich kann mit Eurem Kind nichts anfangen. Ich bin Junggeselle und …«

Sie schickte sich an, das Kind auf den Boden zu legen. Ungeschickt nahm Vincent den Säugling auf. Er sah sich um. Die ersten Passan ten warfen ihnen neugierige Blicke zu, und auch an den Fenstern im Obergeschoss regte sich etwas.

»Kommt erst mal herein, *liever hemel!*«

Tatsächlich folgte Sandrine ihm. Ganz rot war das Kind vom Schreien. Vincent tat das kleine Wesen leid. Er wiegte es leise singend, wie er es vor langer Zeit mit anderen Sorgenkindern im Waisenhaus getan hatte. Konnte Ruben tatsächlich der Vater dieses Kindes sein? Er überschlug die Zeit. Das Alter des Säuglings ließ sich mit dem letzten Aufenthalt seines Bruders in Amsterdam in Übereinstimmung bringen.

Sandrine schickte sich zum Gehen an. »Moment!«, protestierte er. »Was seid Ihr nur für eine Mutter?«

Ihre Gesichtszüge verschlossen sich. »Ich bin nicht seine Mutter!«

Erstaunt spürte er einen kurzen Moment der Erleichterung. »Was ... aber ... trotzdem! Ihr könnt mir doch nicht einfach dieses Kind vor die Füße legen und verschwinden. Ich habe niemanden, der für dieses Kind sorgen kann!«

»Ich auch nicht!«

Der Säugling jammerte leiser, aber noch immer verzweifelt. Vielleicht hatte er auch Hunger. Und dann diese straffe Wickelung – er konnte sich ja überhaupt nicht bewegen! »Bleibt noch kurz, versprecht mir das. Lauft nicht weg! Bitte! Ich muss mit Euch reden!« Vincent ging in die Küche. Er hielt mit einer Hand den Säugling vor die Brust, mit der anderen vermischte er einen Löffel Honig mit Wasser und tauchte den Zipfel seines Taschentuchs hinein, den er dem Kind in den Mund hielt. Gierig saugte es daran.

»Wenn Ihr nicht die Mutter seid – wer ist es dann? Etwa die Frau, mit der Ihr in der Druckerei arbeitet?«

Unsagbarer Kummer zog über Sandrines Gesicht. »Wer *war* die Mutter, müsst Ihr besser fragen.«

»Sie ist tot?«

»Bei der Geburt gestorben. Wie so viele Frauen.« Sandrine wischte sich mit einer schroffen Geste über das Gesicht. Vincent sah die Farbflecke an ihren Fingern. »Sie hieß Lysbeth und war meine Schwester.«

Einen Augenblick hingen die Worte in dem Raum wie ein Leichentuch.

»Das tut mir sehr leid, wirklich«, sagte Vincent erschüttert.

Sandrine rang um Worte. »Wir haben zusammen in der Druckerei gearbeitet, bis … sich ihre Schwangerschaft nicht mehr verheimlichen ließ. Ich habe natürlich geahnt, wer der Vater ist.«

»Aber dann seid Ihr die Tante und könnt Euch genauso gut …«

Sandrine ließ ihn nicht aussprechen. »Nein, das ist nicht möglich! Was glaubt Ihr, wie sehr uns in den letzten Monaten die Hölle heißgemacht worden ist! Ich bin nicht verheiratet, arbeite hart, habe ein Ziel …« Entschlossen schüttelte sie den Kopf. »Ihr seid der Oom. Wenn Ihr Euch nicht um das Kind kümmern könnt, müsst Ihr es ins Waisenhaus bringen. Irgendwann wird Ruben ja hier auftauchen.«

Vincents Blick wanderte über das Gesicht des Säuglings, der in seinem Arm friedlich an dem Taschentuch nuckelte. Konnte er dieses unschuldige Kind ins Waisenhaus bringen, wo er doch besser als die meisten anderen wusste, was es erwartete? »Welches Ziel könnte wichtiger sein als dieses kleine Wesen?«, fragte er leise.

Sandrine wandte sich ab, aber er sah, dass Tränen in ihren Augenwinkeln glitzerten. »Das müsst Ihr Euch genauso fragen.«

Der Gedanke, allein mit dem Säugling zu sein, beunruhigte ihn. »Bleibt bitte, zumindest bis Betje …, bis meine Schwester da ist!«

Aber Sandrine ging.

»Sagt mir wenigstens, wie es heißt«, rief er ihr nach.

»Wir haben ihn auf den Namen Michiel taufen lassen.«

Der Junge lag nackt auf einer Decke und strampelte mit den Füßen. Es war so heiß, dass Vincent ihn kurzerhand ausgezogen hatte. Anschließend hatte Vincent sich danebengelegt, um ihn zu beobachten. Er konnte ohnehin nicht arbeiten, weil seine Gedanken darum kreisten, was er mit dem Kind machen sollte.

Als Betje kam und Vincent sie ins Bild setzte, war sie fassungslos. Sofort nahm sie Michiel hoch, untersuchte ihn und schäkerte mit ihm. »Was ist das nur für eine Frau, die ein Kind im Stich lässt?«

»Es ist ja nicht ihr Kind.«

»Trotzdem.« Besorgt schlug Betje die Deckenzipfel über Michiel. »Du kannst ihn doch nicht ausziehen – er holt sich noch den Tod!«

»Meinst du?«

»Na, sicher!«

Vincent betrachtete ihn versonnen. »Er sieht aus wie Ruben, findest du nicht?«

»Nein«, sagte Betje entschieden. Dann wurden ihre Züge weicher. »Vielleicht ein bisschen. Diese vorwitzige Nase. Das Blau der Augen. Aber gewöhn dich nicht zu sehr an ihn, sonst fällt dir der Abschied noch schwer.«

»Wir können ihn doch nicht ins Waisenhaus geben!«

»Das nicht. Trotzdem braucht er eine Amme. Muttermilch ist das Beste für einen Säugling. Jeder weiß doch, dass man die besten Ammen auf dem Land findet.«

Der Junge begann zu quengeln. Vincent setzte sich auf und sah zu, wie Betje ihn wickelte.

»Wir müssen heute noch los, spätestens morgen.«

»Aber ich habe keine Zeit dafür. Ich habe zu tun.«

»Du wirst sie dir nehmen müssen. Ich kann nicht weg. Mein Herr gibt morgen für die Mitglieder der Redekammer ein großes Fest. Außerdem kann ich nicht allein vor der Stadt herumstreifen, um eine Amme zu suchen. Ich bin doch nicht lebensmüde.«

*

Sandrine ging so schnell, als müsse sie vor etwas weglaufen. Sie versuchte, sich zu beruhigen, indem sie die Farben benannte, die sie umgaben: Backsteinrot, Karnat, Zinnober, gelber Ocker, Blattgrün, Lampenschwarz, aber dann kamen ihr Kinderbäckchenrot und Meerblau in den Sinn, und das Gesicht ihres kleinen Neffen verdrängte alle Ablenkung.

Nach einer Viertelstunde hatte sie das Haus in der Gasse Gebed zonder End erreicht, in dessen Hinterhof sie wohnte. Obgleich sie allen Besitz ihrer Schwester in eine Kiste gepackt hatte, sah sie Lysbeth so lebhaft vor sich, als würde sie vor ihr stehen. Es war so schnell gegangen! Morgens hatten sie noch fröhlich gescherzt, abends hatte ihr Herz aufgehört zu schlagen.

Sandrine mühte sich, das Schilfrohr mit ihrem scharfen Messer anzuspitzen, doch es brach. Dabei brauchte man nur drei Schnitte für ein gutes Zeichenrohr! Aber ihre Gedanken waren bei Michiel und Vincent. Es stimmte ja nicht, dass Michiel nur Rubens Kind war. Es war genauso gut Lysbeths gewesen. Und Michiel hatte Lysbeths Ohren mit den langen Läppchen und ihre runde Stirn.

Endlich war das Zeichenrohr fertig. Jetzt wollte Sandrine die Tusche anmischen, aber auch das wollte nicht gelingen, da ihre Finger zitterten. Seit sie als Kind einem Maler zugesehen hatte, hatte sie gewusst, dass sie malen wollte. Natürlich hatten ihre Eltern anderes mit ihr vorgehabt. Sie aber hatte sich gesträubt – und dann waren ihre Eltern gestorben. Lysbeth und sie hatten tun können, was ihnen beliebte – solange sie sich an die Regeln hielten, natürlich. Und die Regeln besagten, dass eine unverheiratete Frau kein Kind haben durfte.

»Warum hast du die Regeln gebrochen?«, schimpfte Sandrine, während sie mit dem Schilfrohr über das Pergament kratzte. »Du hättest dich nie auf ihn einlassen dürfen!« Aber sie wusste auch, was Lysbeth an Ruben gemocht hatte. Es war diese unbändige Lebenslust gewesen. Dieses Leichtfüßige, das ihr nun zum Verhängnis geworden war.

Erstaunt sah Sandrine auf das Pergament. Manchmal merkte sie gar nicht, was sie malte. Es war schon so, wie Vincent gesagt hatte: Es gab das Sichtbare und das Unsichtbare. Was ihr Zeichenrohr auf die Holztafel gebracht hatte, erkannte sie aber genau.

*

Schon wieder klopfte jemand. Als Betje öffnete, stand sie einer Fremden gegenüber. Das musste diese Sandrine sein.

»Ich habe mich unmöglich verhalten.« Sandrine hob in einer resignierten Geste die Hände. »Es ist nur … Ich tue alles für meine Kunst. Jeden freien Augenblick stehe ich vor der Staffelei. Jeden Stuiver, den ich verdiene, gebe ich für Unterricht, Farben, Holztafeln, Leinwände oder Pergament aus. Dass meine Schwester mir das …«

»Meinst du nicht, dass das, was deiner Schwester passiert ist, schlimmer ist?«, fiel Betje ihr ins Wort. »Schließlich ist sie tot!«

Sandrines Gesicht verdüsterte sich. Sie wischte sich mit dem Handrücken über die Stirn. »Das … stimmt. Ich kann nicht glauben, dass sie wirklich gestorben ist.« Ein Schluchzen entrang sich ihrer Kehle. »Ich will Lysbeth zurück, und ich will … meinen Traum nicht aufgeben.«

Betje war über sich selbst überrascht, als sie die Fremde in die Arme schloss. »Gottes Wille ist stärker als unserer. Deine Schwester hast du verloren, aber dafür hast du einen Neffen. Und dass du die Kunst aufgeben musst, ist nicht gesagt«, sagte sie leise.

Sandrine beruhigte sich etwas. Sie sah von Betje zu Vincent. »Was machen wir jetzt mit dem Kleinen?«

51

Gemeinsam entschieden sie, eine Amme in Amsterdam zu suchen, und Vincent und Sandrine zogen noch am gleichen Abend los. Es war tatsächlich gar nicht so einfach. Viele Frauen waren schrecklich mager, wirkten krank oder gaben zu, dem Kind Bier statt die Brust zu geben, und rühmten sich dafür, dass das Kind dann ruhig schlief. Michiel greinte immer durchdringender, was Sandrine, die ihn sich mit einem Tuch vor den Bauch gebunden hatte, gar nicht gefiel.

»Aardzoon?«, sprach sie auf einmal jemand von der Seite an. »Ich wusste gar nicht, dass du geheiratet hast und Vater geworden bist. Hättest in der Gilde ja mal einen ausgeben können.«

Vincent lächelte Crispijn unverbindlich an. »Das hätte ich auch, wenn es so gewesen wäre. Das ist das Kind meines Bruders.«

»Von Ruben? Hat er sie denn wenigstens vor den Altar geführt? Nee, oder?«, riet Crispijn grinsend. »Hat die Kleine sitzenlassen. Schön blöd, wenn man die Beine breit macht, ohne einen Ring am Finger zu haben. So sind die Seemänner – eine Braut in jedem Hafen!«

Sandrine war sichtlich beschämt. Vincent konnte sich nur mühsam beherrschen. Er wusste aber, dass er die Sache richtigstellen musste, sonst würde die Gerüchteküche bald brodeln. »Die Mutter des Kindes ist gestorben. Wir …«

»Das hätte ich jetzt auch gesagt«, fiel Crispijn ihm ins Wort.

Vincent packte ihn am Kragen und schüttelte ihn. Es widerte ihn an, sich rechtfertigen zu müssen. »Noch mal, für die ganz Dummen: Wir sind *nicht* die Eltern des Kindes. Wir sind auch kein Paar, nicht verheiratet oder verschwägert. Wir kümmern uns nur …«

Crispijn reckte den Hals, um Sandrine ansehen zu können. »Tja, Süße. Wenn du mal wieder die Beine breit machen …« Bevor er mehr sagen konnte, hatte Vincent ihm einen Kopfstoß verpasst. Ein Handgemenge entbrannte, bei dem sich schnell zeigte, dass Vincent der Überlegene war.

Als er Crispijn in die Schranken gewiesen hatte, stellte Vincent fest, dass Sandrine mit einer rundlichen Frau redete, die vor einem Haus ihr Kind wiegte. Nach einer kurzen Verhandlung erklärte diese sich bereit, Michiel so lange zu stillen, bis sie eine richtige Amme gefunden hatten. Vincent gab der Frau Geld. Es fiel ihm schwer, das Kind bei der Fremden zurückzulassen, also setzte er sich und sah zu, wie Michiel kräftig trank; auch Sandrine nahm Platz.

»Dieser Idiot vorhin, der dich …«, begann Vincent verlegen. Seit Sandrine mit Betje gesprochen hatte, hatten sie alle auf das förmliche »Ihr« verzichtet, was sich richtig anfühlte.

»Du hättest ihn einfach reden lassen sollen. Was meinst du, was ich mir alles anhören muss! Die meisten geifern los und lassen einen erst in Ruhe, wenn sie merken, dass man nicht darauf anspringt«, sagte Sandrine. »Er ist im Unrecht. Warum solltest du dich von ihm zwingen lassen, ebenfalls ein Unrecht zu tun?«

»Manche begreifen es nicht anders. Außerdem hat er dich beleidigt.« Vincent sah sie von der Seite an. Ihr schmales, fein geschnittenes Gesicht hatte einen harten Zug angenommen.

»Ich bin Malerin und alleinstehend. Ich werde ständig beleidigt. Die einzigen Jungfern, die geschützt werden, sind die, die in der Gunst der Kirche stehen. Aber die dürfen auch nicht machen, was sie wollen.«

Sie hatte recht. Auf einmal hatte er das Bedürfnis, ihr etwas Gutes zu tun. »Du wolltest mir doch ein Gemälde verkaufen?«

»Wollte ich?«

Er nickte. »Die niederländische Nachtigall.«

Sandrine zögerte. »Ein andermal, vielleicht.«

Wie verabredet trafen sie sich am nächsten Morgen vor Arbeitsbeginn bei der Amme. Sie berichtete, dass Michiel viel getrunken, aber auch viel geweint hatte. Ihre eigenen Kinder wären nachts ständig aufgewacht – so ginge das nicht. Sandrine entschied, den Kleinen mit in die Druckerei zu nehmen. »Das kennt er. Das hat Lysbeth auch ein paarmal gemacht, bis …« Ihre Stimme brach. »Ich bringe ihn dann einfach mittags wieder zur Amme.«

Vincent ging zum Grimburgwal, um mit Hendrick de Keyser die Pläne für den Anbau des Bürgerwaisenhauses zu besprechen. Nebenbei berichtete er Mevrouw de Keyser von dem Kind und fragte sie, ob sie eine Amme wisse, und tatsächlich konnte sie ihm weiterhelfen. Mittags setzte sich Vincent nicht zu den anderen Arbeitern, sondern kaufte beim Garbräter zwei Portionen und nahm sie mit zur Amme, wo er auf Sandrine traf. Sie schien sich über die Mahlzeit zu freuen, denn sie aß ruhig und langsam, als würde sie jeden Bissen auskosten. Ein Stück weiter wurde Michiel gestillt.

»Was baust du derzeit?«, fragte Sandrine.

Nachdem er berichtet hatte, fragte er: »Und was machst du?«

»Jodocus Hondius arbeitet an einer Veröffentlichung über Afrika. Ich will ja nicht eitel erscheinen, aber er hat keinen, der präziser zeichnet als ich. Sonst hätte er meine Schwester und mich auch nicht so lange geduldet.« Sie erhob sich, weil die Amme fertig war. »Und natürlich, weil Colette sich für uns einsetzt.«

»Wer ist Colette?«

»Joducus' Frau. Und meine beste Freundin.«

Sie redeten noch eine Weile. »Ich kann Michiel heute Abend bei dir abholen, damit du malen kannst«, bot Vincent schließlich an.

»Das wäre gut.«

»Wo finde ich dich?«

Sie überlegte. »Komm lieber nicht in die Druckerei, sondern zu uns … zu mir.«

Vincent war auf Sandrines Zuhause gespannt. Viele vermietete Kammern, Wohnungen oder Häuser waren einfach und praktisch, verrieten aber doch etwas über die Persönlichkeit der Bewohner. Und auf Sandrines Persönlichkeit konnte er sich noch keinen Reim machen.

Die Gasse Gebed zonder End, die an das stete Beten der Nonnen und Mönche erinnerte, die hier in der Nähe gewohnt hatten, war eng und finster. In dem Hinterhof, den Sandrine ihm beschrieben hatte, befand sich jedoch eine alte bunt bemalte Hütte. Die Türen waren groß, fast wie bei einer Scheune, und nach Norden hin ausgerichtet, was nach Vitruv einen gleichmäßigen Lichteinfall garantierte. Ob Sandrine das wusste und gezielt nach einer derartigen Unterkunft gesucht hatte?

Wenig später kam Sandrine herangehetzt. »Ein eiliger Auftrag, kurz vor Schluss – typisch!«, schimpfte sie. »Die Amme wurde schon ungeduldig, weil niemand Michiel abholte. Warum haben wir uns eigentlich nicht dort getroffen?«

Ja, warum? Das wusste Vincent selbst nicht. Er nahm ihr den Säugling ab, schäkerte ein wenig mit ihm und legte ihn dann vorsichtig über seine Schulter. »Vermutlich, weil ich deine Gemälde sehen will.«

»Gemälde …« Sie zögerte. »Ein paar Bilder, mehr nicht. Es passt mir heute eigentlich nicht.«

Vincent wollte sie nicht bedrängen und wandte sich zum Gehen. »Dann bringe ich Michiel kurz vor Toresschluss noch einmal zur Amme?«

Sandrine nickte. Ehe er den Hinterhof verlassen hatte, rief sie seinen Namen. »Na gut, komm rein – aber nur kurz.«

Der Raum war karg, aber ordentlich. Vincent erkannte die Anzeichen der Armut sofort: die reparierten, fleckigen Holzmöbel, das angestoßene Geschirr, die geflickten Wolldecken. Er legte Michiel auf das Bett und befreite ihn von den engen Wickeln; der Junge brabbelte und strampelte erleichtert. Dann sah Vincent sich um. Ein Tisch mit Schalen und kleinen Leinensäckchen. Tierhaare verschiedener Stärke. Pinsel. Angespitzte Federn, von einem Schwan vielleicht, einer Gans und einer Krähe. Schilfrohre. Eine Palette. Der Geruch von Leinöl. An einer Wand lehnten mehrere Holztafeln. Sandrine drehte die erste um. Es war ein Gemälde, das detailgenau war und zugleich allgemeingültig schien. Schließlich zeigte sie ihm die kleine Holztafel, die Vincent schon kannte. Der Frosch, so lebensecht, als würde er gleich quakend davonspringen.

»Verkauf es mir«, bat Vincent.

»Es ist nicht gut genug.«

»Es ist perfekt.« Vincent sah, dass seine Worte ihr guttaten. »Es ist wahr«, versicherte er. »Du brauchst dich nicht zu verstecken. Hast du schon mal mit einem Kunsthändler gesprochen? Deine Bilder ausgestellt?« Sandrine schüttelte stumm den Kopf. »Das ist ein Jammer. Deine Gemälde wollen gesehen werden. Du müsstest hier nicht so leben.«

»Was ist falsch daran, wie ich lebe?«, fragte sie scharf.

»Nichts. Aber du könntest es leichter haben. Gewürdigt werden, wahrgenommen.«

»Ich will meine Freiheit nicht aufgeben.«

»Das müsstest du nicht.«

»Nenn mir eine Malerin, die alleinstehend ist und von ihren Gemälden leben kann – nur eine. Und ich meine keine Witwen, die das Geschäft ihres Mannes fortführen.«

Vincent fiel keine ein. »Das muss aber nichts heißen«, sagte er. »Ich bin kein Kunstexperte. Ich könnte mich umhören …«

Sie wandte sich ihrem Farbtisch zu. »Du kannst Michiel hierlassen, er schläft ohnehin. Ich bringe ihn nachher zur Amme. Und dann müssen wir eine dauerhafte Lösung finden.«

Vincent begriff, dass Sandrine ihn loswerden wollte. Irgendetwas hatte er falsch gemacht. Warum waren Frauen nur so kompliziert? Außerdem hatte er die Amme ganz vergessen, die Mevrouw de Keyser ihm genannt hatte. Trotz der späten Stunde machte er sich gleich auf den Weg ihr. Tatsächlich erklärte sie sich bereit, Michiel aufzunehmen. Vincent tat es beinahe leid. Irgendwie mochte er den kleinen Kerl. Und Sandrine.

Als hätten sie sich abgesprochen, sahen Vincent und Sandrine auch weiterhin täglich nach Michiel, manchmal trafen sie sich und plauderten ein wenig, manchmal verpassten sie sich. Abends und an den Wochenenden war Vincent oft unterwegs, verabredete sich mit Freunden, Bekannten, Gildebrüdern, war bei der Schützengilde oder wurde von potenziellen Auftraggebern eingeladen. Als er bei einem Sonntagsmahl mit einigen Mitgliedern der Vroedshap war, die mal wieder lang und breit über die aktuelle Lage diskutierten, merkte er, dass er unruhig wurde, und verabschiedete sich früh. Kurzerhand schlug er den Weg zu der Amme ein.

»Der *Jongetje* ist nicht da. Mevrouw Sandrine und eine andere Frau haben ihn geholt. Sie wollten wohl einen kleinen Spaziergang oder so machen, das Wetter ist ja so schön.«

»Haben die beiden gesagt, wohin sie wollen?«

»Nein, das nicht. Die eine hatte allerdings ein paar Stangen und eine Holztafel dabei.«

»Danke, ich glaube, ich weiß, wo ich sie finde.«

Wie erhofft, malte Sandrine am See. Sie trug einen Strohhut und schenkte Vincent zur Begrüßung ein Lächeln. Auf einer Decke lagen Betje und Michiel. Mit einem Grashalm brachte seine Schwester den Säugling zum Giggeln. »Ich wollte nach dem Kleinen sehen, schließlich bin ich ja die Tante. Da habe ich Sandrine getroffen.«

Vincent zog das Wams aus und setzte sich mit auf die Decke. Michiel reckte den Kopf und strampelte. Als er Vincent sah, zuckten seine Mundwinkel, und seine Augen wurden schmal. Vincent nahm ihn hoch und strahlte ihn an. »Hast du etwa gerade gelächelt?«

Michiel gluckste fröhlich zur Antwort, dann pieselte er mit einem weiten Strahl in die Luft und auf Vincents Hemd, was sie zum Lachen brachte.

Nachdem sie alles notdürftig trocken gewischt hatten, holte Betje Brot, frische Butter und verschiedene Käsestücke aus einem Korb. »Wie war das Treffen?«, fragte sie.

»Ein wenig ermüdend. Meist wird über die gleichen Themen diskutiert – und wenig geht voran. Der Getreideengpass, Wohnraummangel, die Finanzlage, der Krieg …« Vincent ließ Michiel auf seinem Schoß liegen. »Lasst uns von etwas anderem reden. Wie bist du eigentlich zur Malerei gekommen, Sandrine?«

Sandrine setzte sich zu ihnen, und sie teilten das Picknick. »Mein Vater war Drucker in Haarlem. Er hatte sein Handwerk in Genf gelernt, wo er auch meine Mutter kennengelernt hat.«

»Daher kommt auch dein ungewöhnlicher Name?«, fragte Betje.

Sandrine nickte. »Viele Maler kamen zu meinem Vater, um ihre Werke in Kupfer stechen zu lassen.«

»Es gibt in Haarlem eine Malerakademie, wenn ich mich recht erinnere«, sagte Vincent. »Ich habe die Stadt verschiedentlich besucht, um mir die Gebäude anzuschauen, die Stadtbaumeister de Key dort seit einigen Jahren errichten lässt. Sehr talentiert, der Mann, und übrigens wie wir vor Farnese aus Antwerpen geflohen«, setzte er an Betje gewandt hinzu. »De Keys Entwürfe sind sehr verspielt, man merkt, dass er bei Hans Vredeman de Vries in die Lehre gegangen ist.«

»De Vries' Entwürfe kenne ich gut. Seine Bücher verkaufen sich nach wie vor«, meinte Sandrine. »Geld für die Malerakademie hätte ich ohnehin nicht gehabt, selbst wenn sie mich genommen hätte. Als Vater starb, hörten meine Schwester und ich von einem Drucker in Amsterdam, der händeringend Mitarbeiter suchte. Zunächst wollte er keine Frauen anstellen, aber dann sah er, was wir konnten.«

Vincent musterte sie verstohlen. »Hast du Unterricht genommen?«

»Ein paar Stunden, mehr nicht. Immer, wenn ich Geld hatte.«

»Wie hast du es dann gelernt? Ich stelle mir das schwierig vor.«

»Ich studiere Gemälde. In den Auktionshäusern und Geschäften gibt es ja genügend zu sehen. Viel lerne ich auch, wenn ich helfe, ein Gemälde für einen Druck zu kopieren.« Ihr Gesicht verdüsterte sich. »Seit Lysbeths Beisetzung ist unser ganzes Erspartes natürlich weg. Da kann ich mir den Eintritt in die Lukasgilde nicht mehr leisten.« Michiel begann, wild zu strampeln, und Sandrine nahm ihn Vincent ab.

Vincent überlegte. »Ich könnte dich meinen Kunden empfehlen, dann könntest du beispielsweise die Balkendecken in neuen Häusern gestalten, das wird nicht schlecht bezahlt.« Ein weiterer Gedanke kam ihm. »Ich kenne auch einige Kunstmaler, beispielsweise …«

»Danke, erst mal habe ich in der Druckerei zu tun«, unterbrach sie ihn, als verbiete ihr Stolz es, Hilfe anzunehmen.

Vincent lächelte. »Ich sage ja: Du solltest Bilder verkaufen. Sie ist wirklich gut«, fügte er an Betje gerichtet hinzu. Seine Schwester lächelte nur.

Sobald es seine Zeit zuließ, suchte Vincent seinen früheren Freund David auf, mit dem er als Kind so oft durch die Straßen von Antwerpen gezogen war. Bereits vor einigen Jahren hatte es David ebenfalls nach Amsterdam verschlagen, so hatten sie sich bei einem Fest der Lukasgilde wiedergesehen, zu dem auch Vincent eingeladen gewesen war. Doch David hatte sich verändert, hatte sich in sich zurückgezogen. Mit seinen zweiundzwanzig Jahren lebte er mit seinem Vater in der Nähe des Sint-Anthonispoorts. Nur Lehrlinge und Käufer fanden den Weg hierher.

Ihr Atelier bezeugte, dass Vater und Sohn Vinckboons gute Miniaturisten waren. David jedoch betätigte sich zudem als Glasmaler und Kupferstecher. Meist malte er in Aquarell, neuerdings aber auch in Öl, wie Vincent erkannte, als er zu David an die Staffelei trat. Die Waldlandschaft, an der dieser arbeitete, sah idyllisch aus, paradiesisch beinahe. Und doch war Vincent, als dräute dort etwas im Dickicht. Geradezu schockierend fand er die Zeichnungen, in denen spanische Söldner auf Bauern trafen. Die Grausamkeit der Darstellung und die allgemeine Hässlichkeit der Gesichter stießen Vincent ab. Es schien, als mochte David die Menschen nicht besonders. Mit Plauderei konnte er nichts anfangen, deshalb kam Vincent gleich zur Sache: »Kennst du möglicherweise einen Kunsthändler, der sich für die Bilder einer Freundin interessieren könnte? Sie arbeitet bei Hondius.«

David hielt das Gesicht nah an die Leinwand und malte weiter. Fein waren seine Pinselstriche. »Eine Malerin also, die in einer Druckerei arbeitet? Komisch, dass ich sie nicht kenne. Auf jeden Fall kann ich dir nicht weiterhelfen.«

»Du und dein Vater, ihr wisst doch gut Bescheid. Da muss es doch einen geben …«

»Glaube ich nicht.«

»Sie ist wirklich sehr talentiert.«

Sein Freund verdrehte die Augen, sah Vincent dann aber endlich ins Gesicht. »Ich müsste mir ihre Bilder mal ansehen.«

Gemeinsam gingen sie zu Sandrines Atelier. Zunächst schien Sandrine empört, weil Vincent sich in ihre Angelegenheiten eingemischt hatte, aber dann freute sie sich doch. Als Vincent seinen alten Freund vorstellte, steigerte sich Sandrines Aufregung noch. »David Vinckboons – hier? Ich kenne seine Arbeiten. Wenn ich das gewusst hätte …« Sie strich über ihren farbverschmierten Kittel, als würde er sich dadurch in ein Ballkleid verwandeln.

»Meinst du, in meinem Atelier sieht es besser aus? Auf die Gemälde kommt es an, und nicht auf die Umgebung. Und nun zeig mal, was du hast.«

Sandrine wurde rot. Sie fasste ihre verschiedenen Holztafeln an, als wüsste sie nicht, welche sie zeigen sollte. Schließlich entschied sie sich für ein Bild, auf dem Amsterdam vom See aus zu sehen war.

David Vinckboons verschränkte die Arme und stützte das Kinn auf den Daumen. Es war eine Denkerpose, als würde er selbst Modell sitzen. Gespannt stand Sandrine daneben. Vincent schienen sie gar nicht mehr wahrzunehmen. Schließlich begannen sie, über das Motiv, die

Farben und den Farbauftrag zu diskutieren. So begeistert und engagiert fachsimpelten sie, dass Vincent einen Stich spürte. Vielleicht war es doch keine gute Idee gewesen, die Künstler miteinander bekannt zu machen.

Schließlich meinte David: »Ich werde dich morgen bei Mijnheer Coninxloo ankündigen. Wir treffen uns um elf Uhr dort.«

Für Vincent war es nicht leicht gewesen, sich um diese Zeit freizumachen, aber er wollte Sandrine auf jeden Fall helfen, die Bilder ins Geschäft zu bringen. Sie hatte mehrere Tafeln in Tücher verpackt, verschnürt und wollte sie allein dort hintragen. Vincent hielt sie auf und rief einen Träger zu Hilfe, der gerade auf Kundschaft wartete. Der Kunsthändler lebte am Oude Turfmarkt, und es stellte sich heraus, dass er selbst Maler war. Gillis van Coninxloo hatte sich ebenfalls auf Landschaften spezialisiert, aber seine Wälder reichten bis zum Bildrand und wirkten verwunschen.

David wartete schon auf sie. »Hier ist die junge Frau, von der ich Euch erzählt habe«, sagte er und stellte Sandrine vor.

Tatsächlich nahm der Händler einige Gemälde in Kommission; Sandrine würde das Geld bekommen, wenn er es verkaufte. »Allerdings muss ich Eure Identität verschweigen«, er lächelte verschwörerisch, »Ihr seid eine Frau und kein Mitglied der Malergilde. Eigentlich ist es Euch lediglich erlaubt, Eure Bilder bei der Kirmes zu verkaufen, wenn die Marktfreiheit herrscht.«

»Das ist mir bekannt.«

Nachdem der Handel geschlossen war, streiften sie noch gemeinsam durch die Sammlung, die aus verschiedenartigen Gemälden und Skulpturen bestand. Auch einige von Davids Bauernszenen waren ausgestellt. Sandrine lobte sie höflich, und David schien ihre Worte wie ein Schwamm aufzusaugen.

*

Gerade grub Sandrine den Stichel in die Kupferplatte, als Colette sie aus ihrer Konzentration riss. »Hier ist jemand, der dich sprechen möchte.« Sie neigte sich zu Sandrine und wisperte: »Lass das bloß nicht zur Gewohnheit werden. Die Meister und Gesellen reden schon.«

»Was meinst du?« Sandrine musterte ihre Freundin. Dass sie es trotz ihrer Kinder und der Druckerei noch schaffte, fast jedes Druckwerk zu studieren, das ihr Mann veröffentlichte, erstaunte sie immer wieder.

»Du hast schon wieder Herrenbesuch«, erklärte Colette und neigte das Haupt zum Tresen hinüber. »Frag Mijnheer Vinckboons gleich mal, ob er uns das eine oder andere Bild für einen Kupferstich überlässt. Seine Bilder könnten den Leuten gefallen.«

David Vinckboons wirkte verlegen, als Sandrine zu ihm kam. »Ich dachte, es interessiert dich bestimmt, dass deine Bilder schon hängen. Ich war vorhin gerade zufällig bei Mijnheer van Coninxloo.«

»Das ist ja ganz großartig! Ich danke dir.« Sandrine freute sich wirklich. Aber dass der Maler deshalb zu ihr gekommen war, wunderte sie doch.

Er lächelte nervös. »Wenn du möchtest, könnten wir ja auch mal zusammen zum Zeichnen vor die Stadt gehen. Wir würden uns sicher inspirieren.«

Eine Woche später fing Sandrine Vincent abends an der Haustür ab. Sie hatte Michiel vor die Brust gebunden, hielt einen Korb in der Hand und strahlte über das ganze Gesicht.

»Mijnheer van Coninxloo hat eines meiner Bilder verkauft!«, platzte sie heraus.

»Wie wunderbar!« Vincent konnte gar nicht anders, als sich mitzufreuen. Am liebsten hätte er sie umarmt, wagte es aber nicht.

»Bei einer Auktion ist es ersteigert worden! Das habe ich nur dir zu verdanken!«

»David und mir«, sagte Vincent ehrlich.

»Du hast die Brücke für mich gebaut! Ich selbst hätte mich nie getraut …«

»Unsinn!«, fiel Vincent ihr ins Wort. »Natürlich hättest du es gewagt. Ich habe den Vorgang nur etwas beschleunigt.«

Auf einmal wirkte sie verlegen. »Wie auch immer. Ich möchte dir danken«, sagte sie und holte etwas aus ihrem Korb. Als sie das Tuch abwickelte, sah er, dass es sich um die »niederländische Nachtigall« handelte.

Vincent war gerührt. »Das Gemälde kann ich nicht annehmen. Ich bezahle dich dafür.«

»Auf keinen Fall!«, sagte sie entrüstet.

Nun schloss er sie doch in die Arme, vorsichtig, weil Michiel zwischen ihnen strampelte. Sandrine ließ es geschehen.

52

Die nächsten Wochen verbrachte Michiel bei der Amme. Oft holten Vincent und Sandrine ihn nach Feierabend und an den Wochenenden ab, gingen mit ihm spazieren oder auf die Felder hinaus. Dann jedoch kamen die ersten Zähne, und die Amme weigerte sich, Michiel weiterhin die Brust zu geben. Sie mussten sich etwas Neues einfallen lassen.

Sie beschlossen, dass Michiel tagsüber bei Sandrine in der Druckerei sein oder von Annemieke betreut werden sollte, die Vincent im Haus half, seit Betje bei Mijnheer Visscher angestellt war. Schlafen konnte Michiel bei Vincent, solange dieser abends keine Verpflichtungen hatte. Allen war klar, dass dieses Konstrukt auf Dauer nicht funktionieren würde. Aber irgendwann musste Ruben von seiner Reise zurückkehren, und dann würde er als Vater entscheiden müssen, was mit dem Jungen geschah.

Nach einem anstrengenden Tag, an dem auf der Baustelle viel schiefgelaufen war, ging Vincent zu Sandrine, um Michiel abzuholen. Diese hatte, wie häufiger in letzter Zeit, eine kleine Mahlzeit vorbereitet. Sie aßen und redeten, dann fing Sandrine an zu malen, während

Vincent mit dem Säugling spielte. Er war hundemüde, konnte sich aber nicht aufraffen, mit Michiel nach Hause zu gehen.

*

Eine ganze Weile war Sandrine in ihr Gemälde vertieft gewesen, denn aus dem Erlös vom Verkauf ihres Bildes hatte sie sich endlich Ölfarben leisten können. Jetzt aber hatte sie Vincent eine Frage gestellt, und er antwortete nicht. Auch Michiel war still. Waren sie gegangen, ohne dass sie es mitbekommen hatte? Ihr gefiel es, dass Vincent sie arbeiten ließ, ohne sich einzumischen. Dass er nicht ständig reden musste. Dass er sie nicht bedrängte. Genau genommen könnte er jedoch ruhig ein wenig …

Es war Nacht geworden. Sandrine leuchtete mit der Kerze in den Raum hinein. Vincent schlief auf der Decke, auf der er mit Michiel gespielt hatte. Auf seiner Brust lag der Junge, ebenfalls schlafend. Sandrines Herz weitete sich. Noch nie hatte sie für jemanden so empfunden, von ihrer Schwester mal abgesehen. Vor allem hatte sie noch nie für einen Mann derartige Gefühle gehegt.

Sie stellte die Kerze ab, holte Papier und Stift und fertigte eine Zeichnung der beiden Schlafenden an. Sollte sie Vincent wecken? Aber würde er dann nicht vielleicht sogar Probleme mit den Nachtwächtern bekommen? Nein, es war zu spät, um ihn jetzt noch heimzuschicken.

Kurzerhand deckte sie die beiden zu. Sie legte sich in ihr Bett, konnte aber nicht schlafen. Schließlich fasste sie sich ein Herz und schlüpfte zu ihnen unter die Decke. Michiel schmatzte leise, während er an seiner winzigen Faust nuckelte. Sandrine nahm Vincents Geruch wahr, spürte seine Nähe. Beides war angenehm. Am liebsten hätte sie ihn berührt, sich an ihn geschmiegt. Aber was sollte Vincent dann von ihr denken? Außerdem konnte sie doch ihr Leben, ihre Kunst, nicht für einen Mann riskieren!

*

Als Vincent aufwachte, spürte er ein Gewicht auf seiner Brust. Sein Hemd war feucht. Er schlug die Augen auf. Sofort wusste er wieder, wo er war. Michiel schlief noch immer, und er hatte ihm die Brust vollgesabbert. Und neben ihm … Er wagte kaum, sich zu rühren, um Sandrine nicht zu wecken. Rosig waren ihre Wangen, ihre Lippen leicht geöffnet und samtig. Unter ihrem Kleid zeichneten sich ihre Brüste ab, und Vincent fiel auf, dass er eine Erektion hatte. Er könnte sie jetzt verführen … Aber das wollte er nicht. Nicht jetzt, nicht so.

Das Licht fiel bereits durch die Ritzen. Er musste aufstehen und auf die Baustelle am Bürgerwaisenhaus. Sandrine wurde sicher auch schon in der Druckerei erwartet. Vorsichtig schob er Michiel herunter, der nun anfing zu quengeln und zu strampeln. Neben sich entdeckte Vincent eine Skizze, die Sandrine gestern Abend noch gemacht haben musste. Der Kleine und er. Ein Moment voller Innigkeit, der ihn anrührte. Michiel könnte sein Sohn sein, war für ihn wie ein Sohn. Und Sandrine … In ihrem Gesicht zuckte es. Zärtlich strich er ihr über die Wange. Sie schlug die Augen auf. Kein Anflug von Erstaunen, von Angst gar.

Vincent sprach aus, was ihm auf der Zunge lag: »Am liebsten würde ich dich jetzt küssen.«

Da legte sie sacht die Hand an seine Halsbeuge und zog ihn an sich.

Am Feierabend trieb die Vorfreude Vincent an. Den ganzen Tag hatte er an Sandrine denken müssen. Nach der Zeit mit Aletta hatte er sich nicht vorstellen können, je wieder so intensiv für eine Frau zu empfinden. Mit Sandrine war es anders. Es war leicht, es war natürlich – es fühlte sich einfach richtig an. Sie zu küssen war wunderbar gewesen und hatte Lust auf mehr gemacht. Trotzdem hatte er sich beherrscht.

Aus dem Hinterhof waren laute Stimmen zu hören. »… werde ich diese Unzucht in meinem Haus nicht dulden!«

»Aber Ihr kennt mich doch! Ihr wisst, dass ich mir nichts zuschulden kommen lasse! Meine Miete habe ich auch immer pünktlich bezahlt.« Sandrine klang verzweifelt.

Nun hatte Vincent auch den Hinterhof betreten. Sandrine diskutierte mit einem Mann; Michiel hatte sie auf dem Arm. Ihr Anblick ließ sein Herz schneller schlagen.

»Was ist hier los?«, fragte Vincent.

»Mein Vermieter will mich rausschmeißen.«

Der Mann hob anklagend den Zeigefinger. »Ich habe genau gesehen, wie Ihr heute Morgen aus der Hütte gekommen seid! Dies ist ein ordentliches Haus!«

Vincent stellte sich neben Sandrine. Michiel streckte die Arme nach ihm aus, also nahm er ihr den Säugling ab. »Juffrouw Sandrine hat nichts Verwerfliches getan. Ich war gestern unpässlich ...«

»Unpässlich, natürlich!«

In diesem Augenblick wusste Vincent, dass es keinen Sinn hatte, mit dem Mann zu diskutieren. Vermutlich hatte er schon einen Mieter an der Hand, der bereit war, mehr zu zahlen. So etwas war angesichts der Wohnungsnot in Amsterdam nicht unüblich. »Dann packen wir eben«, sagte er.

Erstaunt blickte Sandrine ihn an. »Und wo soll ich hin?«

»Du ziehst bei mir ein.«

Ein leises, ein wenig ungläubiges Lachen. »Damit dein Vermieter auch noch Ärger macht?«

Vincent trat näher. Mit der freien Hand berührte er sacht ihr Kinn. »Dann heiraten wir eben.« Er war selbst erstaunt über seine Worte. Sie waren einfach so aus seinem Herzen gekommen.

»Aber wir können doch nicht einfach ... nur wegen Michiel ...«

Tief sah er ihr in die Augen. Dunkelbraun waren sie, mit feinen goldenen Sprenkeln. »Nein, nicht wegen Michiel. Sondern weil ich dich liebe.« In dem Augenblick, als er es ausgesprochen hatte, wusste er, dass es stimmte.

»Und wenn Ruben zurückkehrt ... Wenn er Michiel aufziehen will ...«

»Dann haben wir immer noch uns.« Vincent zögerte, auf einmal verunsichert. »Es sei denn, du willst mich nicht.«

Noch am gleichen Tag packten sie Sandrines Sachen. Immer wieder mussten sie sich beherrschten, einander nicht bei jeder Gelegenheit anzufassen oder zu küssen; es war, als ob ein Damm gebrochen wäre. Zum ersten Mal berat Sandrine sein kleines Haus am Rosmarijnsteeg, das ihr gefiel. Allerdings machte sie gleich einen Vorschlag, wohin die »Nachtigall« gehängt werden sollte, damit sie besser zur Geltung käme.

Vincent informierte seinen Vermieter, der ihm zur bevorstehenden Trauung gratulierte. Dann gingen sie zu Betje, die kein bisschen erstaunt schien und sogleich Pläne für ein derart opulentes Hochzeitsmahl machte, dass Vincent sie bremsen musste. Bei ihrer wirtschaftlichen Lage sollten sie es trotz aller Freude besser nicht übertreiben.

Auch am Abend konnte Vincent sich an seiner Braut nicht sattsehen, und Sandrine schien es ähnlich zu gehen. Immer wieder ertappten sie sich dabei, wie sie einander ohne besonderen Grund anlächelten oder berührten. Nachdem sie die Kerzen entzündet und die Vorhänge geschlossen hatten, nahm Sandrine seine Hand und führte ihn zum Bett. Genüsslich und in aller Ruhe küssten und liebkosten sie sich. Es war so wunderbar, ihre Haut zu spüren und ihre Berührungen, die dafür sorgten, dass sich jedes Haar an seinem Körper aufzustellen schien. Vincent spürte, wie die Erregung ihn überrollte. Seine Hände wanderten über ihren Körper, suchten behutsam nach Haut, erkundeten und küssten sie. Er atmete schwer, konnte sich kaum noch beherrschen. Sandrine drückte ihn sanft auf den Rücken und streifte ihm das Hemd ab. Ihre Fingerspitzen fuhren über seine Rippenbögen, umkreisten seine Brustwarzen, küssten sie. Ein heißer Schauer durchfloss ihn. Er nestelte an ihrem Kleid, wollte sie nun auch spüren. Da war die sanfte Rundung ihrer Brüste, endlich. Er streichelte und liebkoste sie, konnte am schnellen Takt ihres Atems hören, dass sie ebenfalls erregt war, was ihm außerordentlich gefiel. Er zwang sich jedoch innezuhalten. »Wir können warten, wenn du möchtest.«

Doch Sandrine setzte sich rittlings auf ihn, was ihn beinahe verrückt vor Lust machte. »Wozu warten?«, fragte sie und nestelte an ihrem Kleid. »Das Leben ist kurz.«

Nur zu gerne half er ihr, sich auszuziehen. Gleich darauf war sie nackt. Er hielt bei ihrem Anblick den Atem an. Das lange Haar, das über ihre Schultern fiel. Die schmalen und doch runden Hüften, die perfekten Brüste mit den dunklen aufgerichteten Brustwarzen, das Dreieck ihrer Scham …

»Wie schön du bist!«, stieß er hervor.

Sandrine lachte leise und beugte sich über ihn, um ihn zu küssen. Langsam wanderten seine Finger über ihre Schultern zu ihren Brüsten, die gerade so groß waren, dass er sie in die Hände nehmen konnte. Behutsam rieb er ihre Brustwarzen.

Sandrine stöhnte auf. »Lass uns nicht mehr … warten …« Da hatte sie schon seine Hose geöffnet und umfasste sein Glied, was ihn zum Erzittern brachte. »Ich will dich … ganz … jetzt«, brachte sie fordernd hervor. Doch nun schob er sie sanft von sich, um sie noch einmal von Kopf bis Fuß zu umschmeicheln. Zuletzt wanderten seine Finger zwischen ihre Beine. Sie zitterte und atmete stoßweise. »Jetzt … jetzt …«

Vincent legte sich auf sie. Genoss noch einen Augenblick die hitzige Erwartung, die sie beide erfüllte, dann drang er in sie ein. Kurz zuckte sie, krallte ihre Finger in seinen Rücken. Er hielt inne, besorgt.

»Schon … gut«, wisperte sie und wölbte sich ihm entgegen. Er berührte behutsam die Ellipse ihres Rückens, doch sie krallte sich in ihn. Heisere und genüsslich klingende Laute ausstoßend, die ihn schier verrückt machten, trieb sie ihn an. Immer schneller wurde ihr Takt, und schließlich erbebte Sandrine unter ihm, und auch Vincent beherrschte sich nicht mehr.

*

Aletta sah, wie Vincent die Straße entlanglief. Seinen Arm hatte er um eine Frau gelegt, im anderen hielt er einen Säugling. Auf den ersten Blick war zu sehen, wie glücklich sie waren. Der Schmerz bohrte sich wie ein Dolch in Alettas Herz – zu deutlich wurde ihr bewusst, was sie selbst nicht hatte. Hart presste sie ihre Fingernägel in die weiche Haut ihres Handgelenks, wie sie es in letzter Zeit häufiger zu tun pflegte, wenn sie den Kummer nicht mehr ertrug. Nur kurz waren sie in Amsterdam, nur kurz hatte sie sich von der Überwachung befreien können. Es hatte sie gedrängt, Vincent wiederzusehen, in der wahnwitzigen Hoffnung, dass er sie auch dieses Mal würde retten können.

Da Diego nicht kämpfte, sondern lediglich die Kämpfenden ausrüstete, musste sie ihn häufig begleiten. Es war, als könne er keinen Schritt mehr ohne sie tun. Es schien ihm nicht einmal recht zu sein, mit seinen Kameraden Zeit zu verbringen; vor allem Lazarus schien ihm zuwider zu sein. Nur manchmal verschwand Diego und sagte ihr nicht, wohin. Dann saß sie allein in der Stadtvilla in Brüssel, die sie mit Diegos Vater teilten.

Nicht dass sie etwas zu erleiden hatte. Diego war zuvorkommend. Er war höflich. Er war zärtlich. Aber er berührte nur ihre Hände, manchmal ihre Arme, selten ihr Gesicht. Seine Küsse waren keusch. Und nie schlief er in ihrem Bett. Sie hatte schon überlegt, ob sie versuchen sollte, ihren Bund annullieren zu lassen, schließlich war die Ehe nie vollzogen worden. Doch die Schande, die sie damit über ihre Familie und sich bringen würde, war unerträglich. Ihr Vater würde sie verstoßen. Oder in ein Kloster schicken.

Vincent verschwand hinter der nächsten Ecke. Am liebsten wäre Aletta ihm nachgelaufen, hätte die Frau an den Haaren von ihm weggezerrt, das Kind weggestoßen.

Ein Passant starrte Aletta an. »Geht es Euch nicht gut, Mevrouw?«

»Doch, doch …« Aletta lief ein Stück. Sie musste sich zusammenreißen. Heiß rann etwas ihre Handfläche hinunter. Blut. Sie tupfte es mit einem Taschentuch aus Seide ab und ließ es fallen. Sofort stürzte sich eines der Bettelkinder auf den kostbaren Fund.

Sie lief einige Zeit ziellos durch die Straßen, musste dann aber alten Bekannten ausweichen, mit denen sie auf keinen Fall sprechen wollte, und landete am Begijnensteeg. Warum hatten ihre Füße sie ausgerechnet hierher getragen?

Aletta nahm die Brücke über den Begijnensloot und betrat den begrünten Hof, der von vielen kleinen Häusern gebildet wurde. Die hübsche Backsteinkirche war schon lange geschlossen, aber dennoch kam es Aletta vor, als verleihe die heilige Atmosphäre des Ortes ihr neue Kraft. Als einzige katholische Gemeinschaft wurden die Begijntjes, diese Laienschwestern, die ihr Leben Armen und Kranken widmeten, auch heute noch in Amsterdam geduldet. Vielleicht kam Betje hierher zum Beten und Aletta könnte sich von der Freundin trösten lassen. Sie nahm auf einem Mauervorsprung Platz.

*

Wie so oft ging Betje in den Beginenhof, um in dieser Oase der Ruhe ihre Gebete zu verrichten. Heute wollte sie dafür danken, was mit Vincent und Sandrine geschah. Natürlich hatte sie die beiden gehört – schließlich lebten sie in einem Haus. Sie freute sich für ihren Bruder. Vielleicht würden sie irgendwann wieder eine richtige Familie haben, in der sie als Schwester, Schwägerin und Tante einen Platz finden würde. Dass sie je selbst mit einem Mann verkehren würde, konnte sie sich nach den Erlebnissen mit Pijke nicht vorstellen. Auch zu glauben fiel ihr seither schwer. Vincent hatte schon recht: Sie hatte im katholischen Glauben mit seinen Ritualen, den Heiligen und der Pracht Trost gesucht, aber letztlich nur Verachtung gefunden. Noch immer klangen ihr Pater Anselms Worte im Ohr.

»Betje! Ich bin so froh, dich zu sehen!« Auf einmal stand Aletta vor ihr. Verweint sah sie aus, die Hände hatte sie seltsam vor der Brust verschränkt. »Warum hast du nicht auf meinen Brief geantwortet?«

Ein Teil in Betje freute sich, die Freundin zu sehen. Wie hatte sie als Kind Aletta bewundert! Aber dann hatte Aletta auch sie im Stich gelassen. Und nicht nur sie … »Ein Brief? Ich habe keinen Brief bekommen.«

»Nicht? Aber … ich hatte dir geschrieben.« Aletta überlegte, dann platzte sie heraus: »Der Knecht muss den Brief meinen Eltern gegeben haben! Ich habe mir gedacht, dass du hierher gehst, denn zur Heiligen Messe bei meinen Eltern kommst du ja nicht mehr. Wollen wir uns nicht setzen?«

»Ich muss gleich zu meinem neuen Herrn.«

»Nur kurz.« Aletta zog sie zu einem Mauervorsprung gegenüber dem alten Holzhaus. »Ich habe Vincent gesehen. Er scheint glücklich zu sein. Meine Ehe hingegen ...«

Betje sprang auf. Sie hatte genug gehört. »Du denkst wie immer nur an dich. Nicht ein Mal fragst du, wie es mir geht. Oder Dina.«

»Dina?« Es klang, als habe Aletta den Namen noch nie gehört.

»Eure frühere Stubenmagd. Die von Pijke geschwängert und dann von deinen Eltern abgeschoben wurde.« Kurz nach Pijkes Untat hatte Betje sich in Vincents Zimmer verkrochen, aber dann hatte die Sorge um Dina sie wieder auf die Straße getrieben. Tatsächlich hatte die Magd Hilfe nötig gehabt.

»Das ... Ich wusste nicht ...« Aletta hob die Hände, halb erschrocken, halb, als wolle sie Betje aufhalten.

Betje sah die blutigen Wunden in den Handballen sofort. Sie drängte ihr Mitleid zurück. »Du hättest es wissen können – wenn du nur hingeschaut hättest! Aber du ziehst es ja vor, den einfachen Weg zu gehen! Ich schenke meine Zeit lieber jemandem, der sie verdient.«

*

Vincent suchte Betje spätnachmittags im Haus von Mijnheer Visscher auf. Er hatte seine Schwester hier schon ein paarmal abgeholt und immer sehr nett mit dem Hausherrn geplaudert, der vielseitig interessiert war.

Betje sah ihn an, während sie Lachs filetierte und einsalzte. Ein Lächeln huschte über ihr Gesicht. »Ich bin froh, dass du über Aletta hinweg bist. Außerdem mag ich Sandrine. Wo werdet ihr in den Bund der Ehe treten?«

»Im Rathaus werden Trauungen vorgenommen«, sagte er vage.

»Das stimmt. Aber es ist ein Bund vor Gott und der Welt. Ich höre viel, wenn ich hier bediene. Ich weiß, wie die hohen Herren reden, wie sie jemanden beurteilen. Zum Beispiel die Hoofts. Du weißt ja vielleicht, dass Mijnheer Hooft und seine Frau den Mennoniten nahestehen. Eigentlich wollten sie sich deshalb nur im Rathaus trauen lassen. Dann aber ließen sie sich eines Besseren belehren. Wer es in Amsterdam zu etwas bringen will, muss in der Kirche sein.«

»Es gibt viele Lijfhebbers«, wandte Vincent ein.

»Nicht in der Vroedshap und bei den Bürgermeistern.«

Vincent lachte auf. »Das ist die hohe Politik. Ich bin nur Architekt.«

»Noch. Aber wer weiß, wozu du es noch bringen wirst. Mit der richtigen Entscheidung würdest du dir alle Möglichkeiten offenhalten.«

Bei Elim, dem er sich noch immer verbunden fühlte, kaufte Vincent noch am selben Tag schlichte Goldringe, um ihr Verlöbnis zu besiegeln. Einfach, aber schön wollten sie ihre Feier begehen, den unsicheren Zeiten angemessen, zumal er zwar einige gut zahlende Kunden hatte, aber noch zu wenige. Ein dreitägiges Protzfest, wie manche reiche Kaufleute es begingen, hätten ohnehin weder Sandrine noch er gewollt.

Am Tag darauf gingen Vincent und Sandrine durch die rote Tür der Oude Kerk, um in der früheren Sakristei ihren Ehewunsch registrieren zu lassen. Über den über die Pforte gemalten Spruch mussten sie lachen: *Tis haest getrout dat lange rout*. Sie würden zwar schnell heiraten, es aber ganz bestimmt nie bereuen.

An den nächsten drei Sonntagen wurde vor der Predigt eine öffentliche Ankündigung gemacht, woraufhin ihnen viele Freunde und Bekannte bereits gratulierten und sich zur Feier einluden.

Dann war der große Abend gekommen. Bei Fackelschein wurde Sandrine von Betje und ihren Freundinnen zur Nieuwe Kerk geführt. Der Chor des Tempels war mit grünem Laub und Blumen geschmückt. Vincent wurden die Knie weich, als er seine Braut sah. Sandrine trug zum ersten Mal einen Vlieger, den Mantel der verheirateten Frauen, und darunter ein geschmackvolles neues Kleid, das sie ausgezeichnet zierte. Betje hielt Michiel auf dem Arm, der ebenfalls ein festliches Kleid bekommen hatte. Sandrines Freundin Colette war mit ihrem Ehemann da und natürlich Vincents beste Freunde. Sogar Nathan hatte sich für ein paar Tage freimachen können.

Zunächst wurden einige Psalmen vorgetragen, dann predigte Dominee Arminius, was Vincent als eine Ehre ansah. Der Pfarrer war mit der einflussreichen Kaufmannsfamilie Reael verwandt und allgemein hochgeschätzt, wenngleich er auch von Dominee Plancius wegen seiner Auslegung des Glaubens immer wieder kritisiert wurde. Anschließend wurden Vincent und Sandrine getraut. Es war ein intensiver Moment, und Vincent musste an ihre Lieben denken, die diesen Augenblick nicht erleben konnten: ihre Eltern, Lysbeth und auch Ruben. Nach weiterem Psalmengesang und der Kollekte für das Waisenhaus verließen sie die Nieuwe Kerk.

Im Gildehaus war alles für eine große Feier vorbereitet. Betje hatte mit Zacharias' Hilfe die verschiedensten Speisen vorbereitet, und Sandrines Freundinnen hatten die Tische mit Grün geschmückt. Als sich alle gesetzt hatten, bat Nathan um das Wort. Er hielt eine anrührende und zugleich lustige Rede, die in Vincents Kindheit einsetzte. »... von der Kunst, Seifenblasen und Zeichnungen zu erschaffen, wandte sich der junge Vincent bald handfesteren Themen zu. Als ich ihn kennenlernte, überzeugte er gerade Prinzessin Louise, die verehrte Witwe unseres Vaters des Vaterlandes davon, dass er ganz dringend die Werke des römischen Baumeisters Vitruv lesen müsse – und das als Jungspund.« Erstauntes Murmeln wurde bei den Gästen laut. »Kein Wunder, dass ihm bei dieser Überzeugungskraft auch die reizende Sandrine nicht widerstehen konnte ...«

Vincent sah Sandrine verliebt an, und sie lächelte aufgeregt. Nathan gelang im weiteren Verlauf der Rede das Kunststück, ihr Leben und ihre Herkunft zu beschreiben, ohne allzu sehr auf die schweren Zeiten einzugehen Bei anderen Details der Rede fragte er sich, woher Nathan sie wusste. Als er aber sah, dass sein Freund und Betje Blicke tauschten, kannte er die Antwort. Wann hatten die beiden sich über all das unterhalten?

Später mischten sich Sandrines Kollegen aus der Druckerei mit Baumeistern und Steinmetzen. Hendrick de Keyser plauderte mit David Vinckboons, der ein wenig neidisch auf Vincents Glück zu sein schien. Es wurde gesungen und Reden geschwungen, auch gab es kleine Aufführungen – offenbar hatte Betje sich einiges bei der Redekammer abgeschaut. Schließlich entzündete er ein kleines Feuerwerk, eine Erinnerung an seine Zeit bei Giambelli. Sandrine und die Gäste waren begeistert. Noch nie hatte Vincent so sehr gespürt, dass er Teil dieser Gemeinschaft war. *Ich habe alles, was ich brauche*, dachte er.

Bald nach der Hochzeit sah Vincent sich nach einem größeren Haus um. Anfangs war er zuversichtlich, denn das Haus musste nicht im besten Zustand sein. Befreundete Handwerker würden ihm sicherlich einen guten Preis für die Renovierung machen, den Rest könnte er zur Not selbst instand setzen. Doch der Amsterdamer Markt war wie leer gefegt. Horrende Preise wurden schon für die kleinsten Grundstücke gezahlt. In jedem Winkel entstanden Hütten, viele Häuser wurden nochmals aufgestockt. Neubürger mussten ewig nach einer Unterkunft suchen oder überteuerte Mieten zahlen. Meister Oetgens, den Vincent ab und zu traf, berichtete, dass in der Vroedshap erneut über eine Stadterweiterung diskutiert wurde.

Vincent hatte an die neue Amsterdam-Karte von Pieter Bast denken müssen, von der ein Exemplar in seinem Kontor hing. Gut war darauf zu sehen, was er jeden Tag erlebte: Amsterdam war bis an die Ränder bebaut. Hoch waren viele Häuser, drei, vier Stockwerke – und sie würden noch höher werden. Abgesehen von den Bäumen spross nur noch wenig Grün, und auch die Bäume musste man inzwischen per Gesetz schützen. Baracken klebten an den Stadtmauern, in den Bögen der Mauerwerke hausten ganze Familien. Selbst die neuen Stadtviertel, die sie in der Lastage aus dem Nichts erschaffen hatten, waren schon vergeben.

Endlich ergatterte er über Beziehungen ein baufälliges Steinhaus in der Gravenstraat, in der sie sogar ein gut beleuchtetes Atelier einrichten konnten. Sandrine war begeistert, zumal sie nun regelmäßig Unterricht nahm. Sie waren eine glückliche kleine Familie.

Doch dann kam Ruben zurück.

El Escorial, Spanien, September 1598

Der Sarg stand mitten im Raum. Als hätte es noch einer Erinnerung bedurft, dass sie alle vom Tode umgeben waren! Infantin Isabella hielt die Hand ihres Vaters und betete mit ihm, so wie sie es schon die ganzen letzten Wochen getan hatte. Sie nahm weder den Eiter noch das faulende Fleisch wahr, auch nicht die Ausscheidungen, die schneller aus dem sterbenden Körper traten, als man sie abwaschen konnte. Ihre Unempfindlichkeit lag nicht nur an dem Weihrauch, der in großen Mengen in der Kammer verbrannt wurde.

Alles hier hatte sowohl eine lange Geschichte als auch eine heilkräftige Aura: die Reliquien, die Heiligenbilder, der Sarg. Letzteren hatte ihr Vater zusammen mit zwei großen Kruzifixen aus dem Holz des indischen Wunderbaumes bauen lassen. Das Holz gehörte zu den Überresten einer portugiesischen Karacke, die Schiffbruch erlitten hatte und mit etwa zweitausend Tonnen Gold und Silber vor den Azoren gesunken war. *Cinco Chagas* hatte die Karacke geheißen, die fünf Wunden Christi. Ihrem Vater mussten Baumsorte und Schiff so bedeutsam erschienen sein, dass er das Holz eigens hierher hatte schaffen lassen. Im Inneren war der Sarg mit schwarzer Seide und Goldborten ausgestattet, für außen war weiße Seide vorgesehen. Ja, ihr Vater hatte nichts dem Zufall überlassen. Er hatte seine Angelegenheiten geregelt. Für seinen Sohn und Nachfolger als König Spaniens, Don Felipe, hatte er eine Handlungsanweisung verfasst. Genau genommen hatte sie diese Anweisung notiert, denn König Philipp war seit drei Jahren auf einen Rollstuhl angewiesen und seit drei Monaten gänzlich handlungsunfähig. Auch für Isabella hatte König Philipp Vorsorge getroffen: Gemeinsam mit ihrem zukünftigen Gatten, Erzherzog Albrecht von Österreich, würde sie als Statthalterin der Spanischen Niederlande herrschen.

Isabella hoffte sehr, dass sie dieser Verantwortung und den Erwartungen gerecht werden würde, die ihr Vater in sie setzte. Sie musste die Generalstaaten wieder in den Schoß der Heiligen Römischen Kirche zurückführen, musste diesen Ländern den Frieden bringen. Allerdings hatten die Niederländer gerade wieder in Westminster ein Verteidigungsbündnis mit England geschlossen, das meldeten zumindest die Spione. *Zwei Ketzer, in Eintracht vereint.* »Liebe alles, was gut ist, verachte, was böse ist«, hatte König Philipp seinem Sohn neben religiösen Ermahnungen mit auf den Weg gegeben. Gleiches galt auch für sie. Glücklicherweise wurde ihr zukünftiger Ehemann nicht ohne Grund »der Fromme« genannt.

Isabella tupfte eine Träne von ihrer Wange. Sie musste Haltung bewahren, Haltung bis zum letzten Atemzug. So, wie es dem Vernehmen nach ihre Lieblingsschwester Katharina getan hatte, die im vergangenen Jahr im fernen Turin gestorben war. Zehn Kinder hatte Katharina ihrem Gemahl geboren, das letzte hatte sie dahingerafft. Wieder konnte Isabella die Tränen nicht zurückhalten. Sie selbst war jetzt zweiunddreißig und für eine Ehe im fortgeschrittenen Alter. Deshalb hatte ihr Vater auch für den Fall vorgesorgt, dass sie und Erzherzog Albrecht keine Nachkommen bekämen: Die Spanischen Niederlande würden nach ihrem Tod dann wieder an den spanischen König fallen.

König Philipp zuckte heftig. Schon waren sein Beichtvater und diverse Bischöfe bei ihm. Noch einmal, zum dritten Mal, wollte er die Sakramente empfangen.

Nach kurzer Beratung mit dem Leibarzt neigte sich der Erzbischof von Toledo zum König. »Majestät, wir können den Ritus nicht noch einmal vollziehen. In Eurem Zustand wäre es möglich, dass ihr die Hostie nicht mehr verdaut.«

Ihr Vater war untröstlich, und Isabella quälte es zu sehen, wie sehr er litt. König Philipp bat darum, ihm aus der Bibel vorzulesen, und als er schließlich spürte, dass sein Ende nahte, ließ er sich das heilige Kreuz Karls V. und eine Kerze reichen; zu seinen Füßen lagen die Reliquien des Heiligen Alban.

Im Morgengrauen, als die Mönche des Hieronymiten ihren ersten Gesang anstimmten, tat der König seinen letzten Atemzug.

54

Alle Kirchenglocken läuteten, als die Rückkehrer in einem Jubelzug durch die Straßen geleitet wurden. Sie waren das letzte Schiff der ersten Flotte des Handelszugs gewesen, das in Amsterdam ankam, und es hatte sich herumgesprochen, dass sie wahre Reichtümer an Bord hatten. Nur seinen Bruder, seine Schwester oder seine Liebste hatte Ruben nicht zwischen den Feiernden gesehen. Aber auch ohne sein persönliches Begrüßungskomitee ließ er sich das Feiern nicht nehmen. Zumal der Mannschaft so viel Wein ausgeschenkt werden würde, wie sie trinken konnte. Admiral van Neck hatte zum Dank für den Erfolg sogar einen schimmernden Goldkelch bekommen.

Angesäuselt lief Ruben den Zeedjik hinunter. Natürlich war die Reise nicht ohne Zwischenfälle – Krankheiten, Tote, Kämpfe – verlaufen, aber dieses Mal hatten sie gute Geschäfte gemacht. Die Laderäume der Schiffe waren voll mit Muskatnüssen, Muskatblüten, Pfeffer, Nelken und anderen Gewürzen. Jeder, der in die *Nieuwe Compagnie*, den Nachfolger der *Compagnie van Verre*, investiert hatte, würde ein Hundertfaches zurückerhalten. Auch für ihn und Vincent würde ein hübsches Sümmchen dabei herausspringen. Besonders erstaunlich war dieser Erfolg, weil sich Kaufleute aus anderen niederländischen Städten ihre Reise zum Vorbild genommen und eigene Orient-Kompanien gegründet hatten. Auch Cornelisz Houtman war angeblich wieder unterwegs, wenn auch nicht mit einem Schiff der *Nieuwe Compagnie*.

Die Leiter der neuen Handelsreise waren deutlich fähiger gewesen: Admiral Jacob van Heemskerck war nicht nur wegen seiner Arktiserkundung eine Legende, und Admiral Jacob van Neck war Kaufmann, hatte sich aber bei Petrus Plancius in der Kunst der Navigation unterrichten lassen und war bereit, von Seeleuten gute Vorschläge anzunehmen. Vizeadmiral Wybrand van Warwijk verstand viel von der See und von Geschäften.

Ruben selbst hatte sich als Steuermann behauptet und wieder zahlreiche Notizen mitgebracht, beispielsweise über einen riesigen flugunfähigen Vogel, den sie auf Mauritius gesehen hatten. Er freute sich darauf, diese Aufzeichnungen mit Lysbeth und Sandrine durchzugehen. Vor allem auf Lysbeth freute er sich. So manches Mal hatte er, wenn er allein in seiner Hängematte gelegen hatte, an sie gedacht. Es war eine Freude gewesen, sie zu verführen, und er freute sich auf ihr Wiedersehen. Die ersten gemeinsamen Nächte waren immer besonders intensiv, und für einen Seemann gab es so viele erste Nächte. Auch auf dieser Reise hatte er das eine oder andere erotische Abenteuer erlebt …

*

»Wo ist Ruben? Ich kann ihn nicht entdecken!« Vincent reckte sich über die Menge.

»Ich sehe ihn auch nicht!«, sagte Sandrine, die Michiel auf der Hüfte trug, nervös. »Er wird doch wohl nicht schon zur Druckerei gegangen sein …«

Auf einmal hatten sie es eilig. Vincent rannte voraus und spähte wenig später durch die Fenster der Druckerei. Ruben war nicht zu sehen, aber als Vincent nachfragte, erfuhr er, dass sein Bruder bereits da gewesen war. Dass er erfahren hatte, dass Lysbeth tot war. Dass sie ein Kind geboren hatte.

»Der hat ausgesehen, als wäre ihm ein Gespenst begegnet«, meinte der Lehrling, der mit Ruben gesprochen hatte.

Sandrines Freundin Colette war konsterniert. »Ich habe nicht mitbekommen, dass Euer Bruder da war, sonst hätte ich …«

Aber Vincent war schon wieder auf die Straße gelaufen, wo ihm nun auch Sandrine mit Michiel entgegenkam. Vincent nahm ihr den Jungen ab; mit seinen dreizehn Monaten war er ganz schön schwer geworden. Mit jedem Tag konnte Michiel sich ein wenig besser artikulieren und mehr Schritte gehen – beides liebte er. Jetzt war allerdings nicht die Zeit dafür.

Sie fanden Ruben in einer Taverne am Hafenrand. Vincent war rätselhaft, wie sich sein Bruder in so kurzer Zeit so hatte betrinken können.

»Isser das?«, lallte Ruben und schwenkte seinen Bierkrug.

»Das ist dein Sohn, ja. Michiel ist sein Name.«

»Michiel.« Ruben rülpste laut. »Mein Sssohn. Sososo, dasss kann ja jeder sagen.«

»Was willst du damit sagen? Du weißt genau, dass du der Einzige warst, mit dem Lysbeth …«, platzte Sandrine heraus; ihre Stimme war vor Erregung heiser.

Vincent versuchte, sie zu beruhigen. Ihm war es unangenehm, mit Sandrine und dem Kleinen in dieser Spelunke zu stehen. Michiel presste sein Gesicht an seinen Hals. »Komm mit zu uns, und schlaf deinen Rausch aus. Danach reden wir über alles«, sagte er.

Ruben kippte den Rest seines Bieres hinunter und rief nach einem weiteren. »Worrr…rüber reden? Da gibt's … nichtsss … sssu reden.«

»Es ist dein Sohn.«

»Und? Wass …ssssoll ich mit … ihm? Lysbeth isss tot. Kann nichtsss … mit dem Balg … anfangen. Und die da«, er wies auf Sandrine, »hassst du dir ja gekapert.«

Vincent packte seinen Bruder am Kragen und sah Ruben in die rot geränderten Augen. »Du kommst zu uns in die Gravenstraat. Morgen. Und dann reden wir darüber, was mit deinem Sohn geschieht.«

*

Sein Schädel brummte, als müsste er zerspringen. Ruben schoss hoch – wie immer, wenn er die ersten Tage an Land war, vermisste er das Schaukeln des Schiffes. Es dauerte einen Augenblick, bis ihm die niederschmetternde Nachricht wieder einfiel. Plötzlich war ihm zum Weinen zumute, und er schämte sich dafür. *Lysbeth.* Je länger er an sie dachte, umso klarer wurde ihm, dass sie die Eine gewesen sein könnte. *Vorbei …* Und das Kind … was sollte er mit einem Kind?

Nach einer Katzenwäsche ging Ruben in den Schankraum, wo er auf Matrosen traf, die sich noch nicht einmal schlafen gelegt hatten.

Zum Frühstück stießen sie mit Bier an und würfelten ein wenig. Anschließend lief er ziellos durch die Straßen. Er erinnerte sich daran, dass Vincent ihn erwartete, aber alles in ihm sträubte sich dagegen, mit ihm zu sprechen. Vincent würde ihm nur Vorträge halten. Und Sandrine hatte er sich auch geschnappt. Bei seinem letzten Aufenthalt in Amsterdam hatten die Schwestern an seinen Lippen gehangen!

Als Ruben aufsah, bemerkte er, dass er in der Straße stand, in der sich das Haus seines Bruders befinden musste. Er machte auf dem Absatz kehrt – und lief direkt in ein Mädchen, das ihm bekannt vorkam. *Annemieke!*, erkannte er. Ein wenig verlegen begrüßte er sie. Majkens Tochter musste nun ungefähr fünfzehn sein. Eine richtige junge Frau war sie geworden. Kräftig, aber nicht dick. Eine, die zupacken konnte, die vor nichts Angst zu haben schien.

»Willst du zu Vincent und Sandrine?«, fragte Annemieke.

»Eigentlich nicht. Ich wollte erst einmal … zu Majken, zu deiner Mutter.« Ruben musste aufstoßen; sie roch bestimmt seine Fahne, was ihm peinlich war. Doch Annemieke lächelte ihn an. »Lass uns zusammen gehen. Dann kannst du mir von deiner Reise erzählen. Ich habe dir schon immer so gerne zugehört.«

Ruben ließ sich nicht lange bitten. Nachdem sie ein Stück gegangen waren, meinte er: »Du arbeitest also für Vincent und seine Frau.«

»Ich bin schon länger bei deinem Bruder. Es macht Spaß mit Sandrine und dem Kleinen. Michiel ist so ein süßer Fratz! Und Sandrine malt mich manchmal. Richtig schön sehe ich dann aus.« Annemieke blinzelte. »Vincent hat mir geholfen, als es … Mutter nicht gut ging.«

Auf keinen Fall wollte Ruben über die Fehlgeburt und ihre Folgen sprechen. »Aber jetzt geht es ihr wieder gut?«, fragte er hoffnungsvoll. Noch mehr schlechte Nachrichten konnte er wirklich nicht gebrauchen.

»Du wirst ja sehen.«

Nach dem Besuch bei Majken brachte Ruben es erst recht nicht über sich, seinen Bruder aufzusuchen. Stattdessen machte er sich auf den

Weg zum Gemüsemarkt, wo er Annemieke zufolge Betje finden konnte. Als er bereits sehnsüchtig nach einer Taverne Ausschau hielt, entdeckte er sie. Betje schlenderte mit einem Herrn mittleren Alters über den Markt, den jeder zu kennen schien, denn er wurde von allen Seiten gegrüßt. Als sie Ruben sah, kam sie sofort zu ihm, einen großen Weidenkorb am Arm.

»Ich war bei Majken«, eröffnete er ihr.

Kummer sprach aus ihren Zügen. »Das ist so traurig. Du glaubst ja nicht, wie oft Vincent und ich ihr Hilfe angeboten haben, aber sie will sie einfach nicht. Stattdessen geht sie zu diesen«, Betjes Stimme nahm einen scharfen Klang an, »Wiedertäufern.«

»Davon hat sie nichts gesagt. Sie meinte nur, ich solle mal mit in den Gottesdienst kommen, um Gott zu schauen.«

»Da siehst du es! Die glauben tatsächlich, dass Gott ihnen etwas einflüstern würde.«

Über Religion wollte Ruben schon gar nicht sprechen. Außerdem bekam er langsam Hunger. Betje sah zu dem Herrn, und kurz sprachen sie über ihre Arbeit. »Was willst du jetzt wegen Michiel machen?«, fragte sie dann.

»Was soll ich schon tun?«

»Er ist dein Sohn, deine Familie.«

Ruben warf die Hände entnervt in die Luft. »Jesses, ich kann mich kaum erinnern, eine Familie gehabt zu haben. Ich war immer auf mich allein gestellt.«

Betje wirkte verletzt. »Und wir, Vincent und ich? Was sind wir für dich?«

»Ihr wart auch auf euch gestellt.« Er wollte in die Ferne starren, aber hier waren ja nur Häuser – kein Horizont zu erkennen! »Ich werde wieder zur See fahren. Ich kann keinen Sohn gebrauchen.«

Schroff verabschiedete Ruben sich von seiner Schwester. Wut überfiel ihn, Wut auf diese Stadt, die ihn herunterzog, die ihn einengte. Was gäbe er dafür, sofort wieder ein Schiff zu besteigen!

*

Ruben tauchte am nächsten Tag nicht auf und auch nicht am übernächsten. Dennoch machte Vincent sich noch keine Sorgen. Vielleicht würde er Ruben ja am Nachmittag beim Zusammentreffen der Finanziers der *Nieuwe Compagnie* sehen. Sie würden in der Sint Olofskapel zusammenkommen.

Der Zeedijk ist eine elende Gegend geworden, dachte Vincent, als er durch die Straße lief. *Hier muss wirklich dringend etwas passieren.* Die Pforte des alten Backsteingebäudes mit den weißen Friesen stach zwischen den heruntergekommenen Häusern heraus. Als Vincent in die umgewidmete Kapelle trat, herrschte unter den Anwesenden Feststimmung. Ruben war jedoch nicht zu sehen.

»Seit Holland Holland ist, sind niemals Schiffe eingetroffen, die eine derart reiche Fracht mit sich führten«, verkündete Dirck van Os stolz, und Jubel wurde laut.

Als Erster berichtete Admiral van Neck von Verhandlungen und Erlebnissen. Vier weitere Schiffe seien unter Admiral Heemskerck noch zu den Banda-Inseln unterwegs, erklärte er. »In Bantam haben wir alle Gewürzvorräte aufgekauft, deshalb habe ich dem zweiten Geschwader vorgeschlagen, zu den Gewürzinseln zu segeln, wo es Muskatblüten und Muskatnüsse aufnehmen soll.«

Erneut brandete Jubel auf. Auch Vincent freute sich; Ruben und er würden einen hübschen Gewinn machen; Geld, das sie gut brauchen konnten. Sie würden ihr Haus schneller renovieren können, und vielleicht würde Sandrine ihre Arbeit in der Druckerei aufgeben und sich ganz auf das Malen konzentrieren können.

Dann allerdings erhoben sich mahnende Stimmen. »Die spanische Krone wird es sich nicht gefallen lassen, dass wir ihr Verbot übertreten. Schon jetzt hat König Felipe III. das Embargo erneuert. Wir müssen auch im Orient mit stärkerer Gegenwehr rechnen. Spanien und Portugal werden ihren Reichtum nicht teilen wollen. Unsere Schiffe müssen besser mit Kanonen und Musketen ausgestattet werden.«

»Wir sind Händler, keine Soldaten!«, wandte ein Kaufmann ein, der, wie Vincent wusste, den Wiedertäufern angehörte.

»Zudem sind wir nicht die einzigen Niederländer, die die Früchte des Orients ernten wollen. Auch Rotterdam und Zeeland haben Flotten losgeschickt. Schnellstmöglich müssen wir neue Schiffe aussenden und kaufen, was das Zeug hält. Wenn der Laderaum voll ist, müssen wir die Waren für eine spätere Lieferung einlagern.«

»Je mehr Händler in den Orient fahren, umso stärker werden die Preise dort steigen. Das ist ruinös!«, warf Dirck van Os ein.

»Wir haben mit diesem Handel angefangen. Wir kennen uns am besten aus. Zudem tragen wir Amsterdamer im Rat von Holland die größte Last. Wir sollten ein Monopol haben! Und als Nächstes sollten wir eine Flotte ausrüsten, die nach Westindien fährt«, rief Reinier Pauw entschlossen. »Wir müssen einen Brief an die Generalstaaten und insbesondere Johan van Oldenbarnevelt schreiben. Er muss unseren Handel schützen – sonst ist die Finanzierung des ganzen Staates in Gefahr!«

Sein Vorschlag fand breite Zustimmung, und so wurde bald gefeiert. Vincent kam mit mehreren Händlern ins Gespräch, die damit liebäugelten, ihren Gewinn in standesgemäße Häuser, Lagerhallen und Grundstücke zu investieren. Er versprach etlichen, Entwürfe anzufertigen und sich nach Grundstücken umzuhören. Letzteres war das größte Problem.

Vincent dachte an Nathan, dem er von der Diskussion über die ruinöse Handelskonkurrenz schreiben würde. Auch sein Freund hatte ja in die *Nieuwe Compagnie* investiert. Vielleicht könnte er sich für die Amsterdamer Belange starkmachen.

Ausgenüchtert saß Ruben an ihrem Esstisch. Vincent hatte ihn nach Ende der Zusammenkunft in einer üblen Spelunke aufgetrieben und kurzerhand in sein Haus geschleppt. Kein Wort der Entschuldigung war seither über Rubens Lippen gekommen. Michiel, der vor ihm auf dem Parkett Bauklötze aufeinanderstapelte, beachtete Ruben gar nicht. Stattdessen versuchte er Ordnung in einen wüsten Haufen eingerissener Papiere zu bringen, die er in sein Notizbuch gestopft hatte. »Hier ist es! Da, ich habe eine Skizze von dem komischen Vogel gemacht. Der war doppelt so groß wie ein Schwan und fett – kein

Wunder, dass er nicht fliegen konnte! Da könntest du eine hübsche Zeichnung von anfertigen.«

Interessiert nahm Sandrine die Skizze an sich. Sofort begann sie, ein paar Striche auf das Papier zu werfen. Ohnehin hatte sie sich in letzter Zeit auf die Darstellung von Tieren konzentriert. Oft waren sie mit Michiel auf den Straßen und Feldern unterwegs, um nach Tieren zu suchen. Während Sandrine zeichnete, hatte der Kleine Freude daran, sie zu beobachten. Auch jetzt tapste er zu ihr, um zu sehen, was sie tat.

In ihren Zeichnungen kam Bewegung in den Vogel. »So etwa?«, fragte sie.

»Ganz genau! Admiral Heemskerck hat die Insel, auf der er lebt, Mauritius genannt, nach unserem Graf Moritz. Was macht der Graf denn eigentlich so? Herrscht noch immer Krieg?«, fragte Ruben.

Vincent antwortete ihm, obgleich er es unglaublich fand, dass sein Bruder so tat, als hätte er sie nicht in den letzten Tagen sitzenlassen und ihn selbst betrunken übel beschimpft. »Leider. Unsere Truppen leiden unter Geldmangel. Etliche Provinzen können ihren Beitrag nicht leisten. Die spanischen Truppen marodieren und verheeren ganze Landstriche, denn Erzherzog Albrecht ist weit weg. Gerade haben deutsche Truppen unter Simon zur Lippe in den Kampf eingegriffen, konnten aber nichts …«

Ruben unterbrach ihn. »Wir mussten auch etliche Kämpfe führen. Es sind kriegerische Länder da unten, und Menschenfresser gibt es allerorten. Warte, ich habe ein paar … Wo habe ich denn …« Wieder wühlte Ruben in seinen Papieren. Die politische Lage in seiner Heimat schien ihn nicht besonders zu interessieren. »Oder hier«, er lachte auf, als er eine Skizze hervorzog, »eine Riesenschildkröte. Mit vier Mann konnten wir darauf reiten!«

Wenig später trafen Betje und Annemieke ein, und sie kochten und aßen gemeinsam.

Am Abend ließ Ruben Michiel auf seinen Knien hüpfen und zur Freude des Kleinen immer wieder plötzlich durch die Lücke sausen. Einerseits freute Vincent sich, weil sein Bruder zugänglicher war und nicht betrunken. Auf der anderen Seite versetzte der Anblick ihm einen Stich. Was, wenn Ruben in Amsterdam blieb, sich eine Frau suchte und Michiel zu sich holte?

Vincent sah Sandrines Gesichtsausdruck und ahnte, dass sie ähnlich fühlte. Wie beiläufig trat er zu ihr und berührte sie. Sandrine schob ihre Finger zwischen seine, eine vertraute Geste, und doch wühlte ihre Berührung ihn auf. Wenn sie nur ein eigenes Kind hätten! Vielleicht würde es sie darüber hinwegtrösten, wenn sie Michiel verlören.

*

Den ganzen Tag hatte Ruben mit Schiffern und Matrosen gesprochen. Jetzt stand er in der Sint Olofskapel, in der Dominee Plancius jungen Männern die Kunst der Seefahrt predigte. Ruben hörte eine Weile zu, denn der Geistliche und Navigator sprach über den Seeweg nach Indien.

Unvermittelt richtete Plancius das Wort an Ruben und forderte ihn auf, von seinen Erfahrungen zu berichten. Schließlich sei er bei der Reise der *Compagnie van Verre* dabei gewesen, die wertvollen Aufschluss über den Sternenhimmel gegeben habe. Plancius wies auf den Himmelsglobus, den er auf Grundlage der Beobachtungen des damaligen Navigators Pieter Keyser angefertigt hatte.

Erwartungsvoll wandten sich die Navigationsschüler Ruben zu. Vor so vielen Menschen hatte er noch nie gesprochen. Nervös begann er zu berichten. Er schien es gut gemacht zu haben, denn auch nach seinem Vortrag wandten sich viele Schüler mit Fragen an ihn. Auch Plancius lauschte aufmerksam. »Wir tun, was wir können, aber es ist immer gut, mit jemandem zu sprechen, der nicht nur über Bücherwissen verfügt«, meinte er, als er seine Seekarten aufrollte. »Ich würde auch auf Reisen gehen, aber Gott hat mich hierherbestellt, um die wahre Lehre zu verkünden …«

Noch so ein Thema, das ihn nicht interessierte. Ruben unterbrach ihn mit einer Frage. Eine Weile tauschten sie sich über Entdeckungsreisen und andere Seefahrer aus, und Ruben nutzte die Gelegenheit, um zu fragen, ob der umtriebige Geistliche etwas von Piet Heyn und dessen Vater gehört habe. Plancius' Gesicht verdüsterte sich. »In Gefangenschaft geraten sind sie, wie so viele unserer guten Seeleute. Angeblich müssen sie auf einer Galeere im englischen Kanal ihre Strafe abarbeiten.«

Das war ein schlimmes Schicksal, von dem Ruben schon öfter gehört hatte; viele Seeleute fanden auf der Galeere den Tod. Dennoch erfüllten ihn die Gespräche mit neuer Energie. Je mehr er darüber redete, umso mehr Lust bekam er aufzubrechen.

*

Aldo van Vleet saß an seinem Schreibtisch über einigen Papieren und ärgerte sich. Dieses ganze Gerede über den Erfolg der Orientfahrer! Aus Prinzip hatte er nicht in die neuen Handelsgeschäfte der Ketzer investiert, sondern in die Unternehmungen des spanischen Königs. Allerdings verliefen diese schleppend. Seine Waffengeschäfte brachten zwar viel ein, die höchste Nachfrage kam derzeit aber aus Kreisen der niederländischen Handelsflotten – und die wollte er nicht unterstützen. Immerhin hatte er einiges an Seeräuber verkaufen können, die von Dünkirchen aus die Flotten der abtrünnigen Provinzen und der Engländer kaperten. Alettas Ehe war ebenfalls ein gutes Geschäft gewesen, wenn sie auch nicht glücklich schien. Aber das würde noch werden. Jetzt, wo Erzherzog Albrecht seine junge Gattin aus Spanien holte, würde es im Norden endlich wieder einen vernünftigen Hofstaat geben. Einen Hofstaat, in dem er Aletta unbedingt unterbringen musste.

55

Brüssel, Anfang September 1599

Zum ersten Mal war Aletta richtiggehend stolz auf ihren Mann. Akribisch leistete Diego seinen Beitrag dazu, alles für die *Joyeuse Entrée* vorzubereiten. Obgleich die Kämpfe anderenorts weiterliefen, war ihr Gatte abkommandiert worden, damit der Einzug des allerdurchlauchtigsten Erzherzogs und seiner Gattin Isabella in Brüssel angemessen vonstattenging. Und dank Diegos Mutter gehörten sie heute sogar zu den wenigen, die dem Herrscherpaar nach La Cambre entgegenreiten durften.

Während Aletta noch einmal den Sitz ihres Kleides kontrollierte, das nach neuester spanischer Mode geschneidert und zugleich zum Reiten geeignet war, erinnerte sie sich daran, wie sie nach der Hochzeit Diegos Mutter ihre Aufwartung gemacht hatte. Die Probleme hatten schon damit angefangen, dass Aletta nicht wusste, wie sie sie anreden sollte – als Flämin, als Frau eines spanischen Adeligen oder als Dame, die zwar nicht den Schleier genommen, sich aber vom weltlichen Leben abgewandt hatte? Die Ablehnung der kühlen, strengen Frau war nicht zu übersehen gewesen. Diegos Mutter missbilligte den fleischlichen Umgang von Mann und Frau, das machte sie überdeutlich.

Diego trat ein. Er wirkte fahrig, aber wie so oft, wenn er weder beim Heer noch mit Lazarus zusammen war, nicht angespannt. Der Ausschlag an seinem Hals war durch eine breite Krause bedeckt. Schneidig sah er in dem schwarzen Samtanzug und der roten Schärpe aus, und Aletta wusste, dass er anderen Frauen gefiel. Seit ihrer Heirat hatten sie den Winter häufig in Brüssel verbracht und an den Vergnügungen der adeligen Armeeangehörigen teilgenommen. Es war eine seltsame Gesellschaft, mit der Aletta nur schwer warm wurde, dennoch hatte sie inzwischen Freundinnen und gute Bekannte gefunden. Einige von ihnen hatten sich lobend über Diego geäußert: weil er nicht soff, kaum spielte und auch sonst nicht über die Stränge schlug. Ab und an verschwand er allerdings für ein paar Tage. Offiziell suchte er Händler und Waffendepots auf, aber Aletta hatte aus einer Bemerkung von Lazarus herausgehört, dass das nicht immer der Fall war. Hatte ihr Gatte vielleicht eine Geliebte? Genügte sie ihm nicht? Kam er deshalb seinen ehelichen Pflichten nicht nach?

»Bist du so weit?«, fragte er.

Aletta hatte plötzlich das Bedürfnis, ihn anzufassen, und zupfte einen unsichtbaren Fussel von seinem Wams. »Ich hoffe, ich blamiere mich nicht«, sagte sie.

»Das glaube ich kaum. Du sprichst ausreichend Französisch und reitest inzwischen gut genug.« Wie ein Kompliment klang das nicht gerade. Aber Aletta wusste, dass Diego zu mehr nicht in der Lage war. Als spüre er, dass sie sich mehr erhofft hatte, küsste er ihren Handrücken, bevor er mit ihr das Haus verließ.

Der Stallknecht wartete bereits mit ihren Pferden und half Aletta in den Damensattel. Ein wenig war das Reiten für sie noch ungewohnt, aber die Infantin liebte dem Vernehmen nach Ausritte und auch die Jagd, weshalb Aletta sich vorbereitet hatte.

Das Kloster La Cambre lag in einem seenreichen Waldgebiet in der Nähe der Stadt. Mehrfach war es bereits durch den Krieg in Mitleidenschaft gezogen und teilweise zerstört worden. Jetzt allerdings wurde ein neuer Kreuzgang gebaut.

Diegos Vater wartete mit einigen anderen Herrschaften im Hof vor der Klosterkirche. Sancho de Besalú war ein Haudegen alten Schlags, hochmütig und leicht aufbrausend. Nur zu dringenden Angelegenheiten verließ er sein Tercio, das als das beste der ganzen spanischen Armee galt, wie er nicht müde wurde zu betonen. Bei ihren wenigen Begegnungen war Aletta nicht schlau aus ihm geworden. Es schien unter seiner Würde zu sein, sich mit ihr abzugeben. *Das Geld meines Vaters hat er jedenfalls gern genommen*, dachte Aletta bitter, als sie den Herrschaften die Ehre erwies. Mit den anderen Damen wurde sie sodann in die Klosterkirche geleitet, wo sie die Wartezeit im Gebet verbringen sollten.

Ihre Freundin Leonore neigte sich zu ihr. »Die Dienerschaft ist bereits nach Brüssel vorausgeritten, um im Palast alles bereitzumachen. Der Erzherzog und die Infantin werden auf zwei Schimmeln in die Stadt einziehen, damit auch jeder weiß, dass sie die ersehnten Friedensbringer sind. Das würde ich nicht aushalten – so lange im Sattel!«

»Wieso nicht? Ich habe es doch auch überstanden«, meinte Aletta.

»Ich bin dafür nicht geschaffen.« Ein kurzer Seitenblick, dann wisperte sie weiter. »Allein die Juwelen auf dem Sattel der Infantin sollen zweihunderttausend Florins wert …«

Sie verstummte, als sie die strengen Blicke der Nonnen und Laienschwestern bemerkten, die bereits in der Kapelle gebetet hatten. Auch Diegos Mutter blickte sie missbilligend an.

Aletta vertiefte sich ins Gebet. Der Klatsch sollte sie wirklich nicht interessieren.

Obgleich sie Erkundigungen über die Infantin eingeholt hatte, war Aletta angenehm von Isabella überrascht. Mit ihren dreiunddreißig Jahren wirkte die Prinzessin noch beinahe jugendlich. Das musste auch an ihrer Beweglichkeit und der Leutseligkeit liegen, mit der sie die Geistlichen und die Adeligen begrüßte.

Als Diegos Eltern der Infantin und dem Erzherzog die Ehre erwiesen, verbeugte auch Aletta sich tief.

»Ihr müsst Euch glücklich schätzen, eine so fromme Frau an Eurer Seite zu haben, Don Sancho«, sagte die Infantin. »Die Fürbitten Eurer Gattin schützen Euch sicher in den Schlachten, die Ihr für unsere heilige Sache ausfechtet.«

Don Sancho neigte das Haupt. Aletta meinte am Zucken seiner Mundwinkel zu erkennen, dass es ihm missfiel, dass ausgerechnet seine Frau gelobt wurde. Immerhin hob Erzherzog Albrecht Besalús militärische Erfolge heraus. Dann stellte Don Sancho seinen Sohn Diego und Aletta als dessen Gemahlin vor. Als suche er nach weiteren Begründungen, warum Aletta überhaupt würdig war, hier zu sein, setzte er hinzu: »Der Vater meiner Schwiegertochter kämpft in

Amsterdam dafür, dass auch Holland in den Schoß der katholischen Kirche zurückkehrt.«

Isabella lächelte Aletta anerkennend an. Ihr Blick war sehr aufmerksam und zugewandt, kein bisschen oberflächlich. »Möge ihm bald Erfolg beschieden sein.«

In Brüssel changierte die Atmosphäre bei der *Joyeuse Entrée* zwischen der Erhabenheit eines Staatsakts und dem Trubel eines Jahrmarkts. Sobald sie das Kloster verlassen hatten, waren die Straßen von Jubelnden gesäumt. Unter Glockengeläut ritten Erzherzog Albrecht und seine Gattin Isabella mit ihrem Gefolge aus Geistlichen und Adligen, Bogenschützen, Lanzen- und Panzerreitern in die Stadt. Das Volk dankte ihnen den prachtvollen Auftritt mit lautstarken Segnungen und Beifallrufen. Nach dem kurzen Zwischenspiel mit Erzherzog Ernst, der zumeist krank gewesen war, hofften alle auf Herrscher, die den langen Krieg endlich beenden würden.

Die vornehmen Brüsseler – eine Kompanie Kosaken und mehrere Räte und Rechtsgelehrte – nahmen Erzherzog Albrecht und Isabella am Rathaus in Empfang und überreichten ihnen feierlich den Stadtschlüssel als Zeichen ihrer Macht. Danach ging es in einer von Trompetern und Trommlern begleiteten Prozession zur Kathedrale Sankt Michael und Sankt Gudula.

Auch wenn Aletta und Diego hinter den Hofdamen und vornehmsten Adeligen ritten, kam es Aletta doch so vor, als jubele man auch ihr zu. Ein wenig von dem Glanze der neuen Herrscherin strahlte auch auf sie ab. *Was für ein wunderbares Gefühl!* Aletta lächelte ihren Gatten an.

Scheu gab Diego das Lächeln zurück.

Als sie sich nach dem ausschweifenden Fest zurückzogen, wählte Aletta ihr schönstes Leinenhemd, dessen spitzenumsäumter Ausschnitt ihren Busen kaum verhüllte. Sobald Diego sich hingelegt hatte, schlüpfte sie zu ihm unter die Decke und küsste ihn. Auch, als er versteifte, ließ sie sich nicht beirren, sondern nahm seine Hand und legte sie auf ihre Brust. Schließlich überwand sie ihre Angst und ihren Ekel und streichelte ihm über die behaarten Beine und Oberschenkel. Abrupt kam er ihr zuvor und massierte sich selbst zwischen den Beinen.

Sie berührte ihn sanft. »Lass mich dir helfen, bitte.«

Widerstrebend ließ er zu, dass sie sein schlaffes Glied umfasste, dann führte er ihre Hand.

*

Während sich in Brüssel königliche Pracht entfaltete, drillte Lazarus im niederrheinischen Rees seine Arkebusiere. Er trieb sie noch härter an als üblich. Einerseits wollte er sie vom Meutern und Plündern abhalten, andererseits reagierte er so seinen Zorn ab. Wieso nur bekam Diego die Gelegenheit, sich in Brüssel beim Empfang des Herrscherpaars einzuschmeicheln, während er selbst von Almirante Mendoza hierher beordert worden war?

Als die Arkebusiere sich kaum noch auf den Beinen halten konnten, entließ er sie.

Wütend schlug er den Weg zu seinem Quartier ein. Den Wartenden ließ er vor der Tür einfach stehen. Lazarus hörte, dass seine Stubenmagd den Boden schrubbte. Warum war sie noch nicht fertig? Was hatte die faule Trine den ganzen Tag gemacht? Als er eintrat, fuhr sie erschrocken herum. Sie hatte beinahe so bronzefarbenes Haar wie Aletta. Eine Kriegsbeute, gewissermaßen. Nicht mehr so jung und unschuldig wie am Anfang, aber immerhin. Als er sich auf sie stürzte, wehrte sie sich kaum noch.

Anschließend ließ er sich von ihr Wein einschenken und den Wartenden hereinrufen: ein Soldat, der ihm eine Reliquie zum Kauf anbot. Es hatte sich herumgesprochen, dass Lazarus großes Interesse an derartigen Heiligtümern sowie besonderen Waffen hatte. Dieses Mal handelte es sich um ein Buch, in dem ein kleines Loch prangte.

»Das soll der Codex sein, mit dem sich der heilige Bonifatius gegen die Hiebe der mörderischen Friesen schützte?«, fragte Lazarus nach.

Der Soldat hielt nur mühsam seinen Blick. »Ja, Leutnant.«

»Willst du mich für dumm verkaufen?«

Trockenes Schlucken. »Nein, Leutnant.«

Lazarus warf dem Soldaten das Buch zu, das dieser gerade so auffing. Im nächsten Moment schnappte Lazarus sich seine Pike und schlug auf den Kerl ein. »Meinst du, der heilige Bonifatius hat sich so verteidigt ... oder so ...«

Mühsam versuchte der Soldat, das Buch zwischen sich und die Metallspitze zu bringen, doch immer wieder traf Lazarus ihn ins Fleisch.

Schließlich riss Lazarus ihm das Buch weg. »Verschwinde, ehe ich dich wegen Reliquienfälschung anzeige!«

»Aber ...«

Nur noch einmal musste Lazarus drohend die Pike heben, damit der Soldat davonhumpelte. Zufrieden betrachtete Lazarus das Buch. Jetzt waren noch mehr Löcher und Schrammen im Einband. So würde er dafür ganz sicher einen guten Preis erzielen. Geld, mit dem er sich seinen Aufstieg erkaufen würde.

56

Ostende, Ende Juni 1600

Durchgefroren und klitschnass rettete sich Nathan in das für Gesandtschaft und Militärleitung vorgesehene Haus. Was für ein Sommer! Er erinnerte sich an Sommermonate in seiner Kindheit, die sie bei Verwandten auf dem Land verlebt hatten, weil die Hitze in London nicht auszuhalten gewesen war. Den ganzen Tag hatten sie draußen verbracht, auf dem Hof geholfen, waren in den Wäldern herumgestromert und hatten sich in Bächen erfrischt. Er hatte unzählige Tiere und Pflanzen entdeckt und beobachtet. Wo waren diese sonnendurchglühten, langen Sommer nur geblieben?

Hier, bei Ostende, war es sogar zu kalt, zu windig und zu nass, um

Schanzen oder gar Unterstände in den klebrigen Sand zu bauen. Es war nicht das Einzige, was die englischen und schottischen Soldaten, mit denen er gerade gesprochen hatte, erzürnte.

Nathan zog den Mantel aus und hängte ihn an einen Haken, unter dem sich sogleich eine Pfütze bildete. Aus Johan van Oldenbarnevelts Raum drangen laute Stimmen. Er runzelte die Stirn. Der Prediger Johannes Wtenbogaert, der gerade mit dem jungen Friedrich Heinrich geredet hatte, hob nur die Schultern. Der sechzehnjährige Oraniersspross wirkte hingegen aufgedreht. Er brannte darauf, seine erste Schlacht zu erleben.

»Ist es etwas Wichtiges? Dann versucht Euer Glück«, sagte der Prediger zu Nathan.

Als Nathan gerade klopfen wollte, brandete die Diskussion hörbar auf. Kurz wartete er. In letzter Zeit gab es oft Streit zwischen den beiden Anführern, was nicht nur daran lag, dass Graf Moritz' derzeitige Favoritin, eine gewisse Margarethe aus Mechelen, schwanger war. Die Friedensverhandlungen, die die Generalstaaten mit Erzherzog Albrecht und Infantin Isabella geführt hatten, waren ins Leere gelaufen, denn noch immer erwarteten die beiden die vollständige Unterwerfung der Sieben Provinzen, was völlig illusorisch war, ein Hohn für alle, die jahrzehntelang für die Unabhängigkeit gekämpft hatten, für die unzähligen Leben, die diese Freiheit gekostet hatte. Zudem hatten die Generalstaaten derzeit die Überhand, denn Graf Moritz hatte den langen Winter für Gebietsgewinne genutzt, während im spanischen Heer noch heftiger als üblich gemeutert wurde, weil der Sold ausblieb. Dennoch war klar, dass auch sie den Krieg nicht mehr lange durchhalten könnten. Das Geld war knapp, und Königin Elisabeth drängte mehr denn je auf die Rückzahlung ihrer Leistungen. Dabei war es Oldenbarnevelt in zähen Verhandlungen gelungen, die niederländischen Schulden an die englische Krone deutlich zu senken. Seit sie diesen Feldzug nach Flandern begonnen hatten und an der flandrischen Küste angelandet waren, war der Streit zwischen Oldenbarnevelt und Moritz von Nassau jedoch besonders arg, wohl auch weil auf diesem Feldzug schon viel schiefgegangen war.

Nathan hieb nun doch die Knöchel gegen das Holz und trat nach einer Aufforderung ein.

Graf Moritz hieß ihn mit einer strengen Geste zu warten.»…halte ich diesen Feldzug für Irrsinn«, führte er seinen Satz weiter. »Ihr habt doch immer von kostspieligen und gefährlichen Schlachten abgeraten hat. Wir sollten abwarten …«

Oldenbarnevelt, der wie so oft unter der salzgeschwängerten Luft litt – das legten zumindest sein verkniffener Mund und die gebeugte Haltung nahe –, erhob Einspruch. »Warten wäre grundfalsch! Die Spanier sind geschwächt wie nie. Überall meutern die Truppen. Die Flamen werden sich uns anschließen, wenn wir Erfolge zu verzeichnen haben. Sie werden gegen Brüssel rebellieren!«

Graf Moritz umklammerte den Knauf seines Rapiers, als müsse er sich bremsen. »Flandern ist verloren. Es wiederzugewinnen kostet mehr Geld und Soldaten, als uns zur Verfügung stehen! Außerdem haben uns die Flamen bei unserem Durchzug in den letzten Tagen sogar angefeindet. Wir sollten uns auf die Kernlande beschränken und diese anständig sichern, statt meilenweit davon entfernt ein weiteres Schlachtfeld zu eröffnen! Zumal die Gefahr besteht, dass wir umzingelt werden.«

»Begreift doch: Wir erobern von hier aus das schwach befestigte Nieuwpoort und ziehen weiter nach Dünkirchen. Dort bekämpfen wir die Kaperer, die unseren Handelsflotten Schaden zufügen, und nehmen dem Feind somit zwei wichtige Häfen.«

Moritz von Nassau musterte Oldenbarnevelt, und Nathan kam es vor, als blitzte Verachtung in dessen Blick auf. »*Wir* kämpfen? Nein! *Ihr* verkriecht Euch hier und bleibt in Sicherheit, während *wir* unser Leben riskieren.«

»Ihr werdet diese Schlacht annehmen, das ist so entschieden.«

»Dann werdet Ihr aus nächster Nähe erleben, wie wir scheitern!«

Wieder einmal hatte der Graf Oldenbarnevelts Forderung nachgegeben, obwohl diese ihm sichtlich missfiel. *Er ist den Politikern verbal einfach nicht gewachsen*, dachte Nathan. Die Mathematik des Krieges beherrschte er hingegen nach wie vor; die Heeresreform, die er auf

Basis der Schriften des Philosophen Justus Lipsius mit seinen Vettern zusammen entwickelt hatte, hatte aus den niederländischen Kämpfern eine schlagkräftige Armee gemacht.

Oldenbarnevelt wandte sich Nathan zu. »Was hast du zu melden?«, fragte er und spitzte den Mund, als habe er in etwas Ekliges gebissen. Angesichts des Grabens, der sich zwischen den beiden wichtigsten Persönlichkeiten der Sieben Provinzen aufgetan hatte, erschien Nathans Bericht über die Stimmung in der Truppe beinahe unwichtig.

Im Morgengrauen des nächsten Tages marschierte die Armee des Grafen gen Nieuwpoort. Nathan sollte mit Oldenbarnevelt und den anderen Herrschaften nachkommen, sobald die Stadt eingenommen war.

*

Isabella schritt an der Hand ihres Gatten durch das Heerlager vor Gent. Die Füße taten ihr weh, ihre Beine waren schwer und ihr Kleid trotz des Baldachins, den Diener über sie hielten, schon wieder nass und befleckt. Es war absurd. Oft hatte sie sich in den vergangenen Jahren gewünscht, aus dem Palast auszubrechen. Hatte es geliebt, bei der Jagd durch unwegsames Gelände zu galoppieren. Hatte davon geträumt, dass ihr Leben, das durch die unglückliche Verlobung mit Kaiser Rudolf ins Stocken geraten war, endlich wieder begann. Doch nun, wo sie verheiratet war und eine wichtige Rolle im Spiel der Macht übernehmen sollte, wurde ihr klar, welcher Preis dafür gefordert wurde.

Isabella tat, was sie konnte. Sie sprach den Soldaten Mut zu und feierte sie als Löwen, die den rechten Glauben heldenhaft verteidigten. Auch bei der Anmusterung in Gent hatte sie etwas bewirkt. Viele der Wartenden hatten bezweifelt, dass die spanische Krone ihren Sold zahlen würde, und hatten Unruhe geschürt. Da war Isabella vor die Menge getreten, hatte ihre Ohrringe abgenommen, sie hochgehalten und verkündet, dass sie notfalls ihr Vermögen für den Sold verpfänden würde. Albrecht hatte sie stolz angesehen.

Ihr Gatte hatte sich gerade etwas von einem Heerführer erklären lassen und ihm Befehle erteilt, woraufhin dieser mit ihm zu diskutieren anfing. *Dieser freche Kerl!* Sie mussten sich Respekt verschaffen, und das würden sie auch.

Glücklicherweise suchte gleich darauf Almirante Francesco de Mendoza in Begleitung weiterer hochrangiger Militärs das Gespräch mit ihrem Gatten. Unter ihnen war auch Diego de Besalú, dessen Mutter sie im Kloster von Cambre wegen ihrer Frömmigkeit beeindruckt hatte. Isabella schätzte Diegos Ehefrau Aletta ebenfalls, auch wenn diese von gewöhnlichem Stand war.

Ehe Isabella sich in ihre Unterkunft zurückzog, wo sie endlich von den Hofdamen umgekleidet werden und die Füße massiert bekommen würde, drehte sie sich noch einmal um. Gravitätisch winkte sie über das Heer. Zehntausend Mann hatten sie in Gent anwerben können. Zehntausend Mann, die nun mit ihnen nach Nieuwpoort zogen, um die Stadt vor den teuflischen Ketzern um Moritz von Nassau zu retten.

*

»Zehntausend Mann? In Gent?« Oldenbarnevelt war bleich geworden.

Der Bote senkte den Blick. »In Gent ist das spanische Heer schon lange nicht mehr. Erzherzog Albrecht und die Infantin ziehen mit den Truppen gen Nieuwpoort. Drei der Fortifikationen, in denen Graf Moritz Truppen zur Absicherung zurückgelassen hat, sind bereits in die Hände der Spanier gefallen. Die Spanier sind nur noch sechs Meilen von Ostende entfernt.«

Oldenbarnevelt ließ sich auf einen Stuhl sinken. Nathan hatte ihn noch nie so entsetzt gesehen. *Nur zu verständlich*, dachte er. Der Graf hatte diesen Feldzug nicht gewollt, Oldenbarnevelt hatte darauf gedrungen. Wenn ihre Truppen jetzt eingekesselt wurden, würden sie zermahlen werden. Tausende, ja, Zehntausende würden sterben. Auch der Graf selbst könnte in Gefangenschaft geraten oder im Kampf fallen. Dann stünden die Generalstaaten ein weiteres Mal ohne Anführer da. Und dieses Mal wäre es eindeutig auch Oldenbarnevelts Schuld. Nathans Gedanken rasten. Was würde Oldenbarnevelts Fall für ihn bedeuten?

»Nathan!« Oldenbarnevelts Ruf riss ihn aus dem Horrorszenario, das sich in seinem Kopf abspielte. Den Boten hatte der Landesadvokat offenbar schon hinausgeschickt; sie waren allein. »Du wirst mit einem kleinen Trupp nach Nieuwpoort reiten und den Grafen warnen. Bleibe an seiner Seite, und berichte mir alles, was geschieht – ich verlasse mich auf dich. Ich selbst werde für die Sicherung von Ostende sorgen. Morgen wird Wtenbogaert den Truppen Mut zusprechen.«

Die Frage war, ob das reichen würde. Als Nathan dem Boten zum Reitstall folgte, herrschte im Heerlager Panik. Auch ihn plagte die Angst. Er war nicht für den Krieg gemacht. Der Krieg der Worte war in den vergangenen Jahren sein Metier gewesen. Und Worte würden hier nichts mehr ausrichten.

Nach einer Stunde scharfen Ritts erreichten sie das Heer vor Nieuwpoort, wo die Soldaten in den Dünen zwischen Meer und Fluss die Belagerung aufgenommen hatten. Offenbar hatte Graf Moritz einen Teil der Truppen auf der anderen Yser-Seite gelassen, um das Heerlager abzusichern.

Er nahm die Nachricht mit unbewegter Miene auf, doch Nathan kannte ihn gut genug, um zu wissen, dass es in ihm brodelte. Sofort gab der Graf Anweisungen, und dann schien auf einmal alles durcheinanderzugehen. Nathan beobachtete und half, wo er nur konnte. In immer kürzeren Abständen trafen Boten ein. Offenbar hatten die Spanier ein unglaubliches Tempo an den Tag gelegt. Inzwischen war die Armee der Generalstaaten zwischen Feind und Meer eingeschlossen. Dazu befanden sich zwei Drittel der niederländischen Truppen auf der falschen Seite des durch die Flut angeschwollenen Flusses. Ein Rückzug war unmöglich. Die Soldaten auf Schiffen zu evakuieren ebenso. Die Kriegsschiffe der Stände könnten höchstens die spanische Armee vom Meer aus beschießen.

»Der Kampf auf offenem Feld ist unsere einzige Möglichkeit. Je schneller, desto besser«, entschied Graf Moritz.

»Aber hier ist kein offenes Feld«, warf Friedrich Heinrich unsicher ein. Im Kreise der alten Haudegen wirkte er wie der grüne Junge, der er war.

Graf Moritz betrachtete die Landkarte, die vor ihnen lag. »Die Flut wird die Armeen in die Dünen treiben. Dort müssen wir unsere besten Truppen positionieren. Unter jede Kanone muss eine unserer neuen Holzmatten, damit sie nach dem Abfeuern nicht einsinken und leicht bewegt werden können.«

Er befahl seinem Cousin Ernst-Casimir von Nassau-Dietz, die Spanier mit schottischen und niederländischen Truppen aufzuhalten. Mit den erfahrenen englischen Kommandanten Sir Francis und Sir Horace Vere und anderen Befehlshabern wurde ein Schlachtplan entworfen. Sie mussten ihr Überleben sichern, irgendwie.

Nathan ging zum Waffenmeister und ließ sich Pistole, Schwert und Harnisch aushändigen. Er würde seine Haut teuer verkaufen. Als er sie anlegte, entdeckte er vor dem Arsenal Friedrich Heinrich von Oranien vor seinem eigenen Fähnlein. Hochrot war der junge Mann unter seinem rotblonden Haarschopf, doch er behielt vollendet Haltung. Erst als seine Soldaten abtraten, schien er für einen Augenblick in sich zusammenzusinken. Sein Blick fiel auf Nathan. Kurz überlegte dieser, sich wegzudrehen; es war nie gut, einen Mann von Stand in einem Moment der Schwäche zu erleben. Doch dann entschied er sich dagegen. »Die Männer haben an Euren Lippen gehangen, Exzellenz. Ihr habt ihnen Zuversicht für die bevorstehende Schlacht gegeben.«

»Glaubt ihr wirklich?«

»Davon bin ich überzeugt.«

»Ein eigenes Regiment zu führen ist eine große Verantwortung.« Friedrich Heinrich zog sein Schwert aus der Scheide, als müsse er die Schärfe kontrollieren, doch es glänzte makellos. »Habt Ihr eigentlich noch meinen Vater kennengelernt, Nathan?«

»Leider nicht. Fürst Wilhelm wurde ermordet, ehe ich Bote für den damaligen Gesandten wurde und später in die Dienste …«

Sie wurden unterbrochen, als ein Schreckensruf von Mund zu Mund flog: Die spanischen Truppen hatten das Kommando Ernst-Casimirs, das den Feind hätte aufhalten sollen, bereits aufgerieben. Anscheinend hatten die Spanier jeden einzelnen Soldaten abgeschlachtet.

*

Vor ihnen lag die Dünenlandschaft von Ostende. Dahinter, auf dem Meer, unzählige Schiffe. Obwohl sie wussten, dass Gefahr bestand, von der See aus beschossen zu werden, marschierten Lazarus' Arkebusiere in perfekter Formation. Ihnen folgte die spanische Armee – so weit das Auge reichte, kampfstarke Soldaten, über denen die Standarten im Wind flatterten. Jetzt kam sogar die Sonne heraus. Ein erhebender Anblick. Die Reihe erfolgreicher Scharmützel versetzte sie alle in Euphorie – die Ketzer waren einfach kein ernst zu nehmender Gegner. Auch Lazarus jubilierte. Für das hier war er geschaffen. Warum hatte er es nicht früher erkannt? Diego hingegen machte sich sicher schon in die Hose. Don Sancho hatte dafür gesorgt, dass sein Sohn seinem Tercio zugeteilt wurde. Jeder im Waffenlager verzichtbare Soldat musste in diese Schlacht ziehen.

Sorge bereiteten Lazarus allein die drei Regimenter an der Spitze, deren Vorrücken die Arkebusiere sichern sollten – ein undisziplinierter Haufen von Meuterern. Nur vereinzelt waren an den Dünenkämmen feindliche Soldaten zu sehen. Offenbar hatten sie sich gut verschanzt. Aber sie würden diese Ketzer schon aus den Löchern treiben. Nur ein Stück mussten sie noch vorrücken.

In diesem Augenblick stürmten die Meuterer die Dünen hoch, ohne den Angriffsbefehl abzuwarten. Diese Idioten! Lazarus und die anderen Anführer brüllten Befehle, doch schon wurden die Meuterer von den Dünen aus zurückgeschlagen. Das Blut der Ersten färbte den Dünensand rot, und die Schlachtordnung drohte auseinanderzubrechen. Auch Lazarus stürzte sich in den Kampf.

*

Diego schwitzte vor Aufregung, als er an der Seite seines Vaters vorrückte. Die Arkebusiere deckten sie an den Seiten gegen den Feind. Dennoch juckte und brannte seine Haut, und es kam ihm vor, als würde jede einzelne Schwäre zur gleichen Zeit aufbrechen. Natürlich hatte er sich neben seiner Arbeit für den Artilleriegeneral in den Kampfkünsten geübt, das wurde von jedem Soldaten im Heer seines Königs erwartet. Aber in eine Schlacht zu ziehen war noch mal etwas ganz anderes.

Ein Trupp Schützen marschierte ihnen entgegen. Die vorderste Reihe feuerte eine Salve auf sie ab. Der Schreck raste Diego direkt in die Eingeweide. Kurz war Zeit, bis der Feind nachgeladen und die Lunte entzündet hatte. Doch da lösten die feindlichen Soldaten sich aus ihrer Formation und rannten an den Seiten des Trupps weg – was taten sie da? Im gleichen Augenblick schoss die neue erste Reihe. Auch diese löste sich …

Salve um Salve mähte die Männer neben Diego nieder. Vor Angst drängte es ihn wegzulaufen, doch er zwang sich, den Befehlen seines Vaters zu folgen.

*

Aus dem Augenwinkel sah Nathan den Angriff des Spaniers. Ohne nachzudenken, parierte er. Sein Schwert glitt an der Klinge des Gegners ab und senkte sich in dessen Halsbeuge. Blut spritzte aus der Wunde, und der Spanier ging in die Knie. Nathan riss seine Waffe zurück, wankte nach hinten und stolperte beinahe über eine Leiche. Pumpend hob und senkte sich seine Brust. Sein Gesicht, seine Hände, ja, sein ganzer Körper war verklebt von Blut und Sand. Jetzt müsste er seinem Feind den Gnadenstoß geben, aber das brachte er nicht über sich. Was tat er hier? Warum kämpfte er – und für wen? Hatte ihn am Anfang die Präzision des Heeraufgebots beeindruckt, spürte er jetzt nur noch Ekel.

Seit Stunden tobte die Schlacht. Stunden, in denen Kanonen, Schüsse und Todesschreie über die Dünen hallten. Beinahe jeder Flecken des weißen Sandes vor Nieuwpoort war mit Toten bedeckt.

Trotz seiner schweren Verwundung versuchte der Spanier, sich hochzustemmen. Doch dann näherte sich jemand – eine Schwertspitze brach durch die Brust des Verletzten; ein Soldat aus Friedrich Heinrichs Fähnlein hatte ihn getötet. Nathan hätte sich vermutlich bedanken sollen, doch er starrte den Mann nur an. Wo waren die Oranier, in deren Nähe er sich eigentlich hatte halten wollen? Er schlug sich durch die Kämpfenden, Schüssen und Schwerthieben ausweichend. Da war Friedrich Heinrich, an der Seite seines Halbbruders Moritz von Nassau.

Nathan hielt sich in ihrer Nähe, verteidigte sich. Doch dann stürmte ein Trupp auf sie zu, schwarz gekleidet, mit dem roten Band des spanischen Königshauses geschmückt, und kämpfte nieder, was sich ihnen in den Weg stellte. Gleich hätten sie auch die Oranier erreicht.

*

Diego gab seinem Vater Deckung, als dieser vorausstürzte, sein Schlag ging jedoch ins Leere. Schimpfend tötete Don Sancho auch Diegos Angreifer. Noch im kleinen Finger besaß er mehr Kampfeskunst als Diego im ganzen Leib. Warum war er nicht auf dem Landgut der Familie und trieb die Abgaben ein? Die Antwort kannte er genau: weil in Spanien eine Hungersnot herrschte und weil er seinen Vater damit beschämen würde. Aber beschämte er ihn hier nicht ebenfalls?

Diegos Blick flackerte über das Schlachtfeld. Neben ihnen ließ sich Erzherzog Albrecht von seiner Leibgarde verteidigen. In der Ferne entdeckte er, wie Lazarus seine Arkebusiere neu formierte. Bewunderung mischte sich in seine Ablehnung. Er selbst würde hier sterben, und vielleicht war das auch gut so. Dann war er wenigstens als Held gefallen, und sein Vater könnte stolz auf ihn sein. Er wäre für ihren König und den päpstlichen Glauben gestorben. Das Paradies wäre ihm sicher. Eine schöne Vorstellung, wenn er auch einige Menschen enttäuscht hatte. Aletta zum Beispiel. Auch ihr konnte er nicht geben, was sie verdiente. Nicht in seinem Zustand, für den er sich mehr als für alles andere schämte.

Gerade als er sich einem Feind entgegenstellen wollte, um den Todesstoß zu empfangen, und sich vergewisserte, dass sein Vater seine Heldentat auch sah, legte ein feindlicher Arkebusier auf Don Sancho an. Diegos Warnruf wurde vom Knall des Schusses übertönt.

*

Obwohl sie sich weiterhin um Stärke bemühte, konnte Isabella sich kaum auf ihrem Sitz halten. Sie rang die Hände im Schoß. »Fragt nach, ob es schon Nachricht von meinem Gatten und den Truppen gibt«, forderte sie ihre Kammerzofe auf.

Im Gesicht der Gräfin von Chassencourt zuckte es beinahe unmerklich. Sie tauschte Blicke mit den Gräfinnen von Uceda und von Bucquoy. »Hoheit, wir hatten gerade …«

»Ich wünsche es.«

Die Gräfin gehorchte. Auf dem Weg zur Tür schenkte sie Aletta und den anderen Damen niederen Standes, die sich auf der anderen Seite des Saals aufhielten, wie üblich keinen Blick. Dass sie sich für etwas Besseres hielt, ließ sie Aletta bei jeder Gelegenheit spüren. *Dumme Pute!*, dachte sie.

Aletta teilte die Sorge der Infanta. Die furchtbarsten Nachrichten hatten sie erreicht. Erst hatte es geheißen, die spanischen Truppen seien siegreich, dann meldete ein Bote, dass die Rebellen überlegen seien, und jetzt …

Die Gräfin von Chassencourt war zurückgekehrt, sichtlich erbleicht. »Hoheit, der allerdurchlauchtigste …«

Infantin Isabella sprang auf. »Was ist mit meinem Gatten?«

»Es heißt, er sei verletzt.« Die Gräfin küsste das goldene Kreuz, das sie um den Hals trug, und schickte ein Stoßgebet gen Himmel, in das die anderen Hofdamen einstimmten.

»Lasst mir meine Reitkleidung bringen. Ich muss aufbrechen.« Isabellas Gesicht war maskenhaft versteinert.

»Aber Hoheit, Ihr dürft Euch nicht in Gefahr bringen! Wir müssen hier in Gent in Sicherheit …«

Der majestätische und zugleich vernichtende Blick Isabellas ließ die Gräfin verstummen. Einem Impuls folgend, erhob Aletta sich. »Ich begleite Euch, wenn Ihr es erlaubt, Hoheit.« Im gleichen Augenblick biss sie sich auf die Zunge. Was redete sie da?

Dennoch ging auch sie in ihre Kammer und ließ sich von einer Dienerin die Reitkleidung bringen. Als sie wieder in den Saal kam, diskutierte Infantin Isabella gerade mit dem Stallmeister und ihrem Beichtvater, die ihr von diesem Ritt abrieten. Doch die Prinzessin setzte sich durch. Gerade als die Leibgarde bereit war und sie aufsitzen wollten, traf der nächste Bote ein: Die Schlacht war verloren, der Erzherzog leicht verletzt entkommen.

Infantin Isabella ließ sich mitten im Stall auf die Knie sinken, um ein Gebet zu sprechen, und alle anderen taten es ihr nach. Alettas Gedanken aber rasten. Was war mit Diego?

57

Eigentlich hätte Vincent den Entwurf für ein neues Stadthaus für Jan Poppen fertigstellen müssen. Stattdessen spielte er gerade mit Michiel im Hinterhof Fangen, als Sandrine ihn rief.

Ein Mann stand in der Tür, gekrümmt, trotz der Julihitze die Kapuze seines Umhangs tief über den Kopf gezogen und auf eine Krücke gestützt. Erst, als er den Flur durchquert hatte, erkannte Vincent ihn. Er wollte Nathan umarmen, hielt aber inne. Der Freund wirkte zerrüttet. Sein Bein war verletzt und mit einem Verband umwickelt, in seinem Gesicht lag ein Ausdruck, den Vincent dort noch nie gesehen hatte.

»Ich sollte eigentlich ein Schiff nehmen und nach s'Gravenhage vorausreisen, aber …« Wenn Vincent ihn nicht gepackt hätte, wäre Nathan zusammengeklappt. Seine Haut war heiß und feucht – er fieberte.

»Ein Matrose hat ihn gebracht. Ich habe Nathan gesagt, dass er sich hinsetzen soll und ich ihm ein Bett bereite, aber er wollte nicht auf mich hören«, sagte Sandrine. Michiel hatte sich hinter ihr versteckt und schaute Nathan erschreckt an.

Vincent hakte seinen Freund unter und führte ihn in die Küche, wo sie eine Pritsche für Gäste stehen hatten. Nathan verzog das Gesicht, als Vincent ihm aus der Kleidung half. »Ich konnte noch ... nicht zurück. Weitermachen, als wäre ... nichts geschehen. Und London ... zu weit ...«

»Leg dich erst mal hin. Sandrine gibt dir was gegen das Fieber, und dann schauen wir uns deine Wunden an und entscheiden, ob ein Arzt kommen muss. Was ist denn nur geschehen?«

Nathan ließ sich auf die Pritsche sinken. Sandrine brachte einen Kräutertrank – auch Michiel fieberte oft –, und Betje wusch ihm behutsam den Straßenstaub von den Gliedern. Durch ihre Zeit im Waisenhaus wussten sie alle, was in Notlagen zu tun war.

Nur ein Wort murmelte Nathan noch, ehe er das Bewusstsein verlor: »Nieuwpoort.«

*

Betje schreckte hoch, als sie einen Schrei hörte. Sie warf ein Schultertuch über und lief in die Küche. Stockfinster war es, aber sie fand den Weg auch blind. Im Glimmen des Herdes sah sie, wie Nathan versuchte, sich vom Boden auf die Pritsche zurückzuziehen; er musste gefallen sein. Sofort fasste sie ihn unter und half ihm.

Sein Blick war wirr, als sie ihn auf das Bett zurückdrückte. Er schien nicht bei sich zu sein und fieberte nach wie vor. »Die Kanonen ... die Regimenter ... sechs Staffeln Kürassiere ... die Kavallerie ...«

»Scht, schon gut«, wisperte Betje und deckte ihn zu.

Er fuhr wieder auf. »Ein Schuss, mein Arm – aber ich muss ...«

Sanft legte sie die Hand auf seine Stirn, streichelte über seine Wange. Es war seltsam. Durch Vincents Erzählungen kam es ihr vor, als kennte sie Nathan lange und gut, dabei hatte sie nur vor Vincents

Hochzeit länger mit ihm geredet. Sie fürchtete ihn nicht. Nathan war anders als andere Männer. Er lebte in seiner eigenen Welt, war ganz darauf konzentriert, was er tat. Nie hatte er in ihrem Beisein eine Frau anzüglich angeschaut.

Er tat ihr leid – was er auch erlebt, was er selbst getan haben mochte. Ein warmes Getränk, Berührungen und Gesang, das war es, was den verstörten Waisen am ehesten half. Betje machte einen neuen Fiebertrank bereit und flößte ihm diesen ein. Dann hielt sie Nathans Hand, bis er sich beruhigt hatte.

*

Beinahe zwei Tage schlief Nathan durch. Albträume plagten ihn, und oft schrie er im Schlaf. Nur als der Arzt kam und seine Wunden begutachtete, reinigte und neu verband, wachte er kurz auf. Er hatte Stichwunden und etwas, das dem Urteil des Arztes nach ein Streifschuss sein musste.

Als das Fieber endlich nachließ und Nathan länger wach war, setzte sich Vincent zu ihm, während Sandrine und Betje das Essen vorbereiteten. Die Tür zum Hinterhof stand auf, sodass der Duft der Kräuter und Blumen, die Betje dort gepflanzt hatte, hereinströmten.

Betje reichte ihm einen Becher mit einer bräunlich weißen Flüssigkeit. Nathan schnupperte zögerlich. »Das riecht gut. Was ist das?«

»Kandeel. Bier, Eier, Milch und Gewürze sind darin. Das bekommen normalerweise Frauen nach der Geburt, es nützt aber auch anderen Geschwächten«, sagte sie.

»Entschuldige, dass ich euch diese Mühe mache, aber ich …«

Vincent unterbrach ihn. »Rede keinen Unfug. Du bist mein Freund. Es wird nie eine Mühe sein, dich bei uns zu haben.«

Neben ihnen ließ Betje Frikadellen in einer Pfanne braten, während sie schnell und zugleich ruhig einen Selleriesalat mit Zitronensaft und schwarzem Pfeffer bereitete. Der Duft ließ Vincent das Wasser im Munde zusammenlaufen.

Nathan starrte in seinen Becher. »Nach Nieuwpoort konnte ich nicht einfach weitermachen, als wäre nichts gewesen.«

»Du warst also bei der Schlacht dabei? Boten verbreiteten die Nachricht vom Sieg des Grafen von Nassau.«

»Das ist die Frage. Ob es ein Sieg ist. Wenn es einer ist, dann ist es ein teuer erkaufter. Beinahe fünftausend Mann haben ihr Leben gelassen.« Erschüttert beschrieb Nathan, wie überall in den Dünen und am Strand Leichen gelegen hatten. »Körper trieben in den Wellen, wurden an den Strand gespült. Der Sturm bedeckte sie mit Sand, klebrig und schwer wie das Blut, das den Dünenstreifen vor Nieuwpoort befleckt hat.« Nathan stockte. »Wie Oldenbarnevelt mir befohlen hat, habe ich Graf Moritz und Friedrich Heinrich nicht aus den Augen gelassen. Oft genug geriet ich selbst in Scharmützel. Einmal konnte ich eingreifen, als Friedrich Heinrich in Gefahr geriet. Vielleicht habe ich sogar sein Leben gerettet. Und wofür? Die Schlacht ist gewonnen, aber Nieuwpoort wurde nicht eingenommen. Stattdessen spaziert Infanta Isabella vor der Stadt herum, als wolle sie die Belagerer verhöhnen.« Er trank einen Schluck und streichelte Betjes Katze, die zu ihm aufs Bett gesprungen war.

»Dennoch gilt Graf Moritz als Sieger.«

»Was soll Oldenbarnevelt auch sagen? Er hat auf dieser Schlacht bestanden. Soll er zugeben, dass es ein Fehler war?« Nathan wog schwer das Haupt. »Nein, wir werden sogar ein Fest im Haag vorbereiten müssen, um die Ankunft des Siegers zu feiern.«

»Zu was war diese Schlacht denn nütze?«, warf Sandrine ein, die mit Betje den Tisch deckte.

»Zu nichts. Es ist nicht einmal klar, ob unsere Armee nach Dünkirchen weiterziehen wird, um die Kaperer zu bekämpfen, wie es ursprünglich der Plan war. Wir sind mit knapper Not davongekommen. Wenn wir Pech haben, gelingt es den Spaniern, uns in Ostende einzukesseln und zu belagern. Oldenbarnevelt hat sich verkalkuliert – das wird der Graf ihm nie verzeihen. Zumal Gerüchte umgehen.«

»Was für Gerüchte?«

Nathan senkte die Stimme. »Nieuwpoort sei eine Falle gewesen und Oldenbarnevelt ein Verräter. Es heißt, einige treue Oranier planten einen Umsturz. Jacob Valcke, Schatzmeister von Zeeland und Botschafter, will Moritz von Nassau angeblich zum Alleinherrscher über die Niederlande machen. Und genau das, heißt es, wollte Oldenbarnevelt verhindern.«

»Was für Folgen das hätte! Abgesehen vom Politischen: Ein Herrscherhof kostet meines Wissens Unsummen. Und die Generalstaaten haben ohnehin kein Geld.«

»Eben.«

»Außerdem brauchen wir keinen König oder etwas Ähnliches – wir kommen auch so klar.«

Sie redeten, bis das Essen fertig war. Sandrine wollte Nathan einen Teller füllen, aber dieser bestand darauf, sich mit an den Tisch zu setzen. Er entspannte sich sichtlich, und seine Wangen färbten sich rosa, doch schließlich wurde er auch wieder müde. Vincent half seinem Freund ins Bett, dann zogen sie sich zurück. Nathan sollte sich nicht überanstrengen.

Als Vincent in ihre Schlafkammer kam, saß Sandrine noch bei Kerzenlicht am Tisch und malte. Müde und angespannt sah sie aus. Er neigte sich über sie, umarmte und küsste sie sanft. »Was machst du denn? Wolltest du nicht schon lange schlafen?«

»Die Bilder gehen mir nicht aus dem Kopf«, murmelte sie, fuhr mit dem Pinsel durch die Tusche und strichelte Schatten. Erst jetzt erkannte er, dass sie eine Dünenlandschaft gemalt hatte, in der menschliche Körper lagen.

»Mir scheint, du hast ein paar Stunden zu viel genommen«, sagte Vincent, dem es nicht behagte, dass Sandrine derzeit den Unterricht bei David Vinckboons besuchte.

»Joost kann es als Druckvorlage verwenden. Die Menschen müssen wissen, was wirklich in Nieuwpoort geschehen ist«, antwortete Sandrine leise.

Vincent zog sie hoch und schloss sie in die Arme. Er wusste, dass viele meinten, Frauen sollten die bedeutenden, gewichtigen Sujets den männlichen Malern überlassen. Vielleicht hatte das auch damit zu tun, dass es das Gemüt belastete, wenn man sich so intensiv mit Gewalt und Tod beschäftigte. Auf der anderen Seite suchten Sandrines Berührungen nun nicht mehr Trost, sondern etwas anderes …

Während sie sich küssten, gingen sie langsam rückwärts. Als Vincent die Bettkante spürte, ließ er sich fallen und zog sie mit sich. Sie mussten beide lachen, als sie auf das Bett kugelten. Es tat gut, für einen Augenblick an etwas anderes zu denken.

Nachdem sie sich geliebt hatten, kuschelte Sandrine sich an ihn. »Denkst du, Gott straft mich, weil ich male und nicht wie die anderen Bürgersfrauen …«, flüsterte sie unvermittelt.

»Nein! Wie kommst du darauf – hat jemand etwas zu dir gesagt?« Vincent drückte Sandrine an sich und küsste ihren Scheitel. Er wusste, dass sie manchmal haderte, weil sie noch kein Kind bekommen hatten. »Es ist einfach noch nicht an der Zeit, das ist alles.«

»Hat Nathan niemanden? Keine Ehefrau, keine Geliebte oder … einen Geliebten?«

Auf den Gedanken war Vincent noch gar nicht gekommen. »Nein. Er ist sehr … diskret, was das angeht.«

»Und sehr einsam.« Sandrine schnappte nach Luft, sie klang müde. »Es ist ja schön und gut, wenn man wichtig ist und mit wichtigen Menschen zu tun hat. Aber wenn das Leben eines Tages vorbei ist, wird man nicht daran denken, dass man mit Königinnen und Prinzen geredet hat, sondern an die Menschen, die man geliebt hat.«

»Ich glaube, Nathan hat den Wunsch, etwas für die Menschen zu verändern, ihr Leben besser zu machen.« Zumindest war es das, was Vincent mit seinem Freund zu teilen glaubte.

*

Als Betje morgens in die Küche kam, um sich das Frühstück zu machen, hörte sie leises Fluchen. Nathan humpelte mit einer Wasserschale durch den Raum. Sein Leibhemd und die Fliesen waren nass, und seine dichten Augenbrauen bildeten einen Keil.

»Was machst du denn?«, rief sie, nahm ihm die Schale ab, stellte sie auf den Boden und führte ihn zur Pritsche.

Es mied ihren Blick. »Ich wollte mich waschen und die Wunden reinigen. Der Verband … ist durch.« Ganz selbstverständlich wollte Betje ihm aus dem Hemd helfen. »Nein, lass … bitte.« Er hielt ihre Hand fest. »Das ist mir peinlich.«

»Ich habe dich bei deiner Ankunft auch schon gewaschen. Nachts habe ich deine Hand gehalten, als du Albträume hattest.« Das schien ihm erst recht unangenehm zu sein. »Und im Waisenhaus habe ich schon viele Wunden verbunden. Also stell dich nicht an«, sagte Betje in einem Ton, den sonst nur Mevrouw Haesje anschlug.

Nathan mühte sich aus dem Hemd. Als es nicht gelang, duldete er, dass sie ihm half. Schließlich saß er nur noch in Leinenhose vor ihr. »Woher weißt du von meinen Albträumen?«

Betje nahm ihm den Verband ab und wusch die Wunde aus. »Du hast im Schlaf geschrien und gestöhnt. Da meine Kammer am nächsten zur Küche liegt …«

»Das tut mir leid.«

»Hör endlich auf, dich zu entschuldigen!« Sie betrachtete seine Beinwunde.

»Ich müsste besser damit fertigwerden, aber ich werde die Bilder nicht los«, sagte er leise.

»Du musst neue Bilder finden, stärkere.«

»Ich dachte schon, du rätst mir, ich solle Trost bei Gott suchen.«

Betje zog den Verband fester zu als nötig, dann löste sie ihn wieder. »Wie könnte ich? Ich weiß ja, dass der Glaube schuld an dem tausendfachen Leid ist, das du gesehen hast.«

Er schwieg. Ein erster Sonnenstrahl fiel in die Küche. »Was sind das alles für Pflanzen?«, fragte Nathan und wies auf das Fenster, als müsse er sich ablenken.

»Alles, was wir für die Küche brauchen. Und ein paar Blumen. Aber letztlich ist der Hof zu klein und zu dunkel.«

»Die Natur ist schon erstaunlich. Wusstest du, dass Admiral Heemskerck unterwegs auf verschiedenen Inseln etliche Pflanzen zur

Versorgung unserer Schiffe gesetzt hat?« Nathan wurde munterer. Ein wenig hatte Betje aber auch das Gefühl, dass er seine Unsicherheit durch Reden überspielen wollte. »Ich bin wirklich gespannt, was daraus wird. Vielleicht bauen wir eines Tages auch hier exotische Gewächse wie Pfeffer an. Mit Tabak wird ja bei Amersfoort schon experimentiert.«

*

Ab jetzt erholte Nathan sich schnell. Am meisten Sorge bereitete ihnen die Wunde am Bein, das er noch nicht wieder richtig beugen konnte. Mit der Genesung kam jedoch auch die Unruhe. Wann immer es seine Zeit zuließ, ging Vincent mit Nathan im Hinterhof auf und ab, damit sein Freund wieder zu Kräften kam, denn er wusste, dass Nathan bald eine Kutsche nach s'Gravenhage nehmen würde.

»Ich weiß nicht, wie ich weitermachen soll, wenn Oldenbarnevelt gestürzt wird«, meinte Nathan an einem lauen Abend. Sandrine lehnte an der Hausmauer und malte die Katze, während Betje in aller Ruhe welke Blüten und Blätter von den Pflanzen zupfte und einen Blumenstrauß band.

»Bist du denn sicher, dass das geschieht?«, fragte Vincent. »Außerdem hast du doch weitere Aufgaben, den diplomatischen Verkehr mit England zum Beispiel.«

»Auf die besten Posten werden andere befördert.«

»Warum?«

»Weil sie bessere Beziehungen haben. Außerdem wird Königin Elisabeth wegen Nieuwpoort toben. Viele ihrer Soldaten sind gefallen, unter anderem ein ganzes Regiment heldenhafter Schotten.« Nathan hielt sich an Vincent fest und beugte das Knie, das mit jedem Mal ein wenig beweglicher wurde. »Als ich am Strand von Nieuwpoort um mein Leben kämpfte, habe ich mich gefragt, wofür ich das alles auf mich nehme. Viele einflussreiche Männer sorgen bestens für ihr Wohl und das ihrer Familien, Oldenbarnevelt eingeschlossen. Und ich? Was habe ich erreicht?

»Bislang hattest du Freude am Strippenziehen. An den Verlockungen der Macht. Am Umgang mit gekrönten Häuptern.«

»Warum wird denn nicht einfach alles so gelassen, wie es jetzt ist, und Frieden geschlossen? Die Habsburger behalten ihre Provinzen, wir unsere«, warf Sandrine ein.

»Weil keine der Kriegsparteien von ihren Vorstellungen abrückt und die Lage akzeptiert. Die Habsburger wollen die nördlichen Provinzen um jeden Preis wieder katholisch machen, die Calvinisten akzeptieren die Katholiken nicht. Jede Partei will das Land zurück, das ihr vermeintlich zusteht.«

»Hier in Amsterdam leben wir doch auch friedlich miteinander«, wandte Betje ein.

»Weil in Amsterdam das Geld der wahre Gott ist. Ein Gott, der jeden toleriert, solange die Geschäfte laufen.« Nathan machte eine vage Handbewegung. »Apropos – was machen der Amsterdamer Handel und die Architektur?«

»Die Stadt platzt aus allen Nähten. Kirchen und Waisenhäuser sind überfüllt, und selbst im Rasphuis wird es eng.«

»Rasphuis?«

»So wird das Tuchthuis genannt, seit die Insassen das Brasilholz für die Tuchherstellung raspeln müssen. Eine Knochenarbeit, nach der sich viele hoffentlich vornehmen, ein anständiges Leben zu führen. Für eine Erweiterung der Stadt braucht es Geld und die Zustimmung der Generalstaaten. Ich bin froh, dass ich auch eigene Klienten habe.«

Michiel lief lachend heran, und Vincent fing den Ball auf, den der Junge ihm zuwarf. Annemieke kam hinterher und übernahm das Spiel.

»Was die Geschäfte angeht: Die Ostindienfahrten bringen noch immer gute Profite, aber die Konkurrenz wird härter. Der Ruf nach einem Monopol wird laut. Vor allem Mijnheer Pauw sucht Unterstützer für diese Bestrebungen; auch will er eine Handelskompanie für Westindien gründen.«

Nathan zupfte ein Salbeiblatt ab, zerrieb es zwischen den Fingern und roch daran. »Da hat er Graf Moritz auf seiner Seite. Der will schon lange eine Flotte ausrüsten, die dem spanischen König die Silberminen abspenstig macht.«

»Dein Herr Oldenbarnevelt sollte sich ebenfalls mit der Handelskonkurrenz beschäftigen, sonst fließt bald auch aus Amsterdam kein Geld mehr.«

Nathan beugte erneut das Knie. »Das darf keinesfalls passieren! Andererseits haben sich Kaufleute aus diversen Provinzen deswegen bereits an Oldenbarnevelt gewandt, nicht nur die Amsterdamer. Du weißt ja, dass die Zeeländer auch Ansprüche anmelden. Oldenbarnevelt hingegen will den freien Wettbewerb.«

»Oldenbarnevelt muss aufpassen, dass sich nicht noch mehr gegen ihn wenden. Er braucht einen Erfolg, von dem auch die Bevölkerung profitiert.« Vincent überlegte. »Hier in Amsterdam gibt es unzählige Steuern, die uns das Leben schwer machen, die hohen Preise ebenso. Nicht nur die einfachen Leute kämpfen ums Überleben, auch viele Handwerksmeister, denen es früher nie schlecht ging. Der Ostindienhandel bringt wahre Reichtümer – aber zu wenige haben etwas davon. Das muss doch auch anders gehen!«

»In England läuft es ähnlich. Die *East India Company* will einen Freibrief von Königin Elisabeth auf den Handel. Zur Finanzierung ihrer Unternehmen will die *EIC* Anteile ausgeben, die sie Aktien nennen. Allerdings ist nur die Gentry beteiligt. Alle anderen gehen leer aus.«

Ein Gedanke hatte in Vincent Gestalt angenommen. »Vielleicht wäre eine vereinte Kompanie auch ein Erfolg versprechendes Modell für die Niederlande. Du könntest dich mal mit van Os und Pauw darüber unterhalten.«

»Die kennen mich doch gar nicht. Und – seien wir ehrlich – im Augenblick bin ich auch nicht sehr respektabel.«

»Daran soll es nicht scheitern.«

Bei seinem nächsten Besuch bei Dirck van Os ließ Vincent beiläufig fallen, dass er für kurze Zeit den Sekretär Johan van Oldenbarnevelts zu Gast hatte. Tatsächlich bat der Kaufmann sofort um ein Gespräch und brachte noch am gleichen Abend Jan Poppen und Reinier Pauw mit in die Gravenstraat. So hohen Besuch hatte Vincent noch nie gehabt. In seinem Kontor betrachteten die Herren interessiert seine neuesten Entwürfe.

Nachdem Nathan über die Schlacht bei Nieuwpoort berichtet hatte, kamen sie auf den Überseehandel und die Haltung der Generalstaaten zu sprechen. Nathan machte klar, dass er nicht befugt war, irgendetwas zuzusagen, die Wünsche der Kaufleute jedoch bei seinem Herrn vorbringen könnte.

»Wir haben die Pionierarbeit geleistet. Allein, wenn ich daran denke, wie Dominee Plancius und Mijnheer van Os die Seekarten zusammengetragen haben! Die ersten Erkundungsreisen waren sehr risikoreich. Es ist das Mindeste, dass diese Vorarbeit gewürdigt wird und wir von den Generalstaaten geschützt und unterstützt werden«, meinte Pauw.

»Es ist nun aber so, dass es selbst in Amsterdam weitere einflussreiche Handelsgruppen gibt, die nichts mit den Nachfolgern der *Compagnie van Verre* zu tun haben. Von anderen Provinzen wie Zeeland ganz zu schweigen«, wandte Nathan ein.

»Nachahmer, allesamt!«, sagte Pauw hart. »Sorgen dafür, dass der Markt mit Pfeffer überflutet wird und der Preis fällt!«

»Dennoch gibt es sie. Wie lauten also Eure Vorschläge?«

Dirck van Os klang verbindlicher. »Wir erhalten das Monopol auf den Ostindienhandel und werden uns als Nächstes Westindien zuwenden. Wir haben bereits bewiesen, dass wir das Monopol der Spanier und Portugiesen brechen können.«

Nachdem die hohen Gäste gegangen waren, saßen Vincent und Nathan bei einem Wein zusammen. »Klar ist, dass die Kaufleute um Pauw den Überseehandel vorantreiben werden«, sagte Nathan. »Ob die Generalstaaten damit einverstanden sind oder nicht. Oldenbarnevelt muss sich damit befassen.«

Vincent strich nachdenklich über den Rand seines Glases. »Wenn ich ehrlich sein darf: Mir missfällt, dass wieder nur die Reichsten profitieren. Das Schöne an der *Compagnie van Verre* war, dass selbst Ruben und ich einen Gewinn machen konnten, der es mir ermöglicht hat, dieses Haus zu kaufen. Bei der zweiten Handelsreise haben wir einen Profit von vierhundert Prozent eingestrichen.«

Ein Grinsen huschte über Nathans Gesicht. »Das war lohnend, auch wenn unsere Investition natürlich nicht so hoch war wie die mancher Poorter.«

»Auch in Zukunft müsste jeder die Möglichkeit haben, Anteile am Überseehandel zu erwerben.«

*

Einige Wochen später verschloss Nathan in s'Gravenhage eine Holzkiste. Ein kleiner Dank, den er nach Amsterdam schicken würde. Für Vincent hatte er eine neue Ausgabe von Palladios Büchern zur Architektur ausgesucht, für Sandrine Pinsel und Farben und für Betje einige besondere Kräuter. Wann immer die Erinnerungen an Nieuwpoort oder Zweifel ihn zu übermannen drohten, dachte er an die Hilfe seiner Freunde zurück. An die Gespräche mit Vincent, an Betjes und Sandrines Warmherzigkeit. Bei ihnen brauchte er sich nicht zu verstellen, brauchte keine Strippen zu ziehen, um voranzukommen. Andererseits war er davon überzeugt, dass bald die Zeit gekommen war, den verdienten Lohn einzufahren. Durch einen guten Posten, durch eine lukrative Heirat. Oder durch beides.

58

Ende 1601

Im Gildehaus herrschte bedrückte Stimmung. Seit einiger Zeit hatte Vincent den Posten des Schatzmeisters inne, und er hatte weitaus mehr Geld ausgeben müssen, als eingenommen wurde. Seit die Seuche sich in der Stadt ausgebreitet hatte, hatten sie schon etliche Gildemitglieder zu Grabe tragen müssen. Als er die Summe notierte, die ihnen blieb, wog Meister Gisbert das Haupt. »Wir können Aerts Familie nicht auch noch unterstützen. Er war auch noch nicht lange genug Mitglied.«

»Seine Witwe hat zwei kleine Kinder. In einem halben Jahr hätte er die Frist erreicht«, wandte Vincent ein.

Gisbert scheute den Blickkontakt. »Seine Frau muss woanders Hilfe suchen. Wir haben mit den rechtmäßigen Mitgliedern genug zu tun.«

Nach der Sitzung ging Vincent hinaus. Er wusste, wo Kniertje und ihre Kinder wohnten. Auch ihr Haus markierte das schwarze P, das alle davor warnte, dass hier Pesttote zu beklagen waren. Durch die geschlossene Tür teilte er der Witwe die Entscheidung der Gilde mit. Aus dem Haus drang ersticktes Weinen. Kniertje tat ihm leid, und so schob Vincent einige Münzen aus seinem eigenen Geldbeutel unter der Tür hindurch.

Das öffentliche Leben war zum Erliegen gekommen. Die Seuche raffte vor allem die Armen dahin, die beengt in elenden Hütten hausten. *Die Regenten hätten längst etwas gegen diese Zustände tun können, aber noch hat es ja keinen von ihnen getroffen*, dachte Vincent bitter. Vereinzelt sah er die Pestärzte mit ihren Schnabelmasken und Stöcken oder Leichenträger. Nur im Notfall wagte sich noch jemand auf die Straße – und zum Gottesdienst. Seit sich vor ein paar Tagen die Sonne verdunkelt hatte, waren die Kirchen noch überlaufener als sonst.

Obgleich er oft genug mit Dominee Plancius über den Lauf der Sterne geredet hatte, schauderte es auch Vincent, wenn er an die Sonnenfinsternis dachte. Er war gerade mit Sandrine und Michiel im Hof gewesen, als sich ein Schatten vor die Sonne geschoben hatte. Erst hatten sie gedacht, dass es gleich zu schneien anfangen würde, aber dann war es dunkler und dunkler geworden. Als sie den Blick zum Himmel gehoben hatten, hatten sie beobachten können, wie sich etwas vor die Sonne schob. Mitten am Tag hatte gleichzeitig eine gespenstische Halbmondsichel am Himmel gestanden. Die panischen Schreie ihrer Nachbarn waren bis in ihren Hinterhof gedrungen, und auch ihnen war mulmig zumute gewesen. Einige Tage zuvor hatte in Amsterdam die Nachricht die Runde gemacht, dass ein gewaltiger Wal an die Küste gespült worden war – ebenfalls ein böses Omen, wie manche behaupteten.

Vincent schüttelte die bedrückenden Gedanken ab. In seiner eigenen Nachbarschaft gab es glücklicherweise bislang nur wenige Pestzeichen. Er hatte Sandrine gebeten, so wenig wie möglich das Haus zu verlassen; dennoch war seine Frau oft mit Betje und dem Kleinen unterwegs, um Freunden, Nachbarn oder den Waisenkindern zu helfen. Sie beharrte darauf, dass sie nicht immer nur in den eigenen vier Wänden bleiben, sondern auch mal den Himmel sehen müsse.

Als Vincent das Haus betrat, war alles still. Die Farbe auf der Leinwand, an der Sandrine gerade gearbeitet hatte, war jedoch noch feucht. Auch seine Frau beschäftigten die Ereignisse der letzten Zeit, denn das Bild zeigte die Sonnenfinsternis über den Giebeln Amsterdams, unheimlich dräute der orangene Schein hinter dem schwarzen Schatten.

Vincent suchte das Haus ab, zunehmend besorgt. Wo waren denn alle?

Schließlich klopfte er nebenan. Der Nachbar öffnete nicht, kam aber an die Tür. »Irgendjemand hat Hilfe gebraucht, also ist Eure Gattin los. Richtung Dam, glaube ich …«

Schon lief Vincent los. Vom Dam hörte er Schreie. An den Pforten der Nieuwe Kerk drängten sich die Gläubigen, wie so oft war der Tempel überfüllt. Da, ein Stück weiter – ein Tumult! Büttel hielten eine einfach gekleidete Frau fest, doch diese bäumte sich immer wieder auf und riss sich los. Sogleich suchte er die Gesichter der Umstehenden ab. Blasse Haut, rote Triefnasen, teilweise offene Wunden auf der Haut. Er sollte hier verschwinden. Und warum sollte Sandrine …

In diesem Augenblick entdeckte er seine Frau hinter den Bütteln. Sandrine trug Michiel auf dem Arm, obgleich er zu schwer dafür war. Da war Annemieke. Und er erkannte auch die tobende Frau. *Majken.*

»Rettet euch, um Himmels willen. Wir alle sind des Todes!«, rief sie, während die Büttel sie zu Boden brachten. »Ich habe den Feuerball gesehen, der uns vernichten wird. Der Teufel wird uns fressen, so wie er die Sonne verschlungen hat. Die Welt wird untergehen. Wendet Euch ab vom Mammon!«

Vincents Brust wurde eng. Das Elend hatte Majken zugesetzt. Er hatte oft versucht, sie zu unterstützen, aber sie hatte es abgelehnt. Zugleich war sie immer fanatischer in ihrem Glauben geworden. Die Büttel hatten Majken jetzt gefesselt und ihr einen Stofffetzen in den Mund gestopft. Trotzdem bäumte sie sich noch immer auf.

Vincent lief zu Sandrine. »Ihr geht nach Hause, sofort! Ich kümmere mich um Majken.«

»Wir müssen ihr helfen!«

Vincent packte seine Frau bei den Schultern. »Ich kümmere mich, versprochen. Aber du gehst jetzt mit Michiel und Annemieke auf direktem Wege nach Hause! Ihr dürft euch nicht in Gefahr bringen!«

Aus dem Augenwinkel sah er, wie die Büttel Majken wegschleiften. Sofort stürzte er ihnen nach. »Ich bin Vincent Aardzoon, Baumeister in dieser Stadt und Schatzmeister der Barbaragilde. Ich kenne diese Frau. Lasst sie gehen.«

»Das ist eine Furie. Wir müssen sie ins Tollhuis bringen.«

»Sie ist nicht verrückt!« Majkens Anblick erschreckte auch Vincent, zugleich wusste er, dass die Verhältnisse im Tollhuis unmenschlich waren. »Die Ereignisse der letzten Zeit haben viele nervös gemacht! Der Ausbruch der Pest, der Wal und dann die Verdunkelung der Sonne …«

»Jeden macht das nervös, Mijnheer. Aber wir springen nicht vor dem Rathaus herum und wiegeln das Volk auf. Sie kann froh sein, dass wir hier in Amsterdam so nachsichtig sind. Denkt an die Wiedertäuferin, die bei Brüssel auf Befehl des Erzherzogs lebendig begraben wurde.«

Vincent überlegte. Eigentlich konnte er kein Geld erübrigen. Andererseits konnte jeder in dieser Notlage Unterstützung gebrauchen. »Und wenn ich Euch ein paar Münzen gebe – als Entschädigung für Eure Mühen?«

»Wollt Ihr uns etwa bestechen?«

Vincent suchte Majkens Blick. »Bringt sie wenigstens ins Spinhuis. Wenn sie erst im Tollhuis ist, kommt sie nie wieder raus. Sie hat Familie, eine Tochter.« Bei diesen Worten beruhigte Majken sich etwas. »Sie wird Euch keine Scherereien mehr machen.«

Die Büttel willigten ein, und Vincent war erleichtert. Aus dem Spinhuis würde er Majken vielleicht herausholen können.

Kurz entschlossen folgte Vincent den Bütteln und der Gefangenen. Er erinnerte sich noch genau an den Tag, an dem er den Ursulakonvent in Augenschein genommen hatte, um ihn gemeinsam mit Hendrick de Keyser zu einer Besserungsanstalt für Frauen umzubauen. Vor der Einrichtung des Spinnhauses waren herumstreunende oder straffällige Frauen in die Kapelle der Georgskirche oder ins Pietershospital gesteckt worden, wo sie an Webstühlen nützliche Arbeit verrichten und gebessert werden sollten.

Aus dem Tor des Spinnhauses am Oudezijds Achterburgwal wurde gerade ein Leichenkarren geschoben. Eilig gingen sie auf Abstand. Vincent hielt sich ein Tuch vor den Mund, um die schädlichen Miasmen nicht einatmen zu müssen. Hatte Majken recht, und der Himmel strafte sie?

Nachdem die Aufseherin Vincent auf den nächsten Tag vertröstet hatte, hastete er nach Hause und überzeugte sich, dass seine Familie in Sicherheit war. Dann machte er sich auf zu Hendrick de Keyser. Als er eintrat, schloss der Architekt eilig einen großen Schrank, doch Vincent wusste ohnehin, dass sich darin Heiligenbilder befanden. De Keyser arbeitete seit einiger Zeit an dem reich verzierten Grabmal, das Amsterdam der Stadt Hoorn verehren würde. Es sollte an Petrus Hoogerbeets erinnern, einen gelehrten Arzt und Dichter, der vor zwei Jahren an der Pest gestorben war. »Wir konnten die Bauarbeiten noch nicht wieder aufnehmen. Viele Arbeiter sind krank, auch ist der Frost zu stark. Außerdem wurde Verschalholz gestohlen. Wenn das so weitergeht, müssen wir die Baustelle bewachen lassen«, berichtete er.

»Tut das.«

Vincent breitete den Bauplan für die neue Zuiderkerk aus, den de

Keyser und er gemeinsam durchgingen. Es war die erste Kirche, die eigens für den reformierten Gottesdienst errichtet wurde.

De Keyser wirkte abgelenkt. »Die Vroedshap hat noch kein Geld für den Bau freigegeben. Außerdem ist einer meiner Neffen erkrankt.«

»Das tut mir leid. Ich bete für die Gesundheit Eures Neffen und Eurer Familie.«

»Habt Dank. Gottes Wille wird geschehen.«

Schweigend arbeiteten sie weiter. »Diese Katastrophe beweist doch, dass endlich etwas getan werden muss!«, brach es irgendwann aus Vincent heraus. »Die Regenten müssen sich endlich für einen Stadtausbau einsetzen. Die Elendsquartiere müssen verschwinden und die Friedhöfe müssen an den Stadtrand verlegt werden.«

»Die Friedhöfe planieren und bebauen? Unseren Kirchen ist schon genug angetan worden.«

Spielte de Keyser wieder auf den Bildersturm und das Entweihen der Gotteshäuser und Klöster an?

»Gott prüft uns und diese Stadt. Vielleicht straft er uns auch. Aber wir dürfen nie vergessen, dass die Toten in eine bessere Welt kommen.«

»Dennoch ist es an uns, die Rahmenbedingungen unseres Zusammenlebens zu verändern. Wir können Katastrophen wie diese hier verhindern«, widersprach Vincent.

»Niemand kann Gottes Willen verhindern!«, wies de Keyser ihn scharf zurecht. Dann wandte er sich wieder dem Grabmal zu.

Von Ärger und Ungeduld erfüllt, lief Vincent zum Rathaus. Von den Bürgermeistern war nur Cornelis Hooft anwesend, der als besonders pflichtbewusst galt. Vincent dachte an den Brief, den er erst vor Kurzem von Nathan erhalten hatte. Die Gründung der *VOC* schien beschlossene Sache zu sein. Welchen Anteil Nathan an dieser Entscheidung hatte, ließ sich nicht sagen – ein Erfolg war es allemal.

»Wir haben schon öfter über die Enge in der Stadt gesprochen, die sich nun rächt«, sagte Vincent. »Wenn ihr an den Stadttoren niemanden abweisen wollt, müssen Maßnahmen ergriffen werden, um die

Stadt zu erweitern, sonst wird die nächste Seuche noch gravierendere Auswirkungen haben.«

»Euch sollte bekannt sein, dass uns Grenzen gesetzt sind. Wir dürfen das Stadtgebiet nicht nach Belieben vergrößern«, sagte Hooft.

»Das ist mir bekannt. Aber Ihr seid ja ohnehin mit den Generalstaaten im Gespräch. Der Stadt kann eine Erweiterung nicht verweigert werden. Immerhin halten wir den Staat am Laufen, finanzieren den Krieg. Mehr Einwohner bedeuten höhere Steuereinnahmen.«

»Das ist richtig. Allerdings ist es so, dass wir … sagen wir … die Geduld der Generalstaaten ohnehin strapaziert haben …«

»Ihr spielt auf die Gründung der *Vereinigten Ostindischen Compagnie* an?«

»Ihr wisst bereits davon? Das hätte ich mir denken können, bei Euren Verbindungen.«

Vincent war nicht bereit aufzugeben. »Man müsste ein Pesthaus einrichten, um die Angesteckten abzusondern.«

Hooft schnaubte. »Wollt Ihr Euch noch mehr Arbeit beschaffen?«

»Daran ist nichts Verwerfliches. Mir geht es um eine Stadt, die den Menschen dient, die ihnen ein menschenwürdiges Leben bietet. Wir bräuchten auch einen weiteren Friedhof, möglichst außerhalb der Stadtgrenzen, um schädliche Miasmen fernzuhalten.«

Ungeduld zeigte sich auf Hoofts Gesicht. »Das meint Stadtarzt Egbertszoon auch. Aber ich sagte ja bereits: Uns sind enge Grenzen gesetzt.«

»Es gab doch auch ein Kloster vor den Stadttoren …«

»Das Karthuizerklooster. Dort leben einige Mönche, die ihren Glauben nicht aufgeben wollten.«

»Dieses Kloster muss doch einen Kirchhof haben, vielleicht könnte man den nutzen.«

Hooft wandte sich seinen Papieren zu. »Prüft das, und teilt mir das Ergebnis mit. Dann werde ich sehen, was ich tun kann.«

Zwei Tage nach Neujahr sahen sie auf dem Weg zum Kirchgang, dass bei einem Haus in ihrer Straße ein »P« an die Wand gepinselt wurde. Dort lebte eine Familie mit vielen Kindern, und man konnte nur hoffen, dass der Tod keine allzu reiche Ernte hielt. Sandrine strauchelte, und Vincent hielt sie fest. Er musterte sie besorgt.

»All diese Toten«, sagte Sandrine bedrückt. »Auch im Spinnhaus sind viele Frauen krank.«

Vincents Versuch, Majken dort herauszuholen, war gescheitert. Majken müsse durch Arbeit gebessert werden, hatte die Aufseherin gemeint und ihm lediglich erlaubt, kurz mit ihr zu sprechen. »Vielleicht solltet ihr sie nicht so oft besuchen«, sagte er nachdenklich.

Betje, die mit Michiel an der Hand vorausging, wandte sich um. »Das Essen ist knapp, und die Zustände sind bedrückend, wir müssen ihr doch beistehen. Ich bin froh, dass Annemieke heute bei ihr ist.«

Obgleich sie früh dran waren, herrschte an den Pforten der Nieuwe Kerk schon Gedrängel. Keiner wollte den Gottesdienst vor der Kirche verbringen müssen, weil diese überfüllt war. Feine Herrschaften, die sich zu ihren Bänken schoben, schimpften über den Pöbel, der ihnen den Weg versperrte. Als Gildevertreter hatte auch Vincent Anspruch auf einen Sitzplatz, während Betje stehen musste. Überall schniefte und hustete es, manche Kirchbesucher spuckten auf den Boden und wurden dafür vom Kirchendiener verwarnt.

Er spürte, wie Sandrines Kopf auf seine Schulter sank; dabei war es gar nicht ihre Art, tagsüber zu schlafen. Sofort malte er sich das Schlimmste aus. Seine Brust wurde eng bei dem Gedanken, dass er sie verlieren könnte. Er musste sie gut beobachten und im Zweifelsfall schnell den Arzt kommen lassen.

Endlich war der Gottesdienst vorbei. Vincent schickte Betje und Michiel voraus. Unauffällig weckte er seine Frau. Er sehnte sich nach frischer, sauberer Luft. Als sie beinahe die Kirchenpforte erreicht hatten, gaben Vincents Knie nach. Oder war es die Erde, die sich bewegt hatte? Etwas krachte, zersplitterte. Menschen stürzten, schoben, schlugen um sich. Aufgerissene Augen, Münder. Er hatte sich nicht getäuscht – die Erde bebte! Blanke Panik um ihn herum. Schreie und

Stoßgebete. Ein Holzkreuz löste sich von der Wand und polterte zu Boden.

»O Herr im Himmel, erbarme dich unser!«, flehte jemand.

Sandrine klammerte sich an ihn. »Michiel! Betje!«

»Mama! Vater!« Michiels Schrei war schrill.

Die Worte trafen Vincent ins Herz. Wie oft hatten Sandrine und er überlegt, dem Kleinen abzugewöhnen, sie so zu nennen. Gleichzeitig war es richtig – sie waren seine Eltern, Rubens Beitrag hin oder her.

Über die Köpfe der Menschen hinweg entdeckte Vincent seine Schwester. Dann wurde er gestoßen, fiel beinahe. Sandrine sackte neben ihm weg, er zog sie hoch. »Wir müssen raus hier – falls die Kirche einstürzt!« Wie ein Seemann auf schwankendem Deck lief er voran, schob Sandrine hinaus auf den Platz, wo die Menschen durcheinanderrannten. Dachziegel schossen auf die Erde, streckten Fliehende nieder. »Warte hier – ich hole Betje und Michiel.«

Wieder stürzte er sich in die Menge. Da, neben der Nische, hatte seine Schwester doch eben noch gestanden! Hektisch sah er sich um. Schließlich entdeckte er sie am Fuß einer Säule, Michiel hatte sie an sich gepresst, beide weinten. Vincent half Betje hoch und schleuste auch sie hinaus. Das Beben hatte nachgelassen, aber die Panik dauerte an.

»Ich hätte nicht hierherkommen dürfen! Ich hätte nicht mit euch in diesen Tempel gehen dürfen! Gott und die Heiligen …«, brachte Betje schluchzend hervor.

»Unsinn!«, fiel Vincent ihr ins Wort. »Wer weiß, wie es dir ergangen wäre, wenn du woanders gewesen wärst! Du bist bei deiner Familie – daran kann nichts falsch sein!«

Eilig gingen sie auf die Mitte des Dams. Etliche Holzbauten waren eingestürzt. Hoffentlich hatte ihr Haus das Erdbeben unbeschadet überstanden! *Die Welt scheint wirklich und wahrhaftig aus den Fugen zu sein*, dachte Vincent. Wem konnte man es da verdenken, dass er mit dem Schlimmsten rechnete?

In diesem Augenblick brach Sandrine neben ihm zusammen.

59

Ein Karren brachte die Tote aus der Stadt hinaus. Vincents Schritte waren schwer. Er hätte nicht gedacht, dass er den Karthuizerkirchhof so bald wieder aufsuchen würde. Sicherheitshalber hatte er sich ein Tuch um den Mund gebunden, genau wie seine Begleiter. Annemieke weinte herzzerreißend und wurde von Betje gestützt. Er selbst hatte den Arm um Sandrine gelegt, die weiter kränkelte. Seit dem Erdbeben war ihr immer wieder schwarz vor Augen geworden, und sie hatte sich festhalten müssen, um nicht zu stürzen. Vincent dachte an seine letzte Begegnung mit Majken. Sie hatte gefiebert und von Vincents Vater gesprochen und davon, dass sie in gewisser Weise wie eine Familie geworden waren. Zwei Tage später war Majken tot gewesen.

Sie hatten die Stadttore durchschritten und erreichten den Karthuizerkirchhof, auf dem flache Gruben ausgehoben waren. Die Zeremonie war kurz und unwürdig; nach einem knappen Segen legte man die Leichen in die Gruben und bewarf sie mit ungelöschtem Kalk. Vincent war froh, dass sein Bruder es nicht miterleben musste. Wie es Ruben wohl ging? Seit knapp zweieinhalb Jahren war er unterwegs. Bedachte man die durchschnittliche Reisezeit nach Ostindien, müsste sein Schiff eigentlich bald zurückkehren.

Gemeinsam beteten sie für Majken und die anderen Toten, die hier ihre letzte Ruhe fanden, dann eilten sie in ihr Haus zurück, um sich nicht noch länger der Gefahr auszusetzen.

Als Vincent seine Armbrust aus dem Schrank holte, lief Michiel aufgeregt um ihn herum. Der Junge hatte seine Kinderarmbrust geschultert, fand die große jedoch viel interessanter. Für Vincent war es eine Selbstverständlichkeit, sich an der Verteidigung der Stadt zu beteiligen. Eigentlich sollte jeder Bürger Mitglied in einer der drei Schützengilden sein, viele konnten sich die Waffe jedoch nicht leisten; andere scheuten den Einsatz und bezahlten lieber einen Vertreter.

Wegen der Seuche beschränkten sie ihre Zusammentreffen im Augenblick auf das Nötigste. Es gab allerdings immer wieder Gerüchte über neue Angriffe der Spanier auf die niederländische Küste. Eine Armada von achtzig Schiffen sei unterwegs, hieß es gar.

Noch einmal ging er zu Sandrine, die an einem Landschaftsgemälde arbeitete. Es zeigte Käse, Brot und Butter auf einer Wolldecke, ein Picknick wie damals am See. Gerne wären sie wieder einmal dort hingegangen; allein, in der derzeitigen Lage wagten sie es nicht. Verstohlen musterte Vincent seine Frau. Sandrine bewegte sich langsamer und vorsichtiger als sonst, wirkte ansonsten aber eigentlich ganz wohl.

»Das Leinöl ist beinahe aus. Ich müsste …«, begann sie.

»Mit ist lieber, wenn du abwartest, bis die Seuche abebbt. Das Öl kann ich mitbringen, oder Annemieke kann es holen, wenn sie das nächste Mal auf den Markt muss.«

Sandrine umfasste seine Finger. Sofort schob sich Michiel zwischen sie, und sie nahm ihn auf den Schoß. Seit dem Erdbeben war er besonders anhänglich. »Du gehst doch auch in der Stadt herum.«

»Ich passe auf mich auf. Außerdem bin ich robust. Mich wirft so schnell nichts um.«

Licht fiel durch die Fensterläden, und zum ersten Mal seit langer Zeit hörte Vincent wieder die Vögel singen. In den letzten Wochen war die Zahl der Toten stetig zurückgegangen, und so langsam konnten sie hoffen, dass sie die Seuche überstanden hatten. Vincent entschied sich, noch einen Augenblick liegen zu bleiben, denn der Lichtstrahl wanderte gerade über Sandrines Gesicht und brachte ihre Wimpern zum Glänzen. Es war ein Anblick, an dem er sich kaum sattsehen konnte. Er neigte sich über sie, genoss ihren Duft und ihre Wärme. Als ob sie ihn spürte, drehte sie sich ihm entgegen. Er sollte aufstehen, auf die Baustelle gehen. Andererseits … Zart küsste er ihre Schlüsselbeine, zog die Decke langsam herunter, um ihren Brustansatz liebkosen zu können.

Sandrine rekelte sich und schlug ihre Augen auf. Zärtlich blickte sie ihn an. »Guten Morgen!« Sie nahm seine Hand und küsste seine

Handfläche. Langsam führte sie seine Finger über ihren Körper, genoss sichtlich seine Berührungen, und auch er spürte, wie sehr ihn ihr Verhalten erregte.

Aus der Küche waren Geräusche zu hören. Zeit, dass sie aufstanden … Er wollte sie umfassen und an sich ziehen, doch sie schob seine Hand auf ihren Bauch. Wie weich die Haut war, wie warm, wie rund … *Rund?* Sandrine war immer eher schlank gewesen, und jetzt in dieser schweren Zeit … Überrascht blickte Vincent seiner Geliebten in die Augen.

Sie lächelte. »Meine Freundin Colette sagt, dass es normal ist, wenn einem in den ersten Wochen schwindelig wird. Schließlich geht alle Kraft in den Mutterleib.«

Eine Welle der Freude überschwemmte ihn. »Wieso … wie … wie lange weißt du …«, stammelte er.

»Ich wollte erst ganz sicher sein.«

60

Fort Albert, südlich von Ostende, Februar 1602

Aletta fand keine Dienerin, die den Pelzumhang der Infantin holen konnte, also machte sie es selbst. Finster wurde sie von den Wachen gemustert, als sie durch den Gang des Gemäuers schritt. *Haltung, immer Haltung bewahren*, das hatte sie sich von Isabella abgeschaut. Derzeit fiel ihr diese Selbstbeherrschung schwer. Seit Wochen steckten sie bei bitterer Kälte in einem Fort südlich von Ostende fest. Der Plan Erzherzog Alberts, nach der Niederlage von Nieuwpoort auch Ostende und damit die letzte Besitzung der Rebellen in Flandern zu erobern, hatte sich als schwierig erwiesen. Seit einem Dreivierteljahr gruben und schaufelten, kämpften und starben spanische Soldaten vor der Küstenstadt, aber es gelang nicht einmal, die Versorgung von der See aus zu verhindern. Aletta war es längst leid, hier zu sein. Trotzdem blieb sie. Sie tat es für die Infantin – und weil sie in Brüssel noch viel stärker auf ihre eigene Misere zurückgeworfen wäre. Im Gegensatz zu Isabella, die bald erfahren hatte, dass der Erzherzog bei Nieuwpoort lediglich leicht verwundet worden war, hatte sie lange um die Gesundheit ihres Mannes und ihres Schwiegervaters gebangt. Die Verletzung hatte Diego inzwischen überstanden, dennoch ging es ihm immer schlechter, und er weigerte sich, darüber mit ihr zu sprechen.

Aletta betrat das Schlafgemach der Infantin und holte Umhang, Pelzmütze und Fellmuff. Auf dem Rückweg nahm sie ihre Ausgehkleidung gleich mit, denn die Prinzessin war oft und gerne draußen. Sie ritt, jagte und betätigte sich sogar in den Blumenbeeten. Es war Alettas Glück, dass sie weniger zimperlich war als die anderen Hofdamen.

Isabella saß in dem Saal, in dem es nie wirklich warm wurde, und unterhielt sich mit ihrem Beichtvater. Geduldig wartete Aletta auf ein Zeichen. Doch stattdessen sprang die Prinzessin auf. »Wir werden vor den Toren des Forts spazieren gehen – ich ersticke hier drin!« Sie entdeckte Pelzmütze und Muff in Alettas Händen. »Wenigstens eine meiner Damen denkt mit!«

Eisiger Wind pfiff ihnen um die Nase, als sie wenig später die Dienerinnen und den Pater abgeschüttelt hatten, die Isabella aufhalten wollten, und vor die Tür traten. Das Meer war aufgewühlt, und die Schiffe schaukelten heftig.

»Ich kann doch wohl kaum dafür verantwortlich gemacht werden, dass so viele meutern!«, rief Isabella aus. »Ich hätte nie herkommen sollen, in dieses Land, in dem es niemals warm wird.«

»Ihr dürft diese Vorwürfe nicht persönlich nehmen«, sagte Aletta leise. »Ein Schuldiger muss gefunden werden. Und das seid aus Sicht der Soldaten derzeit Ihr, wenn ich mir diese Ehrlichkeit erlauben darf.«

»Ich weiß auch, wer der wahre Schuldige ist«, sagte Isabella.

Meinte sie ihren Gatten, den Erzherzog, der von Kriegsführung keine Ahnung hatte? Oder die Günstlinge ihres Bruders, des spanischen Königs, die sich das Geld, das für die Armee gedacht war, in die eigene Tasche steckten?

Grimmig starrte Isabella auf Ostende, so grimmig, als wolle sie die

Mauern der Stadt mit ihrem Blick zum Einsturz bringen. »Nichts als Elend habe ich erlebt, seit ich hier bin. Wenn uns diese Eroberung nicht gelingt, dann haben wir uns zum Gespött gemacht. Dann kann ich mich genauso gut nach Spanien zurückziehen!«

61

Binnenhof, s'Gravenhage, 20. März 1602

Der Saal im Binnenhof in s'Gravenhage war bis auf den letzten Platz gefüllt, als Nathan in Johan van Oldenbarnevelts Gefolge eintrat. Jeder drängte sich, den Landesadvokaten zu begrüßen und ihm zu gratulieren. Es war schon erstaunlich, wie geschickt Oldenbarnevelt das Blatt gewendet hatte. Sicher, das belagerte Ostende war nicht nur ein Grab für unzählige Soldaten, sondern kostete auch Unsummen. Aber den Zwist mit Moritz von Nassau hatte Oldenbarnevelt befrieden können, beim Volk hatte er sich mit einem umfangreichen Gefangenenaustausch beliebt gemacht – unter anderem waren Hunderte niederländische Galeerensklaven aus spanischer Gefangenschaft zurückgekehrt –, und die reiche Regenten- und Kaufmannsschicht hatte Oldenbarnevelt mit dem Coup unter einen Hut gebracht, der gleich besiegelt werden würde. Heute würden die Generalstaaten die Satzung zur Vereinigung der Kompanien zur *Vereinigten Ostindischen Companie*, kurz *VOC*, unterzeichnen.

Alle Herrschaften nahmen Platz. Nathan setzte sich zwischen die Sekretäre und Gehilfen an den Rand. Sein Bein war verheilt, und seine seelischen Wunden waren es auch. Seinen Entschluss, sich in absehbarer Zeit einen dankbareren Posten zu verschaffen, hatte er aber noch nicht umsetzen können. Dabei wurde es Zeit, eine Familie zu gründen. Seltsamerweise dachte er oft an Betje, daran, wie sie sich um ihn gesorgt hatte. Wenn Oldenbarnevelt ihn protegierte – gut. Wenn nicht, würde er dessen Dienste verlassen. Er hatte genug gelernt.

Nathan lauschte konzentriert, als die Vereinbarungen noch einmal verlesen wurden. Die Verhandlungen waren mühsam gewesen, denn jede Provinz war auf ihren eigenen Vorteil bedacht gewesen. Die Zeeländer hatte Graf Moritz persönlich überreden müssen.

Er musterte die Reihe der sechsundsiebzig Bewindhebbers. Ein Teil der Amsterdamer Direktoren gehörte zu den ursprünglichen Gründern der *Compagnie van Verre*, wie Reinier Pauw und Dirck van Os, andere waren reiche Kaufleute wie Isaac le Maire. Pauw und Oldenbarnevelt waren bei den Verhandlungen immer wieder aneinandergeraten, da der Kaufmann auch noch das Monopol auf den westindischen Handel wollte. Das war aber aus verschiedenen Gründen schwierig gewesen.

Weniger stark waren die Kammern Zeeland, Delft, Rotterdam, Hoorn und Enkhuizen im Direktorat der *VOC* vertreten. Jede Kammer würde Abgeordnete für die Leitung der *VOC* wählen, für die Versammlung der »Heren XVII«, der Siebzehn Herren. Für die nächsten einundzwanzig Jahre hatten sie nun das Monopol für die von der Republik ausgehende Schifffahrt östlich des Kaps der Guten Hoffnung und jenseits der Magellan-Straße. Es war ihnen erlaubt, es mit Waffengewalt zu verteidigen. Mehr noch: Die Niederländische Ostindien-Kompanie durfte Armeen aufstellen, Festungen errichten, Gouverneure ernennen und Verträge schließen. Dafür würden die Bewindhebbers das benötigte Kapital auftreiben und nach einer Frist von zehn Jahren den Gewinn proportional zur Einlage auszahlen. Nathan begrüßte vor allem, dass jeder allein oder gemeinsam mit anderen Anteile erwerben konnte. Damit wurde das Risiko auf viele Schultern verteilt. Und wenn die Geschäfte gut liefen, würde jeder profitieren – nicht nur die reichen Regenten. Er hatte schon einen Brief an Vincent aufgesetzt.

*

Vincent wartete mit Michiel am Hafen. Ein Bote hatte ihm mitgeteilt, dass die Orientflotte angekommen war. Sie mussten ein wenig warten, dann endlich legte auch Ruben mit einem Leichter an. Seine Stupsnase reckte sich frech wie immer, und seine Stimme klang, als habe er die ganze Seereise über gegen den Wind angeschrien. An einem Ohr trug er eine Perle. Das musste er sich von einem Porträt des englischen Seehelden Raleigh abgeschaut haben. Lachend wollte Ruben Michiel auf den Arm nehmen, doch der Dreijährige versteckte sich hinter Vincent.

»Nun komm schon, begrüße deinen Vater anständig«, sagte Vincent.

Michiel schlang seine Arme um ihn. »Du bist mein Vater«, nuschelte er. Vincent hatte so etwas schon befürchtet. Sandrine und er erzählten dem Kleinen viel von Ruben, aber für ein Kind war jemand, der nicht da war, offenbar auch nicht wichtig.

Kurz wirkte Ruben betrübt, aber dann lachte er kollernd, wie es einst ihr Vater getan hatte, und schlug seinem Bruder auf die Schulter. »Das wird schon«, sagte er. »*Jezus mina*, gut, dich zu sehen! Was verschafft mir die Ehre des Empfangskomitees? Normalerweise treffen wir uns doch immer erst nach meinem Besuch bei Majken …«

Vincent fasste sich ein Herz. »Eben deshalb bin ich hier.«

Sie kehrten in einer Taverne am Damrak ein. Die ersten zwei Bier kippte Ruben schnell, Vincent konnte es ihm nicht verdenken. »Ich bin froh, dass wenigstens ihr sie im Spinhuis besucht habt, Teufel noch eins«, sagte Ruben schließlich.

»Man flucht nicht«, meinte Michiel verschämt.

»Na, du bist wohl ein feiner Pinkel, nicht so ein Hauklotz wie ich? Aber wir machen schon einen Seemann aus dir!« Ruben lachte und strubbelte Michiel die Haare.

»Du bist doch kein Hauklotz, sondern ein Weltreisender, ein Eroberer«, sagte Vincent anerkennend.

»Im wahrsten Sinne des Wortes«, bestätigte Ruben und berichtete von den Reisen und Dingen, die er dieses Mal mitgebracht hatte, wie chinesisches Porzellan und Seide. Für Michiel zauberte er ein kunstvoll geschnitztes Schiff aus der Tasche, das der Junge sogleich über den Tisch segeln ließ. »Auf so einer Fahrt hat man viel Zeit«, meinte Ruben und stopfte sich eine Pfeife. Bei den ersten Zügen sah er auf den Dam hinaus. »Hölle noch eins, was ist denn da los? Dass die Händler dort ihre Geschäfte abschließen, ist ja nichts Neues – aber das Gewimmel da?«

Vincent lachte. »Hast du noch nichts von der *VOC* gehört?«

»Doch, schon. Gleich nachdem wir eingelaufen sind. Hatte aber anderes zu tun, als mich um die neuesten Einfälle der Kaufleute zu kümmern.«

Ausführlich berichtete ihm Vincent von der *VOC*. »Jeder, der nur ein bisschen Geld übrig hat, will sich nun an den Reisen beteiligen. Das muss geschehen, ehe die Frist abläuft.«

»Aber diese Bewindhebbers werden doch wohl nicht die paar Kröten einer Oma annehmen. Das wäre ja mehr Papierkram als Verdienst.«

»Eben deshalb schließen sich die Leute zusammen. Angeblich hat die Amsterdamer Kammer über eineinhalb Millionen Gulden aufgebracht – allein für die Schiffe der Stadt.«

Ruben lehnte sich zurück und schmauchte an seiner Pfeife. »Es gibt also bald wieder Arbeit. Außerdem halte ich wohl besser meine Penunzen zusammen und suche mir einen Geschäftspartner, was? Wie viel hast du denn in die Hand genommen?«

Vincent nannte die Summe. »Sandrine und ich haben lange gerechnet.« Ein Lächeln huschte über sein Gesicht. »Wir wollen unser Geld zusammenhalten, denn wir erwarten noch dieses Jahr Nachwuchs.«

Ruben gratulierte ihm überschwänglich und bestellte gleich noch eine Runde Bier.

»Ich habe mich wieder bei Dirck van Os und Jan Poppen beteiligt«, ergänzte Vincent dann. »Die beiden sind korrekt, außerdem arbeite ich für sie. Irgendwo müssen die ganzen Waren ja gelagert werden, und als reicher Ostindienkaufmann möchte man auch einen standesgemäßen Wohnsitz haben. Es ist also gleich in doppelter Hinsicht eine gute Investition.«

*

Nachdem Vincent gegangen war, gesellte sich Ruben zu den anderen Seeleuten. Sich abzulenken wäre jetzt am besten. Er trauerte um Majken, die ihm beinahe eine Mutter gewesen war. Als er gerade aus einem vollen Krug abtrinken wollte, stieß ihm jemand in die Kniekehlen. Er knickte ein, und das Bier schwappte über sein Kinn.

»He!« Wütend fuhr Ruben herum. Er musste zweimal hinsehen, ehe er sein Gegenüber erkannte. So betrunken war er doch gar nicht!

»Immer wachsam an Deck, Matrose!« Piet lachte ihn an. Der Freund, mit dem er die ersten Jahre auf See verbracht hatte, war immer schon klein und muskulös gewesen, jetzt aber erinnerte er an einen Tanzbären, der sich von seiner Kette losgerissen hatte.

Den möchte ich nicht sauer erleben, dachte Ruben respektvoll. »Ein einfacher Matrose bin ich schon lange nicht mehr«, sagte er. »Und du? Ich dachte, die Spanier hätten dich und deinen Vater gefangen.«

Ein Schatten zog über Piets Gesicht. »Haben sie auch. Vier Jahre vor Sluis, auf einer Galeere. Weißt du, was das heißt?«

»Ich kann's mir vorstellen.«

»Nein, das kannst du nicht. Vater ist noch nicht wieder der Alte.«

Ruben bemerkte, dass Piet kein Getränk hatte. »Trink mit mir, und erzähl mir alles.«

Je länger Piet erzählte, desto bierseliger wurden beide. »Was hast du jetzt vor?«, wollte Ruben schließlich wissen.

»Den Spaniern in den Arsch treten, natürlich. Vater und ich wollen nach Westindien. Ihnen das verdammte Silber und Gold abnehmen.«

»Hört sich nach einem guten Plan an.« Ruben gab dem Schankweib ein Zeichen. »Darauf trinken wir. So jung kommen wir nicht mehr zusammen.«

*

Aldo van Vleet drängte sich zwischen den Händlern auf dem Dam hindurch. Am liebsten hätte er alle beiseitegestoßen oder, noch besser, ihnen ihre Verträge aus der Hand gerissen und diese in der Luft zerfetzt. Auf keinen Fall würde er diesen Kriegsakt unterstützen! Hier ging es nicht um Geschäfte, es ging um Krieg. Nicht nur, dass die Niederländer sich ihrem rechtmäßigen König im eigenen Land widersetzten. Nein, sie bekämpften und schädigten ihn auch noch in Übersee! Jetzt nahmen sie Angriff auf Ostindien – und als Nächstes wären Westindien und Amerika dran. Er wusste genau, dass Reinier Pauw auch auf dieses Monopol gedrängt hatte. Die Amsterdamer Kaufleute würden den Hals nie voll bekommen!

Dieses Gebaren würde er entschlossen bekämpfen. Gerade hatte Heerführer Ambrosio Spinola bei ihm Musketen bestellt, um Ostende endlich für die spanische Krone zu erobern. Zudem würde er selbst, Aldo van Vleet, den westindischen Handel vorantreiben. Wozu hatte er denn ausgezeichnete Verbindungen zum spanischen Königshaus und zum spanischen Statthalter? Es war die beste Entscheidung seit Jahren gewesen, Aletta an Diego zu verheiraten. Was zählte das persönliche Glück eines Kindes, wenn es um das Wohl der Familie ging! Und jetzt würde sein geliebter Sohn heiraten. Nach dem Studium hatte Pijke eine *groote tour* gemacht und die feine Lebensart aus Italien und Frankreich mitgebracht. Er war eine gute Partie …

*

Ständig klopfte und läutete es, weil Kuchen, Blumen oder Kleider für das Fest angeliefert wurden. Von den Folgen der Seuche, über die ihre Mutter so oft geklagt hatte, war nichts zu spüren. Drei Tage lang würde Pijkes Hochzeit gefeiert werden. Seine Zukünftige war ein dümmliches Mädchen aus einer reichen Regentenfamilie. Vielleicht würden sie trotzdem glücklich – vielleicht gerade deswegen. Manchmal schien es besser zu sein, wenn man sich nicht so viele Gedanken machte und das Leben leicht nahm. Sie selbst dachte viel nach, und glücklich war sie nicht …

Immerhin ließ Diego ihr gewisse Freiheiten und hatte ihr erlaubt vorauszureisen. Bislang hatten ihre Eltern sie lediglich über Erzherzog Albrecht und die Infantin ausgefragt.

Sie hörte die Schritte ihres Vaters und folgte ihm in sein Comptoir. Sie musste endlich mit ihm sprechen. Er aber ließ ihr keine Gelegenheit, ihre Fragen zu stellen. »Hast du dein neues Kleid anprobiert? Was ist mit den Schuhen? Hast du Nachricht von Diego? Wird er rechtzeitig eintreffen?«, fragte er stattdessen.

Als sie zögerte, weil sie nicht wusste, welche der Fragen sie zuerst beantworten sollte, blickte ihr Vater sie kühl an. »Und wann schenkst du uns endlich ein Enkelkind? Pijke und sein Weib werden euch noch einholen!«

Mit einem Mal war es, als ob alle Schleusen brächen. Haltlos weinte Aletta. »Das ist es ja. Diego und ich … wir … Er kann nicht …«

»Genug!« Abwehrend hob ihr Vater die Hände. Er wollte das nicht hören, das war offensichtlich. »Sprich mit deiner Mutter. Eine Frau muss gefügig sein. Sie muss dem Mann auch mal …«

Aletta starrte ihren Vater an. Das war so typisch! »Die Ehe ist nicht vollzogen«, sagte sie hart. »Ich will die Scheidung.«

Aldo van Vleet ließ sich auf seinen Stuhl fallen. »Nicht vollzogen!« Sein Blick war kalt. »An so etwas ist immer die Frau schuld. Und eines muss dir klar sein: Der Erzherzog und die Infantin werden niemals eine geschiedene Frau in ihrer Nähe dulden. Kein anständiger Katholik würde das, dir bliebe nur das Kloster.« In einer groben Handbewegung riss er einen versiegelten Brief auf. »Überleg dir das gut.«

*

Aletta rannte hinaus, ohne auch nur an einen Umhang zu denken. Sie musste raus aus diesem Haus, brauchte Luft. Wie sehr hatte sie gehofft, dass ihre Eltern zu ihr halten würden – aber nichts da! Ihre Mutter hatte noch abweisender als ihr Vater reagiert. Womit hatte sie das verdient? Ins Kloster wollte sie auf keinen Fall. Sie sah ja bei Diegos Mutter, wie es dort zuging – sie wäre lebendig begraben. Es gefiel ihr an Isabellas Hof. Die Infantin war freundlich, fromm und kunstinteressiert. Und sie protegierte Aletta trotz ihres niederen Standes, seit sie im Winter in Ostende zu ihr gehalten hatte. Aletta hatte gehofft, dass diese Sympathie den Makel einer Scheidung überwiegen würde, aber vermutlich hatten ihre Eltern recht.

Unwillkürlich hatten ihre Schritte sie zu Vincents früherer Wohnung am Nieuwendijk geführt. Kurz entschlossen fragte sie eine Magd, die Waschwasser in eine Gracht kippte, nach ihm.

»Mijnheer Aardzoon? Der wohnt schon lange nicht mehr hier. Der lebt mit seiner Familie in der Gravenstraat.«

Aletta bedankte sich und lief sogleich weiter. Vincent schien finanziell gut gestellt zu sein. Die Gravenstraat in der Nähe des Rathauses war eine deutlich bessere Adresse als der altertümlich-enge Nieuwendijk. Lange trieb sie sich in den Läden herum, immer einen Blick auf die Straße, bis sie Vincent endlich entdeckte. Er war etwas breiter geworden, kräftiger, männlicher. Ihr Herz raste. Sie musste ihn aufhalten. »Vincent!«

Mit der Ruhe eines Mannes, den nichts erschüttern konnte, drehte er sich um. Wie gut er aussah!

Kurz zeigte sich Überraschung auf seinem Gesicht. »Du bist in der Stadt? Womit haben wir diese Ehre verdient?« Es klang freundlich, aber auch ein wenig gleichgültig.

Sie zupfte an ihrer Haube. »Pijke heiratet.«

»Wie schön für ihn. Dann muss er keine unschuldigen Frauen mehr belästigen.« Sein Blick wanderte unruhig umher. »Was tust du hier? Willst du Betje sehen? Sie ist im Haus ihres Herrn. Du kannst bei uns warten. Sie freut sich sicher …«

Stumm schüttelte Aletta den Kopf. Seine unverbindliche Höflichkeit tat ihr weh. *Warum ist er so glücklich, und ich …* Unvermittelt wollte sie ihn am Boden sehen, wollte ihn leiden sehen, wollte, dass er sich wieder an das erinnerte, was sie gehabt hatten. Schnell drängte sie diese Boshaftigkeit weg. Nein, so war sie nicht, so wollte sie nicht sein!

Sein Blick war auf einmal besorgt. »Du bist ja ganz blass. Geht es dir gut? Hast du Sorgen? Komm herauf, ich stelle dir meine Frau vor, und wir reden ein wenig.«

Nur das nicht! Aletta nahm Haltung an und hoffte, dass Vincent nicht bemerkte, wie viel Kraft es sie kostete. »Ich werde zu Hause erwartet. Wir bekommen zu den Feierlichkeiten viel Besuch«, sagte sie kühl. Sie zählte die bedeutendsten Gäste auf, aber Vincent wirkte wenig beeindruckt. »Grüß Betje bitte von mir. Ich melde mich bei ihr.«

*

Das erste Herbstlaub wirbelte bereits über die Baustelle, als ein Laufbursche Vincent zurief, dass er nach Hause kommen müsse, weil seine Frau das Kind bekomme. Unter den guten Wünschen der Arbeiter rannte Vincent los. Aus der Schlafkammer drangen erstickte Schluchzer und manchmal Schreie. Annemieke lief immer wieder, um Wasser zu wärmen, und auch Betje ging der Hebamme zur Hand. Nur Michiel stand verloren herum. Vincent erkundigte sich danach, wie es Sandrine ging, und nahm den Jungen in den Arm. Ruben hatte es nur wenige Tage in Amsterdam gehalten; er hatte auf einem der Frankreichsegler angeheuert, um rechtzeitig für die erste Reise der *VOC* zurück zu sein.

Ein Schrei riss Vincent aus seinen Gedanken.

»Was hat Mutter?«, fragte Michiel mit aufgerissenen Augen. »Ich möchte zu ihr!«

Vincent hielt ihn fest. Sandrines Schmerzen taten auch ihm weh. Hoffentlich überstand sie die Geburt! Er musste schlucken. »Das möchte ich auch. Aber im Augenblick sind wir da nur im Weg. Wollen wir mit deinem Schiffchen spielen? Oder möchtest du was malen?«

Der Junge verzog den Mund, als wolle er weinen, sagte aber: »Ich habe was gebaut. Das kann ich dir zeigen.« Er umfasste Vincents Zeigefinger und führte ihn zu dem Holzstapel neben dem Ofen. Der Junge hatte es sorgfältig so geschichtet, dass eine kleine Höhle entstanden war. In diese Hütte hatte er seine hölzernen Reiter und das Schiffchen gestellt.

Vincent wollte ihn gerade loben, als Betje ihn rief. Da bemerkte Vincent, dass es still geworden war. Zu still. Angst ergriff sein Herz. Dann ertönte ein kräftiges Brüllen.

In der Schlafkammer lagen überall blutige und nasse Tücher, die Vincent in furchtbare Sorge versetzten. Hatte Sandrine so viel Blut verloren? Er stürzte zum Bett und in die Arme seiner Frau, die unsagbar erschöpft wirkte. Betje und Annemieke standen bei der Hebamme, die mit einem Bündel hantierte.

Die alte Frau hielt Vincent das Kind hin. Klein und zerknittert war es, und es schrie aus Leibeskräften. »Hier ist Euer Sohn, Mijnheer. Alles ist dran, ganz so, wie es sich gehört.«

Vincents Brust wurde weit, als er das Neugeborene an sich nahm. Die kleinen Finger bewegten sich und umschlossen seinen Zeigefinger, so wie Michiel es eben auch getan hatte. Das Schreien verklang, und die Augen, die eben noch so unruhig gewandert waren, schienen ihn anzusehen. Behutsam küsste er seinen Sohn. Dann legte er Sandrine den Säugling auf die Brust.

»Und wie wollt Ihr den Kleinen nennen?«, fragte Annemieke.

Sandrine überlegte nicht lange. »Nach unseren Vätern, deinem oder meinem.«

62

London, Ende April 1603

Als der Wagen mit dem Bleisarg an ihm und seiner Familie vorbeifuhr, schnappte Nathan nach Luft. Königin Elisabeth war gestorben und wurde nun in einem feierlichen Trauerzug von Whitehall zur Westminster Abbey gefahren. Die Straßen waren von Tausenden Trauernden gesäumt, und auf dem Sarg thronte ein Bildnis der Königin, das absolut lebensecht wirkte. *So lebensecht jedenfalls, wie Königin Elisabeth vor zehn Jahren ausgesehen hat*, dachte Nathan. Bei ihrem Tod hatte die Monarchin angeblich weder Haare auf dem Kopf noch Zähne im Mund gehabt, dafür eine daumendicke Bleiweißschicht auf dem Gesicht und tausendneunhundert Prachtgewänder im Schrank.

Sechs Ritter trugen den Baldachin über dem Sarg. Dem Leichenwagen folgten der Master of Horse, der das Pferd der Königin führte, dahinter die hochrangigen Trauergäste in langen schwarzen Gewändern und Halskrausen, flankiert von Fahnenträgern. *Die Königin hat immer schon gewusst, wie sie Eindruck macht*, dachte Nathan. Für ihren Nachfolger würde es nicht einfach werden.

»So ein Pech, dass der zukünftige König es nicht zur Beerdigung geschafft hat«, sagte Nathans Bruder George, als sie sich am Ende des Trauerzugs einreihten.

»Pech?« Nathan schüttelte den Kopf. »Nein, das ist Absicht. König James will seinen Regierungsantritt nicht von seiner übermächtigen Vorgängerin überschatten lassen.«

»Du meinst, er hätte es pünktlich hierher schaffen können? Warum musst du denn überhaupt zum Hof, wenn James noch nicht hier ist?«

»Ich muss die Lage sondieren. Oldenbarnevelt legt Wert darauf, dass wir dem neuen König als Erste gratulieren und uns seiner Gunst versichern. Du weißt ja, wir sind ein kleines Land und auf Hilfe angewiesen.«

»Wir?« George schüttelte verständnislos den Kopf. »Ich mag auch halber Niederländer sein – aber mein Herz schlägt für England. Du solltest auch zurückkehren. Dafür sorgen, dass wir Hoflieferant werden, und dir endlich eine Familie zulegen.« Er sah Nathan von der Seite an. »Ich werde dich bald in unserem Geschäft brauchen. Sonst werde ich mir einen Partner suchen müssen, und dann wird der Weg zurück für dich nicht mehr so leicht.«

Nathan genoss für einen Augenblick die laue Mailuft und sah dem Schiffsverkehr auf der Themse zu. Während der letzten zwei Wochen war er zwischen dem königlichen Hof und dem Haus seiner Familie in der Broad Street gependelt, wo er die Finanzen auf Vordermann gebracht und im Tuchhandel geholfen hatte. Auch seine Mutter hatte ihm in den Ohren gelegen, dass er ins Familiengeschäft einsteigen sollte. Er hatte ihr verschwiegen, dass er mit Oldenbarnevelt in Gesprächen über einen neuen Posten war. Allerdings war noch keine Entscheidung getroffen: Die Finanznöte der Generalstaaten und die brisante Lage in Ostende setzten Oldenbarnevelt zu, auch die Hochzeit seiner Tochter hatte ihn beschäftigt. Nathan war kurz enttäuscht gewesen, dass er selbst nicht in Erwägung gezogen worden war, letztlich hatte er aber immer gewusst, dass er für Oldenbarnevelt als Schwiegersohn nicht infrage käme.

Sein Laufbursche meldete die Ankunft des Schiffes.

Nathan schickte ihn gleich wieder los. »Lauf ins Gasthaus, und suche einen Herrn namens Noel de Caron.« Es wäre besser für ihn, wenn der niederländische Botschafter die schlechte Nachricht überbrachte, dass der König noch immer nicht eingetroffen war.

Kurz darauf eilte Caron an Nathan vorbei. Der Botschafter behandelte ihn mit einer Kühle, die Nathan ahnen ließ, dass er ihn entweder nicht einschätzen konnte oder als Konkurrenten empfand. Gleichzeitig verließ die Gesandtschaft das Schiff. Während der Botschafter sofort auf Oldenbarnevelt einredete, begrüßten die anderen Nathan erfreut, vor allem Friedrich Heinrich von Oranien, mit seinen neunzehn Jahren ein vollendeter Höfling, und Hollands hochrangiger Adeliger Walraven van Brederode.

Scharf hallte Oldenbarnevelts Stimme über den Anleger: »Was soll das heißen: Der König ist noch nicht eingetroffen? Die Gesandten von Frankreich und Spanien sind ebenfalls unterwegs und wollen uns den Rang als erster Gratulant streitig machen!«

In einem Korridor des Palastes von Whitehall warteten die Gesandten darauf, dass der König vorbeikam. Trotz der unwürdigen Situation versuchten sie, Contenance zu wahren. Auch Ende Mai hatte König James es offenbar nicht eilig, sich mit den Staatsgeschäften zu befassen. Dem Vernehmen nach war er durchaus schon einige Zeit in London gewesen, hatte inkognito die Stadt durchstreift, im Tower die Löwen gefüttert oder die Kronjuwelen bewundert. Nathan hatte Friedrich Heinrich während der Wartezeit auf seinen Streifzügen durch London begleitet – sosehr der Oraniersspross auch darauf brannte, aufs Schlachtfeld zurückzukehren, so sehr genoss er die Vergnügungen der englischen Hauptstadt. Gleichzeitig wuchs ihre Besorgnis. Der schottische Botschafter hatte berichtet, dass König James vom niederländischen Freiheitskampf wenig hielt, wie er überhaupt jegliche Rebellion gegen Herrscher verachtete. Wenig erstaunlich, wenn man seine Herkunft bedachte …

Lautes Lachen und der Klang vieler Stiefel nahten. Endlich näherte sich der König der Gesandtschaft. Nervös strich Nathan eine Falte aus seinem neuen Seidenanzug. König James tat überrascht, begrüßte Oldenbarnevelt aber höflich. Der König war fülliger geworden, rotgesichtig, seine Jagdkleidung stand in einem merkwürdigen Gegensatz zu den exaltierten Gesten, die er im Gespräch mit seinen Gefolgsleuten verwendete.

Die Gesandten huldigten dem ungekrönten Herrscher über England und Schottland, und auch Nathan verneigte sich tief. Während Oldenbarnevelt sogleich ein Gespräch über den Schutz der Niederlande begann, ruhte der Blick des Königs allzu lange auf Nathan. Erinnerte sich James an das kurze Zusammentreffen im Schlossgarten von Stirling? Obgleich Nathan schon viele unangenehme Situationen erlebt hatte, stieg ihm die Röte ins Gesicht. James' Blick erschien ihm unpassend. Fast war er froh, als die Audienz nach kurzer Zeit vorbei war.

Als Nathan abends für Oldenbarnevelt Briefe kopierte, chiffrierte und die eingegangene Post sortierte, fiel ihm ein Schreiben ins Auge. Die Posten, auf die Nathan gehofft hatte, hatte Oldenbarnevelt vergeben – an seinen neuen Schwiegersohn und einen weiteren Vertrauten. Und ihm gegenüber tat er so, als sei noch nichts entschieden!

Die Erbitterung trieb Nathan hinaus, wo er beinahe in einen Boten des Königs rannte. Ein formloser Brief: Er war für den nächsten Tag zu einer Jagdgesellschaft eingeladen.

63

Amsterdam, Juli 1603

»Ich brauche ein Haus.«

Überrascht drehte sich Vincent um. Ruben stand vor ihm, nüchtern und entschlossen. Es tat seinem Bruder offenbar gut, dass seine Leistung als Steuermann weithin anerkannt wurde. Nicht viele kannten sich mit den Seerouten nach Indien so gut aus wie Ruben, und die letzten Wochen hatte er die *VOC* beim Bau und bei der Ausrüstung der neuen Schiffe beraten. »Das wird nicht so einfach, ein Haus zu finden«, setzte Vincent an. »Viele …«

»Und eine Frau. Ein Haus und eine Frau.«

Vincent war erstaunt. »Darf ich fragen, warum du dich plötzlich derart … festlegen willst?«

Ruben zupfte an seinem Perlohrring. »Ich habe mit van Os gesprochen. Die Siebzehn Herren haben klare Regeln für Kapitäne und Steuermänner erlassen. Wer kein Heim und keine Familie hat, hat nichts zu verlieren und geht zu hohe Risiken ein, meinen sie.«

Kurz plagte Vincent die Sorge, dass sein Bruder ihnen Michiel wegnehmen könnte. »Ich höre mich gerne mal nach einem Haus für dich um. Hast du was Bestimmtes im Sinn?«

Ruben wandte sich ab. »Einfach ein Haus. Und … Vincent«, Ruben grinste ihn über die Schulter an, »nach einer Frau suche ich selber.«

*

Sandrine mischte Farbe und Leinöl, während Michiel auf einer Tafel Buchstaben malte und der kleine Kris, wie sie ihren Sohn Kristiaan liebevoll nannten, durch den Raum krabbelte und immer wieder abenteuerlustig versuchte, sich an seinem Bruder oder ihrer Staffelei hochzuziehen.

»Sehr gut, bleib so«, bat sie Annemieke, die in einem lockeren

Gewand mit Sonnenblumen posierte. Mit ihrem unbekümmerten, sommersprossigen Gesicht war sie perfekt für die Darstellung des Geruchssinns, fand Sandrine. Seit einiger Zeit schon arbeitete sie an einer Reihe von Ölgemälden über die fünf Sinne, die sie im September ausstellen wollte. Daneben half sie in der Druckerei aus und bemalte die guten Stuben von besonders wichtigen Kunden ihres Mannes mit antiken Motiven oder verwunschenen Gärten.

Annemieke beugte sich zur Katze hinunter, um sie hinter den Ohren zu kraulen. Sandrine wollte sie gerade bitten, damit aufzuhören, als Annemieke die Stimme erhob. »Ruben hat mich gefragt, ob ich ihn heirate.«

Sandrine fiel beinahe der Pinsel aus der Hand. *Ruben und Annemieke ...* Der Altersunterschied war gar nicht so groß, neun Jahre, vielleicht zehn. Aber trotzdem ... wenn sie an Rubens Eskapaden dachte, die Saufgelage, die vielen Geliebten, an ihre eigene Schwester. Die Erinnerung an Lysbeth traf sie wie ein Stich ins Herz.

Sandrine legte den Pinsel weg, hockte sich neben Annemieke und nahm ihre Hand. Sofort kam Kris angekrabbelt, und natürlich wollte auch Michiel auf ihren Schoß klettern. Liebevoll schob sie die Kinder weg. »Und was denkst du darüber?«, fragte sie dann. »Möchtest du schon heiraten? Und vor allem: Möchtest du Ruben heiraten?«

*

Es war ein fröhliches Fest und wegen der vielen Seeleute deutlich wilder als ihre eigene Hochzeit. Annemieke wirkte von alldem ein wenig überfordert – sie war es nicht gewohnt, im Mittelpunkt zu stehen. Vincent und Sandrine tanzten miteinander, obgleich die Geistlichen immer öfter gegen derartige Vergnügungen wetterten. Neben ihnen bewegte sich Betje im Takt, Kris auf dem Arm, Michiel an der Hand.

Sandrine schmiegte sich an ihn und sprach wie so oft aus, was er dachte: »Eigentlich hätte Betje als Nächste vor den Traualtar treten sollen. Sie ist schließlich schon sechsundzwanzig. Es wäre Zeit für sie, einen eigenen Hausstand zu gründen.«

»Das habe ich ihr auch schon oft vorgeschlagen.«

»Hat sie denn niemanden? Einen Geliebten, meine ich?«, fragte Sandrine.

Vincent sah seine Frau liebevoll an. »Ich dachte, du wüsstest das. Liebesdinge sind doch eher Frauenthemen.«

Sandrines Blick wanderte durch den Raum. »Mit Zacharias verbindet sie nur eine Freundschaft. Er ist ihr wie ein Vater. Für alles scheint dieser Pijke sie verdorben zu haben.«

Vincent spürte, wie er aus dem Takt geriet. »Das macht mich so wütend! Jedes Mal, wenn ich diesen feisten, eitlen Kerl zwischen den Kaufleuten sehe, könnte ich …«

Ein neuer Gast betrat den Saal, einer, mit dem keiner von ihnen gerechnet hatte. Er war nach der neuesten Mode gekleidet und wirkte doch bedrückt. »Nate!« Vincent eilte ihm entgegen und umarmte ihn.

»Ich habe von euren Nachbarn gehört, dass gefeiert wird. Leider habe ich kein Geschenk.«

»Ruben wird es dir nachsehen. Komm, begrüße das Brautpaar.«

Die Freunde machten eine Begrüßungsrunde und zogen sich dann an einen Tisch zurück, um Neuigkeiten auszutauschen.

»Ich habe die Nase voll! Oldenbarnevelt hat mich hängengelassen. Ich könnte vielleicht eine Stellung am neuen englischen Königshof erringen, aber …« Nathan stockte.

»Das hört sich doch großartig an! Also was ›aber‹?«

Nathan sah Vincent ernst in die Augen. »Sagen wir so: Die Jagdausflüge des Königs werden nicht nur für die Jagd genutzt.«

»Sondern?«

Vincents Freund senkte die Stimme. »Die Gerüchte haben schon die Runde gemacht. Ehrlich gesagt wusste ich es auch schon länger. Aber auch als englischer König wird James nicht von seinen widernatürlichen Neigungen ablassen. Er und sein Favorit haben mir gewisse Avancen gemacht.«

Vincent war schockiert. »Ich dachte, König James hat mehrere Kinder.«

»Das eine schließt das andere nicht aus.«

Schnell schenkte Vincent ihnen ein. Schweigend stießen sie an.

»Immerhin habe ich unseren Tuchhandel bei Hofe empfehlen können.«

»Und was hast du jetzt vor?«

»Ich werde zunächst unsere Geschäftsbeziehungen nach Amsterdam ausbauen. Chinesische Seide ist gefragt, und meine Verbindungen zu den Siebzehn Herren sind nicht die schlechtesten.« Er sah Vincent an. »Erst mal brauche ich ein Haus.«

Vincent seufzte. Es war bereits unmöglich gewesen, für Ruben ein Haus zur Pacht zu finden. Sie hatten getrickst, und sobald Ruben abgelegt hatte, würde Annemieke wieder zu ihnen ziehen. Damit war auch erst einmal die Sorge vom Tisch, Michiel zu verlieren. »Und dann eine Frau?« Vincent lachte. »Sieh dich ruhig um, wir haben sehr nette alleinstehende Damen im heiratsfähigen Alter im Bekanntenkreis. Du dürftest für alle eine gute Partie sein.«

Als hätte Sandrine mitgehört, kam sie mit der widerstrebenden Betje an der Hand an ihren Tisch. »Ist das eine Feier oder ein Rhetorikabend? Du kannst doch tanzen, Nathan – oder? Betje könnte dringend einen Partner brauchen, der ihr nicht auf die Füße tritt.«

*

Auch diesen Abschnitt seines Lebens nahm Nathan mit Planung und Strategie in Angriff. Er verhandelte mit den Siebzehn Herren, mit der Seidenfabrikantin de Jong, besichtigte mit Vincent renovierungsbedürftige oder abbruchreife Häuser und machte Bürgermeistern und Poortern seine Aufwartung, die ihn als Vertrauten Oldenbarnevelts gerne begrüßten – jedenfalls bis er berichtete, dass er nicht mehr in den Diensten des Landesadvokaten stand. Wehmütig stellte er fest, wie sehr ihn der Tuchhandel langweilte. Sein Bruder hingegen war begeistert über seine ersten Abschlüsse. Am wohlsten fühlte er sich bei Vincent und Sandrine, die darauf bestanden hatten, dass er vorerst bei ihnen wohnte.

An einem Tag im Spätsommer bat Sandrine ihn, Betje auf den

616

Markt und zum Waisenhaus zu begleiten. Sie selbst fühle sich nicht wohl, und Vincent sei zu einer Baustelle gerufen worden. So nahm Nathan Betje den Weidenkorb ab und wanderte mit ihr über die Märkte, wo sie jeden Verkäufer zu kennen schien und mit allen ein paar freundliche Worte wechselte. Schließlich bestand Betje darauf, ihn zu frisch gebackenen Waffeln einzuladen. »Aus der Hand schmecken sie doch am besten!«, schwärmte sie.

»Du vermagst das Leben wirklich zu genießen! Ich habe noch nie so langsam eingekauft.« Nathan lachte. »Nicht dass ich je besonders viel eingekauft hätte. Meistens wurde für mich gekocht. Aber ich habe in kaum einem Herrenhaus so gut gegessen wie bei euch. Es ist wirklich kein Wunder, dass Sandrine dich als ›Schmecken‹ gemalt hat.«

»Nur weil man viel Geld hat, heißt das nicht, dass man auch Geschmack hat. Im Übrigen sind viele der guten Sachen gar nicht für uns.«

Sie gingen ein Stück durch die Stadt und steuerten schließlich auf ein Haus zu, das Nathan bekannt vorkam. »Ist das nicht das Waisenhaus, in dem ihr aufgewachsen seid?«

»Du erinnerst dich daran? Ich bin oft hier und helfe. Vincent und Sandrine kommen auch manchmal – um etwas zurückzugeben.« Sobald sie eintraten, wurden sie von neugierigen Kindern umringt, die Betje alle mit Namen kannte. »Am schönsten ist es, wenn wir Weihnachten für sie kochen, so ein richtig schönes Festmahl. Das machen Vincent, Sandrine und ich schon seit ein paar Jahren. Seit es uns so gut geht«, sagte Betje stolz.

Nathan musste sich zwingen, sie nicht anzustarren. Er kannte Betje schon so lange, und doch war es, als sähe er sie plötzlich mit anderen Augen.

*

Es war die Zeit der Kirmes, und aus dem ganzen Umland strömten die Menschen nach Amsterdam, um für ein paar Tage die Nöte des Alltags zu vergessen. Auch Vincent und seine Familie waren unterwegs. Trotz der hohen Steuern ging es den Amsterdamern gut, auch durch den Reichtum, den die Indienflotten brachten. Vor einem Monat war sogar der Grundstein der Zuiderkerk gelegt worden; es ging also langsam voran. In den Provinzen hingegen herrschten oft genug noch Hunger und Elend. Als Vincent am Vorabend mit seiner Schützenkompanie auf dem Dam marschiert war, wie es sich während der Kirmes gehörte, hatten sie allerlei Gesindel erspäht.

Sandrine lenkte ihn mit ihren Beobachtungen ab. Sie war glücklich, weil sie Trubel liebte und der Kunsthändler zwei ihrer Gemälde bei einer Auktion verkauft hatte.

»Vater, schau nur!«, rief Michiel und zeigte aufgeregt auf einen Akrobaten, der auf einem Seil zwischen dem Rathaus und dem gegenüberliegenden Haus balancierte.

Ruben wandte sich Michiel zu, bemerkte dann aber, dass er nicht gemeint war, und drehte sich brüsk mit Annemieke ab. Einmal hatte Ruben bei Tisch gesagt, dass sein Sohn bei ihnen leben solle, aber Michiel hatte sich so entschieden geweigert, dass das Gespräch sich rasch einem anderen Thema zugewandt hatte. Jetzt drückte Vincent Sandrines Hand und beugte sich zu seinem Ziehsohn hinunter. Kris saß auf Nathans Schultern und wurde von Betje mit Konfekt versorgt.

Eine Weile sahen sie gebannt den Seiltänzern zu. Dann plötzlich spürte Vincent Sandrines Ellbogen in seiner Seite. »Endlich! Das hat ja auch lange genug gedauert!«, wisperte sie aufgeregt. Er folgte ihrem Blick und sah, dass Nathan und Betje verstohlen Händchen hielten.

*

Selbst die hartgesottensten Schaulustigen waren froh, als die erste Flotte der Vereinigten Ostindischen Kompanie der Niederlande kurz vor Weihnachten endlich ablegte, denn der eisige Wind machte das Warten unangenehm. Insgesamt zwölf schwer bewaffnete Schiffe sollten sich auf den Weg machen. Ruben hatte unter Admiral Steven van der Hagen auf dem Flaggschiff der Flotte als Steuermann angeheuert.

Während viele den Gasthäusern entgegenströmten, um sich bei einem Hypocras aufzuwärmen, versuchten Sandrine und Betje, Annemieke zu trösten. Rubens Abreise waren Wochen voller Freude vorangegangen: erst Betjes und Nathans Hochzeit, für die ihre Schwester schweren Herzens wieder in die reformierte Kirche eingetreten war, dann die Nachricht, dass Annemieke schwanger war. Nun weinte sie herzzerreißend. Vincent konnte es ihr nicht verdenken. Auch wenn Ruben diese Reise schon ein paarmal gemacht hatte, blieb sie doch lebensgefährlich.

Während die Frauen nach Hause liefen, ging Vincent zum Bushuis am Kloveniersburgwal, dem Teil des Waffenarsenals, den die *VOC* nutzen durfte. Die Direktoren hatten ihn dort zu einem Gespräch gebeten.

Überrascht stellte Vincent fest, dass er nicht der einzige geladene Architekt war. Neben ihm saßen Hendrick de Keyser, Meister Smeets und weitere Baumeister.

»Wie Ihr Herren wisst, haben wir schon jetzt etliche Schiffe auf See«, eröffnete Dirck van Os das Gespräch. »Wir werden von nun an dreimal pro Jahr eine Flotte ausrüsten. Wenn alles gut geht, kehrt im nächsten Jahr die erste Flotte zurück. Aber schon jetzt sind die Warenlager gut gefüllt.«

Reinier Pauw setzte die Rede fort: »Wir haben ehrgeizige Ziele. Deshalb sind wir mit der Vroedshap übereingekommen, dass wir auch die restlichen Räume des Waffenarsenals nutzen dürfen. Wir brauchen Lager, aber auch Räume für Verwaltung und die Anwerbung von Männern. Damit die *VOC* ein ansprechendes Quartier hat, werden wir anbauen. Und da kommt Ihr ins Spiel.«

De Keyser musterte Pauw konsterniert. »Ich bin davon ausgegangen, dass der Auftrag für ein Hauptquartier der *VOC* mir zusteht.«

»Wenn ich mich recht erinnere, seid Ihr nicht Stadtbaumeister, sondern Stadtsteinhauer und -bildhauer. Deshalb haben wir uns vorbehalten, aus mehreren Entwürfen denjenigen auszuwählen, der dem Ansehen der *VOC* am besten entspricht. Außerdem seid Ihr mit Euren derzeitigen Bauvorhaben ausgelastet.«

Sieht man davon ab, dass es mit der Zuiderkerk nicht vorangeht, weil die Stadt nicht genügend Geld bereitstellt, dachte Vincent.

»Mit repräsentativen Gebäuden kenne ich mich aus«, wandte de Keyser ein.

»Das mag sein. Wir haben uns dennoch für einen Wettbewerb entschieden.«

De Keyser war sichtlich gekränkt. Vincent konnte nachvollziehen, dass dies seinem früheren Lehrer und langjährigen Partner gar nicht gefiel. Für ihn selbst war es allerdings Zeit, endgültig auf eigenen Füßen zu stehen.

Als Vincent nach Hause zurückkehrte, um Sandrine die aufregende Neuigkeit zu überbringen und sich sogleich an die Arbeit zu machen, war die Stimmung gedrückt. »Kommt schon! Ruben hat diese Reise so oft überstanden – er wird es auch dieses Mal tun!«, rief er.

Sandrine wies auf Nathan, der sich dem Fenster zugewandt hatte und einen Brief in den Händen hielt. »Das ist es nicht«, sagte sie.

*

Nathan traf Madame de Coligny in einer Stadtvilla in der Nähe des Binnenhofs in s'Gravenhage. Die Witwe Fürst Wilhelms begrüßte ihn freundlich, aber Nathan sah ihr an, dass sie etwas bewegte. »Es ist mir eine Ehre, dass Ihr Euch an mich gewandt habt. Aber ich fürchte, ich muss Euch enttäuschen. Ich arbeite nicht mehr für Johan van Oldenbarnevelt«, sagte er entschuldigend.

»Ich will ehrlich sein, denn ich fürchte, wir haben beide keine Zeit zu verlieren. Dass Ihr aus den Diensten unseres gemeinsamen Bekannten ausgetreten seid, macht Euch für die Aufgabe, die ich Euch antragen möchte, erst interessant.«

»Ihr macht mich neugierig, Exzellenz.«

»Wie Ihr wisst, befindet sich unser Kampf in einer kritischen Phase. Viele gehen davon aus, dass es zu einer Unterbrechung der Kampfhandlungen und möglicherweise zu Verhandlungen über einen Friedensschluss oder zumindest einen Waffenstillstand kommen wird.«

Sie blieb offenbar bewusst vage. Nathan war jedoch klar, dass Louise de Coligny durch ihre Beziehungen zum französischen König vermutlich die am besten informierte Frau der Generalstaaten war.

»Nichts für ungut, aber Graf Moritz und Euer Sohn, Exzellenz Friedrich Heinrich …«

»Haben nichts als das Kriegshandwerk im Sinn, das wisst Ihr genauso gut wie ich. Ich habe jedoch nicht so viel auf mich genommen, um am Ende als Bettlerin dazustehen. Es ist wichtig, dass die Interessen unseres Hauses gewahrt werden.«

»Was kann ich für Euch tun?«

Sie sah ihm in die Augen. »Ihr kennt die Botschafter und Gesandten, die bei derartigen Verhandlungen beteiligt sein werden. Ich werde Euch meinem Sohn anempfehlen, sodass er Euch als Beobachter mitnehmen oder entsenden wird.«

»Und Mijnheer van Oldenbarnevelt?«

Ihr Blick wanderte seitwärts. »Ein alter Bekannter, gewiss. Aber einer, der ebenfalls seine Interessen vorantreibt.«

Nathan zog die Augenbraue hoch. »Mit Verlaub, Exzellenz: Bei mir seht Ihr keine Gefahr?«

Ein beinahe wissendes Lächeln. »Ich habe Euch seit Langem beobachtet und weiß um Eure Loyalität und Eure Geduld. Beides dürfte vonnöten sein.«

*

Betje fiel es schwer, sich von der Familie Visscher zu verabschieden. Artig und doch mit Tränen in den Augen überreichten Anna, Geertruy und die kleine Tessel ihr Papierbögen mit kunstvoll aufgemalten kleinen Gedichten. Zacharias stand in der Küche und gab vor zu arbeiten. Seine Augen waren schlechter geworden, und manches Mal hatte Betje schon befürchtet, dass er sich bei der Arbeit verletzen könnte.

»Du hättest meinen Posten übernehmen sollen«, brummte er.

»Wenn das Haus Oranien-Nassau einem einen Auftrag gibt, lehnt man nicht so leicht ab. Aber vielleicht kommen wir ja schon bald nach

Amsterdam zurück. Schließlich hat mein Mann«, es kam ihr noch immer schwer über die Lippen, »sich hier einen Tuchhandel aufgebaut, den nun ein Gehilfe führen muss.«

»Selbst dann wirst du kaum noch als Köchin arbeiten.«

Betje lächelte. »Nein, vielleicht nicht. Aber ich könnte dich besuchen.«

Hoffnung glomm in Zacharias' Augen. »Das würdest du tun?«

64

Ostende, August 1604

Eine Bö schlug Lazarus ins Gesicht, kaum dass er das Fort verlassen hatte. Schon seit Wochen peitschten Stürme über Dünen und Meer. Immerhin einen Vorteil hatte die widrige Witterung: Endlich konnten die Ketzer in Ostende nicht mehr über das Meer mit Proviant versorgt werden, auch konnten keine Verletzten weggebracht, keine neuen Truppen angelandet werden. Ostende war ein beeindruckendes Beispiel für eine Belagerung. An schönen Tagen fanden sich sogar Schaulustige ein, um ihre gewaltigen Schanzen in Augenschein zu nehmen. Zugleich war die Belagerung der Stadt aber eine endlose Plackerei. Kaum hatten sie eine Schanze gegraben, verwehte der Wind sie auch schon wieder. Es war ein mühseliger, ein verlustreicher Kampf, wenngleich Lazarus' Trupp nicht die Drecksarbeit machen musste. Wenn es ihnen nicht bald gelänge, die Stadt einzunehmen, würde die spanische Armee sich zum Gespött machen. Als ob es nicht reichte, dass das spanische Königshaus schon wieder pleite war!

Beim Eintreten schüttelte Lazarus sich Sand von Gesicht, Haaren und Kleidung. General Spinola legte viel Wert auf korrekte militärische Umgangsformen, was Lazarus oft genug nervte. Aber der General hatte auch ein untrügliches Gespür für die Schwachstellen des Gegners, und er schien über unerschöpfliche Geldreserven zu verfügen, die er in die Armee pumpte. Spinola war es auch gewesen, der das Blatt gewendet hatte. Er war im April mit neuen Truppen gekommen, und bei einem Überraschungsangriff hatten sie mehrere Befestigungsanlagen eingenommen. Die Belagerten hatten sich in den inneren Verteidigungsring und schließlich sogar in eine provisorisch errichtete Zitadelle zurückziehen müssen. Jetzt hieß es, dass in der Stadt ein derartiger Mangel herrschte, dass schon Hunde und Katzen gegessen wurden.

Spinola begrüßte ihn förmlich. Lazarus wusste, dass der General die Leistungen seiner Arkebusiere und die Anregungen, die er dem Artilleriegeneral gab, zu schätzen wusste. Auch Don Sancho de Besalú war anwesend. Den alten Feldherrn schienen nur noch seine Narben zusammenzuhalten. Diego hingegen war wieder einmal abwesend; er litt an der widrigen Witterung und den Seuchen, die im Heer grassierten, und selbst hohe Kragen, lange Haare und Handschuhe konnten die Schwären auf seiner Haut nicht mehr verbergen. Vor Scham wagte er sich nicht einmal mehr zu Aletta, sondern schleppte sich von Schlacht zu Schlacht.

Wieder einmal diskutierten sie über die Lage in Sluis. Würde Moritz von Nassau mit seinen Truppen von dort aus nach Ostende ziehen und ihnen in den Rücken fallen? Oder würde er versuchen, das katholische Sluis zu erobern? Für die spanische Krone war es die beste Gelegenheit seit Langem, Ostende endlich einzunehmen, und so gab der General schließlich den Befehl zum Angriff.

Als Lazarus seine Soldaten antrieb, hörte er, dass die Granaten noch nicht eingetroffen waren. Wütend rief er nach seinem Adjutanten und stürmte ins Waffenmagazin. Die Helfer wussten nichts von seiner Bestellung. Also weiter zu Diegos Kammer. Er riss die Tür auf und schrak für einen Moment zurück. Diego lag halb ausgekleidet auf seinem Bett. Er sah ekelerregend aus und stank unglaublich. Lazarus schlüpfte in seine parfümierten Handschuhe, dann packte er ihn an den Schultern und rüttelte ihn. »Wo sind die Granaten?«

»Was … wo … Lass mich …« Diego fuhr auf, sein Blick war wirr. »Vater, die Pferde …«

Immer öfter redete Diego konfuses Zeug, das war Lazarus schon aufgefallen. Er verpasste ihm ein paar Ohrfeigen: »Reiß dich zusammen, Mann! General Spinola macht alles bereit zum Angriff!«

Diego jammerte und weinte, als er sich aufsetzte.

»Los jetzt, du Schwächling!«

»Ich kann nicht … Ich kann nicht … O Allmächtiger, erlöse mich!«

»Erlösung findest du auf dem Schlachtfeld! Dann stirbst du wenigstens ehrenvoll, wenn du schon nicht so gelebt hast. Jetzt schaff mir die Granaten ran.«

Als Lazarus zum Fort zurückkehrte, standen seine Arkebusiere in Reih und Glied. Der Adjutant verteilte die Granaten. Das Meer brüllte, Sand schmirgelte über ihre Haut, und weit wurde die Gischt über das Land getragen. Trotzdem stürmten sie voraus, sobald der General das Signal zum Angriff gegeben hatte.

*

Ende September, kurz nach der endgültigen Übergabe, betrat Aletta im Gefolge von Erzherzog Albrecht und Infantin Isabella endlich die Stadt, die so lange von den Soldaten berannt worden war. In Begleitung ihrer Hofdamen hatte Isabella die meiste Zeit in der Nähe der Belagerungsarmee verbracht, um ihrem Gatten beizustehen. Jetzt endlich war Ostende wieder im Besitz des spanischen Königs und katholisch. Allerdings hatte beinahe zur gleichen Zeit Graf Moritz von Nassau Sluis erobert.

Aletta sah sich verwundert um. Die Stadt, die Tausende Leben und Gulden gekostet hatte, war kaum mehr als ein von Mauerresten und Dünen umgebener Platz. Warum man um diesen Ort derart gekämpft hatte, erschloss sich ihr nicht.

Albrecht und Isabella würdigten die Feldherren und Soldaten, insbesondere General Spinola, der sich als großzügiger Sieger erwiesen und die feindlichen Offiziere nach Abschluss des Vertrags sogar noch zu einem Festmahl eingeladen hatte. Aletta suchte die Gesichter der hochrangigen Militärs ab. Nicht dass sie Sehnsucht nach Diego hätte.

Im Gegenteil: Für sie waren die langwierigen Feldzüge sogar von Vorteil. So konnte sie sich mit dem Hofleben um die Infantin von ihrem privaten Unglück ablenken, ohne ihm täglich gegenübersitzen zu müssen. Diego aber war nicht zu sehen.

Nach dem offiziellen Teil der Begrüßung spürte sie jemanden neben sich: Lazarus van de Hedecop. Seit Jahren hatte sie ihn kaum gesehen, und sein Anblick trieb einen Schauer über ihren Rücken. Der Krieg hatte sich in sein Gesicht gegraben und gab ihm etwas Gefährliches, dessen Faszination sie sich nicht entziehen konnte. Was war sie nur für eine traurige Gestalt, dass dieser Mensch sie in den Bann schlagen konnte!

»Ich habe Nachricht von Eurem Gatten.«

»Ja?«, fragte sie kühl.

»Es geht ihm nicht gut.«

»Ist er verletzt?«

»Seht lieber selbst.«

Aletta entschuldigte sich bei den Herrschaften. Ihr war beklommen zumute, als sie van de Hedecop zum Lazarett folgte. Wie primitiv, wie schmutzig es hier war! Sie starrte an den vielen Kranken vorbei, um deren schauerliche Verletzungen nicht zu sehen.

»Hier hinten ist der Bereich für die Verletzten adeligen Standes.«

Der Zustand der Räumlichkeiten war nur wenig besser. Wie es hier stank! Sie hielt sich ein parfümiertes Taschentuch vor die Nase. Hinter einem Vorhang dämmerte Diego auf einer Pritsche vor sich hin. Sein Anblick ließ Aletta erschauern. Ihr war übel. Wenn sie daran dachte, dass sie mit ihm das Bett geteilt hatte, es wieder teilen musste …

»Der Anblick muss ein Schock für Euch sein«, sagte Lazarus leise.

Auf einmal war es ihr ein Trost, dass er da war. Van de Hedecop kannte ihren Mann und sie gut, ihm konnte sie vertrauen. »Was hat er?«, fragte Aletta mit bebender Stimme.

»Wenn Ihr mich fragt, ist es das Franzosenübel, ein Ausfluss göttlichen Zorns.«

Sie hatte von der Krankheit schon gehört. Hinter vorgehaltener Hand hatte man darüber gesprochen und geschaudert. Aber dass ausgerechnet Diego ... »Mein Gatte ist sehr fromm. Er kämpft auf dem Feldzug des Allmächtigen. Warum sollte Gott ihn mit dieser Krankheit schlagen?«, protestierte sie, als würde das die Situation besser machen.

»Manche meinen, die Krankheit entspringe der Sündenlust.«

»Sündenlu...« Aletta spürte, wie die Hitze ihr ins Gesicht stieg. Schnell senkte sie den Blick. »Aber wie ... warum ...«

Leicht berührte Lazarus ihren Ellbogen. »Ihr dürft nicht vergessen, dass manche Männer im Krieg ...«

»Genug! Was können wir tun, damit er wieder gesund wird?«

Lazarus lächelte schmallippig. »Zunächst braucht Ihr Geld für die Heilmittel.«

Sie überlegte. Ihr Vater musste einen Wechsel schicken. Aber wie beschämend wäre es, wenn die Infantin davon erfahren würde! »Geld sollte kein Problem sein. Wie bringen wir Diego nach Brüssel, ohne dass die Natur seiner Erkrankung bekannt wird?«

»Sorgt Ihr für das Geld, dann sorge ich für den Transport.«

Dankbar lächelte Aletta ihn an. »Ihr seid ein wahrer Freund.«

Die nächsten Tage waren schwierig. Aletta versuchte, die bestmögliche medizinische Hilfe für ihren Mann zu finden und gleichzeitig zu verheimlichen, wie es um ihn stand. Auch Diegos Vater hatte um Diskretion gebeten. Prinzessin Isabella wiederum hatte Verständnis für Alettas Sorge, versicherte ihr aber auch, dass sie jederzeit bei Hofe wieder willkommen sei. Diese Aussicht trieb Aletta an.

Lazarus half ihr, eine Reise zu den Heilquellen in der flämischen Stadt Spa in die Wege zu leiten und dort ein Quartier zu finden. Als sie dort ankamen und sich in der Wohnung in der Nähe der Bäder einrichteten, war Diego mehr tot als lebendig. Lazarus sorgte dafür, dass Diego in eine Schlafkammer getragen wurde. Dann zog er sich zurück, und Aletta war allein mit ihrem Mann.

Diego rührte sich, er stöhnte, dann sah er sie an. »Setz dich ... bitte«, wisperte er. Aletta tat, worum er sie bat. Er nahm ihre Hand. Sie wollte zurückzucken, beherrschte sich aber. »Verzeih, dass ich dir das ... antue. Ich muss eine ... Enttäuschung für dich sein.«

Seine Worte weckten Mitleid und zugleich Unwillen in Aletta. »Du kannst nichts dafür, dass du krank bist. Gott hat uns zusammengeführt. Es ist meine Pflicht, dein Schicksal mitzutragen.«

Die Stubenmagd brachte warmes Wasser und Tücher, um die Schwären zu waschen. Kurz wollte Aletta der Magd die Aufgabe überlassen. Dann aber dachte sie an die heilige Katharina und den Ordensgründer Ignatius von Loyola, die sich beide demütig der Krankenpflege gewidmet hatten. Sie gab Diego seinen Heiltrank, tauchte das Linnen in die Waschschale und tupfte den Eiter von den Wunden, auch wenn sie immer wieder den Würgereiz zurückdrängen musste.

Kaum hatte sie die Krankenstube verlassen, brach sie zusammen. Dämmerung hatte sich im Raum ausgebereitet. Aus dem Zwielicht löste sich jemand. Lazarus zog sie behutsam hoch und führte sie zu einem Kanapee. Erst jetzt fiel ihr auf, wie elegant diese Wohnung ausgestattet war. »Ihr habt eine schöne Unterkunft für uns gefunden …«

Lazarus reichte ihr ein Glas mit dunklem Wein. »Trinkt das, es wird Euch guttun. Als Favoritin der Infanta und tapfere Dame habt Ihr nur das Beste verdient.«

Der Wein war schwer und senkte sich wohlig in ihren leeren Magen. Auch Lazarus' Schmeichelei tat ihr gut. Wieder spürte sie, dass sie weinen musste. Hastig spülte sie den Impuls mit einem weiteren Schluck Wein fort.

»Ich habe bereits mit einem Arzt gesprochen, sodass Ihr Euch nicht damit abgeben müsst. Die Franzosenkrankheit wird mit strengem Fasten und Schwitzkuren behandelt. Das Guajakholz Eures Vaters, das für die Heiltränke geraspelt und abgekocht werden muss, ist bereits eingetroffen.« Dieses Holz war enorm kostspielig, weil es aus Brasilien importiert wurde, das wusste Aletta. »Zudem wird der Arzt Euren Gatten mit einer Quecksilbertherapie behandeln. Schon bald wird es ihm besser gehen.«

Zaghaft gab sie sein Lächeln zurück. »Ich weiß nicht, wie ich Euch danken soll.«

Galant nahm er ihre Hand, drehte sie und küsste Alettas Handgelenk. Ein Schauer ließ sie erbeben. Wie lange war sie nicht mehr so zärtlich geküsst worden? Aletta stürzte den Rest des Weins hinunter und ließ es zu, dass Lazarus mit seinen Küssen die zarte Haut ihres Unterarms bedeckte. Hitze breitete sich in ihr aus. Sie schloss die Augen, wollte ihn nicht sehen, wollte nicht wissen, wer sie da küsste, wollte einfach nur vergessen.

Als er sich zwischen ihre Beine schob, mischte sich Skrupel in ihre Lust und sie hielt ihn auf. Auf keinen Fall durfte sie schwanger werden.

»Es wird nichts passieren, keine Sorge«, sagte Lazarus rau und befestigte ein schmales Tuch über seinem Glied. Dann biss und knetete er erneut ihre Brüste, und ihr Widerstand schwand.

Teil 4

1609 bis 1617

65

Amsterdam, März 1609

Vincent schmiegte sich an Sandrine. Ein wenig Zeit hatten sie noch …
Zärtlich küsste er sie wach. Sandrine legte die Arme um ihn und zog
ihn mit einem schläfrigen und zugleich sinnlichen Lächeln an sich.
Was hatte er für ein Glück! Über zehn Jahre waren sie schon verheiratet, und doch bekamen sie nicht genug voneinander …

Draußen krachte es. Ein Kreischen. Erschrocken lösten Vincent
und Sandrine sich voneinander. Im selben Augenblick flog die Tür auf.
Wie ein Wirbelwind hüpfte Wilhelmtje zu ihnen aufs Bett. Die Vier-
jährige war in heller Aufregung. »Es frisst mich! Das Seeungeheuer
frisst mich! Kris hat's gesagt! Da bin ich weggelaufen!«

Der sechsjährige Kristiaan stand in der Tür und grinste breit.

»Du sollst deiner Schwester keine Gruselgeschichten erzählen«,
schalt Vincent ihn halbherzig.

»Oom Ruben hat gesagt, dass die Seeungeheuer überall lauern und
man nicht vorsichtig genug sein kann.«

»Und du glaubst wohl alles, was Oom Ruben sagt, was?« Michiel
war hinzugetreten und rempelte seinen Bruder an. Obgleich Ruben
bei seinen Aufenthalten in Amsterdam wiederholt Anstalten gemacht
hatte, seinen Sohn zu sich zu holen, weigerte dieser sich strikt, seinem
Wunsch zu folgen. »Wann gibt es was zu essen? Ich habe Hunger.«

Sandrine erhob sich. »Ist die Magd denn noch nicht da?«

Michiel schüttelte den Kopf. Vincent kramte in seinem Geldbeutel
und gab ihm ein paar Münzen. »Dann lauf zum Bäcker, und hol schon
mal frisches Brot.«

Als Michiel zurückkehrte, brachte er die Magd gleich mit; sie war
mit einem Boten ins Plaudern gekommen, der einen Brief von Betje
gebracht hatte.

Sofort überflog Vincent ihn. Seit seine Schwester und Nathan geheiratet hatten und dieser in den Diensten von Graf Moritz stand,

war einiges geschehen. Betje begleitete Nathan auf den meisten seiner Reisen, wenn nicht, pendelten sie zwischen Amsterdam und s'Gravenhage. Wenn nun tatsächlich wahr wurde, was sich abzeichnete, würde sich nicht nur für die beiden, sondern auch für die Vereinigten Niederlande viel ändern. Nach dem Fall von Ostende waren die kriegführenden Parteien buchstäblich ausgeblutet gewesen. Niemand hatte mehr genügend Geld, diesen Krieg zu einem Ende zu bringen, und Frankreich und England, die Verbündeten der Generalstaaten, hatten Frieden mit Spanien geschlossen. Also hatten sich auch die Niederländer an den Verhandlungstisch gesetzt. Das Volk stand dem gespalten gegenüber: Die strengen Calvinisten wollten den Katholiken keinesfalls die Hand reichen, die Gemäßigten um Oldenbarnevelt plädierten für Frieden. Abgesehen davon war der spanische König nicht bereit, die Unabhängigkeit der abtrünnigen Provinzen anzuerkennen. Die Generalstaaten und Graf Moritz wollten aber ebenso wenig zurückstecken. Der Graf befürchtete, dass die Spanier die Pause nur für Aufrüstung nutzen und vernichtend zurückschlagen würden. Als wäre das nicht schon kompliziert genug, waren auch die Provinzen zerstritten: Während im Nordosten auf ein Ende der Kämpfe und Plünderungen gehofft wurde, verdienten Holland und Zeeland nach wie vor am Krieg. Es war die Quadratur des Kreises – und Nathan steckte mittendrin.

Beim nächsten Absatz stieß Vincent unvermittelt einen Jubelruf aus.

»Was ist? Was schreibt Betje?«, wollte Sandrine wissen.

»Wie es aussieht, wird schon bald ein Waffenstillstand unterzeichnet, der zunächst für zwölf Jahre gilt. Die Delegation zieht für die Unterzeichnung nach Antwerpen. Anscheinend ist der spanische König endlich bereit, unsere Unabhängigkeit anzuerkennen. Auch England und Frankreich erkennen uns an!« Er überflog die nächsten Zeilen. »Zudem soll den Oraniern ein angemessener Lebensunterhalt zugesichert werden. Betje schreibt, dass sie und Nathan bald wieder nach Amsterdam zurückkehren.«

»Das wäre schön.«

»Einen Wermutstropfen gibt es allerdings: Die Generalstaaten sollen auf die Einrichtung einer Westindischen Kompanie verzichten, das verlangt der spanische König.«

»Das dürfte doch kein Problem sein.«

Vincent wog das Haupt; er war da skeptisch.

Wenig später machte Vincent sich auf den Weg zum Rathaus. Obgleich er selbst seinen Teil dazu beigetragen hatte, war er jedes Mal wieder beeindruckt, wie sehr sich Amsterdam trotz seiner beengten Grenzen herausgeputzt hatte. Besonders stolz war er auf das Oostindisch Huis, in dem die *VOC* residierte – ein Traum aus Backstein und Giebeln, in dem nicht nur Lagerräume, sondern auch repräsentative Kontore für die Siebzehn Herren sowie Räumlichkeiten für die Musterung untergebracht waren. Wenn die Ostindienflotte einlief, hing der Duft exotischer Gewürze manchmal über der ganzen Stadt.

Vincent passierte den Rokin, wo Hendrick de Keyser gerade die neue Wechselbank errichtete. Da der Handel mit Aktien und Waren nach Gründung der *VOC* stark zugenommen hatte, benötigte man ein Gebäude, in dem unabhängig von der Witterung Geschäfte getätigt werden konnten. Im Winter einfach in den Kirchen unterzuschlüpfen reichte inzwischen nicht mehr aus. De Keyser hatte sich bei seinen Vorrecherchen das Londoner Börsengebäude angeschaut und Bekanntschaft mit dem berühmten englischen Architekten Inigo Jones geschlossen. Auch Vincent hätte diesen Bauauftrag gern für sich an Land gezogen, er gönnte ihn de Keyser aber von Herzen. Da der Bau der Zuiderkerk noch immer stockte, hatte de Keyser in der Zwischenzeit zudem die verschiedenen Stadttore und ehemaligen Festungstürme verziert. Jetzt arbeitete er parallel an einem Grabmal für Admiral Heemskerck, der mit seiner Flotte die spanische Armada in der Seeschlacht von Gibraltar vollständig zerstört und dabei den Tod gefunden hatte. Auch Vincent war nicht untätig gewesen und hatte neben dem *VOC*-Bau zahlreiche Stadtvillen und Packhäuser errichtet.

Der Handel hatte schon immer viel Geld in die Stadt geschwemmt, der Ostindienhandel aber hatte auch viele Bürger reich gemacht.

Wenn jetzt tatsächlich der Krieg mit Spanien für zwölf Jahre ausgesetzt würde und damit viele Ausgaben für Soldaten und Waffen wegfielen, wäre das für alle gut. Nur einige Regenten und Kaufleute hatten sich gegen den Waffenstillstand ausgesprochen – diejenigen, die am Krieg verdient hatten …

Gut gelaunt betrat Vincent den Ratssaal, in dem Bürgermeister und Vroedshap sowie weitere Baumeister, Gildemeister und Vertreter des Fabrikamtes zusammengekommen waren. Endlich sollte es um etwas gehen, das Vincent schon seit Jahren vorantreiben wollte: den Ausbau der Stadt.

Sobald die Ausgangslage umrissen war, ergriff Gerrit Jacobsz Witsen das Wort. Er hatte es vom Seiler zum Bewindhebber und in diesem Jahr zum ersten Mal zum Bürgermeister gebracht. »Sobald die letzten Unstimmigkeiten ausgeräumt sind, wird der Waffenstillstand unterzeichnet. Wir sind eine reiche Stadt, was man nicht glauben würde, wenn man sieht, wie die meisten von uns wohnen. Für anständige Stadthäuser und große Packhäuser gibt es keinen Platz.«

Bürgermeister Bolens zupfte an seiner Halskrause, die nach neuester Mode bis über die Schultern reichte. »Warum haben wir keinen Prachtboulevard wie s'Gravenhage? Wir sollten den Singel zuschütten und daraus einen derartigen Boulevard machen.«

Sofort wurden weitere Vorschläge und Forderungen laut.

»Ich halte es für unumgänglich, dass feuergefährliche Gewerbe an den Stadtrand verlagert werden«, forderte Hooft.

»Wir reißen die alten Stadtmauern ein und errichten ein Stück weiter neue. Für den Handel können wir zusätzliche Inseln anlegen«, meinte Oetgens.

»Auf jeden Fall brauchen wir weitere Kirchen. Auch im Westen und im Norden der Stadt muss das Wort Gottes gepredigt werden«, sagte Pauw.

Witsen schlug mit einem Hammer auf den Tisch und bat um Ruhe. »So oder so müssen wir das Gebiet vor den Stadtmauern einbinden, damit wir Platz für die Arbeiter haben und diese auch Steuern zahlen. Deshalb hat Mijnheer Oetgens etwas vorbereitet.«

Auf sein Zeichen breitete Oetgens einen nachlässig gezeichneten Stadtplan aus. »Wir verschieben die Grenzen nach außen. So schaffen wir angemessenen Wohnraum für die besseren Bürger dieser Stadt, die die Hauptlast für das Wohlergehen aller tragen. Und damit alle wissen, woran sie sind, nennen wir die neuen Grachten Herengracht, Keizersgracht und Prinzengracht.«

Der Plan sah wie eine grobe Version desjenigen aus, den Vincent schon vor einigen Jahren Cornelis Hooft gezeigt hatte, nur die Grachtennamen waren neu. Vincent räusperte sich. »Ich habe bereits vor einigen Jahren Mijnheer Hooft einen Entwurf vorgestellt, der sich an idealen Städten orientiert. In einem weiten Halbkreis um die Stadt würde ein neuer Grachtengürtel entstehen. Die Parzellen an diesem Grachtengürtel würde man der Symmetrie wegen in einer Normgröße behalten. Es würde große Innenhöfe geben, die nicht bebaut werden dürfen.«

»Genau das habe ich doch gerade vorgeschlagen. Es ist meine Idee«, beharrte Oetgens.

»Es ist richtig, dass Mijnheer Aardzoon mir bereits vor einigen Jahren … Wo habe ich denn …« Hooft zog ein sorgfältig zusammengelegtes Papier aus einem Ordner. Als er es auseinanderfaltete, konnte jeder sehen, was Vincent gerade beschrieben hatte.

Oetgens funkelte Vincent an, ergriff das Papier aber und ließ es widerwillig herumgehen.

Die Bürgermeister berieten. Schließlich sagte Hooft: »Wir haben Eure Vorschläge notiert und werden sie prüfen. Mijnheer Staets, Euch bitten wir, eine Landvermessung vorzunehmen. Sobald wir eine Entscheidung getroffen haben, werden wir einen Antrag formulieren und bei den Generalstaaten und dem Grafen von Nassau vorbringen.«

»Warum müssen wir überhaupt um Erlaubnis bitten?«, wollte Witsen wissen.

»Weil der Ausbau die Stadtgrenzen überschreitet und fremden sowie herrschaftlichen Besitz betrifft. Sollten wir die Erlaubnis bekommen, werden wir die Besitzer der betroffenen Gebiete enteignen und angemessen entschädigen müssen«, erklärte Pauw. »Bis dahin werden wir das tun, was uns erlaubt ist: neue künstliche Inseln schaffen, um den Hafen auf der Westseite zu erweitern.«

*

Ruben polierte sein neues Fernglas – eine geniale Erfindung des Brillenmachers Hans Lipperhey –, obgleich vor ihm sein Notizbuch lag, das ihn vorwurfsvoll anzusehen schien. Es fiel ihm schwer, sich zu konzentrieren, denn neben ihm kochte Annemieke und sang, ihre zwei Kinder hingen quengelnd an ihrem Rockzipfel. Dazu verbellte der Hund die Katze. »Hier geht's ja schlimmer zu als im ›Hof van Holland‹, wenn die Indienflotte angekommen ist«, brummte er.

»Wieso, wie geht es denn da zu?«, fragte Annemieke.

Ruben lachte. »Da sind dann die Sechs-Wochen-Herren unterwegs. Die Matrosen feiern so heftig, dass nach sechs Wochen die Heuer verbraten ist.«

Annemieke küsste ihn auf den Scheitel und reichte ihm ihren Jüngsten hinüber.

»So werde ich nie fertig«, meinte Ruben, schäkerte aber mit dem Jungen. Wenn Michiel hier wäre, könnte er auf seine Halbgeschwister aufpassen, aber Vincent und Sandrine wollten den Jungen einfach nicht gehen lassen. Und Ruben scheute den Streit mit seinem Bruder, da dieser sich um Annemieke kümmerte, wenn er auf See war. Jetzt allerdings hatte er nicht vor, wieder anzuheuern. Die letzte Reise mit der *VOC* war zu furchtbar gewesen.

Ruben ließ es zu, dass sein Sohn nach seinem Kettenanhänger griff, und strich ihm zerstreut übers Haar. Bei den ersten Reisen mit der *Compagnie van Verre* und deren Nachfolgern hatten Abenteuer und Entdeckungen im Vordergrund gestanden. Jetzt aber lautete die Direktive der *VOC*, dass die Flotten die Gewürzinseln unter ihre Kontrolle bringen sollten – und sei es mit Waffengewalt. Die kriegerische Seite dieser Mission missfiel ihm. Da blieb er lieber in Amsterdam und suchte sich im Hafen Arbeit.

Der Hund schlug an, als jemand den Türklopfer betätigte. Kurz darauf führte die Magd mehrere Herren hinein. Bei ihrem Anblick sprang Ruben auf und steckte sich das Hemd in die Hose, damit er wenigstens einigermaßen manierlich aussah. »Dominee Plancius, was für eine Überraschung! Und die Mijnheers van Os und Poppen.«

Die Kaufleute sahen sich abschätzig um.

»Und Ihr seid wer?«, wandte Ruben sich an den vierten Mann, nachdem Annemieke und die Kinder den Raum verlassen hatten. Es handelte sich um einen Herrn von Mitte vierzig, dessen dunkles Haar langsam grau wurde.

»Wenn ich vorstellen darf: Mister Hudson«, sagte Plancius. »Er ist wie Willem Barents einer der großen Erforscher der Arktis. Hudson spricht nur Englisch, aber ich …«

Ruben unterbrach den Prediger, indem er Hudson selbst auf Englisch begrüßte. »Ich habe schon von Euch gehört.«

»Mister Hudson wird für die *VOC* in See stechen, und zwar schon in ein paar Tagen. Wir stellen gerade die Mannschaft zusammen«, sagte van Os.

»Warum die Eile?«

Die Kaufleute und Plancius schwiegen, Hudson aber antwortete ihm: »Um vor Abschluss des Waffenstillstands auf See zu sein. Wir wollen eine Durchfahrt durch das Eis der Arktis suchen, eine Abkürzung nach China. Aber Ihr wisst, dass eine Erkundungsmission immer Unwägbarkeiten birgt.«

»Außerdem wissen wir, dass auch Engländer und Franzosen derartige Expeditionen ausrüsten. Wir müssen schneller sein.«

»Ich bin gerade erst zurückgekehrt und will ein wenig Zeit bei meiner Familie verbringen«, wich Ruben aus. Ihn drängte es nicht in die kalten Gefilde, dennoch war seine Neugier geweckt. »Über was für ein Schiff verfügt Ihr?«

»Eine Jagt. Drei Masten, dreißig Lasten. Sechzehn Mann Besatzung, vielleicht zwanzig.«

Ruben lachte auf. »Das ist ja nichts! Mit so einem kleinen Schiff ins Eis – das ist ein Himmelfahrtskommando. Ich habe unter Admiral Heemskerck gedient, ich weiß, was das bedeutet. Der Admiral – Gott sei seiner Seele gnädig! – hat oft erzählt, wie seine Mannschaft und er im Eis eingeschlossen waren.«

»Der *Halve Maen* ist das einzige Schiff, das zur Verfügung steht.«

Verstohlen berührte Ruben den Kettenanhänger, den ihm der sterbende Jan Molenaar einst als Glücksbringer geschenkt hatte. *Halbmond* hieß die Jagt also.

66

Antwerpen

Betje hatte nicht viele Erinnerungen an Antwerpen, eigentlich nur vereinzelte Bilder, Geschmäcker, Gefühle. Diese waren jedoch so intensiv, dass die Trauer sie mitten ins Herz traf. Da Nathan in endlosen Verhandlungen und Hinterzimmergesprächen gebunden war, lief sie allein durch die Stadt. Eigentlich hätte man meinen sollen, dass die Kinder Wilhelms von Oranien für das belohnt würden, was sie für die Generalstaaten getan hatten. Es hatte Betje gegrämt, als sie erfahren hatte, dass Prinzessin Louise, die nicht nur ihren gemeinsamen Sohn Friedrich Heinrich, sondern auch die anderen Kinder Fürst Wilhelms großgezogen hatte, seit Jahrzehnten um Unterhalt betteln musste. Auch Graf Moritz hatte große Summen aus dem Familienvermögen für den Freiheitskampf aufgewendet. Dennoch verschwanden bestimmte Vereinbarungen, die die Oranier betrafen, immer wieder aus den Verhandlungspapieren – weshalb Nathan in Graf Moritz' Auftrag mit den Botschaftern und Gesandten nachverhandelte.

Sie war so in Gedanken gewesen, dass sie überrascht war, als unvermittelt die Onze-Lieve-Vrouwekatedraal vor ihr aufragte. *Antwerpen ist wieder eine durch und durch katholische Stadt*, dachte Betje. Überall sah man Nonnen, Priester und vor allem Jesuiten. Betje ging in die Kathedrale und betrachtete die Altäre. Sie liebte die Pracht der katholischen Kirchen, das Gold, die Statuen, Gemälde und den Duft von Weihrauch. Auf der anderen Seite liebte sie Nathan, und für ihn war sie in die reformierte Gemeinde zurückgekehrt. Ob sie wohl ihr Elternhaus noch finden würde? Ob es überhaupt noch stand?

Erstaunlicherweise schienen ihre Füße zu wissen, wohin sie sich wenden mussten. Dort hinten hatte ihre Freundin Sara gewohnt, zu der sie schon lange keinen Kontakt mehr hatte. Und diese Gasse rechts von ihr führte zu Messere Giambelli. Was wohl aus ihm geworden war? Zuletzt hatte Nathan gehört, dass der Ingenieur und Sprengmeister in Plymouth und auf der Isle of Wight an Festungen gearbeitet hatte.

Ihr Haus gab es nicht mehr, das Nebengebäude aber sehr wohl: ein Stadthaus mit angeschlossener Lagerhalle. Irgendwas war mit dem Besitzer dieses Hauses gewesen … aber was? Es war so lange her. Sie sprach eine Nachbarin an, die Abfall in den Straßengraben kehrte.

»Das Warenlager gibt es schon, seit ich denken kann.«

»Hat da nicht mal ein … Tuchhändler gewohnt?« Ein wenig kehrte ihre Erinnerung zurück. Der Händler hatte sie aus dem Haus getrieben.

»Ja, ganz früher. Mijnheer Frings. Ist aber pleitegegangen, als die Geusen die Schelde gesperrt haben.«

Betje war nicht rachsüchtig, spürte aber doch eine gewisse Genugtuung. Sie wandte sich ab und schlenderte durch die Stadt zurück. Letztlich kam es auf die Vergangenheit nicht mehr an. Das Heute zählte. Wichtig war, dass dieser Waffenstillstand endlich abgeschlossen wurde und sie nach Amsterdam zurückkehren konnten. Sie vermisste ihre Brüder, ihre Schwägerin und ihre Nichten und Neffen schrecklich. Ob Nathan schon zurück in ihrer Unterkunft war? Ob es hier einen schönen Markt gäbe, auf dem sie etwas Neues entdeckte? Sie sah sich um.

Ein bekanntes Gesicht fing ihren Blick. Zwei Männer strebten über den Platz vor dem Stadhuis. Das war doch Aldo van Vleet. Was tat der hier?

*

Wütend schlug Aldo van Vleet die Tür des Gasthofs zu. Gerade erst war es ihm mit Lazarus' Hilfe gelungen, beim Stab des Erzherzogs Erkundigungen über den Stand der Verhandlungen einzuholen. Die Informationen waren ein Schock. Offenbar sollte das schändliche Waffenstillstandsabkommen tatsächlich unterzeichnet werden. Zwölf Jahre lang sollten alle Kampfhandlungen ruhen! Zwölf Jahre, in denen diese gierigen Kaufleute ihnen in Ostindien das Geschäft madig machen konnten. Aber immerhin auch zwölf Jahre, in denen die Rebellen sich aus dem westindischen Handel heraushalten mussten. Aldo ballte die Faust. Er würde nicht aufgeben! Er nicht! Abgesehen davon, dass man den Ketzern nicht das kleinste bisschen nachgeben durfte, würde er auch die Einnahmen aus dem Waffenhandel verlieren, die sich inzwischen als äußerst wichtig erwiesen hatten. Und wer sollte im großen Stil Waffen kaufen, wenn Waffenstillstand herrschte?

Natürlich waren die letzten Jahre unglücklich verlaufen. Nachdem General Spinola unter hohen Verlusten Ostende eingenommen und England mit Spanien Frieden geschlossen hatte, hatten viele geglaubt, dass die abtrünnigen Provinzen jetzt überrannt werden könnten. Der Krieg war jedoch zäh und erbittert weitergelaufen, bis beiden Parteien endgültig das Geld ausgegangen war.

Als sie seine Unterkunft erreicht hatten, machte van Vleet seiner Erbitterung Luft. »Das kann doch nicht wahr sein! Dreihunderttausend für das Haus Nassau! Und ich bleibe auf unbezahlten Rechnungen und einer gewaltigen Menge Waffen sitzen, die ich vorsorglich schon bestellt hatte!«

Lazarus van de Hedecop stimmte ihm zu. Er hatte sich für Aldo in den letzten Jahren als wichtiger Informant und Mittelsmann erwiesen, vor allem seit sein Schwiegersohn quasi ausgefallen war. »Wir müssen uns etwas einfallen lassen, um diesen Waffenstillstand abzukürzen. Zwölf Jahre – das ist ruinös! Die Ketzer werden sich darauf vorbereiten zurückzuschlagen.«

»Und was machen der Erzherzog und Prinzessin Isabella – wollen den Kampf mit Kunst und guten Werken gewinnen! Was meinst du dazu, Diego?«

»Äh … wie beliebt?« Sein Schwiegersohn war in ein Gebet vertieft gewesen und sah ihn nun dümmlich an. Aldo begriff das nicht. Früher hatte man sich doch auch vernünftig mit ihm unterhalten können! Allmählich konnte er nachvollziehen, dass Aletta unter ihrem Gatten litt.

»Wir müssen handeln. Dieser Waffenstillstand darf nicht unterzeichnet werden«, sagte Lazarus.

Aldo van Vleet nickte grimmig. Wenigstens einer, der ihn verstand.

*

Johan van Oldenbarnevelt musterte Nathan mit sauertöpfischer Miene. Es hatte ihm von Anfang an nicht gepasst, dass Nathan in die Dienste von Graf Moritz und seinem Halbbruder Friedrich Heinrich getreten war. »Ich weiß nicht, was Ihr hier wollt. Mijnheer van der Mijle wird die Interessen des Hauses Nassau im Blick behalten.«

Nathan nickte Cornelis van der Mijle, dem Schwiegersohn Oldenbarnevelts, zu. »Dagegen ist nichts einzuwenden. Ich bin allerdings mit den direkten Befugnissen des Grafen ausgestattet. Entschuldigt mich – Sieur Jeannin?« Er machte einen Schritt auf den französischen Botschafter zu, der gerade eintrat. Noch hatte er einige Gespräche zu führen, und er würde sich nicht von seinem früheren Herrn davon abbringen lassen.

Als Nathan einige Zeit später den Innenhof des Patrizierhauses betrat, das Graf Moritz für sich und seine Verwandten gemietet hatte, kreuzten dieser und Friedrich Heinrich die Klingen. Seit die Kämpfe ruhten, hatte Moritz von Nassau ein wenig an Gewicht zugelegt, doch da er ständig einen Angriff fürchtete, war für ihn das tägliche Training unerlässlich. Verständlich, wie Nathan fand, schließlich waren auf Graf Moritz wiederholt Attentäter angesetzt worden. Vorsicht war ohnehin geboten. Bei der Pulververschwörung vor vier Jahren hatten die Attentäter es darauf angelegt, den englischen König samt Parlament in die Luft zu sprengen. Er hoffte wirklich, dass mit dem Waffenstillstand auch die Gewaltbereitschaft nachlassen würde.

Nathan wartete, bis die beiden die Rapiere hoben und sich voreinander verbeugten. Während Graf Moritz verschwitzt war, sah man Friedrich Heinrich die Anstrengung kaum an. »Gute Nachrichten, Exzellenz. Alle Eure Forderungen, die in den Verhandlungen beschlossen wurden, sind im Vertragsentwurf aufgeführt. Jetzt fehlen nur noch die Unterschriften, und auch diese Formalität wird nicht mehr lange auf sich warten lassen.«

Moritz von Nassau stieß einen zufriedenen Laut aus. »Ihr habt es Oldenbarnevelt gezeigt, was? Wir werden diesen Intriganten nicht obsiegen lassen.«

»Ich habe keinen Hinweis darauf gefunden, dass Mijnheer van Oldenbarnevelt mit den fehlerhaften Entwürfen zu tun hatte«, wandte Nathan wahrheitsgemäß ein.

Der Graf legte in einer vertraulichen Geste die Hand auf Nathans Schulter. »Wie auch immer. Lasst uns lieber darüber reden, was Ihr in Zukunft für unser Haus tun könnt ...«

*

Lazarus wartete, bis Aldo van Vleet das Zimmer verlassen hatte, um sich mit einem seiner Geschäftspartner zu treffen. Er setzte sich zu Diego an den Tisch, der in einem gebundenen Büchlein las, vermutlich einem Gebetbuch.

»Sieh dich an. Was ist nur aus dir geworden?«, sagte Lazarus kopfschüttelnd und gab sich keine Mühe, seine Verachtung zu verbergen.

Mit leerem Blick sah Diego auf. »Was meinst du?«

Lazarus war schon öfter aufgefallen, dass die Französische Seuche die Kranken verblöden ließ. »Der Artilleriegeneral hat sich immer wieder über deine Abwesenheit beschwert, und jetzt sitzt du hier, als wärest du ein Greis. Willst du wirklich, dass alles, wofür dein Vater gekämpft hat, verloren geht? Willst du Don Sanchos Ehre noch nachträglich in den Schmutz ziehen?«

Diego senkte den Blick. Sein Vater war während einer der letzten Schlachten gestorben. Allerdings war er nicht heldenhaft gefallen, sondern jämmerlich an der Ruhr verreckt. »Mir geht es ... nicht sehr gut. Was kann ich denn ... überhaupt noch tun?«, murmelte er.

Lazarus legte seine Hand auf Diegos Knie. »Mir würde da schon was einfallen.«

*

Der Erzherzog parlierte mit einem Maler namens Rubens, den er sehr bewunderte und als Hofmaler gewinnen wollte, aber Infantin Isabella hörte kaum hin. Natürlich sollte ihr Hof weithin strahlen, aber derzeit konnte sie nur daran denken, was das Abkommen mit den aufständischen Provinzen bedeuten würde: Es bedeutete, dass sie ihren Vater enttäuschte und betrog, dass sie versagt hatte. Vielleicht strafte Gott sie deshalb so sehr. Drei Kinder hatte sie geboren, drei zu Grabe getragen. Täglich flehten Albrecht und sie Gott an, dass er ihre Ehe segnen und dass das Kind gedeihen möge. Sie pilgerten, fasteten, sie hielt eine besondere Diät, die ihren Körper für die Empfängnis bereit machen würde. Aber sie war eben auch schon zweiundvierzig.

Die Stimme ihres Gatten brandete auf. Von Kunst verstand Albert etwas. Er war gelehrt und fromm. Aber als Kriegsherr hatte er versagt. Viel zu spät hatten sie die Verantwortung für den Feldzug an fähigere Militärs gegeben, allen voran General Spinola. Allerdings war ihr Bruder, der König von Spanien, mit seiner Verschwendungssucht und Günstlingswirtschaft genauso schuld an dieser Misere. Das Abkommen war beschämend, erniedrigend gar für die Monarchie. Natürlich wusste sie, dass sie derzeit keine Wahl hatten. Und doch ...

*

Diego lehnte an der Wand dicht neben der Luke und sah in den Innenhof. In einer Hand hielt er den Rosenkranz, in der anderen die Pistole. Stumm betete er. Lazarus hatte ihm geholfen, auf den Dachboden zu kommen. Wie hatte er Lazarus gehasst! Jetzt musste er ihm beinahe dankbar sein.

Bereits die Treppenstufen hatten Diegos ganze Kraft gefordert. Er war schwach, war es immer gewesen. Nein, nicht ganz. Stolz dachte er an die Jahre, in denen er unter verschiedenen Artilleriegenerälen gedient hatte. Jetzt aber waren sein Körper und sein Geist zerstört. Die Seuche und die vermeintlichen Heilmittel fraßen ihn von innen heraus auf. Sein Kiefer war eine einzige wunde Masse, und er stank nach Tod und Verwesung. Wenn sein Vater ihn so sehen würde, würde er vor ihm ausspucken. Und Aletta? Selbst sie würde sich angeekelt abwenden. *Bald werdet ihr stolz auf mich sein*, dachte Diego.

Nur mühsam konnte er sich vom Wegdämmern abhalten. Aber dann hörte er Stimmen aus dem Innenhof und zwei Männer, die die Klingen kreuzten.

*

Aletta sah, wie schwer der Infantin der Abschluss des Waffenstillstandes fiel. Oft hatte Isabella erzählt, wie viel ihrem Vater die habsburgischen Niederlande bedeuteten. König Philipp II. hatte sich nie darauf eingelassen, den Ketzern auch nur eine Handbreit nachzugeben. Ohnehin war die Infantin angeschlagen. Seit sie nacheinander drei Kinder verloren hatte, hatten der Erzherzog und sie die Hoffnung auf Nachkommen aufgegeben und führten angeblich eine Josephsehe. Keiner wusste besser als Aletta, was das bedeutete.

Mit dem Waffenstillstand würde eine neue Zeit anbrechen. Eine Zeit, in der Albrecht und Isabella den Katholizismus auf anderen Ebenen fördern wollten, beispielsweise durch Malerei, was Aletta durchaus gefiel.

Auf der anderen Seite des Saales brandeten Stimmen auf. Ein Bote eilte zum Erzherzog. Die Infantin trat hinzu, lauschte. Aletta fing nur Wortfetzen auf. *Ein Attentat. Graf Moritz. Das Waffenstillstandsabkommen.* Ihr Herz schlug schneller. Wenn die Rebellen ihren talentierten Heerführer verlören!

In diesem Moment richteten sich die Augen der Infantin auf sie, und tiefes Mitgefühl sprach daraus. Gleich darauf fiel Aletta in Ohnmacht.

Als Aletta wieder zu Bewusstsein kam, lag sie im Nebenzimmer auf einem Kanapee. Sie sah die Infantin neben sich und wollte aufstehen, um ihr Respekt zu erweisen. Isabella jedoch forderte sie nicht nur auf, liegen zu bleiben, sondern neigte sich sogar zu ihr hinunter. Mit gesenkter Stimme sagte sie: »Euer Gatte wurde leider von den Leibwachen des Oraniers entdeckt und getötet, ehe er seine Heldentat ausführen konnte. Dennoch wird Don Diego für diesen Versuch, unsere Ehre zu retten, immer einen Platz in meinem Herzen haben. Wir werden für seine Seele beten.« Dann nahm sie Alettas Finger und drückte sie. »Sorgt Euch nicht um Eure Zukunft. Auch als ehrsame Witwe werdet Ihr Euren Platz unter meinen Hofdamen behalten.«

Tränen strömten über Alettas Gesicht. Die Damen versuchten, sie zu trösten, doch sie konnte gar nicht aufhören zu weinen. Endlich war sie frei.

*

Natürlich ärgerte Lazarus sich, dass Diegos Pistolenangriff auf Graf Moritz gescheitert war. Andererseits hätte er wissen müssen, dass Diego unfähig war, selbst den einfachsten Plan auszuführen. Nur ein Gutes hatte der Ausgang dieser Angelegenheit: Aletta war frei, frei für ihn. Sie musste ihn einfach heiraten. Er würde sich dafür bei Aldo van Vleet einschmeicheln oder ihn erpressen. Gleichzeitig würde er endlich die Bewohner aus seinem Amsterdamer Haus treiben, gerne auch mit Gewalt. Denn eines stand fest: Mit dem Krieg würde er vorerst kein Geld mehr verdienen.

67

Vor dem Rathaus bildeten die Pamphletverkäufer einen schrillen Chor. Seit die Waffen schwiegen, waren die religiösen Konflikte innerhalb der Generalstaaten in einer Wucht aufgebrochen, die Vincent nie für möglich gehalten hätte. Nur ging es nicht mehr um Protestanten und Katholiken, sondern die reformierten Gläubigen stritten untereinander um den rechten Weg zu Seligkeit und Erlösung. Welch große Hoffnungen hatten sie mit dem Friedensschluss vor zwei Jahren verbunden! Und nun war alles in Aufruhr. Hastig schüttelte Vincent seine Besorgnis ab. Für das kommende Gespräch brauchte er einen klaren Kopf.

Schon lange musste er nicht mehr warten, sondern wurde sofort zum Bürgermeister vorgelassen. Sein Jugendfreund Jacob de Graeff, seit Kurzem Vrijheer van Zuid-Polsbroek, der in diesem Jahr ins höchste Amt der Stadt gewählt worden war, begrüßte ihn erfreut.

An der Wand des Ratssaales hingen die Landkarten, die Meister Staets angefertigt hatte. Die Verhandlungen über die Genehmigung der Stadterweiterung und den Landkauf waren langwierig gewesen. Einige Landbesitzer würden enteignet und entschädigt werden, andere erhielten im Tausch Gebiete in einem Neubaugebiet für einfache Leute und Gewerbe. Als der Verlauf der neuen Wälle und Bastionen festgestanden hatte, waren die Regenten geschockt über die hohen Kosten gewesen und hatten die Baukommission angewiesen, nach günstigeren Möglichkeiten zu suchen. Die Zeit drängte jedoch. Da kein Angriff mehr drohte, waren die Hüttensiedlungen vor den Toren der Stadt angeschwollen. Es war nur eine Frage der Zeit, bis Unruhen oder eine Seuche ausbrechen würden. Immerhin war am Pfingstsonntag endlich die Zuiderkerk eröffnet worden, ein Bau, mit dem de Keyser Gott und seiner Baukunst alle Ehre machte. Gerade wurden die künstlichen Inseln Westelijke Eilanden, Vooreiland, Middeneiland und Achtereiland fertiggestellt, die die Zufahrt großer Schiffe ermöglichten. Daneben entstanden Holzplätze, Lagerhäuser und Unterkünfte für die Arbeiter.

Nach kurzem Plaudern kamen sie zur Sache. »Was gibt es Neues aus dem Rat? Hat sich die Vroedshap mit den Bauplänen befasst?«

»In der Tat. Es wurde ein Beschluss wegen der Winteranlegeplätze gefasst«, berichtete Jacob. Schon lange war der Oude Waal bei der Lastage zu klein. »Der Nieuwe Waal soll zwischen Haarlemerpoort und Hogenoort eingerichtet werden, sodass die Schiffe besser gelagert und nicht mehr aufeinandergestapelt werden müssten. Auch die Läden der Tischler, Häuser und Brauereien sollen dorthin verlagert werden. Allerdings kostet es natürlich, das Gebiet in die Festungsmauern einzuschließen.«

»Kann die Summe nicht durch den Verkauf neuer Grundstücke bestritten werden?«

»Doch, das hoffen wir jedenfalls.«

»Und der Grachtenausbau?«

»Auch da geht es voran.« Jacob blätterte in den Unterlagen. Er stutzte. »Dafür, dass es wertloses Land ist, haben einige Amsterdamer erstaunlich viele Besitztümer vor den Toren«, murmelte er. Mit jeder Seite wurde er ungehaltener. »Das fällt mir ja jetzt erst auf!«

»Tatsächlich?«

»Sieh selbst.«

Vincent überflog die Liste. Ein Name fiel ihm ins Auge. Ob das ein Zufall war? Sofort musste er daran denken, dass Meister Bilhamer sich nach dem Studium einer Liste so aufgeregt hatte, dass sein Herz aufgehört hatte zu schlagen. Er dachte an den Gotländer Sandstein und an weitere Merkwürdigkeiten, die ihm in den letzten Jahren aufgefallen waren, die er aber um des lieben Friedens willen hingenommen hatte.

»Was mögen diese Flächen gekostet haben?«, fragte Jacob. »Fünfzehn-, sechzehntausend Gulden?«.

»Vermutlich. Und welche Entschädigung steht dem Besitzer jetzt zu?«

Jacob sagte es ihm.

Vincent stieß einen Pfiff aus. »Etwa siebenhundert Prozent Gewinn! Das nenne ich ein gutes Geschäft.« *Was für ein gewaltiger Profit.* Aber auch: was für eine Ausgabe für die Stadtkasse und damit für die Allgemeinheit.

Was, wenn Oetgens und andere Poorter wie Jonas Cornelisz Witsen und Jan Huydecoper herausgefunden hatten, welches Land vor den Stadtmauern bebaut werden sollte, und daraufhin Ländereien gekauft hatten, um einen möglichst hohen Gewinn zu erzielen? Diese Angelegenheit war zu schwerwiegend, um sie auf sich beruhen zu lassen. »Ich wusste gar nicht, dass Meister Oetgens Land vor den Toren der Stadt besitzt«, sagte Vincent. »Kann man herausfinden, wann er es erworben hat?«

»Sicher.« Jacob musterte ihn. »Du meinst, es ist kein Zufall, sondern Oetgens und die anderen haben einen Vorteil daraus gezogen, dass sie so früh von der Stadterweiterung erfahren haben?«

»Ich will niemanden fälschlich beschuldigen. Aber rechtmäßig wäre so ein Verhalten nicht.«

»Dann lass uns mal nachschauen …«

Als sie gefunden hatten, was sie suchten, erzählte Vincent seinem Freund unter dem Siegel der Verschwiegenheit von Meister Bilhamers früherem Verdacht und den weiteren Ungereimtheiten, auf die er gestoßen war. Er wollte keinen Ärger, aber der Gerechtigkeit musste Genüge getan werden.

Einige Zeit später suchte Jacob de Graeff in Begleitung eines Schreibers Vincent auf der Baustelle auf. »Ich führe gerade mit Mijnheer Hooft eine Untersuchung durch und habe ein paar Fragen an dich«, sagte er förmlich.

»Worum geht es?«

»Wann hast du Cornelis Hooft deinen Plan zur Stadterweiterung vorgelegt?«

Vincent musste nicht lange überlegen. »Ich habe Mijnheer Hooft den Vorschlag zur Erweiterung Amsterdams zur Zeit der Sonnenfinsternis, der Pest und des Erbebens gemacht – wie könnte ich das vergessen! Das war um die Jahreswende 1601 oder 1602. Das genaue Datum müsste ich in meinen Unterlagen nachschauen.«

Der Schreiber machte sich Notizen. »Und wann hast du das Grundstück vor den Toren der Stadt gekauft?«

Woher wusste Jacob davon? »Den See meinst du? Mit meiner holländischen Nachtigall? Ich habe ihr lange keinen Besuch mehr abgestattet …« Vincent blieb das Lachen im Halse stecken, als er Jacobs ernsten Gesichtsausdruck bemerkte. Er überlegte. »Warte kurz … Die *Compagnie van Verre* war zum ersten Mal zurückgekehrt, das war …«

»1597.«

»Genau.«

»Hast du einen Kaufvertrag?«

»Natürlich.«

Jacob schien erleichtert.

»Dürfte ich jetzt wissen, worum es genau geht?«, fragte Vincent.

Eine unangenehme Pause trat ein. Schließlich sagte Jacob. »Was soll's, als Beschuldigter erfährst du ohnehin davon …

Als Beschuldigter! Die Worte trafen Vincent wie ein Schlag. Daher wehte also der Wind. »Hat Meister Oetgens mich beschuldigt, ebenfalls spekuliert zu haben?«

Jacob hob die Schultern. »Wenn du wirklich einen Vertrag hast, dann ist alles rechtmäßig. Komm bitte ins Rathaus, um das Schriftstück vorzuweisen.«

Vincent nahm seine Söhne gerne mit zur Barbaragilde, obgleich Michiel und Kris noch zur Schule gingen. Vielleicht würde einer von ihnen bei ihm eine Lehre beginnen wollen, da schadete es nicht, schon mal etwas Gildeluft zu schnuppern. Die Brüder kabbelten sich jedoch so lange, bis Vincent sie zur Ordnung rief. *Typisch Jungs!* Er seufzte. Letztlich waren Ruben und er auch nicht anders gewesen. Zwischen ihnen ging es derzeit nur deshalb friedlicher zu, weil Ruben ständig unterwegs war.

Als Vincent mit seinen Söhnen in den Gildesaal kam, herrschte dort gewittrige Stimmung. Laut hallte die Stimme von Meister Oetgens durch den Saal. »Eine Frechheit, mir so etwas zu unterstellen! Hooft und de Graeff sollten sich lieber warm anziehen.« Er verstummte kurz, als er Vincent sah, dann rief er: »Da ist ja das Kollegenschwein! Hätte ich gewusst, was du für einer bist, hätte ich deine Wahl zum Gildevorsteher nie befürwortet.«

»Wovon redest du?«

Er baute sich vor Vincent auf. »Ich rede davon, dass du mich bei de Graeff beschuldigt hast, krumme Geschäfte zu machen. Und das, wo ich dich damals aufgenommen habe und dir eine Chance gegeben habe.« Er spuckte aus.

Worte und Geste waren eine ungeheure Beleidigung, die Vincent nicht auf sich sitzen lassen konnte. Andere Gildebrüder kamen bereits näher, um nichts zu verpassen. Vincent zwang sich zur Ruhe. »Ich bin dir dankbar, dass du mich als Lehrjungen aufgenommen und ausgebildet hast. Du bist ein sehr guter Meister, einer der besten deines Fachs, und du weißt, wie sehr ich deine Arbeit schätze«, sagte er beherrscht. »De Graeff gegenüber habe ich in meiner Eigenschaft als Gildevorsteher lediglich auf einige Ungereimtheiten hingewiesen. Es geht darum, Schaden von unserem Berufsstand fernzuhalten.«

Drohend kam Oetgens näher. »Willst du sagen, dass ich unserem Berufsstand Schande mache?«

»Das hast du gesagt.«

Lauter: »Willst du das sagen?«

Vincent hielt ihm stand. »Noch mal, das hat du …«

Oetgens rempelte die vorgestreckte Brust gegen ihn. Erste Rufe nach einem Zweikampf wurden laut. Doch Vincents Freund Jerún, der zweite Vorsitzende der Gilde, trat dazwischen, wie Vincent es bei anderer Gelegenheit oft selbst getan hatte. »So kämpft euren Streit nach alter Sitte aus, und dann haltet Frieden!«, forderte er.

»Normalerweise betrifft diese Gilderegel Gesellen«, wandte Vincent ein.

»Fürchtest du dich etwa?«, blaffte Oetgens.

Vincent sah in die Runde. Viele Gildebrüder schienen nach einem

Kampf zu lechzen, und sei es nur, damit danach wieder Friede einkehrte. »Dann macht den Kampfplatz frei.«

Hastig wurden die Stühle und Tische beiseitegeschoben, die Türen geschlossen. Sorgfältig knöpfte Vincent sein Wams zu und setzte den Hut auf, wie es Sitte war. Dann übergab er seinem Vertreter für die Dauer des Kampfes offiziell seinen Posten. Schließlich stellte er sich Oetgens gegenüber in das Rund, das die Gildebrüder gebildet hatten. Gespannte Ruhe kehrte ein. Leise wurden letzte Wetten abgeschlossen. Vincent sah, wie aufgeregt seine Söhne waren. Mit ihren dreizehn und neun Jahren hatten sie ihren Vater noch nie kämpfen sehen.

Oetgens hatte als Herausforderer das Recht des ersten Schlages. Dreimal durfte er zuschlagen, ohne dass es Vincent erlaubt war, sich zu wehren. Hiebe in den Unterleib waren verboten. Oetgens rieb seine von der Arbeit geformten Hände und rollte die Schultern. Mehr Fabrikmeister und Maurer war er jetzt als ehemaliger Bürgermeister. Vincent war bis auf den letzten Muskel angespannt. Er hatte schon Maurergesellen beim ersten Faustschlag zusammenbrechen gesehen. Seine Ehre und sein Ruf standen auf dem Spiel.

Unvermittelt hob Oetgens die Faust und schlug zu. Geschickt neigte Vincent den Oberkörper ein Stück – vorbei. Einige Gesellen schrien auf. Der zweite Hieb kam schneller, als Vincent es erwartet hatte. Dumpf krachten Oetgens Knöchel auf seinen Wangenknochen, der sofort schmerzhaft anzuschwellen schien. Vereinzeltes Johlen. Dem dritten Fausthieb konnte Vincent wieder ausweichen. Darauf hatte er nur gewartet.

Mit geballter Kraft schoss er vor. Ein rechter Haken an Oetgens' Kinn. Dieser taumelte zurück. Anfeuernde Rufe. Eine linke Gerade traf Oetgens' Schläfe. Doch jetzt stürmte sein Herausforderer vor, um sich schlagend wie ein wilder Bär. Vincent kassierte einen um den anderen Hieb, auch in den Leib, woraufhin aus dem Rund Protestrufe laut wurden. Die Schmerzen nahmen ihm den Atem. Ein Schlag traf seine Lippe, er schmeckte Blut. *Bring ihn auf Abstand!*, feuerte er sich an. Mit präzisen Schlägen kämpfte Vincent sich frei. Sein Knöchel auf Oetgens' Braue, Blut strömte.

Oetgens wankte, wandte sich ab. »Frieden!«, rief er endlich.

Die Männer jubelten. Im Rund reichten die Kämpfenden sich die Hände. Da er aufgegeben hatte, musste Oetgens das Strafgeld übernehmen. Seine Augen waren blutunterlaufen, sein Blick finster.

Jerún und Michiel stützten ihn, als sie ins Haus traten, denn Vincents Leib schmerzte. Mit einem Aufschrei nahm Sandrine sie in Empfang. »Was ist passiert? Seid ihr überfallen worden?«

»Meister Oetgens hat Vater herausgefordert. Aber Vater hat's ihm gezeigt«, sagte Kris stolz.

Sandrine schickte die kleine Wilhelmtje und ihren Bruder nach Wasser und frischen Tüchern, schob Vincent auf einen Stuhl und untersuchte seine Wunden. »Was für eine Narretei – hättet ihr das nicht wie erwachsene Männer klären können?«

»Das haben wir«, murmelte Vincent und sog scharf die Luft ein, als sie seinen Wangenknochen befühlte.

»Unfug! Wie Straßenbengel habt ihr euch benommen! Hemd aus!«, forderte sie schroff, aber Vincent wusste, dass sie nur besorgt war.

»Es ist nichts Ernstes.«

»Nichts Ernstes? Deshalb musste Jerún dich wohl auch stützen!«

»Oetgens sah schlimmer aus«, meinte Michiel.

»Das ist mir kein Trost«, murmelte Sandrine. »Worum ging es überhaupt?« Sorgfältig reinigte sie die Wunden und untersuchte die Prellungen an Vincents Körper.

Wilhelmtje stand daneben, ihre Unterlippe zitterte, als ob sie die Tränen zurückhalten müsste. Michiel nahm die Kleine auf den Arm und berichtete. Man konnte ihm anhören, wie aufregend er alles gefunden hatte. »Am Schluss musste Oetgens laut eingestehen, dass die Ehre der Zunft über seinen Ärger geht.«

»Er hat also seine Schuld eingestanden? Sich entschuldigt?«

Vincent schüttelte den Kopf.

Sandrine musterte ihn besorgt. »Pass auf dich auf. Es ist nicht gut, einen Mann wie Oetgens zum Feind zu haben.«

Als Ruben am Ende des Jahres von seiner zweiten Reise mit Hudson zurückkehrte, war er mehr tot als lebendig. Lange schon hatte sich Annemieke, die sich mühsam mit ihren vier Kindern allein durchschlug, um seinen Verbleib gesorgt. Zu Recht, wie sich herausstellte. So erschreckt war sie über den Zustand ihres Mannes, dass sie Vincent zu Hilfe rief. Ruben war abgemagert, sein Leib von Rissen und Schwären bedeckt. Er hatte mehrere Zehen verloren – durch die Kälte, sagte er. Insbesondere eine Wunde an Rubens Arm machte Vincent Sorgen. Er ließ einen Arzt kommen, der die Entzündung weiträumig herausschnitt. Dennoch wussten sie nicht, ob die Behandlung ausgereicht hatte oder ob Ruben den Arm verlieren würde.

Trotz der schweren Operation bestand Ruben darauf, einige Tage später seiner Familien Bericht zu erstatten. Er genoss es sichtlich, dass alle an seinen Lippen hingen. Besonders Kris konnte nicht genug von den Erzählungen seines Onkels bekommen.

Ruben saß aufgerichtet in seinem Bett, den Arm in der Schlinge, eine Pfeife im Mundwinkel. Neben ihm hatte Annemieke Platz genommen. Seine Kinder hatten sich ans Fußende gesetzt, während alle anderen sich um das Bett gruppierten. Nur Betje und Nathan waren einmal wieder in s'Gravenhage – seit dem Mord an dem französischen König Henri IV. und dem Beginn der Regentschaft der katholischen Maria de Medici waren die diplomatischen Beziehungen der Generalstaaten mal wieder auf das Äußerste gespannt.

Im Kamin prasselte ein Feuer, und zunächst sahen alle gespannt den Rauchwolken nach, die Ruben in die Luft steigen ließ. Vincent erinnerte sich daran, wie euphorisch Ruben nach der ersten Reise mit Hudson gewesen war. Sie hatten damals zwar keine Passage zum östlichen Ozean gefunden, aber einen lieblichen Ort inmitten steiler Hügel, an dem es gewaltige Bäume, eine Fülle von Früchten und Tieren und feinste Biberpelze in Hülle und Fülle gab. Die Schönheit der Landschaft hatte Ruben bezaubert, insbesondere eine Insel auf jener Seite eines großen Stromes, die Manna-hata genannt wurde. Er wäre sofort mit Sack und Pack wieder losgesegelt, wenn die Wilden nicht gewesen wären, die mit Pfeilen auf Fremde schossen.

»Diese zweite Reise jedoch«, begann Ruben und berührte beiläufig den Halbmond an seiner Kette, »diese Reise stand unter keinem guten Stern.«

»Ihr wart aber dieses Mal nicht im Auftrag der *VOC* unterwegs?«, wollte der neunjährige Kris wissen.

»Nein. Unsere Auftraggeber waren englische Kaufleute. Wir sollten eine Passage durch den Nordwesten Amerikas in die Südsee suchen. Doch schon auf der Fahrt entbrannte ein Streit zwischen Master Hudson und seinem Maat, dem teuflischen Robert Juet.«

»War Juet denn nicht auch auf der ersten Reise dabei? Ich erinnere mich, dass du sagtest, er habe die Wilden betrunken gemacht, auf sie geschossen und etliche getötet.«

»Ebender war dabei. Dieses Mal wurde der Streit zwischen den Männern arg. Vor allem, als wir in der trostlosen James Bay von Schnee und Eis eingeschlossen wurden.«

Entsetzt sogen Rubens Zuhörer die Luft ein

»Aber lasst mich eines nach dem anderen erzählen.« Obgleich er noch keine vierzig Jahre alt war, klang Ruben wie ein alter Mann. Ruhig redete er weiter. »Als wir festsaßen, kam es zur Meuterei«, endete er schließlich. »Ich stellte mich gegen Juet – und wurde mit Hudson, dessen Sohn und fünf Weiteren überwältigt, gefesselt und ohne Proviant in einem Boot ausgesetzt. In schwerer See kenterte das Boot. Meine Fesseln lösten sich, und ich konnte mich an ein Ufer retten. Von den anderen fehlt jede Spur.« Ruben wirkte jetzt betrübt und sehr müde.

»Das heißt, Master Hudson ist tot?«, fragte Kris, dem der Schrecken ins Gesicht geschrieben stand.

»Ich nehme es an. Er, einer der großen Erforscher der Arktis, wurde von seinen eigenen Männern verraten. Wenn man das erlebt, verliert man den Glauben an die christliche Seefahrt.« Ihm fielen die Augen zu.

68

1613

Diesen letzten Besuch würden sie sich nicht nehmen lassen. Die Hütten waren immer näher an ihren kleinen See herangerückt, und niedergedrücktes Gras und umgeknickte Schilfhalme bewiesen, dass regelmäßig Leute herkamen. Sie waren anscheinend nicht die Einzigen, denen dieser Ort gefiel.

Aus der Stadt waren das Rattern der Maschinen und die Rammen zu hören. Endlich ging der Ausbau der Stadt voran. Vincent war eingeladen worden, die Kommission für den Stadtausbau zu beraten. Daneben beteiligte er sich mit Dirck van Os finanziell an der Trockenlegung des Polders Beemster. Der See war bereits leer gepumpt und wurde nun in Weideland umgewandelt.

»Ich dachte, wir könnten noch einmal die Ruhe genießen, aber damit ist es wohl vorbei«, sagte Vincent mit einem wehmütigen Lächeln.

Zusammen gingen sie ans Seeufer. Sandrine hielt die Hand ins Wasser. »Was wohl mit den Tieren wird, mit den Vögeln, Fröschen und Libellen?«

»Die ziehen ebenfalls um. Sumpf wird es auch vor den neuen Stadtmauern geben.«

Vincent legte den Arm um seine Frau und vertiefte sich in den Anblick ihres Gesichts. Feine Fältchen zeichneten ihre Züge nach und machten sie nur noch schöner.

Sandrine musste lachen. Es schien ihr peinlich zu sein, dass er sie so betrachtete. »Was tust du?«

»Ich erinnere mich daran, wie ich dich hier zum ersten Mal getroffen, wie ich mich in dich verliebt habe. Ich liebe dich immer noch so sehr.«

»Und ich dich.« Sie besiegelten diesen Moment mit einem Kuss, als könnten sie ihn damit für immer bewahren. Sandrines Lächeln vertiefte sich. »Allerdings warst du damals ganz schön arrogant. ›Das ist mein See!«< Sie ahmte seine Stimme nach. Lachend tauschten sie Erinnerungen aus, nur um gleich darauf wehmütig über Stadt und Land zu blicken.

»Unser See …«

»… wird unser neues Heim. Wir werden uns auch ein Haus bauen, sobald wir es uns leisten können.«

»Mit großzügigen Räumen, einem herrlichen Garten …«

»… und einem Giebelstein über der Eingangstür. Ich weiß nur noch nicht, was darauf stehen soll.«

Sandrine lächelte ihn an. »Na, das liegt doch auf der Hand.« Sie schmiegte sich an ihn. Ihre Finger zupften an seinem Wams, fuhren unter sein Hemd und über seine Haut, die sogleich zu prickeln begann. »Lass uns ein letztes Mal unser kleines Paradies genießen, ehe die Bagger anrücken.«

Im Morgengrauen kamen die Männer vor der alten Stadtmauer zusammen. Intensiv hatten sie in den letzten Jahren auf diesen Moment hingearbeitet. Vincent stellte sich zu Danckerts, Sinck, Staets und de Keyser. Frans Hendricks Oetgens hatte Gläser und eine Flasche mitgebracht. Trotz der Spekulationsvorwürfe, die eine Kommission untersuchen würde, war er wieder Bürgermeister geworden, was Vincent erbitterte. Sollte der oberste Vertreter einer Stadt nicht moralisch makellos sein?

In stillem Einverständnis sahen sie auf das Land hinaus. Heute würde der erste Spatenstich an diesem Werk getan werden, das das Gesicht der Stadt für immer verändern würde. Eine gewaltige Aufgabe lag vor ihnen, denn zunächst musste das Land entwässert werden. Lange und tiefe Kanäle mussten gegraben werden, die Kanalwände erst verschalt und dann gemauert.

Vincent dachte an die zähen Verhandlungen mit der Baukommission zurück. Zunächst hatten sie der Stadtregierung eine große Landkarte mit dem Halbkreis von Wällen und Bastionen vorgelegt, die in Zukunft die Stadt einschließen sollten. Innerhalb der neuen Stadtmauern würde es zukünftig drei konzentrische Kanäle mit quer verlaufenden Straßen und Kanälen geben, den *dwars-burgwallen*. Die Erweiterung würde in zwei Phasen ablaufen. Zunächst würde die Stadt nach Westen hin ausgebaut werden, mit einem Kanalring zwischen Brouwersgracht, einem ländlichen Gebiet für einfache Leute, das sie Jardin nannten, und der Leidsegracht.

Die alten Stadtwälle, deren Entstehung Vincent als Heranwachsender miterlebt hatte, wurden bereits abgerissen. Für den Bau der neuen Festung würde Henk Jakobsz Staets sorgen. Zunächst wurde die Herengracht geschaffen, damit das Baumaterial für die anderen Kanäle herangeschafft werden konnte. Die Kommission hatte vier Brücken vorgesehen: an den Erweiterungen der Blauwe Brug, der Oude Jan Roodenpoort, der Gasthuisbrug und eine vierte, um die Raambrug zu verlängern. Zwei weitere waren auf Wunsch der Singel-Bewohner hinzugekommen.

Die Grundstücke in der Herengracht waren großzügig bemessen und sollten ein herrschaftliches Gepräge haben. Hier würden vermutlich viele reiche Kaufleute einziehen. Im Januar sollte mit dem Verkauf der Grundstücke begonnen werden. Da auf einen Schlag sehr viele Häuser errichtet werden mussten, hatte Vincent mit seinem Freund Tinus, der als Schiffsbaumeister an neuen Flotten der *VOC* baute, eine Methode ausgetüftelt, wie für die erhofften Aufträge in kurzer Zeit große Mengen Holzrahmen gefertigt werden konnten.

Während der Entwässerung würden die unerlaubt errichteten Häuser vor den Stadtmauern abgerissen werden, um Platz für die neuen Grachten zu schaffen. Dagegen regte sich Widerstand, und die Vroedshap fürchtete Unruhen. Deshalb war beschlossen worden, einen Teil des Gebiets zu belassen und andere Arbeiter, die ihr Haus verloren, hierher umzusiedeln. Die Stadtbaumeister würden den Jardin Stück für Stück erhöhen müssen, da er tief lag und die Gefahr von Überschwemmungen bestand. Vincent war gegen diese Lösung gewesen, denn flache, ruhige Kanäle ließen die Gefahr von Seuchen steigen.

Nun kamen die Karren mit den Baumaterialien für Bagger und Pumpen heran, dazu unzählige Arbeiter, die hier in den nächsten

Jahren ihr Auskommen finden würden. Frans Hendricksz Oetgens schenkte für alle Jenever ein und reichte auch Vincent ein Glas.

Vincent wollte bereits danach greifen, doch Oetgens sah ihn kühl an und kippte den Jenever auf die Erde. Vincent versuchte, sich seine Verärgerung nicht anmerken zu lassen, er wollte keinen Streit. Angespannte Stille kehrte ein, dann reichte Jacob Dircks de Graeff sein Getränk an Vincent weiter. Ihm konnte Oetgens ein neues Glas nicht verweigern.

69

1615

Vincent besprach mit seinem Polier die weitere Vorgehensweise für den Bau an der Herengracht. Es machte ihm Spaß, die verschiedensten Giebeltypen zu entwickeln und durch passenden Fassadenschmuck zu ergänzen. Aus dem Augenwinkel bekam er mit, wie Gerrit seinem Sohn den korrekten Umgang mit dem Lot zeigte. Erst in diesem Jahr hatte Vincent Michiel bei der Barbarazunft als Lehrjungen angenommen. Sein Ziehsohn hatte zu Rubens Entsetzen schon lange darauf gebrannt, ebenfalls Architekt zu werden. Wo war nur die Zeit geblieben? Vincent erinnerte sich noch genau daran, wie Gerrit ihn an seinem ersten Tag als Lehrling bei Meister Oetgens unter seine Fittiche genommen hatte. Inzwischen war der Maurer alt geworden.

Als Vincent fertig war, rief er Kris zu sich, der an der Kanalkante gesessen und zugesehen hatte, wie die Backsteinbrücke gemauert wurde. Die fünfbogige Brücke war elegant und hoch genug, dass bei Hochwasser ein unbeladener Leichter hindurchfahren konnte, trotzdem schimpften einige Poorter, dass sie den Schiffsverkehr behinderte.

»Du hättest bei Michiel bleiben sollen. Gerrit hat ihm einiges erklärt, das dir später auch nützlich sein könnte«, meinte Vincent, während sie über die aufgewühlte Erde zu seiner nächsten Baustelle liefen. Die gerade Linie der Gracht ließ ihre spätere Schönheit nur erahnen.

»Ich will nicht auf einer Baustelle arbeiten! Ich will zur See fahren wie Oom Ruben!«, verkündete Kris entschlossen. Sein häufig geäußertes Vorhaben versetzte Sandrine und Vincent gleichermaßen in Sorge.

»Das werden wir sehen, wenn du die Schule beendet hast.«

»Die Schule ist langweilig. Oom Ruben hat auch schon als Kind auf einem Schiff angeheuert …«

»Das war eine andere Situation damals und mehr als waghalsig.« Als Kris erneut etwas einwenden wollte, verbot Vincent ihm mit väterlicher Autorität das Wort, was er nicht oft tat.

Überall an der Herengracht wurde jetzt gebaut. Die Leute waren wie wild darauf gewesen, an Amsterdams neuen Kanälen ein Stadthaus zu besitzen. Vor allem die reichsten Amsterdamer aus der überfüllten Warmoesstraat hatten bei der Auktion zugeschlagen. Allein der Verkauf der Grundstücke an der Herengracht hatte über eine halbe Million Gulden eingebracht. Mit einem Schlag waren die finanziellen Probleme der Stadt gelöst gewesen, zumindest für eine Weile.

Die Grundstücke waren groß. Die Häuser würden Gärten besitzen, und die Kanalränder sollten mit Bäumen bepflanzt werden. Kein Warenverkehr und kein Gewerbe sollte die Bewohner der Herengracht stören. Sie würden ihren Reichtum dadurch demonstrieren, dass sie ein Haus zum Wohnen und einen Ort zum Arbeiten hatten – oder gar keiner Arbeit mehr nachgehen mussten, sondern ihr Geld für sich arbeiten ließen. Einige Besitzer hatten auch das Vorkaufsrecht für die Nebengrundstücke genutzt und planten wahre Paläste. Andere betrachteten den Kauf als Investition und verkauften wieder. Etliche Grundstücke waren zu Spekulationsobjekten geworden, nicht nur hier, sondern auch im Jordaan, wie man den Jardin getauft hatte.

Auf einmal gab es sehr viel zu tun, denn jeder Bauherr suchte nach einem erfahrenen und verlässlichen Baumeister oder Architekten. Die Geschmäcker waren glücklicherweise verschieden, sodass alle Amsterdamer Baumeister gut zu tun hatten und weitere in die Stadt strömten. Auch Vincent hatte inzwischen ein hübsches Sümmchen für ihr eigenes neues Haus angespart. Vielleicht noch ein Jahr, dann könnten sie zu bauen anfangen.

An seiner nächsten Baustelle waren seine Maurer mit Fundament, Keller, Regenfässern und Aborten beinahe fertig. Als Nächstes müssten die Holzbauteile geliefert werden, die unter Tinus' Aufsicht an der Schiffswerft vorgefertigt wurden: Balkenlagen, Schaufenster, Fensterrahmen und Dachstühle.

»Warum sind die Kanäle noch nicht fertig?«, fragte Kris und schoss einen Stein weg, der das unbefestigte Ufer hinunter und ins Wasser kullerte.

»Für die Einrichtung der Kanäle sorgt die Stadt. Wenn die Bauherren eine Steinfront wollen, müssen sie dafür bezahlen. Viele sind reich genug, es zu tun. Die Pflasterung wird erst vorgenommen, wenn alle Grundstücke bebaut sind.«

Kris begann zu maulen, aber als sie alle Baustellen besucht hatten, gingen sie zum IJ hinunter, und die Laune des Jungen stieg. Über der Stadt lag der Duft von Muskat, und er wurde intensiver, je näher man dem Hafen kam. Vincent fachsimpelte mit seinem Sohn über Schiffe. Kris kannte die verschiedenen Bauweisen und Vorzüge genau; natürlich konnte Vincent seine Faszination nachvollziehen. Als er von Dirck van Os erfahren hatte, dass die *VOC* Festungsexperten suchte, um in Ostindien Bollwerke zu errichten, war er kurz versucht gewesen zuzusagen. Sandrine wäre vielleicht sogar mitgekommen. Derzeit drapierte sie am liebsten exotische Dinge auf einem Tisch und malte sie, und die Käufer rissen sich um diese Darstellungen des stillen und geruhsamen Lebens. Wenn er bei der *VOC* anheuerte, würde er aber Amsterdam in Stich lassen müssen. Das wäre unmöglich. Diese Stadt hatte ihm viel geschenkt – und er wollte etwas zurückgeben.

Tinus arbeitete gerade an einem Konstruktionsplan für eine Galeere, als Vincent und Kris zu ihm stießen. »Ihr kommt sicher wegen der Bauteile für die Häuser. Es gibt Probleme«, rief er ihnen entgegen.

»Mal wieder Holzmangel?«

»Das ausnahmsweise nicht. Die Zimmerleute machen Ärger. Beschweren sich, weil wir ihnen die Arbeit stehlen.«

»Das kann ich verstehen, aber wenn du jetzt einen Zimmermann suchst, vertröstet er dich aufs nächste Jahr. So lange wollen meine Kunden nicht warten.«

»Wem sagst du das. Also, was tun?«

Vincent überlegte nur kurz. »Unseren Leuten mehr Geld anbieten und andere werben. Einen Verzug können wir uns nicht leisten.«

Tinus hielt ihn beim Hinausgehen noch einmal auf. »Übrigens sagte einer, Meister Oetgens habe sie ermutigt, sich zu beschweren.«

Als Kris und er nach Hause kamen, stand seine Frau gerade mit ihrer Tochter Wilhelmtje an der Staffelei und unterrichtete sie. Sandrine schien sofort zu spüren, dass Vincent etwas im Kopf herumging, und sie schickte Wilhelmtje hinaus. Das Mädchen würde ohnehin sofort zu Annemieke laufen, um mit ihren Cousinen zu spielen.

»Ausgerechnet jetzt, wo die Kommission das Urteil verkünden soll! Oetgens sollte sich besser zurückhalten«, schimpfte sie, als er ihr von dem Gespräch mit Tinus erzählte.

»Du weißt, dass ich mir nicht viel Hoffnung wegen der Kommission mache«, sagte Vincent. Dabei war die Spekulation nicht mehr das Einzige, was man Oetgens vorwarf. Er und die Stadtregierung stritten auch über ein Grundstück beim Nieuwe Waal, das angeblich ihm gehörte. Cornelis Hooft bestritt diesen Anspruch, weil der Hafen im öffentlichen Besitz sei. In der Kommission, die über den Spekulationsverdacht entscheiden sollte, saßen aber Jan van Hoorn, ein früherer Angestellter von Oetgens und sein Nachfolger als Fabrikmeister, Jan Jacobsz Huydecoper, selbst Landspekulant, und Jan ten Grootenhuys, der Bruder von Oetgens' Schwägerin. Zudem war Oetgens nicht nur ehemaliger Bürgermeister, sondern inzwischen auch Bewindhebber. Gedankenverloren betrachtete Vincent die Galeone, die Sandrine auf die Leinwand gebracht hatte. »Kris hat noch immer diese fixe Idee wegen der Seefahrt.«

»Gott bewahre!«

»Aber auch dich scheint Ruben mit seinem Schwärmen von fernen Welten angesteckt zu haben.« Liebevoll legte er den Arm um Sandrine.

Sie schmiegte sich an ihn. »Wir leben in aufregenden Zeiten. Betje hat mit gekrönten Häuptern zu tun und reist an Nathans Seite durch halb Europa. Wer weiß, was unsere Kinder alles noch zu sehen kriegen!«, sagte sie. »Mir hingegen reicht Amsterdam. Diese Stadt ist wie eine ganze Welt.«

Sie sprach ihm aus der Seele.

Obgleich er es erwartet hatte, war Vincent enttäuscht, als er die Entscheidung der Kommission hörte. Frans Hendricksz Oetgens und die anderen waren vom Vorwurf der unrechten Spekulation freigesprochen worden. Da hatte selbst der unbestechliche Mijnheer Hooft nichts ausrichten können.

Triumphierend und ohne ihn eines Blickes zu würdigen, schritten Oetgens und sein Sohn Antonie an Vincent vorbei. So eine Ungerechtigkeit und ein Geklüngel waren Amsterdams unwürdig!

*

Seit Jahren war Aletta nicht mehr in Amsterdam gewesen, und sie war erschrocken. Die Stadt war ja eine einzige Baustelle! Überall wurde gelärmt, und es war schmutzig. Selbst das Marschland, über das sie mit Vincent spaziert war, war verschwunden.

Am Singel half der Knecht ihr aus der Kutsche. Das Haus ihres Vaters – wie klein kam es ihr auf einmal gegen die Adelspaläste Brüssels oder die Herrenhäuser vor, in denen sie mit der Prinzessin ihre Zeit verbrachte! Isabella hatte sie nur ungern gehen lassen, aber Aletta wusste, wie wichtig der Besuch ihrem Vater war. Er hatte die Feier für seine Aufnahme in die Vroedshap eigens so geplant, dass sie kommen konnte.

Pijke mühte sich nicht einmal aus dem Stuhl, als sie eintrat. Ihre Mutter – wie gebrechlich sie wirkte! – stellte sie dem neuen Pater vor;

Anselm war im letzten Jahr gestorben. Es durchfuhr Aletta heiß, als sie das Comptoir ihres Vaters betrat. Lazarus van de Hedecop saß neben ihm am Schreibtisch. Was tat er hier?

»Wusstet Ihr es nicht? Ich bin gerade dabei, unseren Familienbesitz in Amsterdam wieder aufzubauen. Dabei fügte es sich, dass Euer Vater meine Kenntnisse und Verbindungen gut gebrauchen konnte«, sagte Lazarus und gab ihr einen Handkuss, der sie schaudern ließ. Seit Langem hatte sie die Begegnung mit ihm vermeiden können. Auf keinen Fall wollte sie wieder in eine Situation geraten wie damals in Spa. Doch ihr Körper gehorchte ihr nicht, und eine teuflische Hitze breitete sich in ihr aus, für die sie sich verfluchte.

Es gelang Aletta in den nächsten Tagen nicht, Lazarus aus dem Weg zu gehen. Bei der Vorbereitung des Festes, Spaziergängen oder Abendunterhaltungen – immer war er dabei. Edel gekleidet machte er mit seinem vernarbten Gesicht, das er inzwischen mit Stolz trug, durchaus Eindruck. Die Männer signalisierten Respekt, die Frauen wirkten fasziniert. Lazarus schien jedoch nur Augen für sie zu haben. Allein war Aletta nur, wenn sie sich mit ihren früheren Freundinnen traf, die allesamt ein langweiliges bürgerliches Leben zwischen Kindern und Küche führten. Schließlich besuchte sie Theodora, die ihr von ihrem zukünftigen Haus vorschwärmte und sie überredete, sie zur Herengracht zu begleiten, um die Baustelle zu betrachten. Erst hatte Aletta sich gesträubt, aber dann hatte sie gehofft, Vincent zu sehen, und war mitgegangen. Auf dem Heimweg war sie enttäuscht, weil er nicht aufgetaucht war, und zugleich wütend auf sich selbst. Warum konnte sie Vincent nicht endlich loslassen?

Als sie auf den Singel einbog, fing Lazarus sie ab. »Hattest du mir nicht versprochen, mich in meinem Haus zu besuchen?«, raunte er ihr viel zu auffällig ins Ohr.

Eine Gänsehaut überzog sie. Um sich zu beruhigen, umklammerte sie ihren Kettenanhänger. Seltsamerweise gab dieses Diamantherz, das sie von Diego als Zeichen seiner Liebe bekommen hatte, ihr Halt.

Passanten kamen vorbei. Noch könnte Aletta ihnen nachgehen,

dicht bei ihnen bleiben, damit ihr dieses Raubtier von einem Mann nicht gefährlich werden konnte. Und doch blieb sie stehen. »Habe ich das?«

»Mehrfach. Aber du kommst nicht. Fürchtest du dich etwa vor mir?« Eine Berührung mit den Fingerspitzen an ihrer Hand, beiläufig nur, und doch durchzuckte es sie.

»Ich könnte morgen … mit meiner Mutter … oder einer Magd.« Warum nur ging ihr Atem so schwer? Warum nur glühte ihr Gesicht?

Er fasste ihr Kinn und legte seinen Daumen auf ihre Unterlippe. Ihr Kopf ruckte herum. Nicht dass sie jemand sah.

»Du willst es doch, das sehe ich«, raunte er. »Komm mit mir, ich zeige dir, was ich zu bieten habe.«

Und Aletta folgte ihm, mit rasendem Puls und einem Gewissen, das um Hilfe schrie.

Das Haus im Molsteeg war alt, aber offenbar frisch verputzt und gestrichen worden. Er führte sie in einen Saal, in dem verschiedenste Waffen auf dem Boden lagen: verzierte Rapiere, Langschwerter, apfelförmige Bronzekugeln und spitze Dinge, die ihr unbekannt waren. Sie wusste genau, dass es ein Fehler war, hier zu sein. *Gehen, ich muss gehen!*

Doch da berührte er sie schon. Aletta wurde von einer brennenden Lust übermannt, und sie fielen übereinander her. Als sie wenig später ermattet nebeneinanderlagen, löste er das juwelengeschmückte Herz von ihrem Hals und grinste. »Ich werde sagen, du hättest es mir als Unterpfand deiner Liebe geschenkt.«

70

1617

Sandrine wachte auf, als Vincent sich vorsichtig aus dem Bett schälte. Er schlich hinaus. Vincent machte sich Sorgen, das war unverkennbar. Sorgen um Ruben und Betje, die bald wieder auf Reisen gehen würden, um Kris, der unbedingt die Navigationsschule besuchen und zur See fahren wollte. Und er sorgte sich um sein wichtigstes Bauprojekt. Es war aber auch verrückt, dass er solch ein Risiko eingegangen war!

Zitronenpuddinggelb floss die Sonne durch die Ritzen in ihren Fensterläden. Sie schlüpfte in ihre Pantoffeln, warf sich ihren Morgenmantel aus chinesischer Seide über, den Ruben ihr mitgebracht hatte, und folgte Vincent. Alle im Haus schliefen noch, nur die Katze strich ihr um die Beine.

Wie sie es sich gedacht hatte, saß Vincent in seinem Kontor, eine Tasse aus China-Porzellan neben sich, und beugte sich über eines seiner Auftragsbücher. Jäh überfielen sie die intensiven Gefühle, die sie auch nach beinahe zwanzig Jahren noch für ihn hegte. Ohne Vincent konnte sie nicht sein, wollte sie nicht sein. Sie legte die Arme um Vincents Hals und küsste ihn sacht in die Halsbeuge. Sie freute sich über die Gänsehaut, die sich auf seiner Haut ausbreitete. Dass er das Auftragsbuch vor ihren Augen zuschlug, freute sie weniger. »Was treibst du an diesem schönen Sonntagmorgen?«

»Nichts Wichtiges«, wich er aus. »Ich wollte dich nicht wecken.«

»Das hast du nicht. Kris ist auch schon wach. Er liest, nehme ich an. Ruben hat ihm ein Buch geliehen, das er heute zurückhaben will.«

»Dass ausgerechnet mein Bruder unserem Sohn diese Flausen in den Kopf setzt!«

»Wir sollten uns damit abfinden.«

Sie wollte sich auf seinen Schoß setzen, aber er machte sich los. »Das kann ich nicht.«

»Der Bau für Mijnheer van Noort bedrückt dich, stimmt's?«

Er seufzte. »Van Noort hat noch immer nicht gezahlt. Ich mache mir Vorwürfe, dass ich das Geld ausgelegt habe. Es war doch für unser Haus gedacht.« Wütend über sich selbst schüttelte er den Kopf. »Man sollte denken, dass ich nach so vielen Jahren als Architekt schlauer bin!«

Sandrine biss sich auf die Lippen. Sie hatte es befürchtet. »Warum ist dir dieser Auftrag nur so wichtig?«

»Es ist eine wunderbare Aufgabe: ein großes Haus in der Mitte, flankiert von zwei kleineren, aber aus einem Guss. Ich habe ganz andere Möglichkeiten, die Fassade und die Räume zu gestalten. Willst du den Entwurf einmal sehen?« Er holte die Papierrolle. »Hier, die vielen Pilaster, der Ziergiebel …« Sofort klang seine Begeisterung wieder durch, aber auch eine gewisse Ratlosigkeit.

Sie sah aus dem Fenster. Fahle Farben im Februarlicht, Tusche, zu stark verdünnt wie damals, als sie kein Geld für Farbpigmente gehabt hatte. Wenn der Kunde nicht zahlte, wäre ihr Erspartes weg. Und das, nachdem die Pest die Bauarbeiten für einige Zeit lahmgelegt hatte. Aber letztlich war es nur Geld. Es lohnte nicht, darüber zu streiten. »Dann bleiben wir eben hier wohnen.«

»Alle Bürgermeister und Räte haben respektablere Häuser als wir.«

»Du bist weder Bürgermeister noch in der Vroedshap.« Ihr Ton war schroffer, als sie es gemeint hatte. Versöhnlich ging Sandrine zu Vincent und legte die Arme um seine Hüften. »Und du musst es auch nicht sein. Ich liebe dich, wie du bist. Wir sind auch in diesem Haus glücklich.«

Als Dominee Plancius beim Sonntagsgottesdienst von der Kanzel schimpfte, erhob sich im Kirchenraum Widerspruch, der laut niedergezischt wurde. Die Kirchenzucht wurde beinahe monatlich strenger. Inzwischen durfte schon nicht mehr getanzt werden, weil man damit angeblich dem Teufel huldige – es war lächerlich. In der Vroedshap stritten strenge Calvinisten wie Reinier Pauw mit Gemäßigten wie Hooft oder de Graeff, und Katholiken wie Aldo van Vleet lachten sich ins Fäustchen. Womit hatte der Glaubensstreit eigentlich angefangen? Kurz musste Vincent überlegen. Ach ja, mit den Glaubenslehren von Jakob Arminius, der in Amsterdam gepredigt und ihn und Sandrine getraut hatte. Es ging um die Erwählung zum ewigen Leben – oder zur ewigen Verdammnis. Was zunächst unter Geistlichen nur eine Remonstranz, eine Zurückweisung, hervorgerufen hatte, war immer weiter eskaliert. Vincent hoffte, dass diese Streitigkeiten bald ein Ende hatten.

»Überall dasselbe«, sagte Nathan beim Hinausgehen. »Dieser Zwist grassiert in allen Provinzen. Oldenbarnevelt und Graf Moritz schüren den Streit noch.«

»Das begreife ich nicht – dabei können alle doch nur verlieren.«

»Wie man es nimmt. Ich fürchte, dass der Graf es auf einen Machtkampf ankommen lassen wird. Außerdem ist es anderswo noch schlimmer. In Frankreich und Böhmen eskaliert der Streit zwischen Katholiken und Protestanten zusehends.«

»Aber gerade in Amsterdam! Toleranz ist unser Lebensprinzip!«

Nathan hob nur die Schultern. Etwas anderes war ihm im Moment deutlich wichtiger. Betje und er hatten einen Säugling aufnehmen dürfen, der vor die Tür des Waisenhauses gelegt worden war. Beide hatten sich bereits mit einem Leben ohne Kinder abgefunden gehabt und waren überglücklich. Nathan nahm Betje das Kind ab und wiegte es behutsam, während sie mit Sandrine plauderte.

Vincent betrachtete sie. Es war ein Jammer, dass die beiden schon so bald wieder abreisen würden. Dass Kris sich vor dem Tempel intensiv mit Ruben unterhielt, machte seine Laune nicht besser. Wie Orgelpfeifen standen Rubens Kinder neben ihrer Mutter. Nach jeder Schiffsreise hatte Annemieke ein Kind bekommen; sie sah müde und ausgelaugt aus. Gut, dass es Wilhelmtje nichts ausmachte, ihrer Tante ab und an zu helfen.

Vincent verstand nur Bruchstücke von Rubens Rede. »… neue Route um Kap Hoorn entdeckt … Heute ist dir der Admiralitätsstab quasi in die Seekiste gelegt … so große Nachfrage nach fähigen Seeleuten … demnächst wieder ablegen … gutes Wort für dich …«

Vincent ging dazwischen. »Kris wird nicht mir dir auf Reisen gehen!«

»Dein Sohn ist alt genug, um selbst zu entscheiden.«

»Erst macht Kris die Lateinschule fertig.«

Kristiaan stand hochrot zwischen ihnen. Sandrine rief ihn zu sich. Da neigte Ruben sich zu Vincent. »Du wirst schon sehen, wie es ist, wenn sich der eigene Sohn gegen einen entscheidet«, sagte er leise.

Vincent war sauer. »Darum geht es hier also!«

*

Alettas Mutter war schwer krank. Es hätte auch keinen anderen Grund gegeben, der sie nach den Erlebnissen ihres letzten Besuchs wieder nach Amsterdam hätte bringen können. Zu groß war die Gefahr …

Ein Poltern, dann Schritte – die Tür fiel ins Schloss. Aletta eilte zum Fenster. Lazarus lief aus dem Haus und über die Straße. Ihr Vater war im Rathaus – was also hatte Lazarus hier gewollt? Und warum hatte er trotz der Februarkälte Mantel und Hut vergessen?

Seit sie wieder in der Stadt war, setzte Lazarus sie unter Druck. Überfiel sie beinahe mit seiner Lust. Und sie gab ihm nach, immer wieder. Sie fürchtete und begehrte ihn zugleich. Gott musste wirklich die Hand über sie halten, weil sie noch nicht von ihm schwanger geworden war. Inzwischen machte er sogar Andeutungen, dass er ihre Eltern um ihre Hand bitten wollte. Nur das nicht! Ihre Stellung bei Hofe war ihr mehr wert als ihre Leidenschaft. Wenn sie noch einmal heiratete, dann nur aus wahrer Liebe oder um ihren Stand zu erhöhen. Sie brauchte das Schmuckherz zurück, damit er es nicht gegen sie verwenden konnte. Auch ihr Vater schien Lazarus beinahe hörig zu sein. Zudem schmiedeten die beiden Pläne, Diegos Tat zu vollenden und die Sieben Provinzen mit Waffengewalt wieder dem Katholizismus zuzuführen.

»Aletta?« Die Stimme ihrer Mutter aus dem Obergeschoss, schwach.

»Ich komme sofort!«

667

Sie sah nach ihrer Mutter und versicherte sich, dass diese nichts brauchte, dann eilte sie hinunter. Vaters Schreibtisch stand offen. Hatte Lazarus darin herumgewühlt? Was hatte er gesucht? Auf den ersten Blick erkannte sie nicht, ob etwas fehlte. Doch! Auf dem Platz, wo Vater seine Schlüssel aufbewahrte, war eine Lücke! Was hatte er vor? Und da lag ja auch sein eigener Schlüsselbund, neben Hut und Mantel …

Einem Impuls folgend, nahm Aletta den Schlüsselbund, warf ihren Umhang über und lief hinaus. Lazarus war nicht mehr zu sehen. Schnell den Singel hinunter, über die Brücke und ein Stück weiter in die Gasse. Da war sein Haus. Sie klopfte. Nichts. Gut, dass er keinen Knecht hatte! Sie fürchtete sich hineinzugehen. Sie musste aber. Niemand war auf der Straße zu sehen. Aletta schloss auf. Wo könnte er das Schmuckherz versteckt haben?

Im Salon hing eine Unzahl kostbarer Waffen an der Wand. Immer wieder hatte Lazarus mit ihnen geprahlt. Da war ein Buffetschrank, um Kunstwerke und feines Geschirr aufzubewahren. Weitere Waffen. Aufgeregt riss sie die erste Schublade heraus, die krachend zu Boden fiel. Edelsteingeschmückte Heiligenbildnisse, goldene Zahnstocher, Zierspiegel, ein Rosenkranz aus Korallen – und das Schmuckherz. *Und nun nichts wie weg hier!*

Ein verzierter, silbriger Gegenstand fing ihren Blick. Der Dolch war anscheinend beim Fall aus seiner Scheide gerutscht. Nur dass er kein Dolch war, sondern eine Art Zirkel. Gebannt hob Aletta die Scheide und das Metallteil auf. An irgendetwas erinnerte dieses Gerät sie. Irgendjemand hatte ihr von einem Kompass erzählt, der wie ein Dolch aussah und der …

Auf dem Knauf entdeckte sie Initialen, F und G, ineinander verschlungen. Jetzt wusste sie es wieder. Vincent hatte ihr von dem Kompassdolch erzählt, der einst seinem Vater gehört hatte. Er hatte ihn von seinem Freund, diesem Sprengmeister, geschenkt bekommen. Wie war noch gleich dessen Name gewesen? Gia … Gianelli … Giambelli. Das musste er sein.

Aber wie kam Lazarus zu diesem Dolch? Wie hatte Vincents Vater ihn damals verloren? *Das ist wichtig, erinnere dich, Aletta!* Wie rasend kramte sie in ihrem Gedächtnis. Da fiel es ihr ein. Vincents Vater hatte sich damit gegen einen der Männer verteidigt, die ihn angegriffen und später ermordet hatten. Angespannt bewegte sie die verzierten Flügel. Vincent hatte immer gemeint, dass man die Narben, die dieser Kompassdolch verursacht hatte, wiedererkennen müsste. Zwei Narben, im Abstand von etwa einer Elle auseinanderliegend, ungleichmäßig geformt, weil die Spitzen schräg eingedrungen waren. Sie dachte an Lazarus' vernarbten Körper, an die Wülste unter seinen Rippen. Ihr Herz setzte einen Schlag aus.

Vincent musste es erfahren! Sie wickelte den Kompassdolch in ein Tuch und rannte los. Doch wo würde sie ihn finden? Sie lief aus dem Haus, auf die Straße. Nach wenigen Minuten hörte sie Getöse, dann sah sie die Plünderer. Was war hier los? Da waren Vertreter der Stadtwache, denen auch Vincent angehörte. Ob er ebenfalls hier war? Oder sollte sie direkt zu seinem Haus laufen? Wenn sie nicht an dem Pöbel vorbeiwollte, musste sie einen weiten Umweg bis zur nächsten Brücke machen.

Auf einmal war sie mitten im Getümmel. Ein Kerl legte weinselig den Arm um ihre Taille. Er trug drei Wämser übereinander und hatte die Taschen mit spitzenumsäumten Tüchern vollgesteckt. Aletta machte sich los und rief um Hilfe. Weitere Plünderer näherten sich ihr und dann ein junger Büttel. »Helft mir, bitte!«, rief sie.

»Lass die Dame in Ruhe, und verschwinde, sonst werfen wir dich in den Kerker!«, rief der Büttel unbeholfen. Der Plünderer verzog sich, vielleicht aber auch nur, weil gerade ein weiteres Weinfass aus dem Keller geschleppt wurde.

»Ich suche Vincent Aardzoon«, sprach Aletta den Büttel noch einmal an.

»Mijnheer Aardzoon? Den habe ich vorhin gesehen …«

Aletta wollte schon den Weg zu Vincents Haus einschlagen, als sie ihn zwischen Angehörigen der Armbruster-Gilde entdeckte.

Bei ihrem Anblick war Vincent entgeistert. »Was machst du denn hier? Bring dich in Sicherheit! Wir haben schon die Stadtwache …«

Stumm wickelte Aletta das Päckchen aus und hielt ihm den Kompassdolch hin.

Vincent wurde blass. »Woher hast du den?«

Ein Schuss fiel. Vincent rief seinen Kameraden etwas zu. »Geh jetzt!«, befahl er ihr.

Aletta konnte nicht. Wie ein Stein hatte sich die Erkenntnis in ihren Magen gelegt. »Lazarus van de Hedecop hatte den Kompassdolch. Er trägt auch zwei Narben am Oberkörper, die zu dieser Waffe passen.«

»Woher weißt du …« Vincent stockte, dann fragte er entschlossen: »Wo ist dieser Mistkerl?«

Aletta wagte kaum, es auszusprechen. Sie wusste jetzt, welcher Schlüssel im Schreibtisch ihres Vaters gefehlt hatte. »Es könnte sein, dass er gerade einen Keller meines Vaters geöffnet hat. Darin könnten Waffen lagern. Lazarus will den Aufstand zu unserem … zu seinem Vorteil nutzen. Er hasst die Reformierten abgrundtief.«

*

Noch immer fassungslos starrte er Aletta an. Dann rief Vincent ein paar Kameraden seiner Schutterij zusammen. Sie waren viel zu wenige! Er hoffte, dass der Schuss nicht von einem Plünderer gekommen war, sondern von einem der Arkebusiere, aber sicher konnte er nicht sein. Genauso wenig, wie er wusste, ob die Knechte, die er zu seiner Baustelle geschickt hatte, Gerrit und das Material hatten schützen können. Es war alles so schnell gegangen. Eben noch hatte er sich geärgert, weil Mijnheer van Noort ihn versetzt hatte, war in der Schützengilde gewesen, dann der Alarm. Es wurde geplündert und Menschen riefen um Hilfe. Und nun das …

Wieder hallte ein Schuss durch die Gracht. Feixende Männer mit Musketen bogen um die Ecke, manche diskutierten gestikulierend, als wüssten sie nicht, wie sie mit den Waffen umgehen sollten. Allerdings waren sie mit Pulverflaschen, Bandeliers und Luntenverbergern gut ausgerüstet. Sie durften nicht riskieren, dass diese Kerle wild um sich schossen und jemanden verletzten oder gar töteten! Erneut rief Vincent einen Befehl. Seine Männer und er machten die Arbalesten bereit und lösten sie aus. Vincents Bolzen traf einen der Kerle in die Schulter. Auch zwei weitere wurden getroffen. Schnell nahmen sie den Aufrührern die Waffen ab.

»Woher kommen die Musketen – nun sag schon!« Abraham Boom versetzte einem der Verletzten eine Maulschelle.

Vincent ging dazwischen. »Aus einem Keller ... ich weiß, wo.«

Sie übergaben einem Kameraden die Musketen und sprinteten los. Ein Stück weiter gähnte ein Kellerloch. Zwei Kerle kamen heraus, dieses Mal mit Pistolen. Kurzerhand riss Vincent dem einen die Waffe aus der Hand und schlug den anderen mit dem Knauf nieder. Während sie noch kämpften, hörten sie hinter sich Getrampel. Vincent fuhr herum – die Schützengilde der Arkebusiere kam ihnen zu Hilfe!

Boom und er stürzten in den Keller. Einige Männer lungerten vor Holzkisten, darin ein Stapel glänzender Schusswaffen, mit denen ein vernarbter Kerl in edler Kleidung hantierte. Das musste van de Hedecop sein. Er teilte die Waffen aus.

»Sucht die Bürgermeister, die Regenten. Bringt sie um, und plündert, was das Zeug hält. Was ihnen gehört hat, ist euer! Holt euch, was euch zusteht!«, wiegelte er die Kerle auf.

Abraham Boom überbrüllte van de Hedecop: »Aufhören! Nehmt sie fest – und zwar alle!« Gleichzeitig warfen sie die Arbalesten weg und zückten ihre Rapiere.

Die Männer dachten nicht daran, sich festnehmen zu lassen, sondern griffen sie an. Vincent stürzte auf van de Hedecop zu. Jetzt wusste er auch, wieso ihm das Gesicht bekannt vorgekommen war. Hatte dieser Kerl sie nicht bei ihrer Flucht aus Antwerpen verfolgt? Er musste es gewesen sein, der die Jüdin Sara geschändet hatte. Und er hatte seinen Vater getötet. Aber diese Narbe im Gesicht ...

Im gleichen Augenblick hob van de Hedecop eine Waffe. Vincent ließ ihn nicht zum Schuss kommen, sondern stürzte sich wütend auf ihn. Sie rangen. Van de Hedecop war kräftig, schnell und kampferprobt. Plötzlich hatte er Vincent das Schwert entwunden. Schon holte er aus, um Vincent die Klinge in die Brust zu rammen.

Vincent wollte ausweichen, wurde aber von einem anderen Aufrührer gepackt. Da dröhnte ein Schuss durch den kleinen Keller. Jemand schrie. Rauch vernebelte ihnen die Sicht, und es stank. Vincent nutzte die Irritation, um sich zu befreien und van de Hedecop das Knie zwischen die Beine zu rammen. Dann warf er sich auf ihn, riss ihn zu Boden und presste ihm den Kompassdolch an die Kehle. »Habt Ihr damit meinen Vater ermordet?«

»Ich weiß ... nicht einmal ... wer Euer ... Vater ist!«

»Der frühere Besitzer dieses Dolchs. Wim Aardzoon, Freund und Kollege von Federigo Giambelli, dem Antwerpener Sprengmeister.«

Van de Hedecops Augen wurden groß. Auf einmal lachte er beinahe hysterisch. »Ich kann mich doch nicht an jeden Toten erinnern ...« Mit einem Ruck hatte er sich befreit und begrub nun Vincent unter sich. Er drückte Vincent das Knie so auf die Brust, dass dieser kaum noch Luft bekam, und versuchte, ihm den Kompassdolch zu entreißen.

Vincent klammerte sich fest. Er würde die Waffe nicht loslassen.

Abraham Boom warf sich auf Vincents Angreifer. Der wehrte ihn ab und sprang auf die Füße. Vincent rappelte sich ebenfalls auf und sah, dass die Plünderer überwältigt waren. Van de Hedecop hechtete hinaus. Vincent spurtete hinterher. Am Kanal hatte er ihn gestellt. Links von ihnen nahmen die Garden Plünderer fest, von rechts marschierte ein Trupp Stadtwachen heran.

Van de Hedecop hob beschwichtigend die Hände. »Don Diego de Besalú hat Euren Vater auf dem Gewissen. Ich bin nur dazwischengeraten und wurde verletzt.«

Es war lange her, aber Vincent erinnerte sich ganz genau an alles, was er über den Überfall und die Männer, die sie verfolgt hatten, je gehört hatte. Drohend erhob er den Dolch. »Eine Lüge! Ihr habt uns auf der Schelde verfolgt. Ihr habt meinen Vater getötet. Und Ihr habt die Jüdin Sara geschändet.«

War das ein amüsiertes Grinsen auf dem Gesicht seines Gegenübers? Vincent konnte nicht anders – er stürzte sich auf ihn. In diesem Augenblick packte der Kerl ihn um die Hüfte und stürzte sich mit ihm in den Kanal. Hart prallten sie auf die Wasseroberfläche. Das Grachtenwasser war so kalt, dass es Vincent den Atem nahm. Prustend schoss er hoch.

Van de Hedecop packte seine Schultern und drückte ihn unter Wasser. »Verreckt durch meine Hand, wie Euer Vater ...«

Sosehr Vincent strampelte, er konnte sich nicht über dem Wasserspiegel halten. Trüb flimmerte es vor seinen Augen, drang in Nase und Ohren. Seine Kleidung zog ihn hinab. Blindlings stieß er um sich.

*

Michiel und Kris rangen gerade um Atem, als sie sahen, wie der Fremde ihren Vater packte und mit in die Gracht riss. Als der Bote sie alarmiert hatte, hatten die Brüder keinen Augenblick gezögert. Auf der Baustelle hatten sie zwei Männer angetroffen, die versuchten, Feuer an das Bauholz zu legen. Einzig weil es feucht war, war es ihnen noch nicht gelungen. Einen der beiden hatten sie wiedererkannt; er arbeitete sonst meist für Meister Oetgens. Gemeinsam hatten sie die Kerle überwältigt und nach Gerrit gesehen, der bewusstlos vor der Hütte lag. Und dann war auch schon Jan mit ein paar Knechten hinzugekommen. Also waren sie zum Singel geeilt.

Kris riss sich das Wams vom Leib und warf es seinem Bruder zu. »Warte hier, ich kann besser schwimmen als du!«

Das stimmte, denn Ruben hatte es ihn gelehrt. Trotzdem war es gefährlich. In den Grachten lag viel Schutt, außerdem konnte es tückische Unterströmungen geben.

Michiel rannte los, um ein Seil zu suchen oder etwas anderes, das er seinem Bruder und seinem Vater zuwerfen konnte.

*

Sandrine legte dem bibbernden Vincent und Kris Wolldecken um die Schulter. Auch sie hatte keine Sekunde gezögert hierherzukommen. Die Angst um das Schicksal ihrer Lieben hatte sie angetrieben. Jeder Ärger, den sie vorhin noch gespürt hatte, war verraucht.

Hinter ihnen wurden die Plünderer abgeführt. Nachbarn halfen, das Chaos aufzuräumen, das in den vergangenen Stunden angerichtet worden war.

Rem Egbertsz Bisschop kam zu ihnen und bedankte sich erst bei Abraham Boom und dann bei Vincent für ihre Hilfe. »Ich hätte nicht gedacht, dass so etwas in unserem Amsterdam noch einmal möglich wäre. Wo soll das noch enden?«, fragte er erschüttert.

Als er gegangen war, schlug Sandrine besorgt vor, dass sie endlich nach Hause gehen sollten. »Hier holt ihr euch noch den Tod.«

Vincent schüttelte den Kopf. »Ich muss abwarten, ob er wieder auftaucht. Wir müssen ihn festnehmen. Ins Gefängnis werfen.«

Sie löste Vincents Hand, die diese seltsame Waffe noch immer umklammert hielt.

»Du hast ihn verletzt. Vermutlich ist er tot. Da war Blut im Wasser …«, sagte Kris.

»Ich habe gespürt, dass ich ihn getroffen habe. Andererseits …« Vincent sah seinen Sohn von der Seite an. »Wie willst du das gesehen haben, bei der trüben Brühe?«

»Mit Wasser kenne ich mich aus.«

»Und das mehr, als mir lieb ist. Du willst doch nicht etwa schon wieder …«

Sandrine legte liebevoll den Arm um ihren Mann. »Halt! Gestritten wird für heute nicht mehr!« Sie wollte ihm aufhelfen, doch Vincent kam allein hoch. Jetzt sahen sie, dass Aletta in der Nähe stand und sie verstohlen beobachtete. Tränenschlieren hatten ihr Gesicht gezeichnet.

Vincent hatte erwähnt, dass Aletta van Vleet ihm den Kompassdolch gegeben und ihn vor Lazarus van de Hedecop gewarnt hatte. Sandrine umfasste ihren Mann und stützte ihn, als sie sich bei Aletta bedankten. Dann gingen sie davon.

71

Brüssel

Die Kutsche hielt vor der Laekener Liebfrauenkirche. Infantin Isabella ließ sich von ihrem Lakaien hinaushelfen, sodann senkte sie demütig ihr Haupt vor der Kirche und wandte sich der baumbestandenen Allee zu, die sie zur Quelle der fünf Wunden hatte anlegen lassen. Aletta tat es ihr nach. Jede Woche pilgerte Isabella hierher, um die heilige Anna anzurufen. Die anderen Pilger erkannten sie sofort und verneigten sich tief. Hoheitsvoll nahm Isabella die Huldigungen an. Auch Aletta wurde ehrfürchtig gegrüßt, was sie genoss. Sie ging einen Schritt hinter Isabella und war doch an ihrer Seite. Die anderen Hofdamen in der Gunst der Herrscherin abgehängt zu haben half Aletta über trübe Gedanken hinweg. Oft fragte sie sich, ob sie sich bei den Unruhen in Amsterdam richtig verhalten hatte. Abgesehen von Vincents sprödem Dank hatte ihr ihre Tat nur Kummer eingebracht. Insbesondere Isabella durfte nie erfahren, dass Aletta geholfen hatte, den katholischen Aufstand zu vereiteln. Aletta musste sich eingestehen, dass sie sogar Lazarus vermisste. Unwillkürlich legte sie eine Hand auf ihren Bauch. Ihn sterben zu sehen …

Als Isabella auf die Knie fiel, wurde Aletta aus ihren Grübeleien gerissen; schnell gedachte auch sie der sieben Schmerzen sowie der sieben Freuden Mariens. Noch hatte Isabella die Hoffnung nicht aufgegeben, eines Tages einen Thronfolger zu gebären, den Gott am Leben hielt. *Vielleicht straft der Allmächtige sie auch, weil sie den Waffenstillstand unterzeichnet hat*, dachte Aletta. *Wie wird er mich für das strafen, was ich getan habe?*

Sie half der Infantin auf und schritt mit ihr weiter. Entschiedener als bisher versuchten Albrecht und Isabella, den päpstlichen Glauben zu fördern, Ketzer zu bekämpfen und die Zwietracht zwischen den Reformierten zu schüren. Wenn sich die Ungläubigen nur genug zerstritten, wäre es ein Leichtes, nach dem Ende des Waffenstillstands zurückzuschlagen und die Provinzen samt den aufständischen Städten zu unterwerfen. Spinola sammelte bereits Geld, damit sie ein großes Heer ausrüsten konnten, und Alettas Vater hatte anscheinend eine neuartige Waffe entwickelt. *Seltsam*, dachte Aletta, *eine solche Entwicklung hätte eher zu Lazarus gepasst.*

An der Quelle ließen die Infantin und Aletta sich zum letzten Mal auf die Knie sinken. In Gedanken war Aletta bei der politischen Lage. Auch in anderen europäischen Ländern machten sich die Katholiken daran, die Protestanten wieder zu unterwerfen. Wenn sie der katholischen Sache zum Sieg verhelfen würde, würden der Allmächtige und die Heiligen vielleicht Isabella doch noch ein Kind schenken und sie selbst ebenfalls segnen.

Epilog

Amsterdam, Sommer 1617

Vincent blickte über die Prinsensgracht. Die Sonne wärmte sein Gesicht und warf ein goldenes Licht auf den Kanal. Er war froh, dass sich die Lage in der Stadt nach den gewalttätigen Auseinandersetzungen im Februar beruhigt hatte. Aldo van Vleet war damals zum Waffenlager befragt worden, hatte sich aber mit dem Hinweis auf van de Hedecops Machenschaften herausreden können. Immerhin hatte sich Vincents Sorge, durch die Verluste des Auftraggebers viel Geld verloren zu haben, zerstreut. Mijnheer van Noort hatte ihm schon am nächsten Tag die ausstehenden Zahlungen übergeben.

Nun ließ er den Blick schweifen. Im Gegensatz zur Herengracht, in der sich bereits die schönsten Stadtvillen zu einer Giebelparade getroffen hatten, gab es hier und in der Keizersgracht noch einige Baulücken. Durch eine dieser Lücken konnte er einen Teil des dreiflügeligen Gebäudes sehen, das er für van Noort geschaffen hatte. Oft bekam er mit, wie Spaziergänger davor innehielten und es bewunderten. Sie nannten Amsterdam das Versailles des Nordens.

Auch ihr neues Haus war fertig, und Vincent konnte es gar nicht erwarten, Sandrine und die Kinder endlich hindurchzuführen. Die Fassade war aus edlem Naturstein und mit Säulen und Gesimsen symmetrisch gegliedert. Das Haus war hell und großzügig geschnitten, die breite Eingangstreppe und die Fenster waren so angelegt, dass sie ins Licht führten. Im Obergeschoss öffnete sich der Blick weit in den Garten, auf dessen Gestaltung sich Wilhelmtje schon sehr freute.

Noch einmal durchschritt er die Räume. Es war ein erhebendes Gefühl, so etwas Großartiges geschaffen zu haben und es auch noch zu besitzen. Als er mit seinem Vater und den Geschwistern völlig mittellos nach Amsterdam geflohen war, hatte er es nicht zu hoffen gewagt, es einmal so weit zu bringen. Und sein Weg war noch nicht zu Ende. Er hatte Pläne, wollte mehr Einfluss nehmen auf diese Stadt, die er so liebte, und auf das Leben ihrer Bewohner. Es konnte nicht angehen, dass die religiösen Fanatiker das Heft übernahmen. Amsterdam war immer eine offene, tolerante Stadt gewesen. Sie war die Krone der Welt – und sollte es auch bleiben. Jacob de Graeff hatte bereits angedeutet, dass er Vincents Wahl in die Vroedshap befürworten würde.

Zeit für das politische Engagement würde er haben, denn Michiel unterstützte ihn bei der Arbeit. Noch gab es genügend Baulücken, und wenn erst der weitere Ausbau des Grachtengürtels beschlossen war, hätten sie auf Jahre genügend Aufträge. Kris hingegen hatte sich auf der Navigationsschule eingeschrieben. Sie konnten nur beten, dass er heil und gesund von seinen Reisen zurückkommen würde. Vielleicht würde Ruben auf ihn aufpassen können.

Vincent hörte, wie eine Mietkutsche über die Brücke holperte. Beschwingt trat er vor die Tür. Wilhelmtje winkte aus dem Fenster, und auch Sandrine strahlte. Vincent ging das Herz auf. Als er ihnen entgegenging, wurde seine Freude jedoch getrübt. Was machten denn Meister Oetgens und Berthold Cromhout hier? Es sah aus, als begutachteten sie die freien Grundstücke. Nur das nicht!

Die beiden Männer schlenderten auf ihn zu, einer prachtvoller als der andere gekleidet. Mit dem Maurermeister, den Vincent einst kennengelernt hatte, hatte Oetgens nichts mehr gemein. Oetgens' Blick wanderte abschätzig über das Haus und blieb dann an dem Giebelstein hängen, der die niederländische Nachtigall zeigte. »Wie passend«, bemerkte er mit einem süffisanten Lächeln. »Du kennst ja sicher das Sprichwort: ›Auch wenn man einen Frosch auf einen Thron setzt, so springt er am Ende doch zurück in seinen Tümpel.‹ Wir werden ganz sicher nicht vergessen, wo du hergekommen bist. Bilde dir also nicht ein, ihr wäret etwas Besseres. Du in die Vroedshap – pah! Wenn es sein muss, werde ich dich höchstpersönlich in die Schranken weisen.«

Vincent ließ nicht zu, dass die Wut ihn übermannte. Seine Ambitionen hatten sich also schon herumgesprochen. Doch er würde sich von niemandem aufhalten lassen, nie. Vermutlich sollte er diesen Angriff sogar als Kompliment betrachten. »Im Gegensatz zu dir vergesse ich ganz sicher nicht, woher ich stamme«, sagte er kühl. »Ohne ein anständiges Fundament kann kein Haus stehen, das solltest auch du wissen.«

Er ging zur Kutsche und reichte Sandrine die Hand, um ihr beim Aussteigen zu helfen. Michiel und Kris liefen voraus und rangelten darum, wer zuerst den Fuß über die Schwelle setzen würde. *Als wären sie noch Jongetjes*, dachte Vincent. Wilhelmtje schlenderte damenhaft hinterher. Der Kutscher und ihr Knecht trugen bereits die ersten Leinwände hinein. Sandrines Bilder würden sich im Salon ausgezeichnet machen. Sie alle waren Teil dieses neuen Amsterdams und würden es weiterhin mitgestalten, was auch geschah.

Glossar

ANTWERPENER FEUER	Brandschiffe, die mittels Uhrwerk und Schwarzpulver explodierten
ARBALEST	Armbrust
ARCELET	Frauenfrisur, die von einer Metallspange gehalten wurde, Teil der spanischen Mode
ARMADA, GEGENARMADA	bewaffnete Streitkraft. Bezeichnung für die spanische Flotte im Krieg gegen England. Die englische Königin schlug mit einer Gegenarmada zurück.
ASTROLABIUM	auch: Sternnehmer. Eine Art drehbare Sternenkarte
BANDELIER	breiter Schulterriemen als Patronen- oder Degengurt
BARETT	zu dieser Zeit Kopfbedeckung
BETEL	Samen der Betelpalme. Droge aus Asien
BEWINDHEBBER	Befehlshaber, Direktor oder Vorsteher
BINNENGASTHUIS	Krankenhaus
BINNENMOEDER	Waisenmutter, Aufseherin im Waisenhaus
BINNENVADER	Waisenvater, Aufseher im Waisenhaus
CABO, SARGENTO, ALFÉREZ UND CAPITÁN	Ränge der spanischen Armee
COMPAGNIE VAN VERRE	Handelsgesellschaft, Kompanie der Ferne
COMPTOIR	Kontor
DAM	Hauptplatz in Amsterdam. Benannt nach dem ersten Damm der Stadt
DOMINEE	Pastor

DOPPELKARTAUNEN, SCHARFMETZEN ODER BASILISKEN	Kanonentypen
DUTCH DEFENSE	Übergabe durch Verrat, Schmähwort
FAKTOR	Gehilfe im Kontor
FLEET	schiffbarer Kanal
GALIOT	Frachtsegler, meist mit zwei Masten
GEUSEN	auch: Wassergeusen. Kaperfahrer, die für die Unabhängigkeit der Niederlande kämpften
GRAUW	Pöbel
GROOTE TOUR	Bildungsreise junger Adeliger oder Angehöriger des gehobenen Bürgertums
HALSBERGE	Ringkragen, Teil der Rüstung
HEIBLOK	Ramme
HEUKE	glockenförmiger Mantel
HIDALGO DE SANGRE	Geburtsadel
HOFJE	Hof
HUGENOTTE	französischer Protestant
HUTSPOT	typisch niederländischer Eintopf aus Kartoffeln, Möhren und Zwiebeln
HYPOCRAS	Würzwein
JENEVER	oder Genever, Wacholderschnaps
JEZUS MINA	verkürzt für »Jesus Maria!«
JUFFROUW	Jungfrau
KAATSEN	eine Art Tennis
KAMEE	erhaben geschnittenes Relief in einem Schmuckstein
KANDEEL	eine Art Eierpunsch
KARTAUNE	Vorderladergeschütz, wie Scharfmetze
KNOLLENPULVER	fertig angemischtes Schießpulver
KÜRASS	Harnisch
LASTAGE	Amsterdamer Hafengebiet
LEICHTER	wie Prahme flache Boote zum Be- und Entladen der auf Reede liegenden großen Schiffe

LIEFHEBBER	Liebhaber
MEISJE VAN PLEZIER	Freudenmädchen
MESSERE	Anrede
MICHELKITTEN	zwielichtige Tanzlokale der unteren Bevölkerungsschichten
MIJNHEER	Anrede für Herren
MODDERMÜHLE	Sandrad, Bagger
OOM	Onkel
OP STAAL, OP KLEEF, OP STUIT	Techniken, ein Fundament zu legen
ORDEN VOM GOLDENEN VLIES	burgundischer Ritterorden
OUDEMANHUIS	eine Art Altersheim
PELL-MELL	Frühform des Golfs
PEPERDUER	pfefferteuer
PINASSE	Jagdschiff
POORTER	Bürger
PRAHM	flacher Lastkahn
RAPIER	degenartige Fechtwaffe
RAVELIN	Wallschild
REGENT	Mitglied der Stadtregierung
REMONSTRANT	Angehöriger der reformierten Kirche, der der toleranten Richtung des Jakob Arminius angehörte
ROKIN	Kanal und Straße in Amsterdam
SCHARBOCK	Skorbut
SCHAUBE	Überrock, oft Amtskleid
SCHEPEN	Ratsherren in Amsterdam
SCHLUPFKIRCHE	oder Schuilkerk. In Amsterdam gibt es heute noch die Geheimkirche Ons' Lieve Heer Op Solder zu besichtigen.
SCHOUT	Schultheiß
SCHUTTERIJ, SCHÜTZENDOELE	bürgerliche Schützengarde, die sich in der Schützendiele trifft

s'Gravenhage	heute Den Haag
Singel	mittelalterlicher Festungsgraben in Amsterdam, später Gracht
Spielhaus	verharmlosend für Hurenhaus
Sponton	Pike
Stadhouder	Statthalter, oberster Staatsbeamter in den damaligen Niederlanden
Stoop	Teil des Bürgersteiges am Haus
Tabbert oder Tappert	langer und weiter Mantel, der meist von Gelehrten getragen wurde
Tableau vivant	lebendes Bild
Tercio	Einheit der spanischen Armee von bis zu dreitausend Mann
Trace italienne	Bastion, Festung, in Italien entwickelt
Tropicum Capricorni	Wendekreis des Steinbocks, südlicher Wendekreis
Tuchthuis	Zuchthaus
Vlieger	mantelartiges Übergewand
Voetboogdoelen	Treffpunkt der bürgerlichen Schützengarde der Armbrustschützen
Voorlezer	Vorleser in der calvinistischen Kirche
Vorbjilandvaart	Direkthandel
Vroedschap	Magistrat
Wechselfieber	Malaria
Willkomm	Zunftpokal

Anmerkung und Dank

Die Literatur über Amsterdam im 16. und 17. Jahrhundert ist überaus reichhaltig, deshalb möchte ich nur einige wenige Titel empfehlen. Für einen Einstieg bieten sich *Kleine Geschichte Amsterdams* von Christoph Driessen sowie *Amsterdam* von Geert Mak an. Eine gute Übersicht liefern *Geschichte der Niederlande* von Friso Wielenga, *Phoenix aus der Asche. Politik und Kultur der niederländischen Republik im Europa des siebzehnten Jahrhunderts* von Horst Lademacher sowie der Klassiker *Überfluss und schöner Schein* von Simon Schama. Der Fall von Antwerpen und die Rolle des Sprengmeisters Federigo Giambelli finden Sie u. a. in *The Decline of Antwerp under Philip of Spain* von Jervis Wegg und natürlich in Friedrich Schillers *Merkwürdige Belagerung von Antwerpen in den Jahren 1584 und 1585*. Giambellis Einsatz bei der Vernichtung der spanischen Armada wird u. a. in *The Defeat of the Spanish Armada* von Garrett Mattingly erwähnt. Bei der Darstellung der ersten Reise der *Compagnie van Verre* habe ich mich auf *Erste Schifffahrt in die orientalische Indien* (sic) von Levinus Hulsius gestützt. Die Diplomatie der Zeit ist in *Oldenbarnevelt* von Jan Den Tex ausgezeichnet dargestellt. Wer sich für die militärische Seite des Achtzigjährigen Kriegs interessiert, dem empfehle ich die Schriften von Geoffrey Parker, insbesondere *The Army of Flanders and the Spanish Road 1567–1659* sowie *Nieuwpoort 1600* von Bouko de Groot.

Kommen wir zu meinem Lieblingsthema, den Grachten. Es gibt wunderbare Bildbände, in denen man die einzelnen Grachten beinahe Haus für Haus durchgehen kann, wie *The Canals of Amsterdam* von Paul Spies et al. Auf Deutsch bietet *Hausbau in Holland* von Michael Groer et al. einen guten Überblick. Wer tief einsteigen will, dem empfehle ich die niederländischen Publikationen der Vereniging Hendrick de Keyser, die sich dem Schutz der architektonisch wertvollen Häuser verschrieben hat, wie *Huizen in Nederland*. Zudem Jaap Evert Abrahamse *De grote Uitleg van Amsterdam*, in dem sich besonders gut der Skandal um die Grundstücksspekulation beim Grachtenbau nachlesen lässt, sowie *Geschiedenis van Amsterdam* von Willem Frijhoff und Marten Prak.

Natürlich lässt sich die Geschichte Amsterdams am besten direkt vor Ort erkunden, bei einer Grachtenfahrt oder im Grachtenmuseum Het Grachtenhuis.

Bedanken möchte ich mich bei dieser Gelegenheit bei meiner Familie, die mich normalerweise gerne bei meinen Recherchereisen begleitet, in diesem Fall aber auch einmal eine Woche lang bei Dauerregen auf einem Campingplatz in Amsterdam ausharren musste – ihr seid die Besten!

Mein herzlicher Dank gilt dem Lübbe-Verlag, insbesondere Stefan Bauer und Dr. Stefanie Heinen, die meine Begeisterung für Amsterdam teilen. Ich danke zudem meiner Agentin Petra Hermanns.

Mehr Hintergrundinformationen, Literaturhinweise und Fotos finden Sie wie immer unter www.sabineweiss.com – viel Spaß dabei.